喧嚣荒原

党益民 著

陕西新华出版传媒集团
太白文艺出版社

图书在版编目（CIP）数据

喧嚣荒原／党益民著. —西安：太白文艺出版社，2019.1
ISBN 978-7-5513-1508-1

Ⅰ.①喧… Ⅱ.①党… Ⅲ.①长篇小说—中国—当代 Ⅳ.①I247.5

中国版本图书馆CIP数据核字（2018）第180952号

喧嚣荒原
XUANXIAO HUANGYUAN

作　　者	党益民
责任编辑	申亚妮　蒋成龙
整体设计	王　航
出版发行	陕西新华出版传媒集团 太白文艺出版社
经　　销	新华书店
印　　刷	陕西金德佳印务有限公司
开　　本	787mm×1092mm　1/16
字　　数	406千字
印　　张	29.5
彩　　插	10
版　　次	2019年1月第1版第1次印刷
书　　号	ISBN 978-7-5513-1508-1
定　　价	69.80元

版权所有　翻印必究
如有印装质量问题，可寄出版社印制部调换
联系电话：029-81206800
出版社地址：西安市曲江新区登高路1388号（邮编：710061）
营销中心电话：029-87277748　029-87217872

喧嚣荒原 目录

1. 金丝猴   1
2. 杏林   10
3. 奶水与牙齿   19
4. 金匾与棺材   33
5. "白狼"   44
6. 村长来福   54
7. 土布包袱   62
8. 槐花飘香的季节   73
9. 小菊   82
10. 管家的鞋   92
11. 麦子熟了   101
12. 羊骨羌笛   115
13. 社火   128
14. 日后再说   138
15. 年馑   149
16. 捕鼠队   162

17. 奇异的虫子	171
18. 白木三	182
19. 桃花沟	198
20. 杏花	211
21. 麻峪沟	220
22. 莫师长	233
23. 围剿	243
24. 驴皮影	253
25. 烟土	263
26. 麦花和柳儿	274
27. 飞机下蛋了	283
28. 枣红马	294
29. 虎烈拉	309
30. 外乡人	321
31. 教书先生	331
32. 满仓团长	343
33. 戒戒绳	354
34. 草房子	364
35. 执法队	376
36. 沉重的自鸣钟	386
37. 红裹肚儿	399
38. 小琴	408
39. 战场游历	418
40. 终于来了	428
41. 连阴雨	441
42. 最后的家园	455

1. 金丝猴

　　天奇的儿子从来没有见过父亲，只有在他打开母亲留下的那本发黄的党项秘籍时，才能感觉到父亲曾经的存在，隐约看见父亲遥远而模糊的影子。他固执地认为，莫氏家族的衰败，就是从父亲出生的那天上午开始的。

　　当时，爷爷莫鹏举正在城外的杏林里跟一个年轻女人野合。

　　莫村人谁也没有料到，灾难正悄悄逼近他们的家园。只有莫家门口的那只金丝猴闻到了灾难的气息。这是一只老猴，身子瘦长，毛发稀疏，尾巴耷拉着，似乎无力卷起，一副沧桑的模样。谁也不知道它在莫家门口蹲了多少年，连将近百岁的太婆也说不清楚。金丝猴和太婆一样，老得不成样子了。然而就在几年前，这只看上去已经不中用的老金丝猴，却沉着老练地咬死过一只野狼。

　　那天夜里，那只饥饿的狼不知从哪里钻进了莫村城，影子似的在巷道上晃了半宿，没有找到猎物，最后把绿莹莹的眼睛盯在了拴在石狮子上的金丝猴身上。狼围着金丝猴转了两圈，又转了两圈。金丝猴仿佛睡着了似的一动不动。狼偷偷地笑了，活动了一下筋骨，前爪伏地，身子贴住了地面，后腿用力蹬直，背上的毛发噌地就竖了起来，扫把似的尾巴直直地举在空中，两只绿眼发出奇异的光，做出随时准备进攻的姿态。金丝猴还是一动不动。狼低吼一声，竭尽全力猛扑上去，金丝猴轻巧地往旁边一闪，狼一头撞在了石狮子上，跟跟跄跄地倒在了金丝猴面前。金丝猴趁机一口咬住狼的喉咙，前爪用力一抓，就抓瞎了狼的双眼。狼尽管疼痛难忍，但它没有嗥叫，好像被一只猴子打败了不好意思嗥叫似的。没过多久，狼就死了。

管家兴兴早上起来，看见门口惨死的狼，惊得叫了起来："不得了了，猴子把狼咬死了！"边喊边往院子里跑。当时太婆已经坐在了老槐树下，正在接受一天里的第一缕阳光。管家惊慌地说："婆啊，不得了了，猴子咬死了一只狼，您快去看看吧。"太婆不屑一顾地说："这有啥稀罕？猴子很早以前还咬死过一头野猪呢，后来引来了一群野猪，黑压压的一片，把个莫村城围得严严实实，吓得村里人半个月都没敢出城，城外方圆几十里的玉米全让野猪给糟蹋了。"管家吓得脸色煞白，说："这回可别引来一群狼。"太婆说："也难说。那一年狼群没有来，可是几年后狼群光临了莫村。"太婆说的狼群不是真正的狼群，而是被当局称为土匪的"白狼"。

现在，金丝猴跟往常一样，在夏日的晨曦里睁开慵懒的眼睛，用力抖了抖身上金黄色的残毛，然后习惯性地将头仰到后背，望着晴朗的天空，思谋着这一天该如何打发。

一只蝎子从门楼的瓦棱上掉了下来，正好落进金丝猴朝天的鼻孔里，金丝猴没有在意，啊嚏一个喷嚏，将蝎子喷射在对面的拴马桩上摔死了。紧接着，几只蜘蛛在门楼角它们自己织成的网上左冲右突，最终撞破了网，掉地上逃向远处。极少露面的蟾蜍也不知从什么地方钻了出来，惊慌失措地掠过猴子的脚面。蜥蜴躁动不安地在墙头上爬来爬去，开始是一只，接着是两只、三只，后来竟成群结队慌慌张张从这面墙爬到那面墙，又从那面墙爬到这面墙。三条游蛇从墙缝里爬出来，却对蜥蜴这样的美食视而不见，只顾自己仓皇逃窜。"五毒"惊慌出动，这预示着什么呢？

奇怪的事情接二连三：好好的艳阳天，却莫名其妙地涌来一股黑云，云头火红，像刚刚燃烧过的木炭，十几只蝙蝠在黑云下鬼影似的翻飞；公鸡排成一行在院墙上咯咯地发表议论；谁家的老黄狗不停地向空中扑咬，仿佛空中有它的仇人；一只兔子雪团似的从屋里滚出来，抓吃地上的泥土，噎得老头似的咳嗽……

金丝猴预感到大难即将临头。它用力挣断脖子上的铜链子，跳过一尺高的门槛，穿过门房，绕过照壁、老槐树，掠过厅房、厢房……铜链子像一条紧追不舍的蛇一样慌乱地跳动着，发出哗啦啦的脆响。它跑到最里面的一间堂屋前，像人一样直起身子，将前爪搭在门上，使劲拍打着铜亮亮的门环。

门呀的一声开了，太婆露出一张皱包子似的老脸。金丝猴撞开屋门，将头拱在太婆的怀里呜呜呜叫。太婆吃了一惊，干瘪无牙的嘴张成了黑洞，眼睛放射出惊异的光，抚摸着金丝猴的毛发："咋咧？咋咧？"金丝猴转过头惊恐地看看天空。太婆颠着一双冻饺子似的小脚跑到庭院中央，手搭凉棚望了望，就看见了那块红梢子黑云，她自言自语道："黑云红梢子，天要下冷子。"莫村人把冰雹叫冷子。太婆心里想："一场冷子，就能让猴子这么惊慌？"

清早起来，太婆就感到冷飕飕的，奇怪这伏天里怎么会这么凉，没想到却应验了那句老话：伏里早上冷飕飕，眼看冷子打破头。冷子倒没啥，让太婆不安的是昨天夜里那些奇怪的梦。

她梦见了一条白蛇。那白蛇死死地缠在她腰上，越变越粗，越缠越紧，几乎缠得她喘不过气来。她被憋醒了，想起梦中的情景，倒高兴起来了。梦见蛇，添个丁。孙子莫鹏举的三太太就要生了，肯定能生个白胖小子，这是喜事啊。她没有睁眼，想续上刚才的好梦。可等她再次入梦时，梦里的白蛇不见了，取而代之的是许多面目狰狞的怪物，它们张牙舞爪地向她袭来，她又一次被惊醒，吓出了一身冷汗。她把自己的一只三寸绣花鞋捂在下身，可后半夜噩梦还是一个接一个。以前做噩梦时，她只要把绣花鞋捂在那个地方，噩梦就没了，可今儿个这是咋啦？太婆好生奇怪，再也没有睡着。没想到这噩梦倒应验在这冷子上了。不就是一场冷子嘛，怎么会引来那么多赶也赶不走的噩梦呢？

她想，事情恐怕没有那么简单。

太婆正在纳闷，西厢房里突然传来三太太的哭叫声，一个丫鬟跑过来喊："太太要生了！太太要生了！"太婆吃拧着一双小脚，急忙进屋取出一张红纸，用剪刀唰唰剪了张虎符，贴在三太太的屋门上，然后一挑门帘进了里屋。三太太正在炕上打滚儿，俊俏的脸儿都变了形，凌乱的头发贴在汗湿的脸颊上，头像拨浪鼓似的摆来摆去，嘴里不住地喊叫："妈呀，疼死我了……"两个小丫鬟站在炕沿边不知所措。太婆道："把她的裤子脱了！"小丫鬟疑惑地看着太婆，不敢动手。太婆厉声道："脱呀！"丫鬟不敢怠慢，爬上炕把太太的裤子脱了。太婆鸡爪似的老手伸进三太太的大腿间，三太太哎哟惊叫了一声。太婆道："还早着呢，你就叫的不是声！"三太太带着哭腔说："疼死我了，婆快救救我……""女人都得过这一关！"太婆转身对丫鬟说，"把铜炉端来，木炭火生上，把剪刀在火上燎一燎，找些干净的生布来，再吩咐厨房烧一锅开水……"说完，独自走出屋门，不再理会三太太的哭喊了。

太婆刚出屋门，鸡蛋大的冷子就劈头盖脸地砸了下来，屋顶上的瓦片四处飞溅，坠落了一院子，老槐树的枝叶哗啦啦铺了一地，碎裂声、呼啸声、奔跑声、惊叫声、哭喊声响成一片。太婆却异常镇静。她一生经历过三次地震、七次瘟疫、十一次灾荒，遭遇的冷子就不计其数了。但她从来没有见过今天这么大的冷子，她知道这可能才是灾难的开始。

她高声叫管家："兴兴，天佑、天顺呢？"

管家听见太婆叫他，头上顶着一个铜脸盆穿过庭院跑了过来，冷子砸在脸盆上叮叮当当作响。

太婆道："甭让冷子把娃打了！人呢？"

管家朝太婆身后一指："这不。"

太婆转扭过头一看，一对双生子果真躲在她身后，惊恐地看着从院里蹦到脚下的冷子。大的叫天佑，小的叫天顺，六年前二太太一生下他们就咽了气，血流了一炕。太婆心疼他们，生怕他们有个闪失，嘴上却骂："驴日的，你俩咋不吭声？"

天佑从地上捡起一个冷子问："太婆，这是啥？"

太婆说："瓜娃，连冷子都不认得。你俩赶紧拾些冷子扔到灶膛里，冷子就下不了。"

天顺说:"我不想让冷子停,下冷子好耍哩!"

太婆骂:"好耍你娘的腿!赶紧往地上唾唾沫!呸呸!"

天顺不知太婆为啥让他往地上唾唾沫,但还是学着太婆的样子呸呸唾了两口。天佑也跟着呸呸唾了两口。他们觉着这样很好玩,又嬉笑着唾了两口后,才各自掬了一捧冷子,跑进了厨房。

三太太的屋里又响起了号叫声。管家伸长脖子朝三太太屋里张望,问太婆:"太太是不是要生了?"太婆说:"女人生娃你也要管?"管家脸红了,顶着脸盆往对面跑去。跑到院当间却没听见脸盆叮当响,停下来抬头看天,兴奋地喊:"冷子停了!冷子停了!"

冷子确实停了,下人们开始打扫庭院。但没过多久,老鼠又疯了似的在院子里乱窜,一只竟撞到了丫鬟的绣花鞋上,引来惊恐的尖叫;一只撞在了老槐树上,头破血流,四爪一蹬不动弹了;还有一只跳上灶房锅台,掉进了刚刚烧开的开水锅里,只翻腾了一下就不见了。紧接着,狂风大作,扬得满院的槐树枝叶像蝙蝠一样飞舞。

三太太的号叫一声比一声紧。

这时,远处传来轰隆隆的奇怪响声,仿佛有几十个碌碡从天上滚过。随即,大地和房屋开始剧烈地摇晃,老槐树嘎嘎作响,像要断裂。人们还没有弄清是怎么回事,就被一股神奇的力量掀翻在地。厨房里的老妈子正在锅边往外捞死老鼠,滚烫的水泼洒了出来,浇在了她的大腿上,她还没喊出声,就被一双无形的手推倒在地上。

太婆像喝醉了酒似的,踉跄了几下,双手急忙扶住墙壁才没有摔倒。

村西头传来轰的一声,只听巷道里有人喊:"地震了!城墙倒塌了!"

太婆看见站在院子里发呆的一对双生子,冲他们喊:"地震了,快趴在地上!"

天佑、天顺急忙趴下……

半袋烟的工夫,天地停止了晃动。

丫鬟跑出来喊:"生了生了,太太生了!"

太婆颠着一双小脚跟着丫鬟跑进屋去，只见炕上一摊血水，一个剥了皮的兔子似的婴儿在三太太的两腿间蠕动。太婆抓起剪刀咔嚓剪断了脐带，然后将婴儿倒提起来，在小屁股上啪啪拍了两下，婴儿却不哭。啪啪又是两下，还是不哭。不会是个死胎吧？翻转来看时，婴儿却睁着一双细长的眼睛，冷漠地看着她。太婆吃了一惊，说："今儿个净出奇事！这老天爷也奇，生下个娃也奇。就把这碎仔叫天奇吧！"

从三太太的屋里出来，太婆就显得心事重重。莫非这是老天爷在有意惩罚莫村人？难道就因为去年的那场械斗么？去年大年初一，桃花沟人前来莫村祠堂祭祖，两个村子的人就在巷道里展开了一场血腥的械斗。

许多年来，两个村子每隔十二年就会发生一次较大规模的械斗。这次械斗桃花沟吃了大亏，比莫村多死了八个人。太婆的长孙莫鹏举在这场械斗中显示出了卓越的才能，他的沉着冷静、指挥若定，让莫村人深受鼓舞、十分敬佩，但却令太婆忧心忡忡。太婆知道莫氏家族又多了一个争强斗狠的"掌柜的"，担心这样永无休止的仇杀将使莫氏家族最后走向毁灭。仇杀像一个魔圈，使得这两个同族同姓的村子的人越陷越深，不能自拔。

去年莫村获胜后，太婆就十分忧虑和担心。这一次胜了，下一次很可能就会输。人不概之天概之啊，看来这灾难就是"天概之"了。城墙风里雨里三百年了，嘉庆二十年那么厉害的地震也没有使它倒塌，李闯王的土炮轰了三天三夜也没把它咋样，现在却被震塌了。难道莫氏家族的劫数到了？

太阳不知从哪里又钻了出来，哗啦啦洒下一地碎金似的光亮。现在一切都过去了，结束了。太婆长长地嘘了口气。可就在这时，她听见了哭声。循声望去，只见金丝猴像人一样坐在老槐树下，双手捂着脸呜呜地哭啼。太婆心里咯噔一下。她知道金丝猴轻易不哭，一哭村里就要死人。她吩咐管家："你去看看村里死人没有。"

管家跑了出去，一会儿又跑回来禀报说："村里没死人，只是喜娃的厦房倒了,压死了一头猪,喜娃正在屋里哭哩。"

喜娃从小没有父母,如今二十好几了还没成家,一个人在两间先人留下的烂厦房里过日子。人又身懒,胡吃乱捅,是个讨人嫌的烂脏货,属于莫村人说的那种"四丧眼":炕上圪蹴枕头上坐,席底下揎烟墙上唾。

太婆说:"厦房倒了又不是猪窝倒了,咋就压死了猪?"管家说:"喜娃和猪都住在厦房里,厦房倒了,喜娃跑出来了,猪给压死了……"村里没死人,这猴哭啥哩?太婆心里更加瞀乱,让管家把猴牵到大门口去拴好。猴一路走一路哭,像是在给谁送葬。

一个丫鬟从老爷屋里跑了出来,边跑边喊:"老爷不行了……"

太婆一拍大腿,心里想:"把他家的,我就知道要出事,没想到会是儿子仁厚。"急忙圪拧着一双小脚跑进儿子莫仁厚的屋子。

莫仁厚是莫家第二位长辈,莫村人都叫他老爷。其实莫仁厚早就不主事了,莫家的大小事都交给了大儿子莫鹏举来处理。这样一来,儿子莫鹏举的处境就有些尴尬,上有老子下有儿子,称他"老爷"他不老,称他"少爷"他不小,莫家的下人们和村里人只好叫他"掌柜的"。在莫村,只要听到"掌柜的"三个字,人们都会肃然起敬。莫村的什么事都得"掌柜的"说了算,这一点,方圆百里谁都知道。

莫仁厚是在上一轮械斗中被桃花沟的人打断腰的。但那次桃花沟人也没占什么便宜,二少爷莫鹏祥一个人就杀死了他们六个人,其中包括桃花沟沟主莫鹏昊唯一的儿子莫天运。莫鹏昊发誓砍下莫村二少爷的脑袋。他不惜重金请来十几个渭北刀客,整日埋伏在莫村周围的官路上,等待二少爷的出现。二少爷莫鹏祥被困在城里整整一年零三个月,一直不敢出城门。后来,莫村城来了一队过路的官军,莫鹏祥才混在队伍里逃走了,从此再也没了音信。

十几年来,莫仁厚再也没有走出过屋子,家里的一应事情都交由大儿子莫鹏举处理。在潮湿的屋里待久了,他又患上了哮喘,喉咙里始终像是有个破风箱,嘶嘶啦啦,纠缠不清。他整日仰躺在藤椅上,像一条被人抽了筋骨即将断气的老狗,苟延残喘。他的手里,一年四季都捂着那把祖传的紫砂壶，像是捂着自己将要消失的生命，不肯撒手。

现在，他躺在那把被他身体磨得光亮的藤椅上，悄没声息地死了。他的嘴巴微张着，但那黑洞洞的口腔里再也听不到嘶嘶啦啦的声音了。他僵硬的双手死死地捂着紫砂壶，壶里的茶水汨汨流出，打湿了白绸裤裆。太婆见儿子这个光景，不禁潸然泪下："儿呀，你咋走到妈前头去了啊！"

太婆知道迟早会有这么一天，但事到临头还是接受不了这个事实。几十年前她送走了丈夫，现在又要送走儿子。那天，丈夫要只身去桃花沟讲和，她死活不让去，说害人之心不可有，防人之心不可无啊！丈夫偏要去，说他是有诚意的，他们不会对他下毒手的。结果，还是被桃花沟人用药酒毒死了。大儿子莫仁善也在几天后战死在桃花沟石头城下，可怜他死的时候才二十多岁。现在最后的一个儿子也死了，她如何承受得了！太婆一口气没上来，昏死了过去。管家和丫鬟手忙脚乱地围着太婆，抹胸捶背掐人中，折腾了好大一阵，太婆才醒转过来。管家悄声道："婆，我去让贵生准备一口好棺材。"太婆无力地点了点头。管家急忙起身找棺材铺掌柜贵生去了。

其实棺材家里有一口，可那是为太婆预备的。这口棺材已经做好几十年了，每隔两年都要重新上一道油漆，现在棺材上的油漆已有一指多厚了，可太婆还活得旺旺的。去年，管家就想给老爷准备一口棺材，可老爷说这是咒他死哩，管家就不敢再提这事了。谁知道现在老爷却突然死了。

很少出门的大太太，这时也从屋里走了出来。自从儿子莫天合离家出走后，她就很少出门，整天待在屋子里吃斋念佛为儿子祈祷。天合是她唯一的儿子，她生活的所有意义都在儿子身上。现在听说三太太生了，阿公死了，太婆又晕倒了，她这个大太太再不出来就太不像话了。她一迈进阿公的屋门，就哭上了："爸呀——"

双生子被谁从后面推了一把，也扑倒在地上跟着哭号："爷呀——"

几乎同时，莫家生了一个，又死了一个，下人们不知道是该喜还是该悲，他们神情尴尬地胡乱忙碌着。

　　直到这时，太婆才想起孙子莫鹏举。从早晨到现在她一直就没有见过他。绳从细处断，布从磨处烂，他不会出啥事吧？桃花沟人会不会趁机对他下手？她一下子惊慌起来，急忙吩咐家丁去找人。

　　家丁们找遍了村里村外，也没有见到莫鹏举的影子。

2. 杏林

金丝猴挣脱脖子上的铜链的时候，莫鹏举刚刚走进杏林。

这片杏林有三十多亩，不用说都是莫鹏举家的。莫村周围方圆几十里的土地大部分都是他家的。杏花盛开的时候，站在莫村城墙上放眼望去，一片粉红，像是谁家女子将一件花衫子丢在了万斛山下。现在杏子已经熟透了，黄里透红，软软地羞涩在枝头，风情万种，等待着人来摘食。

如果莫鹏举能抬头看看天空，也许就会看到那块红梢子黑云，意识到那是不祥之兆，就不会走出杏林，可能后来也就不会发生那么多纠缠不清的事情和接连不断的灾难。遗憾的是，他当时根本就无心去看那无聊的天空，他正在杏林里焦急地寻找着一个女人。

他低声叫着："香椿——香椿——"

香椿是老六的媳妇，老六是莫鹏举的一个本家兄弟。几年前，三十多岁的老六将如花似玉的香椿娶进了家门。村里人说，老六用一头母牛换了个俏媳妇，驴日的捡了个大便宜，老牛吃到了嫩草。

这桩婚姻，说起来有些离奇。

那一年，老六牵着母牛去美原配种场，路上碰到了香椿爸刘财。老六认识刘财，几个月前他俩一起去过配种场，但那次老六的母牛没有配上种。那天老六一见刘财就问："你也没配上？"刘财瞪着眼睛说："你咋说话哩？"老六醒悟了，知道自己话没有问好，忙解释说："我不是那意思。我是说咱白花了那么多钱，连个牛娃腿也没见着，不知道配种场咋日鬼的！"刘财说："上一回我的牛倒配上了，这是另一头，我家有两头牛呢。"老六说："你有啥诀窍，咋一配就配上了？"刘财说："等你有了媳妇就明白了。"老六开玩笑说："你又不把你女子嫁给我，我咋能有媳妇。"刘财很不高兴，说："你娃说着说着就说到沟里去了，我女子今年才十四，能嫁给你？"老六嬉皮笑脸地说："我可以等嘛。"两人正说笑着，后面有人失急慌忙追了上来，说："老六老六，你妈的羊角风又犯了，躺在巷道里吐白沫呢，你赶紧回去！"老六把牛交给刘财说："给牛配种的事就交给老哥你了，回头我再到你家去牵牛。"说完，急匆匆跟来人往回跑。

刘财牵着两头牛继续往配种场走，没走多远，迎面碰上了一伙衙役。刘财听说最近衙役在到处寻牛抢牛哩，急忙掉头就跑。可是衙役还是追上了他，连人带牛押到西安东郊的牧牛苑。到了那里，刘财才知道慈禧太后到了西安，想天天喝新鲜牛奶，陕西总督专门设立了支应局，修建了牧牛苑，派衙役在关中各地到处搜寻乳牛。刘财对衙役说他的牛还没有配上种，没有牛奶。衙役说这他们不管，他们只管抓牛，下不下奶不是他们的事。牧牛苑到处是乳牛，牛奶喝不完衙役就偷偷拿出去卖。刘财进了牧牛苑，就再也出不去了。刘财听说牧牛苑由一个五品朝廷命官管理着，每月的开支不下六百两银子。

后来，衙役发现刘财的母牛确实没有奶水，就让他用两头母牛套了牛车，跟一帮人到太白山上去拉冰。西安天气炎热，慈禧太后又想喝冰镇的酸梅汤，支应局只好派人用牛车一趟一趟地上山去拉冰。拉冰的差事太苦，刘财找了一个机会逃跑了，可两头牛却白白丢了。

自己的牛丢了倒没什么，能保住命就算万幸，可回去咋向老六交代呢？他想，家里还有一头牛，大不了给老六就是了。可回到家才知道，那头牛早被婆娘卖了做了寻他的盘缠。老六听说刘财回来了，找上门来索要他的牛。刘财说："牛让衙役抢走了。"老六说："我不管，你得赔我牛！"刘财说："牛我是赔不起了，你看我屋里啥值钱你就随便拿。"老六在屋里转了一圈，没有发现值钱的东西，却看上了刘财的女儿香椿，说："赔不了牛，你就把你女子许给我。"刘财不愿意，说："你拿啥都行，唯独这不行！"老六说："那你就赔我牛。"刘财没办法，只好答应了老六。香椿到了十八岁，被老六的一顶花轿抬到了莫村。

莫鹏举第一次在杏林里遇到香椿，是一个晌午。当时人们正在吃午饭，杏林里空寂无人。莫鹏举和三太太拌了几句嘴，跑到杏林里来散心。那段日子，三太太经常因为一些小事和他过不去。她仗着自己肚子里有孩子，有太婆护着，说话比以前刻薄多了，而且动不动就生气，好像鼓起的肚子里不是孩子，而是满满当当的恶气。好男不跟女斗，何况她还怀着孩子。每次他都让着她，最好的办法是一走了之。

那时杏子还是青的。莫鹏举随手摘下一颗咬了一口，几乎酸倒了牙，心里想，跟三太太一样酸涩。就在他龇牙咧嘴的当儿，一个女人在树丛里闪了一下，倏地不见了。他心里咯噔一下，好奇地朝着女人消失的方向寻去。没走几步，听到一个女人在树后叫："别过来！别过来！"他愣在了那里。女人从树后走了出来，慌里慌张地系着裤子，一脸羞怯的样子。他这才认出是香椿。

"你咋在这里？"他问。

香椿脸儿通红，胡乱系好裤子，低头说："我刚从娘家回来，走到这里实在憋不住了……"

他看见树后面的地上果然湿了一片。这不看还好，一看心便慌了起来，由地上的那片尿联想到了尿的出处，身上就有些异样的冲动。香椿好像也很紧张，下意识地拽了拽衣襟，可这样越发使本来就鼓胀的胸脯更加凸显出来。这女人嫁过来后一直没有怀过娃，还像做女子时一样鲜嫩，而且现在又增添了几分少妇的风韵，更加楚楚动人。她白净的脸上泛着红晕，一直延伸到了光洁的脖子。可以肯定，她身上更白更光洁。这么想着，莫鹏举的心一下子就收紧了，呼吸也有些急促。但他马上想到了自己大掌柜的身份，极力克制住自己，尽量不去看香椿，低头噢了一声，转身想走。

香椿却开口了："你衣服上的味儿真好闻，是胰子味吧？"

莫鹏举停住脚步，回头望着香椿。一时弄不清她说这话是什么意思，就说："是胰子，咋啦？"

香椿说:"我长这么大还没用过胰子哩,胰子的味道真好闻!"

莫鹏举说:"喜欢闻,让老六给你买一块用,就可以天天闻了。"

"这么贵的东西,谁用得起呀。"香椿说,"你快别提你那兄弟了,他浑身上下都是汗味儿和烟味儿,能把人熏死。哪像掌柜的你呀,从来不抽烟的,身上一点烟味儿汗味儿都没有,只有胰子味。"

莫鹏举的心又开始活泛了,一时不知该说什么。

香椿没有了刚才的羞怯,继续说:"到底是掌柜的,跟别人就是不一样,啥时候都是干干净净清清爽爽的。你瞧你的衣裳领子多白呀!袜子也白,全村就你一个男人夏天还穿袜子呢。"香椿脸儿红红的,叹口气道:"唉,我家那个要有你一半就好了。"说完,斜着一对笑媚眼儿直勾勾地盯着他看。

莫鹏举准确地捕捉到了女人微妙的眼神,心底刚才萌生的那种东西一下子又被这目光点燃了,火苗噌地蹿了上来,跃上了心尖尖,从那里开始恣意燃烧,迅速蔓延到了全身。他看出香椿是个轻浮的女人,而且很可能对自己有意思,但他没有十分的把握。他是一村之主,不能莽撞行事,万一人家没有那意思呢?对他来说,面子比什么都重要,尤其在女人面前不能丢脸。

莫鹏举想试探一下香椿。

他笑着问:"你没偷我家杏儿吧?"

香椿没有料到他会这么问,慌忙道:"看你说的,你是我哥哩,我想吃了说一声,你还能不让我摘,用得着偷吗?"

莫鹏举走近香椿,呼吸逐渐急促起来,嘴里的粗气几乎喷到了香椿的脸上。香椿眼神躲躲闪闪的,朝后退了一步。

莫鹏举盯着女人鼓胀的胸脯,一本正经地问:"你没偷杏子,那你衣衫里鼓鼓囊囊的是啥?"

"你咋说这话……"香椿护住胸脯,声音小得像蚊子,眼睛里却跳动着两团火焰,"你是掌柜的你咋说这话……"

莫鹏举见香椿这光景,知道自己该怎么做了,说:"掌柜的咋了?掌柜的也是人哩……"说着就一把搂住香椿,一只手从下面大胆地伸进了她的衣衫。

"不行不行，我把你叫哥哩……"

香椿扭捏着护住胸脯，蹲下身去。他顺势撩起她的衣衫，两只雪白的野兔活脱脱跳了出来，他两手趁机逮住，揉搓着，说："哥长哥短，你看哥敢不敢！"他知道女人在这种时候，一般都会装出爱面子的样子，故意骚情扭捏，但要不了多久她们的面子就会被激情遮盖。

"你咋是这人嘛……"香椿扭捏推搡。

莫鹏举逮住她圆实的乳房，只管揉搓着，就是不撒手。

香椿站起来，想拉下衣衫遮住胸部，不料裤子却被莫鹏举抹到了膝盖，她又忙去提裤子，一下子又被掀翻在地。她拼命地扭来扭去，充分运用臀部和膝盖的力量抵挡他的进入。他劳而无功地瘫软在一旁，呼哧呼哧地直喘气儿。她倒扑哧一声笑了，并不急着整理衣衫，坐在地上怪怪地看着他。

香椿说："我的便宜不是那么容易占的！"

他似乎明白了香椿的意思，急忙从手指上取下一枚金戒指，也不说话，抓起她的一只手，就戴在她的手指上。

"这是做啥？我又不是卖的，你这不是糟蹋人哩么！"

香椿两手忙乱着要褪下戒指，却终未褪下来。可等他再去摸她的时候，她便半推半就地接受了。两人亲热了一会儿，香椿扑哧一声笑了："我就喜欢看你猴急的样子，原来你这个大掌柜也有猴急的时候。"说着，香椿自动脱光了衣裳，铺在地上，然后仰躺在上面，目光热热地看着他说："来吧，我的掌柜的！"

他山一样压向地上那个雪白的人儿……

他感觉身下不是一个人，而是一条鱼儿。那鱼儿溜光水滑，翻腾跳跃。香椿轻轻地闭上眼睛，声音由小到大开始呻吟。那鱼儿在呻吟声中欢快地游动。这种时候，呻吟对男人来说无疑是一剂兴奋剂。莫鹏举激情勃发，勇往直前，轻而易举地近乎粗鲁地抵达了那个他想去的地方……

事毕，香椿仍闭着眼睛，一动不动躺在那里，香汗淋漓，鼻翼翕动。这么躺了一会儿,她才站起来,抖了抖衣裳上的尘土穿上,得意地说:"这下,我可知道你这个掌柜的是啥样儿了。走在人前你是个好掌柜,脱了衣裳你是个好男人。"说完诡秘地笑了笑。

临出杏林,她又回头说:"我可把话说清,就这一回,走出杏林啥事也没有过。"

莫鹏举笑了笑,没有说什么。他知道这种事跟抽大烟一样,沾上容易戒掉难。果然,他们一次又一次地钻进了杏林。

莫鹏举知道香椿喜欢他。这从他们每次水乳交融的时候,她一直紧紧搂着他的腰尽情地呻唤和放纵的动作中就能感觉出来。

其实,香椿早就对他有意思了,只是他一直不知道而已。那天看见他走进了杏林,她就悄悄地跟了进去,用女人的办法挑逗他,勾引他。她成功了。能和莫村最有权威、最有魅力的男人相好,作为女人她感到很满足。她在杏林里使用的所有手段,都是为了让他永远记住她,忘不了她,让他有过一次还想有第二次,让他永远也离不开她。她知道怎样俘获男人的心,知道男人喜欢不容易弄到手的女人。容易到手的女人,也容易让男人失去兴趣。

莫鹏举曾经问过香椿为啥喜欢他。香椿说,喜欢就是喜欢,没有为啥。有时他不问了,香椿一时高兴,又会主动告诉他,她喜欢他身上的胰子味,一闻到那味儿她就心慌,就想趴在他身上闻个够。她说,还喜欢他的白袜子,喜欢他比别人长出许多的眉毛。听了这话,他觉得很好笑,想这女人也怪,喜欢的都是些莫名其妙的东西。

这样一个风韵十足、风情万种的女人,怎能不让他牵肠挂肚、销魂留恋呢?

可是,现在她却迟迟不来,这让莫鹏举又气又恨又着急。他弓着腰一直在杏林里寻找着,几乎都有些不耐烦了。几颗杏子被他碰落在地上,摔得稀烂,他也全然不知。他小声呼唤着:

"香椿——香椿——"

冷不丁,杏树后面闪出一个人,跳过来猛然搂住莫鹏举的腰。不用扭头他就知道是香椿,她每次都是这样,搁在以往,这时他会扭过身去将她拥在怀里，疯狂地亲吻、抚摸，可是今天他没有这样做。她实在让他等得太久了。

他冷着脸说："你咋才来？"

香椿从身后探过一张俊俏的脸："咋，生气啦？老六缠磨得我走不开。我哄他说我上地里摘些豆角去，这才脱了身。"

莫鹏举见女人手里果真有一把豆角，抓过去顺手一抡搭在了杏树枝丫上，说："豆角不会等回去的时候再摘？害得我寻了你半天！"

香椿说："你以为我是急着摘豆角？我是留神老六跟没跟来。那货要是偷偷跟了来，就麻烦了。我心里有些害怕。"

莫鹏举警觉地问："他觉察出来了？"

香椿说："昨晚他要我，我不想让他沾身，他就扇了我一耳光，问我是不是外头有野男人了。我说没有，他说那我咋不愿意。我说我身子不舒服。你猜那贼屄说啥？他说我不舒服给我弄一弄就舒服了……我心里害怕得很！你没见他那一双贼眼，血丝拉红的，恨不能一口把我吃了，说不定哪一天我真的就死在那贼屄手里了。"

莫鹏举将香椿拉到怀里，抚摸着她乌黑的头发："我看是你多心了，自己吓唬自己。"

"可我们这么下去也不是个事儿，你得拿个长远主意！"香椿说，"万一哪天让他知道了，我就活不成了……"

"你不用怕，有我哩，看他敢咋样！"

"那货是个二屄，啥事做不出来？他不敢把你咋样，可他拾掇我哩。"香椿说。

莫鹏举说："那你说咋办？"

"要我说，这是最后一次，以后权当没这回事。"

莫鹏举一听这话，不高兴了，推开香椿："那你现在就走！"

香椿愣愣地看着莫鹏举，眼里漫起一层水雾，很快又凝结成泪珠，一颗接一颗落了下来。"人家心里害怕，才向你讨主意哩，还用这样的话气人家！你知道人家喜欢你，离不开你……"香椿说着，捂住脸哭了起来。

莫鹏举重新把香椿搂在怀里："我跟你说笑哩，你就当了真？"好说歹说地安慰了一会儿，香椿才不哭了。

香椿叹口气说："唉，这一辈子我们能永远在一起就好了。"

莫鹏举说："一个村里住着，啥时候想在一起就能在一起。"

"那也是偷偷摸摸的。"

莫鹏举笑了，说："偷着吃才香哩！你没听人说，妻不如妾，妾不如偷，偷不如偷不着。"

香椿捶打着莫鹏举："好啊，你偷到了人家就说这种话！"

莫鹏举见香椿高兴了，越发逗她："谁知道谁偷谁呢。"

香椿捶打得更欢了，把头抵在莫鹏举的胸脯上说："好你个没良心的，得了便宜还卖乖！"

莫鹏举嘿嘿地笑着，任香椿在怀里滚来滚去地撒娇。他亲吻着她的嘴唇、耳朵、脖子，而后撩起她的衫子，噙住了她的红樱桃似的乳头，有滋有味地咂嘬了一会儿，又将脸整个地埋进乳沟里不停地拱着。香椿一只手抓住了莫鹏举的根本，轻轻地揉捏着，另一只手悄悄解开了他的裤带，他的黑绸裤子唰地滑到了脚面。同时，莫鹏举又解开了香椿的裤带。香椿温顺地转过身去，双手扶住了一棵杏树。莫鹏举从后面迎了上去……女人欢快地呻唤着，两只白兔似的乳房疯狂地跳跃着，杏树富有节奏地兴奋地摇晃，熟透的杏子纷纷落地，有几颗落在了香椿光洁雪白的脊背上……

关键时刻，一只老鼠不知从哪里窜了出来，跳上了香椿的脊背，稍一迟疑，发觉站错了地方，又急忙跳下去落荒而逃。但两人已经受了惊吓，停止了动作。香椿发现一队蚂蚁正从树干爬到了她的胳膊上，惊叫一声跳了开去，也顾不了提裤子，双手扑打着胳膊上的蚂蚁，嘴里发出一声尖叫。莫鹏举也被这突如其来的变故吓了一跳，哎哟一声蹲下身去，那根刚才还勇猛无比的东西，一下子就软了。

紧接着，冷子劈头盖脸地砸了下来。莫鹏举大惊失色，拉起女人跌跌撞撞地钻进了附近的一孔土窑。不大工夫，冷子停了。从窑口望去，所有的杏树都变成了光杆杆，遍地是狼藉的烂杏。还没等他们反应过来，天色忽暗，狂风大作，树叶被狂风卷在空中飞舞，阴森可怖。香椿吓得钻进莫鹏举的怀里瑟瑟发抖。莫鹏举想安慰女人几句，可一时找不到合适的语言，最终什么也没有说。

香椿想起了什么，惊叫道："哎呀，我的豆角！"

"啥时候了，还想着你的豆角！"

莫鹏举话音刚落，只觉大地猛烈地抖动起来，窑顶唰唰地直往下掉土。不好，地震了！他拽起女人就往外跑，刚跑出窑口，只听身后轰的一声，窑就塌了。他们被窑里扑出的气浪掀翻在地，面如土色，冷汗淋漓。杏树哗哗作响前俯后仰，像一个个疯狂的醉鬼，忽地扑倒在地，忽地又站立起来……

待一切归于平静之后，他们才战战兢兢从地上爬起来，浑身沾满了污泥和屎样的烂杏。香椿又一次想起了她的豆角，跑过去满地寻找。莫鹏举不明白她为什么老是忘不了那把烂豆角。但女人自有女人的道理：豆角是她的幌子，没了豆角她回去无法向老六交代。

这么大的灾难，家里这阵不知乱成了什么样子。莫鹏举也不理睬香椿，跟跟跄跄走出了杏林。

香椿清清楚楚地看见莫鹏举消失在莫家祖坟里，倒吸了一口冷气：他到底是人还是鬼？

3. 奶水与牙齿

莫鹏举突然出现在莫家大院，着实让人们吃了一惊。

他浑身沾满了黄屎一样的稀泥，头发凌乱，面无血色，像是刚从地狱里爬出来的。刚才人们村里村外都找遍了，也没有见到他的踪影，现在他却冷不丁站在了院子里。

"掌柜的，您上哪儿去了？"下人们惊奇地问。

莫鹏举一句话没说，身体像一堵山墙一样，轰的一声倒在了一片狼藉的院子里……

莫鹏举发了一夜的高烧。第二天烧刚退去，他就从炕上爬起来了。他感到浑身乏力，脚下像踩了棉花，但他的脑子却特别清醒。这个时候不能躺倒，家里村里有很多事需要他处理，全村人的眼睛都在看着他呢。他不能让村里人失望，不能让桃花沟的仇人看笑话，他必须强打精神重新站起来。

莫鹏举爬起来的第一件事，就是抬埋他的父亲。紧接着，开始召集短工修复倒塌了的那段城墙。

城墙，对于这个村子来说，就像木桶上的铁环。铁环断了，木桶也就散了；城墙塌了，人心也就散了。人心可不能散啊！桃花沟正在虎视眈眈地盯着莫村呢。

修复城墙的事，由能干的管家负责。但莫鹏举还是有些不放心，他要亲自去工地上看一看。

清晨起来，他感到身体还是有些虚，动一动就出虚汗。为了提神，他用紫砂壶泡了一壶酽茶。茶是他亲自动手泡的，没有让丫鬟们沾手。先人莫爵留下话来，说女人要是碰了这壶，莫家就会遭受厄运。紫砂壶是莫家的一件稀世宝贝，已经传了十几代了，从来没有女人碰过，连太婆也没有碰过。现在父亲莫仁厚走了，紫砂壶自然就传给了莫鹏举。谁拥有了紫砂壶，谁就是莫氏家族真正的"掌柜的"，这一点，莫村人和桃花沟人心里都明白。

这把壶胎质细腻，色泽红润，形似蜜桃，又以枝叶作把儿，指甲盖大小的三颗小桃作脚。壶恰好双手可以拥握，造型自然，极为有趣。壶的内壁上有一首诗："锦接不籍天流掷，练影中堆万边云。设与水仙作春服，天边风月傲清华。"壶底刻有"乾隆"二字，显然这是乾隆题写的诗。这壶原本是宫里的御壶，有一年皇上宴请群臣时高兴，就顺手把它赐给了在朝为官的莫家先人莫爵。

喝了壶酽茶，莫鹏举感觉精神多了。他走出大门，朝着城墙修复工地走去。他走得很慢、很稳，尽力让人看不出他的双腿绵软无力。他是一村之主，应该显示出大掌柜的强大和不可战胜。巷道里的人看见他出来，都争着跟他打招呼。看得出，人们的目光是喜悦和敬佩的，他们不再为他担心了。走在他们面前的还是以前那个硬硬朗朗的大掌柜，甚至比以前还要精神。莫鹏举穿行在人们的目光里，步子更慢、更稳了。

短工们没有看见莫老爷走来，一边干着活儿一边嘻嘻哈哈地谝闲传，磨闲牙。一个短工说："有两口子，一个不放心一个，女人出门时，男人给女人那地方画了个鸭子，作为记号。女人出去没干好事，蹭掉了鸭子，怕男人回去问，自己画了一个上去，结果画错了地方。回去后男人发现位置不对，就问女人，鸭子怎么跑到这边来了？女人先是一惊，但马上就镇定了，说鸭子过了河了嘛。后来男人要出去，女人也给男人的家伙上画了只猴子。男人出去也没干好事，猴子也被蹭掉了，自己画了一个上去，但画得有些偏上。回去后女人问，猴子咋跑到上面去了？男人没好气地说，你的鸭子能过河，我的猴子就不能上竿？"

短工们哄地笑了，说，你他妈真骚。

另一个短工说，我也说一个："有个婆娘趁男人不在经常偷人。一次刚完事，男人喝酒回来了，野男人急忙从后窗往外跳，男人去抓没抓住，却抓下一只鞋。男人将婆娘打了一顿后，把鞋枕在头下就睡，说是第二天要拿去告官。婆娘半夜悄悄把鞋调换了。男人早上起来一看，见是自己的鞋，忙向婆娘赔不是，说，我昨夜喝醉了，错怪你了，原来跳窗的人是我。"

短工们又是一阵大笑。

莫老爷咳嗽了一声，拉下脸走了过去。短工们见老爷来了，赶忙埋头干活。莫老爷训道："我雇的是短工又不是说嘴匠，你看你们一个个尻样，做活像吊死鬼寻绳哩，吃饭倒像李闯王攻城呢！"短工们不敢吱声。管家不知从什么地方跑过来，讨好地说："其实，短工们说笑是说笑，但并没有耽误工夫。我一直在这儿盯着呢，老爷您就放心吧。"老爷知道自己的管家是个恪尽职守的好管家，但他还是对城墙的质量有所怀疑，担心那些短工只顾说笑谝干嘴，出工不出力，城墙修补得不结实。

夜里，莫鹏举让家丁悄悄往刚夯实的墙基上面的坑窝里注满了水，想以此来检验城墙修补得是否结实。若是早上坑窝里的水渗完了，说明墙身没有夯实，短工们耍奸溜滑偷了懒；若是坑窝里还有水，说明墙身夯实了，短工们没有偷懒。第二天一大早，莫鹏举亲自爬上城墙去看，坑窝的水还有多半，知道昨天那话冤枉了短工，就吩咐管家杀了一头猪两只羊，犒劳了短工们。短工们十分感激，干起活来更舍得出力，工程进展更快了。

这下，莫鹏举放心了，总算松了一口气。可这口气一松，暂时被赶走的病又回来了，而且比以前更厉害，人一下子就瘫软在炕上，开始咳嗽、发烧，浑身冷得直打哆嗦。更让他懊恼的是，他发现自己的下身也出了问题。杏林里那只跳上香椿脊背的老鼠，使他曾经引以为豪的物件变成了一只"死老鼠"。

莫鹏举不想让人知道他又病了，更不想让桃花沟的人知道。管家心领神会，悄悄从古川县县城请来恒心堂的老中医，后来一天夜里又用一顶黑轿子从蒲城县偷偷抬来了洋教堂的西医，但两个先生都没有解决问题。太婆见孙子莫鹏举病得不轻，很是担心，急得在院子里转圈圈。儿子刚刚去世，孙子可不能再出什么事啊。

管家垂手而立，目光像织布梭子一样跟着太婆，怯生生地问："要不，让拐子来试试？"

拐子叫天胜，是莫村唯一的医生。太婆愣了一下，疑惑地看着管家，似乎不相信天胜那个二把刀能看好孙子的病。

管家说："拐子见过世面，得过名师指点，兴许能行。"

太婆想也没别的办法，只好说："那就让他试试吧。"

管家起身去叫天胜。脚步刚踏进天胜屋门，就听见天胜正和婆娘兰子吵架，管家一听就知道是为了米子的事。

米子是兰子的妹子，去年与姐姐吵了一架后就离家出走了，至今没有下落。管家心里想："别看这女人吵起架来像母老虎一样，可到不了天黑又和天胜好了。这女人是刀子嘴豆腐心，对天胜痴情着呢。"

七八年前，天胜的腿还是直溜溜的，走路脚下像有股旋风，可他去云南混了几年回来腿就瘸了。瘸了一条腿的天胜却带回了两样稀罕东西：一样是看病治伤的本事，一样是如花似玉的女人。女人不是一个，而是两个，都很年轻，而且还是姊妹俩。

关于天胜的瘸腿和他带回来的姊妹俩，莫村人有许多猜测。一种说法是，天胜在云南参加过贩运鸦片黑帮组织，两帮人马发生了火并，打伤了天胜的腿，天胜就失去了使用价值，被黑帮赶了出来。天胜只好用积攒的银子拜师学艺，学到了一手看病的好手艺，买了姊妹俩回来。一种说法是，天胜跟一个名望很高的云南"药王"学艺，"药王"身怀制造专治刀疮外伤云南白药的绝技，天胜想把这绝技学到手，"药王"却只教他如何看病，始终不传授给他。天胜等了几年没有结果，就失望了，把他的两个女儿拐了回来，算是对师傅的一种报复。路上遇到了歹人，为了保护姊妹俩被人打断了腿。

当然这只是莫村人的猜测，至于事实究竟怎样就不得而知了。对于天胜的传奇经历姊妹俩守口如瓶，天胜更是从不提起，谁问他就跟谁急，后来也就没人再问了。这事就成了莫村众多秘密中的一个。

更让莫村人想不通的是，仙女似的姊妹俩兰子和米子，却对其貌不扬的拐子天胜百依百顺，像是姊妹俩前世欠天胜的，今世任劳任怨地清还来了。天胜娶了姐姐兰子，三个人一起过日子，夜里睡在一个炕上，炕中间只隔了一道布帘儿。姐姐兰子开始不愿意，说："你娶的是我，又不是我们姊妹俩，不能睡在一个炕上。"天胜说："就这一间房子，不睡一个炕上睡哪里？先挤一挤吧，等赚了钱，再给米子盖一间屋子就是了。"兰子就不吭声了。夜里天胜和兰子不敢出声，兰子实在忍不住了就轻轻哼哼几声。布帘那边的米子就生气地说："你们能不能小声点？"两人就收敛了声息。没过几天兰子又开始哼哼了，米子就用被子捂了头，可兰子的哼哼声还是顽强地钻进了耳朵。

第二天早上米子不理兰子，兰子也觉着挺对不住妹妹的，就低声下气地说："你不能怪姐，姐不是故意的，姐是实在忍不住了，你不知道你姐夫的劲有多大！"说着兰子就红着脸无比幸福地笑了。米子想象不出姐夫的劲有多大，所以夜里经常失眠。那时候，米子已经十七岁了。

去地里干活的时候，兰子拉着车子，天胜坐在车上，米子跟在后面，一家三口一路说说笑笑的。到了地里，姊妹俩把天胜放在地头，然后有说有笑地去干活。天胜坐在那里看医学方面的书，看累了，乏了，饿了，就冲姊妹俩吼一声："我饿了，回吧！"姊妹俩就放下手里的农活，拉着拐子天胜回家去了。这一切，让莫村的男人十分羡慕，心里酸酸地骂："狗日的拐子，真他妈有福！"

男人们想不明白，拐子天胜哪一点比他们强，竟能得到这么好的两个女人，莫非他狗日的东西上长了花？

拐子天胜给米子的屋子还没有盖好，米子就走了。那天早上，兰子做好了早饭进屋去叫拐子和米子起来吃饭，看见两个人钻在一个被窝里像两条蛆一样蠕动，惊得说不出话来。生米已经做成了熟饭，她还能说什么呢？她能做的只是一把掀开被子，向炕上的两条白虫重重唾了口唾沫，转身走进厨房将一锅红豆稀饭泼在地上，一个人坐在灶前捂着脸呜呜地哭。两个人老实了一段时间，可没过多久又钻进了一个被窝。一个是自己的男人，一个是自己的妹子，都是兰子所爱的人，她能把他们咋样呢？再说，家丑不可外扬。所以再碰到这种事情，兰子只恨恨地说："快起来吧，等一会儿让外人看见了，多丢人！你们不要脸，我还要脸呢。"一家人在外人看来和和睦睦，像是什么事也没有发生过一样。

可是半年后，姊妹俩不知为什么事情大吵了一架，一直吵到了巷道里，刀子嘴兰子麻袋里倒核桃似的稀里哗啦把什么事都抖搂了出来。米子再也没脸在姐夫家待下去了，双手捂了脸呜呜哭着离开了莫村。

兰子正骂着，见管家走进来了，就立马住了嘴，换上了一副笑脸，又是端凳子又是倒茶水，好像他们刚才不是在吵架，而是在排练演戏。管家也装着没有听见他们吵架，向他们说明了来意。天胜听说是老爷请他去看病，激动得脸都红了，一副受宠若惊的样子，背起牛皮药箱就要往外走。兰子飞快地卷了一个煎饼，塞进天胜手里说："饭没吃完就走，迟早饿死你个瞎尿！"天胜将煎饼还给兰子，嘿嘿一笑说："到莫家大院去，还能饿着我？"说着就往门外走，比管家还着急。管家摇头笑了笑，心里想："狗日的天胜就是有福，摊上这么一个好女人。"

管家当天夜里悄悄把天胜领进了莫家大院。天胜察看了莫鹏举的病情，说："老爷只是受了惊吓，又被冷子激了一下，稍感风寒，有些虚脱，吃一两个月人奶就好了。"谁也没有见过用人奶当药治病的！管家说："你可不要拿老爷的病耍笑！"天胜说："你借我个胆我也不敢。老爷吃三个月人奶，若是病还好不了，你找我算账！"

村里人从天胜嘴里知道老爷病了，三五成群地都来看望，又怕惊扰了老爷，只站在院里望一会儿老爷的窗户，将来时怀里揣的鸡蛋和手里提的麻花、油糕、酥饺等孝敬老爷的吃食交给管家，又一个一个悄悄地退了出去。管家说，你们来就来了拿东西做啥？人们说，我们知道莫家大院不缺这个，可这是我们的一点心意，大伙都盼着老爷早些好哩。又说，莫村没有谁都行，就是不能没有老爷。十几个正在奶孩子的女人听说老爷的病需要奶水，就主动跑到莫家大院，说自己的奶水旺，老爷能吃她们的奶水是她们的福分哩；说只要能治好老爷的病，她们哪怕让孩子断奶哩；说老爷要是有个三长两短，孩子们长大了靠谁去。

管家从中挑选了两个年轻俊俏的女人，让她们每天早晚两次来给老爷提供奶水。被选中的女人喜滋滋的，感到无比的光荣。没有被选上的女人对管家不满，嘴里嘟囔着说，老爷要的是奶水又不是脸面，用得着看俊丑吗？

从此，病中的莫鹏举就喝上了两个年轻女人的奶水。两个女人走进莫家大院的第一天，管家就给了她们每人三两银子，说是赏钱，以后还要按月给，一个月二两银子。两个女人从来没有见过这么多的钱，喜不自胜。她们更加乐意早晚颤着一对丰腴的奶子走进莫家大院，将奶水贡献给跟她们父亲年龄差不多的莫老爷。

可是后来谁也没有想到，其中那个叫草姑的女人却为此付出了一生的代价。

半个月后，城墙修好了，坚固如初。莫老爷请来了乔娃子的皮影戏班，在村里大唱了三日，以示庆贺。同时，也以此冲冲晦气。

双生子少爷天佑和天顺，在城墙修好后不久，就被管家送到古川县城上学去了。按说他们才六岁，上学还为时过早，但太婆执意要让他们提前去上。莫氏家族以前好几代出过进士。太婆说："莫家好多年没有出过读书人了，上几辈人只知道打打杀杀，再这样下去，哪儿还像个耕读世家？"她希望这小一辈里能出个进士或秀才什么的。

天气一天天炎热起来，日头像个大火球，噼噼啪啪地在空中燃烧，使得天地都快要熔化了。很久没有下雨了，收割过的麦茬地裂开了许多纵横交错的口子，像无数张开的嘴巴对着天空艰难地喘息着，眼巴巴地等待着甘露的降临。

天奇过满月的那天，老天突然下起了大雨，劈头盖脸下了一整天。雨水灌进龟裂的土地里像灌进无底的黑洞，发出咕咕的响声。雨水灌满了土地的肚子，土地喝得太饱了，像鱼一样张着嘴巴吐着水泡，甚至能听到土地打嗝的声音。雨过天晴，天气一下子凉爽了许多。这雨下得太及时了，莫村人正好种瓜点豆下秋种。

从天奇出生的那天起，太婆的牙根就开始发痒，痒得她恨不能在门框上磨一磨。起初太婆并没有在意，以为是着急上了火。可是就在下雨的那天夜里，她的嘴里奇迹般地长出了两排白生生的新牙。

太婆坚信这场及时雨还有她那奇异的牙齿，是刚出生的重孙子天奇带来的。太婆认为，天奇绝不是一般的凡胎肉体，而是上天派到莫氏家族的一个圣物。这种奇怪的想法使太婆在以后的几十年里，对天奇一直另眼相看，视若神明。

这件奇事，轰动了整个莫村和周围的十村八乡，人们不相信一个快要一百岁的老人会长出一口新牙，纷纷跑到莫村来看热闹。他们拿着各种礼物来给太婆贺喜，太婆也乐得合不拢嘴，给人的感觉是有意让人欣赏她那奇异的牙齿。其实，太婆开始也不相信自己会长出一口新牙，以为是在做梦，将手指塞进嘴里一咬，很疼，又捡起一个核桃咬了一口，竟咯嘣作响，这才确信自己的新牙是真的。太婆的牙齿一天比一天坚硬起来，事情过去了多日，她还不相信自己的瘪嘴里真有一口好牙齿，总喜欢用咬核桃的方式一再证实。这种行为渐渐就变成了一种无形的炫耀。一旦有人在场，太婆就从身上摸出一个核桃咯嘣一口咬碎，然后放在手心里拣食其中的仁儿。日子一久，这倒成了太婆的一种习惯。

太婆的核桃总是放在一个酱褐色的古怪的陶罐里，有时她坐在老槐树下怀里抱着陶罐，有时不抱陶罐，但手里却始终都有几个核桃。陶罐在阳光下发出幽暗的光，极像太婆的脸。谁也不知道太婆为什么喜欢用陶罐装核桃，也没人知道那只陶罐有多少年月了。莫家古老的东西和古怪的人一样多，实在让人费解。太婆时常把手伸进陶罐里搅得核桃咔啦啦响，这种声响在夜深人静的时候，听起来特别惊心动魄，甚至让人不寒而栗。莫老爷后来就特别害怕这种声音。

有了女人奶水的滋养，莫鹏举的病果然一天天好了起来。但咳嗽的毛病却顽固地保留了下来，后来的几十年里，只要听到那特别的咳嗽声，人们就知道莫老爷来了，言行立刻就严肃庄重起来。有了女人奶水的滋养，他的身体恢复得很快，看上去甚至比以前还要结实和精力充沛。实际上，人们看到的只是莫老爷身体的外表，而他身体的另一部分还没有恢复正常，这对于"四十如虎"的他来说，无疑是一个沉重的打击。

　　早在修复城墙的时候，他就已经开始悄悄用药物解决这个问题了，但收效甚微。这事比修复城墙要难得多，修城墙可以请短工帮忙，这事却不能请人帮忙，只能依靠自己，而且还不能让人知道。他用狗鞭、鹿茸、虫草等多种药物，也没能使它重新站起来。但他并不气馁，他坚信它最终是会站起来的。它也必须站起来，他不允许它就这么躺着；它躺倒了，他作为男人的自信也就躺倒了。

　　药力无效，他只有靠毅力了。他不再吃那些没用的药物，开始用意念治疗。他像练气功一样，气运丹田，然后用意念让气流慢慢走向那个地方，同时在心里对它呐喊：起来！起来！！起来！！！他一遍一遍这样做，不厌其烦，反复演练。这种时候，他喜欢面前有个女人，让意念有个具体的目标。莫家大院里有几分姿色的丫鬟，在他演练的日子里几乎都被他借故叫到过跟前，充当过他的目标。他的目光能穿透女人的衣裳，看到女人身体的每一个部位。他尽力把女人最隐秘的地方想象成自己所希望的那样，而把自己想象成一个战无不胜的勇士，正端举着粗壮坚挺的长矛，向那里一次又一次地进攻，进攻，进攻！他用长矛将女人挑起，让她们像旗帜一样在空中飞扬……

　　某一日，他终于找到了久违了的那种感觉。他欣喜若狂，急于想证明自己能力的恢复，但却一时找不到一个一试身手的地方，就像一个想实弹射击的士兵找不到靶场一样。大太太的屋里他早就很少去了，一年半载只照顾性地去那么一两回。他早就对她失去了兴趣，让她做靶场对不起自己的武器，说不定还会使武器因此受到致命的损伤。三太太的屋子他倒是经常光顾的，尽管她一直保持那种不冷不热的态度，但她毕竟比大太太年轻得多，水灵得多。可是现在她正在坐月子。他想到了香椿。那可是个野性难驯的女人啊！可就是因为上次和她在杏林里野合才把自己弄成现在这个样子，现在想起来还心有余悸呢。

但他迫切需要一个女人。最后，他把目光盯在了每天晚上来挤奶的得得媳妇草姑的身上。

草姑二十多岁，胸脯鼓鼓囊囊的像塞满了棉花，走起路来尻子一扭一扭的，而且喜欢斜着眼睛看男人，好像只有用眼角才能看清男人似的。草姑属于那种男人见了就想把她按在地上的那种女人。好吧，就是她了。可怎样才能得到她呢？

这天晚上，草姑像往常一样，颠着一对瓷实的奶子走进了莫鹏举的屋子。莫鹏举没有急着让她挤奶，而是支走了丫鬟，对草姑说："奶挤到碗里一凉，就不好喝了。"

草姑没有听懂，斜眼看着他。

莫鹏举说："挤来挤去的也麻烦。"

这回草姑听懂了，说："不挤你咋喝？"

莫鹏举看也不看草姑，脸上毫无表情，淡淡地说："不挤就不能喝了？"

草姑似乎明白了他的意思，脸腾地红了："那可不行，论辈分，我叫你叔哩。"

莫鹏举不以为然："啥叔不叔的，八竿子打不着的一个叔。"

草姑说："那也不行，让人知道了我还咋活人嘛！"

莫鹏举走过去关上屋门，说："只要你不说我不说，就不会有人知道。"

草姑下意识地往后退，一直退到了炕边。低头沉默了一会儿，小声说："那你只准吃奶，不准动手动脚……"

莫鹏举说："那当然么。"

草姑犹豫了一下，把衫子往上一撩，一对大奶子就扑棱了出来。莫鹏举半蹲着，一只手逮住奶子，嘴巴就迅速地噙住了奶头，吱吱呱了起来。女人哎哟一声，说："呀，你吃奶就吃奶么，手咋上来了？呀呀，两只手咋都上来了？你胡子扎疼我了……呀呀呀，你甭胡捏……"

莫老爷嘴里含含糊糊地说："不捏奶出不来么……"

后来，草姑不再吭声了，怕冷似的倒吸着冷气。莫老爷咂捏完了这只，又咂捏另一只。草姑有些受不了了，身体开始不由自主地颤抖。双手不知什么时候就搂住了莫老爷的头，非常有力，似乎浑身的力气都集中在了手上，她使劲地往里按，像是要把他的头按进自个儿的胸膛里去。她禁不住呻唤了一声。

莫鹏举感觉自己的东西已经成功地挺立起来，但他并不着急，耐心等着它更加坚挺。他一边吸吮着草姑的奶水，一边腾出一只手来轻轻脱下了草姑的衫子，解开了草姑的裤腰带，将她裤子顺腿抹到了脚脖子，然后把已经光溜溜的她拥倒在炕上。其间，他始终没有停住对她的吸吮和抚摸。等草姑羞涩地闭上了眼睛，他才正式开始对草姑由头到脚进行更深层次的抚摸，每一道沟坎都没有轻易放过。

草姑从来没有过这种感受，长这么大，还没有谁对她的身体这么珍重和关爱过，包括自己的男人得得。她有生以来头一回体味到了做女人的好处和妙处，激动得浑身战栗。与莫老爷相比，得得太粗俗太匆忙了，一上来就呼哧呼哧直奔主题；而莫老爷却懂得女人需要什么，会用各种各样的手段铺垫这个让人心旌摇曳的过程，使美妙和快乐不断延伸。这种时候，过程比结果更重要，更有趣。可惜得得不懂这些，他要懂得就好了。她闭着眼睛，身体享受着莫老爷抚摸带来的无限快乐，心里却来回比较着两个男人。她知道不该这样，但她已经无法克制自己。刚才还拥塞在胸膛的羞耻，现在已经像春日里的积雪一样化掉了。她已经管不住自己了，嘴里呀呀呻唤着，像是为越升越高的快乐助威呐喊。她赤裸的身子火炭样滚烫，下身已是汪洋一片，臀部开始左右扭动。莫鹏举这才脱去自己的衣裤，爬了上去……

莫鹏举对草姑很满意，更为自己男性能力的恢复而高兴。

草姑不知是羞恼还是喜悦，腮边竟挂满了泪水。她飞快地穿好衣服，轻声说："叔呀，侄媳妇今天才知道，人和人不一样哩……你会体贴人，是个好男人……"

"叔不会让你吃亏的。"

莫鹏举说着，从炕席底下摸出二两银子，塞进草姑怀里。

草姑把银子摔在炕上，一脸不高兴的样子，拉开屋门噔噔噔地走了。

莫老爷站在那里瓷了半天，心里想："刚才还好好的，咋说翻脸就翻脸了？"

第二天晚上，草姑又来了，像是啥事也没有发生过。她走进屋子看也不看莫鹏举，背过身去直接把奶挤到了碗里。

一见草姑，莫鹏举心里又开始发痒，他还想再试一次。他把草姑的冷漠理解为一种有意的埋藏，她表面上看似冷若冰霜，说不定心里早已燃起了一团烈火。他从后面拦腰抱住了草姑，双手逮住了她的奶子。草姑一把将他抢倒在炕沿上。他没想到她会有那么大的力气，疑惑不解地说："你这是咋了？"

"咋也不咋。我问你，你能不能娶我？"

莫老爷一下子被问住了，他没想到草姑会提这个问题。他想了想说："你咋问这话呢？我是你叔哩，咋能娶你？"

"昨晚你咋不说这话？我再问你一句，能，还是不能？"

"不能。"莫老爷说。

现在他才明白，昨天晚上她为什么不要钱，原来后面还有这么大的阴谋。可是他马上就发现自己又一次错了。

草姑说："不能？不能你就甭再招惹我。你当叔的应该有叔的样子，不要让我轻看你！你裤子一提屁事没了，可我还得跟得得好好过日子哩。在炕上你能，你比得得能，可你能跟我过一辈子？你让我知道做女人的好，让我知道男人跟男人不一样，让我老想你，你这不是害了我吗？叫我以后还咋跟得得过活？我恨你，今生今世都恨你！"

草姑的泪水涌了出来，她倔强地用衣袖抹了一把说："就这，我走呀！"

莫鹏举还没有反应过来，草姑已经走出了屋门。他感到自己越来越不懂女人了。

草姑再也不来莫家大院了。莫鹏举让管家多拿了两月的奶钱给草姑送去，可草姑只留下自己该得的那份，又把多余的钱退了回来。莫老爷又一次领教了这个女人的厉害，他的直觉告诉他，这个女人不好对付。

后来，莫鹏举悄悄找过几回草姑，草姑都是冷冰冰的，死活不让他再沾身。莫鹏举突然感到自己有些乏味，很乏味，索性就断了奶。他在莫村是何等身份何等地位，却在这个女人面前低三下四，丢了脸面，简直太乏味了！天下女人多的是，何必在一棵树上吊死！就不再惦念草姑，日子久了也就渐渐把她淡忘了。

莫鹏举是一个不甘寂寞的人，不想草姑了，他又开始想香椿。还是香椿对他好，从来不给他难堪，他想咋样就能咋样。在草姑面前他感到自己多少有些卑猥，而在香椿面前他任何时候都能找到大掌柜的感觉。他喜欢那种感觉。确切地说，他需要那种感觉。他原本不想再招惹香椿了，可是现在一切灾难都过去了，似乎也没有发生什么大事，他还是莫村人心目中德高望重的大掌柜。自己以前的想法是不是有些大惊小怪，神经过敏？是不是一朝被蛇咬十年怕井绳？这么想着，在某一天，他又鬼使神差地跟香椿走进了杏林。

就在他们重新走进杏林的时候，三太太出事了。还没长牙的天奇，吃奶的时候咬破了三太太的乳头。偏偏那些天佃户又送来了许多羊，莫家上下天天是羊肉汤、羊杂碎、羊肉泡馍、羊肉饺子、羊肉包子，空气里都洋溢着一股羊膻味儿。羊肉性热，易发。三太太的乳房就发了，肿得像发过时了的面团，又白又大，泛着亮光，疼得她夜里睡不着觉。三太太怨儿子："你个碎尿，还没长牙就开始咬人了，该不是狗托生的！"天奇冷冷地看着他妈，眼睛一眨不眨。三太太倒吓了一跳："啊呀，你个碎尿，还想吃了你妈不成？"

经过古川县县城恒心堂老先生的医治，三太太的乳房十余日就消了肿，可奶水却没有了，原先鼓胀丰盈的乳房，变成了两只空囊。老先生也没办法，摇摇头，说："少爷有些怪异，没长牙就能咬破皮肉，实属罕见，非凡人所能为。太太的奶水靠几服中药恐怕已经无济于事了，少爷没有缘分再吃太太的奶水了，还是找个奶妈来喂养吧。"

管家在村里找了一个奶妈，喂养少爷天奇。奶妈是石匠的媳妇，也刚生下个儿子，比天奇小半个月，起名叫黑蛋。天奇吃奶妈的奶，黑蛋吃山羊的奶。

这么着，少爷天奇一天天茁壮成长起来。遗憾的是，天奇长到了四岁还不会开口说话，不会哭，也不会笑。如果说起初莫家的老爷和太太们还怀有一线希望，企盼天奇某一天会突然开口说话的话，那么现在他们已经彻底失望了，无奈地承认了这个残酷的事实。

夏收过后，管家问老爷："又到了给那七家送粮食的日子了，今年还送不送，送多少？"

老爷说："送，咋能不送呢？为了莫村人家连性命都搭上了，我们还舍不得一点粮食？按老规矩，一家一石麦五斗谷。"

这个规矩是莫氏家族的先人们早就立下的。凡是在械斗中死了的人，他的家人每年都能享受到莫家大院接济的一石麦五斗谷。他们说的那七个人，是在去年的那场械斗中被人杀死的。那血淋淋的场面，现在想起来还让人心惊肉跳。

4. 金匾与棺材

　　每年大年初一，桃花沟人都要成群结队地来莫村寻根问祖、祭奠先人。桃花沟人是莫氏家族的一个分支，三百年前也住在莫村，后来同父异母的兄弟俩闹翻了，弟弟一气之下背着自己的母亲上了万斛山，在桃花沟筑城造屋，另起炉灶，建立了一个新的村庄。从此，两个村子的人相互都憋着一股劲。那个弟弟、桃花沟的先人就是当时颇负盛名的"关中四君子"之一莫善笃。起初，莫善笃和他的子孙们布衣农耕，过着神仙般的隐居日子，倒也快活。可是不知从哪一年开始，两个村子的人在祭祖的时候因为金匾的事情发生了口角，引起了第一次家族内部的大械斗。械斗开了头就没有了结尾，双方不知不觉地陷入了复仇的怪圈，仇恨越积越深。

　　其实，桃花沟人用不着大老远跑到莫村来祭祖，他们那里也有一个莫氏祠堂，里面同样供奉着莫氏家族共同的先祖莫爵和他们桃花沟的创建者莫善笃的神位。如果桃花沟人不来莫村祭祖，也许就不会发生那么多同族同宗自相残杀的悲剧。可是，莫姓人都认为莫村的祠堂是正宗的，连桃花沟的人都这么说。原因很简单，桃花沟祠堂门楣上的"莫祠"二字是莫善笃自己题写后让石匠镌刻在石匾上的，而莫村的那块匾却是莫爵死后皇帝御题的金匾。一石一金，天壤之别。桃花沟的人前来祭祖，冲的就是这块金匾。

　　金匾给莫氏家族带来了荣耀，也带来了意想不到的麻烦和灾难。以前发生过的和以后将要发生的许多悲剧，很大程度上都是因为这块金匾。

"谁有金匾，谁家的祠堂就是正宗的。"莫村人喜欢这样说，话语里流露出抑制不住的优越感和自豪感。

听了这话，桃花沟的人当然生气，说："金匾也有我们桃花沟的一份儿，总有一天金匾会挂到我们桃花沟的祠堂里！"

莫村人说："看么。"

桃花沟人说："看么。"

这样的对话，不知在两个村子人之间进行了多少辈，但金匾至今还牢牢地挂在莫村的祠堂里。为了争夺这块金匾，三百年来，莫村人和桃花沟人一共发生过二十六次械斗。

后来，人们惊奇地发现，每隔十二年就会发生一次械斗，而每次双方都要死好多人。

三十多年前，也就是双方发生了第二十三次械斗后，太婆的男人莫宾鸿老爷厌烦了，意识到这样打打杀杀下去对谁都没有好处，不听太婆和村里其他人的劝说，独自上了桃花沟，想与当时的桃花沟主莫仁天握手言和。莫仁天表面上显得十分大度，设宴热情款待莫宾鸿，背地里却在酒里下了慢性毒药。结果莫宾鸿回到莫村三天后就七窍出血，一命呜呼了。莫宾鸿的大儿子，也就是莫鹏举的大伯莫仁善领着村里人去桃花沟报仇，杀死了莫仁天的长子莫鹏宇，自己也被桃花沟的弓箭手射死。

十二年后，莫鹏举的父亲莫仁厚在正月十五闹社火的时候，杀死了老态龙钟的桃花沟沟主莫仁天。

又过了十二年，莫仁厚又被新的桃花沟沟主莫鹏昊打断了腰……

复仇，就像一辆从山坡上飞奔而下的战车，谁也无力使它停止下来。莫宾鸿想阻止这种无谓的杀戮，结果惨死在了对手的毒酒下。因为男人的死，太婆对仇杀深恶痛绝，但她除了对儿孙们喋喋不休地规劝外，别无他法，只有独自叹息。

械斗，对于两个村子来说无疑是一种灾难，但对棺材铺掌柜贵生来说，却是一件求之不得的好事。贵生渴望村里天天死人，这样他的棺材才能卖出去，他才能发财。那年月也合该贵生发财，莫氏家族之间相互仇杀的同时,整个世界也在进行着一场更加残酷更加持久的杀戮。棺材铺的生意一年比一年红火,白花花的银子像河水一样哗哗哗地流进了贵生家,以致他不得不用棺材盛装。

每年一进入冬季,棺材铺的伙计就开始忙着赶制棺材。

到了腊月,贵生就开始兴奋,激动得白天在屋里转圈圈,夜里在炕上"烙煎饼"。因为大年初一就要到了,又要开始械斗了,又要死人了。在贵生心底阴暗的角落里,急切地渴望着械斗,渴望着死人。可是,械斗不是年年都会有的。眼睁睁地看着桃花沟人祭完祖,一个个好端端地走出城门,躲在暗处的贵生恨不能跳到前面拦住他们,给他们一人手里塞一把镰,让他们反身杀回莫村,杀他个片甲不留,死尸遍地。或者,干脆自己亲手掐死几个,拽进他的棺材里。为了赚钱,贵生冷酷的心让欲望的烈焰烧成了黑木炭。

他对自己的黑脸女人说:"我就不信等不住个闰腊月!"

女人说:"你心真黑了!"

贵生说:"不黑?不黑靠你卖×挣钱呀?不黑你吃风屙屁呀?"

其实,贵生不是一生下来就心黑,小时候还是很善良很招人喜欢的。父母在世的时候,他进私塾念过几年书,很得先生的赏识。贵生家穷,整天吃红薯。红薯吃多了就爱放屁,屁又特别臭,所以先生和同学都管他叫"狗屁"。贵生人很聪明,什么东西一学就会,一篇文章别人还是半生不熟的时候,他就已经能背得滚瓜烂熟了。之乎者也记多了,心里也就开始发痒,有时也照葫芦画瓢作几句歪诗。先生因此常和他对诗取乐。

先生说:"狗屁,我们对个对子吧。"

贵生说:"先生先出上联。"

先生说:"大鱼吃小鱼,小鱼吃虾,虾吃水,水落石出。"

贵生想起曾经偷看过先生将师娘压在床上的情景,灵机一动,有了下联:"先生压师娘,师娘压床,床压地,地动山摇。"

先生哭笑不得。

师娘不识几个字,但人却年轻妖艳。师娘要回娘家,先生让贵生去护送。师娘在前面走，贵生在后面跟。贵生低着头，一路走一路数师娘的脚印。天气一会儿晴一会儿阴的，日头出来了，师娘就撑开伞遮住日光；日头钻进云里去了，师娘就把伞收起来交给贵生背着。师娘觉得路上无聊，便无话找话说："狗屁，听说你念书念得好，还会作诗。"

"我是蚂蚁尿到书上了——湿（识）字不多，胡哼哼哩。"

师娘被逗笑了，说："那你就胡哼哼一段，给师娘解个闷儿。"

贵生说："我怕师娘笑话我。"

师娘说："喊，师娘斗大的字不识一石，还能笑你？"

贵生挠了挠头，问师娘："那你说，以啥为题？"

师娘晃了晃手里的伞，说："就以这伞。"

贵生想了想，说出头一句："天阴狗屁背。"

"啥意思？"师娘没有听明白。

贵生说："天阴的时候，这伞是不是得让我背着？"

师娘说："对呀。"

贵生说："那不就是'天阴狗屁背'嘛。"

师娘明白了："有道理，接着往下说。"

贵生说出了第二句："日出师娘使。"

师娘一听这句，立马变了脸："好你个狗屁，竟敢骂老娘！"

贵生觉得委屈："我没骂你呀？"

"那你说日出谁的屎？"师娘杏眼圆睁。

"日出你使呀……"

贵生还想接着解释：日头出来的时候，这伞是不是你要使唤？可是已经来不及了，师娘抡圆了胳膊给了他一嘴巴："碎尿大点，就想占老娘的便宜。我让你日！"

贵生脸上立刻泛起了五个细长的手指印。

师娘回去告诉了先生。先生叫来贵生，说："狗屁，你娃夥脚舞手的胆子不小，竟敢骂你师娘？"贵生说："我没骂她，她让我以伞为题作诗，我就念了两句'天阴狗屁背，日出师娘使'，她就说我骂她，还打了我一撇耳子。"先生乍一听不入耳,可细一琢磨诗倒是没错,是自己女人曲解了诗意,但又不好说什么,见贵生还站在那里,不耐烦地说:"还不快避!"贵生说:"先生放狗屁,狗屁才敢避。"先生挨了骂,又说不出口,本想叫来贵生好好训一顿,没想到却吃了哑巴亏,气得呼哧呼哧直喘气。后来,先生还是找了个碴子把贵生赶出了学堂。

　　书是念不成了,贵生挨了父亲一顿打,便开始在村里胡混。人一旦倒了霉,喝凉水也塞牙。那年初一,村里发生了械斗,父亲的头被人一刀劈成了两半,脑花子流了一地。第二年秋天,村里来了个耍猴的男人,母亲丢下他跟着那个男人跑了。父亲死了,母亲跑了,贵生成了孤儿。开始贵生还哭几声,后来也懒得哭了。哭也没用,谁也不会可怜他。除了莫老爷接济的那一石五斗粮食,他再也没什么可依靠的了。虽说饿不着肚子,但缺衣少穿没娘的日子确实恓惶。所以,他恨这个世道,恨所有的人,一双小眼睛里经常发出凶狠的寒光。

　　后来,贵生跟一个外村人学木匠手艺,走村串巷省吃俭用,几年下来也积攒了一些碎银子,二十岁那年回村娶了一个媳妇。媳妇懒得出奇,胡吃乱捅,不会挣只会花,日子反倒不如从前。一天夜里,贵生一连做了三个稀奇古怪的梦,说给女人听。女人也不解其意,说:"你去找我妈,我妈解梦可灵验了。"

　　第二天,贵生去找丈母娘。丈母娘不在家,只有妻妹子一个人在屋里做针线。妻妹子说:"你说做的啥梦,我给你解。"贵生说第一个:"我梦见墙头上长了一棵草。"妻妹子说:"墙头上的草没有根基。不好不好。再说第二个。"贵生说:"我梦见戴了顶草帽又打了把伞。"妻妹子咯咯笑了,说:"你又戴草帽又打伞的,明摆着是多此一举嘛。"贵生说:"那你再听第三个。我梦见和你……"贵生不好再往下说了。妻妹子说:"和我咋了,往下说呀!"贵生说:"那我说了你可不能生气。"妻妹子说:"你说你的,我不生气。"贵生没开口脸先红了,小声说:"我梦见和你背靠背睡觉哩。"一听这话,妻妹子气得指着贵生鼻子骂:"你也不尿泡尿照照自己是啥货色,还想占我的便宜!"说着就追打贵生。

　　这时,丈母娘回来了,见两个人正在争吵,就问贵生:"你把你妹子咋啦?"贵生说:"她那么歪,我敢把她咋?"丈母娘又问女儿到底是咋回事。女儿气呼呼地说:"你问你的好女婿!"丈母娘板起了脸,说:"贵生,你到底把你妹子咋啦?"贵生说:"我昨夜做了三个梦,想让你老人家给我解解,你不在家,她说她能给我解,我说了,她又骂我。"一听说解梦,丈母娘来了兴致,说:"啥梦?你说说,我给你解。"贵生说:"我梦见墙上长了一棵草。"丈母娘说:"好啊,墙上长草好啊,人家都得仰头看你哩,这叫高看一眼。"贵生说:"我还梦见晴天大日头,我戴了顶草帽又打了把伞。"丈母娘说:"也好啊!草帽上头又有伞,这是冠上加冠哩,就是官上加官的意思,是好兆头!你再说下一个。"贵生拿眼看妻妹子,面有难色,说:"这一个不好说,刚才妹子就是为这骂我的,我不敢说。"丈母娘说:"你说,说错了我不怪你。"贵生就大着胆子说:"我梦见和妹子背靠背睡觉哩。"没想到丈母娘听后拍手大笑,连说:"好梦好梦,你和你妹子背靠背睡觉,你能不翻身吗?就是说你的穷日子就要到头了,你要发财了。"听丈母娘这么一解释,贵生恍然大悟,高兴得手舞足蹈,当时就跑到西山妙觉寺烧香拜佛祈求好运去了。老和尚让他抽个签,他竟抽了个上上签。老和尚端详着那签,笑而不语,最后只在他的手心里用毛笔写了两个字:官、才。贵生不解其意,问和尚,和尚说:"天机不可泄露,你自己悟去吧。"

　　回家后,贵生在炕上躺了三天三夜,还是没有想出个所以然来,又不敢随便问人,怕泄露天机。他想,我贵生既无才能,又不可能做官,这官、才二字从何说起?女人见他苦思冥想不起床,不耐烦地说:"起来起来,炕都快让你压塌了,整日里鬼念经似的'官才官才',再这样睡下去,我看你人都快进棺材了!"贵生恍然大悟,忽地从炕上坐起来,喊道:

　　"官才官才,不就是棺材嘛。日他娘啊,这是让我做棺材哩!"

　　两月后,贵生真的开起了棺材铺,不到三年就翻了身。

但贵生后来能积攒整整一棺材钱,是莫村人做梦也没有想到的。

人一旦有了钱,就会遭人嫉妒。尤其是以前日子过得不如人,后来日子又越过越红火的人,更容易遭人嫉妒。贵生常常感叹说:做人难哪,你不如人会被人看不起,被人欺负;你比人强又会遭人嫉妒,人都盼你倒霉。莫村人的嫉妒是含蓄而不露声色的,只在贵生名字前面加上个"狗日的",看似轻描淡写,甚至还有些开玩笑的意思,实则每个字都带有一颗牙齿。"狗日的贵生",成了人们发泄胸中妒火的一个出口。莫村人用这种方式来稀释贵生发财后给他们带来的不快和心理压力。

村里最嫉妒贵生的,莫过于拐子天胜。虽说天胜和贵生的关系一直不错,可他还是嫉妒他。天胜在村里大小也算个人物,但他并不满足。他知道自己不如三个人:在钱财上,他不如贵生;在人缘上,他不如村长来福;在权力、威望、富贵上,他不如莫老爷。莫老爷他是无法攀比的,今生今世也别想超过他。村长嘛,村里人不选他,他也没有办法。只有贵生让他不服气:他凭什么就比自己有钱?

天胜愤愤地说:"他娃牛个锤子!有钱顶屁用,屋里养了个不下蛋的母鸡,连个后人也没有!你们看么,狗日的贵生到老来才恓惶呢,死到屋里也没人抬埋。他挣的是缺德钱,就该断子绝孙!"

可狗日的贵生运气就是好,婆娘不能生养,天上却掉下来一个女儿。那年他去黄陵拉棺材木料,领回来一个三四岁的女娃。因为是半路上捡来的,所以起名叫丢丢。丢丢白脸大眼睛,长得十分疼人。这个乖巧的丢丢,给贵生两口子带来了许多快乐和安慰,但长大后也让他们丢尽了脸面。

其实,贵生很少到黄陵去拉木料,他做棺材的木料主要来源于万斛山。万斛山上长满了柏树,桃花沟的人砍了柏树,夜里悄悄扛到莫村城外卖给贵生,贵生就有了源源不断的棺材木料。桃花沟人跟莫村人有仇,但跟钱没仇。贵生做的棺材有些后来也成了桃花沟人最后的归宿。万斛山上的柏树越来越少了,渐渐变成了一座难看的秃山。谁也没有想到,桃花沟因此遭受了灭顶之灾。

冬天，贵生赶制棺材的时候，正是莫村人最清闲的时候。男人们袖着手三五成群地蹲在城墙根下晒太阳，女人们坐在热炕上做针线活谝闲传。也有在城墙根下蹲烦了的男人，循着叮叮咣咣的斧锯声走进了贵生的棺材铺，看贵生和他的伙计们把一根根原木解成木板，又变戏法似的弄成一口口棺材。男人们抽着贵生的旱烟，喝着贵生的酽茶，东一句西一句地消磨着清闲的冬日。贵生心不在焉地应承着男人们的闲言淡语，却并不停下手里的活计。男人的话题从天南地北阳世阴间最后总要扯到女人身上。提起女人，男人们就来精神，眼也亮了，话也稠了，喉咙也发干了。等大家都尽兴了，再也无话可说了，便木呆呆地看着贵生做好的棺材。看着看着，脊背就开始发冷，想这棺材很有可能就是装自己的，心里顿时瞀乱起来，一拍屁股回了家，爬上女人的热炕，感叹人生苦短吉凶难测，说不定哪年初一就让人拿镰砍死了。越想越觉得活着的日子一天比一天少，心里想：唉，管屌他哩，活一天算一天吧，今儿个有酒今儿个醉，明儿个无酒喝凉水，活着还是及时行乐吧。这么想着，顿时便来了情绪，把女人按倒在炕上行乐一回。

　　一过腊八，莫村人就闲不住了。他们一方面要杀猪宰羊筹备年货，一方面还要磨刀擦枪预备初一可能发生的械斗。所以，过年对莫村人来说是件既喜又忧的事情。随着年关的逼近，这种恐惧的气氛越来越浓厚，就像天上冻僵了的阴云，沉沉地压在莫村上空，让人喘不过气来。腊月三十，家家蒸好了馍煮熟了肉切好了菜备齐了年饭，也磨好了镰刀寻来了棍放置在门后顺手的地方。娃娃过年，大人作难。娃娃们不管大人们的事，一味地在巷道里疯跑，早早地放起了鞭炮。零零落落的鞭炮声在沉闷寂静的空中特别响，引起娃娃们阵阵惊呼和喧闹。大人们则一个个心事重重的模样，仿佛已经从鞭炮声中听出了出殡的味道。

　　莫村人几乎年年都是在这种喜庆和惶恐夹杂的气氛中度过腊月的。除了贵生，人们都害怕过年，过年就意味着可能要发生械斗，要死人。

对于贵生来说,械斗无疑是一件好事。

去年,"好事"终于让狗日的贵生等来了。

事情的起因很简单,桃花沟的顺顺摸了一下莫村锁柱的头,锁柱就恼了,一声不吭地砍死了顺顺,大规模的械斗就在巷道里开始了。

当时,祭祖仪式已经完毕,桃花沟人正缓缓向城外走去,谁也没有想到顺顺会摸一下锁柱的头。顺顺和锁柱早就认识,两人见了面也常常耍闹,但顺顺忘记了今天不是耍闹的时候。这个时候,人们心里都异常紧张,每一根神经都几乎要绷断了,双方的人都相互提防着、窥探着,任何一个人的任何一句话一个小动作,都有可能引发一场惊心动魄的大械斗。然而,偏偏就在这个时候,大大咧咧的顺顺摸了一下锁柱的头。

"甭摸!"锁柱看也没看顺顺,冷冷地说。

"咦——这厮!"锁柱又摸了一下。

"甭摸!"锁柱黑森了脸,提高了声音。

所有的人都收住了脚步,向这边观望。

顺顺觉着自己和锁柱一向很熟,摸他一下头不算啥,现在人们都把目光对准他,搞得他很没面子,他索性又摸了一下。

"我说甭摸!"锁柱猛地抬起头冲顺顺吼道,脸色通红。近旁的人看见顺顺脖子上的青筋噌噌地跳。

巷道里一时鸦雀无声,仿佛空气都被顺顺的这声吼叫镇住了,不再流动。这时,站在粪堆上的贵生,冷不丁说道:"女人的×,男人的头,不能摸来不能揉!"这无疑是火上浇油。站在祠堂门口的莫鹏举看出了贵生的歹意,低声骂道:"闭上你的臭嘴!"贵生不再吭声了,但仍然兴奋地在粪堆上走来走去。

锁柱的脸更红了,死死地盯住顺顺。

顺顺很尴尬,但仍笑嘻嘻地说:"咦——你这厮人,得是吃火药了?"又故意摸了一下。

"我说甭摸!"锁柱的手摸到了后腰上。有人看见他的棉袄下面露出了一截镰把,吓得往后退去。

贵生看见明晃晃的镰刀，就兴奋得难以自制，早把莫鹏举的话撇到了一边。他等得太久了，绝不能轻易放过这次械斗的机会。多年前他的父亲死在械斗中，现在他要让别人的父亲或者兄弟也倒在血泊里。他几乎癫狂地在粪堆上上蹿下跳，奚落锁柱："软屄！软屄！"

锁柱的脸色越来越难看了。

顺顺说："咋？你还能把我砍了……"

话还没有说完，锁柱的镰刀就猛地扎进了顺顺的脑袋，那声音就像砍刀砍进柴火堆里。顺顺"妈呀"喊了一声，带着镰刀往前跑了几步，扑通一声栽倒在地，手脚蹬弹了几下便不动了。

贵生从粪堆上冲下来，大喊大叫："杀人了！打呀！杀呀！"

顺顺和锁柱刚才较劲的时候，莫鹏举就已经闻到了血腥味儿，知道一场厮杀就要开始了。他悄悄派家丁向城门靠近，又暗示管家让埋伏在暗处的家丁们做好械斗准备。一旦械斗开始，人们就会失去理智，场面就很难控制。从内心讲，他是不愿看见厮杀流血的场面的，甚至还有一点惧怕，但他知道械斗终究是无法避免的，你不杀死别人，别人就可能杀死你。按十二年一个轮回，今年该是发生械斗的时候了，两个村子的人都提前做好了各种准备，相互憋着一股劲呢，想借此机会为以前在械斗中死去的亲人复仇。顺顺和锁柱的冲突只不过是这场械斗的导火索罢了。

现在械斗已经无法挽回地开始了。复仇的血也在莫鹏举浑身沸腾奔流，他有力地一挥手，早已等候在城门口的几个家丁迅速关闭了城门，埋伏在巷道两旁的家丁们挥舞着刀枪冲了出来。

人群一下子乱了。村民们有的从腰里拔出镰刀，有的跑回屋里拉出早已准备好的木棍，有的抄起锄头铁锨，有的举起铁叉镢头，向对方阵营冲杀过去。有人一刀齐茬砍下了锁柱的头，一股黑血噗地喷射出来，溅了旁人一脸。人头飞落在贵生脚下，贵生一脚踢开，继续兴奋地喊叫："打呀！杀呀！杀狗日的……"

械斗越来越激烈。又一个人被砍翻了，一袋米似的重重地仆倒在粪堆上，血糊糊的脸上沾满了粪土，身体痛苦地扭曲痉挛……

莫鹏举在管家和家丁们护卫下，撤到了城门楼上，俯瞰着杀气腾腾的巷道，从容地指挥着这场家族间的大仇杀……

这场大规模的械斗，莫村只死了七个人，桃花沟尽管也做了充分准备，但由于是在别人家门口，失去了地利优势，还是吃了大亏，比莫村多死了八个人。贵生卖出去了二十二口棺材，狠狠地发了一笔财。

5. "白狼"

这一年,"白狼"光临了莫村。

那天,莫村城外的官道上行人突然多了起来。行人个个神色慌张,由南朝北潮水般地涌来。

莫村人不知道发生了什么事,问行人:"你们这是咋了?"

过路人说:"'白狼'来了,你们不跑啊?"

"'逃白狼'你们不知道啊?'白狼'太厉害了!南边村子的人几乎都逃光了。"

"再不跑就跑不及了,赶紧拾掇东西跑吧,保住性命要紧。"

"'白狼'可是见东西就抢,见人就杀啊!有的村子的人都让'白狼'杀光了……"

莫村人倒吸了一口凉气。

莫村人早就听说过"白狼"。"白狼"不是狼,是河南宝丰的一个农民,他叫白朗,"白狼"是他的绰号。几年前他打着"打富济贫"的旗子带领几百农民起义了,很快起义军就发展到了几万人,声势浩大,威震朝野。"白狼"太厉害了,他的起义军横扫鄂、豫、皖三省,所向无敌,无坚不摧,现在又跑到关中来了。

听说"白狼"就要过来了,莫村一下子乱了,人们吵吵嚷嚷拾掇东西准备逃出城去。

一个人站在城门洞里,伸手拦住了慌乱的人们:"谁也不能走!你们走了村子咋办?'白狼'来了找不到人和东西,会一把火烧了我们的村子,大家都不要家了吗?"

人们抬头一看,是莫老爷,就谁也不敢往外跑了。

有几个人想悄悄从莫老爷旁边溜过去,莫老爷看也不看他们,冷冷地说:"今儿个谁要是走出这城门洞,就永远别想再回来!"那几个人赶忙站下,不敢再往外走了。

有人小声说:"不让我们走,'白狼'来了咋办?就这样伸长脖子等人家来砍吗?"

有的女人开始偷偷哭泣。娃娃见妈妈哭了,也跟着哭。哭声像夏天的雨点一样,越滴越大,越滴越急。

"不要哭!人还没死哩就号开丧了!"莫老爷说,"我们莫村人怕过谁?不就是'白狼'么,怕个屎!"

女人娃娃都不敢哭了。莫村人都害怕莫老爷。娃娃闹得心烦了,女人们就说,你再闹我叫莫老爷来呀。娃们立马就不闹了。人们没想到莫老爷今天也骂粗话了,吃惊地看着自己家族的大掌柜。

莫老爷镇定地说:"都给我回家去!各自把值钱的东西藏好,记住,不要全藏起来,要有意留一些在外头,免得'白狼'找不到东西杀人放火。大家放心,我自有办法对付'白狼'。我就站在这里等'白狼',他要杀要剐先从我这里开始。"

人们都乖乖地回了家,但对莫老爷说的话还是有些担心,"白狼"走南闯北那么厉害,你能把人家挡住?

莫鹏举让家丁们将长枪短枪统统藏进地窖里,然后打开城门,让几十个家丁侍立两旁,并吩咐管家站在城头观望,自己却稳稳当当地站在城门口等待"白狼"的到来。

村里人都猫在自己屋里不敢露面,有人下了红苕窖,有人在玉米秆堆里掏了一个窝藏了进去,也有胆大的走出家门站在巷道上张望,想看看莫老爷是咋样挡住"白狼"的。

"白狼"还没有到。

城外"逃白狼"的人脚步更加急迫,看到镇定的莫村人,惊慌地说:"'白狼'就在后面跟着呢,你们还不赶紧跑?再不跑就来不及了!"

莫老爷一动不动，站在那里像一棵生了根的树。村里人看见他们老爷的脊背比任何时候都挺得直。

不一会儿，"白狼"果真来了。站在城墙上瞭望的管家，先是看见远处腾起漫天的灰尘，接着就看见了一面"公民讨贼军"的杏红大旗，后面是密密麻麻的马队，嗒嗒嗒向这边疾驰而来，马队扬起的尘埃遮天蔽日。"白狼"到底有多少人马，管家无法断定，因为后面的马队让前面马队腾起的铺天盖地的灰尘遮挡住了，一时还看不清楚。

管家急忙跑下城头，跌跌撞撞跑到老爷跟前，话都说不利索了："老爷，白——白狼他——他们来了，马队黑压压一片，一眼看不到头……"

莫鹏举训道："慌啥哩！把莫家大管家的样子拿出来，别给我丢人！"

管家战战兢兢地问："是不是让家丁赶紧拿枪？"

"你找死呀！"莫鹏举说，"不能拿枪！要是让'白狼'起了疑心，莫村可就完了。"

这时马蹄声如雷滚来，越来越响。莫鹏举还没有看清楚跑在前面几匹马的颜色，浩浩荡荡的马队就已经冲到了跟前。马队没有停下，一股旋风似的冲进城门，卷起的风尘几乎将莫鹏举掀倒。顷刻间，巷道里人喊马嘶尘土飞扬，站满了"白狼"的人马，随后跟来的人进不了城，骑在马上在城门外打转。远处还有人马源源不断地奔涌而来。

队伍里走出一匹白马，上面坐着一个黑脸汉子。那汉子一身白绸裤褂，一丛粗黑的络腮胡子把个嘴巴遮了个严实。只见那黑粗的胡子抖动了一下，里面传出一阵底气十足的朗笑："哈哈哈，日他个姐！我白朗走南闯北踏平了多少村子，还是头一回遇到打开城门欢迎我们的人，够义气！有种！这村里谁主事，站出来说话。"

莫鹏举已是满面尘土，但却笑得灿烂，忙迎上前去拱手作揖，说："白爷，这莫村以前我说了算，现在您来了，就是您说了算。听说您要来，我和全村人已经恭候多时了，请白爷进城歇息，喝口茶吧。"

白朗说:"只说这世上我最胆大,最聪明,没想到你比我还胆大,还聪明。日他个姐,你这个人情我领了!"扭头对手下说:"传话下去,这个村子的一草一木谁也不许动,继续向东走!"一挥马鞭,领着人马消失在东面的土路上,路上的尘土久久未能散尽。

等到尘埃落定,巷道里、屋脊上、树上满是厚厚的灰尘,像是干旱的季节里刚刚刮了一场弥天大风。

莫村人呼啦拥到了城门口,傻了似的站在那里久久地望着"白狼"消失的方向,没有一个人说话。人们好像不相信这场灾祸就这样让掌柜的几句话轻而易举地挡了过去,耳边还响着"白狼"震耳的笑声和雷动的马蹄声。他们将疑惑和敬佩的目光投向莫村的大掌柜。

莫鹏举似乎承受不了这么多目光的注视,双腿一软,几乎要瘫坐在地上,但他马上又站直了身子。他在心里对自己说:"终于结束了,我挡住了'白狼'成千上万的人马,我成功了!但我不能倒下,不能让村里人看出我也害怕了。"这么想着,他很快就稳定了自己的情绪,像赶鸡似的挥舞两手,佯装轻松地说:"没事了,没事了,大家都回去吧。"

人们还是没从刚才的惊惧中缓过神来,站在那里一动不动,愣愣地看着他们的一村之主。管家站在老爷身后,他清楚地看见老爷的手指在战栗,裤管也有些微的抖动。除了管家,莫村人谁也没有注意到这一点,因为他们的目光只停留在老爷刚毅的脸上。

看着这些热切的目光,莫鹏举对自己很满意,甚至有些佩服:除了我莫鹏举,谁能有这么大的胆量和魄力?他的手和裤管很快停止了抖动,比刚才站得更直了。

有人说:"多亏了莫老爷,要不然全村人都没命了……"

"老爷真有办法,把'白狼'都能哄走。"

"你说的,没有这两下子咋当掌柜的,像你一样光能咥冷馍?咱莫村就指望老爷哩。"

这时,有个家丁跑过来对莫鹏举说:"老爷,老六偷了'白狼'马队的一袋银子,你看咋办?"

莫鹏举大吃一惊，刚刚放下的心忽地又提到了嗓子眼，脸色立马阴暗了，说："他娃吃了豹子胆了，敢偷'白狼'的东西！"

家丁说："真真的，不信您去看么。"

家丁拨开人群向城墙根走去，莫鹏举黑着个脸跟在后头。人们听说老六偷了一口袋银子，也呼呼啦啦跟在后面去看稀奇。

莫鹏举大老远就看见城墙下拥了一堆人，从人群的缝隙里看见光头老六撅着尻子，正从麦草堆里往外拖一袋沉甸甸的东西。莫鹏举恼怒地走过去，一脚踹在老六的尻子上。老六伏倒在硬邦邦的口袋上，刚想爬起来吼骂，见是莫鹏举就住了口，冲莫鹏举尴尬地笑着。

"好你个老六，你不想活了！"莫鹏举指着地上的口袋问，"这东西从哪儿偷的？"

老六摸了摸光亮亮的脑袋，说："别说得那么难听，啥叫偷？我这是从'白狼'马队的驮子上卸下来的。"

"咋卸的？"

"我趁他们没注意，就从马背上拖下一袋塞在了麦草堆里……"老六说着，弯下腰继续拖口袋，光脑袋上全是汗。

莫鹏举一脚踩住了口袋，冷冷地看着老六。

老六说："掌柜的，这是咋了？我拿的是'白狼'的东西，又不是村里人的东西，犯了哪条村规？'白狼'抢了多少驮银子，连他自己也记不清了，根本就不会在乎这一袋两袋的。再说，他们也没有看见我拿。我这是黑吃黑哩……"

莫鹏举猛然吼道："把驴日的捆了！"

两个家丁扑上来捆老六，老六身强力壮浑身都是蛮力，两个家丁根本就不是他的对手，三下两下就被老六摔倒在一边。

"咦，你驴日的翻天了，敢跟我较劲？"老爷一挥手说，"多上几个人，再捆！"

又有三个家丁扑了上来，五六个人把老六按倒在地，解下他的裤腰带把他捆了个结实。

老六在地上拼命挣扎："你捆我做啥？你想要银子我俩一人一半

还不行吗?"

莫鹏举并不理识老六,对管家说:"去牵几匹快马来,我要把这驴日的和银子送给'白狼'!"

老六一听这话,知道事情有些麻烦,忙收起了刚才的横劲,说:"这银子你全拿走,我一文也不要了,你可千万不要把我送给"白狼",落到了"白狼"手里我就死定了。求求你了,好我的鹏举哥哩……"

"不把你和银子还给'白狼',等'白狼'发现少了一袋银子杀回来,全村人就没命了。"莫鹏举冷冷地说。

老六说:"你就饶了我这一回吧,都怪我财迷心窍,我是想偷了这袋银子盖院新房……"

莫鹏举说:"不是我和你过不去,是'白狼'太厉害了,我不这样做,'白狼'就会灭了我们莫村。为了全村人的性命,你就认了吧。兴许主动认罪,'白狼'会饶了你。"

老六说:"'白狼'他不知道丢了东西,你送我去不是白白送死嘛!你还是放开我,我以后再也不干这号事了……"

老六的媳妇香椿听说老六偷了"白狼"的银子,这时急急忙忙从村里跑出来,站在了莫鹏举的面前,乞求说:"你就放了他吧,他这是头一回偷人……"

莫鹏举一见香椿就犯难了。刚才他一心只怕"白狼"回头来报复,根本就没有想到老六是香椿男人这一层。现在,这个曾经和自己多次在杏林里野合的女人就站在面前向他求情,是放了老六呢,还是不放?

香椿说:"你看在本家本姓的面子上放了他吧,他要是让'白狼'杀了,我也不想活了……"

莫鹏举仿佛看见"白狼"的马队正在回头向村子跑,看见巷道里血肉横飞的景象,禁不住打了一个冷战。他不能因为私情而让整个村子陷入灭顶之灾。他不再犹豫,说:"不行!放了他,'白狼'会杀了全村人。"

香椿扑通一声就跪在了地上,说:"我给你跪下了啊……"

莫鹏举心里颤抖了一下。但他看也不看跪在脚下的香椿，回头问围观的村民："大家说，咋办？"

没有人说话。

香椿可怜地仰望着村里人："你们就忍心看着让'白狼'杀了他？求求你们说句话吧……"

有人开始替老六说情了：

"'白狼'已经走远了，就饶了他这一回吧。"

"再说，'白狼'也不一定知道丢了东西……"

"就给他一条生路吧……"

见有人求情，莫鹏举有些不悦，说："不是我莫鹏举心狠非要和他过意不去，我是为全村人的性命担忧啊！你们大家只要说一句，村里的事情以后不再让我管了，我就放了他。好人谁不会当啊！"

莫鹏举这么一说，再也没有人求情了，人们知道莫老爷做得对。大家心里都明白，村里不能没有莫老爷这个掌柜的，没有莫老爷莫村就会群龙无首，迟早会被桃花沟所灭。尽管村里有村长，但村长来福只是挂了个虚名，大事还得指望莫老爷来做主。

光棍喜娃首先站出来支持老爷："我喜娃穷得叮当响也没敢起这瞎心，他狗日的竟敢偷'白狼'的东西，就得教训教训他！"

老六趴在地上，仰头瞪了喜娃一眼："你娃皮干么，看我日后咋拾掇你！"

喜娃有老爷撑腰，根本不把老六放在眼里，说："你能把我尿咬了？"

贵生站在人群里说："'白狼'那货一看就不是省油的灯，啥事做不出来？回头寻到村里来，别说老爷银库里的银子、我棺材里的银子保不住，谁家的银子也保不住，还要连性命都搭上哩。不能让一只老鼠坏了一锅汤！"

喜娃和贵生一带头，其他人也跟着说村里还得老爷您主事，您说咋办就咋办吧，我们听您的。

莫鹏举得到了大家的支持，感到很满意。莫村人就应该这样，任何时候都和他站在一起。他对老六说:"你就认命吧,若是'白狼'真的杀了你,我会厚葬你的。香椿你也不用担心,我会按照械斗死了人的规矩,每年给她把粮食送去……"

老六绝望了,突然从地上跳起来扑向莫鹏举。家丁及时抓住了他,扭住了胳膊。老六跳起来破口大骂:"好你个狗日的!我就是到了阴间变成了鬼,也要找你报这个仇……"

家丁牵来了马。莫鹏举让人把那袋银子搭在马背上,又把老六捆在另一匹马背上,然后自己跨上一匹马。管家怯生生地说:"老爷您就别去了,还是我去吧。"村里人也说危险,老爷不能去,让几个家丁送去就行了。莫鹏举抓住马缰绳说:"我必须亲自去!我们要有诚意。"管家见拦不住老爷,赶忙示意三个家丁上马跟去。莫鹏举一扬马缰,六匹马嗒嗒嗒飞快地朝"白狼"离去的方向追去。

黄昏时分,他们追上了"白狼"的队伍。

"白狼"的马队正在一处山坡上歇息,满山遍野都是人和马。山洼里即将消失的日头把山坡染得血红,像是刚刚打过一场恶仗。"白狼"的手下把他们带到"白狼"跟前的时候,"白狼"正在用一把尖刀剔着羊头肉。莫鹏举清楚地看见"白狼"将一只羊眼塞进嘴里,咯吱咯吱咀嚼着,嚼出满嘴的油。

"白狼"瞥了莫鹏举一眼,说:"我们晌午见过,你就是那个胆大的聪明人。别人都躲我,你倒好,自个儿追上来了。说吧,啥事?"

莫鹏举说:"白爷,有桩事我告诉了你,你可不要生气啊。"

"白狼"冷漠地看了莫鹏举一眼:"说吧,我不生气。"

"我的一个人偷了你一袋银子,我连人带银子都给你送回来了,任凭你处置。"莫鹏举小心地观察着"白狼"的神态。

"白狼"送肉的刀停在嘴边,噢了一声,看见马背上果然捆着一个人,另一匹马背上搭着一个口袋。他一扬手,一道白光掠过,尖刀不偏不倚正好扎在口袋上,哗啦一声,白花花的银子散落了一地。"白狼"突然仰倒在草地上,发出一阵狂笑,声音阴森可怖。然后他收住笑,重新坐起来,目光怪异地盯视着莫鹏举。

莫鹏举将老六从马背解下来，推到"白狼"跟前。老六直直地站着，一副视死如归的样子。

"白狼"对莫鹏举说："日他姐，没想到还有比你我胆大的人。把狗日的头扶起来，让老子看看是啥鸟样。"

一个家丁抓住老六的头发，让他仰起脸来。

"白狼"说："看上去像是一条好汉。"

老六开口道："白爷，你不能杀我，我能打仗，我能给你卖命，你就收下我吧，我这人就喜欢扛枪打仗……"

"白狼"哈哈大笑，笑声惊得晚归的一只小鸟几乎跌了下来。

老六并不害怕，继续说："我身强力壮，有的是力气，一顿能吃三老碗干面六个蒸馍，一次能扛两袋粮食。我不会让你失望的……"

"白狼"不笑了，冷冷地说："我的队伍里从来不收留贼，你犯了我的大忌。"手里耍把戏似的玩着刀子，刀光在晚霞里闪烁。

老六知道自己完了，脸色突然煞白："白爷，你不能杀我……"

莫鹏举也心想，老六毕了。他突然后悔将老六送来，他一时搞不清把老六捆来送给这个杀人不眨眼的家伙是对还是错，他甚至萌生了想救老六的念头。他想冒死替老六求情，可他刚要开口，"白狼"说话了。

"银子留下，你们回去吧。"

莫鹏举没想到"白狼"会这么说，不敢相信这是真的，疑惑地问："你不怪罪我们了?"

"白狼"说："我早就发现少了一袋银子，正准备回去找你们哩。你比我聪明，自己倒送了回来。日他个姐！你们把东西都给我送回来了，我还能说啥？再说，我白某人从来不杀胆子大的人，你们回去吧。"

老六感到很意外，说："谢白爷不杀之恩！可是我还是想留在你的队伍里，我想跟你一起走南闯北打天下。"

"白狼"说："你再不走，我就杀了你。"

老六一听这话，就不敢再吭气了。

莫鹏举说:"白爷一看就是干大事的人,佩服,佩服!回去后,我一定严加管教他,以后再也不会发生这样的事情了。"

"白狼"说:"趁我还没有改变主意,赶快滚吧。"

莫鹏举赶忙带着老六和家丁离开了山坡。回去的路上,莫鹏举让老六骑马,老六不骑,梗着脖子硬是一个人走了回去。莫鹏举知道,老六已经记恨上他了。他苦笑着,心想:"他记恨就记恨去吧,这也是没有办法的办法,谁让他偷人家的东西呢?也许有一天他想开了这个理,就不会记恨自己了。现在他正在气头上,等过些日子,让来福去劝说劝说就没事了。"

来福是一村之长,但在莫鹏举眼里,就好像莫家大院的第二个管家。他对来福很信任。来福人缘好,在村里遇到什么不便出面的难缠事,他总是叫来福去处理,来福也总会给他一个满意的结果。

但是,来福后来找老六劝说了几次,老六像一块石头一样顽梗不化,认准了是莫鹏举跟他过不去。

这年秋天,来福找到莫鹏举,神情紧张地说:"老六放出话来了,说要跟你弄事呀。他刚到我那里去,说是给我先打个招呼。"

莫鹏举说:"我早就料到会有这么一天,没想到这小子还真记死仇!"

来福说:"好像不是为'白狼'的事。"

莫鹏举问:"那是啥事?"

来福吞吞吐吐地说:"好像是香椿的事……"

莫鹏举吃了一惊,但他马上就镇定了,反问来福:"你相信有这样的事?"

来福说:"我也不信,肯定是那小子没事找事报复你哩。不过他这样一闹,对你很不利。知道的人说他疯狗胡咬人哩,不知道的人就会认为他占着理呢,你还是小心点为好……"

莫鹏举说:"身正不怕影子斜!他驴日的敢跟我弄事,怕是活颇烦了!"

6. 村长来福

莫村人既看不起来福，又离不开来福。没事的时候，人们根本就不把来福放在眼里，甚至还拿他取笑；有事的时候，人们才会想起他是村长。

莫村人看不起来福，主要是因为他娶了一个让人看不起的老婆。

来福少言寡语，不爱说话。可婆娘毛女却是只飞来飞去的麻雀，整日叽叽喳喳的，人没到声先到了。村里人说，来福的话都让婆娘毛女说了。毛女属于那种没多少脑子但又敢作敢为的女人，莫村人把这种人叫"凉凉子"。男人没主意受一辈子穷，女人没主意灌一肚子屎。毛女年轻的时候和村里许多男人都有些说不清楚，让来福戴了许多绿帽子。到底是几顶，来福说不清，毛女也说不清。

毛女生下儿子旭娃，抱到西山妙觉寺让老和尚起名。老和尚对毛女的事早有耳闻，问："这是谁的娃？"毛女说："来福的么，还能是谁的！"和尚笑着摇摇头，说："你甭哄我，这娃不像来福。"毛女说："你个秃驴，只管给娃起名，管那么多做啥？"和尚说："我不问清楚咋起名？"毛女想了想，说："你个秃驴好眼力，这娃确实不是来福的。这不能怪我毛女不守妇道，怪只怪他来福驴尿没那本事。"和尚问："那这娃到底是谁的？"毛女十分为难的样子，说："我也说不清。"和尚问："你到底和几个男人有过那事？"毛女掐指算了一会儿，说："大概有九个吧。"话一出口脸颊绯红。和尚说："那这名字就好起了，就叫旭娃吧。"

旭娃这名字就在村里叫开了。叫着叫着，村里有人觉得有些蹊跷，就去问和尚。和尚解释说："毛女先后和村里九个男人有染，九人日不就是个'旭'字？不叫旭娃叫啥？"问的人恍然大悟。和尚一再叮咛说："你知道就行了，回去可不敢给旁人乱说！"那人说："你放心，我一向嘴牢，不会乱说的。"可那人当天夜里就告诉了婆娘，婆娘又告诉了邻居女人，女人们又告诉了自己的男人。就这样，一传十，十传百，没过多久，这件事就像秋风一样迅速传遍了整个莫村。

最后传到了来福耳朵里，但他并不生气。他想得开：管尿谁的种，生在咱炕上就是咱的娃，就得把咱叫爸。话是这么说，有时想起来心里也不是滋味。他毕竟是个男人，是男人，谁愿意摊上这号丢人丧眼的事？可来福没法，谁让他不会生育呢！

据说，这事怪他妈。来福小时候很匪，蹬高踩低上房揭瓦满世界疯跑。有次去掏蜜蜂窝，让蜂蜇肿了脸，哭着跑回家。他妈训斥道："谁让你掏蜜蜂窝呢？看你还匪！以后看见窝窝呀洞洞呀可千万不敢乱掏！"来福记住了他妈的话，后来再见到洞洞就不敢胡掏了。

来福转眼长到了十五岁，父母给他娶了大他三岁的媳妇毛女。他妈说：女大三抱金砖，媳妇大点好，大点会疼人。刚过门的毛女饱满得像个熟透的桃子，一把能捏出水来。洞房花烛夜，不解男女事体的来福碰也不碰毛女。一连多日都是这样，毛女等不及了，一天夜里自己脱光了衣裤，赤条条地躺在炕上，叉开两条大腿。来福还是无动于衷。

毛女羞愤地说："你咋是个木头，这种事还得我教你？"

来福说："我不敢。"

毛女说："那又不是狼嘴，能吃了你？"

毛女抓住来福的手按在了两腿间。来福忙把手缩了回去，说："我妈说了，洞洞里的蜜蜂蜇人哩，不敢胡掏。"

毛女又好气又好笑，说："你个瓜娃，那是你妈哄你哩，里面有没有蜜蜂，你自己看看不就知道了？"

来福趴下认真看了看，然后抬头笑了，说："你哄谁哩？还说没有蜜蜂，蜂蜜都流出来了……"

这事听起来更像笑话，带有很大的演绎性，但来福不会生育却是真的。结婚好几年了，来福尽管很卖力地在毛女身上忙碌，但却始终没有让毛女生下一个娃娃。夫妻俩悄悄进城到恒心堂去看先生，先生看过后说，问题出在来福身上，东西倒是个好东西，就是里面没东西。多年以后，来福老了，还有人跟他开玩笑："老汉倒是个好老汉，就是有枪没子弹。"

毛女常常冲来福发牢骚："你还算个男人吗？没尿本事，连个娃都让我怀不上！"村里不正经的男人听了这话，见了毛女耍笑说："咱尿有本事，你借不借？"毛女骂道："借你妈的腿！"这样的玩笑开多了，毛女也就习惯了，再有人这样说，她耍泼道："借呀，你把裤子脱了让我看看你的本钱大不大。"男人说："行啊，哪天找个地方让你看个够。"毛女说："有本事你现在就脱！"男人当然不会当众脱裤子。但是后来，还是有男人在没人的地方为毛女脱下了裤子。第一个在毛女面前脱下裤子的男人发现毛女并不是黄花闺女，就问："你不是说来福不行嘛，可这东西是谁捅破的？"毛女骂道："白吃枣还嫌核大！"

一天晚上，来福吃酒回来晚了，见自家大门紧闭，推了推没有推开，就大声叫毛女开门。毛女开了门，很不高兴的样子，说："后面有鬼撵你哩，叫的不是声！"来福说："你咋睡得这么早？"毛女不理，转身朝屋里走。来福刚想回身关门，一个赤身裸体满脸锅黑的男人，像鬼一样一蹦一跳地从里屋蹦出来，一直蹦出了大门。来福吓得嘴张成了窑窝，傻子似的站在那里一动不动。毛女像是啥也没有看见，独自回了里屋。来福缓过神来，追进去问毛女："刚才出去的是谁？"毛女说："没人出去呀！"来福说："可我明明看见有一个人从里屋蹦出去了。"毛女惊叫一声，说："呀，你是不是撞见鬼了？"毛女这么一诈唬，把来福吓得头发都竖了起来，说："有点像，一脸乌黑，头发直棱棱立着，还光着个身子。"毛女说："呀呀呀，不得了了，你撞见鬼了！还不快去给身上抹些屎，避避邪！"说着就拉着来福跑到门外，往他身上抹猪屎、鸡屎。抹完后说："这下好了，鬼就不会上门找你的麻烦了。"

来福酒醒后，想起那鬼极像村里的一个男人，越想越觉着像，就问毛女。毛女开始嘴硬不说，来福几个耳光扇过去，毛女就承认了，将自己偷男人的事情一五一十招了出来。来福越听心里越来气，一脚将毛女踹下炕沿。事已至此，就是打死她又有什么用呢？来福宽慰自己："权当自家的驴借别人骑了骑，骑完了又还了回来，驴还是自家的。"后来毛女就生下了旭娃。生产时，接生婆一剪刀下去给毛女留下了后遗症。毛女对来福说："这是老天对我的惩罚，这下你总该放心了吧？"来福说："放心是放心了，可别人用不成，自个儿也用不成了。"

来福在这方面吃了亏，就想在另一方面得到补偿。他在村里人缘很好，村里谁家有忙他就去帮，红白喜事有求必应，不求也应。日子久了，几乎村里所有的人都让他帮过忙，都欠着他的一份人情。"欠着吧，还是欠着的好！欠着，他们才会一直念着我的好！现在他们欠我一个小人情，到时候会还我一个大人情。"他经常这样想。有一年村里选村长，全村人一致推选他。他知道这是他应得的补偿。这个村长他一当就是十几年，而且看样子还要继续当下去。

老六走进村长来福家的时候，来福正在院子里给羊喂草。

听见咚咚的脚步声，不用回头，来福就知道是老六。来福没有理会老六，仍旧蹲在那里慢条斯理地喂那只山羊。山羊很瘦，活像石匠家撵兔的细狗。来福从筐里抓起一把草递到山羊面前，让山羊一口一口嚓嚓地吃，吃完一把又抓起一把接着喂。他神情十分专注，好像不是在喂羊，而是在喂他的儿子旭娃。

此时，旭娃也蹲在一旁看他爸喂羊。他抬头见了老六，对来福说："爸，我老六叔来了。"

来福好像没有听见，头也不抬，继续喂他的羊。

来福知道老六干啥来了。他早就听说老六准备要和莫老爷弄事了，心里想："你娃还嫩了点，这不是睁着眼窝往南墙上碰哩么。"

老六站在来福身后，呼哧呼哧地喘着粗气，等着来福问他。

可来福就是不问，好像根本就没有听见有人进来。

老六跺了一下脚："唉，日他先人！"蹲在地上双手捂住了头。

来福感到脚下的地抖了抖，但他仍旧没有回头。

两人谁也不说话。空气里弥漫着青草味儿和山羊吃草的嚓嚓声。

来福习惯把草捏在手里让羊吃，这样羊就会知道是谁在喂养它们，谁是它们的恩人。更多的时候，来福喜欢到野地里去放羊。他放羊从来不用缰绳，他在前面走，羊在后面跟；他跑羊也跑，他停羊也停；他蹲在地上歇息，羊也卧在一旁歇息。莫村人说，来福把羊养成狗了。来福听到了，并不认为是在取笑他，反而觉得对他是一种奖赏，心里感到很自豪。"你们谁能把羊养成狗？只有我来福一个！莫村的村长也只有我来福一个。所以，这村长还得我来福当。不服？不服你们也养只像狗一样的羊试试！"

来福小的时候，常常会把羊放进别人的苜蓿地里。苜蓿是羊最爱吃的食物，他隔三岔五地总要让心爱的羊美美地吃上一顿。羊满足了，他也就满足了，可苜蓿地的主人不愿意了。看苜蓿的老头发现了他的羊，吼叫着从地那头朝这边跑过来。他并不急着跑，继续让羊吃着，等老头快要跑到跟前了，才打一声呼哨领着羊跑走了。老头追不上，气得站在地头骂："你驴日的跑么，等我下一回逮住你，非卸了你驴日的腿不可！"话是这么说，可老头从来没有抓住过来福，来福的腿一直好好地长在他的身上。

老六站起来蹲下，蹲下又站起来，一副烦躁不安的样子。

可来福就是不开口，心里想："你不开口我也不开口，咱看谁能憋过谁。"

老六看见来福不理不睬的样子，恨不能一脚将来福踢趴在地上。他从来就没有把来福放在眼里，要不是为了眼下这个事，他才不会找他呢。可人家毕竟是村长，不找他又能找谁呢？

来福给羊喂毕了草，又拿起婆娘毛女的梳子，不紧不慢地梳理着山羊身上的毛，好像这事比什么事都重要。

老六终于憋不住了，忽地站了起来，冲来福吼："梳尿哩梳！不就是个烂村长么，牛逼个锤子你牛！"

来福头也不抬，说："有事说事，说那么多可憎话做啥！"

"我说？我说你得听呀！"

"你没说，咋知道我不听？"

"看你那尿样，我就不想说了。"

"不想说就避！"

"咦——你还真牛逼起来了，我让你牛逼！"

老六照着来福的尻子就是一脚，来福身子失去了平衡，一下子趴在羊身上。来福扶住羊站起来，并不生气，说："你真是个吃屎的娃！"

"我媳妇让狗日的鹏举弄了，这事你管不管？"老六羞愤地说。

"我当是多大的事哩。"

"这事还小？"

"不就尿大点事嘛，犯得着生这么大的气？"

"尿大点事？你说得轻巧！要是你媳妇叫人弄了……"老六见旭娃站在那里，停住不往下说了，"反正，我要跟他弄事呀！"

来福说："你的病在哪里我知道，不就是因为'白狼'的事嘛。"

老六争辩道："这事跟那事无关，你别胡联系！"

来福说："这是明摆着的事嘛，谁看不出来！我劝你还是算了，不要胡惹事，惹事没好事，到时候吃亏的还是你娃，你弄不过人家的。'白狼'的事是你不对，人家占着理呢。"

老六说："我咽不下这口气，我跟他狗日的搁不下！"

来福说："搁不下也得搁下！"

"我被人欺负了，你是村长你该主持公道，倒说这种话！"

来福说："你说你媳妇让人家弄了，谁相信？旁人一想就想到'白狼'的事情上去了。"

"反正我要跟他弄事呀，旁人爱咋想咋想去！"

"我看你还是算了。"

"我跟他狗日的算不了！"

"算不了也得算，你惹不过人家。"

"惹不过我也要惹，我豁出去了！"

来福劝说道："算了吧，回去把自个儿媳妇管好比啥都强。"

老六气鼓鼓地说："不行，不能便宜他，我非跟他弄事不可！"

"弄事也不是这个弄法。你有啥证据？捉奸捉双，你当面捉住人家了？"来福问。

"没有。"

"就是嘛。"

"可我亲眼看见他狗日的和我媳妇进了杏林，等我跑过去捉奸又没了人影。不过，我媳妇昨晚已经承认了。"

来福说："你媳妇承认有啥用？人家说你两口子串通好咬人哩，你咋说？"

"不管咋说，我都要跟他弄事！我要让村里人看看我老六是咋弄事的！我知道你不敢得罪他，我只是来提前给你打个招呼，到时候闹出乱子来你这个村长好拾掇。就这，我走了。"说完，老六转身就往外走。

来福冲着老六的脊背说："咬人的狗不出声，你这样咋咋呼呼的还能弄成个事？"

"你看么。"

"你娃吃亏呀。"

说话间，老六已经走远了。

一直站在一旁的旭娃这时冷不丁地说："拾掇他狗日的！"

来福吃了一惊："拾掇谁？"

旭娃恨恨地说："拾掇莫鹏举！"

来福忙捂住儿子的嘴："你不想活了，说这话！"

旭娃说："他欺负人，就应该拾掇他！"

来福训斥道："你再胡说，看我扇你！"

儿子说："你怕他，我可不怕他！他有啥了不起？不就是比咱有钱嘛！等我以后有了钱，也让他儿子跪在咱家院子里！"

来福突然明白儿子怨恨莫老爷的原因了。几年前，旭娃和双生子少爷在巷道里玩"猫逮老鼠"，为了谁当老猫起了争执，天顺踢了旭娃一脚，旭娃也抓伤了天顺的脸。来福带着旭娃去向莫老爷赔礼道歉，让旭娃跪在莫鹏举面前，没想到这碎尿还这么记仇。儿子才十多岁就有了复仇的念头，这令他很震惊。

他对儿子说："出去可不能胡说！"

旭娃说："我就看不惯你在他面前低三下四的样子，你是个没用的村长，没用的爸，你连老六都不如！"

来福从来没有被儿子这么抢白过。他愣在了那里，想了想，又摇了摇头，无奈地笑了。他拍了拍手上的草屑，进屋拿了一个冷馍一根生葱，一边吃着一边朝莫老爷家走去。

7. 土布包袱

老六用一根绳将媳妇香椿捆在了莫家门口的拴马桩上，然后蹲在一旁吸着旱烟，他的脚边放着一块砖头。

巷道里空寂无人，时候尚早，莫村人还没有起来。

莫家门口的金丝猴不知道这两个人要干什么，躁动不安地来回蹿动，嘴里发出呜呜的叫声。

清晨的第一缕阳光慵懒地越过莫村城头，碎金似的洒在巷道上，也洒在老六光光的头顶上。很快，阳光就像汹涌的潮水哗地涌进所有的巷道，屋后的阴影害怕阳光似的蛇样向后撤退，阳光很快就占领了城里的大部分地域。

老六无心欣赏阳光和阴影的争斗，他一口接一口地吧嗒着旱烟，烟雾在晨光中变成了紫红色的雾，缓缓地弥漫在明净的空中。

老六蹲在地上平静地吸着旱烟，看上去不像是要干一件大事，倒像是在骡马市场上等候越来越多的买主，而且显然是对自己手里的货充满自信，并不急于出手的样子。

拴马桩上的香椿，披散着头发，低声下气地对老六说："你就这么狠心，让我在稠人广众下丢人现眼？快把我解下来，有话咱回家说。"

老六瞪着血丝拉红的眼睛，低声吼道："少皮干！现在怕丢人现眼了？你脱裤子的时候，咋就没有想到丢人！"

"以后我再不敢了，求你了，老六！"香椿低声哀求。

"以后？没有以后了，这话你说晚了。"

"你这不是把我往死里逼哩么!"香椿说,"你让我以后还咋有脸活嘛。"

"你还要脸?你的脸在裤裆里呢。"

"你快解开我,等一会儿人都起来了就来不及了。"

"我就是要等人都起来,要不然这场戏演给谁看?"

这时,巷道里响起开屋门的吱呀声,显然已经有人起来了。

"好我的爷哩,我求你了!"香椿急得快要哭了。

老六却嘿嘿地笑了。

"老六,你放不放我?"香椿口气硬了起来,但马上又软了下来,"看在多年夫妻的分上,你就放了我吧,下辈子我给你当牛做马还不行吗?"

"下辈子?没有下辈子了,你还是想想这辈子吧。"

香椿来回蹭拧着身子想挣脱绳索,但显然是徒劳的。

老六说:"你甭蹭拧!你今儿个就是说破了天,我也不会放你。我再一次警告你,到时候你要是不按昨晚上向我承认的那样说,这一辈子你就别想从拴马桩上下来!"

"老六,我日你妈!"香椿没有别的招了,只有开口骂了。

放在平日,老六的耳光早就上去了,可今天他就是不起火,低头只管装第二锅烟。香椿害怕了,知道老六铁了心要让她出丑,绝望地低下了头,开始无奈地哭泣。

这时,最早起来的几个人好奇地走过来,吃惊地问:"老六,这是弄啥呢?"

"演戏呀,快叫人去!来迟了,就看不上好戏了。"

香椿抽泣着,骂道:"老六你不得好死!我日你八辈祖宗……"

那几个人似乎明白了什么,知道这场戏非同一般,不再吱声,站好了姿势等待戏开场。也有人悄悄溜走了,去叫老婆孩子左邻右舍。多少年来,莫村还没有一个人敢和莫老爷唱对台戏,今天的戏肯定有看头。很快,巷道里响起杂乱的脚步声,人渐渐多了起来。许多人没有来得及洗脸就急急忙忙跑了出来。男人边走边钩鞋扣纽扣,女人边走边梳头拽衣裳，娃们敞怀亮腔跟在大人后头，一边揉着眼角屎，一边啃着刚从笼里摸出来的冷馍。一会儿工夫，莫家门口就拥满了人。

金丝猴被眼前的阵势吓住了，更加焦躁地低声叫着。

这时，莫家漆黑大门呀的一声开了，像是被门口这么多人吓了一跳，张开了的嘴就再也合不上了。莫鹏举端着紫砂壶，从门里走了出来。尽管来福昨晚早给他通风报了信，他心里也早有了准备，但他没有想到老六会这么快动手，乍一见今天这个阵势还是吃了一惊。直到刚才他还不相信老六真的敢来，莫村还没有哪一个人敢这样和他作对。可是老六现在真的来了，而且采取了这种奇特的方式。"驴日的老六，你娃的胆子不小，敢和我作对！"

人们的目光齐刷刷落在莫鹏举身上，看他如何收拾眼下这场面。村里的人几乎到齐了，黑压压地拥了一巷道。有人怕看不真切，站在了粪堆上、猪圈墙上，娃娃们猴子样麻利地爬上树去，占据了最有利的位置。

老六在地上磕了磕烟灰，将烟袋别在后腰上，抓起脚边的那块砖头忽地站了起来。

莫鹏举显示出一种神圣不可侵犯的威严，先喀喀咳嗽两声，喝了口茶，润了润喉咙，然后说："老六，你这是弄啥？"

老六说："不要说话！"眼里喷射着凶光。

"你也不怕人笑话，两口子打架打到这里来了。赶快把人解下来，回去吧。"莫鹏举说。

"你少装蒜！"老六说，"今儿个我给你留个面子，你只要当众让我砸你一砖，咱俩的事就算扯平了，我啥话也不说了。"

莫鹏举看见老六手里真的提了一块砖，心里有些发虚，可脸上却表现得极为镇静，说："这才是怪事，我凭啥就让你砸一砖？"

老六说："你心里清楚！"

莫鹏举说："哦，我明白了，你是为了'白狼'的事。"

老六说："你别胡扯，跟那事无关！"

莫鹏举笑了笑，说："那我就不知道是啥事了。"

老六见莫鹏举在跟他兜圈子，不耐烦地说："我看你是不见棺材不落泪!"转身对香椿说："你说，说给众人听。"

莫老爷表面冷静内心慌乱地看着香椿，生怕她说出对自己不利的话来。然而，香椿没有开口，只是无声地哭泣。

"快说!"老六催促道。

香椿抬起了头，她的眼睛已经哭得红肿。她就要开口说话了，所有的人都神情紧张地等待着，巷道里鸦雀无声。

老六吼道："快说!把你俩的丑事当着众人的面再说一遍。"

"你胡咬人哩!我啥事都没有做，你让我说啥?是你疯狗胡咬哩，故意糟蹋人家哩。"谁也没有想到香椿会这么说。

老六先是一愣，继而冲上去噼里啪啦给了香椿几个耳光。香椿的嘴角立马流出了殷红的鲜血，她反倒不哭了，一双泪眼怒视着老六："你就是打死我，我也不胡说!你打呀，打呀!"

老六又是一脚："我让你嘴硬!"

"住手!"莫鹏举呵斥道。

莫鹏举不能不说话了，这时沉默就意味着心里有鬼。香椿的行为令他感动，他不能眼看着老六这么打她。更重要的是，目前的形势已经转变得对他有利，他要抓住这个时机进行反击。

"你媳妇都不承认，这事咋说?"

老六不理识莫老爷，转身面向众人："这卖×货昨晚还说得好好的，现在又变卦了。"

有人说："这事可不能胡说，莫老爷可不是那样的人!"

莫老爷大度地说："你往我头上扣屎盆子，按说我跟你搁不下，但我不跟你计较。我知道你是为了'白狼'的事。就是为这事，也不该用这种丢人的办法!"

老六说："你少跟我绕圈子!我知道你有钱有势，但我不怕你!我今天非砸你一砖不可!"他手里一直提着砖，随时准备砸过去。

"我不跟你计较了，你反倒来劲了，你别给脸不要脸!"莫老爷脸色很难看，"你再这样胡搅蛮缠，可别怪我不客气!"

这时，呼啦拥出五六个家丁，站在主人身后，冷眼盯视着老六。

"啊呀，你还放狗咬人呀？"老六说。

"你嘴放干净些！"一个家丁说。

家丁们想往前扑，被莫老爷拦住了。

老六哈哈一笑，指着莫鹏举说："你娃别高兴得太早了！我这里有证据呢。"他从怀里掏出一枚金戒指，举在手里，像举着胜利的标志，得意地对众人说："你们看哪，这就是他勾引我媳妇的证据。"

莫老爷一见戒指，心里一紧，紫砂壶在手里颤了一下，但他马上就稳住了自己，说："你咋能肯定那东西就是我的？"

老六冲香椿说："你说，这是谁送给你的？"

香椿说："你爸送我的。"

围观的人哄地笑了。

老六冲过去，狠狠踢了香椿一脚，然后高声骂莫鹏举："我日你先人！"猛一扬手，将砖头朝莫鹏举砸去。

莫鹏举一躲，砖头砸在了身后的门框上。没等老爷发话，家丁们就一拥而上扑向老六。刚才老六骂他们是狗，现在他们找到了报仇的机会，一个个真的就变成了凶猛的狗。老六虽然奋力反抗摞倒了两个，但终因寡不敌众，被家丁们按在地上打得鼻青脸肿，还掉了一颗门牙。

莫鹏举站在一边悠然地喝着茶，说："这是你贼尻自找的！"

香椿见老六被打得很惨，又心疼起自己的男人来，乞求道："你们别打了……"

莫鹏举这才让家丁们住了手。

老六躺在地上，抹了把脸上的血，破口大骂："你们这些看门狗，等我日后一个个砍下你们的头当尿壶……"

家丁们一听这话，要扑上去再打。

老爷说："算了，放了他。"

有人趁机从拴马桩上解下香椿。香椿去扶老六，老六一把将香椿推开："你个卖×货，别碰我！"香椿捂着脸哭着跑回了家。老六从地上爬起来,指着莫老爷骂:"我跟你娃没完,你等着……"村里几个小伙子硬把老六架走了,老六边走边扭过身子骂:"狗日的,你们等着……"

老六在炕上躺了三天,没有说一句话。香椿自觉理亏,大气不敢出,小心殷勤地伺候着。香椿做好了饭菜端到炕前,老六照吃不误,但却不看她一眼。第四天后晌,老六下了炕,像一条疯狗一样在屋里走来走去,还是一言不发,直到天黑。

老六在想如何报仇,想来想去也没有合适的办法,最后就想到了桃花沟。开始他有些犹豫,桃花沟毕竟与莫村有仇,去找莫村的仇人来报复莫鹏举,村里人会不会说他吃里爬外?可村里人都向着莫鹏举,没有人替他说话,他不找桃花沟又能找谁呢?

那天半夜,老六悄悄上了桃花沟。老六将事情的来龙去脉一五一十地说给了桃花沟主莫鹏昊,最后说:"我咽不下这口恶气!鹏昊哥,你可要给我做主啊!"

莫鹏昊说:"你得罪了一村之主,我咋给你做主?"

老六说:"他搞了我老婆,还想借机除掉我,你得帮我报这个仇啊!"

莫鹏昊表情怪异地打量着老六:"我怎么知道你不是他放出来的诱饵,有意来引我上钩的呢?"

老六发誓说:"我说的句句都是实话,不信你可以派人去打听。"他张开嘴,让桃花沟主看他被打掉的豁豁牙口,又撩起衣衫亮出身上的伤痕。

莫鹏昊说:"我是跟你耍笑呢。你的事我早就听说了,我同情你,但我没办法帮你。你知道这些年我们两个村子都是明打明的来,从来没有在暗地里搞过啥名堂,我不能因为你的事坏了桃花沟的名声。我父亲生前毒死了莫鹏举的爷爷,这事一直让桃花沟人抬不起头来,我不能犯同样的错,我得维护桃花沟的荣誉。"

老六焦急地说:"那你不帮我了?"

67

莫鹏昊说:"你能来投奔桃花沟,这个忙我是肯定要帮的,至于派人马嘛,恐怕不行。是这,我可以给你一把枪,下来的事情就看你的了。"

老六问:"你是说把狗日的敲了?"

莫鹏昊点了点头。

老六说:"可是,他们人多势众,我一个人对付不了啊。"

"光靠枪当然不行,你得用用脑子。"莫鹏昊说,"现在事情刚过去,人家肯定提防着你哩,你千万不要轻举妄动!你回去后,不要对任何人流露你的仇恨,要极力装出认输的样子。在巷道里碰到莫鹏举,还要主动和他打招呼。让他认为事情已经过去了,你不会再找他报仇了。等他对你没有了戒心,你再下手,那个时候就可以干掉他了。"

莫鹏昊让人拿来一把瓦蓝锃亮的手枪,交给老六:"这是我新买的二十响盒子炮,厉害得很!一扣扳机,突突突,能撂倒一大片,任他有多少人你也不用怕。"老六接过枪,十分感动,说:"多谢大哥了。"

莫鹏昊认真地说:"你也别谢我。我们把话说到前头,事情办成办不成,你都不要把我牵扯进去,你从来没有来过桃花沟,我也没有给过你枪。记下了?"老六忙说:"大哥你放心,我老六是个讲义气的人,绝不会连累你的。"莫鹏昊笑着说:"你老六的为人我是知道的,我只是给你提个醒。大哥有难处啊,桃花沟不能引火烧身,我是一村之主,得为全村人的身家性命考虑。再说,万一你失手了,我这里还有一个地方可供你躲避,等日后有机会了再收拾他也不迟。君子报仇十年不晚嘛,凡事都得从长计议。"老六说:"还是大哥深谋远虑,小弟都记下了。"

天快亮的时候,老六怀揣盒子炮,离开了桃花沟。他在炕上躺了十多日,才走出家门。他把复仇的怒火暗暗埋在心底,没事人似的在巷道里走动。有时碰到了莫鹏举,还主动点个头,打个招呼。村里人说,这小子挨了顿打,就变老实了,看他还跟莫老爷斗不!

半年后的一天夜里,老六翻墙进了莫家大院。他还没摸到莫鹏举的屋门口,慌乱中踩翻了一只瓦盆,哗啦一声,几个屋里的灯同时亮了起来。老六没有半点迟疑,一脚踹开莫鹏举的屋门冲了进去,跳上炕,一掀被子,里面没人。

外面有人叫喊:"捉贼啊——"

老六急忙冲出屋子。家丁们像从地里突然冒了出来,一齐挥舞着刀枪围了过来。老六准备举枪扫射,可情急之中扳机怎么也扣不动,没等他反应过来,只觉拿枪的手挨了一棍,枪掉在了地上。刚想去捡,后背又挨了一刀。耳边嗖地掠过一股冷风,他哎哟一声用手去摸,一只耳朵不见了。他奋力突出重围,攀上老槐树,跃上屋脊,跳墙逃走了。家丁们并没有穷追不舍,只在后面虚张声势地诈唬了一阵子,就回屋了。这是莫老爷吩咐过的。老爷说,留他一条命吧,吓唬吓唬就行了。

莫鹏举早就猜到老六会有这么一手。以老六固执的个性,他是不会轻易善罢甘休的,而且村里早有人报告说,看见老六夜里去过桃花沟,所以他早有防备。

莫鹏举从三太太的屋里走了出来,一个家丁捧着老六那只血淋淋的耳朵,讨好地拿给老爷看。

莫鹏举说:"也好,丢只耳朵让他小子长点记性,看他日后还敢不敢和我作对!明天将耳朵挂到城门上去,让全村的人都看看。"

另一个家丁捧着刚缴获的枪,说:"老爷,这是老六的。"

莫鹏举接过枪端详了一阵,说:"真是一把好枪啊!老六这小子心够狠的,想要我的命嘛。"又说:"我敢肯定,这枪肯定是桃花沟的。方圆百里除了我们和桃花沟,没有人能买得起这么好的枪。好个阴险的莫鹏昊,想借刀杀人啊!"他将枪交给管理枪械库的家丁,吩咐说一定要保管好,等了结了老六的事,再拿着它找桃花沟理论。他知道自己真正的对手不是老六,而是桃花沟。

第二天,管家按照老爷的吩咐,将老六的那只耳朵用一根细绳穿上,挂在了城门上。几天后,耳朵就变黑变干了,像一片干枯的树叶在空中飘荡。

管家吩咐家丁们做好一切应战的准备，以防老六再次偷袭。然而，老六一直没有再出现。

老爷说："他暂时不会再回来了。"

可是，老六丢下的那把二十响盒子炮，却在一天夜里不翼而飞了。那个掌管枪械库的家丁，当着老爷的面拼命扇自己的耳光，说自己失职没有保管好枪。管家也说怪他用人不当，太大意了。老爷怀疑掌管枪械库的家丁监守自盗，让人吊起来毒打拷问，直打得那家丁皮开肉绽，后来那家丁竟被打死了。

老爷问管家："谁让你们把人打死的？人死了，咋个审问？"

管家说："那小子太不经打，没打几下就咽气了。"

老爷说："以后用人要多加小心，不能让桃花沟钻了我们的空子。"

管家说："老爷放心，这样的事以后再也不会发生了。"

一晃，一年就过去了。

这天清早，已经五岁的天奇和往常一样，早早起来去看门口的金丝猴。天奇每天都要和金丝猴单独待那么一会儿，有时是清早，有时是傍晚，用无声的语言同这个和他一样孤独的生命交流。在这个世界上，天奇唯一可以交流和信赖的就是这只百年老猴。每当天奇走近金丝猴的时候，它总是用那双浑浊的眼睛望着他，或者将头偎进他的怀抱里轻轻地摩擦，以此传递心语。然而，今天金丝猴却一反常态，眼睛里充满了恐惧，嘴里发出呜呜的哀叫。还没等天奇明白是怎么回事，金丝猴就从石狮子后面拽出一个土布包袱。天奇不知道里面裹的什么东西，想打开看看，可包袱打了死结怎么也解不开，他只好将包袱拖进大门。

莫鹏举站在院子里的老槐树下，捧着紫砂壶品尝每天早上的第一壶茶，给管家吩咐着事情。天奇径直把土布包袱拖到父亲脚下。

管家惊叫一声："呀，地上有血！"

莫鹏举吃了一惊："快打开看看！"

管家战战兢兢地打开包袱，里面露出一颗血糊糊的人头。他惊叫一声，几乎跌坐在地上。

莫老爷上前一看，认出是香椿，心里便明白了八九分。他对管家说："你带上几个人，赶快到老六家去看看。"

管家不敢怠慢，领着几个家丁匆匆走了。一会儿，又神色慌张地跑了回来，说："老爷，老六早就跑了。"

"我知道他早跑了，我是问你看见了什么。"

"我看见香椿光溜溜地摆在炕上，没有了头，血从炕上流到地上，又从地上流到了门外……"管家惊魂未定，脸色煞白，声音明显在颤抖。

"这是有意做给我看的，看来他是要和我斗到底了。"莫老爷说，"你去把来福叫来，我有话给他说。"

管家急急跑了出去。很快，来福被叫来了。

来福说："事情我已经知道了。这狗日的心真狠，也下得了手！"

"事情已经出了，你我不能不管，这女人可怜哪。你是明白人，这事我出面料理不妥当，还得你这个村长出面。"莫老爷说，"本来这事我可以不管，但事情是因我而起，我就不能不管了。你出面找贵生买口好点的棺材，把人先抬埋了，钱由我出。"

来福说："看来只有这么办了。"

莫老爷说："我又欠你一个人情。"

"你这是看得起我，你放心，我一定办好！"来福把香椿的人头重新裹好，提走了……

第二年夏天，村里有人上万斛山挖药看见了老六。说他腰里别着两把短枪，后面跟了几十个背长枪的男人；说老六当了土匪，山寨就在万斛山上的麻峪沟。

某日，管家领着少爷天奇进城买东西，回来的路上，碰到了老六。老六一身黑绸裤褂，比以前神气多了。天奇乍一看觉着他哪儿不对劲，细一瞧才发现他少了一只耳朵。老六手里提着一包油乎乎的东西，黑不溜秋的毡帽压过了眉梢，一双冰冷的眼睛从帽檐下盯视着少爷天奇。天奇一点也不害怕，平静地迎接着他的目光。两人这么对视了一阵，老六收回了目光，他把管家拉到一旁。

管家甩开老六的手："有话就在这儿说，他是哑巴又听不见，你这样鬼鬼祟祟的，倒让他怀疑。"

老六说："他耳朵听不见，可他那双眼睛让人心里不舒服。"

管家说："他是个傻子，你别打他的主意。"

老六背对天奇往管家的怀里塞进一包哗啦作响的东西，悄声说："上次的事，大哥说记着你的情呢……"之后，把那包油乎乎的东西交给管家。

管家问："这是啥？"

老六说："这是油糕，你回去捎给狗日的鹏举，就说是我孝敬他的。"

管家问："你不会在油糕里下毒吧？你可别害我，我还想在莫家混饭吃哩。"

老六说："你太小看我了，我老六现在可不像以前那么傻了。我不会让他那么容易就死的，我要钝刀子割肉慢慢拾掇他，让他生不如死。送他这点小礼物，是告诉他我天天都在惦记着他呢。"他的眼睛里放射出可怕的绿光，样子很凶，回头死死地盯着天奇。

管家忙挡住老六："你想干啥？你不要胡来！"

老六冷冷地说："我是不会杀一个傻子的，我要留着他，让他亲眼看看他那狗日的老子最后的下场！"

说完，老六一阵黑风似的消失在春风荡漾的田野里。

8. 槐花飘香的季节

管家和天奇走进家门，首先嗅到的是槐花新鲜甜腻的奇异香味，然后就看见了太婆。

正是槐花盛开的时候。太婆坐在槐树下的藤椅上，咔啦啦搅动着陶罐里的核桃，她从里面挑出一颗，然后再咯嘣嘣咬碎。树上的槐花像雪一样一瓣接一瓣地飘落，有一瓣竟落进了太婆雪白的头发里，很快就找不见了。

这时节，莫村人喜欢捋来嫩槐花掺上麦面蒸成满口生香的槐花麦饭。但太婆身后的这棵树上的槐花不能蒸麦饭，因为它们太干太老了，失去了水分和营养。它们只能自生自落。

三太太手里端了饭碗走出来，看见管家和儿子，招呼说："来得早不如来得巧，槐花麦饭刚出锅，香死了！你们快去吃吧。"

天奇像是没听见他妈的话，径直走到太婆跟前，偎进她的怀里。太婆将陶罐放在地上，搂着天奇，咬碎一颗核桃，取出里面的仁儿塞进天奇的嘴里。日头晒得太婆头皮发痒，她腾出一只手挠了挠雪白的头发，头皮不痒了，可后背又开始痒了，像有毛毛虫在那里乱爬，她示意天奇帮她挠。天奇撩起太婆的上衣，双手在那鸡皮背上咯吱咯吱地抓挠，皮屑像麸皮一样纷纷坠落，太婆舒服得嚯嚯地笑，声音听起来像是在空中。

"一对傻子！"三太太说。

少爷没去吃饭，管家也不好自己先去吃，站在那里眼馋地看着三太太碗里的槐花饭。跑了几十里路，他早就饿了。

三太太说:"你自己去吃吧,别等少爷了,谁知道这一老一少要疯到啥时候!"

管家刚想走,老爷剔着牙从屋里走出来。管家忙说:"老爷,我回来了。"

老爷鼻子里哼了一声,算是打了招呼。

管家想起手里的油糕,低声对老爷说:"你猜我遇见谁了?"

"谁呀?"老爷漫不经心地问。

"老六。"

老爷吃了一惊,牙签停在了嘴上:"老六!在哪儿?"

"在回来的路上,他还让我捎了油糕给你,说是孝敬老爷的。"管家把手里的油糕提起来,让老爷看。

"驴日的,这是故意气我哩。"老爷说,"扔了扔了,你就不该提回来。"

管家很不好意思,将手里的那包油糕扔到了墙角。天奇趁大人们没注意,跑过去打开油纸包,抓起一个油糕就往嘴里塞,里面的糖浆油汁流了一嘴角。

三太太惊叫道:"小心有毒!"

管家赶忙跑过去,可是已经晚了,一个油糕早已进了天奇的肚子。三太太跑过去把手指塞进天奇的嘴里:"吐啊,快吐啊!"可是任凭她怎么喊,怎么往外抠,天奇就是不吐。

莫老爷说:"油糕里没有毒,老六不会这么傻!"

果然,天奇没事。吃了太婆的核桃,又吃了一个油糕,他已经饱了,独自向城墙走去。

三太太对管家说:"他还没吃饭呢,快拦住他。"

莫老爷说:"别管他,由他去吧。"

三太太叹口气:"我前世造了啥孽哟,生了这么个儿子,越来越古怪了。"

天奇像往常一样,旁若无人地爬上城墙,坐在那块光溜溜的石头上茫然地看着城外的世界。夕阳下,田野朦胧嫩绿,一直从城下铺排到看不见的远方。他想，麦苗儿正在悄悄地拔节呢，用不了多久就要吐穗了。麦田里隐约有一大一小两个黑点在蹿动，那肯定是黑蛋他爸老石匠带着细狗在撵兔。石匠没事的时候喜欢撵兔，撵兔不光是为了吃肉，更重要的是一种乐趣。石匠走进城门的时候，手里提了三四只兔子，细狗得意地在前面蹦跳撒欢。石匠今天的收获不小。

渐渐暗淡的天光下，整个村子呈现出灰白的颜色。村里布满了青砖灰瓦四合院，排列规整。这莫村城颇具明代风格，是莫氏家族的先祖莫爵死后，他的儿子用朝廷追赐的银子修建的，距今已有三百六十年了。巷道为"井""丁"和"十"字形格局，巷巷相通，街街相连。

莫家大院是全村最大的四合院，门楼也比旁人高出一截。门楼两侧一尺见方的青砖上，雕有博古、福禄、八桂、花草等吉祥物，门簪、门楣及檐枋木上也布满了各种雕饰图案，门额上题有"进士门第"四个古朴楷字。自莫爵以来，莫氏家族已经十四代了，先后出过三个进士、五个举人。大门外侧的砖墙上雕有书画诗文，虽然年代久远风侵雨蚀，但横竖撇捺枝枝蔓蔓仍依稀可见。门墩石高至膝盖，雕凿有许多不同的动物图案。门前两个形态雄悍的石狮子，马一样高大，嘴里含着碗口大的石珠，用手一拨骨碌碌旋滚，却永远不会掉出来。金丝猴就拴在石狮子的一只前爪上，因而这只前爪就明显比另一只光了许多，瘦了许多。

跨进大门，从前到后是门房、厢房、厅房，合称三脊，一脊比一脊高，寓意"连升三级"。从房屋的布局看，厅房为首，左右厢房为双臂，门房为足，意为"合家欢"。四合院并列相通，分为正院和偏院，正院住主人，偏院住下人和家丁。正院坐北朝南，房子均为单数，厅房三间，门房三间，厢房左右各五间。按照八卦阴阳之说，单数为阳，所以房子的间数都取单数。厅房高大宽敞，门房装饰典雅，左右厢房十分对称，与门房一起为起居室。其中有一间厢房的门一直挂着锁，那是已经死去十几年的二太太以前的住房。

莫家大院最惹人眼目的有两样东西。一是那棵比太婆还要苍老的老槐树。槐树树身很粗,三人手拉手合围才能勉强抱住,但树心却早已枯空,树干裂开,两根粗壮的枝权从两侧斜刺天空,使得这树看上去极像一个开膛破肚、叉开双腿、倒立着的老人。树冠却很大,几乎覆盖了三分之二的院落,许多枝丫已经干枯,树叶并不茂盛,稀疏的枝叶常常将好端端的阳光切割得支离破碎,弄得地上一片斑驳。老槐树三十年前就不开槐花了,现在飞扬着的槐花不是老槐树上的,而是从树干里蘖生出来的一棵半老不老的小槐树上的。小槐树像是老槐树无奈的补充和延伸,它因吸吮老槐树的营养才茁壮成长。太婆说,小槐树是老槐树的儿子呢。

另一样东西,就是门房和庭院之间矗立着的那块照壁。照壁用一块巨石凿琢而成,两块炕席大小。迎客的一面刻有莫爵归田后作的一首诗:"不教闲虑在胸中,便与长天一样空。信步行来皆乐地,开襟怀满是熏风。庭前槐影拂云绿,墙角葵花向日红。更有一般清气味,应时黄鸟啭幽丛。"背面刻有莫氏家族的家训:

存阴骘心,干公道事,做老诚人,说实在话,把天理先放在头直上。处人只要个谦逊,吃穿只要个暖饱,房舍家什只要坚牢有用,冠婚丧祭只要合从大理。才开口便想这话该说不该说,才接人便想这人可交不可交。处身要俭,与人要丰,见善要行,有过便改。尤可戒者,奢侈一节,令人劳作无益只图看相,强似费了财帛夸俗人眼目,不如挪此夕钱粮救穷汉性命……尔曹切记。

家训句句都是教人为善的话。三百年来,莫家的后人们就是依照这个家训来持家守业,才使莫氏家族保持了长久的繁荣兴旺。但家训中唯独没有对"争强斗狠"的劝诫,以致莫氏家族在后来的许多年中无奈地卷入了族人之间的仇杀怪圈,这恐怕是莫氏先人们始料不及的。

天奇就这样呆呆地望着自己的家园,他在城墙上坐了很久很久。

夜深了，潮气有些沁人，但月光很好。后来，天奇就看见他爸莫鹏举走进了大太太的屋子。他感到很新奇，他爸可是很少光顾大太太的屋子的，今天他这是怎么了？

大太太是村里高老爷家的大女儿。十八岁那年，一顶花轿将她抬进了莫家。那时的大太太鲜活水灵，凤冠霞帔，头顶红盖头，一双灵秀的小脚踩在猩红毛毡上款款而行，毛毡一直由大门口延伸到洞房门口。那是她作为女人一生中最风光最辉煌的时刻。进门的时候，莫鹏举往她头上插了一双筷子，意思是要她"快生贵子"。上炕之前，莫鹏举又象征性地踢了她三脚，打了她三拳，她还不能回头看，更不能有半点怨言，以示"出嫁从夫"。然后，莫鹏举就用一根擀面杖挑去了她的红盖头。

送走闹洞房的人，她羞涩地盘腿坐在炕角，眼睛朝下盯着炕上浆洗后捶得平展展的土布单子，不敢看莫鹏举一眼。莫鹏举说："时候不早了，睡吧。"便噗地吹灭了灯，黑暗中把自个儿脱了个精光。没了灯，她才敢抬起头来，她看见面前白晃晃的一条，就心慌得厉害，坐在那里大气儿也不敢出，但她还是听到了自己紧张的呼吸。他说："脱呀。"她羞涩地脱了红棉袄。他说："全脱了。"她的手抖得厉害，怎么也解不开裤腰带。他急了，一把扯断了她的裤腰带，顺腿抹下裤子，急急火火爬了上去。她啊呀叫了一声。啊呀就像那道门槛，跨进去了，她就从一个黄花闺女变成了一个女人。那一夜，比她小三岁的莫鹏举，把她由一个黄花闺女变成了一个少奶奶。

做闺女的时候，她曾经无数次设想过新婚初夜的甜蜜与美妙，想得自己脸热心跳不好意思。可是，真的到了这个时候，她却找不到一丁点那种感觉。她原本想慢慢品尝这一切，就像吃甘蔗那样一节一节地嚼着咂着味儿，可她品尝到的却是恐惧，而后是苦涩。他的急迫、无礼和粗鲁一下子击碎了她的一切幻想，她什么也没有体味到就已经结束了。她只感到了钻心的疼痛和晕眩，除此之外，就是黏糊糊散发着腥味的冰凉。

那一夜，他要了她几次，她已经记不清了。她没想到这个比自己小三岁的男人，会这么疯狂。他快活了一夜，她痛苦了一夜。从此，这痛就深深地刻进了她的灵魂和以后的岁月里。那段日子，他没完没了无休无止地要她，甚至在大白天也关了屋门把她按倒在炕上。渐渐地，她开始讨厌做这种事情。她感觉他并不是喜欢她，而是喜欢她的身体。她失望了。她恨他，她开始用身体无声地抵抗，尽量不让他得到他想要的快乐。她总是冷冰冰的，能冷到什么程度就冷到什么程度，任他怎么摆布折腾就是一声不吭，连一声轻微的呻吟也没有，弄得他也索然无味。在娘家时，她就很少说话，现在她的话就更少了，有时几天都不说一句话。

两年后，大太太生下了儿子莫天合。有了儿子，大太太的日子开始活泛起来，生活也有了希望，有了乐趣。转眼间，天合长大了。儿子的长大，对大太太来说很突然，仿佛只是一瞬间的事情。儿子走进学堂走到外面的世界去闯荡之后，她又一次深深地陷进了无边无际的寂寞之中。儿子十五岁走出家门，就再也没有回来。儿子带走了她生活的所有乐趣，她渐渐地苍老了。

老爷对大太太渐渐失去了兴趣，不久又娶了年轻漂亮的二太太。

二太太是流曲镇琼锅糖世家麻老四的三女儿。这女子细腰窄尻子，走起路来像风摆杨柳一般。太婆一看就觉得不顺眼，说她长得一脸狐相，好看不好用，腰里的肉都长到胸脯上去了，尻子那么窄，谁知道能不能坐月子生娃！太婆评价女人，主要是看她能不能坐月子生娃。

二太太果然是个风情女子，成婚后夫妻俩夜夜被翻红浪，颠鸾倒凤，经常玩些奇特的花样。有时她在自己的身上抹上蜂蜜，让莫鹏举一点一点地去舔食；有时将他的手脚捆起来，使他动弹不得，还用黑布蒙了他的眼睛，自己则骑在上面恣意疯狂。她经常把他的身子抓出许多血印，咬破了他的肩头或者身上其他地方，可他一点也不觉得疼，乐意让她这样虐待。他们如入无人之境，常常弄出长久而响亮的嗯嗯呀呀的声响。太婆实在听不下去了，就敲打他们的窗户，说：鹏举你驴日的不要命了,那么不知道饥饱?两人这才敛了声,当夜消停无事。可是隔不了几天,又开始哼哼唧唧了。两个人没有节制的直接后果,是让二太太两年内连续小月(流产)了三次。太婆气得跳脚骂:你们两个疯子,又把我的孙孙给疯掉了!

后来,二太太却悄没声息为莫家奇迹般地怀了一对双生子。可是第二个孩子刚落草,二太太凄厉地惨叫一声就断了气,身下的阴血流了一炕一脚地……

二太太死后,她的屋子一直锁着。除了莫鹏举,从来没人进去过。丫鬟们夜里有时能看见那屋里隐隐约约有人影晃动,都说是二太太。二太太太年轻了,好日子没过上几天就死了,死得太早太亏了,所以她的阴魂还在那屋里,不想离开。太婆说,二太太是不放心她的一对双生子啊。

双生子天佑和天顺越长越像他们的母亲了。他俩一个月才从县城学堂回来一趟。他俩一回来,莫家大院就热闹了,太婆高兴得合不拢嘴,干涩的笑声能吓飞树上的麻雀。

天佑说:"太婆,我俩今天可占大便宜了,没掏一个子儿,白吃了贾老三家的灌汤包子,你信不信?"

太婆说:"我不信,哪有这么便宜的事儿!"

天佑说:"我不骗你,不信你问天顺。"

天顺拍了拍自己的小肚子,夸张地挺起来让太婆看:"就是的,不信你摸。"

太婆饶有兴趣地问:"到底是咋回事,快给太婆说说。"

天佑说:"晌午放学的时候,我俩路过贾老三的包子铺,闻到包子的香味就走不动了,感觉肚子饿得不行。可想吃包子身上又没有带钱,我就让天顺在门口等着,先走进包子铺,对贾老三说,掌柜的,来四笼包子。贾老三把眼窝瞪得鸡蛋那么大,说,这么多呀,你个碎尿能吃了?我说,能。贾老三说,你人不大牛皮却吹得不小,你要能吃了我不要钱。我说,你说话算数?他说,我这么大年纪了,还能哄你个碎娃，只是你撑破了肚子我可不管。他对伙计说，给这碎尿端四笼包子来，我倒要看看他咋吃下去……"

太婆替天佑担心："你个二杆子，能吃那么多？"

天佑说："你甭着急，听我慢慢给你说。四笼包子端了上来，我一口气吃下去两笼。我对贾老三说，我尿涨了，尿一泡回来再吃。贾老三说，你得是想跑了？我说，谁跑谁是狗，你把我书包押着。贾老三相信了，说，你去吧，快些回来，还有两笼包子等着你娃哩。我出了门躲了起来，让天顺进去。贾老三一点儿也没有看出来，以为还是我。天顺三下五除二就把剩下的两笼全吃光了，看得贾老三眼都瞪圆了，说，啊呀呀，你娃真能咥！我认输了，包子算我白送你的……"

太婆被逗笑了，笑得眼泪花儿直扑闪。

天佑天顺兄弟俩每次从学堂回来，总有新鲜的事情说给太婆听。有些太婆听着有趣，有些听着没趣，有些听得懂有些听不懂，但有趣没趣听懂听不懂她都喜欢听。太婆太孤独了，需要有人在她的耳根下唠叨。天佑聪明外向，天顺老实内向，什么事总是天佑说给太婆听，天顺站在一旁不语，需要他开口证明什么的时候，才偶尔说上那么一句两句。

天佑说："太婆你不知道，昨天我们学校可热闹了，康有为到我们学校讲话了，人挤了满满一操场，围墙上站的都是人。县长还让康有为给图书馆题了字呢，听说那字还要烫金呢……"

天佑说："太婆呀，我们看见小卧车了，黑亮黑亮的，像个黑棺材，走到跟前能照见人影影。小卧车是缴获北洋政府大总统曹锟的，送给了我们学校。可学校里没有人会开，就摆在操场上让人看西洋景。去看的人多得不得了，搅得我们都上不了课。太婆你看不看？明儿个我带你去看。"

天佑说："太婆呀，我们学校住进了一群兵，把我们的教室都占了，我们上课都没地方。那些兵在操场支了许多大锅生火做饭，锅里全是白花花的大米，闻着可香了。长大了，我也要去当兵吃大米饭……"

太婆骂道:"你敢去当兵,我就卸了你驴日的腿!好铁不打钉,好男不当兵。当兵有啥好?你二叔当兵生不见人死不见尸的没了踪影,你大哥天合不好好念书,非要去当兵打仗,现在也没有个下落……"

　　天佑见太婆生气了,忙哄道:"我说着耍哩,你就当了真。"

　　天顺也说:"我们听太婆的,不去当兵。"

　　太婆说:"娃呀,如今世道这么乱,你们不敢再像你二叔和大哥那样在外面胡折腾,到时候惹出事来,把肠子悔青了也没有用。好好念书,将来考上状元为太婆争气。"

　　兄弟俩知道太婆老糊涂了,考状元是哪个朝代的事了,现在还唠叨。但他俩为了讨太婆的欢心,还是认真地点了点头。

　　可是,七八年后,兄弟俩把太婆的话忘得一干二净,一个向北,一个向南,都走上了战场。

9. 小菊

  天奇每天做的只有一件事，就是坐在城墙上发呆。

  他坐在那里，看天，看地，看城外通向东南西北的四条官路。他看到路上人来人往，有时还有扛枪拉炮的队伍。

  孤独的日子，就这样一天天被他打发掉了。天长日久，城墙上的那块石头就被他磨出了一个石坑。有时黑蛋和小琴也爬上城墙跟他玩一会儿，村里的孩子只有他俩不嫌弃天奇，可能是因为小时候黑蛋和他吃过同一个女人奶水的缘故吧。小琴不嫌弃天奇，是因为黑蛋不嫌弃天奇。小琴喜欢跟黑蛋在一起，像黑蛋的跟屁虫。他们喜欢玩"狼吃娃"，这是莫村孩子常玩的一种土棋，天奇也只会玩"狼吃娃"。天奇傻，但玩土棋却很精，黑蛋常常会输给他。

  有时半夜，天奇也会爬上城墙，在那里一直呆坐到天亮。人们都说天奇有夜游症，但他知道不是夜游，他夜里比白天还要清醒。

  一个晌午，官路上走来一男一女和一头毛驴。走在前面牵着毛驴的男人始终低着头，像是随时准备捡拾路人遗失的东西。女人红袄绿裤，看样子很年轻，偏腿坐在驴背上。黑身白嘴的毛驴嗒嗒嗒踩着碎步，四只白蹄子像白鸽一样擦着地皮翻飞，扑腾起一路尘土。他们向莫村走来，越来越近。天奇突然认出那女人是他姨小菊，急忙下了城墙跑出城门。

  天奇喜欢这个叫小菊的姨，不只是因为她长得漂亮，更重要的是她喜欢他。小菊只比天奇大五岁，刚刚十七，却已经饱满得像一朵含苞待放的花骨朵。

天奇在城门口迎住了他姨。小菊跳下毛驴一把拉住了外甥的手，说："啊呀，天奇都长这么高了，还是天奇对姨亲。"

天奇感觉他姨的手很绵软，很温热，他希望他姨就这样永远握着他的手，不要放开。然而，他姨只那么简单地拉了一下很快就放开了，只将一只手放在了他的头上，胡乱摩挲着。天奇喜欢他姨拉着他的手，但讨厌他姨摸他的头，他偏了一下头，躲开了。小菊并没在意，扭过头去对那个牵驴的男人说："你回去吧，告诉我妈，我要在莫村多住些日子哩。"

男人牵着毛驴走了，白嘴黑驴往回走的步子轻快多了，男人仍旧低着头，和驴一起很快就消失在了土路上。

小菊拉着天奇走进城门，走在莫村幽长的巷道上。莫村人都认得小菊，女人见了小菊都亲热地打招呼："小菊，看你姐来了？"

"嗯，你们忙哩？"小菊应承道。

"忙啥哩，忙着洗炭哩。"女人逗趣道。

小菊知道人家在跟她说笑，也就笑了笑。

"天奇一点也不傻，能分出好坏俊丑，看他对他姨亲的！"

"小菊越长越倩了，像年画上走下来的人儿。你妈给你吃啥好东西了，把你养得这么暄净俊俏？"

小菊脸红了，不知如何是好，只管低头走路。

巷道上的男人不言语，他们对小菊的欣赏更直接更实际。他们贪婪地看着面前走过的这个莫村所有女人都无法比的小美人，恨不能将目光变成一只手，在这个鲜亮芬芳的女人身上摸一把捏一下，或者干脆像剥葱一样剥去她的衣裳，看看里面的具体内容。小菊感到身上缀满了男人的眼珠子，抖一抖衣裳就能抖落一地，用脚一踩叭叭作响。小菊被男人看得脸发烧，好像男人的眼睛是毒毒的日头，她路也不会走了，拉着天奇慌乱地穿过巷道。

走进莫家大门，小菊看见太婆坐在树下吃核桃，忙迎上去："婆，您老身子好啊？我爸我妈向您问好呢。啊呀，婆真行！一口能咬破核桃，我可算是开了眼了。"

太婆看着小菊，一时想不起是谁，问："这是谁家的女子？"

小菊抓住太婆鸡爪似的手摇着，撒娇道："我是小菊呀，婆你不认得我了？以前来过的。"

太婆这才想起来，说："哦，是小菊呀，我就说谁家的女子能长这么俊俏！小菊越长越好看了，婆都认不出来了。"

小菊心里高兴，嘴上却说："婆又哄我了。"

太婆摸着小菊的手："你看这手，细皮嫩肉的，白得跟葱秆秆一样，看着就让人喜欢。婆老了，认不得人了，你莫怪婆。"

小菊乖巧地说："婆不老，婆还能再活一百岁呢。"

"那还不成老妖精了！"太婆嚯嚯笑出了声，亮出一口整齐的白牙，她咔啦啦搅动一下陶罐里的核桃，取出一颗问小菊："你吃不吃？"

小菊说："我的牙可没有婆的牙好。婆的牙远近闻名呢，谁不知道古川有个莫村，莫村有个太婆，太婆有口好牙！"

太婆听了，满心喜欢，又嚯嚯地笑了。

太婆的笑声吸引了屋里的人。三太太边往外走边说："好久没听见婆这么笑了，是谁逗得婆这么开心？"出门就看见了小菊："我说是谁呢，原来是小菊呀。难怪一大早我这脚心手心发痒哩，昨个夜里还梦见了牛。牛是亲人马是信，梦到骡子交大运。我就猜想娘家要来人了，果然你就来了。爸妈身子好吗？"

"好是好，就是想你。你也是，快半年没回去了，惹得妈天天唠叨！这不，派我看你来了。"

"这屋里大大小小的事都得我操心，几十口子人张嘴要吃饭，伸手要穿衣，我哪能走得脱？"嘴上是发牢骚，可谁都能听出这是夸耀。说着，三太太亲热地拉妹妹进了屋，说姊妹俩的悄悄话去了。

正说着，莫鹏举端着紫砂壶进来了："小菊来了。"

小菊忙站起来："是姐夫呀，我刚说要去看你哩，你就来了。"

"小菊长大了，长得姐夫都不敢认了。"莫鹏举盯着小菊已经鼓起来的胸脯说，"真是长大了，长大了啊。你还记不记得小时候姐夫把你架在脖子上的事？有一回，你尿到我脖子里了……"

小菊的脸红了："姐夫你又提那事了，你再提我就不理识你了。"说着果真就噘起了小嘴。

莫鹏举赶忙哄道："好好好，我不说了，我不说了。"

三太太见两人这样，心里酸酸的，冷笑道："小菊你一来，看把你姐夫高兴的！壶里的茶水洒了都不知道。"

莫鹏举低头一看，前襟下摆果然湿了一片，忙端正紫砂壶，脸上就有些不大自在了。他为了遮掩自己的失态，对进来的一个丫鬟说："拾掇一间好厢房，把太太的娘家妹子安顿好。"

丫鬟说："老爷，已经拾掇好了，太太刚才吩咐过的。"

小菊说："听说有间房子经常闹鬼，我不敢一个人睡。"

莫鹏举说："没有的事儿，别听人胡说。"

三太太说："你害怕就跟姐睡。"

小菊调皮地看着莫鹏举："那姐夫还不恨死我？我才不跟你睡呢，我要跟天奇睡。"

莫鹏举说："天奇夜里爱梦游，你不怕？"

小菊说："我不怕，我喜欢天奇，我就要跟天奇睡。"

莫鹏举关切地说："你还是自己住一间比较好，反正家里有的是卧房，何必跟天奇挤在一起，那多不方便！"

三太太讥讽道："你一个男人，怎么连女人住哪里也关心！"

"我还不是为了小菊好。"

三太太斜了莫鹏举一眼，鼻子里哼了一声。

莫鹏举知道再说什么很可能又要闹不愉快，便解嘲地笑了笑，对小菊说："你看，好心当成了驴肝肺！你姐不让我管我就不管了，你随便住吧。既然来了，就多住些日子吧。"说完，转身走了。

出了门，莫鹏举感到自己确实管得太细了，经三太太那么一说，好像他真有什么不可告人的目的。自己的潜意识里真的什么想法都没有？这么一想，他倒吃了一惊。三太太就是厉害，总是在他还没有完全明白自己意图的时候，她就已经明察秋毫了，不失时机地给予无情打击。他不得不佩服这个女人的精明。精明人与精明人生活在一起，就像两个人脱光了衣裳站在透明的水里，相互都把对方看得清清楚楚，这样就很容易发生冲突。

他叹了口气。心里想，也许从他看上这个女人的那天开始，就注定一辈子也摆脱不了这个既让他爱又让他无可奈何的冤家。

莫鹏举认识三太太的时候，她才十六岁。她跟母亲去看社火，被刚死了二太太的莫鹏举看上了。莫鹏举一打听，才知道是"张酥饺"的女儿。他有些为难了，知道这事不好办。莫家和张家多年前就有一些仇怨，尽管不像和桃花沟的那样根深蒂固，但也足以让张老爷拒绝这门亲事。

三太太家在南边的美原镇，离莫村仅有十几里地。张家虽然没有莫家那么有钱，但在古川地面上也是数得上的富裕人家。张家祖辈几代经营酥饺生意。酥饺是关中特有的一种吃食，类似点心。张家不光有一个很大的酥饺作坊，还有一个粮店、一个布庄，每天都有一辆马车将做好的酥饺运进城去，再把换回的钱粮布匹运回来。张老爷很精明，用酥饺换东西比纯粹卖酥饺划算，一车货能多赚两斗粮食或半匹布。换回来的粮食一部分磨成了面又做了酥饺，一部分堆在自家的粮店里出售赚钱。这布庄方圆二十里独此一家，花花绿绿的各色洋布牵住了乡村大姑娘小媳妇的目光，绊住了她们的脚步，生意十分兴隆。但对张家来说，酥饺是主业，粮店、布庄只不过是捎带做的小生意。张家的酥饺远近闻名，不仅在陕西享有盛誉，还远销甘肃、宁夏、山西、河南等省。古川有首民谣，专门夸赞当地名特产，头一句说的就是张家的酥饺：

美原的酥饺销三省，沐惠村灯笼遍地红；
赵村的辣子最出名，庄里的柿饼全国行；
流曲的琼锅太后饼，党里村鞭炮响天空；
莫村的棺材不用钉，云亭的豆腐能系绳；

仁张村香瓜香十里，荞麦面饸饹出三星。

张老爷祖父的妹妹是莫鹏举的曾祖母。桃花沟和莫村有世仇，所以张家几辈人也和莫村疙疙瘩瘩的，生意上很少来往。有一年，莫鹏举的父亲莫仁厚在美原镇开了一家布庄和一家钱庄，对张家的生意构成了威胁，两家关系就更加别扭了，仇怨由间接的变成了直接的。张家布庄和莫家布庄在生意上明争暗斗，仇怨就越积越深。这样，美原镇和桃花沟就对莫村形成了南北夹击之势，这令莫仁厚很是头痛。后来经古川恒心堂老板从中说和，莫家将布庄送给了张家，使两个布庄合二为一，都姓了张；而张家将两村交界的二十亩地割让给了莫家。但在钱庄上，莫家坚持不愿撤出，张家给多少地，莫家也不松口。这样，张老爷尽管在布庄生意上少了一个竞争对手，但莫家的钱庄还像一颗钉子一样牢牢地钉在张家的眼皮底下。而且因为割让给莫家了二十亩地，使得张家的地盘像被狗咬了一口一样看上去不舒服。张家想用银子买回那二十亩地和莫家的钱庄，莫家死活不干。莫仁厚对儿子莫鹏举说："我们的钱庄和那二十亩地，像我们的一只脚踏在张家的地盘上，这种感觉很好。我要让他们时刻都能感觉到莫家威势的存在！"

莫鹏举看上张老爷的大女儿后，没有直接托人到张家去提亲。他知道去也是白搭，张老爷是绝对不会同意的，而且还会使莫家丢面子。张老爷是唯利是图的生意人，莫鹏举知道怎样对付这种人。他故意放出口风，让张老爷知道他有转让钱庄的意思。张老爷得知后喜不自禁，果然就派人交涉来了。交涉了几次，也没有结果。莫鹏举在故意吊张老爷的胃口，等火候差不多了，他才流露出想娶张家大小姐的意思，说如果张老爷同意这门亲事，他可以将钱庄作为聘礼送给张家。让女儿去给人家当填房，起初张老爷觉得面子上过不去，可后来还是抵挡不住钱庄的诱惑，就同意了这门亲事。张老爷心里有一本账：一个女儿换一个钱庄，值！和有钱有势的莫家结了亲，自己肯定不会吃亏，而且日后还可以伺机要回那二十亩地。

这么着，张家的大女儿就成了莫家的三太太。

刚结婚那阵，三太太夜夜扎紧裤带睡觉，手里始终握着一把剪刀，严防死守着自己的女儿身。莫鹏举曾经做过各种努力，但都没有结果。也许是出于一种怜爱，或者是"馍不吃在笼里搁着哩"的考虑，莫鹏举没有像对付大太太那样，用粗暴的手段来对付冷艳美丽的三太太。他安慰自己：好事多磨嘛，要耐心等待。他惊异自己怎么会对这个女人有这么大的耐心。三太太就像一枚即将成熟的杏子，表面上已经有了成熟的颜色，但里面还没有完全熟透，还有些苦涩。杏子熟透了，就会自然落下来，那时候就会变得香甜了。他等待着杏子熟透的那一天。

多日以后，三太太终于放松了警惕，悄悄收起了剪刀，甚至在一天夜里受了屋梁上老鼠的惊吓，钻进了莫鹏举的被窝，把脸埋在他宽厚的胸怀里。莫鹏举知道机会来了，不失时机地搂紧了这个水一样的女人。第二夜，三太太很自然地又钻进了莫鹏举的被窝，但仍然没有脱去内衣内裤。莫鹏举先是隔着衣服抚摸女人，继而把手探进了女人的内衣里揉摸她圆润丰满的乳房。她像被凉水冰了一下呻唤了一声，但并没有像以前那样拒绝。在她心智迷离的状态下，莫鹏举轻柔地剥去了她的上衣。但当他的手伸向她的裤腰的时候，她却一下子清醒了，双手攥住裤带死也不松手。

事情直到莫家的老管家死后才有了转机。老管家到东山去收账，回来的路上遇到了土匪，被一闷棍结束了六十岁的生命。偌大的莫家大院不能没有管家，莫鹏举想找个新管家。

夜里，三太太突然变得主动起来，依偎在莫鹏举的怀里，说："你不是想找一个新管家吗？我有一个好人选。"

"谁呀？"

"我娘家镇上有个叫兴兴的，算账从来不用算盘，眼睛一眯就能报出数字，一点儿也不差。镇上人都把他叫大能人哩。"三太太说。

"就这？"

"他犁耧耙耱样样都会，种出的庄稼每年都比别人多收三斗五斗的……"

"就这?"

"就这就这,你就会说个'就这'!这还不够?我看你根本就没把我的话当回事!好好好,我咸吃萝卜淡操心,不说了。"三太太生气地甩掉莫鹏举放在她身上的手,背过身去蒙头睡觉。

"你看你,我们是挑管家又不是挑长工,我当然要问仔细些。我又没说不行,你就不理人了。"莫鹏举将她扳转过来重新拥在怀里,"你能看上的人还能有错?是这,明儿个捎话让他来一趟,我先见见再说。"

第二天后晌,三太太让人叫来了兴兴。小伙子二十出头,憨厚的样子,看不出有什么过人之处。莫鹏举问:"你能不用算盘算账?"兴兴谦虚地说:"我胡算哩。"莫鹏举让叫来棺材铺掌柜贵生。贵生脑子灵,村里就数他的算盘打得好。莫鹏举交给贵生一把算盘,说:"我报一串数字,你用算盘算,兴兴用心算,看你俩谁算得快,算得准。"两人都说行。莫鹏举开始报数。贵生的算盘珠子噼里啪啦一阵乱响。兴兴不动声色,双目微合,像是在打盹,只有眉梢在微微颤动。莫鹏举一口气报了十几个数字,然后问:"算出来没有?"兴兴睁开眼说:"算出来了,一共是六十三万四千八百九十二。"莫鹏举扭头问贵生对不对,贵生拨拉完最后一颗算子说:"对着哩,这伙计有两下子,是个人物。"

莫鹏举对兴兴说:"从今往后,你就是莫家的第十九任管家了。"

当天晚上,三太太终于解开了坚守了几个月的裤腰带,莫鹏举如愿以偿。不过,三太太的裤腰带不只是为莫鹏举一个人解开的。

夜里,小菊和天奇住在一起。小菊当着天奇的面可以把衣裳脱得精光,在天奇面前她没有觉得不好意思,因为天奇还小,还因为他是个傻子。小菊很快就睡着了,但天奇久久不能入睡。让他姨搂着睡觉,天奇感到陌生,不习惯,又感到新奇、温暖。

月光从窗外水一样流淌进来,在炕上恣意蔓延。天奇像是浸泡在银白的清水里。槐树叶子的影子飘落进来，随风摇曳，如在水里自由游弋的鱼。天奇清楚地看见他姨的眼睫毛很长很长，高高地向上翻卷着，像被风吹卷了的墙头上的一溜蒿草。他姨的睡相不好，薄薄的缎被早已被她踢蹬到了脚下，露出了雪白的胸脯。他觉得他姨的胸脯比他妈的好看，至于为什么好看，他一时还想不明白。在他眼里，小菊的乳房是那样的白那样的圆，像一对悠闲的白兔静卧在月光里。他闻到了一种从未闻到过的奇香，忍不住伸手去摸那对白兔。小菊眯瞪着推开他的手，又睡了过去。他又去摸。小菊醒了，并不责怪他，反而把他搂在怀里，像哄孩子一样拍着让他入睡。

　　天奇夜夜被他姨这么搂着睡觉。他能感觉到有人在窗外蹑手蹑脚地走动，有时还会听到几声轻咳，声音极小，几乎听不见，显然是用手捂了嘴的。难道是对面屋子里的鬼出来了？他是不怕鬼的，爬起来出去看过几次，可是外面什么也没有。他感到奇怪，这鬼怎么会像他爸一样咳嗽？

　　天奇和他姨在一起感到无比的快乐。然而，这种快乐没有持续多久便没有了，那个牵毛驴的男人又把小菊接走了。

　　小菊走了，夜里窗外那种奇怪的声音也消失了。夜很静，能听见月光流动的声音和自己的心跳。天奇感受到了比先前更加强烈的孤独。他恨那个牵毛驴的男人，盼望他姨能再来。

　　秋天的时候，小菊又来了。这回不是牵毛驴的那个男人送来的，而是她自己走来的。进门的时候，天奇清楚地看见她的红鞋和半截绿裤上沾满了尘土。快乐又回到了天奇的身边。他和他姨在秋天的阳光里丢沙包、踢毽子、跳房儿、抓子儿。小菊的笑声很好听，像一群云雀萦绕在老槐树上，然后又扑棱棱地飞向天空。

　　有时小菊会跟着天奇爬上城墙，遥望万斛山上的唐塔、西山上若隐若现的妙觉寺、一望无际的金黄色的秋庄稼，还有那片像着了火似的柿树林。这么看着，小菊心就野了，牵着天奇的手跑出了城去，钻进了那片柿树林，去寻找好吃的担柿。

　　莫村人把已经熟透了的软乎乎的柿子叫担柿。

天奇又哑又傻，但爬树却很快。他像一只灵活的小猴蹿上树去寻找担柿，小菊仰着担柿一样红扑扑的脸蛋儿仰望着天奇。天奇寻到一个就摘了扔下来，小菊掬起双手接住然后放在树下，担柿一会儿就排列了一溜。看着红彤彤的担柿，小菊直咽口水，可她没有先吃，而是等天奇从树上溜下来了，才和他一起坐在树下品尝。他们先将担柿放在手心里轻轻地揉搓，等担柿彻底软乎了，再用手揭开柿子蒂儿，将嘴对准破口，一边用手捏挤一边用力吸吮，担柿甜甜的汁肉就进了嘴里，最后只剩下一个鲜红透亮的空壳。小菊将空壳重新吹鼓，反扣在树下，想让过路的人上当。天奇学着小菊的样子，把吹鼓了的空壳同他姨的摆在一起。小菊觉着这样很有趣，很开心，便咯咯笑个不停。天奇也觉得开心，但他没笑。他的笑不在脸上，而在心上。

那段日子，天奇经常和他姨去寻找担柿。有几次，还碰到了他爸莫鹏举。他爸神出鬼没地出现在他们面前，把他们吓了一跳。

小菊惊叫一声："妈呀，姐夫你吓死人了。"

莫鹏举不吭声，笑笑，盯着小菊看。

天奇看见无数萤火虫从他爸的眼睛里飞了出来，还看见他姨的脸越来越红，红得跟担柿一样。

10．管家的鞋

吃午饭的时候，天佑和天顺从学堂跑回来，说："我们看见大哥了！"

大太太的饭碗一下掉在了地上，着急地问："在哪？"

"在城里的关帝庙。大哥的队伍可多了，都住到关帝庙外面来了。大哥做了大官，听说是安抚招讨使井勿幕队伍里的一个统带。"

莫鹏举问："统带是啥？"

"统带就是团长啊。"

"他没说啥时候回来？"这是大太太最关心的。

"我问了，他说太忙，暂时回不来。"天佑说，"你们赶快去看吧，去晚了说不定大哥就走了。"

莫鹏举和大太太放下饭碗，急忙往县城赶。可等他们赶到关帝庙，莫天合已经带着队伍离开了，庙门外只留下队伍做饭后的柴火灰烬。

大太太的眼泪一下子就涌了出来："这个狠心的贼呀！到了家门口也不回来看看我！我权当没有他这个儿子！"

太婆得知后，对莫鹏举说："天合整天在外头舞刀弄枪的，能弄出个啥好事来？迟早要吃亏的！莫家出了个打打杀杀的二杆子鹏祥还不够，又出了个啥桶带裤带的，你去把驴日的给我找回来！"

莫鹏举派出几路人马去找。先是说在渭南，到了渭南又听说去了山西太原，到了太原又说去了潼关，到了潼关就再也没有了下落。莫鹏举就灰心了，想："这兵荒马乱的上哪儿去找？就是找到了他也未必愿意回来。"太婆叹息一声，说："完了完了。"眼泪在皱巴巴的老

脸上滚动。莫鹏举很少看见太婆流泪，太婆这个样子，他很吃惊，也更为天合担心了。

几个月后，天佑带回来一张传单，上面说莫天合在华山和一帮人密谋反对袁世凯的"护国运动"。后来，又听说天合带着队伍回到了古川。还没等莫鹏举派人去找，陕西督军陆建章的儿子陆承武就率领精锐部队"中坚团"关闭了城门，开始实行宵禁。

夜里，古川城枪声大作，"活捉陆儿子"的喊声四起。天合的队伍向驻扎在县政府、文庙和关帝庙的"中坚团"发起了进攻。陆承武的队伍突然遭到袭击，不明情况，不知所措，乱成一团，甚至自相残杀。战斗持续到天亮，莫天合的人马纵火烧毁了陆军主力驻扎的书院，陆承武撤退到县衙继续顽抗。直到下午，陆承武见已陷重围，无法逃脱，才缴枪投降，护国军大胜。后来听说莫天合和陆建章达成协议：护国军不杀他的儿子陆承武，陆建章主动交出督军大印，撤离陕西。几天后，陆建章撤离了陕西，护国军拥立陈树藩做了陕西督军。随后莫天合的队伍也撤出了古川。

又过了几个月，传言说陈树藩叛变了护国军，莫天合和其他护国军战将又和陈树藩打了起来。

这话传到了太婆的耳朵里，她骂道："真是胡折腾哩，一会儿好得像指头缝里的肉，一会儿又翻脸成了冤家对头，这世事越来越乱了。这样折腾下去，驴日的迟早要吃亏的……"

太婆不幸言中了。莫天合果然被他的一个部下出卖，落到了陈树藩的手里，被投进了西安城外的大牢。大太太得到消息后，几近昏厥。太婆说："你看看，我没说错吧，驴日的到底还是吃亏了！让驴日的吃些亏好，吃了亏就灵醒了。"话是这么说，太婆还是惦念重孙天合的性命，当天就让莫鹏举派管家带着银两去西安赎人。可是，等管家赶到西安，莫天合已经被他的人从牢狱里劫走了，不知去向。这时，靖国军已经占领了渭北大部分地区，路上到处是扛枪的队伍。

管家回来路过三原时，看见城外的广场上搭起了典礼台，下面挤满了军人和乡民。他想大少爷也许就在这群人里面，便挤进去寻找。

只见一个教书先生模样的人正站在台上讲话："余革命党人，非为权力名位而来，实为救国家，救桑梓，与诸同志共甘苦、同生死而来。带领大家者，非金钱，非械弹，乃一腔热忱与孙中山先生革命精神，此种精神为革命党人无价瑰宝，一切均不足以比拟。只要大家确切认识，笃实践履，则革命必成，强权必败，区区陕乱，不足平也……"管家向旁边的人一打听，才知道讲话的人是新任陕西靖国军总司令的于右任。

管家回来如实禀报了太婆和老爷。太婆说："由他去吧，等他驴日的折腾够了，就会回来的。"

许多年后，天奇的儿子才弄清他的大伯父莫天合和陈树藩的恩怨。革命党人莫天合在外征战多年回到陕西后，手中的兵力不过一个营，势单力薄，想完成讨伐袁世凯、驱逐陆建章的宏愿，只有投靠在陕西拥有重兵的陈树藩。那天夜里，莫天合率先起义，在古川向陆建章的儿子陆承武率领的"中坚团"发难。陈树藩却隔岸观火，没有派一兵一卒参加战斗，只在暗中派百余亲信着便衣悄悄给莫天合送过一些子弹。陈树藩在等待、观望，看谁胜利了他就与谁合作，说不定他暗中还给陆军送过枪弹呢，这一点莫天合当时就看出来了。但鉴于当时的形势，他又不好发作。不过，莫天合已经暗中开始提防陈树藩了。古川突袭成功后，陆建章在陕西还有三万多兵力，不可轻视，而陈树藩也有两个团的兵力。离开了陈树藩，护国军就无法实现赶走陆建章的愿望，所以莫天合不得不说服众战将拥立陈树藩为护国军总司令。护国军赶走了袁世凯在陕西的代理人陆建章之后，陈树藩当上了陕西督军。那年6月，袁世凯死了，段祺瑞掌握了北洋政府实权。陈树藩立即背信弃义，叛变革命党，宣布陕西独立，通电全国，明确表示忠于北洋政府。之后，陈树藩就开始对陕西的革命党人下手，有意安排莫天合巡防陕北，借机杀害了在驱陆之战中与莫天合并肩战斗的三个战将，并中断了莫军的枪弹和粮食，逼迫莫军留守部队交出城防。莫天合怒不可遏，再次宣布起义，发表反对段祺瑞讨伐陈树藩的檄文："革命血迹未干，前盟已背；甘心媚外，歼灭同胞，谁生厉阶，固由陈树藩之附和；推原祸始，实由段祺瑞之窃权。"莫天合与邓宝珊、董振五等革命党人组成了陕西靖国军，提出了"上以靖国，下以救民；政治清明，共和巩固"的口号，密切配合孙中山在南方领导的护法战争，开始对陈树藩发起了猛烈进攻……

一年后，莫天合突然从北平来了一封书信，说他跟随冯玉祥、孙岳正在北平讨伐曹锟和吴佩孚，等革命成功了就回来。可是那年秋天，从河南寄来一封书信，说莫天合在战乱中被人砍下了左臂，伤口溃烂化脓而死。

捧着书信，大太太当时就昏厥了过去……

这几年，小菊经常来莫村看她姐。

小菊照样和天奇睡在一起。天奇夜夜能闻到小菊身体散发出来的青草和树叶的气味。那气味好闻极了，弥漫在玫瑰色的夜色里，让他久久不能入睡。小菊来后，天奇梦游的次数明显减少了，偶尔才有那么一两次。

一天夜里，天奇梦游回来，听到小菊正在炕上和人悄声说话。

"啊呀，你甭这样……"

"你这两个热蒸馍真白真大……"一个男人含混的声音。

"哎哟……不……我不……"

"姐夫心疼你哩。"

天奇听出来是他爸。他愤怒地站在脚地，瞪着炕上的一对。他真想冲上去将他爸从炕上拉下来一脚踹出门去，但他的双脚却沉重地怎么也迈不动。他只能站在那里眼睁睁地看着黑暗中发生的一切。他的脑子里一片混沌，不知道自己是在现实中，还是在梦中。炕上的一对似乎没有发现有人走了进来。

"啧啧，这皮肤像绸缎一样光滑，你是女人里的人尖……"

"你快走吧……天奇要回来了……"

"姐夫喜欢你……你不喜欢姐夫？"

"我……我喜欢你……可你是我姐夫……"

"妻妹子的屁股有姐夫的一半呢。"

"我们这样,我咋见我姐呀……"

两人说着话,在炕上来回扭动,像两头正在犁地的牛一样急促地喘息。天奇更加混沌迷糊。他瘫软在地上,魂魄出窍飞上屋梁栖息在那里。他已经没有勇气和力气继续观看这如梦如幻的一幕了。他疲惫地闭上了眼睛。但他的耳朵却异常的灵敏,那种让他心跳的声音,像决堤的水一样直往他的耳朵里灌。

"哎哟……啊、啊、啊啊、啊啊啊……妈呀——"

小菊小声地呻吟着,她显然是在克制着不想让外人听见。但在天奇听来,那声音简直就是惊雷。

一切声息突然停止了,炕上的人像是死了一样一动不动。

少顷,黑暗中传出小菊的抽泣声:"你让我以后咋嫁人嘛……"

"嫁人的事日后再说,你看上谁,姐夫就把你嫁给谁。姐夫不会亏待你的,给你准备最好的嫁妆。"

"我和你已经这样了,谁还要我?"

"那姐夫就养你一辈子。"

"我总不能一辈子不嫁人,我和我姐也总不能都跟了你!"提起她姐,小菊抽泣得更厉害了,"我对不起我姐了,都是你害的……"

这时,天奇听到了太婆咔啦啦搅动核桃和咯嘣嘣咀嚼核桃的声音。这声音在寂静的夜里是那样响亮和惊心动魄。

"啥声音?"莫鹏举问。

小菊说:"啥声音也没有呀,你别吓唬我!"

"婆在咀嚼核桃,她还没有睡呢。"

小菊说:"那你赶快走吧,让婆知道了就完了。"

让太婆咀嚼核桃的声音这么一打搅,莫鹏举心里有些害怕,穿上衣裳走了出去。

天奇再也不想回到那个炕上去了,他重新爬上了城墙。

可奇怪的是,第二天清早起来,天奇发现自己仍然躺在炕上,院里传来小菊和三太太的说笑声。天奇怀疑昨晚的事是否真的发生过,但他还是无法从脑子里赶走炕上那两个人扭动的身影和喘息的声音。它们整日折磨着他,让他不得安生。

从此以后,天奇再也不让小菊搂着他睡觉了,快乐的日子一去不复返了,他又恢复到原先的那种孤独的状态。

夜里,天奇常常会被一种异样的声音惊醒。那是他姨小菊的呻唤和一种类似于猫舔糨糊的声音。声音十分真切,不像是在梦里。他奇怪他爸怎么会像牛一样喘息,好像是在干一件十分吃力的体力活。他不知道他爸是什么时候来的,不明白他们为什么不睡觉非要干那件很吃力的事情,难道它比睡觉还有意思吗?这种奇异的声音听多了,天奇就腻了、厌了,不再对它们产生兴趣。他常常伴着这种声音沉沉地睡去。有时也被这声音惊醒,他就影子一样从他们交织在一起的腿上跨过去,下了炕,走出屋,爬上城墙去了。他爸和他姨正忙活着自己的事情,根本就没有注意到他出去了。他感到由脚底直升头顶的悲伤和孤独。他坐在城墙上,面对浓浓的夜色和自己空寂的胸膛发呆。孤独像夜一样黑,漫无边际,一下子就将他吞没了。

这一次,小菊在莫家住的时间最长,一直住到了秋后。那时城外已经没有了庄稼,田野里一片收获之后的狼藉。张家来人接过她几回,小菊就是不回去,张老爷十分生气。张老爷不愿意小菊长期住在莫家。因为那二十亩地,两家的积怨已经越来越深了。

三太太嫁到莫家的第二年,张老爷就向姑爷莫鹏举暗示过想要回那块地,可莫鹏举总是装傻,故意将话题岔开。两家打了几年的哑谜,张老爷就有些沉不住气了,索性向姑爷张口索要了。莫鹏举说:"这地是上一辈人置下的,如果在我手里送给了人,我不成了败家子了?你要啥都行,唯独这块地不行。"莫鹏举就这样一口回绝了老丈人,一点面子也不给。其实,这块地对莫家来说并不算什么,耕种的时候少,荒着的时候多,但莫鹏举宁愿让它荒着,也不愿给了老丈人。他始终记着父亲的那句话:那是踩在张家地面上的一只脚,不能轻易撤回;撤回了,对张家就形不成永久的压力,张家就不会把我们莫家放在眼里。钱庄已经让他用来换了三太太,这块地可不能再丢了。还有一点，张家的生意越做越大，张老爷也渐渐流露出对莫家的不屑一顾。这令莫鹏举很反感，他就更不想收回踩在张家地面的这只脚了。他就是要让张老爷感到不自在，让他感到还有他办不到的事情。张老爷遭到了拒绝之后，就对莫家怀恨在心，总是和莫家过不去，尤其在生意上经常暗中较劲，使莫家的利益受到了不少损失，想迫使莫鹏举就犯，可莫鹏举就是不松这个口。莫鹏举心里想："当初给钱庄我是迫于无奈，现在你得寸进尺又想要地，门儿都没有！"

这天，张家又派人来接小菊了，还是那个走路总低着头像是在寻找东西的牵毛驴的男人。但这次他没有牵毛驴，而是带着一顶轿子。

男人对小菊说："老爷都快要气死了，让我这次无论如何都要把你接回去，说再接不回去，让我也不要回去了。二小姐，你就跟我走吧，不要再为难我这个下人了！"

看着男人可怜巴巴的样子，小菊极不情愿地让人用轿子抬走了。

可是，没过半个月，小菊又来了。张家的那个男人随后就追来了。三太太说："小菊你就先回去吧，过几天我再让轿子去接你，甭让爸妈生气了。"小菊赌气地说："我就不回去！我想你，想天奇娃了，我还要多住些日子哩。"小菊这么说，三太太也不好再说什么，就对娘家人说："你先回去吧，过几日我和小菊一起回去。"那男人只好悻悻地走了。

莫鹏举感到老丈人是个麻烦。当初娶三太太时，他和老丈人就弄得不美气，现在他又事事与莫家作对，破坏他的好事。要是没有了酥饺作坊、钱庄，看他还咋牛逼！他想教训一下老丈人。主意拿定后，他一个人悄悄去东山后坡找土匪石娃去了。

夜里，小菊做了一个噩梦，梦见她砍下了一个人的头，那人还能跑出老远，无头的胸腔里突突地冒着肥皂泡样的东西，而且还不断发出怪诞的笑声。早上起来，小菊说给姐听。三太太问有没有见血，小菊说好像没有，只是一些白泡泡。三太太当时吓得脸色煞白，说不是好梦，刚才她起来洗脸，两个眼皮跳得厉害，给眼皮上贴了片麻纸也不管用，现在还在跳呢。小菊看见她姐的眼皮上果然贴了麻纸。三太太说:"右眼跳左眼蹬,不是鞭子就是棍。不知会遇到啥祸事,我们都要小心些。"

吃过早饭,张家报丧的人就来了。一看见娘家人头上的白孝布,三太太的双腿一软坐在了地上。来人说,昨天半夜,一伙土匪闯进家里,杀死了老爷太太和七个家丁,抢走了钱庄里的所有银子,烧了张家的酥饺作坊、粮店和布庄……

张酥饺惨遭劫难的事,一时间在古川传得沸沸扬扬。人们惋惜以后再也吃不到正宗的张家酥饺了。有人说是万斛山上的土匪老六干的,有人说是东山后坡的土匪石娃干的,但到底是怎么回事,谁也说不清楚。

抬埋了父母,小菊就搬到莫村来住了。既然是长期住,就不能老和少爷住在一起。按照老爷的吩咐,丫鬟们专门为小菊拾掇了一间厢房,与天奇的房间仅隔一道墙。屋子里的摆设用品一应东西都和她姐三太太的一样,而且还有使唤丫鬟。

事后,莫鹏举到东山找过土匪石娃,质问他:"我只让你教训一下,你为啥要杀他们?"石娃忙道歉:"实在对不起!当时黑灯瞎火的,我的弟兄一时看不清人,以为是家丁,失手了。"莫鹏举怀疑石娃是为了抢夺张家所有的钱财,才对那老两口下的黑手。这小子也太恶毒了,一下子就灭掉了张家九条人命!从此,莫鹏举对石娃有了强烈的戒备心理。

事情过去了半年,天奇看见他姨小菊一个人在麦田里拔茵茵菜,她的红衫子像一面旗帜,飘飞在麦浪涌动的金黄色里。不一会儿,他爸莫鹏举也神秘地出现在麦田里。两人走到一起,然后就不见了。好端端的麦子被压倒了一大片……

天奇心里叹息道:"可惜了那片麦子!"

夜里,天奇听到隔壁的屋子里有喀喀的干咳声。声音很小,旁人很难听见这种声音,可天奇能听见。天奇还能听见他姨欢快而压抑的呻唤。这让他烦透了,他捂住耳朵,但那声音还是从手指缝里钻进了耳朵。那声音在他听来,简直就是惊心动魄的响雷。他感到窗户纸沙沙作响，屋梁上的尘土唰唰地掉落，甚至身子下的土炕也在不住地摇晃。他独自爬上城墙去，看天上的星星，星星也在晃动，屁股底下的石头也在晃动……

天奇梦游的次数越来越多了。有几次竟然迷迷糊糊地走进了他妈三太太的屋子。三太太的屋子也在晃动。天奇看见炕下多了一双男人的布鞋。这鞋显然不是他爸的。他爸的鞋他认得，是黑绸鞋面，看上去光溜溜的那种，而这是一双粗糙的布鞋。他认出是管家的。

可是，他不明白，管家的鞋怎么会跑到他妈的屋里呢？

11. 麦子熟了

麦子吐穗的时候，莫村城外的队伍突然多了起来。听说是"讨贼联军陕甘军总司令"刘镇华的队伍，他们是专门去打西安城的。

时局紧张，古川中学停了课，天佑和天顺回来了。

双生子少爷回来了，村里人都拥到莫家大院来打探消息。

"这仗不会打到咱莫村来吧？"有人担心地问。

"不会的，"天佑肯定地说，"他们是去对付陕西国民军的。这几年国民军打得刘镇华到处跑，这回刘镇华在河南纠集了十万队伍，专门回来攻打西安，报复国民军。但是西安城有李虎臣和杨虎城'二虎'守着，刘镇华未必就攻得下来。刘镇华的人已经在十里铺扎下了营帐，从东、南、北三面包围了西安城。"

有人问："为啥只围了三面？"

天顺说："他们留出西门，让'二虎'知难而退，西撤咸阳，想不费吹灰之力就拿下西安城。"

"刘镇华贼着呢。"

"那二虎也凶着呢，才不会丢下西安城逃跑呢！"

果然，许多天过去了，刘镇华还是没有攻下西安城。莫村城外已经没有队伍经过了，但西安城外的仗还在打。

南方飞来一只鸟儿，掠过坐在城墙上的天奇的头顶，盘旋了一周，最后停落在了老槐树上，唱起了动听的歌：

"旋黄旋割——旋黄旋割——"

这是提醒人们麦子熟了，该开镰收割了。莫村人听到了鸟儿的歌声,也不管打不打仗,西安保得住保不住,男男女女手提着镰潮水一样涌向麦田。对他们来说,收麦比打仗重要,打仗谁赢了与他们关系都不大,但麦子不收回来他们就得饿肚子。

莫村人刚收了两天麦子,莫家双生子少爷又跑回来了。

他们说:"西安的仗越打越大了,已经死了好几万人了。刘镇华见'二虎'愈战愈勇,丝毫没有撤退的意思,就斩断了通往咸阳的大道,铁桶似的包围了西安,想把守军困死在城里。刘镇华还调用了飞机向城里散发传单,悬赏十万银子索要'二虎'的人头。谁知城里的守军不吃这一套,反而经常夜里攻出城来,拼死往城里抢运粮食呢,真正英勇!"

他们对父亲说:"我们同学自发成立了声援队,准备印发传单,声援西安城里杨虎城的国民军。爸,你给我们一些银子吧,我们需要钱,我们要支持国民革命……"

莫鹏举说:"支持个屁!人家打仗你们掺和啥?你俩无心念书,就老老实实给我在家待着,哪也不许去!"当时就让家丁将他们两个看管起来了。

可是夜里,天佑和天顺反捆了看管他们的家丁,偷了家里的银子,悄悄逃出了城。当时天奇正坐在城墙上,他眼看着两个哥哥消失在城外的夜色里。不久,南边天空就亮起火光,烧得南方像白昼一样。天奇担心他的哥哥会被大火烧着。火光惊醒了莫村人,人们纷纷爬上城墙,向南方张望着,不知道那里发生了什么事情。一股麦香从空气里慢慢飘来。

第二天,南边传来消息说,刘镇华攻城不下,下令让部队放火焚烧西安附近的麦田,想切断城里守军的粮食来源。西安附近好几个县的十几万亩即将成熟的麦子,都被熊熊的大火吞没了。

莫村人担心大火会蔓延到莫村来,疯了似的收割自己的麦子。

莫鹏举发现天佑天顺偷了银子逃走了,非常生气。但气归气,他还是为儿子担心。几天后,他派管家去县城找少爷。管家回来说:"少爷好好地在学校上课呢,校长已经解散了声援队,收缴了他们的传单，把校门关得死死的，谁也不让出去。少爷不会出啥事的，老爷您就放心吧。"

南方的大火烧了六七天，但最终没有烧到莫村来。

贵生收完麦子，开始日夜忙碌着赶制棺材，然后一趟一趟地送往西安。那里每天要死上百人，棺材一到那里就脱手了。贵生的生意十分火爆，他的棺材里的钱又增加了不少。可是好景不长，很快贵生就出事了。这次他和三个伙计一共拉了六口棺材，可他们一去却没能复返。

贵生的黑脸婆娘左等右等不见贵生回来，想让村里人帮她去寻找，可谁也不去，给钱也不去。贵生平时只知道挣钱，不知道为人，在村里几乎没有什么人缘，这种时候谁愿意冒死去找他呢？黑脸婆娘没有办法，只能天天待在屋里哭号。

村里有人同情，也有人幸灾乐祸："狗日的为了挣钱命都不要了，这回真的把命给搭上了！"

"听说仗越打越凶了，西安城墙都打红了。这个时候他还敢去发横财，明摆着是寻死哩么！"

"枪子可没长眼，肯定是被流弹打死了。"

"说不定回来的路上让人抢了银子，要了性命……"

莫村人普遍认为贵生毕了，肯定回不来了，死在外头了。

麦收后的田野，像和尚无遮无掩的光头。野兔无处藏身，在赤裸的田野上徒劳地窜来窜去，却正好让石匠和他的细狗大显身手。石匠每次都是满载而归，城里洋溢着他得意的笑声和他的细狗欢快的叫声。石匠家墙头上的兔皮一天天增多，远远看去，像一群懒兔在那里列队晒太阳。石匠和细狗的身影，多少给单调寂静的田野增添了几分生机和趣味，使人们暂时忘记了战争。

战争一直在西安城外进行着，没有蔓延的意思，但却没完没了，像秋季里淅淅沥沥的连阴雨。对于战争，莫村人已经疲了，懒得再管那些遥远的事了，他们又恢复了以前那种平和的心态，继续安安稳稳地过他们的日子。

"六月六"到了。男人们领着儿孙,提着里面放有冥宝、阴钱和纸单衣的篮子,端着半盆清水上了祖坟,去给先人们"滴凉汤"。

天奇跟着父亲莫鹏举,穿过两垄麦茬地,来到一片柏树林里。这里是莫氏家族的祖坟。这块坟地足有七八亩,三十几个圆馍似的坟茔极有秩序地排列着,一直延伸到看不见的树林深处。每个坟头前都矗立着一块墓碑,上面写着"先考×××之墓""先妣×××之墓"。

父子俩走进坟地,冷不丁听到哇的一声,一只乌鸦从他们头顶的柏树上飞走了。接着,一只野兔也从他们脚下的草丛里跳出来,看了他们一眼,惊慌地跑掉了。天奇看见他爸哆嗦了一下,站在那里定了定神,才将纸单衣、冥宝和阴钱在几处有代表性的坟前烧了,然后折下一根柏树枝,蘸上铜盆里的凉水,象征性地挥洒在周围的坟堆上。最后,父子俩面对这一片祖坟跪下去,磕了三个头。

天奇磕毕头,仰起脸儿,正好看见树枝上有一个人影,黑洞洞的枪口正对着他和他爸。他没有害怕,知道这枪与他无关。莫鹏举没有发现那人和枪,并不知道危险就潜伏在周围。磕完头,他拍了拍膝盖上的土,提着篮子就往回走。天奇看着他爸提着篮子走路的样子有点别扭。他爸手里除了惯常捧着紫砂壶,很少拿别的什么东西。天奇已经习惯了他爸捧着紫砂壶的样子。这篮子本来应该是管家提着的,可是今天一大早管家突然拉肚子,一袋烟的工夫就上了三回茅房,来不了坟地,篮子只能由莫鹏举自己提了。

莫老爷只顾走路,根本没有发现儿子没有跟来还留在坟地里。

天奇看着他爸渐渐远去的身影,平静地等待着那一声枪响。可直到他爸消失在城门洞里,枪声也没有响起。

天奇不用抬头看,也能感觉到那人还在树上,而且正死死地盯着他。他突然感到尿憋得难受,就从容地解开裤带,冲着一棵老柏树尿尿。身后扑来一股凉风,一个硬邦邦的东西顶住了他的后脑勺。他没有回头,继续尿尿。这泡尿太长了,简直有点没完没了。他终于尿完了,打了个尿战,转过身来,面对黑洞洞的枪口。他发现拿枪的那只手是"六指"。他觉得"六指"拿枪的样子有些笨拙滑稽,甚至替他担心，怕他拿不稳枪走了火伤了他自己。天奇从来就不怕枪。莫家有的是枪，他经常看见家丁们坐在阳光下擦拭他们的长枪短枪，子弹像花生米一样散了一地，黄灿灿地闪着亮光。他只打量了一眼"六指"，就再没有看他，认真地拴着自己的裤腰带。显然，他若无其事的态度激怒了"六指"。

"咦？这碎尻不怕死！""六指"用枪往前一顶，顶住了天奇的胸口，"老子崩了你！"

硬邦邦的枪管弄疼了天奇，但他没有躲闪，仍然不看"六指"，只顾系自己的裤腰带，仿佛系好裤子比命还重要。

"你以为老子不敢？老子弄死你比捻死只蚂蚁还容易！""六指"说着，咔嚓一声打开了枪机。

这时，树上有人说话了："把枪放下！"

天奇知道树上还有一个人，而且知道这个时候他准会出场，果然不出所料。呼的一声，一个黑影旋风似的从树上飘然而落，稳稳地站在了天奇的面前。这人是老六，天奇认得。他还是几年前在路上遇到时的那身装束，一身黑绸裤褂，一顶毡帽压在眉梢，不同的是腰里多了两把瓦蓝锃亮的盒子炮。

"六指"收了枪，不高兴地说："刚才你不叫开枪，眼睁睁地看着狗日的莫鹏举跑了。现在也不叫开枪，你的仇到底还报不报了？"

"你以为我不想一枪打死他？我恨不能把他狗日的身上打成筛子眼！但那样太便宜了他。我要钝刀子割肉慢慢地拾掇他，让他死不了也活不旺，让他生不如死！"老六恶狠狠地说，牙齿咬得咯嘣嘣响。

天奇平静地看着老六，像看着莫村任何一个他所熟悉的人一样，没有一点恐惧的表情。

老六被天奇镇定自若的神情惊住了，不认识似的仔细打量了一遍天奇，然后冲他冷笑一声，对"六指"说："这碎尻跟莫家大院的人不一样哩，要么是个傻子，要么是个人精。我总觉着他那双小眼睛后面还有一双眼睛。"

"六指"说："别疑神疑鬼的，他不过是个傻子，方圆百里谁不知道莫家有个傻子少爷？这是莫鹏举的报应啊。"

老六莫名其妙地冷笑起来。天奇看见老六的喉头欢快地上下跳动。老六又突然收住笑，凶巴巴地逼视着天奇。然后猛地抓起他的右手压在墓碑上，从腰里迅速拔出一把尖刀，手起刀落，天奇的小拇指就齐茬被剁了下来。

天奇张大嘴巴，他不是疼，而是惊诧老六的速度和熟练的动作。他看见自己的小拇指在地上欢快地跳动，这才明白右手少了一根手指。他举起只剩下四根指头的右手好奇地看着，刚刚被斩断的地方露出白生生的茬口，血慢慢地渗了出来，露珠一样滴落在泥土里。

老六将刀在胳肢窝里一抹，插进裤腰里，然后说："五年前，他狗日的削了我一只耳朵，今个我剁下他儿子的一根手指。"

"六指"说："剁下碎尻的头才好呢。"

老六说："留着让他看后面的好戏吧。"

天奇强忍住疼痛，极力保持一种无所谓的态度，冷静地看着土匪老六，想用冷静告诉他们他并不害怕。"剁根手指算什么？有本事你剁下我的头来呀！"他心里说。

但老六并不看他，带着"六指"穿过一片麦茬地，很快就钻进了那片杏林里，消失掉了。

天奇失去了一次和土匪老六对视的机会，很是失望。但他觉得他们逃走的姿势还是非常好看的，像两只在阳光下飞去的黑蝴蝶那样轻盈，那样优美，那样潇洒。他忘记了疼痛，以至于他们早已不见了踪影，他还呆呆地注视着他们消失的方向。

该走的都走了，坟地里就剩下天奇一个人了，柏树叶在阴风中瑟瑟作响。天奇这才感到了钻心的疼痛，右手一滴赶一滴地往下滴血。他没有想到老六会剁下他一根手指，他为什么不杀他爸，而要拿他一个傻子出气呢？他感到浑身的血像赶集一样匆匆忙忙往手上赶，然后滴到地上。血越滴越快，几乎连成一条线。他扑通跪倒在地，把血糊糊的手插进热土里，然后就失去了知觉⋯⋯

天奇醒来的时候，日头已经软软地搁在了西山上，像没有煮熟的鸡蛋黄。手上的血不知什么时候已经不流了，断指处结了一个玫瑰色的血痂。迷糊了一阵后，他感觉轻松多了，手也不怎么疼了。地上的那根断指早已停止了跳动，像小狗屙的屎萎缩在那里。他捡起那根狗屎似的断指，用尽浑身的力气朝着日头扔去。日头像是被那根手指砸中了，一下子就跌进山后面去了，溅起了满天血红的晚霞。天奇的胸中顿时激荡起悲壮的情绪，他拍了拍身上的土，迎着如血的晚霞向村里走去。失去了一根手指，他感觉两只胳膊一边重一边轻。奇怪的是，少了一根手指的那只胳膊倒比另一只重。他抬起胳膊看了看，发现那只胳膊肿得跟小腿一样粗。

现在他明白了，老六并不想要他爸的命，也不想要他的命，只是想让他爸知道儿子少了一根手指。老六是在用这种方式提醒他爸，不要忘记他老六的存在。忘记了就解脱了，解脱了就轻松了，轻松了就快乐了。老六不想让他解脱、轻松、快乐，要用一根无形的绳索紧紧地缠着他，让他不得喘息，不得安生！天奇看透了老六的心思，突然对他爸产生了同情和怜悯，尽管他很少把他爸当父亲看，尽管他在他爸和他姨小菊发出那种令人头皮发麻的声音时十分憎恨他爸。也许这就是生生不息的血缘吧，就是千丝万缕的亲情吧。

天奇决定不让他爸知道他少了一根手指。除了不想让他爸提心吊胆地过日子，更重要的是，他不想因为少了一根手指，把所有人的目光和注意力都吸引到自己身上，这样会打扰他平静和孤独的生活。

他热爱孤独。孤独是一个坚硬的壳，只有回到这壳里，他才会感到安全。孤独是他生活的全部，是他的空气、阳光和雨露。没有了孤独他就会更加孤独。后一种孤独是一种孤独之外的孤独，是一种无奈之后的无奈，是一种生命的虚无状态。没有了孤独，他会受不了，会烦躁不安，会生病，会发狂，甚至会死。

天奇走着想着，主意更加坚定了。他认为这件事情对他无益也无害，他多根手指和少根手指没什么两样，他还是他，一个永远不被人注意的傻子、哑巴。他不想卷入他们的恩怨和纷争，即使偶尔被人拉扯进去了，他也要想法逃脱，重新回到他那个孤独的世界里去。

这么想着，他走进了城门洞。

黑蛋家门口吵吵嚷嚷聚了一大堆人。天奇准备径直回家，不想过去凑热闹，可是一个女人的哭声牵住了他的脚步。他好奇地钻进人群，看见村长来福的婆娘毛女坐在地上，一把鼻涕一把泪地哭诉着：

"日你妈，你让你娃揭我短……"

老石匠蹲在门口低头抽着旱烟，他的细狗依偎在身边，看看主人，又看看哭泣的女人，一副爱莫能助的神情。毛女骂得多了，石匠才蔫不拉唧回一句："你日我妈？你日我妈你把你尿掏出来看看。"

围观的人都笑了。

有人劝说："多大个事嘛，用得着这么闹腾！"

"娃娃的事么，不该骂大人，又不是大人揭你的短。"

毛女说："大人不教，娃娃知道个屁！我就要骂哩——石匠，我日你妈！你让你娃揭我的短……"

"我妈在坟里呢，你日去。"石匠说。

众人劝说："寻娃要紧，你把他妈日个翻过，娃就能回来了？"

"骂两句出口气就行了，不敢学人来疯。再骂就把有理骂成没理了。"

毛女不听人劝，越闹越凶了："我日你妈，我日你婆，我日你八辈先人……"

围观的人不愿意了："你这人越骂越不像话了，他八辈先人是谁？他八辈先人也是你先人我们大家的先人，你把一村的人都骂了，你再骂我们就不饶你了。有事说事嘛，咋满嘴喷粪呢！"

毛女见引起了众怒，声音就小了许多，不敢再"日八辈先人"了，只是冲石匠哭喊："我旭娃要是有个三长两短，我跟你搁不下，你黑蛋也别想活了！"

石匠说："咋？你还能把他捏死？"

这时，黑蛋妈拽着黑蛋的耳朵从屋里出来，见石匠还在和毛女斗嘴，就呵斥男人："你不会少说两句？少说两句没人把你当哑巴卖了！"

石匠让婆娘这么一说，再也不吭声了，蹲在那里闷头抽烟。

黑蛋妈把黑蛋扯到毛女跟前，一脚踹在黑蛋腿弯处，黑蛋扑通一声就跪在了地上。"快给你婶赔个不是，自个儿扇自个儿嘴巴。"

黑蛋梗着脖子，倔强地站了起来。

"跪下！"黑蛋妈一脚又把黑蛋踢跪在地上。

黑蛋又一次站了起来。

人们小声议论："没看出这碎厮还是个硬头货，长大了也不是个省油的灯！"

黑蛋被他妈踢疼了，就把所有的委屈和怨气都凝聚在嘴上，大声说："我没有错，我为啥要给她赔不是？旭娃就是九人日下的！妙觉寺的和尚这么说，全村的人都这么说，我为啥就不能这么说？"

"你这瞎厮还说？我把你个碎嘴子……"

黑蛋妈抡圆了胳膊扇了黑蛋一嘴巴，黑蛋没有躲闪，嘴角就流出了血。黑蛋妈看见黑蛋出了血，既心疼儿子又生毛女的气，索性一脚把黑蛋又一次踹倒在地上，大声吼道："你今儿个非要把我害死才甘心口安？"眼泪花直在眼眶里打转转。

围观的人都听出了黑蛋妈在指桑骂槐地说毛女，又见黑蛋挨了打嘴角出了血，毛女还骂骂咧咧哭哭啼啼不肯罢休，觉得毛女做得有些过分，就你一句我一句地劝说：

"娃嘴都出血了，算了算了甭闹了，再闹还是那么大个事。"

"娃娃么，跑就让他驴日的跑去，甭管！等天黑严实了，驴日的在外头饿了，害怕了，自个儿就会跑回来的。"

"就是的。去年我铁娃挨了我一鞋底，跑了，在玉米秆底下窝了一夜，第二天早上饿得撑不住了，还不是乖乖跑回来，黑手伸进了馍笼子。"

"也难说，这年头兵荒马乱的，万一……"

"你这人，不压事还起事哩，啥尿人嘛！"

"就是，十六七岁的小伙子能出啥事？说不定现在就在屋里啥地方猫着呢。"

毛女原本没有想把事闹大，只想用这种撒泼的方式告诫莫村人，谁敢揭她的短，她就糟蹋谁，让谁不得安宁。可没想到这样一闹，反而让人们把已经淡忘了的她的丑事又重新复习了一遍。弄到现在这个地步，她多少有些后悔，不知道今天这场戏该如何收场。

其实，事情的起因很简单，只不过是为了一个小小的纸宝。

后晌，旭娃跟他爸来福犁地回来，在村口碰见黑蛋和一个娃在"打宝"，旭娃来了兴趣，便立在一旁观看。

"打宝"是莫村孩子玩的一种游戏。"宝"是用纸折叠成的方方正正平平展展的纸包。游戏开始时，双方手里都拥有这样一叠宝。游戏很简单：一个先在地上放一个宝，另一个用自己的宝去扇打，若是将地上的那个宝扇打得翻了过儿，那个宝便属于自己了；若是没有翻过儿，自己的那个宝就归了人家。这样反复轮流扇打，最后谁的宝多谁就是赢家。

黑蛋的宝打得好，一会儿就把对方的宝全赢了过来。那个娃不服气，从怀里掏出最后一个宝，想东山再起。站在一旁的旭娃手就痒痒了，说："我替你打，保准能把他的宝全赢过来！"

"你比我大，我才不跟你来呢。"黑蛋把宝往怀里一揣，不想再玩了。

旭娃一把揪住黑蛋的衣领子："赢了就想走？没那么便宜的事！来，再来，继续来！谁不来谁是狗！"

那个娃也输红了眼，趁机煽火说："就是的，谁不来谁是狗！"

黑蛋被激躁了，说："来就来，谁还怕你！"

黑蛋和旭娃开始打宝。这回黑蛋的运气不好，没多久，旭娃就用仅有的一个宝把黑蛋的宝全赢走了。

黑蛋气愤地说："你以大欺小，你、你不害臊！"

旭娃并不理识黑蛋，只顾高兴地数着手里的宝，对那个娃得意地说："咋样，给你全赢回来了吧！"

刚才还属于自己的东西，一会儿工夫就全跑到了人家手里，黑蛋看着旭娃那副得意的样子越发生气，小脸气得发青。

那娃仰着小脸盯着旭娃手里的宝，伸出两只手说："给我，给我。"

旭娃说："你叫一声爷，我就给你。"

那娃说："我妈说，论辈分我叫你哥哩，不能叫爷。"

旭娃说："啥尿辈分！你叫不叫？"

那娃又想要宝又不想叫爷，十分为难地说："叫你十声哥行不行？"

旭娃说："不行，就得叫爷！"

那娃没办法，只好小声叫道："爷。"

旭娃说："我没听见，再大声些！"

那娃就闭着眼睛，扯大嗓门喊："爷——"

旭娃这才满意了，应了声"哎——"，就把宝还给了那娃，看了黑蛋一眼扬着头得意地走了。

黑蛋对着旭娃的脊背骂了句："瞎尿！"

旭娃转身走回来，给了黑蛋一耳光。黑蛋捂住脸，再也不敢吱声了。可等旭娃刚一走，黑蛋又跳起脚骂："我日你妈，你打我！"骂完撒腿就跑。旭娃在后面追，黑蛋猴子一样倏地爬上了一棵树。旭娃从小就不会爬树，只能站在树下干瞪眼。

黑蛋坐在树枝上，悠闲地摆动着两条小腿，勾起手指故意气旭娃："来呀来呀来呀，你娃有本事上来呀，来呀来呀……"黑蛋还觉得这样不解气不过瘾，开始实质性的辱骂："旭娃旭娃，九个人日下的旭娃。你妈是个卖×货，九个男人日下了个你！"

旭娃头一次听到别人这么难听地骂他，气得浑身发抖，捡起石头往树上撇。可连续撇了三下也没有砸中黑蛋，第四块石头砸在了树干上，反弹回来打在了他的额头上，那里立刻凸起一个不大不小的包。旭娃又气又恼又拿黑蛋没有办法，捂着头跑回家寻他妈毛女的事去了。

一进家门，旭娃就冲他妈吼："黑蛋骂我是杂种，是九个人日下的，有没有这事？"毛女没法回答，干脆不开口。旭娃又哭又闹非让

111

他妈说清楚。逼急了,毛女说:"有这事又咋了?旁人再咋说你也是妈的亲娃。"旭娃骂他妈:"你不要脸!做下丢人事让我没脸见人,我再也不认你这个妈了,我再也不回这个家了!"说完哭着跑出了家门。

　　毛女以为儿子只是一时想不开,过一会儿就会回来的。可是直到天黑还不见他回来,就村里村外地寻找,圪圪垯垯找了个遍也没有找到人影。她越想越生气,就跑到黑蛋家门口闹事来了。

　　现在,黑蛋的嘴已经被他妈打出了血,村里人也已经看出她毛女不是好惹的了,闹腾的目的已经达到了,再这样闹下去也闹不出什么新花样来,毛女想也该收场了。这个时候,毛女特别希望有人把她从地上拉起来,她好借坡下驴回家去。可是围观的人只动嘴不动手,只管看她的热闹,根本就不想把她拉起来。她有些怨恨围观的人,但又毫无办法,总不能自己从地上爬起来拍拍屁股走吧?她还得硬着头皮继续哭闹,把这场已经没有了多少意思的闹剧继续演下去。

　　这时,村长来福来了。

　　来福没有理识毛女,直接走到了黑蛋跟前。黑蛋被他妈踢倒后一直倔强地跪在地上,嘴角的血也不去擦就让它那么流着。黑蛋以为来福要打他,又一次梗起脖子,毫不怯火地盯视着来福。来福把黑蛋从地上拉起来,用袖口擦去他嘴角的血,说:"打娃弄啥哩?看把娃打成啥了!"来福刚一松手,黑蛋扑通一声又跪了下去。来福再一次拉起来,黑蛋还是固执地跪下。来福笑了,说:"咦?你个倔尿!爱跪你就跪着,我看你能跪到啥时候。男人膝下有黄金哩,只跪天地父母不轻易给旁人下跪,你这么跪着也不嫌丢人!"这么一说,黑蛋忽地站了起来。"哎,这就对了。"来福扭头对黑蛋妈说:"把娃拉回去吧,不敢再打娃了。你也别往心里去,别跟我那货一般见识。"毛女骂来福:"放你妈的屁!谁是货?"来福吼道:"你给我往回滚!再皮干小心我扇你!"毛女从来没有见来福发这么大的火,再说她也早就想走了,便骂骂咧咧地回了家。来福背着手跟在毛女后面也气势轩昂地走了。

　　人们在背后议论:"来福今天可屙了硬屎了!"

"也怪，毛女以前那么厉害，刚才咋那么怕来福？"

"你以为毛女怕来福？那是借坡下驴！"

"别看来福现在凶哩，回到屋里还不知道谁拾掇谁呢。"

当天夜里，旭娃没有回来。

一连三天，旭娃都没有回来。

来福和毛女找了好几天，也没有找到儿子。毛女又到黑蛋家门口哭闹了一回。石匠老两口见旭娃真的不见了，心里有些过意不去，觉得理亏，任毛女怎么骂，他们也不吭声。毛女一气之下病倒了，石匠两口子提了点心米食果子看望了好几回，觉得很对不起来福和毛女。

旭娃就这么莫名其妙地不见了。

那天傍晚，天奇走进家门，莫家大院里没有一个人问他这半天上哪里去了，更没人注意到他少了一根手指。谁会关心一个可有可无的傻子呢？天奇独自回到自己的屋里，衣服也懒得脱就上炕睡觉了。

大约半个月后，三太太才发现天奇少了一根手指。那时候，他手上的伤已经基本好了，茬口处只留下一个嫩红的疤瘌。

"呀，天奇的手咋少了根指头？"三太太惊叫道。

院子里的人都围了过来，惊奇地争看天奇的手。

"好像是刀剁的。"

"谁这么狠心，把少爷的手指剁了？"

天奇不说话，没人能回答。莫鹏举也没有说话，好像这件事情他早就料到了。但天奇看见他爸的脸色唰地变白了。

半年后，那场没完没了的战争终于结束了。

贵生奇迹般地回到了莫村。贵生人黑瘦了许多，蔫了许多，几乎变成了活鬼，贵生不再像以前那样张狂了。贵生喜欢看见死人，但他从来没有见过那么多的死人，他十分害怕，现在想起来还心惊肉跳。那是一段不堪回首的日子！

贵生和他的伙计拉着棺材走到灞桥，碰见了刘镇华的兵，被他们抓到了十里铺大营，为阵亡官兵赶制棺材。他们做好的棺材很快就装了战死的士兵，后来士兵死得多了，棺材供不应求，他们只好敷衍了事，随便钉钉就让人抬走了。有的抬到半道，尸体就从棺底掉了下来，当兵的就把棺材翻过来，再将尸体装进去，重新钉好，又继续抬着走。

有一天，军需官要他们做几口结实点的棺材，说是准备装上炸药去炸城墙。后来，城墙果然被炸开了十几丈宽的豁口，但外面的队伍还是没有攻进去。几天后，城墙又被里面的队伍重新补好了。外面的队伍就掘地洞，准备穿越护城河攻入城里。谁知城里的队伍早有防备，在里面挖了鸿沟，截住了地洞，将爬进去的人一个不剩地杀了。

几次失败后，刘镇华又让贵生他们做了十几架云梯，并给每一架云梯上都钉上悬赏的银子，第一架云梯是一千，第二架五百，第三架三百。外面的队伍抬着云梯进行强攻，结果还是没有攻进去。那次死的人最多，他们日夜赶制棺材还不够用。棺材只够军官用，士兵只能用草席。后来军官也用上了草席，结果没几天，到处都找不到草席了。贵生他们日夜赶制棺材，累得腰都直不起来了，两个伙计实在撑不住了，夜里偷偷逃出了大营，可是没走多远就被巡逻队打死了。

后来，听说北伐军打败了吴佩孚，冯玉祥和于右任组成了强大的国民联军要救西安，刘镇华见大势已去，便仓皇逃走了。国民军接管了临时棺材铺，让贵生继续为城里的死亡将士赶制棺材。战争持续了八个月，城内病死、饿死、战死的军民多达五万多人。于右任成立了大祭委员会，组织安葬死难军民。木料很快就用完了，棺材做不成了，国民军就让贵生跟着市民去掩埋尸体。他们在新城外东北角原清代满城废墟上，修建了东西两座大坟冢，下面各挖长十丈、宽一丈五、深一丈的土壕十五条，将尸体用席子包好排成两行放入，一行头朝东，一行头朝西，再撒上白石灰，然后填土捶平……

半个月后，尸体掩埋完了，贵生才被放了回来。

12. 羊骨羌笛

正是荞麦开花的时候。

莫村城外遍地是荞麦，一直从万斛山下铺排到无边无际的远方。红秆秆的荞麦，开着红色和粉红色的花，艳丽无比。太婆说，红树红皮九月结粒，红花朵朵黑籽掉颗。要不了多久，满眼艳丽的荞麦花就会被菱形的黑籽所代替。到那时，荞麦就熟了，就可以吃上荞麦面饸饹了。坐在城墙上的天奇正这么想着，荞麦地里走出来两个人。

是他爸和他姨。他们的身后是一片倒了的荞麦。

他们一前一后走回村子，走进家门。小菊面色红润，额头光亮，像刚喝了酒，两只蜜蜂在她的头顶上飞来飞去。

三太太说："你上哪儿去了，这么久不见人影？"

小菊脸一红，朝姐姐极不自然地笑了笑，没有说话。三太太盯着小菊，小菊心里直发慌。三太太看见小菊头上有一朵粉红色的荞麦花，就帮她摘下来，说："你从哪里钻出来的，弄了一头的荞麦花？"小菊的脸更红了。三太太看见了小菊头顶上飞舞的两只蜜蜂，斜睨着妹子说："我说怎么这么香呢，原来这香味是从妹子身上出来的，你看看，把蜜蜂都招来了。"小菊不好意思，说："姐，你别拿我开心了！"三太太说："我拿你开心？我看你才开心呢！你这么高兴一定是遇到了好事，给姐说说，让姐也高兴高兴。"小菊说："我能有啥好事！"

正说着，莫鹏举进来了。看见姐妹俩正在说话，故作轻松地说："你俩说啥哩，这么热闹？"三太太说："我们又没说你，你心虚啥？"

小菊见了莫鹏举就更加不好意思了，趁机回了屋。刚才那两只蜜蜂又飞向莫鹏举，萦绕在他的周围。三太太看见他身上也沾了几朵荞麦花，便讥讽说：“你也把荞麦花带回来了。”莫鹏举说："闲着没事，我到地里去拔了把草，谁知道就沾了荞麦花。"他手里果真拿了一把长长的野草。三太太鼻子里哼了一声，说："咱家又没羊没猪的，你拔草做啥？总不会喂狗吧，狗是要吃屎的，不会吃你的草！你没听人说，狗改不了吃屎！"莫鹏举知道她话里的意思，并不气恼，大度地笑笑，说："我这草不喂狗，我要喂驴呢，我喜欢听驴叫。"

正说着，一个丫鬟走过来说："老爷，太婆叫您哩。"

莫鹏举拍了拍手上的草屑，走进了太婆的屋子。太婆没开口，先从陶罐里抓出一颗核桃砸了过来，莫鹏举往旁边一躲，没砸到。

莫鹏举生气地说："婆，你这是做啥呢？"

太婆小声训道："你个贼厮，越来越野了！青天白日的，也敢在野地里胡来，你娃迟早要坏在女人手上……"

莫鹏举感到吃惊，太婆怎么知道了？他知道解释也没有用，索性不开口，任凭太婆数落。

这一年，荞麦的收成不错。十月里，莫村人家家都吃上了荞麦面饸饹。收了荞麦的田野，失去了缤纷的颜色，单调而又寂寥。

奇怪的是，秋收之后，天奇照样能闻到奇异的荞麦花香，而且比以前更加香醇。好像荞麦的香味原先被大地吸收进去了，现在又释放了出来。后来他才弄清楚了，那荞麦香味不是来自空旷的田野，而是来自莫家大院。他循着香味找去，竟走到了太婆的屋门口。他迟疑了一下，双手推开屋门，一股更加浓郁的香味扑鼻而来，几乎把他熏倒。他反手掩上门，蹑手蹑脚地走近太婆。

太婆没有觉察到天奇进来。她将两只冻饺子似的小脚盘压在屁股底下，一边伸手从陶罐抓取核桃，一边翻看着党项秘籍，神情异常专注。那陶罐像个魔罐，里面总有抓取不完的核桃。陶罐上面雕有奇形怪状的图案：一个人骑在一匹似马非马、似驴非驴的动物身上，手里的弓箭拉成了满月；另一个人坐在一团黑乎乎的东西上面吹着一支笛子样的东西。陶罐上面还有古怪的文字，天奇一个也不认识。

党项秘籍已经发黄破烂，那股诱人的香味似乎就是从那里面散发出来的，天奇甚至看见缕缕清香正在袅袅升起。走近细看，古书里除了古里古怪的文字以外，还有许多相貌相像、表情庄严的人像，其中一人身着官服，正襟危坐，一副大家风范。天奇看着看着开始眼花缭乱，感觉到书上那人的嘴动了动，欲言又止，两眼放出黝黑的光亮。

这时，一个声音幽幽地说："你来了，我知道你迟早会循着香味来的。这个家里只有你一个人能闻到这香味，你是莫家唯一清醒的人。你一出生，我就看出你不同凡响，果然没有看错。我已经等了你很久了……"

太婆的嘴在动，显然是她在说话。"我们家族的有些事情，也该让你知道了。"太婆指着那幅画像说，"看见了吧，这就是我们的先人莫爵。三百年前，莫村是一片荒地，先人莫爵和族人从陕北流落到这里，胡乱搭了间草房住了下来，以帮人磨面为生。后来人们就把这个地方叫磨子村了，叫着叫着就叫成莫村了。莫爵一边帮人磨面，一边侍奉老母，还要抽空读书。有一年他进京赶考，一举考中己丑科进士，朝廷授他八品京官行人职。三年后，又提升为监察御史。后来因母亲病了，他就向皇上提出归养。皇上被他的孝心感动，准允了他的请求。他回到莫村不久，老母就仙逝了。他在莫村待了整整三年，为老母守墓。那三年，他粗布裤褂，粗茶淡饭，推车粪田，自耕自织，过着耕读自励的生活，路人见了都不相信他是当朝御史。守服期满，他将妻儿留在莫村继续陪伴母亲亡灵，自己回京城任职去了。后来皇上纵容宦官横征暴敛，淫乐无度，不事朝政，他实在看不过眼，就写了奏疏规劝皇上。由于他平时为人心直性耿，得罪了几个奸臣，他们就借机从中挑拨，皇上一怒之下把他投进了牢狱。后来，皇上请来方士占卜祥异，卦卜喻示刑狱有冤屈之人，这才释放了他，赐他回家种地。可谁知回到莫村不到半年，捕吏又到了门前。他吃了一碗夫人做的玉米面搅团，把嘴一抹，对夫人说，我走了！夫人哭着对捕吏说，我们不去做官了，我们一辈子不出莫村还不行吗？他伸手扶起夫人，说,你别哭了,现在说啥都晚了,我已经上了这条船就下不来了,朝廷派人来逮我,我不能不去。我走了,你把两个娃娃照看好。说完,拍了拍身上的灰尘,跟着捕吏上了路。一路上,古川的乡亲们站在道路两旁为他送行。他一路作揖,笑着向乡亲们告别。一个月后,他就被凌迟处死了。新皇上即位后,除掉了那几个奸臣,追赠他为光禄卿,还将他的两个儿子接到京城做了官。皇上听说莫爵为官清廉,死后家里只留下三间破草房,便赐给莫家十万两白银。儿孙们就用这些银两修建了莫村城和莫家祠堂,皇上亲笔题写了'莫祠'金匾……"

太婆将书翻到最前面,天奇看见一些更加稀奇古怪的文字。太婆说:"这就是我们祖先党项羌人留下来的西夏文字。我们的祖先一生下来就争强好斗,西夏王国就是在祖先的厮杀中建立起来的。他们还不满足,还要扩大自己的领地,又与北宋厮杀了百年,同时还与吐蕃、辽国、金国发生了几十次战争,之后又与成吉思汗的蒙古军联合起来攻打金国。后来他们厌烦了战争,不想再与蒙古军联合打仗了,因此得罪了蒙古人。成吉思汗便开始攻打西夏,先后发动了七次战争,最后到底还是灭了西夏。党项羌人无家可归,我们这一支就流落到了关中……"

太婆将书合上,叹了口气,接着说道:"按说先人们到了这个好地方,就应该安安宁宁地好好过日子了,可当地人也喜欢争强斗狠,经常和先人们发生争斗。看来争强斗狠是人的天性,到了哪里也摆脱不了啊。后来家族内部又开始了争斗,打打杀杀一直延续到了现在。就是因为家族的内讧,莫家百十年来才一直在走下坡路。要不了多久,我们莫氏家族就要完了……你要记住啊,这党项秘籍是我们莫家祖传的宝贝,我死了后就由你保管,万万不可丢失,若丢了,莫家的血脉也就断了。莫家倒灶了,但血脉不能断啊……"

太婆的神情很悲伤,她木呆呆地坐了一会儿,然后踮起一双小脚郑重地把党项秘籍放进一个厚重的檀木匣子里,锁上铜锁,将黄灿灿的铜钥匙挂在她的腰上。满屋子的荞麦香味便立刻消失了。

天奇又将目光盯在那个古怪的陶罐上,太婆以为天奇想吃核桃,就从里面抓出一颗递给他，天奇摇了摇头。太婆明白了天奇的意思，拍着陶罐说："这就是西夏时的釉剔花罐，上面画的是党项羌人在打猎、吹羌笛……"

天奇真的隐约就听到了一种奇妙的声音，那声音很凄婉，很幽怨。

太婆说："这就是羌笛的声音。我一进莫家门就经常听到这种声音，说给别人，别人都不信，但是我信。我刚过门儿那阵，就听你爷爷的爷爷说过，我们是党项的后裔，传说中有一支从西夏古地带来的羊骨羌笛，祖传了七百多年，后来不知咋的就失传了，再也找不到了。但是我能听到羌笛的声音。你听，多好听呀！在这个世上，恐怕只有我们俩能听到这笛声了……"

日子，就像村外的顺阳河水一样，缓缓地向前流动着。

顺阳河是渭河的一条支流，瘦瘦长长地蜿蜒在古川黄褐色的土地上，像谁家婆娘随手扔在那里的一根裤腰带。顺阳河，古称频水，以其流向与太阳运行方向相同而得名。世上的河流都是向东流，而顺阳河却偏偏向西流。河水浅而浑浊，从没有鱼，远处看去不像是水，倒像是晒在那里的一溜玉米。原先宽阔的顺阳河，一年年消瘦下去，留下空荡荡的布满石头的河滩。

一日清早，河滩突然来了一伙肩扛农具的人。莫村人扛上自家的农具也到河滩里去了。河滩上的人越聚越多，几乎要将那里的石头踩成粉末。日上三竿，河滩上的人流开始沿着官路朝南涌去。

坐在城墙上的天奇，再也按捺不住好奇心，跑下城墙，跟着熙熙攘攘的人群走了。

人们扛着犁耧耙耱，提着镢锨镰锄，一边走一边吵吵嚷嚷：

"这日子没法过了，秋后才交了粮款，现在又要交麦棉款，还叫不叫人活了?!"

"今天这税明天那税，啥国民党，简直就是刮民党！"

"乡党们，走啊，到城里找狗日的刘胖子'交农'去！"

刘胖子是古川县知事，大名叫刘文阁，因为人长得胖，古川人背后都叫他刘胖子。

"刘胖子胖得跟猪一样，放屁都要掰尻子哩。只说他那胖肚子里全是草，没想到竟是一肚子的坏水……"

"走啊，寻他瞎仄的去！"

人们愤愤不平地走着骂着，不时又有新的人流加入，队伍就越走越粗，越拉越长，浩浩荡荡。来到古川城下，城门已经关闭，城外聚集了黑压压的乡民。人们开始往城里扔砖头，叫喊着要冲进城去。

有人喊："乡党们，不要乱，听农协的人指挥……"

人们真的就开始有组织有秩序地高呼口号。有人一边呼喊口号，一边捡起砖头瓦块往城头上撒。城墙上站满了端着牛腿枪的县民团兵丁，兵丁们把枪栓拉得哗啦啦响，却不敢真的开枪。呼完口号，人们开始把犁耧耙耱等农具稀里哗啦地扔到城下，手里挥动着镰刀叫喊着要刘胖子出来说话。可刘胖子始终没敢露面。

到了晌午，人们已经饥肠辘辘。小食贩们趁机穿梭在人群中间，高声叫卖："锅盔——锅盔——"可是任凭怎么叫卖，一个锅盔也卖不出去。这种时候，谁也不好意思买了锅盔在众目睽睽之下吃独食，何况许多人身上根本就没有钱。天奇肚子饿了，看见锅盔直咽唾沫。可是一摸身上也没有一个子儿。

"锅盔——谁要锅盔？"小贩们还在高声叫卖。

"锅盔"是关中人常吃的也是最爱吃的一种饼子。传说唐代修建乾陵时，成千上万服役的士兵和工匠常常因吃饭时间太长影响施工，受到官府监工的惩罚。一名士兵情急之下把面团放进头盔里，再把头盔架到火堆上烤，面团就烙成了饼。这饼外脆内酥，厚似砖头，吃起来香甜可口，而且放上十天半个月也不会变味。其他士兵和工匠也都用这种方法烙饼，一传十，十传百，这烙饼的方法就传遍了整个关中。因为是用头盔烙的饼，所以关中人就把它叫"锅盔"。其实，烙制锅盔远没有传说中那么简单，它是关中面食中烙制方式比较讲究的一种。锅盔的面要和得很硬，硬到用手都揉不动只能用木杠子擀压。

几个男人用尽全身的力气一起擀压，压后再揉，揉后再压，最后压成面饼，放进铁锅里，用麦秸火慢慢烙烤，最后再用微火煨熟，锅盔才做成了。

闻着诱人的锅盔香味，喊得口干舌燥的人们，肚子开始咕咕叫了。人们有种被愚弄的感觉，他们躁气了，愤怒了，怒吼着拿着镰刀铁锹冲向城墙，疯狂地用原木撞击城门。刘胖子这才匆匆爬上城墙，答应免去摊派的不合理款项，并当场支付了农民的伙食费、误工费六百大洋。农协的人用这部分钱买了所有小贩的锅盔、烧饼和蒸馍，分发给示威的农民。农民们吃着胜利果实，找回自个儿的农具便回了家。

天奇也分到一个锅盔，饥饿的他三下五除二就将锅盔咥完了。他觉得今天的锅盔比哪一天的都香。人都走了，留下城墙根刚才被人挖下的烂砖头和遍地的脚印，还有几只遗失的破鞋和毡帽。几个捡拾破烂的人野狗一样，在空荡荡的场地上游走。天奇呆呆地在原地站了一会儿，然后转身往回走。

天奇进村的时候，天已经快黑了，一群娃娃正在巷道里唱：一九二九，怀中抱手；三九四九，冻死猪狗；五九半，冰消散；六九七九，河边看柳；八九燕子来；九九加一九，耕牛遍地走……

天奇这才想起时令已经到了三九了，"三九四九，冻死猪狗"，难怪天气这么冷呢。他走进家门，看见父亲莫鹏举一脸不高兴，双手捂着紫砂壶在院子里徘徊。三太太的屋子里传来了吵闹声和哭啼声。

"你给我滚！我没你这个妹子……"

"走就走！"

小菊哭着从屋里跑出来，一边抹泪一边向门口走去。莫鹏举想拦又不好拦，扭头对几个发呆的丫鬟吼："都是死人！还不快拦住！"

丫鬟们在门口拉住小菊，小菊下死劲圪拧着身子甩着两手，但还是被拉了回来。丫鬟们把小菊拉进里屋，关了屋门。天越来越黑，小菊的哭声也越来越小。三太太停止了叫骂，改成低声哭诉："我的命咋这么苦啊，让我摊上个不争气的妹子……"

天奇不知道他妈和他姨为什么争吵。这场家庭风暴来得快也去得快,仿佛一场小阵雨,刚湿了地皮又停了。

几天后,三太太和小菊又和好了,姊妹俩亲热地坐在炕上有说有笑的,甚至叽叽咕咕一直到深夜,索性就睡在了一起。丫鬟们背后说,到底是姐妹,吵归吵闹归闹,却不记仇。

莫鹏举的境况与姐妹俩正好相反,整天不见一个笑脸,好像姐妹俩的和好,对他来说是一种威胁和灾难。天奇夜里再也听不见小菊屋里那种异常的声响了,但他偶尔能听到他爸的咳嗽声从大太太的屋里传来。真是破天荒!

"耕牛遍地走"的时候,大太太竟然从孤守了多年的屋子里走了出来,而且神采飞扬,满面春光。人们惊奇地发现,即将五十岁的大太太,走起路来一对小脚拧得那样轻快。

老妈子们暗地里嘀咕:"大太太说变就变了,像换了一个人似的,脸色也活泛了,皮肤也滋润了。"

"有男人心疼当然就活泛了,你没看见老爷又开始往大太太屋里跑了么!女人是树,男人是水,男人用水一浇,女人就旺起来了。"

"老爷真是有手段,硬是把个半老徐娘调教年轻了。"

"要不是那姐妹俩合起伙来不理老爷,老爷才不会到大太太屋里去呢。老爷有好多年没去过大太太那里了。"

"唉,大太太也怪可怜的。说是主人,可心里比我们这些下人还苦。有个儿子吧,却偏偏死了,男人再不疼,还咋个活嘛……"

又一个冬日。

清晨,一缕清新的阳光从窗缝里流淌进来,罩住了天奇的视线,他不得不重新闭上眼睛,索性多睡了一会儿。这时,他闻到了一股淡淡的幽香。起初以为是荞麦香,可仔细闻闻,不像。这味奇香无比,弄得他无法入睡。他一脚蹬掉缎被,一骨碌从炕上爬起来,循着幽香走到了城墙底下。抬头一看,只见一株蜡梅从墙缝里探出了枝头,上面零零星星点缀着些鹅黄色的花蕊。可以肯定,那幽香就是从这里散发出来的。他仰头往两边看了看,发现整个城墙上就这么一株蜡梅。蜡梅显得冷清而孤单。

从天奇发现那株蜡梅的那天起,大太太脸上的笑容却突然消失了,原因是她的肚子里长了一个瘤子。莫鹏举让人用轿子把大太太抬到县城里的恒心堂。恒心堂的老先生童颜鹤发,髯须垂胸,道骨仙风。老先生给大太太把了脉,又端详了她一会儿,然后笑了,说太太没有病,是有喜了,恭喜恭喜啊。莫鹏举不信,说她已经五十岁了,这咋可能?老先生说,老夫八十多岁了,给人看了一辈子病,没有看走眼过。老先生这么有把握,莫鹏举也就相信了,自然喜不自禁。大太太更是欢天喜地,当即就掏了五个大洋给老先生,说若真像他说的那样,日后她还要重谢他呢。

被生活冷落了几十年的大太太,突然被幸福和快乐包裹了起来。她回头看看,以前的生活竟是一片空白,尤其是儿子莫天合死后的这些年,更像是一场噩梦。生活似乎一夜之间跳过了那段空白的时光,直接与她以前的日子对接了起来。

一年前,当莫鹏举走进她的屋子的时候,她本能地有些反感。她反感他,但又无法拒绝他,他毕竟是自己的男人。第一夜,两人别别扭扭完了事,他就提着裤子走了,把她一个人留在黑黑的屋子里。可是就这么一次,就唤起了她体内埋藏了许久的欲望。这种欲望,像秋后的野火熊熊燃烧了起来。她已经有许多年没有这种感觉了,既兴奋又害怕,她开始盼望莫鹏举再来。可莫鹏举却久久不来,好像压根什么也没有发生过。她恨死他了!有时她甚至怀疑莫鹏举是否真的到她屋里来过,那一夜莫非是一个幻觉一个梦?那个人莫非是一个鬼魂?

后来,莫鹏举又一次爬上了她的炕。那一夜,她表现得极为主动,而且十分疯狂,像是要用这一夜把几十年的快乐全补回来。但她从头到尾一声不吭,即使到了最该呻唤的时候,也咬着牙不出声。这样一来,两个人不像是在做爱,倒像是在进行一种体力和耐力的较量。后来她就在不知不觉中有了身孕。

十个月后,大太太生下一个女儿。那个时候,城墙上的那株孤零零的蜡梅正在开放,浓浓的花香弥漫了一院子。太婆就给这个重孙女起名叫梅香。

莫家三辈没有女儿,现在有了梅香,太婆喜得合不拢嘴。大太太躺在炕上,太婆说不能躺着,小心阴血返潮,坐月子坐月子就得一直坐着。屋门口的布帘上,太婆早已让人挂上了红布条,以免外人冒冒失失闯了进去。太婆还特意盼咐,月子里莫家老少都不准早出晚归,也不能在夜里走动,以免引来游魂野鬼。每天天不黑,莫家的大门就早早地关上了。天奇夜里被丫鬟反锁在屋子里,以防他出来夜游。

梅香出生三日,大太太的娘家人送来了月娃的衣裳、尿布和红糖、醪糟、鸡蛋、糖罗罗馍,关中人称为"下奶""看月子",意思是希望大太太的奶子鼓鼓胀胀、奶水源源不断。大太太也争气,原先基本干瘪的奶子,现在像吹了气似的鼓胀起来,不用拿手挤,白花花的奶水就自己流了出来。女人们暗暗称奇:大太太年岁这么大了,奶水还这么旺!

满月那天,莫家摆了六六三十六桌席,邀请全村的人来"吃汤水"。莫村人管赴宴叫"吃汤水"。院子里高桌低凳,一席八人,男女老少尊长幼小排列有序,三十六席席席无虚位。席面上,先上了四碟下酒菜,开始喝酒。酒是米酒,一桌只有一个酒杯,转着圈轮着喝。大家相互招呼说"捉起捉起",便开始动筷子吃菜。酒过三巡,才上主菜。主菜有十六道,含有六六大顺的意思。必是黄焖鸡开头,寓意吉(鸡)祥;丸子殿后,暗示主菜上完(丸)。菜上一盘扫荡一盘,连残渣也没剩下。最后是蒸馍和四菜一汤,这才正式吃饭。人们吃完汤水,临走时也不忘偷偷揣两个肉夹馍在怀里,带给家里没来的老人或娃娃,有的连碗都揣走了。主人家看见了也装作没看见。喜事嘛,人家偷你的馍偷你的碗是看得起你,没人偷主人才不高兴呢。除了村里人,莫家所有的亲戚朋友都来贺喜。娘家的礼物最重也最特别,有小手镯、槟榔槌、长命锁、银牌,还有用从一百家要来的一百块各色花布缝制的"百家祆"。喜宴摆了三十六席,喜酒喝了二十坛。宴客间,老妈子抱着梅香出城"转九场",意思是祝福梅香长命九十九。

按风俗，这天月娃出门碰到的第一个男人就要认作"干爸"，这叫"碰干爸"。但那天也怪，老妈子抱着梅香出去，竟没有碰到一个男人。

那天夜里，莫家请来的皮影戏班子一直唱到天亮。人们说，莫老爷五十得女，是该庆贺庆贺。

有了旺盛的奶水滋养，小梅香长得又白又胖，不到百天就能咯咯笑出声。大太太喜得合不拢嘴，将女儿的小手小脚噙在嘴里恨不能咬一口，在女儿的屁股蛋、脸蛋和其他能逮到的地方亲个不够，嘴里含含糊糊"小亲亲""心尖尖"地叫个不停。对于大太太来说，梅香就是她后半生的所有幸福和快乐。

后来，奇怪的事情发生了。大太太的奶水突然变黄变稀，继而变成了黑黄色。可怕的是，她没有及时发现这一变化，仍然让梅香吮吸已经坏了的奶水。等她发现时，梅香已经中毒开始发烧了，浑身像火炭一样烫，小嘴冒出了一层水疱。没等到天亮，梅香就死了。

大太太一句话不说，也不哭，抱着梅香在炕上坐了三天三夜。第四天早上，她用一块红布裹了女儿梅香，独自走出了院门。

天奇一声不吭，扛了一把铁锹悄悄跟了出去。

初升的太阳把大太太的影子拉得老长老长，天奇的影子赶上了大太太的影子。大太太回头看了一眼，又继续往前走。山野开始有了红红绿绿的颜色，顺阳河边的柳树枝条也已泛绿，杏林里的杏树渐渐有了一层朦胧的绿，走近了，绿又不见了。

他们走进了杏林。大太太在树林深处站住了，把女儿梅香轻轻地放在地上，从天奇手里要过铁锹，一声不吭开始动手给女儿挖坟。她的动作十分笨拙，铁锹在她手里别别扭扭总也吃不进土，但她仍然耐心地一锹一锹挖着。天奇想帮她，被她用手拨拉到了一边。汗水很快从她的脸上淌了下来，泪也跟着淌了下来。直到这个时候她才想起了哭，但她始终没有出声，只有大滴大滴的泪水下雨一样洒落在梅香的坟穴里。

坟墓终于挖好了，大太太无力地坐在地上，愣愣地看着那个不大的土坑。那是女儿的新家啊。她站起来，把女儿连同红布包袱一起放进土坑里，一锹一锹用土掩埋了。她显得异常平静，像是在做一件与自己毫不相干的事情。

掩埋了梅香，他们起身往杏林外面走。快要走出杏林的时候，身后突然传来婴儿隐约的啼哭声。大太太吃了一惊，呆立在那里，仔细倾听，真的是婴儿在哭。她急忙跑回去，一棵杏树下果然有一个布包袱在蠕动，声音就是从那里面传出来的。她打开包袱，里面有一个女婴，正在咧着小嘴哭泣。这女婴多像梅香啊！她把婴儿搂在怀里："可怜的孩子，我的梅香……"

天奇知道那不是梅香。包裹里掉出一方白丝手绢，天奇捡起来展开一看，上面有几行字，他不认识，他把白丝手绢递给大太太。大太太只看了一眼，就将白丝手绢揣进了怀里。

大太太把婴儿抱回家，说是梅香又活了。老爷和太婆信以为真，高兴得不得了，莫家上下谁也没有看出梅香有假。莫村人更是惊叹不已。人们说，莫家净出奇事！多年前生了一个不会哭不会笑不会说话的傻子少爷，老得没牙的太婆长出了一口新牙，现在小姐又死而复生了。

事情过去了半个月，天奇在城墙上无意中看见脚下的土里露出一小截木棍样的东西，他用手慢慢抠，抠出的东西竟有一根筷子长短。他不知道它是什么，整天拿在手里玩耍，那东西上面的泥土掉了，露出了本色，原来是一根羊骨。这羊骨是空心的，上面像笛子一样有三个小孔。有天夜里，他将羊骨遗忘在城墙上了。半夜起风了，城墙上突然传来一阵凄楚哀怨的笛声；风住了，笛声就消失了。他想，那声音是从那根羊骨里面发出来的。为了验证自己的猜想，第二天夜里他故意把羊骨留在了城墙上。起风的时候，那种凄楚哀怨的声音果然又响了起来。

一天，天奇噙住骨头的一端去吹，羊骨就发出了忧伤的声音，这声音很像他以前在太婆屋里听到的那种声音。他想，这也许就是太婆说的我们党项先人从西夏故地带来的羊骨羌笛吧。可是他所见到的笛子都是竹子做的，为何这羌笛却是羊骨做的呢？他拿着羊骨羌笛去找太婆，太婆吃了一惊，说这就是传说中的那支羌笛。太婆问他在哪里找到的，他示意在城墙上。太婆诡秘地看了他一会儿，然后笑了，说："也只有你能找到。我早就说过，羌笛就在附近。"

他暗自纳闷，这羌笛为啥是羊骨头做的呢？

太婆就接着说："这可不是一般的骨头，这是羊的第一根肋骨。我们党项祖先以羊为图腾，当然要用羊骨做羌笛了。听老辈人说，这根羊骨羌笛是党项最后一个皇帝送给他最爱的一个皇妃的信物，蒙古人攻破都城时，那皇妃反穿羊皮袄，混在羊群里躲过了这一劫，最后跟随我们祖先逃亡到了关中。这根羌笛就成了我们党项后裔怀念西夏国的唯一念想，一辈一辈留传下来，后来不知咋的就丢失了，但那羌笛声却一直没有走远……"

后来，天奇就天天坐在城墙上吹出忧伤的羌笛声。

笛声吹开了杏花。天奇看见他爸和他姨双双走进了杏林，没过多久，其中一棵杏树的树梢就开始兴奋地摇晃，杏花纷纷落地。他分明看见那不是杏花，而是一地的杏子。

天奇一扭头，三太太站在身后，也看着杏林。她的脸上没有任何表情，好像使树梢摇晃的，不是树下的两个人，而是无意的风。

13. 社火

欢愉中的莫鹏举，忘记了周围有一双眼睛时刻在注视着他。那不是三太太的眼睛，也不是儿子天奇的眼睛，而是仇人的眼睛。他意想不到的事情终于在那年闹社火的时候发生了。

他丝毫没有意识到潜在的危险，只管尽情地欢愉。他和小菊先是在杏林，然后是在麦地、油菜地、玉米地、荞麦地里。他们把五彩缤纷的田野，当成了欢愉的床。问题是，三太太竟然视而不见。

刚结婚那阵，三太太对莫鹏举很反感。她恨他，是他毁了她理想中的美好生活。她也恨他爸，为了得到莫家的钱庄，明知道她不愿意，还是把她嫁给了莫鹏举。那时，她是多么想离开莫家大院啊！至于离开后怎么办，她却茫然无知，但她还是渴望离开。离开后的生活是一个未知数，未知里面包含着希望。但是，自从兴兴当了莫家的管家后，她便渐渐打消了这个念头，对莫鹏举的态度也有所缓和。莫鹏举在莫家乃至莫村的权力是至高无上的，拥有了他，她才能得到自己想得到的东西，她的虚荣心才能得到满足。如果说，莫鹏举是树干，那么她就是这棵树上的枝丫，她必须依靠树干才能长高长粗，长得枝叶繁茂。随着哑巴儿子的出世，尤其是父母被杀以后，她就更死心塌地在莫家过日子了。她没有了选择的余地，只能永远待在莫家。但她不甘心就这样平静地在莫家度过一生，她渴望拥有权力。她是一个权力欲极强的女人。平心而论，莫鹏举对她不错，什么事都由着她，从来不跟她计较。为了满足她的权力欲，他将大院里的事全部交给她处理，甚至外面的有些事有时也采纳她的意见。生活在富有的莫家，男人又疼爱自己，作为三太太又能凌驾于大太太之上，在这深宅大院里可以呼风唤雨，想咋样就能咋样，她还有什么不满意的呢？何况她的心上人就在身边，她的情欲也和权力欲一样，完全可以得到满足。

当她发现莫鹏举和妹妹小菊的私情后，非常生气。她恨莫鹏举，也恨自己的妹妹。她十分要强，咽不下这口气，她认为报复莫鹏举的最好办法，就是姐妹俩抱成一团，拒绝他上她们的炕。这样做的结果，却是把莫鹏举推到了半老徐娘大太太的炕上，而且还使这个五十岁的女人怀了身孕，生下了女儿梅香。莫鹏举好像知道了她们的阴谋，暗中和她们较劲，有意疏远她们，有意和大太太打得火热。这使她感到心慌，感到她在莫家的地位发生了动摇。她怕从此失去了莫鹏举，实际是怕失去她在莫家的地位与权力。没有了地位和权力，她可就什么都没有了。为了地位和权力，在男人和妹妹的问题上，她只能睁只眼闭只眼了。他们已经那样过了，一次和十次一样，也没什么了不起。而且她早就看出小菊这骚货心里也喜欢莫鹏举。所以，再看到他们走进杏林时，她只关心她手中的权力。

其实，事情远没有三太太想得那么简单。若真是那样，莫鹏举就不是莫鹏举了。三太太看似抓到了权力，可那只是一种被她放大了的幻想。莫家真正的权力，始终都牢牢地控制在莫鹏举的手里，她得到的只是权力的空壳。

大太太呢，一心一意养育她的小梅香，从来不关心家里的事，甘心情愿将所有女主人的权力拱手让给了三太太。

太婆也很少过问家里的事，待在屋里专心致志地对付一个又一个核桃。夜深人静的时候，她咀嚼核桃的声音特别响，让人胆战心惊。除了咀嚼核桃，她还翻看那本党项秘籍，也在为走向坟墓做准备。说是准备，其实也没有什么好准备的，寿衣多年前就已经缝好了，她只不过是天天从柜子里拿出来，打开来看看，晒晒太阳，然后又重新叠好放回柜子里去。她时刻准备走到坟墓里去，可准备了几十年，她至今还在坟墓外边。她甚至讨厌自己，讨厌自己活得太久了。

太婆看上去老糊涂了，可遇到大事，她一点也不糊涂。她总是在某件事情发生前，能够适时地提醒孙子莫鹏举。

太婆说："正月十五快到了，又该耍社火了。最近我的眼皮老跳，你们得小心点。那一年耍社火，你爸打死了桃花沟的莫仁天，这仇人家一直记着呢，小心他们这次动手！"

莫鹏举说："那是几十年前的事了，您现在还在唠叨！"

太婆冷冷地说："事情过去了，但仇过不去，一直在那里攒着呢，你们还是小心点好！"

太婆一本正经的样子，弄得莫鹏举心里也紧张起来，不得不认真对待太婆的话。他吩咐管家告诉村里人，到了耍社火的那天，身上都揣上家伙，以防真的打起来吃亏。

正月十五耍社火，是关中的一种风俗，也是古川城每年最热闹的一次乡民聚会。到了这一天，各村各寨的社火队，都要一路敲敲打打赶往县城，参加一年一度的社火比赛。社火是一项比胆量、比技艺、比智慧、比经济实力的乡民游戏，各村各寨都把社火比赛看得比较重。一进入腊月，人们就开始制作行头，排练节目。莫村人除了准备社火的事，还要为可能发生的械斗做必要的准备。他们在社火行头里藏了菜刀和钢叉，以便随时拿出来使用。过了大年初一，莫村和桃花沟人就把全部精力放在了耍社火的事情上来了，他们都想在社火上一比高低，压过对方。

那天一大早，莫村的社火队就浩浩荡荡出了城，莫家大院几乎所有的人都跟着社火队进城看热闹去了，家丁们也都编进了社火队。太婆没去，在屋里咀嚼着核桃。金丝猴在门口丢盹。莫村成了一座空城，几只狗在巷道里漫无目的地游走。

各路社火队从四面八方向古川城拥去，后面跟着熙熙攘攘潮水一般的人群。莫鹏举和管家领着莫村的社火队走在路上，不时引来人们的一阵阵喝彩。管家讨好地说："老爷，咱的社火准赢！比赛没开始就已经有人喝彩了。"老爷说："不可大意！骄兵必败啊！"

很快，莫村人就看到了古川县城墙。据说古川城墙修建于明朝嘉靖年间，比莫村的城墙还早十几年，但却没有莫村的城墙结实，先后因地震、霖雨坍塌过七八次，经过了多次修复加固。万历年间，知县刘统重修了四个城门，并给每个城门重新命名刻匾，东门曰"华翔"，西门曰"荆据"，南门曰"石盘"，北门曰"带温"。现在只有北门"带温"石匾还有半个镶在城门楼上，其余都不复存在了。北门外有一石桥，名叫青石桥，是古川的一景。古川城外东南西北各有一景，堪称古川四奇：

东门外，窦村塬，桃花梨花。
西门外，圣佛寺，一座宝塔。
南门外，湖光好，稻子莲花。
北门外，青石桥，水流上下。

莫村的社火队经过青石桥，浩浩荡荡从北门进了城。几乎同时，桃花沟的社火队也从西门进了城。其实，桃花沟的社火队走北门还要近一些，但他们宁愿绕道西门，也不愿与莫村人同入一门。志不同，则道不合也。桃花沟人不愿从北门入城还有一个原因，嫌北门不吉利，有"败北"的意思。莫村人的想法正好相反，他们认为北门是"坐北朝南"，有帝王之气，正是胜者的气象。莫村人说，其他三个门楼上的石匾都掉了，唯有北门上的石匾还在，这就足以说明北门是最后的胜利者。不管怎么说吧，他们各有各的道理。这样进城，多年来已经成了惯例。

其他村的社火队，也从南门和东门纷纷进了城。社火队一进城就敲敲打打地耍上了。人们知道莫村和桃花沟的社火有看头，都汇集在北大街和西大街上，把那两条街道挤得密不透风，两家社火队不得不派人在前头用竹竿吆喝着开道。

这么着，社火比赛就算开始了。社火五花八门，各不相同。有龙灯、老鼓、狮子、竹马、高跷、芯子、变马、跑驴、推车、甩锣，有合字灯、马故事、花鼓舞、跑旱船、八仙鼓、八仙板、七巧板、荷花舞，还有大头娃娃舞，等等，不下几十种。街道上人头攒动，锣鼓齐鸣，男欢女笑，整个古川城喧闹得像一锅沸腾的开水……

正耍得热闹，西边天空突然暗了半边，像一个刚刚还开怀大笑的汉子，突然一下拉下了黑脸。莫村人幸灾乐祸地说，桃花沟的社火快要塌伙了，你看他们头顶上的天都阴了。三太太、小菊和天奇也站在人群中，三太太说："东晴西暗，等不到吃饭。像是要下雨了，我们还是回去吧，别让雨淋着了。"小菊说："正月里哪里会有雨？社火刚开始，好看的还在后头哩，再看一会儿吧，我们有轿不怕雨。"三太太想想也是，不再吭声，姐妹俩继续看社火。

莫鹏举也发现天气不正常，心里莫名地有些发慌。他对管家说："这天气有些日怪，怕是不祥之兆，让大家多加小心！"管家应了一声，就悄悄钻进社火队安顿去了。

天奇在人群里看见了一个人。那人少了一只耳朵，是仇人老六。他们的目光相遇了，但谁也没有感到吃惊，仿佛两人早就知道会在今天这样的场合见面。老六甚至还冲天奇笑了一下，那笑不像是皮笑肉不笑，显得很真诚。老六只那么一笑，就水蒸气一样消失在人群里。

这时，各村的社火已经在县城中央聚首了，莫村和桃花沟的社火队最先碰了头。两家的社火队不约而同地停了下来，队员们让开一条道，让两家主人从后面走到了前面。

莫鹏昊一身白绸裤褂，满面红光，冲莫鹏举一拱手说："老弟啊，一向可好？"

莫鹏举拱手还礼："马马虎虎吧。你老哥可是见老了啊。"

莫鹏昊大度地笑了笑，说："年龄不饶人啊，前些年一只手能举起一个门墩石，现如今两只手刚刚能把门墩石举过头顶。你老弟可是瘦多了，今年是你的本命年吧，你要事事小心才是啊。"

莫鹏举没有接话茬，笑了笑说："我们接着耍吧！"

"接着耍！"

这就算打过了招呼，两个主人又隐退到后面去了，不再露面。

接下来的规矩是，各社火队占据一段街道在原地耍，不再到处走动。谁家的社火吸引的人多，就表明谁家的社火好，是今年的赢家。

真正的社火比赛现在才开始，各家的拿手绝活纷纷登场亮相。

莫村先抬出来一面老鼓，放在街道中央。这鼓炕席大小，鼓上又放了一面磨盘大小的小鼓，小鼓上站着一个六七岁的男娃。男娃剃着光头，精明机灵的样子。他先在小鼓上翻了几个跟头，最后轻轻落在大鼓上，竟然没有一点响声，立刻博得一阵掌声。男娃围着小鼓边跑边敲，两只小脚不停地踢踏着大鼓，小鼓大鼓一起擂动，上下呼应，有板有眼；腾挪跳跃，前敲后敲，一招一式极为老到，"抡鼓""跑鼓""盘帽根""浪七浪"等鼓式样样不少，引来阵阵喝彩声。

老鼓后面是小鼓队。有单人独敲的，有两人或四人对敲的。鼓手精神抖擞，鼓声震耳喧天。再后面是"八仙鼓"，八人排成两排对敲，一人舞着花绸摇旗指挥，一人吹着竹笛奏乐，鼓手们敲着各式鼓点，跳着各种舞步，鼓声悦耳，姿势优美。

人群潮水一样，哗地涌向了莫村的社火队。

"到底是莫村的老鼓，敲得好！"

"大老远跑来，看的就是莫村的老鼓。"

"那个碎娃敲得真好！"

"好的还在后头哩。"

这时，西大街哗然。原来桃花沟的"芯子"出来了。那"芯子"足有五六丈高，底部固定在一个大方案上，下面有七八个壮小伙抬着，空中是固定在铁架子上的各种造型的娃娃。最上面的是许仙，打着一把伞，伞上站着青蛇和白蛇；下来是李彦贵，挑着一根扁担，一头站着黄桂英，一头站着红衣丫鬟；再下来是孙悟空扛着金箍棒，手搭凉棚向远处眺望，金箍棒头上站着铁扇公主；最下面是一朵莲花，莲花里坐着一位仙女……

人们被这奇、险、高、巧的"芯子"一下子吸引住了，哗地又涌向了桃花沟的社火队。

莫村人一看这阵势，赶忙又拿出另一手绝活：变马。马是竹马，由一男一女各驾一匹。驾马的人身上使用两道铁圈，外围固定在马上，里面固定在身上，里外铁圈可以自如地做三百六十度旋转。男女都是马戏艺人打扮,随着热情奔放、节奏明快的唢呐声和模拟的马蹄声,形象逼真地表演出马背前盘腿、后盘腿、左骑、右骑、仰面俯身、蹬腿藏身及马背倒立等精湛的马上技艺。

人群又退潮般地朝这边涌来。

桃花沟的"扑蛾"上场了。只见一男角两手各执一束扎有纸形蝴蝶的细篾"放蛾",一女角腰系白围裙"扑蛾",一丑角手执草帽用各种滑稽的动作"捂蛾",旁边古乐伴奏。三人配合默契,表演出了"龙摆尾""凤点头""水波浪""风搅雪""凤凰单展翅"等舞蹈动作……

"好!"场外一片欢呼。

莫村社火队里突然跳出一个人来,扯开嗓子吼起了歌。"七巧灯来了!"有人喊。果然,一人手执七巧灯,跟着吼歌的人走了出来。这走不是乱走,而是以一定的舞步,走出宝塔、船、桥、窗、山、碑、茶壶等上百种造型,看得人们目瞪口呆。

"快看,和尚打架!"

话音刚落,就有两个和尚相互摔打撕扯着滚了出来。仔细一看,原来两个和尚竟是一个人扮的……

人们一会儿向北一会儿向西,来回跑着看热闹,弄得街道上尘土飞扬,乌烟瘴气。莫村和桃花沟的社火都有实力,一时难分上下。其他村自知不是这两个村的对手,就早早偃旗息鼓,收了摊子,也加入看社火的人群。

就在社火耍得正热闹的时候,天突然下起了雨。这雨来得快,而且猛烈,像无数铜钱哗啦啦铺天盖地砸了下来。人群顿时乱了营,狂呼乱叫,抱头鼠窜,骂这雨来得不是时候,白白糟蹋了好好的社火。可是,两个社火队好像根本就没有发现下雨,双方都憋着劲,仍然在雨中起劲地耍着,谁也不想先收兵。

本来就没有跑远的人们,看见两个村的社火队还在继续耍闹,又都收住了脚步,纷纷站在屋檐下或者能避雨的地方接着看热闹。现在的社火比刚才的还要好看,耍社火的人让雨一浇,行头上花花绿绿的颜色便把一个个弄成了大花脸，社火成了滑稽表演。哄笑声像打雷一样，在人群中一阵又一阵滚过。

莫鹏举觉得有些奇怪：桃花沟今天这是怎么了，这么大的雨也没有停的意思，他们到底想干啥？他心里越来越不踏实了。

雨在两家都感到疲惫的时候停了，人流呼啦又涌到了街上。

可这时，桃花沟的社火队却奇怪地收场了，好像他们的社火就是表演给雨看的，雨停了就失去了表演的意义。莫鹏举庆幸自己刚才没有提前收场。桃花沟终于挺不住了，败了，莫村赢了。可莫鹏举越想越觉得事情有些蹊跷，心里的喜悦马上就烟消云散了。以莫鹏昊的性格，他是不会轻易服输的，今天这是怎么了？莫鹏举隐隐感到桃花沟的让步后面可能隐藏有更大的阴谋，难道他们会在路上设伏？

桃花沟的社火队一走，莫村人失去了对手，也就没了再耍下去的兴致，开始收拾家伙也往回走。时候已经到了后响，锣鼓声停了，肚子又开始闹腾了。社火队的小伙子们说："掌柜的，今儿个咱的社火压过了桃花沟的，你得犒劳犒劳伙计们。别的咱不敢想，咥一顿羊肉泡馍总可以吧？"

莫鹏举尽管心里有些瞀乱，但又不想扫了大伙的脸面，就说："行啊，前面就是青石桥，到了四娃的泡馍馆，管饱！"

"哦噢——"社火队的人一下子兴奋起来了。

很快就到了青石桥，一干人马拥进了四娃的泡馍馆，性急的就喊："死娃死娃，莫老爷来了，你还不赶紧安顿？"

四娃是一个细狗样精瘦的男人，听人家叫他"死娃"也不生气，笑眉笑眼地招呼，一脸讨好的神情："贵客贵客啊！我就说这脚心手心痒痒哩，原来是莫老爷到了，请坐，快请坐！一看老爷的气色，就知道今儿个社火赢了。"

莫鹏举面无表情，抬手划拉了一个圆弧，说："就这么多人，吃多少煮多少，管饱！你手脚麻利些，我们吃毕还要赶路哩。"

"急啥哩，十几里路一抬脚就到了。"四娃给莫老爷沏上茶说，"您先喝着，泡馍立马就好，不会耽搁老爷的事。"

莫鹏举心烦意乱，无心喝茶，招手把管家叫到跟前，小声说："我心里瞀乱得很，村里会不会出事？"

管家说："不会吧，好好的会出啥事？"

莫鹏举说："你拿两个饦饦馍先回去，若有啥事，赶快回来禀报！"

管家拿了两个饦饦馍，急匆匆地走了。

由于人多店小，这顿饭吃得时间特别长。等他们吃毕羊肉泡馍继续赶路时，日头已经软软地搁在了西山上，像一个熟透了的担柿。半道上，莫鹏举老远就看见管家急急火火朝这边跑来，他知道坏事了，急急迎了上去。

管家一头细汗，气喘吁吁地说："老爷，瞎了！瞎了！"

"咋回事？"莫鹏举问。

"祠堂里的金匾被人偷了！"

莫鹏举顿时脸色煞白，一下子醒悟了，心里想：果然是个圈套。我就说今儿个这社火要得日怪，没想到他们会来这一手！

莫鹏举肯定地说："是桃花沟干的！"

管家恍然大悟："难怪他们故意拖延时间，弄了半天，他们早就谋算好了。"

有人说："看起来今儿个社火咱赢了，实际上是人家赢了。咱遭人家暗算了，挨了人家的黑砖了。"

"走，撵狗日的去！就是撵到他妈的炕角角，也得把金匾抢回来！"

莫鹏举平静地说："撵也是白撵，人家既然要偷，就早有准备，去了肯定吃亏。"

"那咋办？"众人着急地同声问。

莫鹏举没有说话，他正在考虑怎样对付桃花沟，抢回金匾。

大家气愤地说："掌柜的，金匾可不能丢啊！那可是咱村的命根子！只要你一句话，我们明天就把桃花沟踏平！"

看到众人愤愤不平的样子，莫鹏举突然有了主意。他要把坏事变成好事。能把坏事变成好事，那才叫智慧。他决定不急着抢回金匾，让金匾就先放在桃花沟。这个时候，金匾就显得不那么重要了，重要的是怎样将计就计，利用金匾激化两村的矛盾，增加全村人对桃花沟的仇恨，从而达到复仇的目的。金匾在桃花沟多放一天，莫村人对桃花沟的仇恨就会多增加一分，这样更能把全村人的心劲牢牢地拧在一起。仇恨越积越深，人们就越抱越紧。将来一旦时机成熟，他一声令下，村民们就会变成一头头复仇的狮子，将桃花沟踏平、碾碎。这么想着，他的心里就平静多了。

　　不急于抢回金匾，并不是说不采取任何行动，那不让桃花沟太得意了吗？莫鹏举心里很快有了一个成熟的计划，决定先借助外面的力量给桃花沟一个教训。主意拿定后，莫鹏举对众人说：

　　"来日方长，金匾的事，日后再说吧。"

14. 日后再说

春天的阳光绸缎似的铺洒在大地上，莫村城像一个老头，蹲在万斛山下顺阳河边悠闲地晒着太阳。

太婆从黑屋子里走出来，怀抱陶罐，坐在院里嚼核桃。这时候，槐树还没有长出叶子，干枯的树枝像老人干瘦的手伸向天空，伸向暖暖的阳光，似乎想挡住耀眼的阳光，但阳光还是飘飘洒洒地落在了太婆的身上。阳光蓬松在她的头顶，使得她的一头白发显得更加苍白，像万斛山顶尚未融化的积雪。可能由于在屋子里待得太久的缘故吧，她的脸上呈现出地窖里红苕上嫩芽的颜色，眼睛因承受不了阳光的刺激眯成了一条缝儿，脸上的皱纹密集而深重，像她手里的核桃。

大太太坐在太婆身边，喜眉笑眼地看着女儿梅香和丫鬟一上一下玩跷跷板。她们一边玩一边唱："轧油油，翘板板，老鼠出来晒暖暖；一头轻，一头重，添了老猫吃拧拧；这边下，那边起，小狗一边摇蹄蹄；老鼠溜，老猫撵，蹾烂了两个小尻蛋。"唱完一首，又唱一首："红豆豆，绿米米，我给太婆端椅椅；叫太婆，你坐下，听我说个悄悄话……"唱到这里，梅香突然离开跷跷板，真的要去给太婆说悄悄话。丫鬟一不留神摔了个屁股蹲，惹得一院子的人都笑了。大太太笑着说："这下真的蹾烂了两个小尻蛋……"

莫鹏举从屋里出来，径直朝门口走去。太婆问："上哪儿去？"莫鹏举说："出去转转。"太婆意味深长地说："外面风硬，你可小心着凉！"莫鹏举心里咯噔一下：莫非太婆看出了他的心思？他犹豫了一下，走了出去。

莫鹏举不是出去随便转转的,而是要到东山去找石娃。自从上次让石娃去教训张老爷,石娃却违背他的意愿下了杀手,他就对石娃有了戒心。石娃也不识相,仗着手里捏着莫家的秘密,事后几次伸手向他要银子,说是借,实际上就是敲竹杠,这更加使他反感。石娃成了他的一块心病,让他感到不安。那个秘密只能他一个人知道,第二个人知道了即使不说,他心里也不踏实,时时能感觉到潜在的威胁和危险。要是日后让人知道是他指使石娃杀了老丈人,那他在古川地面的威望就会一落千丈,后果不堪设想。所以他必须除掉石娃。

现在,该是解决这个问题的时候了。

他想,先用重金收买石娃,让他带上他的几十个弟兄夜里去偷袭桃花沟,要是偷袭成功了,报复了桃花沟,他再设法把石娃接到村里来,借给他接风庆功,伺机拾掇了他们。即使外人知道了,也没有什么,说不定还因为灭了石娃这股土匪,使他的威望更高了呢。要是偷袭失败了,也正好借桃花沟莫鹏昊之手干掉石娃,永远封了他的口。

莫鹏举从东山回来的那天晚上,管家悄悄出了城门。

第二天后半夜,桃花沟方向响起了枪声。熟睡中的莫村人被惊醒了,除了莫老爷和管家,谁也不知道哪儿打枪,为什么打枪。枪声时急时缓,持续了很长时间,直到鸡叫头遍才停止。

一个黑影溜进了莫村城门,直奔莫家大院而来。管家把来人带进屋里,莫鹏举已经穿好衣服,坐在椅子上等着。来人是石娃匪帮的二头目,一袭黑绸裤褂,五短身材,手里提着一把短枪,满脸是血。他用衣袖抹了一把脸上的血,看了管家一眼,欲言又止。

莫鹏举挥了挥手,管家知趣地带上门出去了。

二头目这才开口说:"莫老爷,这回我们弟兄可惨了!我们去偷袭桃花沟,没想到半道上中了人家的埋伏。后来,老六的人马也从后面杀了过来,可怜我几十个弟兄死得只剩下了五六个……"

莫鹏举吃了一惊,不是因为石娃的失败,而是因为桃花沟和老六怎么知道石娃去突袭!但石娃的失败,也是他意料中的一种结果。他故作惊讶地问:"咋会这样呢?石娃兄弟呢?"后一句才是他最关心的。

二头目说:"我和大哥好不容易从死人堆里爬出来,总算捡回一条命,现在他和几个弟兄在河滩里呢。"

"他没事就好!留得青山在,不怕没柴烧,以后还可以东山再起嘛。"莫鹏举安慰说。

二头目说:"桃花沟的人不会轻易放过我们,他们正在追杀我们哩。这次我们损失太大了,把全部家当都赔进去了,求老爷再给些盘缠,我们也好逃个活命。这也是我们大哥的意思。"

"现在到了我的地盘上,你们就放心吧,谅桃花沟的人也不敢追到这里来!"莫鹏举说,"钱的事嘛,不成问题,你回去告诉石娃兄弟,说我马上准备两千大洋送去,让他在河滩里等着,千万不要走!"

"那我先走了。"

二头目一走,莫鹏举叫来管家说:"准备两千大洋,然后挑选几个人,让他们把家伙准备好,子弹压满,跟我到河滩上走一趟。到时候看我的眼色行事。"

管家很快就带着几个家丁来到了莫老爷的面前。

"老爷,准备好了。"

莫鹏举说:"石娃这伙土匪很危险,迟早是个祸害,我们必须除掉他们!你们都把眼窝放亮些,腿脚放麻利些,只能成功,不能失败!要是谁木木讷讷拖泥带水,活儿做得不利索,误了我的事,可别怪我睁眼不认人!"

家丁们说:"老爷放心,做这点活就跟玩一样,不会失手的。"

莫鹏举带着家丁来到河滩,果然有五个黑影在那里等着。莫鹏举紧走几步迎上去,冲着黑影说:"石老弟,让你久等了啊!"

石娃忙迎上来:"莫老爷,兄弟羞愧得很哪!在古川地面上混了几十年,没想到这一回会输得这么惨!实在是太惨了啊!我的几十个兄弟就剩下了这几个人,我是没脸见人了啊!"石娃一个趔趄,几乎摔倒。

莫鹏举急忙扶住,说:"事情我已经知道了,这个仇我们一定

得报！"

石娃说："这回我可是连老本都赔进去了。按说我们事先已经清了手续，我石娃不该再来找莫老爷，可我如今落到这一步，你不能见死不救。今儿个开这个口，实在是不好意思啊！就当是我石娃借你的，日后一定还你。"

莫鹏举拍了拍石娃的肩膀，说："石老弟，你这话就见外了，你是为了我才落到这步田地，不好意思的应该是我，而不是你。管家，把东西交给石老弟。"

管家把半口袋大洋交给了石娃。

莫鹏举说："这是两千大洋，你先拿着，日后有啥难处你尽管吭声，我莫某人不会不管的。"

石娃将沉甸甸的大洋交给手下，拱手道："多谢了，莫老爷！"

"你就别客气了！"莫鹏举关切地问："你日后有啥打算？"

石娃说："这一回我元气大伤，估计三五年都难缓过劲来。莫鹏昊是不会轻易放过我的，古川我是没法再混下去了，我想先到别处躲一躲，再买十几条枪，重招人马，日后东山再起。"

"好！这才像条汉子嘛。"莫鹏举说。

天色渐渐泛白，远处响起一两声冷枪。

"我得走了，桃花沟的人还在到处找我哩。莫老爷，后会有期！"石娃拱手告辞。

"既然是这，我就不挽留你了。石老弟，你多保重啊！"莫鹏举拱手还礼。

五个土匪转身走了。等他们走出了七八步，莫鹏举低声对家丁说："干掉他们！"

叭叭叭叭叭！土匪应声倒在了河滩里。莫鹏举带着家丁跑过去，四个土匪已经死了，只有石娃还有一口气。

石娃嘴里含糊不清地说："你……你……可真狠毒……"

莫鹏举笑了一声，说："石老弟，别怪我手狠，只怪你知道的太多了。知道别人的秘密太多，就会让人不放心。你要是拿了这笔钱，从此远走高飞销声匿迹也就罢了，我不会难为你，你毕竟帮过我的忙。可你偏偏又要招兵买马，还想重回江湖东山再起，这怎能让我放心呢？你一日不从我眼前消失，我就一日不得安生啊！"

"你……你恩将仇报……"石娃的声音越来越不清晰，嘴里满是血，夹杂着泛泡泡的咕嘟声。

"你也别骂我，这是最好的了结办法。你眼一闭安生了，我也就安生了。"

没等石娃再说下去，莫鹏举从家丁手里接过枪，对准石娃的脑袋扣动了扳机。叭的一声闷响，石娃的脑袋跳跃了一下，再也不动了，永远闭上了嘴。

莫鹏举问家丁："你们知道石娃是咋死的？"

几个家丁一时没有明白老爷的意思，不知怎么回答。

管家说："石娃当然是桃花沟的人打死的。"

家丁们醒悟过来，忙齐声附和说："对对对，是桃花沟的人打死的。老爷的意思我们明白。"

"明白了就好。"莫鹏举说。

这时，天色已经大亮，太阳欲出没出的样子，在东山后面伸着懒腰，天际上有一道红光，像一双刚刚睁开的熬了夜的眼睛。管家离开之前，扭头朝五具尸体看了最后一眼，只见尸体里黑红的血像一条条蚯蚓一样向前爬动，穿过大大小小的鹅卵石，一直爬进浑浊的顺阳河里。

死在桃花沟的三十几个土匪，以前都是附近的农民，大多数是由于家里穷才上山当了土匪。现在他们死了，就像捻死一只虱子一样平常无奇，只有他们的亲人才记挂他们。亲人知道他们被打死的消息后，既恨桃花沟的人，又感到羞愧。自家的人毕竟是土匪，是在抢劫桃花沟的时候被打死的，还有什么好说的。这么想着，就觉得自己的人该死，便耷拉着脑袋到桃花沟认领了尸首，草草埋在了山坡上。当了土匪的人，死后不能进祖坟，只有埋在荒山野岭。家境好一点的，从贵生那里买了口棺材，殓了尸首，下葬入土；家境不好的，只用一片草席卷了，草草埋了，也算尽了骨肉情分。还有一些尸首没人认领掩埋，被野狗撕扯得七零八落，引来了成群的野狼和更多的野狗。野狼啃吃尸肉的时候，野狗就远远地蹲在一边看着，垂涎欲滴，又不敢靠近。只有等野狼吃够了，或者把好东西吃完了，慢慢腾腾地走远，野狗才夹着尾巴跑过去，争吃野狼剩下的残肉和骨头。最后是成群的苍蝇和兴高采烈的蚂蚁。

石娃匪帮的覆灭，棺材铺掌柜贵生是直接受益者，贵生卖出去二十六口棺材，又实实在在发了一回财。这年头，贵生棺材铺的生意总是很好。

多日后，古川地面传出了这样一首童谣，说的就是石娃土匪覆灭的事："石娃上了一道坡，碰到麻峪老六哥；石娃还没掏家伙，老六人马拿刀剿；贼石娃，龟子厾，桃花沟里去逞能；桃花沟，人手多，还有老六人满坡；打的打，戳的戳，扳倒就把脚筋割……"

天佑和天顺从学校回来，说刘志丹带领上千人在华县起义了，成立了西北工农革命军，正在关中一带扩展势力呢。

不久，刘志丹的队伍真的开到了古川城下，把个古川城围了个严实。四周村子的乡民听说革命军是穷人的队伍，也乱哄哄地跟在队伍后面呐喊助威，其中有许多莫村男人。

草姑的男人得得不听草姑的劝告，斜披了一件褂子，拿了一个冷馍，边吃边往外走，跟着别人去凑热闹。草姑追出门骂："你失急慌忙寻死去呀！你去你去，你就死在外面永远别回来！"得得头也不回地走了。

第二天，刘志丹的队伍攻克了古川城，捣毁了国民党的县政府，杀了县长，成立了古川苏维埃政府。可没过几天，国民党一万多人又包围了古川城，打死了刘志丹一半人，刘志丹带着剩下的队伍突出重围，撤回陕北老家打游击去了。

村里之前去县城看热闹的人，除了几个跟着刘志丹的队伍一起上了陕北，其余的都回来了。草姑的男人得得也回来了，但得得不是自己走回来的，而是被村里人抬回来的。得得应了草姑的那句骂话，死在了最初的那场混战中。他的尸体和士兵的尸体混在一起，还没有来得及清扫战场点验尸体，国民党的大部队就到了，新的一轮战斗又开始了，城外又有了许多尸体。战斗结束后，村里人这才发现没有了得得，到处去找，好不容易才找到他的尸体。得得被人抬回来的时候，草姑已经无法辨认他的面目了。他的脸上中了两弹，留下了两个血窟窿。

据说，得得当时站在人群后面，为了看清前面的热闹，他刚踮起脚伸长脖子，城头上的机枪就点射到了他的脸上，血噗地溅了前面那人一脖子。那人以为谁吐在了他脖子上，十分气愤，回头刚要骂，却看见得得那张失形的脸上多了两张嘴，三张嘴同时喷吐着血泡泡，最大的那张嘴里还含着一口馍。还没等那人惊叫出声，总攻开始了，得得被后面的人推倒在地，或者自己仆倒在地，许多双脚就从他的身上、头上踏了过去……

得得死了，草姑成了寡妇。

秋天，寡妇草姑一个人在地里干活。自从男人得得死了以后，屋里屋外的活只有她一个人干，儿子憨憨和女儿小琴都还小，帮不上她的忙。草姑家的地套种了棉花和豆角。豆角已经老了，需要拔掉。棉花呢，一个人顾不上经管，已经长疯了，需要把下面不结棉桃的枝丫捋掉，莫村人叫给棉花"脱裤子"。她一边拔豆子，一边给棉花"脱裤子"。

"忙哩？"背后冷不丁有人问。

草姑吓了一跳，扭头一看，见是喜娃，没好气地说："你个死鬼，把我的魂都要吓丢了！"

喜娃一双老鼠眼死死地盯住草姑裸露的胸口和衫子里圆鼓鼓的奶子，嬉皮笑脸地说："嫂子，你一个人怪难的，兄弟想……想帮你干活哩。"

草姑说："行啊，亏你这么孝顺嫂子！那我'脱裤子'，你拔豆子。"说完，又继续给棉花"脱裤子"。

喜娃没有拔豆子，而是一把从后面搂住了草姑。

"喜娃，你想干啥?!"草姑大声呵斥，拼命挣扎。

喜娃喘着粗气说："你不是说你脱裤子……我爬肚子嘛……"一双手就逮住了草姑的奶子。

草姑又踢又蹬："喜娃你瞎尿胡来，我比你大，你得放规矩些……"

喜娃嘻笑着说："你当然比我大么，鞋啥时候都比脚大，女人啥时候都比男人大。你让我弄进去，看咱俩到底谁的大……"说着，手就从下面来了个海底捞月。

草姑急了，死命反抗："我喊人呀……"

"你喊……你喊也是白喊，地里连狗大的人都没有……"喜娃揉搓着草姑的奶子，吁吁直喘息，仿佛那不是奶子，而是一对刚出锅的烫手的热蒸馍。

"喜娃……我是你嫂子……你敢胡来?"

"嫂子的东西闲着，我的东西也闲着，闲着也是闲着，不如咱都开开心，要不就太可惜了，太浪费了……"

"你这不要脸的东西……"

"兄弟咥嫂，一顿咥饱，你就让我弄一回吧，往后我大大帮你干活……"喜娃力气大，把草姑的手扳到身后，用一只手抓着，另一只手就解开了草姑的裤腰带，往下一抹，草姑白亮亮的大腿就暴露在阳光下。

草姑拼命反抗："喜娃……你不得好死……我日你先人……"

"你日我先人？今儿个让我先把你日了……"

喜娃把草姑按倒在地，急急火火地爬了上去："嫂子，我求你了，我活了三十多岁还没有碰过女人哩，你就别吃拧了，答应我吧，我把你叫妈叫婆哩……"还没等找到地方，热热的东西就喷射了出来，弄了草姑一裤子。

喜娃手一松，草姑一脚踹在了喜娃的裤裆："我让你骚!"喜娃号叫一声，双手捂住下身蹲在了地上。草姑趁机跑回了村里。

145

事后，草姑去找村长来福评理："你是村长，你得给我做主！"

来福一听是这事，心里就有些不快，说："你把人家的下身都踢肿了，还不知道日后能不能用，你还想咋嘛！"

"这种骚货你得处理，要不我以后还咋上地里去？"

"屁大点事，你让我咋处理？"

"反正你是村长你得处理！"

"他没弄成事，又吃了大亏，我看还是日后再说吧。"

"那是他自找的！你得把他捆到祠堂拾掇一顿！"

"日后再说！"来福不耐烦了。

"要不，让他给你保证以后再不犯这毛病了。"

"我说了，日后再说！"来福声音提高了许多。

草姑愣住了，明白了村长的意思，生气地说："日后再说，日后再说，你们男人没有一个好东西，都想占我的便宜，没想到你来福也是个瞎尿！来福，我日你先人哩，你糟蹋我！"说完呜呜哭着跑走了。

来福莫名其妙，半天才回过神来，苦笑笑，心里想："把他家的，想到那地方去了。"

草姑心里咽不下这口气，今天喜娃欺负她，明天还会有别人来欺负她，就想念起死去的丈夫得得，回去趴在炕上好好哭了一场。哭过之后，又想起了莫鹏举。那年她给莫鹏举喂奶，让他沾了身子怀了孕，生下了女儿小琴。当时她还不敢肯定小琴就是莫鹏举的种，但小琴一天天长大，越长越像莫鹏举了，不由得她不相信。

哭过之后，草姑决定去找莫鹏举，她要把小琴的事告诉他，小琴是他的女儿，他不能不管！他若能收自己做小，小琴日后就有了依靠。

一天，草姑瞅准莫鹏举一个人走出了城门，就跟了出去，在河滩上拦住了他。莫鹏举有些吃惊，说："是草姑呀。"

"你还认得我呀？"草姑板着脸。

"看你说的，一个村里住着咋能不认得！"

"认得就好！"

"你找我有事？"

"我倒没啥事，你女子找你有事哩。"草姑慢条斯理地说。

"我女子？"莫鹏举笑了，"我哪里就蹦出来一个女子？"

"小琴不是你女子？咋，你想赖账？"

莫鹏举一听这话，心里一惊："你越说越离谱了，小琴是你的女子，啥时候又变成了我的女子？"

"不是你的是谁的？你看看她长得像谁？莫非你早忘了那年的事……"

"这话可不敢乱说！"莫鹏举严肃地说。

草姑眼泪就出来了，说："你这人真绝情！自己的女子都不敢认，还像个男人吗？得得死了，是人是狗都来欺负我，这日子没法过了……你以前不是说喜欢我嘛，如今得得死了，你就把我和娃儿接到莫家大院去吧……"

"这不行！我是你叔，咋能娶你？"

"现在知道你是我叔了，当时你咋不说这话？"

"事情早已经过去了，你不要再提了！你还是再嫁个人吧。"

"我就是想嫁你！"

莫鹏举知道草姑的执拗脾气，不敢来硬的，只能劝说："我知道得得死后你们孤儿寡母的日子艰难。是这，我给你些钱，你买两头牛。再给你十亩地，你雇个长工，保管你们娘儿们三个一辈子吃香的喝辣的，不愁吃穿。"莫鹏举想，他这样做是最好的办法，村里人不会怀疑什么的，只会说他心好，可怜她娘儿们三个。

可是草姑还是不愿意，固执地说："我啥都不要，只要一个莫家四太太的名分！"

莫鹏举见软的不行，就来了硬的，黑了脸训道："你趁早死了这份心！我把丑话说到前头，往后你再提小琴的事，可莫怪我翻脸不认人！"

草姑见莫鹏举如此绝情，心里恨恨的，停止了哭泣，眼睛直视着莫鹏举说："好你个莫鹏举，提了裤子不认人！我草姑也没有那么下贱，你不要我我还不嫁你哩！你放心，我和小琴就是要饭，就是饿死，也不会再找你！"转身就走，又回过头来说："有你后悔的时候！"说完，头也不回地走出了河滩。

莫鹏举站在那里愣了半天。他怎么也没有想到，几十年后，就是眼前这个赌气走了的女人，会让他生不如死。那个时候，他才明白了一句话：最毒莫过妇人心。

这年腊月，莫鹏举让莫村人提前做好了械斗准备，想在大年初一桃花沟人前来祭祖的时候，来个关门打狗，然后再直捣桃花沟，抢回祠堂金匾。可是桃花沟人没有来，莫村人空忙碌了一个腊月。从此以后，桃花沟人再也没有来莫村祭过祖。既然金匾在人家那里，又何必跑到你莫村来祭祖呢？

15. 年馑

贵生的棺材越做越多，而万斛山上的树木却越来越少。树木少了，山顶上的那座石塔就更加凸现了出来。

石塔斜而不倒，像个稍息的军人。这样的石塔在关中一共有七座。据说唐代的时候，一位专事造塔的仙女从空中路过，不经意从袖筒里遗落下来七座石塔。从前，万斛山一带鬼怪毒虫经常出没，伤害乡民和牲畜，自从有了石塔，鬼怪和毒虫就消失了。人们坚信它们是被镇压在石塔下面了，所以，人们把石塔不叫石塔，而叫神塔。

神塔旁边有块神石，石大如席，其上有三个铁锅大小的石坑，一字排列。传说这三个石坑分别代表陕北、关中和陕南三个地域，乡民们可以根据坑中积水多少预测来年旱涝凶吉，十分灵验。

这年春天，莫村有人上山打柴，发现神石中间的那个石坑干涸无水。这是多年不遇的奇怪事，往年石坑里的水虽然时多时少，但总是有的，从来没有像现在这样干涸过。那人惊恐地跑下山来，一进村就狂呼乱叫：

"不得了了——要遭旱灾了——"

莫老爷不信，专门派管家上山去看。管家回来说，中间的石坑里真的没有水，一群蚂蚁在那里徒劳地忙碌。另外两个石坑也几近干涸，只剩一指深的绿水了。莫老爷心情沉重起来，莫村一时人心惶惶。

去年冬天，老天没有落过一片雪。"干冬湿年"，莫村人想，冬里不下雪，过年肯定是要下的，可是过年的时候还是没有下。到了春季，更是星雨不见。久旱不雨，田地龟裂，麦苗枯黄稀疏。关中平原，赤土千里，少有青色。"伏里天，五日旱，十天没雨难吃饭。"人们等呀盼呀，等到伏里天还是不见落雨。"重阳不下看十三，十三不下一冬干。"人们又等到重阳节，仍闻不到一星雨的气味。

这旱年馑真的要来了！

以前小旱，莫村人还可以从顺阳河里挑水浇灌庄稼，尽管十分费力且只能浇到河滩跟前的一点点地，但总能保住一些根苗，留下一点希望。可是现在顺阳河也干涸了，裸露出干裂的河床，牛羊在那里留下了凌乱的脚印。莫村周围几十里乃至整个渭北地区基本都是靠天吃饭，天不下雨，百姓就要发愁了。别的办法没有，只有向天祈雨。

莫鹏举带着全村的男人，在祠堂门口黑压压跪倒一大片，烧香磕头，祈求老天开恩下雨。可是，他们在那里跪了三天三夜，赤红的日头照样在天上噼噼啪啪地燃烧着。往年天旱，只要在祠堂前这么祈雨，老天多少都会下点，可这次老天就是一星雨也不落。

有人说："祠堂的金匾都不在了，祈雨自然就不会灵验了。"

"金匾在桃花沟，就让他们去祈雨吧，谁祈都一样，雨又不会只落在他们桃花沟。"

"金匾是他们偷的，肯定不灵，怕是他们也祈不到雨。"

"天旱成这样，再不下雨就要遭年馑了，村里又要死人了。"

村长来福试探地问莫老爷："要不，我们上山去祈雨？"

管家也说："对对，上山去，兴许行哩。"

莫鹏举知道上山意味着什么，他没有吭声。他也想过上万斛山向神塔和神石祈雨。小时候天旱，爷爷带着村里人上山祈雨，第二天就稀里哗啦地下开了，下得满世界透湿，满巷道雨水长流。但他又有些犹豫，男人都上了山，桃花沟的人趁机攻来咋办？上山要经过麻峪沟口的鹞子嘴，老六埋伏在山梁上打黑枪咋办？老六一直想报仇，他能轻易放过这个机会吗？他又想，天这么旱，他们同样需要老天下雨躲过年馑，说不定知道他是上山祈雨的，也许就不会对他下手了。但老六喜怒无常，万一他借机下手呢？仇人往往会选择对手认为不可能进攻的时候进攻……想来想去,莫鹏举还是决定上山去祈雨。为了村里人不遭年馑他必须这么做!他不能让村里人认为他害怕老六而放弃祈雨的大事!为了自己的威望和尊严,他必须去冒这个险!

他对来福说:"好,我们上山去祈雨!但男人们不能都去,得留下一部分在村里守着,不能像上次耍社火那样,让人家钻了空子!这样吧,你和管家留在村里,我带人上山去祈雨。"

来福一听急了,说:"这可不行,你不能去!老六正寻你的事哩,你这不是把脖子送到铡刀底下让人家铡嘛!你留在村里,我带人上山!"

莫鹏举说:"不要争了,就这么定了!"

来福见老爷态度坚决,不再争辩了。祈雨需要家族的掌门人出面,他当然不能跟老爷争,只是替老爷担心。他说:"那你得多带些人。"

莫鹏举说:"老六在暗处咱在明处,他真想动手,我就是把所有的人都带上也未必能对付得了。天这么旱,也顾不了那么多了,祈雨要紧!"

来福说:"你是大掌柜的,万一有个闪失咋办?这太冒险了!"

莫鹏举轻松地笑了笑,说:"你放心,白狼我都不怕,还怕老六?你们留心照看好村子,祈雨的事就不要管了。"

来福说:"村里没我来福能行,没你大掌柜可不行啊!"

莫鹏举说:"莫村这片天得我俩一起撑着,少了谁都不行。你这个村长得打起精神来,不能再说这种丧气话。你放心,天塌不下来!你去安排上山的人,明天鸡叫头遍就起身!"

第二天公鸡叫过头遍后,莫村人都起来了,站在黑咕隆咚的巷道和城门口,准备给上山祈雨的莫老爷送行。上山祈雨的人,必须在日出前赶到神塔神石跟前,要在那里一直跪拜到日头落山。

莫家大院笨重的木门轰隆隆打开了,两个家丁举着火把走了出来,然后是管家。他们候立两旁,一齐望着门里。火光吸引了所有人的目光。莫老爷光着上身背着一根桃木棍走了出来。人们惊住了,谁也没有见过平时连衣袖都羞于卷起的莫老爷这个样子。下人举着火把在前面走着，老爷挺直了身板在后面跟着。老爷的身影被火光无限地放大，黑塔似的叠印在站满了男女老少的巷道上。

村长来福早已恭候在城门口，见老爷走来，便对身后几十个光着脊梁的男人说："伙计们，准备走！"然后迎上去对老爷说："人都到齐了。"老爷看了一眼光脊梁的男人们，说："到齐了就走！"又对来福说："我把村子就交给你了。"来福感动得眼睛里闪着光亮，说："你们路上小心哪！"

一群半裸的男人跟在莫老爷身后向城外走去。这时，光棍喜娃失急慌忙跑了过来，边脱衣裳边说："等一等，我也要去！"来福拦住喜娃，说："你个烂脏货凑啥热闹哩！你去还不糟蹋了神塔！"喜娃将上衣往腰里一系，只管往外走，说："你才糟蹋神塔哩，我比你干净，我还没沾过女人哩，浑全着呢。"来福还想阻拦，老爷回头说："难得他一片好心，就让他跟上走吧。"

鸡叫二遍的时候，祈雨的人群刚好经过麻峪沟口，他们听见了麻峪沟隐约的鸡鸣。莫老爷走在祈雨队伍的最前面。山里没有一丝风，闷热而寂静，仿佛满世界的风都在睡觉。火光将四围的黑暗极力推开，却使黑暗更加厚重无边。黑暗不即不离死死地包围着这些夜行人，偶尔有一两只不知名的鸟儿从头顶或脚下惊飞，发出几声怪叫，声音干涩而可怖。匆匆行走在山道上的人们沉默不语，只有自己的脚步和咚咚的心跳声在空旷的山野里回响。他们取下脊背上的桃木棍握在手里，眼睛机警地注视着周围。家丁们手里提着枪守护在老爷身边。老爷听到了他们粗重的喘息声，说："你们不用紧张，自己走自己的，不要管我。这段路窄，小心踏空了跌到沟里去。"

莫村祈雨的人一路提防着，一直走到神塔底下，也不见老六动手。太阳从东边升起来之前，他们已经做好了祈雨的各种准备，莫老爷带头跪了下去，男人们也跟着哗啦跪了下去。

"天干了，着火了，旱得世人难活了；神石塔，神石头，请你天上走一走；求爷爷，告奶奶，祈求落雨水长流……"

莫老爷念一句，身后的众人就跟着念一句。

天上烈日如焰，火星纷纷坠落。老爷从未见过日头的脊背渐渐变红变黑，滚烫的汗水和炙烤出的油汗流到了裤腰上，在那里印出了白色的图案。他们跪在那里，面朝黄土背朝天，将日头艰难地从东山背到西山。那日头也累坏了似的，就势软软地滑到山那边去了。

祈雨结束了。老六仍没有出现。

莫老爷明白老六为什么没有动手。老六是地道的庄稼人出身，他知道祈雨的重要，在祈雨前和祈雨中他不敢动手，怕打搅了神圣的祈雨仪式。现在这个仪式结束了，他该动手了。说不定他已经埋伏好人马在半道上等着呢。

莫老爷神情镇定地朝山下走去，边走边跟身边的人说笑，甚至还吼了一段秦腔，以说明他根本就没有把老六放在眼里。他嘴上说终于完成了一件大事，这下好了，天就要下雨了，可心里却十分瞀乱，脚底下有些发软。但他不能让村里人看出他的担心，必须保持大掌柜沉着冷静的威势。离沟口越近，他说话的声音越响亮，好像是专门说给老六听的。驴日的，你来呀，老子不怯火你！

人们更加佩服老爷了，心里想，人家不愧是大掌柜，就是胆子正！莫村有这么个强人撑着，啥时候都不会有事的。

越接近麻峪沟，莫老爷越心虚。路过鹞子嘴时，天已经黑了，莫老爷心里更加慌乱。鹞子嘴有一道高高的前扑着的土崖，其形状像一只即将扑向猎物的鹞子，一边是山坡，一边是深沟，脚下是一条窄窄的羊肠山道。要是老六在这里设伏，等他们走到中间时，两头一堵，从山崖上往下开枪滚石头，他们这几十个人一个也别想跑掉。他心里这么想着，嘴上虚张声势地说着话，一慌张，跌了一跤，骨碌碌滚下了山坡……

人们在沟底找到老爷的时候，他已经昏了过去，满脸是血。光棍喜娃费了好大劲才将老爷背上山道，背出了麻峪沟。

老六始终没有露面。

莫老爷摔伤了一条腿，躺在炕上，心里想：把他家的，自己把自己吓了一跤，真丢人啊！但村里人反而因此更敬重他了，几乎所有的人都来看过他，院里的六个头号草笼放满了人们送来的鸡蛋。

尽管莫老爷为了祈雨付出了沉重的代价，但老天还是没有下雨。

太婆要亲自出面祈雨了。她在院子里摆上银供桌、金香炉，又糊了龙王像，恭恭敬敬地供奉在香案上，然后焚了三炷香，颤颤巍巍地跪了下去。院里院外拥满了女人，从院里一直铺排到了巷道里，她们跟着太婆也哗啦跪了下去。

太婆唱："龙王哥，龙王哥，天不下雨咋着哟！天干咧，地黄咧，娃娃大小饿忙咧。毛头女子一串串，祈天祈雨求神仙。我给龙王洗头哩，下得满地水流哩；我给龙王洗脸哩，涝池壕壕流满哩；我给龙王洗腿哩，大雨下得可美哩；我给龙王洗脚哩，谷子糜子打多哩。哟！风来了，雨来了，龙王噙着水来了……"

又唱："金香炉，银供桌，下雨就在今后个。东望望，西眺眺，下些雨儿地潮潮。东旮旯，西旮旯，下些雨水就好啦。东沟里，西沟里，大雨小雨都下哩。祝愿大风刮河滩，祝愿大雨落平川。好雨下到田地里，好麦收到大囤里。年景好，吃饱饭，女人供礼表心愿……"

但雨还是一直没有下来。一连多日，日头明晃晃地挂在天上，晒得祈雨的女人头皮发麻。

太婆祈雨也失败了。

太婆说："都是你们打打杀杀作孽作的！年馑就要来了，你们就等着死人吧。"

年馑真的就来了。村里有人开始吃了上顿没下顿，有一两户人家已经揭不开锅了。

学校停止了上课，天佑和天顺也回来了。这对双生子已经长成大小伙子了，精干健壮，嘴唇上有了毛茸茸的胡须，说话也没有了孩子腔，瓮声瓮气的，底气很足的样子。他们一回来，满院子都是他们高大的身影和洪亮的声音。

莫鹏举喜欢这样。看着两个儿子在院子里走来走去，心里有种说不出的高兴。莫家后继有人了,他想。他打心眼里喜欢这一对双生子,喜欢天佑的直率和聪明,喜欢天顺的听话和寡语。他们有着截然不同的性格,他分不出哪个更好、更让他喜欢,但重要的是他们都是他的儿子。以前他并没有在意他们,现在他们长大了,好像一夜之间就呼啦啦长大了,他不能不注意他们了。他不再把他们当小孩子看待,他们的聪明和健壮,让他羡慕,让他满意。

他喜欢他们,还有另一层意思。他从他们脸上找到了二太太的影子。那是一个多么让他销魂和爱怜的女人啊!她早早地走了,给他留下了许多遗憾和这两个像她一样出色的儿子。他想念她,因而就更加疼爱他们。

自从天佑和天顺回来,莫鹏举就更少关心天奇了,他把所有的目光都罩在了天佑和天顺身上,好像他只有两个儿子似的。

老爷对三太太说:"他们长得多快啊,都快赶上我了。"

三太太不冷不热地说:"是啊,他们长大了,可你却变老了。"

"他们在撵我啊,撵着撵着,我就老了。"老爷心情很好,只管高兴,没有听出三太太话里有刺。

"他们会把你撵到坟墓去呢!"三太太说。

老爷一愣,心里闪过一丝不快,但他故意说:"是啊,我迟早得进坟墓,迟早要把这份家业留给他们的。"

这话更刺激了三太太,她恶毒地说:"他们迟早也得进坟墓,人迟早都得进坟墓!"

老爷脸上的笑容没有了,他想发作,但终究没有发作。她显然在嫉妒那两个儿子。女人嘛,就是这样小肚鸡肠,他并不十分计较。

老爷猜得没错,三太太是在嫉妒那一对双生子。看到呆坐在城墙上傻里傻气的儿子,再看看人家聪明健壮的儿子,心里就像针扎一样疼痛。她嫉妒,她恨,她不想让莫家的家业最后落到这一对双生子手里。嫉妒,是一剂毒药,会让女人干出比毒药还要毒的事情。夜里,三太太悄悄在自己的两只鞋垫上绣了两个一模一样的小人,心里说:这个是天佑,这个是天顺,我要把你们踩在脚下,踩在一个女人的脚下！我将天天踩踏着你们，让你们永世不得翻身！我要踩死你们！咒死你们！！

这一年，关中渭北一带几乎颗粒不收。还没到秋天，莫村大部分人家就断粮了。人们一窝蜂拥向苜蓿地，开始抢割苜蓿。还有点余粮的人家，担心那点粮食吃不了几日，也加入了抢割苜蓿的行列。不到半月，周围所有的苜蓿都被人们抢割一光，像用剃刀剃过一样，露出赤红的地皮，连苜蓿根也被刨了个干净。没有了苜蓿，人们又开始抢挖野菜。家里还剩有一点高粱的人，夜里悄悄从炕洞里取出来，三分高粱七分野菜掺着吃。高粱吃多了屙不下，夫妻撅起尻子相互用树棍往外掏。野菜也很快找寻不到了，人们就剥食树皮。开始是榆树，榆树皮比其他树皮好吃，后来连槐树皮、杨树皮也吃，人们已经到了饥不择食的地步。树皮也很快被剥光了，剩下一排排白生生的光树干，村里便开始死人了。

太婆说："这才是刚开始，以后还要死更多的人。"太婆一生经历过十一次年馑，可从来没有见过这么厉害的年馑。她说："光绪初年，关中连续三年大旱，村里死了几十个人。这次比那次还要厉害，贵生的棺材铺又要发财了。"

太婆的话像阴风一样刮遍了整个村子。人们更加害怕了，村里到处都能听到女人的哭声。后来可能是因为饥饿想省点力气吧，人们不再随意哭啼了。村子里死一般的沉寂，只是在哪家新死了人后，才会爆发出一阵底气不足的干号。

这段日子，莫老爷经常想起草姑和小琴。

自从草姑上次在河滩里拦住他，明确告诉他小琴是他的亲生女儿后，他就更加留心小琴了。小琴和天奇、黑蛋经常在莫家大院玩耍，莫鹏举越看越觉得小琴像自己的女儿，便相信了草姑的话。问题是，即使小琴真的是他女儿，他也不能承认。承认了，就等于承认自己乱伦，他的这张老脸往哪儿搁？往后他还咋说别人，还咋在人前走动？他上山祈雨摔断了腿后，村里家家户户都来人看过他了，只有草姑没来，他知道她在生他的气呢。其实，他早已从心里认了小琴这个女儿。每一回见到小琴，他心里就会涌起一种暖暖的父爱，有时甚至想把小琴拉到怀里搂一会儿，摸摸她的两条羊角小辫。有一次，他真的试图这样去做，可是小琴像受惊的兔子，挣脱他的手跑了。莫鹏举心里很不是滋味，觉着挺对不起她们母女。他想，有机会还是要照顾她们母女的。

现在，机会来了。

他让管家给草姑送去了三斗麦子两斗玉米。以前他是不敢轻易送给草姑东西的，她是个倔强的女人，是不会轻易接受施舍的，尤其是他的施舍。多年前，她不是把管家多给的奶钱如数退回了嘛！去年他想给她一些钱和土地，她也拒绝了。这个女人不那么爱财，不爱财的女人不好对付。然而现在是年馑，哪个快要饿死的人会把送到嘴边的粮食推开呢？可是他没有想到草姑又一次拒绝了他，管家又把粮食背了回来。管家说，那女人不识抬举，说就是卖×要饭，就是饿死，也不吃老爷送的粮食。莫鹏举倒吸了一口凉气："她竟然连一个赎罪的机会也不给我，她到底想干什么？"

更让莫鹏举吃惊的是，几天后村里传说草姑为了养活儿女，她的炕开始向村里村外所有男人开放了，只要谁能给她吃的，谁就能上她的炕。

在后来的日子里，村里许多男人背着自己的女人，怀里揣上半升粮食或一个馍，偷偷上了草姑的炕。外村的男人听到了风声，也源源不断地找上了草姑的门。有生意的时候，草姑就把儿子憨憨和女儿小琴哄出去，或赶到草房里去睡觉。憨憨老实，不知道妈在干什么。小琴心细，觉出妈做的不是什么好事。一次，小琴忍不住问："你整天到底忙活些啥？"草姑说："忙啥？还不是忙活三张嘴！"小琴不再问了，一个人躲进草房悄悄抹泪去了。

莫鹏举的腿还没有好利索，就拄着拐杖走了出来。

几个月躺在炕上不动窝，他心里憋闷得慌，想在村里走一走。他不能长时间地脱离他的村民，他要经常出现在他们面前，让他们时刻感觉到他的存在，感觉到他的威势。他要让村里人知道，他拄着拐杖也是掌柜的。这里是他的领地，他要时常在领地上走一走才是。双脚踏在这块领地上，他感到满足，感到踏实！唯一让他感到不安的是，他的领地正在遭受着年馑。

面黄肌瘦的村民们，看到自己的掌柜时十分震惊，不相信莫老爷的腿这么快就好了。伤筋动骨一百天，这才多少日子就好了？人们纷纷走过来跟莫鹏举打招呼，说老爷的命就是硬，大难不死必有后福啊。说老爷有了福，我们也就有福了，我们跟着老爷沾光哩。莫鹏举知道这是在恭维他，他喜欢这样的恭维。他对人们笑了笑，继续往城外走去。

可是在城外，他碰到了村里唯一不恭维他的人，这个人是草姑。他想起了有关草姑的许多闲话，把脸一沉，拿出大掌柜的架势，冷冷地问："你咋干那号丢人丧眼的事了？"

草姑浪笑一声："你来我照样接待，只要你给我吃的就行。"

"你咋变成这个样子了？一点不顾脸面！"莫鹏举说。

草姑说："谁不顾脸面了？×是我的，我想给谁日就给谁日，与你尿相干！我卖×我高兴我愿意，我一不偷二不抢靠自己本事吃饭，咋就不顾脸了？"

"你那也叫本事？"莫鹏举叹口气说，"人不要脸，比猪狗还难认！"

"我不要脸？是谁把我变成一个不正经的女人？是谁不要脸勾引了我？在这个世上，谁都可以这样说我，就是你没有资格说我……"

莫鹏举见草姑越说越气，怕她说出更加难听的话，转身气哼哼地一瘸一拐走了。草姑看见莫鹏举拄着拐杖走路的样子，心满意足地发出一阵浪笑，说："你可要慢些走啊，小心跌倒了，再跌倒可就爬不起来了……"

石匠家早已没了粮食，但他有办法维持生计。他会撵兔。他和他的细狗在城外偶尔能撵到一两只兔子。兔肉香弥漫了半个巷道，村里人边咽口水边说，以前说人家石匠养狗撵兔不务正业，现在这细狗还真派上了用场，早知这样咱也不如养条细狗。从前，石匠撵到兔子总是先剥了皮，再将肉炒了吃，兔皮一溜儿挂在屋檐下，等晒干熟过后，再做成皮帽、套袖、耳套自个儿用，用不完的有时也送乡邻，有时也拿到庙会上去卖钱。可是现在情形不同了，石匠再也舍不得剥下兔子皮，而是用滚水将兔子烫过之后，去毛，连皮带肉一起吃。饥荒年月，兔子也越来越少了。后来石匠一连几天连根兔毛也撵不到了。那条细狗也越跑越细，跑不了几步就得趴在地上伸长舌头大喘气。人都没有了吃的，哪还有狗的吃食？

在石匠的细狗再也撵不到兔的时候，村里开始一个接一个地死人了。

起初，活着的亲人还从棺材铺买了棺材，哭哭啼啼吹吹打打抬出去埋葬。后来就没人买得起棺材了，死了人用草席一卷，悄悄抬出去一埋了事，甚至连哭声都渐渐听不到了。对于死亡，人们已经习以为常了，不再恐惧，不再悲痛欲绝，似乎死的人不是走进坟墓，而是出门走亲戚了，要不了几天就会回来。有的人死了，草席也买不起，甚至埋都懒得埋，胡乱扔在野外的圪崂里，让狗啃狼撕。这年头，活人都顾不了了，谁还顾得了死人。有人把死人抬到野地里，自己也断了气，也死在了尸体旁。

那些日子，城外的野地里到处都是死人，烈日下或静夜里，经常能听到尸体噼啪炸裂的声音。

棺材铺的生意也一天不如一天了。贵生说，人越死越多，棺材却越卖越少，这世道真日怪！

草姑的炕也清冷起来了。再贪腥的男人，家里的粮食总是有限的。没过多久，草姑用身子挣来的一点点粮食也吃完了，她把憨憨和小琴反锁在屋里，自己开始沿街乞讨。饥荒年月，谁家都缺粮食。草姑每天讨回来的东西，不够三个人塞牙缝的。草姑心疼年龄还小的小琴，每次讨回来吃的，总是把憨憨哄出去，先让小琴吃。憨憨不憨，他知道妈哄他出去的用意，装作没事人似的高高兴兴地走了，估计妹妹吃完了，才走回来。憨憨越来越瘦，几乎只剩下一副骨头架子了，仿佛一口气都能吹倒。他眼睛深陷，脖子细长，一双干黑的小手鸡爪子似的，样子十分吓人。

终于有一天，憨憨倒在了炕上。憨憨饿得身上直冒虚汗，后来饿过了劲，也就不觉得饿了，脑袋晕晕乎乎飘飘悠悠，像是沉浮在云雾里。憨憨有气无力地说："妈呀……你偏心眼……吃的都给了妹妹……我不是你亲生的……"

草姑哭了，搂住儿子说："好儿子，妈对不住你……妈实在没有办法，你妹妹还小，经不住饿……你别怨妈……"

憨憨扯了扯嘴角，想笑一下给妈看，但没有成功，他说："妈，我不怨你……我也心疼妹妹……咱家就我一个男人……等我长大了，一定让你和妹妹吃得饱饱的……妈呀，我饿……啥时候我们才能有吃的……"憨憨哼唧着"饿呀……饿呀……"

后来憨憨哼不出来了，眼睛睁着，呆呆地望着黑乎乎的屋梁，半天不眨一下。几只苍蝇在脸上飞来飞去，有时落在了眼睫毛上，他也不眨一下。

草姑哭着跑出去给儿子要饭。她一路走一路哭。她想好了，这回要回来的饭无论如何也要给儿子吃。她在心里喊：儿子，你再忍一忍，妈很快就回来！

草姑好不容易讨到了半个黑馍，揣在怀里急急往回跑。半路上遇到了一个黑瘦的男人，男人狼样的眼睛死死地盯住草姑的胸脯，还没等草姑反应过来，男人就扑了过来，一双黑手伸进了草姑的衣襟里。男人没有抓揉草姑的奶子，而是迅速地抢走了那半个黑馍，转身就跑，一边跑一边往嘴里塞。草姑在后面追，追上了，但那半个黑馍早已进了男人的肚子。男人抹了抹嘴，对她嘿嘿傻笑……

等草姑再讨到半个馍回到家里时，儿子憨憨已经死了。

草姑为了女儿小琴，活活饿死了儿子憨憨。

莫鹏举听说后，流下了眼泪。草姑在只能保住一个孩子性命的情况下，选择了小琴，这让他很感动。他明白了，这女人是在用这种特殊的方式跟他斗气，想让他永远感到惭愧，一辈子良心不安生。

莫鹏举又一次让管家给草姑送去五斗粮食，草姑还是不肯接受。莫鹏举知道自己又多了一个仇人，一个感情上的仇人。

16. 捕鼠队

莫鹏昊在桃花沟口架起了三口铁锅，开始向饥民们舍饭了。

西北风将饭香一阵阵送到莫村人的鼻子底下，想拦都拦不住，硬是往里钻。莫村人更加感到饥肠辘辘，空肚难忍。他们眼巴巴地看着城外的饥民成群结队地向桃花沟跑去。开始，谁也不好意思去吃仇人的嗟来之食，可是后来还是有人抵挡不住饭香的诱惑，将锅黑胡乱往脸上一抹，悄悄加入了饥民的队伍。最先去的是光棍喜娃，后来一个、两个、三个，许多人都去了。只要看见脸上有锅黑的，十有八九是莫村人。

在这饥荒年月，谁还管仇不仇的，还是填饱肚子要紧，什么都没有活着重要，再说脸上不是还有锅黑嘛！人一旦将脸面遮了起来，也就将羞耻心收起来了，干什么事都不觉得难堪。莫村人想，不吃白不吃，肚子交给了桃花沟，可这心还留在莫村哩。

很显然，莫鹏昊这是在收买人心。看着村民脸上抹了锅黑偷偷跑向桃花沟，莫鹏举心里很不是滋味。他早就想这么做了，只是想等自己的腿再好一些了再开始舍饭，没想到却让桃花沟占了先。他不能再等了，再等会更被动，他决定马上开始舍饭。

他吩咐管家："我们明天开始舍饭！桃花沟只舍粥，我们不光舍粥，还要舍馍，舍麦面馍！桃花沟三口大锅，我们架六口大锅！一定要把饥民都吸引过来！"

第二天天不亮，莫家的下人们就开始忙碌了，他们在顺阳河滩支起了六口大锅，三口蒸馍，三口熬粥。饥民们见莫老爷也开始舍饭了，而且饭场明显比桃花沟的气派，就在半道拐了弯，一窝蜂地拥到了河滩来。莫鹏举拄着拐杖稳稳地站在那里，锅里的稀饭已经熬好，咕嘟咕嘟冒着热气，蒸笼里的麦面蒸馍也已出锅，香气四溢。

莫鹏举对管家说："开饭吧！"

莫鹏举一手拄着拐杖，一手给饥民们盛饭。他一直这么站着，直到日头偏西。饥民们很感动，说，老爷您腿脚不方便，回去歇着吧，您能舍饭我们就已经感恩不尽了，哪忍心让您一直这么站着亲自舍饭！莫鹏举说，四村八寨天天都在死人，我心里着急坐不住啊！我站在这里眼看着大家吃饭心里才踏实。饥民们说，我们只见过舍粥，还从来没见过舍蒸馍，莫老爷您是个大善人哪，这饭舍得实在！您救了我们一命，我们一辈子都忘不了您！

莫家除了太婆几乎所有的人都上了舍饭场，天佑、天顺、大太太、三太太，小菊也来了，他们给饥民舀稀粥，给饥民发蒸馍，充分享受着富裕带给他们的尊严和荣耀。莫家几十个家丁跑前跑后维持着秩序。吃饱喝足的饥民，四仰八叉地躺在河滩上晒太阳，等肚子饿了才爬起来又去吃舍饭。小菊和太太们在饭场上只站了一天，就腰酸腿疼得站不住了，哼哼呀呀地让丫鬟搀回了家。莫老爷拄着拐杖站在那里，始终没有离开舍饭场一步。

舍饭场上人手不够，管家从饥民中挑出几个小伙子，填补了太太们的空缺。这几个饥民一下子从被施舍者变成了施舍者，心里有种说不出的满足感，甚至有时会产生一种错觉，以为自己就是施主。只有到了晚上回到饥民中间，闻到那种刺鼻的恶臭气味，他们才回到了现实里。说到底自己还是吃舍饭的饥民，白天只不过是过了一把施主的瘾罢了。

没过三天，桃花沟就被比下去了，去桃花沟的饥民不及莫村的一半。莫村除草姑外，再也没人脸上抹了锅黑去桃花沟。草姑每天宁愿绕过河滩，多跑十几里路到桃花沟去排队，也不愿意吃莫鹏举的舍饭。

半个月后，政府的赈灾粮食发放下来了，但没有直接发放到饥民手里,而是在县城外面的空场上开了一个粥场。学校也恢复了上课,天佑、天顺回城上课去了。听说县政府也在舍饭,政府的舍饭肯定比私人的好吃,河滩里一些饥民就跑去了。但他们很快就回来了,说狗日的县长克扣了赈灾粮,粥场的粥稀得能照见人影影,跟白开水没啥两样,一泡尿就尿没了,还是莫老爷的舍饭实在,能填饱肚子。人们一听这话,更加感激莫老爷了,说莫老爷比政府强,莫老爷就是政府,莫老爷才是我们真正的救命恩人啊!

莫家粮仓里的粮食迅速减少,照这样舍下去,最多只能坚持两个月。为了使舍饭的时间拖得更长,莫鹏举在一个月后,不得不停止了舍馍。他对河滩里的饥民说:"乡党们,实在对不住了!连续一个月舍饭,我的粮仓快要空了,从今儿个起我们细水长流,只舍粥不舍馍了,请乡党们见谅。但我要告诉大伙,只要我莫鹏举还有一粒粮食,这饭我就会继续舍下去。我莫某人吃稠的,绝不会让大伙喝稀的!"

这一席话入情入理,说得饥民们感激涕零,纷纷跪倒在地:老爷能舍我们一口饭,我们就已经感恩戴德了,哪还敢弹嫌稀稠!

莫鹏举眼含热泪,说:"乡党们快快起来吧!天灾人祸,这也是没有办法的事情,大伙都难哪!从现在起,我和大伙一起吃舍饭,喝稀粥。"说完真的盛了一碗稀粥,站在那里吸吸溜溜地喝了起来。

饥民们一片喧腾:"莫老爷真是大善人哪!"

桃花沟莫鹏昊的家底毕竟比不过莫鹏举的,一个月后就明显撑不住了,到了第三十六天,桃花沟舍饭的三口铁锅便悄悄地撤了。

莫村还在继续舍饭,只不过粥比以前更稀了。再稀的粥也是粥啊,也比凉水强。更多的饥民拥到了顺阳河滩,人越聚越多,已经蔓延到了莫村城墙根。人一多,事就多。村里开始丢东西,先是粮食,后是衣具,最后连被褥也丢了;夜里河滩上经常发生女人被强奸、轮奸的事件;白天男人们为争抢饭食,经常打架斗殴甚至杀人。顺阳河滩每天都要死一两个人,不是饿死的,就是抢吃食物相互打死的。莫家的几十个家丁跑前跑后维持秩序,根本就忙不过来。后来,竟然发生了饥民殴打家丁的事件。

莫鹏举感到事态越来越严重，几千饥民拥聚在河滩里，谁能保证不会发展到冲进村子来，哄抢了莫家的财产？这不是引火烧身嘛！再说桃花沟早已败下阵来了，再舍下去也没有了意义，有多少粮食也经不住这样舍啊！莫家已经舍了两个月饭了，也对得住村民了，到了该收场的时候了。

这个场不好收啊！

莫鹏举拄着拐杖站在那里，一脸无奈地对饥民们说："乡党们，我的粮仓已经空了，无法再舍饭了，大伙还是散了吧……"

饥民们不走。他们不信。

管家说："粮仓真的空了，大伙就别难为老爷了。人要知足啊，老爷拄着拐杖天天来给大家舍饭，好吃好喝招待了两个多月，已经够仁义的了！"

有饥民也说："老爷确实够意思了，我们走吧，再到别处想办法吧。"

但更多的饥民还是不想走。吃惯了舍饭的他们，肚子问题一下子又没了着落，脑袋里出现了空白，不知脚该往何处去。

莫鹏举见这阵势，不得不当众宣布："我的所有佃户，免交一年的粮租，以前的旧账也一笔勾销！"

饥民哗然，他们没有想到莫老爷会这样慷慨。

"走吧，莫老爷已经把话说到这个份上了，还想咋样？"

"吃屎的把屙屎的给箍住了，世上哪有逼人舍饭的道理？"

"走啊，走吧。"

一些人开始慢慢离开了顺阳河滩。还有一些人仍然固执地等着，见莫家搬走了铁锅，连炉灶都踢踏了，这才彻底死了心，三五成群地离开了河滩。

有几个饥民死活不走，他们躺在阳光下等死。走也是饿死，不走也是死，还不如就这样躺着等死，省得跑来跑去的白费力气。躺在这里，至少还能闻到昨日饭食的余香，回忆过去的好日子，这样死去也是一种幸福。等待死亡毕竟不是一件容易的事情。他们饿得实在撑不住了,就重新爬起来,开始在河滩的石头缝里寻找人们前些日子散落下来的米粒和馍渣。几只不知趣的老鼠也跑出来觅食,大胆地在他们脚边窜来窜去,有的甚至还公然跳上了他们的脚面。饥民们正在为找不到食物而恼火,老鼠一来更惹恼了他们。

"好啊,你也跑来与老子争食,老子先吃了你!"

他们没有费多大劲,就把几只饿得已经跑不动的老鼠捉拿到手。他们活剥了老鼠的皮,然后用树枝从后面直捅进去,挑在火上烤。还没有死利索的老鼠在树枝上胡乱踢蹬,血红的身子不住痉挛,但没过多久,它们就不再动弹了。老鼠被火舌舔得焦黄,吱吱冒油,肉香立即飘溢在河滩上空。饥民们垂涎欲滴,嘿嘿地笑。他们嘴里咝咝地直吹冷气,急不可耐地分食了鼠肉。他们已经很久没有吃到肉食了,几乎忘记了肉的滋味,所以吃得很香,只需三五口,一只老鼠就囫囵进了肚子。

吃完老鼠,他们突然明白了一个道理:不能坐以待毙,好死不如赖活着;要想活着,就必须主动出击,捕猎食物。老鼠是目前最好的食物。他们手提铁叉、树棍,在河滩上开始了卷席式的捕猎行动,看见一只叉一只,很快铁叉上就叉了一串。他们还幸运地捡到了一口小铁锅。他们给铁锅里注满了水,然后架在火上烧,等水沸腾了,再把在铁叉上还吱吱乱叫的老鼠用手一捋,老鼠就像下饺子似的扑腾腾掉进了锅里。老鼠顽强而壮烈地在开水锅里跳跃扑腾,继而沉到了锅底,又咕嘟嘟冒着泡泡浮出水面。这样煮出来的老鼠,不仅可以食肉,而且还可以喝汤,他们很满意。

有了老鼠肉,最后留在河滩上的几个饥民不仅没有被饿死,日子反倒比吃舍饭时还要滋润。光棍喜娃和走出不远的一些饥民,闻到了鼠肉的香味,又折了回来,学着那几个饥民的样子捕捉老鼠。人多鼠少,饥民们为争夺老鼠开始争吵打架。经过协商,他们划定了各自捕猎的地盘和区域。没过几天,顺阳河南岸的老鼠就被捕猎一空了。饥民们又转移到了北岸,北岸的老鼠也很快被捕猎完了。饥民们又自发组成一支奇特的颇具专业性质的捕鼠队,手持棍棒刀叉,逐渐向河滩以外的地域拓展。

捕鼠队来到莫村城下，莫村人紧关城门，拒绝入内。有人站在城墙上喊："你们到别处去吧，我们村里的老鼠自己能对付！"

喜娃站在城外说："那你们得让我进去呀！"

城墙上的人看见真是喜娃，便开了城门放他进来，仍然把捕鼠队的其他人拒之门外。捕鼠队的人大多是外乡人，强龙不压地头蛇，知道莫村的莫老爷厉害，不敢强行进城，扭头又到别处去了。

莫村人在光棍喜娃的指导下，很快掌握了捕猎老鼠的一套方法。一生窝囊的喜娃，这回可成了莫村的红人了。有人说，烂脏喜娃如今是母牛掉到酒缸里——最（醉）牛逼！说归说，喜娃是该咋牛逼还咋牛逼，谁让人家懂捕鼠的技术呢！村里邻里关系好的，走门串户，没啥礼物，也多以老鼠相赠。老鼠成了饥荒年月最好的礼物。

被莫村赶走的捕鼠队，走街串巷，像一台播种机，走到哪里就把捕鼠的方法传授到哪里，他们一边走一边实践一边总结经验。对于捕鼠队的人来说，没有他们对付不了的老鼠。人们遇到刁钻难捕、老奸巨猾的老鼠，就请捕鼠队的人现场指导。捕鼠队的人总能用烟熏、火燎、水淹、土呛等二十七种方法，使老鼠束手就擒，战果当然要平分。

老鼠总归有限。不到三个月，渭北平原上的老鼠基本上就绝迹了。关中大地，一片荒凉，路上到处是饿死的人。许多尸体缺胳膊少腿，女人胸脯、男人大腿上的肉不知被谁挖走了还是被动物啃食掉了。野狼夜夜嗥叫，有时大白天也能看见它们在撕扯尸体。

一个半大孩子看见捕鼠队的铁锅里煮着一条人腿，仓皇逃回村子，进村就喊："捕鼠队吃人肉了！捕鼠队吃人肉了！"

可是，村里人像是一下子都变成了聋人，谁也没有听见他的话，仍然忙着自己的事情。

孩子继续喊："吃人了！吃人了！"

还是没人理他。

孩子吓哭了，不知道村里人这是怎么了。孩子跑回家，家里人正在吃包子。饥饿的孩子抓起一个包子就吃,却在包子里吃出了两片手指甲,吓得哇地吐了出来……

年馑里,莫村一共死了七十二个人,是村里总人数的六分之一。死了这么多人,在渭北地区众多的村子里并不算什么,有的村子死得只剩下几个人,有的村子都死绝了。应该说莫村是幸运的。村里人说,这都多亏了莫老爷!

据天奇的儿子后来考证:"民国"十八年,陕西受灾地区多达八十余县,关中渭北地区尤为严重。全省人口由九百四十多万迅速减少到六百五十万,饿死人口二百五十万,逃往外省觅食求生者四十万人。

天奇少爷却是不愁吃穿的。吃饱饭后,他就爬上城墙,坐在他常坐的那块石头上,看城外的捕鼠队捕捉老鼠,看人们在尸体旁挥刀忙碌。夜里,城外闪动着一群群饿狼的绿眼,像无数星星坠落在地上,一明一灭。饿狼为争吃人肉相互撕咬、嗥叫,黑夜成了野狼的天下。也只有狼,才敢在黑夜里游荡。

天奇看见石匠将他亲爱的细狗挂在了门口的歪脖子榆树上,细狗无力地踢腾着四只干蹄,像一根布条在空中飘荡。石匠迎面给细狗泼了一瓢冷水,细狗四蹄一蹬,立时没了气息。石匠用一把尖刀剺开狗嘴,然后毫不犹豫地挑开四蹄的皮肉,将尖刀咬在嘴上,双手像脱衣服一样,三下五除二就把整张狗皮脱了下来。狗赤条条地挂在那里,嫩红干瘦的身子怕冷似的痉挛了一下,又痉挛了一下,然后就不动了。天奇打了一个寒战,像是自己的皮被人剥下来一样。在天奇眼里,石匠是一个令人十分恐惧的人,以至于以后好多年里,他见到石匠时也禁不住要哆嗦一下。

兔死狗烹,人是动物中最不仁义最残忍的东西。饱暖时用狗撵兔取乐,饥饿时用狗捕食充饥,夜里还要让狗看家护院,可一旦狗再也撵不到兔子一无用处而人又饥饿难耐的时候,人就残忍地杀了自己昔日的伙伴和朋友,以保全自己的性命。人性不如狗性,狗不嫌家贫,人却能与狗同富贵而不能共患难。

那天夜里，天奇做了一个可怕的梦。他梦见自己被人剥了皮，身体轻得像一片纸，不停地在旋转，而后双脚突然飞离地面，但他用了很大力气，却怎么也飞不高。他费力地飞翔在阳光灿烂的田野上，狼群露出狰狞的嘴脸追逐着他，争相跳跃着想咬住他的腿脚，它们露出白森森的长牙，好几次几乎咬住了他的脚。他奋力地飞呀飞呀，感觉双臂累极了，似乎马上就会断裂，但他不敢停下来。他一停下来，就会掉进饿狼空洞的嘴里。他看见许多残缺不全的尸体也在空中飞舞，有的没有了腿，有的没有了头，有的甚至没有了飞翔的双臂也照样飞翔。那些飞舞的尸体惊叫着、哭啼着，或者嬉笑着跟在他身后，像一群毫无目的的乌鸦。后来他实在飞不动了，双臂早已折断不知去向，他像一只被击中的乌鸦，扑棱棱掉进了狼群的口中……

天奇惊醒了，出了一身冷汗。他再也无法入睡，起身爬上城墙。城外真实的绿莹莹的狼眼还在闪动。他摸出那支羊骨羌笛，凄凄婉婉地吹了起来，吹了很久很久。后来，他就看见了那桩奇怪的事情——

院子里那间经常闹鬼的屋门被一个黑影呀的一声打开了，那声音在夜里十分响亮，像是屋门见了黑影发出的惊叹声。接着，另外几个黑影也跟了进去。黑影们一趟又一趟地从屋子里扛出一袋又一袋沉甸甸的东西，放在早已停在大门口的马车上。三辆马车装满后，悄无声息地驶出了城门。赶马车的黑影点起火绳，在空中抡动，抡出一个个好看的火环。天奇知道他们这是在驱赶野狼。果然，刚才还疯狂的狼群见了舞动的火绳，仓皇地逃出老远，停留在自己认为安全的地方虚张声势地嗥叫。火绳在夜空中划出的美丽光环，渐渐消失在看不见的远方，与天上的流星融汇在了一起。

这件奇怪的事情一直延续了十多日。三辆马车夜里出去，第二天夜里再回来，两头不见日头，神不知鬼不觉的。天奇不明白那些黑影到底在干什么，那间屋子里怎么会有那么多东西。

有天夜里，马车又回来了。天奇想看个究竟，就走下城墙，与刚走进院子的黑影碰了个正着。天奇认出来了，是管家。

管家没有理天奇，冲屋里低声喊："快来呀，我背了一只狼！"

天奇探头一看，管家背上果然背了一只狼。管家的头顶着狼脖子，双手死死抓着狼腿，狼的脖子长了许多，管家的脖子短了许多。

先进门的几个黑影抄着家伙围拢了过来。天奇认出他们全是家丁。

管家说："愣着干啥？快打死它！就在我的背上打！"

家丁们挥舞着棍棒硬是在管家脊背上将狼打死了。管家把狼像摔一袋粮食一样扔在地上，用脚踢了踢，不见动静，这才舒了一口气，骂家丁说："你们几个狗日的，只管自己走，也不等我！我说屙泡屎让你们等一等，等我提起裤子你们早跑得没了人影。后头有人搂住了我的肩膀，我以为是你们哪个在跟我耍笑哩，就说甭胡尿闹，我裤子还没系上呢。后面没有声音，我扭头一看，妈呀，是只狼！"

说着，管家做了一个向后看的动作，他的身子并没有扭动，头却大幅度地扭向身后。天奇吃了一惊：这不是狼顾吗？这么多年他怎么没有发现管家有狼顾相？难道刚才背了一只狼，他就有了狼顾相？在天奇眼里，管家一下子变成了一个十分可怕的人，因为有狼顾相的人，都是阴险狡猾、心狠手辣的家伙。

第二天早上，天奇听到管家对他爸说："不出老爷所料，粮价涨了十几倍，像长疯了的蒿草。这回我们净赚了这个数……"

莫鹏举说："干得不错，我要奖赏你！"

17. 奇异的虫子

又一个冬天来临的时候，天奇的屋子里飞来了一只长有翅膀的奇怪的虫子。这虫子一拃多长，通身呈墨绿色，前翅狭窄坚韧，后翅宽大柔软，两条后腿长而有力，跳跃能力极强。

天奇从来没有见过这么大的虫子，它既不像蝈蝈，又不像蚕蛾。蝈蝈天奇见过，夏天从野地里捉来，用一根细草拴住，或装进麦秸编成的小笼子里，用草棍一捅就唧唧地叫，有时不捅也叫。蝈蝈主动叫的时候，多半是饿了，天奇便采来南瓜花喂它。蝈蝈吃南瓜花就像蚕吃桑叶一样，头一低一仰，一绺花叶就不见了，仿佛嘴里长了锯齿。

蚕天奇也是养过的。春天，他将附有密密麻麻黑色蚕子的麻纸片用棉花团包好揣进棉衣里，要不了几日，黑色小堡垒里就会有一个接一个的小蚂蚁样的东西爬出来，这就是幼蚕。幼蚕很小，一口哈气也能让它无影无踪，所以只有用秃了的毛笔，小心翼翼地将它们轻轻刷进早已铺好桑叶的纸盒子里。其实，这时的幼蚕根本不会吃桑叶，只闻闻桑叶的气味就饱了。蚕一天天长大变白，直到长成小拇指粗细的白胖宝宝。蚕吃桑叶看起来很慢，一绺一绺不慌不忙的，但眨眼间一片桑叶就不见了。蚕吃桑叶的声音很好听，沙沙沙的，像小雨落在河滩上。

那只奇异的虫子在天奇的屋子里飞来飞去，天奇懒得去赶它。有了这只飞来飞去的虫子在屋里，倒让他打发了许多孤独寂寞的时光。莫家谁也不知道天奇的屋子里有一只奇怪的虫子，连整日进进出出伺候天奇的丫鬟也没有发现。丫鬟进来的时候，虫子就附在墙上一动不动,像死了一样;丫鬟一走,它又开始飞舞了。

直到下了一场大雪,那只怪虫才僵死在墙上。蜘蛛在四周结了一张稠密的网,将它严严实实地罩了起来。

大雪把原野严严实实地覆盖了起来,站在城墙上放眼望去,天地间一片雪白。那场雪可真够大的,几乎压塌了莫家的门楼。"瑞雪兆丰年啊!"莫村人高兴得合不拢嘴,"来年就能吃上白面馍馍了。"

早在种麦前,老天就一连下了六天的雨,把焦渴了两年的黄土地浇了个透。雨过之后,又是连续三日的艳阳天,刚好晒干地皮。莫村人抓住时机,吆牛犁地播下了麦种,然后坐在地头长吁一口气。这下不怕了,麦种一入地就不怕了,这场雨起码有三尺深的墒,就是一冬不落一片雪,明年的收成也错不了。不久,麦苗就拱出了地皮,绿汪汪的,看着就让人喜欢。人们说,等开了春你就看吧,麦苗会憋足了劲噌噌往上长哩。

种种迹象表明,年馑就要过去了。

大雪覆盖了大地,麻雀无处觅食,在树枝上焦急地跳来跳去,叽叽喳喳地叫着,弄得树上的积雪纷纷坠落,掉在正在树下玩耍的天奇、黑蛋和小琴的头上。

黑蛋仰头看了看麻雀,搓着冻得发红的小脸说:"走啊,我们到河滩里逮麻雀去!"

天奇回家装了满满两衣兜粮食跑出来,黑蛋和小琴早已提了筛子、草绳等在城门口。三人相跟着来到河滩,在一处比较平坦的地方停下来,用脚踢出一块空地,用木棍将筛子撑在那里,再在底下撒些粮食,然后将草绳一端拴在支撑筛子的木棍上,将一端小心翼翼地牵引到一个隐蔽处,趴在雪地里等待麻雀的到来。

这是一个阴谋,但麻雀不知道。

不一会儿,麻雀飞过来了,先是一只,接着是两只、三只,后来就是一群。饥饿的麻雀争相飞进筛子底下,叽叽喳喳地争抢着粮食。看着麻雀全进了圈套,黑蛋一拉草绳,麻雀就全部被捂在了筛子底下。筛子塌在雪地上几乎没有发出什么声音,但对麻雀来说,这不亚于天塌下来了。

麻雀全部被捉住，装在一只事先准备好的布袋里。数了数，一共二十九只。天奇抓起一只麻雀，脸对脸地看。天真的麻雀不知大难已经临头，一副好奇的神情，睁着一双圆亮的小眼睛，先用这边一只眼看，接着又调皮地扭过头，再用另一只眼看，仿佛在研究面前这个傻乎乎的人。天奇可怜这只麻雀，想放掉它，可黑蛋已经抓了过去，扔进了布袋里。

黑蛋是一个非常精明勇敢的家伙。他从冰凉的顺阳河里弄上水来，和了一堆泥巴，将麻雀一只只用泥巴糊住，团成泥球，然后捡来一些干柴，拢起一堆火，再将泥团扔进火里烧。泥团烧干了，火也灭了。他们用树枝拨拉出泥团，掰开，烤熟了的麻雀肉香便扑鼻而来。黑蛋只吃麻雀胸脯和大腿上的两块肉，天奇和小琴也学着黑蛋的样子吃。黑蛋和小琴是因为饥饿，少爷天奇则是因为好奇。小琴开始不敢吃，但她已经饿极了，实在难以抵挡肉香的诱惑，还是大着胆子吃了起来。二十九只麻雀很快就进了三个人的肚子，黑蛋一个劲地打饱嗝，三人都是一嘴两手乌黑。

这种捉麻雀的游戏持续了一段日子，后来天气越来越冷了，河里结了冰，无法取水和泥了。再说麻雀经历了几次灾难，也学精了，不再轻易往筛子底下钻了。还有，村里的许多大人孩子也开始这样逮麻雀，大人也逮，麻雀就渐渐地少了，后来竟难得听到麻雀的鸣叫了。

那是一种多么动听的声音啊！

春天很快就来了。麦苗儿积蓄了一冬的力气，可着劲地往上长，一天一个样。夜深人静的时候，能听到麦苗拔节的吧吧声。转眼小麦就开始吐露嫩黄的穗了。

不知什么时候，天奇屋子里的那只怪虫不见了。奇怪的是，那个曾经罩着它的蜘蛛网却完好无损。天奇知道这不是一个好的征兆。

但他很快就把虫子的事忘了，因为那段时间他又迷恋上了"藏猫逮"的游戏。"藏猫逮"就是捉迷藏。天奇经常和黑蛋、小琴一起玩这种游戏。天奇躲进贵生的棺材铺，藏在一口棺材里，等伙伴来寻找。可是左等右等，也不见他们来，他躺在里面耐心地等待着。

从棺材里刚好能看到天井，天井上面是蓝蓝的天空和飘荡的闲云。那云一会儿变成了猫，一会儿变成了狗，一会儿又变得啥也不是了。太婆说，一个人平躺在地上，一直看着天空，眼睛眨也不眨，就能让云想变成什么就是什么。天奇这样试了，有时云还真的按他的意愿变幻了形状，有时则我行我素，根本不理他。天奇这么看着看着，就迷迷糊糊地睡着了。

不知过了多久，天奇被一种声音惊醒。太阳光刺得他睁不开眼，透过红彤彤的眼皮，他看见许许多多飞舞的光环。有那么一会儿，他弄不清自己到底在什么地方，后来才想起来，是藏在一口棺材里。

声音是从棺材外面传来的，一男一女在说话，还有刨花被压迫的声音。

女人说："你再不把手拿开，我就喊人了。"

男人说："我辛辛苦苦把你养大，摸都不能摸一下？"

接下来是一阵抓扯声。

天奇不知道这一男一女在干些什么，大气也不敢出。

女人喘息着说："你再胡来，我叫我妈呀！"

男人得意地说："你妈到你姨家去了，晚上才能回来呢。你叫嘛，看她应不应。"

女人的口气一下子软了："爸，你不能……"

"你甭叫我爸，现在我不是你爸！"

"你这么不要脸，叫我以后咋叫你嘛……"

"你一辈子不叫我都行，反正我不是你亲爸……摸一下又能咋样呢？东西还长在你身上，又不会丢了……"

"你不要脸……"

天奇听出来了，男人是棺材铺掌柜贵生，女人是他的养女丢丢。

"啊呀，这两个白馍馍还真不小……"

"妈呀——"丢丢哭泣着，"我要告诉我妈……"

贵生说："你告去，你妈才不管这些事呢，只要有钱花她啥事也不会管的。"

然后又是一阵更加激烈的争夺,贵生似乎抢到了什么好吃的东西,嘴里发出啧啧的声音和一些含混不清的语言。天奇想起他爸和他姨夜里在一起的时候,也发出过这样的声音。他还想起他姨小菊搂着他睡觉的情景,他姨鼓胀的胸脯很坚挺,很白,很温暖。他有生以来第一次出现了一种奇异的感觉,呼吸一下子紧张起来,小肚子底下那根东西竟奇迹般地立了起来。他出了一身冷汗,发现自己的裤裆湿了。

外面的声音没有了,但天奇没有动,仍然沉浸在刚才那种奇妙的感觉里。他之所以不想从棺材里马上爬出来,是因为他的裤裆还没有干。

这时,刚才瓦蓝明亮的天空突然一下子暗了,接着耳边传来了铺天盖地的嗡嗡嗡的声音。天奇看见天上飞来密密麻麻的墨绿色的东西。他不认得那些东西,也从来没有见过这样吓人的景象,惊慌地从棺材里爬了出来。

巷道里已经有人在叫:"蝗虫来了——蝗虫来了——"

天奇跑到巷道,仰头再望,被人叫蝗虫的东西已经由东向西覆盖了半个天空,像是有人用床单企图将天空遮罩起来。天奇清清楚楚地看见,飞在最前面的就是前不久从他屋子里消失的那只怪虫。原来它是一只蝗虫,是这些遮天蔽日而来的蝗虫的头儿!

蝗虫掠过村庄,直奔刚刚吐穗的麦田。一眨眼工夫,麦苗只剩下了光秆秆。它们又飞向另一块麦田。后面还有更多的蝗虫洪水一样从东边源源不断涌来,整整一天一夜还没有从莫村上空过完。蝗虫经过之处,葱绿的田野变成了触目惊心的黄褐色。它们像是专门吸纳绿色的精怪,难怪它们通体都是绿色的呢。

该死的蝗虫!

村民们奔向城外,眼睁睁地看着蝗虫一阵风似的卷走了他们的麦苗,卷走了他们丰收的希望,惊得目瞪口呆。他们醒过神来,哭号着,咒骂着,挥舞着衣服扑向密集的蝗虫。蝗虫落雨一样纷纷掉在地上，而更多的蝗虫又涌了过来。落地的蝗虫，被人们的衣服一时打蒙了，等缓过劲来，又顽强地飞起来更加凶猛地扑向麦田。

莫鹏举带领莫家大院的所有下人，挥舞着衣物和扫把，冲在驱赶蝗虫队伍的最前面。一向斯文稳重的他，这时已毫无顾忌，一边舞动着长衫，一边大喊："打呀！打死它们！"村民们见老爷这样，扑打得更加凶猛了。但蝗虫是捕杀不完的，它们成群结队大批大批地不断涌来，三天过去了，蝗虫有增无减。人们的骂声越来越微弱，最后变成了一种无奈的呻吟；僵硬的手臂再也挥动不起来了，瘫坐着手臂还在习惯性地抽搐。

连日的劳累，使莫老爷受过伤的腿又开始隐隐作痛，走路也一瘸一拐的，但他仍然坚持跟人们一起驱赶蝗虫。他组织村民在地头拢起一堆堆大火，想用烟火熏走蝗虫，可是一点作用都没有，勇敢的蝗虫还是满天飞舞。人们在这边烧，蝗虫跑到了那边，人们从那边烧，蝗虫又跑到了这边。他又组织大家从几个方位一齐烧，蝗虫便飞到了万斛山前桃花沟的地里。桃花沟人慌了，也急忙点起火堆，蝗虫又被赶了回来。

人们对蝗虫没有一点办法，几近失望的人们捉住蝗虫，愤恨地扯下它们的大腿，塞进嘴里，咬牙切齿地咀嚼，嚼得满嘴都是绿色的汁液流淌。"狗日的蝗虫，你吃我的粮食，我吃你的肉！"人们边嚼边说。有人还嫌这样不解恨，将落在地上的蝗虫用衣裳一裹，抱回家去，用油煎炒了吃。

莫老爷累得气喘吁吁，坐在地头看着满天飞舞的蝗虫，对管家说："这样下去不行啊！你到桃花沟去一趟，告诉莫鹏昊，就说蝗虫当前，我们两个村子应该放下恩怨，先联合起来对付这该死的蝗虫！"

管家问："咋联合？"

莫鹏举说："我们负责东、南两面，他们负责西、北两面，同一时辰点火，包围蝗虫，把该死的蝗虫烧死在中间。"

管家说："这个主意好！只是莫鹏昊会不会合作？"

"这事对两家都有利，他不会不合作的。"

"那好，我这就去。"

管家去了桃花沟，莫鹏昊果然很赞成两家联合对付蝗虫的设想。他们商定好了点火的具体位置、数量以及统一行动的时辰。时辰到了，两家一齐点火，火光四起，浓烟滚滚，遮天蔽日，蝗虫在烟火中惊慌地飞舞。这样一来，挡住了源源不断从外面飞来的蝗虫，可里面的蝗虫却飞不出去，在低处盘旋，更加拼命地啃噬庄稼。

看来，这一招也不行！

莫鹏举又想出了一个新招，对管家说："你再去桃花沟一趟，让他们把柴火顺东西方向排成几列，然后由北向南依次点火，一截一截地把蝗虫驱赶到我们这里，我们再接着点火，再一截一截地把蝗虫继续往南赶。这样兴许能赶走该死的蝗虫。"

管家说："那不把蝗虫赶到邻县去了吗？"

莫鹏举说："现在也顾不了这么多了，先保住自己的庄稼再说。"

第二天，两个村子的人都拥到地头，按照莫老爷的办法由北向南依次点火，蝗虫真的乌云一样向南移去。县里的灭蝗队也及时赶到，三股力量合在一起，将蝗虫一点一点地全部赶到南边去了。

蝗虫来了，县里临时组织了以保卫中队为主体的灭蝗队。有人看见灭蝗队的队长长得很像失踪多年的旭娃，可是上前一打听，那人不叫旭娃，叫刘亚民，是县保卫团的中队长。

蝗虫飞走后，田野里像被刀剃过一样，光秃秃的，连树叶也没有给人们留下。

蝗虫飞到了邻县，县长很生气，骂古川人不该把蝗虫赶到他们那里去。县长一边组织乡民灭蝗赶蝗，一边差人给古川县县长送来一纸公文，上面写道：你县蝗虫，侵入我境。相扰邻县，岂有此理！

这时的古川县县长已不是原来的刘胖子，已经走马灯似的换了好几任了，现在的县长姓米，叫满囤。米县长上任的时候，正遇上年馑，县里粮仓里没有一粒米，乡民们说来了个米满囤，接了个空粮仓。米县长也算个半拉子文人，平日里喜欢作些打油诗。他接到邻县县长的公文，又好气又好笑，略做思索，便提笔在空白处也写了一首打油诗：蝗虫本是天灾，却非本县不才；既自敝县飞去，即请贵县押来。写完让来人带了回去。谁有本事将蝗虫缉拿归案押送回来？邻县县长看罢，知道自己吃了文字亏，又无可奈何。

眼看年馑就要过去了，可蝗虫这么一扫荡，地里什么东西也没有了，年馑还得继续，路上又开始出现了成群结队逃荒的人。

看见过长得很像旭娃的灭蝗队长的那个人，有天在巷道里碰到了毛女，猛然想起了那事，就说："啊呀，我忘了告诉你了，那天我看见的那个队长，长得可像你家旭娃了。你快去看看吧，说不定就是你家旭娃呢。"

毛女又惊又喜，急忙跑到县城，找到了刘亚民。"这不就是我的旭娃么！"毛女哭着拉住刘亚民的胳膊，说，"儿子，妈可找到你了！你想死妈了。走，跟妈回去！"刘亚民生气地推开她，说："谁是你儿子？你再胡说我就不客气了！"毛女不哭了，愣愣地看着面前这个人，突然拉起他的手一看，说："你不是我儿你是谁？你看你手腕上的胎记还在哩。你是妈身上掉下来的肉，妈能不认得？走，跟妈回去！"说着又要拉刘亚民。刘亚民恼羞成怒，甩掉她的手，对手下说："把这个疯女人轰出去！"毛女被赶了出来，后来再去找儿子，连门也进不了了。

毛女从县城回来，很是伤心，把儿子不认她的事告诉了来福。来福说："兴许不是旭娃呢，要是他，心会那么硬？"毛女说："我看得真真的，手腕上的胎记还在哩，跟咱旭娃长得一模一样。"来福说："世上长得像的人多的是，即便真是旭娃，他不认咱，咱也没法，由他去吧，权当没有这个儿子就是了。"可是，毛女心里还是丢不下儿子，夜夜睡不着觉，自言自语道：明明是他驴日的，咋就不认我呢？

蝗虫飞走后的第二天，大太太的娘家来人报丧说，老爷子死了。高老爷今年八十多岁了，蝗虫飞来的时候，他正在自家麦地里屙屎。他多年养成了一个习惯，屙屎从来不上茅房，非要到自家的地里不可。不蹲在自家的地里，他的屎是屙不出来的；就是出门在外屎憋急了，他也要夹紧屁股憋回来拉在自家的地里。那天高老爷正在地里蹲着,蝗虫密密麻麻劈头盖脸压了下来,他从来没有见过这么多的蝗虫,当场就被吓死了。

莫鹏举和大太太领着梅香奔丧回来的路上,梅香坐在轿子里东看西看的,一副无忧无虑的样子。对于外爷的死,梅香并不在意,极少出门的她只觉得路上的一切都很好玩。梅香已经十多岁了,扎着两根羊角小辫,一对眼睛乌黑发亮,好奇地问这问那。大太太很有耐心,笑眯眯地给她讲解。大太太看梅香的眼神,温柔得像月光。大太太的脸上也看不出多少悲伤,她已经经历过了儿子和女儿的死亡,再也没有什么事可以使她悲伤的了。老爷子已经到了这个岁数,死了也算是喜丧。只是他死的不是地方,死后又浑身沾满了屎尿,这多少让大太太有些难堪。

走到美原城北,梅香看见路边躺着一个人,吓得钻进大太太的怀里,说:"妈,妈,路边有个死人!"

大太太看见真有一个人躺在路边的土壕里,似乎还有口气,身子在动。莫鹏举也看见了,让轿夫停下来,走过去一看,那人果然还活着。这是一个比天奇小不了几岁的孩子,黑瘦的身子痛苦地蜷曲着,像一只奄奄一息的小狗。莫鹏举动了恻隐之心,让下人把那孩子抬上马,驮回了家。

回到家,下人们将这个快死的孩子平放在老槐树下。莫鹏举让人撬开孩子紧闭的嘴巴,灌了一碗温热的米汤。

孩子醒了,只说一个字:"饿,饿,饿……"

莫鹏举说:"再灌一碗米汤!"

孩子渐渐有了力气,坐了起来,嘴里还是那个字——饿。

莫鹏举说:"拿一盘蒸馍来!"

丫鬟马上端来了六个蒸馍,孩子抓起来就往嘴里塞,一口气吃下去三个,噎得眼睛都鼓了起来。

莫鹏举让人端走了剩下的馍,对孩子说:"不能再吃了,再吃你会被撑死的。"

孩子可怜巴巴地望着莫鹏举,还是那句话:"饿,饿……"

莫鹏举问："你叫啥？"

"木犊儿。"

站在一旁的小菊问："你是哪里人？"

这么一问，木犊儿哭了，泪水鼻涕揩也揩不净，说："我家在蓝田，爸妈和两个姐姐都饿死了，就剩下我一个了……"

"怪恓惶的。"小菊眼睛红红的，想起了自己死去的父母。

"你就留下来吧，给我看管粮仓，天天守着粮仓你就不会觉得饿了。"莫鹏举说，"木犊儿这个名字不好听，我给你改个名，就叫满仓吧，让我们的粮仓日后满满当当的。"

"这个名字好！"管家说，"满仓，还不趴下给老爷磕头？"

满仓说："多谢老爷收留！"却没有下跪的意思。

管家说："你这娃，磕头呀！"

满仓脸红了："我妈说了，男儿膝下有黄金，不能随便给人磕头。"

管家说："咦？这小子！刚吃饱肚子嘴就硬了。"

莫鹏举宽容地说："不磕就不磕吧。从明天起你就拾掇粮仓，打扫干净以后好放粮食。"又对管家说："粮仓还得加盖三间，到时候怕是不够用呢。"

管家有些不解："现有的粮仓都空着，还要再盖？"

莫鹏举说："你盖就是了，我自有道理。"

管家说："老爷，我实在不明白。"

莫鹏举神秘地一笑，说："等你明白了，你就该当老爷了。"

管家就不敢吭声了。

一日，莫村来了一个讨口的老汉，是个盲人，老得都快掉渣了，声音却尖细，会唱"乱弹"。为了讨一口饭半个馍，他就坐在人家门口唱，唱毕了，主家随便给口吃食，盲人便千恩万谢，又坐到另一家门口去了。

盲人唱道："这三年整六料庄稼未见，饿死了男和女万万千千。荒年月要吃用靠卖物件，卖田地无人要受尽艰难。无奈何拆房屋当作薪炭，好木料当硬柴才能变钱。这年月还有那怪事出现，有女人为饭吃不顾脸面……"

盲人正好坐在草姑门口，草姑倚门听到这里，生气地骂："避避避！避远些！你这个老乌鸦嘴！"

盲人不知道哪里得罪了主家，又到了另一家门口接着唱道："年馑里挨饥饿病把人缠，各村寨各家户无一幸免。没饭吃又害病实在熬煎，挖野菜刮树皮又食鼠犬。走遍村无鸡鸣无狗叫唤，愁苦中谁有钱去把病看。死得早那时节天气尚寒，死晚了到热天烈日炎炎，无人问恶蛆虫骨肉里钻。有的人裹尸体没有席片，抬城外胡乱扔任由狗衔。绿苍蝇尸体上嗡嗡不断，恶狼群大白天也敢翻天……"

后来，有人发现盲人原来不瞎，是故意装瞎混饭吃的，就乱棍赶出城去，骂道："看你恓惶，才从牙缝里抠点饭给你吃，你却是个骗子，糟蹋我们莫村人是睁眼瞎呀！"

几天后，有人在顺阳河滩发现了他的尸体。尸体残缺不全，可能是让狗啃狼扯了。他在乱弹里唱的悲惨场面，终于在自己的身上重现了。

村里人后悔不该那样对待这个可怜的人。

18. 白木三

谁都知道，天奇是莫家最闲的闲人。

几乎每天，天奇都要坐在城头看春夏秋冬更替变换，看山看水看人，看太阳从东山爬上来又从西山落下去，看那条古老的顺阳河，看一切看得见的东西和看不见的东西。那真是一条奇妙的河！

春天的河水泛着绿光，极细，像吃了许多青草的鸡肠子；夏天河水则变粗变黄，能听到哗哗的流水声；秋天的河水变成了金黄色，像秋日里的阳光落下来一段在那里闪动；冬天的河面结了冰，像一条冻死的白蛇，躺在那里一动不动。

夜里，天奇长时间地坐在月光里，吹那支古老的羊骨羌笛。他能吹出许许多多的曲调，这些曲调都是他随意吹出来的，却都很动听，有时甚至会让人落泪。天奇把所有的语言变成了笛声，在与静静的月色对话。月光如水，笛声如鱼，鱼在月光中游动，游向很远很远的地方。

深秋的月光不像水，像霜，冷冰冰的，城外一片银白。天奇知道，刚播种不久的麦苗已经破土而出了。太婆说，麦苗白天睡觉，夜里没人的时候才悄悄生长呢。麦苗是怕人看见它们生长的秘密吗？银白的月色包裹着的世界，不知道还隐藏着多少秘密呢。

巷道上，三三两两的村人向西头黑蛋家走去，这是少有的景象。黑蛋家有什么在吸引着他们呢？天奇感到好奇，收了羌笛，走下城墙，也跟在村人后面走进了黑蛋的家。

屋里已经挤满了人，有人进不去，就站在门外。天奇从人缝里钻进去,看见一个干瘦的男人正在说话。这男人不是莫村人,天奇从来没见过。男人的话里夹杂着一些外地口音,但却掩盖不住关中口音,看来这是一个在外混了多年的本地人。许多人在外省做了事回来,就会变成这个样子,莫村人叫"撇洋腔"。但这个男人的"洋腔"撇得并不难听,甚至可以说有些悦耳,这让莫村人既新奇又羡慕。

天奇发现村里许多人都在这里,而且都是男人。来福也在。黑蛋坐在干瘦男人身边,神情专注且一脸敬佩地盯着他的脸,天奇拉他,他竟然头也不回一下。

陌生人说:"小日本故意惹事哩,已经开始攻打沈阳了,一旦沈阳失守,东北三省就很危险了……"

"杀!杀狗日的!"不用看,就知道是贵生,他最喜欢说"杀"这样的话。

"东北离莫村远着呢,死再多人,你的棺材也派不上用场,这回你想发财没戏了。"光棍喜娃说。

"谁想发财了?"贵生说,"我这是关心国家大事哩,国家兴亡,匹夫有责嘛。"

"这话说得好!我们不能直接抗日,可以声援嘛。"陌生男人说。

"咋声援?站在城墙上喊叫?"

"对,喊叫,喊口号!不是站在城墙上喊,我们要走街串巷地去喊,走到城里去喊,团结民众,共同抗日!我们还要成立抗日救国会……"陌生人兴奋地说。

喜娃说:"抗日这说法不好听!抗日,抗日,有点像女人跟男人赌气说的话……"

有人就骂:"喜娃你驴日的,人家说正经事哩,你又胡骚哩!"

来福笑问陌生人:"你是共产党吧?"

陌生人反问:"你看我像吗?"

来福忙说:"不像不像,我是说着耍哩。县里最近查共产党查得紧,已经抓了十几个了,这话咱可不敢乱说,要掉脑袋的。"

陌生人说:"共产党也好,国民党也好,大家都是中国人,是中国人就得团结起来，把日本人赶出去！各个村寨都成立了抗日救国会，桃花沟也成立了，我们莫村不能落后，也得成立。"

喜娃说："桃花沟成立了，咱也成立，不能输给他们！"

有人赞成："抗日是好事，成立就成立！"

也有人担心："不知县里让不让这么干？别到时候惹了啥事！"

陌生人说："抗日救国会是合法的组织，县里不会干涉的。我们现在就成立，谁愿意参加，举手！"

陌生人首先举起了手，可扭头一看，屋子里只剩下十几个人了。村长来福和棺材铺掌柜贵生不知什么时候已经悄悄溜走了。喜娃跟着举起了手，留下来的人也一个接一个都举起了手，黑蛋和天奇也庄严地举起了手。陌生人看了他们一眼，没有吭声，神情异常肃穆庄严："好，我们的抗日救国会就算成立了。"陌生人掏出一张皱巴巴的纸，"明天我就进城去，以古川抗日救国会的名义，向南京政府发通电。这是电文，我念给你们听听：誓与日本帝国主义作殊死战，歼灭倭寇，永不休止……"

"舅舅，啥是帝国主义？"黑蛋问。

原来这人是黑蛋的舅舅，难怪黑蛋跟他那么亲热。天奇想。

黑蛋舅舅说："谁欺负人，谁就是帝国主义。"

黑蛋认真地点了点头，听懂了的样子，天奇从来没有见过黑蛋这么认真过。后来从人们的谈话中天奇才知道，黑蛋的舅舅刚从南方回来，他叫白木三。

从黑蛋家出来，夜已经很深了，月明如昼。跨进家门，天奇闻到了好久没有闻到的荞麦香。太婆的窗户亮着灯光，那灯光跟月光一样白亮，好像太婆的屋里也有一个月亮。

门虚掩着。天奇推门进去，太婆竟未发觉，仍在低头看书。麻油灯下摊着一本书，不用看也知道是那本党项秘籍。太婆光着上身，肌肤粗糙得像榆树皮，两只干瘪的奶子空布袋一样垂在胸前，头上一片银白，像落下的一片月光。不知从什么时候开始，太婆就很少说话了，有时好多天都不说一句话。不说话的太婆，天奇感觉更亲近，就像他和那只不会说话的金丝猴在一起的感觉一样。也许太婆是没空说话，因为不看党项秘籍的时候，她总是有嚼不完的核桃。

天奇听到了悠悠的羌笛声。声音听起来很遥远，却很清晰，仿佛世界上只剩下了羌笛和太婆翻书的声音。天奇在屋里走来走去，太婆似乎没有听见，目光始终没有离开那本破书，也许她已经习惯了。

天奇轻轻带上屋门，回屋睡觉去了。他难以入睡，想黑蛋舅舅，想太婆，想羌笛，想很多事。对面的屋门呀的一声开了，像睡梦中的一声叹息，脚步声一直响到了隔壁小菊的屋里。那脚步声轻得几乎听不见，像敏捷的猫从墙头掠过。他知道那是他爸，只有在夜里他爸才会这样悄无声息地走路。白天他可不这样，脚步坚强有力得生怕别人不知道他来了似的。接着，隔壁屋子里就传出了他早已听惯了的那种奇妙的声音。那声音极富节奏，先缓后急，到后来急得不能再急了，就戛然而止。然后是喘息，就像刚刚犁过一垄地的人，坐在地头上歇息。

有时，管家夜里也到三太太的屋子里去。天奇不说话，但听力非常好，好像嘴上的功夫都让耳朵给借用了去。他能分辨出他爸和管家的脚步声。但他不知道管家这么晚到他妈屋里去干什么，难道有什么要紧的事非得这个时候去给女主人禀报？他想起了那天夜里无意中看见的管家的狼顾相，心里战栗了一下。他不知道一个聪明狡猾的管家，对于一个正在走下坡路的家族来说，到底是好事还是坏事。

几天后，天奇和黑蛋在城墙上下"四子顶"时，听到了凌乱的马蹄声。他知道几里之外，有三匹马正在向莫村奔来。果然过了一会儿，南边的土路上就出现了三个骑马的人。领头的就是黑蛋的舅舅白木三，另外两个人天奇不认识。三个人进了黑蛋家，不久两个陌生人又走了出来，飞身上马，顺原路飞驰而去，留下一路飞扬的尘土。

白木三在莫村一住就是一年，他早出晚归的，谁也不知道他在忙碌些什么。白木三走南闯北见多识广，听说还参加过北伐战争。一到晚上，白木三的屋子就成了莫村男人聚集的地方。男人们是冲着他的四川卷烟来的。那卷烟吸起来过瘾，又不呛人。男人们蹲在脚地，拿起一叶卷烟铺在膝盖上抹平，搓成一根粗壮的烟卷，叼在嘴上，再从火盆里捏起一块炭火点着，一边喷云吐雾，一边听白木三讲外面的世事。

白木三说："南蛮子说话像鸟叫，叽叽咕咕的，一句也听不懂。南蛮子喜欢吃大米、鱼和虾。南方的鱼很多，有草鱼、鳗鱼、鲤鱼、鲈鱼、鲫鱼、鲍鱼、黄花鱼……"

"有黄花闺女没有？"

男人们笑了，一说到女人，他们就来劲。

白木三说："有哇，南方的女人可水灵了，嫩白嫩白的，一把能捏出水来。声音也非常好听，小嘴可甜了……"

"嘴甜？嘴甜你尝过？"

"那倒没有。"白木三脸红了，不好意思地说，"南方女人就是比咱这里的女人水灵。"

男人们想象不出南方女人能水灵成啥样，就问："比拐子婆娘兰子还水灵？那女人也是南方女人哩。"

白木三说："拐子的婆娘我没见过，不知道有多水灵。"

"就是你见了也不会说她水灵，那是以前，现在她老了，不再水灵了。"

"兰子的妹妹米子那才叫水灵呢，可惜那年一个人走尿了。"说话的人流露出无限的惋惜。

"走了好，不走拐子还没有办法处置呢，姊妹俩还不打得血里捞骨头？"

"还是人家拐子有福，享受了姊妹俩，死了也不亏。"

有人叹息："唉，把他家的，天下的好女人都让狗日了！"

"不搞妻妹子，后悔一辈子。谁像你，放着个鲜活的妻妹子不敢下手，白白地留给了连襟，怪谁呢？"

"他呀，连他那骚婆娘都应付不了，哪还顾得上妻妹子！"

男人们一阵哄笑。他们总是这样,一说起女人来就没完没了,等嘴上尽了兴过了瘾,话题才能扯到正题上。后来,人们谈论到了日本人占领东北,说到满洲国有个傀儡皇帝溥仪,说到了蒋委员长,说到了共产党、毛泽东,说到了陕北的刘志丹……

　　农历三月,老天一连下了三夜的黑霜,刚刚苏醒的麦苗全被冻死了。人们失望了,胸腔里像有一座火山,随时都有可能爆发。古川地面更加动荡不安,土匪经常下山抢劫绑票,路上常有蒙面人出没,杀人越货,搞得各村各寨都人心惶惶。古川国民党当局为了维护治安,成立了"清乡局",派兵丁到处缉拿土匪和拦路恶人。可兵丁们大都是拖家带口的农民,家里早已断粮,县里该发的粮饷又迟迟不发,说是缉拿恶人,实则借机搜刮民财,敲诈勒索,中饱私囊。有的兵丁干脆一块黑布蒙了脸面,也干起了偷鸡摸狗杀人越货的勾当。乡民们的生活真是雪上加霜,苦不堪言。

　　不久,全县重新划分了五个区,每个区都设立了区公所,分片负责辖区治安,全面推行"保甲连坐法"。也就是十户为一甲,十甲为一保,十保为一联保,哪一个地方出了问题,所在的甲、保、联保都要受到株连,尤其要追究甲长、保长、联保长的责任。

　　莫村为一保,可让谁当保长呢?莫村人都不吭气,谁也不愿意当这个狗屁保长。保长是个吃苦受累催粮要款受气挨骂的角色,不好当啊!只有拐子天胜除外。天胜想当保长,但村里没人推荐他、选他。他在村里的人缘儿不行,给人看病不是收钱多,就是借机摸人家女人的屁股,女人告诉了男人,男人就在心里记恨他。

　　还是来福当选了保长。开始来福不想当,但不当不行,村里人都推举他。来福说:"你们这是把我往火坑里推嘛。"村里人笑了,说:"你人缘儿好么,旁人想当还当不上呢。"来福说:"行了行了,不说了,算我倒霉!只是你们往后还叫我村长,叫来福也行,不要叫我保长。保长保长的,听着跟活宝一样,像是骂人哩么。"村里人说:"行行行,不叫你保长,还是叫你村长。"

　　来福当了保长,天胜想当保长的梦破灭了,心里就嫉恨来福,说这世上要是没有来福就好了。他心里明白，只有把来福搞下台，他才有希望当上保长。他等着拾掇来福的机会。

　　黑霜过后，地里剩下的一点点稀落的小麦，在人们一天天期盼的目光里成熟了。可还没来得及搭镰收割，一场破天大风一刮，麦子全部成了光秆秆。之后，又是持续一秋的干旱，秋粮也颗粒未收。可县里乡里还在一个劲地催交粮款，苛捐杂税比往年增加了几倍，百姓们苦不堪言。一首民谣就在关中地区悄悄流传开了："卢沟桥上开了战，日本一心占中原，老蒋心里发熬煎。兵无粮，马无草，中日开战不得了。不顾民，不顾国，二两银子三石麦，粮囤扎在镇中间，害得百姓哭号天。不管你吃，不管你喝，只要你钱粮交得多；不管你穿，不管你戴，只要你钱粮送得快……"

　　夜里，人们聚集在白木三的屋子里，议论纷纷。

　　"米县长真他妈黑，逼粮逼款，恨不能从人喉咙里掏吃食！"

　　"这日子没法过了！天要绝我们这一茬人哩！"

　　白木三说："日子没法过，我们就交农，就想办法赶走米县长！这事光靠咱们一个村的人不行，还得联络七村八寨的人一起干！这次不能像上次一样一窝蜂地乱来，要先成立一个'交农驱米联合会'。"

　　"你到底见过世面，办事牢靠，我们都听你的。"人们说。

　　"这事怕要莫老爷点头哩，他是村里的大掌柜，这么大的事，得他发话才行。"

　　白木三说："我去跟莫老爷说。"

　　"也得给来福打声招呼，他是保长，出了事他得担责任哩。"

　　"来福没啥，他装着不知道就是了，主要是莫老爷得同意。"

　　当天夜里，白木三就去找莫老爷。这是他第一次走进莫家大院，尽管见过不少世面，但还是被莫家的富有和气派镇住了，还没见到莫老爷，心里倒先敬畏了三分。白木三向莫鹏举说明了想在村里组织"交农驱米联合会"的事，莫鹏举只说喝茶喝茶，没有马上表态。这事非同小可，不能莽撞行事，到目前为止，莫家还没有明目张胆地和官府作对过。与官府作对，明摆着是用鸡蛋碰石头么。但他也不想得

罪白木三，谁知道他是什么来头。莫鹏举早就看出白木三不是一般的人物，来者不善，他身后可能还有更大的靠山呢。现在得罪了他，万一他们将来得了势，莫家可就麻烦了。再说，姓米的也实在可憎，三天两头催逼粮款，使得莫家也损失了上百石粮食。如果"交农驱米"成功了，莫家也能受益。但这事必须拉更多的村子更多的人参加，尤其要把桃花沟拉上，他心里才会踏实，法不责众嘛。

莫鹏举问："桃花沟成立了没有？"

白木三说："暂时还没有。"

"你应该动员他们也参加，人多了才能形成气候嘛。"

"我明天就去动员他们，我还要动员其他村子的人一起参加，人越多越好弄成事。联合会的事，还得请老爷您出面当会长哩。"

"联合会的事我不反对，要钱要粮我也可以出，但会长我就不当了，我不喜欢这长那长的，我从小就不喜欢当官。"莫鹏举心里明白，对这事采取装聋作哑、若即若离的态度是最明智的，这样自己可以进退自如，不至于到时候被动。

白木三说："您在村里威望最高，就是在古川地面也是很受人尊敬的，只要您当了会长，事情就成功了一半。"

"会长还是你当比较合适，我给村长来福打个招呼，让村里人都支持你就是了。但这事你没给我说过，我也不知道，你明白我的意思吗？"莫鹏举笑着说，"许多人的眼睛都盯着我呢，都想找我的麻烦呢，我有我的难处啊。"

白木三心领神会，说："我明白了。您能把话说到这个份上，就已经够意思了。"

第二天，白木三上了桃花沟，劝说桃花沟的人也加入了"交农驱米联合会"。经过白木三到处联络，许多村子的人都加入了联合会。

几天后，十几个村寨的乡民扛着各种农具，从东南西北四条土路上拥来，像河流一样汇集在顺阳河滩。桃花沟和莫村人第一次为了一个共同的目标走在了一起，人们暂时忘记了仇恨，十分自然地相互打着招呼。晌午时分，交农队伍浩浩荡荡向古川县县城开进，队伍每经过一村，就冲进富豪大户，将粮食哄抢一空。有些抢到粮食的人，不管组织者如何喊叫，背着口袋掉头就往回跑。没有加入游行队伍的人，见有人背回了粮食，便一窝蜂地跑来，使队伍比之前更加粗壮冗长。后响，几近疯狂了的人们包围了古川县县城。

县城城门紧闭，县长米满囤不敢露面，只让一个科长站在城墙上出面应付。人们愤怒了，高呼："米满囤滚出来！"米满囤没有"滚"出来。人们抱来柴火堆在城门下，佯作火攻。米满囤只得仓皇爬上城墙，丢下"钱粮全部豁免"的安民告示。乡民们的目的达到了，开始混乱地撤离，准备再到别处去吃大户。

白木三在后面喊："不要走，事情还没有完哩……"

可是没有人听他的，人们继续往回走。乡民们容易满足，钱粮豁免了，再去弄点粮食就知足了，还闹腾个啥？

白木三冲着人们的后背骂："真是一伙乌合之众！"

这次计划周密的"交农驱米"行动，就这样草草收兵了。结果，米满囤没有被赶走，白木三却上了"缉拿告示"。

那天夜里，刘亚民突然来了。他一进村，莫村人就认出他就是当年的旭娃。他走路的架势还没有变，稍有些外八字。刘亚民是来抓捕白木三的，但白木三根本就没有回村，早已逃之夭夭了。莫村人这才知道白木三是共产党。白木三从此再也没有露过面，像一下子从这个世界上消失了。

刘亚民曾经发誓永世不再回莫村了，可是县长有令，他不得不硬着头皮回来。走进莫村城门，他就感到一切都是那么熟悉，那么令他生厌。是的，他讨厌莫村，恨莫村！这块生养了他的地方，让他尝尽了屈辱，让他失去了做人的尊严。他恨莫老爷，他富有，他高高在上，他是村子的主宰，他让自己跪在他面前，他想干啥就能干啥，村长来福和全村的人还得感恩戴德恭恭敬敬地对待他。他凭什么？不就是有钱有势嘛。他恨有钱有势的人。也恨他爸来福，看不惯他那一副奴颜婢膝的贱骨头样。他恨他妈毛女，是她给了他一个不清不白的身份。他更恨黑蛋，是这个臭小子捅破了那层让他心痛的窗户纸，让他没脸再在村里待下去，只能远走他乡，过了几年猪狗不如的生活。他恨村里所有的人，因为他们都知道他的卑贱身世，都在用轻蔑的眼光看他。嫉妒的自卑，使他产生了报复心理，他要报复所有他认为应该报复的人！

拐子天胜早就想整掉来福自己好当保长了，但一直没有找到机会，现在机会终于来了。他悄悄向刘亚民告密说，白木三闹事是来福纵容的，他们经常在老石匠家聚会。刘亚民二话没说，就把来福、老石匠和黑蛋捆了起来。

毛女在巷道里拦住旭娃："你驴日的，他是你爸哩，你就一根绳捆了他。你娃作孽，你娃要遭报应！"

刘亚民说："他不是我爸。"

"你不认他，他也是你爸。"

"他是刷子把！"

"你驴日的嘴上长疮呀你说这种话，就算他不是你爸，他大小还是个保长哩，你说捆就捆了？"

"我不捆他捆谁？谁让他带头闹事呢！"

毛女指着刘亚民的鼻子说："早知道你驴日的是这德行，我当初就该把你捂死在尿盆里。"

刘亚民恼了："你甭叫我旭娃，我不叫旭娃，我叫刘亚民。"

毛女说："好你个驴尻！把名字都改了！我偏要叫你旭娃你能把我咋样？你是从我肚子里爬出来的我还不能叫你？我想咋叫就咋叫！旭娃旭娃旭娃……"

巷道里拥满了村里人，哄地都笑了。

刘亚民感到很没面子，脸憋得紫红，吼道："甭叫了！"

毛女像中了魔，根本不理会，声音比刚才更大："旭娃旭娃旭娃旭娃旭娃……"

刘亚民恼羞成怒："你个臭婊子，我让你再叫……"抡圆了胳膊给了毛女一耳光。

毛女愣住了，脸上立马肿起了五个手指印。在场的人都吃了一惊，谁也没有料到刘亚民会打他妈。不管来福是不是亲爸，可毛女是他亲妈呀。往常这种时候，毛女肯定会一屁股坐在地上，抱住打她的人的腿，哭天号地地耍泼。可今天打她的是她的亲生儿子，她有些不知所措，脑子里一片空白，吃惊地看着儿子，喃喃地说："你打我……你骂我婊子……"之后再无任何反应，独自回了屋。

保卫团中队长后悔了，他的手不住地哆嗦。可事已至此，已经无法挽回了。他恼怒地冲围观的村民吼道："都给我避远些！"

傍晚，心烦意乱的刘亚民来到寡妇草姑家。他不知道自己怎么就鬼使神差地走进了草姑家。草姑坐在炕上纳鞋底，女儿小琴靠着窗台剪窗花。刘亚民走进来，草姑感到十分意外，她忙从炕上溜下来，说："呀，这不是大兄弟嘛，听说你当了大官了，咋敢踏我的门槛？"刘亚民没有吭气，眼睛盯着小琴。草姑赶紧对女儿说："你出去耍一会儿，我和你叔有话说。"小琴鼻子里哼了一声走出了屋子。

现在刘亚民明白他来这里的目的了，他是来报复的。草姑的事情他已经听说了。看见风韵犹存的草姑，一种欲望从脚底升起，麻酥酥地往上爬，在身体里的某个地方集结，然后迅速膨胀。这就是报复的欲望。他恨他妈，恨世上所有不要脸的女人。他要把草姑当作靶子，报复她们！

草姑说："坐呀，大兄弟快坐下，我给你沏茶。"

刘亚民拦住了草姑，也不说话，眼睛死死地盯住她，把挎在身上的歪把子枪取下来，摔在柜盖上，又从身上摸出一块大洋，啪地拍在炕沿上，用身体将草姑往炕上逼。

草姑看见枪害怕了，后退着半仰在炕沿上，颤声问："你要做啥？"

刘亚民不言语，继续用身体往前逼她。

草姑惊慌地说："我早就不做那号事了……"

刘亚民用行动代替了语言，一件一件地脱光了自己的衣服，赤条条地站在草姑面前，站在炕沿前。草姑知道今天遇到了一个十分饥渴的男人，后悔刚才叫女儿走了。可是不叫女儿走，谁知道还会发生什么事？他刚才盯着女儿的眼神真叫她害怕。她猛推他一把，想跑，却被他抱住了。他的力气真大，三下两下就撕下了她的衣裤，她的两只肥奶就扑棱棱跳了出来，她不停地踢蹬叫喊着。他粗鲁地抓起她白亮的腿，扛在肩上，站在炕沿前开始了猛烈的攻击……

　　整个过程，刘亚民都紧咬牙关，像是只有这样才能咬住报复的欲望，才能咬住暂时的快乐。

　　草姑从来没有遇到过这么疯狂的男人。开始，她撕咬他，掐他，拼命地反抗，可他根本就不在乎。后来，她不再做徒劳的反抗了。渐渐地，一丝新奇和快乐代替了最初的屈辱和恐惧。好久没有男人碰过她了。她得到了意外的满足，以至事情结束了好一阵，她还没有从那种快乐中走出来。

　　事后，两人仰躺在炕上，谁也不说话，各自整理着凌乱的气息。快乐很快就成为过去，屈辱又回到了草姑的身上。看着躺在一边喘着粗气的男人，她恨恨地想：你想占老娘便宜，老娘今天就让你占个够，让你永远记住这一天，让你一辈子再不敢上老娘的炕！

　　草姑想用她特殊的办法来报复面前这个男人。她开始主动抚摸刘亚民的肌体，刘亚民死了一样一动不动。她的手像游蛇一样在他精瘦的身体上爬来爬去，最后停留在那个地方，开始了不屈不挠的摆弄和摇晃。刘亚民终于像腊月里的井绳再次挺立了起来。草姑翻身骑了上去，像跃上了一匹骏马，驰骋在茫茫的草原上，身体富有节奏地起伏奔腾着，两只白兔似的奶子也跟着一起奔跑，最后变成了疯狂地跳跃。刘亚民起初还能保持沉默，后来就忍不住嗷嗷地大叫了……

　　她用这种方式，一共要了他六次，直到他像一堆烂泥瘫软在那里。他彻底失败了，一败涂地。看着他像一只癞皮狗一样躺在那里，她心里无比满足地笑了。可她怎么也没有料到，他会突然将脸埋进她的乳沟里，孩子般地痛哭起来。那时她竟下意识地像母亲对待孩子一样搂住了他的头，轻轻地抚摸着他的头发和宽阔的后背。原来这个外表强悍的男人，内心却是如此的脆弱。她从来没有见过一个男人在她面前哭泣。就在那一刻，她对这个坏男人动了恻隐之心，开始有些可怜他。他越哭越伤心，她能从这哭声里，听到一个男人所有的孤独。她也好久没有这样抱过男人了，她也孤独。两个孤独的人抱在了一起，就变成了两个孤独。在漆黑的夜里，孤独淹没了他们。

不知过了多久，浓浓的夜色里突然传来一种模糊的呜咽声。草姑以为刘亚民还在哭，扭头看他，他早已停止了哭泣。是谁在哭呢？

刘亚民也听见了："听，谁在哭？"

草姑现在听清了，说："是莫家的金丝猴在哭，这几年它老是在夜里哭。它一哭，村里就要死人，不知道谁家又要死人了。"

刘亚民禁不住打了个寒战。

第二天早上，人们发现毛女吊死在了自家的屋梁上。

毛女被村里人七手八脚弄下来，摆放在院子里的门板上。有人叫来了拐子天胜，天胜说，人已经死硬了，没治了。人们说，是一条人命哩，你就想想办法吧，死马当着活马医嘛。天胜说，那就试试吧，去叫一个娃娃来，用童子尿灌。天胜是先生，知道一泡童子尿救不活毛女，但他故意要这样做。这泡尿不是冲着毛女，而是冲着保长来福的，平时没有机会糟蹋他，现在终于有机会在他婆娘身上出出气了，谁让他是保长呢，谁让他挡了我天胜的路呢。天胜说，快去找童子尿，迟了就来不及了。娃娃找来了，对着毛女的嘴就尿，早晨的第一泡尿又十分漫长，从毛女嘴里溢了出来，流了她一脸一脖子，连胸部也打湿了。可毛女硬是没吭一声，连眉头也没皱一下。这是她平生头一回显得有涵养，有气度。

刘亚民是最后一个得到消息的。草姑出来倒尿盆，看到巷道里人乱乱的，一问，才知道毛女死了，赶紧跑回去告诉了还躺在炕上的刘亚民。刘亚民很吃惊，不相信他妈会走上绝路。草姑说，你快去看看吧，半村的人都在你家院子哩。刘亚民这才失急慌忙穿上衣服往家跑。一进门，看见躺在门板上一脸尿水的毛女，他扑通一下跪倒在地，失声痛哭："妈呀，你咋就走了这条路了啊……"

毛女就这么简简单单地死了。毛女一辈子忍受了许许多多的戏弄和嘲笑，却没有忍受住儿子一句难听话和一个耳光，丢下被儿子捆绑在草房里的男人来福，带着满脸尿水走了。

刘亚民放了他爸来福，好让他抬埋他妈毛女。他很后悔，不该骂他妈，更不该打她那一耳光。她再不好，也是他的亲妈呀！现在亲妈死了，在这个世上他一个亲人也没有了。他披麻戴孝，坐在他妈的灵堂前泪水长流。

来福将刘亚民给的置办丧事的钱扔在了他的脸上，叫骂："你坐在这里哭谁哩？谁是你妈？你不是叫刘亚民吗？我们没有你这么个儿子，快滚吧，别玷污了灵堂！"硬是把刘亚民从毛女的灵堂前赶了出去。

刘亚民自知理亏，没有对来福发火，一声不吭地走出了家门，带着石匠父子回了县城。

来福赶走了刘亚民，令莫村人对自己的保长刮目相看。人们说，保长到底是保长，这回总算屙了一回硬屎！

来福抬埋了婆娘毛女，欠下了贵生一口柏木棺材钱。可谁会想到，这笔棺材钱后来会引出那么多的事情。

半个月后，老石匠和儿子黑蛋一瘸一拐地回来了。刘亚民将他们父子折腾得死去活来，也没有问出白木三的下落。老石匠在家整整躺了半个月，才又领着他新养的细狗在城外转悠。儿子黑蛋很少出门，在家里拼命地錾石头，斧凿敲得震天响，发誓将来要找刘亚民报仇。

自从有了那么销魂的一夜，刘亚民就忘不了这个草姑了。他从来没有在一个女人身上体验到那种狂野和快乐。他经常夜里悄悄溜回莫村看望草姑。草姑往外赶刘亚民，说不愿和一个害死自己亲妈的男人来往。刘亚民就是不走，但也不像上次那样硬来，而是坐在炕沿上跟草姑说话拉家常。说他这些年在外面的经历，说他如何在西安城防营混饭吃，后来因为打了排长逃到了潼关，在一个煤窑给人挖了三年的煤，再后来又到了清乡局当了几年的差役，听说日本人要打到潼关了，这才跑回老家，用自己多年的积蓄买了一个保卫团中队长的差事，等等，说完就走了。日子久了，草姑渐渐同情起刘亚民来，想他混到现在也不易，自己一个寡妇家，也难得有这么一个人疼着。后来刘亚民再来了，她就不再往外赶了，两人一来二往便有了感情。刘亚民至今没有娶妻，把草姑当成了知冷知热的红颜知己。草姑呢，一辈子没有一个男人真心疼过自己，男人们除了对她的身体感兴趣，她心里想的什么他们一点也不关心，包括莫鹏举在内。刘亚民是真心对她好，知道她需要什么。他每次来都要和她说上半宿的体己话，那些话句句入耳，让她感动。他还带给她香粉、雪花膏、洋布等女人喜欢的东西。她倒不是贪图他的东西，让她高兴的是他心里有她。

有时，刘亚民也给小琴买个梳子、镜子之类的小玩意儿，显然是想讨好小琴，免得每次他来她往地上唾唾沫。但小琴不领情，看也不看就把东西扔了出去。草姑急忙从外面捡回来，说："你这孩子越来越不像话了。"小琴说："像画就挂到墙上去了。"草姑知道女儿的心病在哪里，也不敢太说她，怕她说出更难听的话，又担心刘亚民脸上挂不住，便打圆场说："这孩子从小就不喜欢这些东西，往后你就不要为她破费了。"小琴一拧身子要朝外走。草姑说："你上哪儿去？"小琴说："我洗脸去呀。"草姑说："现在洗啥脸呢？"小琴边往外走边说："你们不要脸，我还要脸呢。"

屋里只有母女俩的时候，草姑就心平气和地对小琴说："你亚民叔待咱不薄，他也是个苦命人哩！那年出走后跑了那么多地方，受了那么多罪，好不容易才混到今天这一步，你不能那样待人家！村里谁把咱娘儿俩当人看了？只有他真心对咱娘儿俩好。"小琴说："村里人看不起咱，都是因为你做了不要脸的事！"一听女儿这话，草姑的脸都气青了，骂道："你个没良心的！谁说我不要脸，你也不能说！我做那些事还不是为了养活你！"母女俩便开始吵闹，最后都哭成了泪人儿。

日子久了，草姑就将许多年前莫鹏举勾引她的事告诉了刘亚民，但却隐瞒了小琴是莫鹏举的女儿的事实。刘亚民心里酸酸的，说："莫鹏举这个假善人，让他娃等着，以后有机会，看我咋拾掇他！"

年馑过去了，莫村人迎来了第一个丰收年。莫家粮仓里的粮食从天窗里流了出来，黄灿灿的，看着就让人喜爱。

天奇坐在城墙上吹那凄婉的羌笛音调。他看见已经消失了几年的黑影又出现在了城外，整夜整夜地晃来晃去。他知道那是土匪老六，他们是冲着他爸莫鹏举来的。

　　皮条年馑，稀释了人们的仇恨。年馑里人们关心的唯一问题是活着，现在年馑过去了，一切仇恨又在人们的心中复燃了。

　　人是永远不甘寂寞的，老天停止了对人的惩罚，人就开始自己惩罚自己了。

19. 桃花沟

桃花沟除了桃树，就是石头。

一座石城掩映在花丛中，走近了，才知道是一个村庄。站在桃花沟的城墙上，能看见一条官路蜿蜒而下，直通渭北平川；另一条小路通往西山，隐约可见妙觉寺的香烟；还有一条小路向东，一直延伸到麻峪沟。土匪老六就驻扎在麻峪沟。

相传，明末清初，莫家有个很有学问的少爷莫善笃。他性情怪异，聪明过人，十一岁应考古川县童生试获得了第一名。长大后游学关中，对科举仕进不感兴趣，只潜心治学经史诗文，广交关中名流大儒，论辩学理，切磋文章，以林下隐逸、优游世外为乐，从不与官宦之人接触交往。康熙三年，他游学到雁门关一带，与思想家、大学者顾炎武结交。随后两人在五台山北滹沱河上游开荒种地，经营"民屯"，聚集收拢了许多文人侠士，过了几年无忧无虑的世外田园生活。后来，顾炎武因文字狱牵连，被清廷投入牢狱。莫善笃和许多文人侠士全力相救，顾炎武才被释放。

古川知县郭传芳久仰莫善笃、顾炎武大名，专程邀请二人回到古川进行讲学弘教、唱和诗文的学术活动，一时震动关中，名传京都。这次学术活动，被后人称为"关学大兴"的开端。康熙十七年，清廷开设"博学鸿儒科"，莫善笃为了检验自己的学识，进京应考，果然一举中榜，被授予"检讨"官职。可他无意做官，推脱老母有病，上疏陈情十七次，才获准回家。

当时，莫善笃的哥哥莫善朝也在清廷做官，力劝他留在京城为朝廷效力。兄弟俩话不投机，大吵了一架，不欢而散。兄弟俩从小就性情不合，而且在莫家的身份又有天壤之别。哥哥莫善朝是大太太所生，弟弟莫善笃是小妾所生。哥哥金榜题名，事业有成，官至三品，在莫氏家族威风凛凛，一言九鼎；而弟弟只顾研习学问，一介书生，无所作为，莫家大院没人把他放在眼里。哥哥一贯看不起没有志向的弟弟，弟弟也看不惯一身官气的哥哥。哥哥讥讽弟弟说："世上就你是谦谦君子？要是没有祖上留下的基业，没有我挣回来的朝廷俸禄养活你们娘儿俩，我看你们只有站在万斛山上吃风屙屁了。"这话很是伤人，自尊心极强的弟弟莫善笃脸色铁青，但没有发作，轻蔑地一笑，拂袖而去，自此心里就更加疏远了哥哥。

偏偏大太太也是一个飞扬跋扈的泼辣娘儿们，儿子在京城做官，她在家里作威，蛮横之气比儿子还要长三分，经常欺辱莫善笃的母亲。可怜身份卑贱的善笃老母只能整日以泪洗面，又不敢告诉儿子，怕儿子生气。终有一日，她无法忍受大太太的欺辱，把自己挂在了屋梁上，多亏丫鬟发现及时才保住了性命。大太太站在一旁说："装死算啥本事，有本事你们另起炉灶把日子过起来让我看看。"莫善笃回来后抱住老母失声痛哭，说："妈呀，我带你到一个没有人欺辱你的地方去，儿子就是砍柴卖水也要让你过上顺心的日子。"就这样，莫善笃背着老母，带着妻儿和一帮下人上了万斛山，在那里搭起茅屋，开荒种地，过起了布衣农耕的生活。万斛山上到处都是柏树，只有他们住着的这条沟没有长树，好像是专门等待他们来种植的。既然打算在这里永远住下去，就得种树。每年春天，莫善笃都带着家人荷锄爬山，栽种桃树。年复一年，桃树竟遍布了整个山沟。后来，人们就称之为桃花沟。

这样的日子自在倒也自在，但却十分清苦。桃花沟的人都不甘心，心中愤愤不平，还有一丝说不出的失落和自卑。他们毕竟是被人赶出莫村的啊。母亲临终前对儿子说："儿呀，莫村是我们的家啊，你一定要为妈争口气，有朝一日回到莫村去。你这一辈回不去，让你的儿子回去，你的儿子回不去，还有你的孙子……"从那时起，桃花沟人对莫村人就有一种敌对的情绪，他们时刻准备打回莫村去。

莫善笃去世后，儿子莫通没有像父亲一样舞文弄墨，认为那是最没有出息的行当，不如经商来得实在，便经营起盐业来。七八年下来，莫通竟混成了关中实力最雄厚的大盐商。有了钱的莫通做的第一件事，就是推倒桃花沟的茅屋柴门，就地取材，花了三年时间建造了与莫村小不了多少的石头城，算是为祖母争了一口气。现在，桃花沟已经是一个拥有两百多人的山寨了。桃花沟十几代人都有一个共同的梦想，那就是打回莫村去。两个村子从莫通那一辈起，就开始了持续几百年的仇杀械斗。

桃花沟与莫村之间，除了有一条顺阳河外，还有一片乱石滩。这里原本也是一片良田，数年前，万斛山上发了大水，将麻峪沟里的山石冲了下来堆积到这里，弄成了现在这个样子。乱石滩对于莫村和桃花沟来说，属于两不管地带，百十年来就一直这么荒着，无人问津。两个村子都懒得整治它，反正都有的是土地，谁也不在乎这三十亩大小的乱石滩。再说，那里到处是大大小小的石头，也种不成庄稼。

某一日，乱石滩来了一伙逃难的外省人。

他们操着叽里呱啦的外地口音，男女都穿着宽大的裉裆裤，旁若无人地在乱石滩上搭起了窝棚，开始生火做饭，好像这地方原本就是他们的家园。男人们在窝棚外面舞刀弄棒，一个个身轻如燕功夫不凡的样子。女人们端了木盆嘻嘻哈哈地在顺阳河边洗衣裳，将洗好的花花绿绿的衣裳搭在河边的蒿草上，让太阳晒干。有人好奇，跑到河边去看稀罕，那些女人们并不怯生，用眼睛大胆地看着来人，甚至还主动打招呼，露出一口白净的牙齿。

一个月过去了，不见外省人有离开乱石滩的迹象，反而开始叮叮当当地敲打石头，动手盖起了石屋子。几个月后，能干的外省人竟然在乱石滩建造出了一个小村。他们没有停歇，紧接着又开始开荒造田。有时外省人在乱石滩也表演一些杂耍，吸引得莫村人和桃花沟人都去看热闹。外省人耍完后手捧着草帽绕场走一圈，向围看的人收钱。这时，人们才明白这杂耍不是白看的。看杂耍的人多了，外省人就地开了一家饭馆,由几个年轻漂亮的女人跑堂招揽顾客,生意十分红火。莫村人看了人家的杂耍,看了人家的漂亮女人,离开时发现自己兜里的钱少了,这才醒悟过来,说,这帮外省人就是贼,真会赚钱!后来又来了一些人,外省人的势力就越来越大了。

莫村人既害怕又嫉妒,心理失去了平衡。人就是这样,自己不要的东西,一旦别人捡了去,就马上觉得那东西重要了,好像自己吃了多大的亏似的。莫村人想赶走那些闯入他们领地的外省人。有人找到了保长来福。来福说:"人家一没偷二没抢三没招惹我们,为啥要撵人家走?要撵你们撵去,我不撵!"

后来这些外省人胆子越来越大,竟然对莫村人大打出手。那天,有两个莫村男人在乱石滩看完杂耍,又去饭馆看外省人的漂亮女人。肚子不饿,但又不能干坐着,就一人要了一碗稀饭。女人端来稀饭,忘了拿筷子和勺子,搁在桌子上转身要走,男人嬉笑着说:"我要瓢呢!"莫村人把勺叫瓢,女人听错了,听成"我要嫖你",以为男人在调戏她,吊了脸气哼哼地走了。男人也误解了女人,想:自己只要了一碗稀饭,人家赚不到钱,肯定不高兴了,当然连勺子也不给了。不能让女人看不起!男人咬咬牙心里说,干脆来盘水饺,看她还吊不吊脸!就招手叫那女人,说:"我要水饺!"女人更生气了,以为他要"睡觉"。另一个男人说:"我也来一盘!"女人脸都气歪了,说:"你们刚才要嫖,现在又要睡觉,你们等着!"说着就走出了饭馆。两个男人莫名其妙,心里想,把他家的,刚才要稀饭不高兴,现在要水饺还不高兴,这女人咋了?正纳闷着,女人领着几个男人进来,男人问:"谁要睡觉?"女人指着莫村男人说:"就是他俩!"几个男人三下五除二就把莫村男人打趴在地上。

两个男人挨了打,回来找掌柜的莫鹏举,要求为他们报仇。莫鹏举训斥道:"谁让你们胡骚哩?没出息的货,让人打了还有脸回来说!"训归训,莫鹏举听了这事还是很气愤,心里说,这些外省人也太张狂了,竟然在我们家门口撒野,迟早得拾掇了他们!遂安慰两个男人说:"你们先回去,我自有办法!"

更让莫鹏举生气的是，外省人打了人像是什么事也没有发生，也不来莫村道歉，明摆着就没有把他放在眼里。自从这些外省人来到乱石滩，还没有拜访过他这个大掌柜。看样子不给他们一点厉害，他们就不知道马王爷几只眼！可是怎么收拾呢？这些外省人也不好惹，假若莫村带头和他们闹事，一时也不能干净利落地解决问题，再若土匪老六和桃花沟又趁火打劫来围攻莫村，那莫村不就四面楚歌了嘛！不行，不能让老六和桃花沟白白占了便宜，他们远比外省人可怕。他得先忍下这口恶气，等待桃花沟的反应。他相信莫鹏昊看着队伍越来越壮大的外省人，是不会没有反应的。

桃花沟没有反应，外省人却主动找上门来了。他们抬着两扇猪肉，提了六样见面礼，走进了莫家大院。领头的是一个阔脸的中年汉子，一条刀疤从左边的额角斜划到右眉梢，像是甩上去的一条蚯蚓。汉子一进门就高门大嗓地喊上了："哎呀呀，莫大哥，小弟是来请罪的！"见了莫鹏举就单腿跪地："我的人打了村里的人，实在太不像话了！我刚刚才听说，已经把他们捆了起来，正在河滩上教训呢！"

莫鹏举态度很冷淡，说："磕磕碰碰很正常，你也不必行此大礼！这事就不要提说了。管家，还不快把客人扶起来！"

管家忙扶起那汉子。

汉子说："小弟名叫柳门风，因黄河发了大水淹了村子，才从中原逃荒到了这里，想在大哥您的门下讨口饭吃。早就听说大哥是个忠义双全的大善人，今日一见，果然慈眉善眼气度非凡啊。兄弟本想早过来拜访，却一直拿不出好东西孝敬大哥，最近兄弟靠卖艺才积攒了些银两，置办了一点薄礼，不成敬意，大哥不要见笑啊。"

莫鹏举故意端着架子："心意我领了，东西还是抬回去吧。"

柳门风说："我知道大哥家大业大，不缺这点东西，可礼轻情义重啊！大哥您总不能不让我孝敬老太太吧？听说太婆一百多岁了还精神得很，一口能咬破核桃，这不是活神仙是啥？我柳门风能孝敬老太太是我的福分哩，大哥您就给兄弟一个面子吧。"

话说到这个份上，莫鹏举的架子就不好再端下去了，让管家收了礼，将柳门风让进堂屋，分宾主落座，吩咐丫鬟上茶，准备饭菜。

坐定后，莫鹏举才发现柳门风身后还站着一个十六七岁的女子。没等他问，柳门风从身后拽出那女子，说："这是我的妮子杏花。我就这么一个妮子，她妈去世早，是我一手把她拉扯大的。杏花，见过莫老爷。"

杏花忽闪着一双大眼睛，瞥了莫鹏举一眼，又忙羞怯地低下头去，小声说："莫老爷好。"

莫鹏举眼前一亮，心里想：好水灵的女子！

柳门风说："我一个粗人，不会教养，若是大哥您不嫌弃，就让杏花认您做干爸吧，也好沾沾大哥您的福气。"

莫鹏举一眼就看出了对方的心思，心里想：好你个柳门风，刚见面就来这一套！但他心里还是愿意当杏花的干爸，嘴上却这么说："这怕不合适吧……"

柳门风说："大哥，您就应了吧。杏花，还不快叫干爸！"

杏花脸红了，轻声叫："干爸。"

柳门风说："还不跪下，哪有这样叫干爸的？"

杏花犹豫了一下，脸红到了脖子根儿，有些为难的样子，刚要跪下，却被莫鹏举拦住了："我答应就是了，女子大了，就不用下跪了。"

杏花望着莫鹏举说："多谢干爸！"

莫鹏举这回看得更清楚了，站在他面前的的确是一个十分美艳的女子，心咯噔一下悬在了半空，开始在那里晃晃悠悠。为了掩饰自己的失态，他忙对下人说："快去把婆请来，还有小菊、天奇、太太们，见见柳先生。"

太婆被人从屋里搀扶出来，柳门风夸张地惊叫一声："啊呀，婆果然是活神仙！"忙趴下磕头："祝婆福如东海，寿比南山！"太婆说："啥神仙，快活成妖精了。"柳门风笑道："没想到婆还这么风趣。杏花，还不快给太婆磕头。"杏花这回却麻利，趴下就磕。太婆说："这是谁呀这么眼熟？快过来，让太婆看看。"柳门风说："您的曾孙女呀。"太婆拉住杏花的手仰头看了看，说："这不是小菊吗？"莫鹏举说:"您老眼花了,不是小菊,是柳先生的女子杏花。"正说着,小菊和太太们来了,莫鹏举指着小菊说:"这才是小菊呢。"小菊不知道他们在说什么,听到提自己,剜了姐夫一眼,说:"你又在后头嚼我的舌头哩。"

女人们见过柳门风,就拉着杏花到外面说话去了。太婆和柳门风东拉被子西扯毡地胡乱说了一阵,也回屋去嚼她的核桃去了。堂屋里就剩下了莫鹏举、柳门风和管家。

柳门风说:"大哥,兄弟想跟您商量件事。"

事情终于来了,莫鹏举心里说,无事不登三宝殿嘛。但他一时还弄不清对方到底想干什么。"柳先生,有事请讲。"莫鹏举说。尽管柳门风一口一个大哥叫着,可他始终称柳门风为"柳先生",这样无形中就与对方拉开了距离,意思是说,你别和我套近乎,我认了你女儿做了干女儿,但我还是主,你还是客,不可能平起平坐的。

柳门风说:"那片乱石滩让兄弟开垦出来了,可底下全是沙土,无法种庄稼,我想栽些苹果树,侍弄个果园,也好养家糊口,全村几十口人都指望这片烂地哩。可栽了果树后肯定对大哥您的庄稼有影响,我今天来,就是想征求大哥您的意见,大哥不同意,这果树我就不栽了。"

莫鹏举一听这话很不舒服,心里想:"你想得倒美,还想务弄苹果园长期住下来,你不看看脚下踩的是谁家的地!"但他一时还摸不清柳门风的深浅,不能轻举妄动,再说刚刚认了干女儿,又不好回绝,倒不如做个顺水人情先答应下来,以后再慢慢想办法。反正那片乱石滩闲着也是闲着,说不定柳门风这个人以后还有大用呢。这么想着,就装出很痛快的样子,说:"你就放心大胆地弄吧。"

柳门风没有想到莫老爷答应得这么痛快,感激地说:"大哥真是仁义之人,小弟谢了。"又不无担心地说:"不知桃花沟的莫老爷同意不同意,北边还挨着人家的地哩。"

"这我就不知道了,你最好还是问问人家。"莫鹏举说。

说话间,饭已经好了,七碟子八碗摆了一桌子,酒也斟上了。柳门风哪儿受过这样的礼遇，眼圈一下子就红了，几杯酒下肚，话就更加豪壮了："大哥看得起兄弟，以后有用得着的地方尽管吭气，兄弟肝脑涂地也在所不辞……"

第二天，柳门风去桃花沟拜访，却被莫鹏昊挡在了城外，连城门也没有让进。柳门风悻悻而归，心里就与桃花沟有了隔阂。莫鹏举听说了，心中暗喜，一个大胆的计划在他的心底悄悄萌生了。

柳门风一比较，还是莫村人厚道，对待他们好，心里就更加感激敬佩莫老爷了。

阳春三月，外省人果然在乱石滩栽上了苹果树，好大一片，足足占了乱石滩的一多半地盘。桃花沟主终于忍不住了，派人找到柳门风，说："你们在乱石滩临时落脚没打招呼，我们就不追究了。可是你们的胆子也越来越大了，竟然搞起了果园，真把这里当自己家了？果树长大了根须从地里爬到我们庄稼地里，吸了我们的地气，让我们以后还咋种粮食？"柳门风对桃花沟人本来就有气，又仗着与莫老爷的关系，根本不理碴儿。桃花沟人更气了，动手就要拔树苗，柳门风不让，两边就开始吵嚷推搡，最后竟打了起来，双方都伤了几个人。这下，外省人与桃花沟人更是结下了仇恨。但事情没有继续闹下去，桃花沟没有再找外省人的麻烦，外省人也没有自找麻烦。双方都有些摸不准对方的底细，不敢轻举妄动，只是相互提防着。外省人照样给苹果树施肥浇水，一心一意盼着他们的果树一天天长大。

夏天来了，苹果园绿荫如盖，再有一年，苹果树就可以挂果了。看着像苹果树一样一天天茁壮成长的外省人，莫村人和桃花沟人的心里都不自在。对于男人们来说，尽管中原女人给城外增添了一道亮丽的风景，但再亮丽的风景也是别人的风景，与自己毫无干系。而且每天看着这些风景，看着拥有这些风景和日子一天天滋润起来的中原男人，更让他们心里感到不平衡。

莫鹏昊终于主动找莫鹏举了，他派人送来一封书信，商量联合撵走外省人的事情。破天荒，这是两个村子的掌柜几百年来第一次通信。桃花沟的人早就听说莫鹏举认柳门风的女儿做了干女儿，知道联合的事情希望不大，所以他们明为商量联合，实则是暗示莫鹏举，在桃花沟动手的时候莫村人不要插手就行了。

莫鹏举也想撵走外省人，只是藏而不露罢了。接到莫鹏昊的书信，莫鹏举眼睛一亮，回旋在心中很久的想法呼啦一下就成熟了。好啊，现在我可以坐山观虎斗了！莫鹏举心里明白，外省人远没有桃花沟人让人担忧。外省人不过是案板上的一块肉，迟早都可以吃掉，只是个时间问题。可桃花沟却是他的心腹大患，对付起来就没有那么简单了。由于金匾的事，莫村人早就对桃花沟憋了一肚子气，箭已上弦，弓已拉满，随时都可以进行报复。现在到了复仇的时候了，先借外省人的势力削弱桃花沟的力量，再带领村民一举攻下桃花沟，夺回祠堂金匾，之后再慢慢拾掇外省人。多么绝妙的计划啊！

主意拿定后，莫鹏举学闹蝗时米县长的做法，也提笔在莫鹏昊的书信上写了一首诗："地是人家垦，树是人家栽。多行亲善事，不可胡乱来！"写完让送信的人带了回去。随后，他将这事让人不经意地传给了柳门风，故意激化双方的矛盾。

莫鹏举只等着看好戏了。可是，几天过去了，又几天过去了，什么事也没有发生。看来只有用最后一招了。夜里，他派人悄悄将外省人的果树砍了个精光。不出所料，第二天一大早，柳门风就来了。

"大哥呀，你得给我做主啊，桃花沟也太狠毒了，把我的苹果园全毁了啊！这果园可是我们几十口子忙活了大半年才侍弄出来的呀，让狗日的一夜就给全砍光了，他们欺人太甚了啊！"

莫鹏举佯装惊讶："有这事？"

柳门风说："不信，你去看看吧，太惨了啊！"

"可是，他们为啥要砍树呢？"

"他们这是报复！"柳门风喘着粗气，眼睛里冒着火，"可惜了那一大片好果树啊！现在女人们都在地头哭呢，男人们操着刀枪棍棒，叫喊着要踏平桃花沟，大哥你说咋办？"

莫鹏举故意问："你就这么肯定是桃花沟的人干的？"

柳门风说："不是他们还会是谁？他们早就想赶我们走了！"

莫鹏举说:"要是这样,就是桃花沟的不是了,有事说事,砍人家树干啥嘛。这确实有些欺人太甚了!"

柳门风说:"上回他们就想拔掉我们的树,还打了我们的人。这回更毒了,开始想拉拢大哥联合起来灭了我们,被大哥顶了回去。这事虽然大哥没给我说,但我早就听人说了,大哥的情我记着呢。他们灭不了我们,又拿果园出气,这是将我们往死路上逼啊。是福不是祸,是祸躲不过,看来这一架是非打不可了!"

"打起来对谁都没有好处,还是忍忍吧。"莫鹏举故意这么说。

"不打日后更没安稳日子过!"

"忍得一时之气,免得百日之忧啊。"

"忍字头上一把刀,人家把刀架在我脖子上了,我已经忍无可忍了啊!"

"那么,非打不可?"

"非打不可!"

"那我就没啥好说的了。忍无可忍,就无须再忍,实在要打就打吧。"

"有大哥这句话就行了。"

莫鹏举担心地说:"只怕你势单力薄,打不过他们。"

柳门风说:"大哥你放心,我的人一个顶俩,都会拳脚功夫,打起来不会吃亏的。"

"桃花沟一向与土匪老六有勾结,要是老六从中间插一杠子,事情就不太好办了。"

"老六那里我早就拜访过了,这事他不会插手的。"

莫鹏举吃了一惊,心里说:"这个柳门风果然不简单,老六那里他也已经拜过了,却一直滴水不漏。"他心中有些不快,嘴上却说:"拜过就好,可是老六毕竟是土匪,喜怒无常,不可不防啊。"

"这个大哥放心,老六绝对不会帮桃花沟的。"

"你能肯定?"

柳门风说:"不瞒大哥,我上个月将我们那里最水灵的一个妮子,送给老六做压寨夫人了，我想他不会一点情面都不讲的。"

莫鹏举又是一惊，心想："这么大的事，我竟然一点消息也不知道，原来他也防我一手啊。此人不除，必成后患。"莫鹏举有种被人愚弄的感觉，不过这种感觉马上就消失了，因为他也正在愚弄别人。你柳门风再聪明，也玩不出我的手心。他显出很放心的样子，说："这就好，这就好，还是柳先生想得周全。"

柳门风说："那我就准备打桃花沟了？"

"打就打吧，躲得了初一，躲不了十五。"莫鹏举沉思片刻，说："不过，我和桃花沟一向不和，又是同族本家，不能明着帮你。这样吧，我送你些枪支和子弹，打得赢打不赢，就看你的本事了。"

柳门风没想到莫老爷会这么慷慨，十分感激："多谢大哥了！"

"谢啥哩，谁让我是杏花的干爸呢。你放心大胆地去打桃花沟吧，乱石滩的事情有我呢，到时候我会派人去保护的，免得人家端了你的老窝。"莫鹏举说。

"有大哥暗中相助，我们肯定能拿下桃花沟！"

"你准备几时动手？"

"事不宜迟，就在今晚三更。"

"好吧，二更的时候，我会让人将枪弹给你送去。"

"就这么定了，大哥，我告辞了。"说完，柳门风急匆匆地走了。

莫鹏举望着柳门风远去的身影，冷冷地笑了。管家不知从哪里冒了出来，讨好地说："老爷，都妥了？"莫鹏举一时没明白："啥妥了？"管家笑问："事情都办妥了？"莫鹏举终于明白了管家的意思，不置可否地噢了一声。管家一脸的献媚，说："老爷这一招高明！您派人去乱石滩，名为保护柳门风的村民，实际上是想将村里剩下的老人、女人和娃娃作为人质。要是柳门风打赢了，可以以人质要挟逼他缴械就范；要是他打输了，咱们又先占了乱石滩，让桃花沟白打一场啥也捞不到，那块外省人开垦出来的三十亩地就归咱们了……"

莫鹏举的心思让管家一语道破，心里有些不愉快。这家伙比猴子还精，幸亏是我的管家。他笑着问管家："你知不知道三国时曹操手下有个叫杨修的人?"管家说:"听说过,那是一个聪明绝顶的人!"莫鹏举说:"他太聪明,所以被曹操杀了。"管家恍然大悟,赶忙说:"老爷的意思我明白,我啥也不知道,您就放心吧。"

　　天还没有完全黑,金丝猴就开始呜咽了。月光很好,像铺了一地的碎银子,踩在上面唰啦啦响,让人心惊肉跳。二更时分,莫老爷派管家如约将枪弹送到了乱石滩。之后,他用紫砂壶泡了一壶酽茶,慢慢品着,静静地等待着最后那一时刻的到来。

　　半夜过后,桃花沟方向枪声大作,火光闪闪。莫老爷这才放下紫砂壶,带着一帮家丁占领了乱石滩外省人的村子。枪声密集急促,持续了好长时间,后来便渐渐稀落了。最后的几声冷枪,为这场争斗点上了神秘的省略号。

　　天快亮的时候,柳门风只身逃回了乱石滩,满脸是血,一见莫鹏举就扑通跪倒在地。不是跪,是晕倒了。女儿杏花扑倒在父亲的身上号啕大哭。桃花沟的人一直追到了乱石滩,见莫村人早已占领了村子,十分懊恼,又不敢强行闯入,只在村外放了几声空枪,就悻悻地回去了。

　　柳门风身上中了三枪,挨了七刀,一只胳膊被人砍掉。柳门风醒后,第一眼就看见了哭成泪人的女儿杏花,然后是莫鹏举那张关切、慈善的脸。柳门风有气无力地说:"大哥……二十七个人全没了……我们中了人家的埋伏……贼老六……抄了我的后路……我日他奶奶……"柳门风望了望杏花,又把目光转向莫鹏举,"这妮子……就托付给大哥了……村里男人都死光了……别撵走女人和娃娃……给他们一口饭吃……就当是您的佃户……拜托了……"话没说完,头一歪,就死了。

　　莫鹏举给了外省女人一些银子,让她们从贵生的棺材铺买了二十八口棺材,埋葬了他们的男人。然后,莫鹏举将干女儿杏花领回了莫家大院。

　　柳门风出乎意料地惨败了。桃花沟几乎没有受到任何损失,而且由于胜利,他们的士气更加高昂了。这个时候去攻打,十有八九会失败。莫鹏举不敢轻举妄动，只有等待下一个复仇机会。

半个月后，听说柳门风送给土匪老六的那个俊俏女子，夜里行刺老六时被抓住，老六让兄弟们将她轮奸后，扔到沟底喂了野狼。

杏花听说后，哭了三天两夜。那女子是杏花的表姐。

20. 杏花

杏花走进莫家大院，三太太吩咐丫鬟烧了一木盆热水，让她先洗了个澡。实际上，三太太是让杏花洗洗她身上的晦气。

杏花恹恹瘦弱，一脸凄然，脚上穿着扎眼的白布孝鞋。趁洗澡的当儿，三太太让人扔了杏花的白布孝鞋，换成了小巧的绿绸绣花鞋。莫家的丫鬟都穿这种鞋。从一开始，三太太就给杏花明确了身份，名为干女儿，实际上还是丫鬟。一个逃难人家的女儿，收留了她就已经够仁义了，还能真让她做了半个主子？

杏花是个聪明的女子，出浴后不见了自己的白布孝鞋，心里就明白了十八分，眼里腾起一层雾水，独自悄悄哭了一回，感叹母亲死得早，父亲死得惨，留下她一个孤女在世上受罪。哭过之后也就想通了，丫鬟就丫鬟吧，自己生来就是丫鬟的命，待在莫家总比待在乱石滩担惊受怕的强，桃花沟人正在找她们的麻烦呢。

三太太对杏花说："杏花呀，以后就不要叫我干妈了，干妈干妈的，听上去别扭。"杏花马上明白了太太的意思，心里凉了半截，说："那我就叫您太太吧。"三太太说："随你的便吧。"以后，杏花就改了口，也和别的丫鬟一样叫"老爷""太太"了，成了莫家地地道道的丫鬟。

进了莫家大门以后，有了好饭好菜的滋润，杏花的脸色就越发红润了。杏花在屋里走动的轻俏身影，总是牵动着老爷的目光。

三太太对小菊说："这丫头狐着呢，我们得提防着点！"

姐妹俩感到了危机。自从杏花来后，老爷就很少到她们的屋子里去了，她们知道问题出在了哪里。好在一切还没有变成事实，现在想办法还来得及。什么办法呢？姐妹俩一时没有想出来。

就在这时，天奇夜里梦游从城墙上摔了下来。当人们听到咚的一声闷响，从屋里跑出来围住呼叫他时，他却睁开了眼睛，漠然地从地上爬起来，拍了拍身上的土独自回了屋。这令在场的人都感到惊诧。太婆把莫鹏举叫到屋子好好地数落了一顿，说："你从不关心天奇，要是他有个三长两短，我也不活了！"莫鹏举赶忙给太婆赔不是，并当着太婆的面，辞掉了伺候天奇的丫鬟。

三太太突然有了主意：何不把杏花安置到天奇屋里呢？他老东西再不要脸，也不会到儿子的屋里去抢丫鬟！这么想着，就去找老爷，刚好杏花也在。杏花要走，太太说："我正要和老爷说你的事呢，你也听听。"杏花就站住了。太太对老爷说："天奇越来越不让人放心了，夜里老是梦游，得有个心细的人经管。"老爷说："你看着办吧。"太太说："杏花聪明伶俐，就让她搬到天奇屋里去算了。"老爷一愣，说："这不好吧，杏花咋能和天奇住在一起？"杏花的脸腾地红了。太太说："不住在一起咋伺候？要是那个死丫鬟住在天奇屋里，那天就不会出事了。"又对杏花说："少爷是个傻子，你又不是不知道，有啥害羞的。"杏花说："可是，太太……"太太打断了她的话，说："就这样了，你今天就搬到少爷屋里去，往后你就伺候少爷一个人。"

杏花长这么大，从来没有跟一个陌生男人睡过觉，现在让她和少爷睡在一起，她觉得很难为情。尽管少爷是个哑巴、傻子，但他总是个大男人啊。她一闻到男人身上的气味就心慌，就别扭，可是又有什么办法呢，谁让自己是个丫鬟呢！天奇睡觉倒还老实，悄没声息地像个婴儿，头一挨枕头就睡着了，好像炕上根本就没有她这个羞怯的女人，这让她忐忑不安的心平静了许多。

日子久了，她就习惯了。每天睡觉前，她都将门闩得牢牢的，以防少爷半夜起来梦游。可有时半夜醒来，还是不见了少爷。她听到了凄婉的羌笛声，知道少爷又坐到城墙上去了，便赶紧披了衣衫爬上城墙去将他拉回来。少爷的手冰凉冰凉的，她得暖半天才能暖热。为了防止少爷梦游，后来睡觉时她就将一只胳膊搭在少爷的身上，以便在他离开的时候能及时发现。

不知从什么时候起，杏花开始同情傻子少爷了。少爷是莫家唯一让她感到安全的人。少爷太孤独了。那种孤独在她夜里搂着他的时候，通过冰凉的体温传给了她，让她不能不怜悯，不能不同情。有时她会紧紧地搂住少爷，好像这样就能把孤独挤压出来。也许由于整天陪着不会说话的少爷的缘故吧，杏花也慢慢品尝到了孤独。

少爷每天都坐在城墙上发呆，或者吹那支古怪的羊骨羌笛。有时黑蛋和小琴也来找他玩一会儿，但次数明显比以前少多了。他们都长大了，已经过了玩耍的年龄。梅香长成了一个十分耐看的姑娘，整天在院子里飞来飞去的，快乐得像只小鸟。梅香有大太太和几个丫鬟陪着，根本就不需要天奇这个傻哥哥。

在莫家，天奇像个影子，除了杏花谁也不会在乎他。杏花不再把少爷看成是一个哑巴、一个傻子，她学会了用目光与他交流。透过他木呆呆的瞳孔，她一直看到了他的心底，那里除了孤独还是孤独。孤独像一具冰冷的僵尸伫立在那里，向她冷冷地招手，她走进去，孤独一下子就包围了她。她也是孤独的。老爷太太将她这个"干女儿"当作丫鬟，而丫鬟们又把她当成老爷太太的心腹，避而远之，不敢亲近她。在她这个最需要说悄悄话的年龄，却没有一个人跟她说话。

双生子少爷从学校回来了，他们快要中学毕业了。城里正在清查共党分子，学校停了课。他们告诉父亲，刘亚民的保卫团抓走了他们的篮球队队长，说是共党分子，同学们怀疑这是保卫团公报私仇。保卫团和他们学校篮球队比赛每次都输，就因为他们有个好队长，同学们猜测保卫团是找借口要除掉他们篮球队队长。他们向保卫团要过几次人，后来队长被放出来了，但腿却瘸了，再也打不成篮球了。同学们十分气愤，但又拿保卫团没办法，人家手里有枪，他们一群书生怎能对付得了！他们只有用篮球比赛这种方式，跟保卫团斗到底。

莫鹏举说："你们能肯定那篮球队队长就不是共产党？共产党的脸上又没有写字！你们还是好好念书，不要胡掺和，小心被人利用！

你俩不许参加篮球队,免得日后惹事!"

兄弟俩互相看了一眼,没有说话。其实,他们俩早就是篮球队队员了,而且哥哥天佑还当选了新的篮球队队长。

杏花从来没有见过双生子少爷,只是听说他们一表人才,现在见了果然气度不凡。他们不像村里人那么土,明显有了城里人的味道。他们见过世面,知道的东西也多,说出的话都很新鲜。他们的头发总是一丝不乱,衣裳也总在散发着一种淡淡的胰子的清香。这一切,都令她好奇和羡慕。有时她心里想:要是能天天伺候他们该有多好!可惜她只是一个卑贱的丫鬟,傲慢的他们连认真看她一眼都不曾有过。有时她有意在他们面前走来走去,他们也不注意她,只是说着他们的事情。杏花很失望,心里空落落的。

几天后,双生子少爷又回学校去了。他们一走,杏花又把心思放在了天奇身上,但心里偶尔还牵挂着他们。那种牵挂是淡淡的、远远的,是连她自己也说不清的一种心绪。

天渐渐热了起来。杏花喜欢贴着天奇的身子睡觉,他的身子总是很凉,贴着很舒服。天奇喜欢杏花坚挺的奶子,就像当初喜欢他姨小菊的奶子一样。有时候天奇会禁不住用手去摸,开始杏花还躲,后来就不躲了,任由他摸来摸去,感觉好像是双生子少爷在抚摸她。有时天奇还会爬到她的身上,她很惊慌,担心他要做什么,但他什么也没有做。有时天奇会用双手将她的两只奶子用力往一起挤,企图将两个奶头一起噙在嘴里,但却一次也没有成功。这并不是因为它们的距离远,而是因为它们太柔韧太坚挺了。每当这个时候,杏花就将少爷掀翻到一边,说:"看不出你这傻子还是个鸳驴!"想着少爷听不懂,就用手做了语言,在他的身上狠狠拧一把。

有月亮的时候,月光会从窗外悄悄爬进来,白晃晃地流淌一炕,杏花就化成了一摊水,与月光融汇在一起,天奇就分不清哪儿是月光哪儿是杏花了。杏花的身上总是泛着月亮的光泽,即使没有月光的时候也是这样。借着月光,天奇看见杏花右边的乳房上有一根长长的黄毛,便用剪刀剪了去。可是过不了多久,那根黄毛又长起来了,比头发长得还快。又剪，又长，天奇就懒得剪了，让它像一根龙须一样一直长在那里。

孤寂的夜里，两个孤独的人，只有用相互抚摸对方的身体代替语言，排遣无边无际的寂寞。这是他们生活里的唯一的乐趣，也是一种睡觉前的游戏。有了这种游戏，天奇夜游的次数明显减少了。

一天早晨，杏花被一阵吵闹声惊醒了。只听一个老妈子在院子里说，刘亚民包围了莫家大院，说是要抓两个少爷。杏花心里咯噔一下，急忙起来走出屋门。院子里站满了下人，门口挤满了兵马，莫老爷直挺挺地站在门口。

莫老爷问："兴师动众的，发生了啥事？"

刘亚民骑在马上，居高临下地说："你赶快把你的两个儿子交出来！"

原来，天佑和天顺他们的篮球队在昨天下午和保卫团进行篮球比赛时，趁机抢了保卫团十几条枪，打死了两个兵丁，逃到了逸山。保卫团围剿了一夜打死了三个学生，活捉了两个，天佑、天顺和其他同学拿着枪连夜逃走了。刘亚民怀疑他们逃回了家。

莫鹏举吃了一惊，没想到那两个小子竟闯下了这么大的祸！他心里十分慌乱，为两个儿子担心，但表面却很平静："他们两个没有回来呀。"

刘亚民用马鞭指着莫鹏举："快把他们交出来，不然我的人就要进去搜了！"他骑在马上，俯视着以前自己最害怕的这个人。

莫鹏举想，他们进了大院损失可就大了，但他不想在刘亚民面前示弱。他不能因为有可能损失一点钱财，而让刘亚民小看了自己。他身子往旁边一挪，让开了一条道，说："你要不信，可以进去搜嘛！"

刘亚民骑马进入莫家大院，身后是一群持枪的兵。从来还没有哪个人敢这样骑着马走进莫家大院，今天他终于毫无顾忌地走进来了。他就是要骑在马上，这样高高在上地走进小时候感觉不可高攀的神秘的莫家大院，走进他最想战胜的人的领地。院子里的人四处奔跑，他感到了从未有过的满足。翻腾了半天，刘亚民和他的兵一无所获。

在整个搜查过程中,莫鹏举一直站在门口,一动不动。

管家将装有一千大洋的布袋战战兢兢地挂在刘亚民的马鞍子上,刘亚民用马鞭将钱袋挑起来扔在莫鹏举面前,蔑视地注视着他:"你以为有钱啥事都可以办到?我是执行公务,不是叫花子!告诉你,你的两个儿子是共党分子,你这点钱买不下两个人头!我一定要抓住他们!"说完,一挥马鞭,带着兵撤回了县城。

一连多日,莫鹏举的脸黑森森的,一言不发。一方面他替两个儿子担心,一方面刘亚民骑马闯进莫家大门让他丢了面子。下人们见老爷不高兴,在院子里不敢高声说话,走路也蹑手蹑脚的。莫家大院只有三太太一人暗自高兴,她有意在院子里走来走去,脚步又重又响。

天奇心里想:她是在踩踏两个哥哥呢。这个恶毒的女人!

天奇无意中发现他妈的鞋垫上绣着两个一模一样的小人,就猜出了她的用意。她在用这种恶毒的方式诅咒天佑和天顺。现在两个哥哥出事了,他相信是他妈诅咒的结果。

从此以后,天佑和天顺少爷就没有了消息。

第二年春天,莫老爷突然接到儿子天佑的一封信,说他们当时逃跑时,怕两个人一起被保卫团逮住,就一个朝南一个朝北分开跑了。他跑到了古北口,投奔了国民党关麟征的队伍,还问天顺有没有回来,有没有给家里写信。

天顺一直没有消息,谁也不知道他是死是活。

秋天的时候,管家去东山收账,回来的路上遇上了暴雨,就被淋病了。三太太让丫鬟熬了姜汤给管家送过去,说捂上被子睡一觉发发汗就好了。可是管家捂着被子睡了一觉,又睡了一觉,病还是没见好,反而有些加重了。三太太让人叫来了拐子天胜。天胜给管家把了脉,说管家阳亏肾虚,又淋了雨,一时半会儿是好不了的,少说也得十天半月。三太太听了这话,脸就红了,看了管家一眼,说:"真是倒霉,早不病晚不病,偏偏这个时候病了。"

正是收粮的时候,佃户们成群结队地前来交粮,管家一病,收粮的事就没人张罗了。三太太问下人:"你们谁会算账?"

杏花说:"我会一点。"

三太太说:"那你就接替管家,到粮仓收粮记账去。"

杏花就和满仓一起收粮了。满仓过秤入库,她算账记账。三太太没想到杏花还真是一个持家理财的好手。半个月下来,莫家的粮仓已经满满当当的了,杏花的心也被一种情绪鼓涨起来,洋溢着包裹不住的芬芳。

粮仓里没人的时候,满仓喜欢和杏花开玩笑。满仓将一把玉米丢进杏花的衣领,杏花笑着满屋子追打满仓。满仓跳上了粮囤,气得杏花在下面跳脚叫骂,满仓站在上面嘿嘿地笑。杏花解开领口抖搂里面的玉米,满仓正好看见了她雪白的胸脯。那一刻,满仓停止了呼吸,几乎要晕倒。

杏花说:"看你给我弄了一身,让我咋往外掏呀!"

满仓噌地从粮囤上蹦了下来,一把搂住了杏花,颤声说:"我……我帮你往外掏……"一双黑手就伸进了杏花的衣衫。

杏花蛇样扭着身子想甩开满仓,满仓越发抱得紧了,嘴里说:"杏花……你就让我摸一下……就摸一下……我还没摸过女人哩……"

杏花挣扎地说:"我喊了……"可她始终没有喊,后来竟嬉笑着和满仓滚倒在粮堆里……

夜里,天奇醒来发现杏花不见了,就迷迷糊糊爬起来出门去找。路过粮仓门口时,他隐约听见里面有女人在低声嬉笑,便驻足静听,又听见男人粗鲁的喘息,还有女人压抑的呻吟。他听出来是杏花,决定再不让她搂着睡觉了。

还有一个人发现了粮仓里的秘密,这个人是管家。病愈后的他想去粮仓看看,结果就看到了粮堆上滚在一起的两个人。他悄悄地走了,好像什么也没有看见一样。

天奇真的就不让杏花夜里搂着他睡觉了,杏花也不勉强。她不再孤独了,心里已经被另一个男人占据了。那是多么健壮有力的一个男人啊,他能把她揉碎。她喜欢被他揉碎。

杏花和满仓有了那事后,心里就特别害怕,担心哪天事情会败露。每一次走进粮仓，她都提心吊胆的，快乐和恐惧一起环绕在她的周围。她知道一旦事情败露，老爷肯定不会饶过她的。

没人的时候，老爷的眼睛总是在她的身上扫来扫去，好像她的衣服上有许多灰尘。杏花心里直发毛，浑身像爬满了毛毛虫。有时老爷会拉住她的手，沿着她的胳膊往上摸索。一次，老爷竟隔着衣裳捏住了她的乳头，说："你这衣裳是啥布呀，这么软和？"她很羞恼，但又不好发作，说了句"太太来了"，便惶惶逃走了。

当然太太没有来。这样的诡计只能用一两次，再用就不灵了。后来杏花发现老爷对紫砂壶十分珍爱，从来不让女人碰它，老爷再动她时，她就装出对紫砂壶极感兴趣的样子，说："老爷这壶真好看，我去给你倒壶茶吧。"老爷忙去保护他的壶，她便趁机逃走了。

杏花对满仓说："你带我走吧，莫家我一天也不想待了。"

满仓不解地问："走？往哪儿走？为啥要走？"

杏花说："走了，我就能和你一辈子在一起了。"

粗心的满仓没有发现杏花的不正常，抚弄着她乌云似的黑发说："别傻了，我们在这里好好的，为啥要走呢？离开了莫家，我们咋生活？莫老爷对我们不错……"

一提起莫老爷，杏花就来气，她推开满仓说："你还像不像个男人？没一点志气！活得像一条看家狗！"

"咦，你咋骂人哩？"

"我不光骂你，我还要咬你哩。"杏花在满仓肩头咬了一口。

满仓呀了一声："到底谁是狗？"

"你是狗你是狗，你是莫家笨得像猪一样的看门狗！"

"好好好，我是狗我是狗。那你说，咋办？"

"咱离开莫家吧。"杏花几乎是乞求了。

"行，等我攒够了钱，向老爷求个情，让他把你许配给我，我就带上你走，你说上哪儿我们就上哪儿。"满仓说。

杏花说："向他求情？他有那么好心？"

满仓说："你可不敢胡说！老爷是个好人，他救过我俩的命呢，你不能这么说老爷!"

杏花说:"哼!他是好人?他是好人你就一辈子跟着他过吧!"说完,气呼呼地走了。

杏花想用女人的方式报复那个让他厌恶和害怕的人。几天后的夜里,她趁屋里没人,偷偷尿进了莫老爷的紫砂壶里。第二天莫老爷照样端着心爱的紫砂壶,十分威严地在院子里边走边品尝。

几年后满仓就后悔了。当初他要是带着杏花离开了莫家,也许就不会发生那件让他后悔一辈子的事了。

21. 麻峪沟

小菊走进来的时候，莫鹏举正半躺在灯下看一本旧书。

小菊说："哎哟，我说这些日子咋不见人影呢，原来在这里用功呢，准备考状元呀？"

莫鹏举见是小菊，忙将手里的书压到了枕头下，不好意思地笑了："姐夫正想你哩，你就来了。"

小菊讥讽说："你哄鬼哩！想我？想我这些日子不照面？"一脸不高兴地坐在了炕沿上。

"真的想你哩，不信，你摸。"莫鹏举拉着小菊的手，按在了自己的裤裆。

小菊甩开他的手："谁知道你想谁哩！"

莫鹏举嬉笑着说："除了你还能有谁？快上来……"

小菊一拧身子躲开了，却没有走，而是突然将手伸进枕下摸出了那本书，说："啥好东西，还藏藏掖掖的！"

莫鹏举想夺回来没有成功，说："你看不懂！"

小菊躲到一边，只见书皮上写着《玉房仙经》，不知是什么意思，随便翻到一页。上面写着：男女相成，犹天地相生也。天地得交会之道，故无终竟之限；人失交接之道，故有夭折之渐。能避渐伤之事，而得阴阳之术，则不死之道也……

小菊看不大懂："这上面说的是啥意思？"

莫鹏举说："不让你看你偏要看，看又看不懂，快还给我！"

小菊又翻了一页，上面写着"还精补脑之道"：交接精大动欲出者,急以左手中央两指却抑阴囊后,大孔前,壮事抑之,长吐气,并啑齿数十过,勿闭气也;便施其精,精亦不得出,但从玉茎复还,上入脑中也……小菊猜出了其中的大概意思,脸红了,将书丢在一边,像是丢弃一只死老鼠。

"原来你就看这种书呀,恶心人!"

小菊背过身去,人已娇喘滴滴,酥胸起伏,香腮红艳了。莫鹏举一把将小菊搂在怀里,开始胡乱地解她的衣裳。小菊说:"你属猴的,这么急?"两人顾不得脱去上衣,就绞缠在一起。莫鹏举按照书上说的一一实践,果然其乐无穷。小菊也像晒在沙滩多时又跳进水里的鱼,上下翻飞,一次次冲上快乐的浪尖。不一会儿,炕上就一片狼藉了。事毕,两人就像两只航行久了的小船,疲惫地停靠在一起,各自整理着自己的缆绳。

"几日不见,姐夫的功夫倒是见长了啊。"

"姐夫的好功夫还没完全使出来呢。"

"说你胖,你就喘起来了。"

"不信再来!"

"你不要命了?"

"我只想要你……"

莫鹏举说着又将小菊裹在了身下,两人又折腾了起来。事情进行了一半,莫鹏举突然听到了太婆咔啦啦搅动核桃的声音,那声音格外响亮,顽强地撞击着他的耳膜,几乎要洞穿它们。他心里哆嗦了一下,身子一软,便提前山崩水泄了。

小菊说:"咋,不行了?"

莫鹏举说:"婆没睡,又在咀嚼核桃了,你听!"

小菊没有听到任何声音,说:"你别自己吓唬自己了,啥声也没有。"

莫鹏举说:"我害怕这种声音,一听到这声音就不行了。明儿个我们到城外的玉米地里去吧,那里没人打扰。"

小菊说:"你真是越活越野了,不怕人看见?"

"玉米那么高，谁能看见？"

夜深了，月亮落进了山后，屋里的灯光更加明亮。

天奇坐在城墙上，看见他姨走进了他爸的屋子，后来又看见管家走进了他妈的屋子，再后来看见杏花走进了满仓的库房。他还听到了太婆搅动和咀嚼核桃的声音。他不想再看这无聊的莫家大院，把目光转向城外。城外黑乎乎的，什么也看不见，但他能感觉到那里有他熟悉的身影在游动。他们总是在没有月亮的时候在城外游动。他在心里对那些黑影说："来吧，你们迟早是要来的，那就早点来吧！还等什么呢？"

白天，天奇看见他姨一个人出了城，钻进了玉米地，红绸衫子一晃，就看不见了。他知道她在那里等他爸。

他爸刚要出门，却被管家拦住了。管家说："他们又催粮了，每亩地增加了一斗，咱家地多，算下来，还得补交六十多石粮食呢。"莫鹏举急着想走，敷衍道："今年秋里咱们只种了四顷地的粮食，其余的地都闲撂着，不能作数的。"管家说："我也是这样说的，可是征粮局的人说，不管种没种粮食，都要按地亩收粮，不交不行。"莫鹏举说："真是不讲理！你看着办吧。"就匆匆朝城外走。

莫鹏举和管家说话的当儿，天奇看见两个黑影钻进了小菊刚才消失的玉米地。有一阵子，那里的玉米秆晃动不止，之后一切又恢复了平静。天奇明白是怎么回事了，但他没有做出任何反应。他知道迟早会有这么一天的，该发生的事就让它发生吧。

天奇看见他爸像火烧了屁股的猴一样在玉米地里窜来窜去，但他只捡回来一只绣花鞋。花一样美丽芬芳的小菊，像一滴雨落进了涝池里，再也找不见了。

几天后，土匪老六派人送来口信，说小菊在他手里，让莫鹏举十天内带上两千大洋到麻峪沟去赎人。

"果然是老六干的！"

莫鹏举没有猜错。莫家那么多人他不绑，偏偏就绑了小菊，这是故意让他难堪呢。老六知道攻击什么地方才能让他疼。如果想杀他，有许多机会，可一直没有动手，而是对他周围的人一个个下手。十几年前剁了天奇的手指头，现在又绑走了他的心肝宝贝小菊。这就像钝刀子割肉，一点一点地割，让他时刻都能感觉到疼痛，感觉到恐惧，感觉到危险始终围绕在身边，让他无法忘记有个仇人的存在，一辈子都提心吊胆地过日子。这一手，可真毒！

管家提醒说："老爷，麻峪沟你可不能去，老六贼尿啥事都干得出来！这是个圈套哩。"

尽管莫鹏举猜想老六暂时还不会直接对他下手，这种钝刀子割肉的游戏他还会继续玩下去，但猜测毕竟是猜测，万一他改变了主意呢？自己最好还是不去冒这个险，谁能肯定这不是一个圈套呢？

他决定让管家和天奇去麻峪沟。

管家带着哑巴少爷和两千大洋上了麻峪沟。他们翻了一座山，又过了两道沟，才走到麻峪沟口。脚下的大路突然消失了，三条小路蜿蜒进三道山沟，该走哪条呢？两人正纳闷，山崖上跳下来两个黑衣蒙面人，黑洞洞的枪口对准了他们的脑袋。

管家镇定地说："两位兄弟是老六的人吧。我是莫家的管家，这是我家少爷，我们是来送钱赎人的。"

天奇平静地看着黑衣蒙面人，他觉得土匪与其他人没有什么两样，只是手上有枪，脸上多了块黑布而已。他们夜里在城外转悠的时候，脸上并没有黑布，但夜色做了他们宽大的黑衣和黑布。

土匪弄清了他们的真实身份，便收了枪，扯下脸上的黑布，却并没有让黑布闲着，而是顺手用它们蒙住了管家和天奇的眼睛。天奇感觉眼睛上有了黑布，自己也变成了土匪。

土匪牵着他们的手，一前一后向沟里走去。走了好长一段崎岖不平的山路，土匪站住不走了，揭了他们脸上的黑布。

天奇看见面前是一排窑洞，窑洞很老很旧，窑口爬满了绿色的藤蔓和灿烂的山花。花丛中有几只看不见的鸟儿，高一声低一声地鸣叫，那鸟的粪吊线一样从花丛中垂挂下来，直到洞口。空气里弥漫着青草和鲜花的清香气息。天奇从来没有到过空气这么清新的地方，一下子就喜欢上了这山沟。心里想:"老六真会享受,找了这么个好地方。"

几个土匪正抱着枪蹲在窑口闲聊,看见了他们,便嬉笑着问:"又逮了两个倒霉鬼,哪个村的?"

"莫家来赎人的。"

"那小娘儿们真他妈白嫩,一把能捏出水来。给大哥说说,留给兄弟们享用算尿了,还赎个锤子!"

"你骚驴又胡烧骚哩,马棚里的母马闲着呢,有本事你去!"

"哎,能把那女人睡一夜,当一回畜生也值啊!"

"小声些,让大哥听见了,赏你俩撇耳子。"一个土匪小声说,"你没注意,大哥对那小娘儿们有意思哩。绑来了这么多天,天天像佛一样供在窑里,动也不敢动一下,说不定想收她做压寨夫人呢。"

"大哥一向对女人不胡来,哪一回绑了女票他动过?"

"就是的,大哥不近女色,一心只想着报仇哩。要是他有那心思,压寨夫人早就好几个了,以前的几个女票也挺水灵的……"

"以前是以前,现在是现在,这叫缘分!你没见大哥看这小娘儿们的眼神都不对了,八成是喜欢上这娘儿们了。"

"我看倒是这小娘儿们喜欢上大哥了,昨天还看见她在窑口给大哥洗衣裳呢……"

"大哥是个实诚人,绑票是绑票,可从来不糟蹋人家女人。可能就是因这一点,那娘儿们才不反感他,还感激他呢。"

"他不享用,也不让咱们享用,白白浪费了好东西……"

这边正说着,那边就有人喊:"喂,你两个贼尻只管在那里磨闲牙,大哥正等着呢,还不把人带来!"

两个土匪急忙推搡着管家和天奇往那边走。

那边又说:"只把老的带来,小的先关到洞里去。"

管家和那包大洋就被一个土匪带过去了,进了一孔窑洞。天奇被另一个土匪带进了另一孔窑洞,不,是山洞。洞里阴森森的,很深,很暗,也很潮湿,头顶上的石缝滴滴答答地往下滴着水。山洞越走越窄，最后几乎成了一道石缝，只能容一个人通过，他们不得不侧身而行。又走了几步，过了一道石门，眼前豁然开朗，山洞一下子宽敞了许多，还有一个天井，一柱阳光从那里倾泻下来，让刚刚经历了黑暗的天奇不得不眯上了眼睛。

石门在天奇身后轰隆隆地关上了，像天上在滚雷。刚才送他的那个土匪不见了，面前站着另外一个土匪。这土匪看上去很老，脸色煞白，连头发和眉毛都是白的，整个人就像在地窖里放久了的白薯。天奇心里叫他白毛。白毛土匪走动的时候，天奇才发现他和村里的天胜一样，是个拐子，不同的是天胜前后晃，他左右晃。

白毛土匪让天奇坐在地上，自己也盘腿坐在对面，说："我正憋得心慌呢，你来了就好，正好和我做个伴。"他的声音嘶哑，好像喉咙里安了一扇破门，"前几日来了一个，我还没有跟他说够话哩，就被送上路了。"

天奇知道"送上路"是什么意思，但他极为平静地看着白毛，面部没有任何害怕的表情。

白毛土匪看了天奇一眼，说："噢，我忘记你是莫家的哑巴少爷了，你不会说话没关系，能听我说就行。我一个人在洞里都快憋死了，就想和人说说话。"他叹口气说："唉，说是牢头，其实跟坐牢一样，甚至还不如坐牢呢。坐牢的人总有离开的时候，我却一辈子要坐在这里，再不说话，我就要变成你了……"

他也不管天奇愿听不愿听，或者能不能听见，就开始了冗长地叙述。他一边说话，一边熟练地在裤腰里摸索，逮到了一个什么东西，看也不看就放进嘴里，咯嘣一声吃掉了。天奇猜想那是虱子。天奇感觉虱子的血溅到了他的脸上，心里就一阵恶心。每吃一个虱子，土匪都会插一句："狗日的，你吃我，我吃你，看谁能吃过谁！"然后又继续他的叙述。看得出来，向别人叙述他的故事，成了他唯一的乐趣，哪怕对方是一个哑巴。

白毛土匪说，许多年前，他是孙殿英手下一个连队的文书。有一年，他们连奉命开挖定陵，爆破排用炸药炸开了金刚墙。他们冲进地宫墓室，连长把慈禧太后的棺盖撬开，只见一道紫光冲天而起。再看棺材里的慈禧，满面红光，跟活的一模一样，像是随时都会忽地坐起来。他们吓得几乎瘫坐在了地上，连长也吓得张大了嘴，不敢动手。营长说，他妈的愣着干啥，还不赶快往外搬！慈禧墓室里的东西真他妈多，他们几百人搬了一天也没有搬完。有人搬开慈禧的尸体，把她身子底下的珠宝也拿走了，连她的珠宝内衣内裤都撕得稀烂，一抢而光。有个胆大的，竟用枪刺撬开慈禧的牙齿，取走了她嘴里的夜明珠……

天奇眼前恍恍惚惚飞旋着许多珍珠宝石，他对这些并不感兴趣，不久就睡着了。等他醒来，天色已经暗淡。

白毛土匪口吐白沫，还在那里唠叨："……我们几个兄弟和队伍走散了，后来干脆就当了掘墓贼！'南方才子北方将，关中黄土埋皇上'，关中有的是陵墓，够我们吃喝一辈子的。这碗饭可不好吃啊，好几次我都几乎丧命。有一回，我们挖一个陵墓，刚挖开墓门，只见一条腰粗的大蛇守在那里。大蛇嘴里吐出一股青烟，站在最前面的一个兄弟当场就被那烟熏死了，多亏我跑得快，才保住了一条性命。还有一次，我们从地下挖了通道，挖到了墓跟前，先用一根长锥子刺进墓中想探个虚实，突然有股白气从锥子扎出的孔里射了出来，声音很大，有个兄弟的耳朵当场就被震聋了……有了这么几次经历，我们后来就不敢再挖皇帝的陵墓了，只在大户人家的坟地里找些零食吃……"

天黑了下来。石门被人从外面打开，一个土匪押着管家进来了。管家两手空空，手里不见了那包大洋。看来事情已经办妥了，他显得很轻松，很随便，好像这里不是土匪的牢房，而是他的家。他甚至还冲黑暗中的老土匪点了点头，笑了笑。

白毛土匪头也不抬，继续在裤腰里摸索虱子，说着他的话。天奇看不见他的具体动作，只能听到他咬虱子的咯嘣声。

管家说："天黑了，点上灯再说吧。"

"不能点灯，一点灯我身上的虱子就钻到里面逮不住了。"

白毛土匪又逮到一个虱子，扔进嘴里咯嘣咬了，然后用衣袖抹了一把嘴角的白沫，接着说："有一年，听说有个新媳妇偷吃煮鸡蛋，让婆婆碰见了，媳妇一急，把个鸡蛋囫囵塞进嘴里，结果当场就给噎死了。婆家怕娘家人找事，就急急忙忙厚葬了媳妇。夜里，我们没费多大劲，就把那媳妇的新坟挖开了，里面果然金银首饰不少，够我们吃半年的。有个兄弟拿了首饰还不甘心，又看上了那媳妇身上的绸缎裤褂。我说走吧走吧，那裤褂值几个钱。那兄弟说你先上去，我马上就来。我看见他解下裤带，一头套住女人脖子，一头套住自己的脖子，把女人拉得坐起来，就开始脱女人的衣服。谁料那女人哇的一声吐出了鸡蛋，竟活了过来，说你这不要脸的，脱我衣服干啥。我那兄弟当时就吓晕了过去……

　　"那女人没脸再回家过日子，就跟我们一道掘墓。半年后，我带她进城去扯衣裳，被她村里的人看见了。那人悄悄跑回去告诉了她婆家。婆家人匆匆赶到城里，一看果然是死去的媳妇，十几个人扑上来逮住了我们，把我吊在树上一顿好打，当时就打断了我的一条腿。刚巧老六大哥路过，把我救下了……"

　　管家说："这事我前几年听说过，原来是你啊！"

　　"就是我！"土匪自豪地说，好像掘墓贼是一种令人崇敬的职业。

　　这时，有人送来了晚饭，有猪肉、狗肉、白面馍，还有一壶酒。白毛土匪闻到了酒味，这才打住了话头，点上了灯，说："先吃饭，吃了再说。"

　　管家说："好啊，在老六这里坐牢，有酒有肉，比在家里还享福呢。"

　　白毛土匪冷笑一声："别高兴得太早了，在这里能让你喝酒吃肉，八成你以后就没机会吃了。你没见刑场杀人前都先让喝碗酒嘛。"

　　管家毫不在乎地说："该死尿朝天，我先吃饱再说。就是死，也不能当饿死鬼！"

　　三人吃毕饭，老土匪已经醉了。那壶酒让他一个人喝了。土匪一醉，话就更多了："你们别看我醉了，我醉了你们也跑不出去。门被他们从外面锁上了,你们出不去,我也出不去。你们还是老老实实听我说话吧……"

天奇想,这个像白薯一样的土匪,也是一个非常孤独的人。他一刻不停地说话,就是为了不给孤独片刻喘息的机会。白毛土匪说了整整一夜。天亮的时候,他终于口吐白沫倒在了地上。他累死了,天奇想。外面的土匪打开石门走进来了。

管家说:"他可不是我们杀死的,是他自己说话累死的。"

进来的土匪笑了,说:"他是我们这里有名的'说嘴匠''人来疯',每次牢里来人他都这样。他死不了。"

管家说:"是不是时候到了?"

土匪奇怪地问:"什么时候?"

管家笑着说:"送我们回老家呀!"他做了一个杀头的手势,样子很幽默。

土匪又一次笑了,说:"大哥说放你们回去哩。"

这土匪看上去很憨厚,说的不像是假话。要不是在这里,而是在其他地方见了他,谁也不会把他当作土匪。他更像一个老实巴交的农民,也许他以前就是一个农民哩。

管家一边跟着土匪往外走,一边说:"那好,我们现在就走。"

土匪说:"现在不行。大哥吩咐了,说他要和你们见上一面,你们才可以走。"出了山洞,土匪说:"你们不要乱跑,小心站岗的弟兄把你们当了活靶子。大哥现在正忙着,我们过会儿再去,我先带你们去个地方,开开眼。"

土匪把他们带进了一孔窑洞。里面人很多,很嘈杂,有一股浓烈的烟草味。土匪们正在押宝,一个个眼睛通红,一夜没睡的样子。

押宝是一种赌博方式,在关中十分流行。一片草席上用布条拼成斜十字形状的宝盘,十字分割出四个空格,按逆时针分别叫作归身、白虎、出门、青龙;空格之间的分割线分别叫作小杠、黑杠、大杠、红杠。一、三为单宝,二、四为双宝。宝盒是一个特制的凹形铜板,铜板中央用一寸见方的四块黄铜板焊接成盒状,盒的空心装有一块方木，方木上刻有凹下去的红色月牙，叫宝星。亮宝时宝星朝向哪一边，哪一边就赢了，反之就输了。宝盒由坐在里间的宝官做好后，交给宝盘后面的宝令。宝令将宝盒放在宝盘上，宝脚们便开始下注，然后开宝。

这时，只听里面喊："宝盒做好了，进来拿！"

宝令听见里面喊，急忙进去拿来宝盒，扣在宝盘上。宝令是天奇以前见过的"六指"，揭宝的时候，天奇发现"六指"用多余的那根小指头飞快地将宝星拨向押注少的那一格。一连看了几局，天奇明白了赢宝的奥秘。

有人扭头问他们："你们也押几局？"

管家说："我们不会，随便看看。"

"随便看看？看进眼里就拔不出来了。你既然看了就得押，不能白看！"

管家想走，几个土匪围上来用眼睛死盯着他，管家不敢走了。他极不情愿地从身上摸出两块大洋，正犹豫着往哪里押，天奇抢过钱果断地押在其中的一格。结果第一局他们赢了。天奇又押了一局，又赢了。他们一连赢了六局，眨眼工夫，两块大洋变成了三十块。六指土匪瞪着天奇，从牙缝里挤出一句："你小子手气不错嘛。"

其他土匪也说，"他妈的，这哑巴神了，每局都赢。押，再押，你们莫家不是有钱嘛，把手里的都押上，我就不信这个邪！"

天奇真的把手里所有的钱都押上了，结果他又赢了，一下子赢了一百多块，气得土匪们哇哇乱叫。管家从后面捅了捅少爷，意思是说见好就收吧，别把他们逼急了。天奇不予理睬，继续押宝，又狠狠地赢了一把。

这时，一个土匪跑进来说："大哥叫这两个货呢。"

"不行，赢了钱不能就这样走了！"众土匪说。

天奇把所有的钱哗啦往空中一扬，头也不回地走出了窑洞。管家从后面赶上来，不认识似的打量着少爷——"原来少爷不傻呀！"

他们来到一孔窑洞前，看见一个人正弯腰在菜地里忙碌。那人听

229

到脚步声，直起腰来。天奇认出是老六，但他没有想到老六当了土匪还自己种菜。老六跺了跺脚上的泥土，把他们让进土窑。这窑洞比所有的窑洞都新，门面很讲究，半圆形的窗户上还贴了窗花，窑面上挂了许多玉米和辣椒。走进窑洞，只见小菊像主妇一样正在忙活着饭菜。炕中央放一张木炕桌，桌上已经有四碟小菜、三碟炒菜。

这情景一下子把天奇搞糊涂了，弄不清自己到了什么地方。管家也有些纳闷，愣愣地看看老六，又看看小菊。

小菊说："你们先坐，最后一个菜马上就好。"

老六也热情招呼："上炕，坐，坐！"

小菊在窑里的锅台前刺啦刺啦地炒着菜，动作很熟练。天奇从来没有见过她这个样子，奇怪她啥时候学会了炒菜。老六看着小菊，目光温柔得有些过分，没有一点点土匪的痕迹。锅里的油烟飘散出来，有些呛人。天奇闻见了洋芋和青辣椒的味道，猜想最后一道菜是青椒洋芋，那是他最爱吃的菜。菜端上来了，果然是青椒洋芋。小菊又拿来一壶温好的酒和四个酒盅，一起放在炕桌上。

老六说："你也上来坐。"

小菊上了炕，盘腿坐在老六旁边。

老六对管家说："咱们喝两盅。你们到了麻峪沟，就是我的客人，我得好好招待你们。"

管家一脸惊愕："一大早的，喝的啥酒？"

老六哈哈一笑，说："当然是喜酒了。"

管家问："喜酒？谁的喜酒？"

老六说："当然是我们的了，你还看不出来？"

管家疑惑地看看老六，又看看小菊。天奇也盯着小菊看，两人的目光刚一对视，小菊就急忙闪开，低下了头。天奇心里明白了大半。

"你这是唱的哪一出？"管家说。

老六给管家和天奇各倒了一杯酒，说："我们先干了这一杯再说。小菊你也把杯子端起来。"

管家没有端酒杯："这不明不白的酒，我不能喝。这到底是咋回事呀？"

老六说："你问她吧。小菊，你说。"

小菊脸一红，说："我说啥嘛我说！"

"她还不好意思呢，"老六自己先喝了一杯，"好吧，我来说。我原先想绑了小菊来，让狗尿莫鹏举难受难受，谁知道一见她我就放不下了。我准备让她做压寨夫人，她自己也同意。就这事，你说是不是喜事？"

管家一听急了，说："啥？你让她做压寨夫人？不是说好让我今天带人走嘛，咋一觉醒来就变卦了？这让我回去咋交代嘛！"

"有啥不好交代的，我就是要叫那狗尿难堪！他能要我的女人，我就不能要他的女人？"

小菊生气地说："啥你的我的，你把我当啥了？"

老六嘿嘿一笑："我说错了，自罚一杯。"说着，真的仰头喝了一杯。

管家问小菊："你真的不走了？"

小菊眼圈红了，说："我往哪里走？我总不能在莫家就这么不明不白地混一辈子吧。来这里几日，我也看出来了，别看他是土匪，可他心直性耿，为人实诚，是个好男人哩。他对我好，能给我女人的名分，我不跟他我跟谁？我不想回去了，我就跟他了……"

管家说："这可是一辈子的大事，你可要想好了。你也该跟你姐商量商量。"

小菊说："是沟是崖我都跳了。我的事我能做主，总不能让我姐养一辈子吧。"

老六对管家说："这话你都听见了，回去把原话告诉莫鹏举，气死他狗日的！"他从身后拽出一个布包，"这是你拿来的钱，我一个子儿也没动。人我留下了，钱你带回去。"

小菊对管家说："莫家我最牵挂的有两个人，一个是我姐，你俩从小一起长大，你要多照顾她。再一个就是天奇。"小菊扭头看着天奇，天奇把头扭到了一边，看着窗户上红红绿绿的窗花。他知道那窗花是他姨剪的。小菊的泪水滴了下来,说:"可怜他不会说话,莫家谁也不把他当少爷看,可他是莫家最善良的一个人,我也最疼爱他,你要照看好他……"她捂住脸哭了,泪水从指缝间流淌了出来,好像他们再也见不了面似的。

吃过饭,天奇和管家离开了麻峪沟。

管家回去将事情的来龙去脉禀报了老爷。老爷气得脸色苍白,狠狠地骂了一句:"真他妈浑!"

不知是骂老六,还是骂小菊。

22. 莫师长

杨树的飞絮，飘飘洒洒，跟下雪一样。它们满天飞舞着，寻寻觅觅，不知何处是故乡。

坐在城墙上看，满天飞絮，真是一大奇观，天奇以为冬天又来了。其实冬天早就过去了，春天也即将过去了，夏天已经悄悄地向人们走来。

正呆望着，天奇突然听到一种杂乱的声音由远及近而来。不一会儿，南边官路上黄尘滚滚，遮天蔽日，一队人马急急朝莫村奔来。走近些，才看清是一队国民党军。蝗虫一样的队伍旋即就到了城下，士兵们翻身下马，杨树一样盲盲地立在路旁，手持长枪的士兵，有的迅速把住了城门，有的猴子一样爬上城墙，占领了制高点，平端着长枪背靠背跨立在那里，眼睛鹰一样注视着四周。

刚才的黄尘未落，更多的一拨人马又出现在官路上。这队人马走得较为缓慢，像最后一波潮水从容漫来。队伍很长很长，一直延伸到了路的尽头。走在最前面的人骑着一匹高头大马，马背黑缎子似的毛发和主人黑色的长筒皮靴，在阳光下闪着耀眼的光芒。后面是一顶红色的轿子，在队伍里上下忽闪，像一只欢快地蹿动着的红狐。接近城门时，后面一匹战马驰出队伍，率先向村子跑来。

那人一进城门就喊："莫师长回来了——莫师长回来了——"

莫老爷从院子里跑出来，愣在门口，没有听清那人在喊什么。

骑马的人在巷道里边跑边问："莫师长的家在哪里？"

巷道上的人们惊慌失措，没人回答，也许他们没有听懂那人在喊什么。天奇已经被士兵赶下了城墙，这时就站在他爸身旁。他听明白了，知道是谁回来了。

骑马的人跑到了莫家门口，看见了莫鹏举，勒住缰绳翻身下马，说："我一眼就认出您是莫老爷，你们兄弟俩长得真像！师长回来了，赶快准备迎接吧！"

"你说啥？"莫鹏举还是没有听懂。

"您的弟弟、我们的师长回来了。"

"谁？鹏祥回来了？"

"是啊，是莫师长回来了！我是他的副官，先来报个信，师长马上就到。"

莫鹏举一时说不出话来，只是啊呀啊呀地惊叹，双脚就不由自主地向城门奔去。队伍已经拥进了城门洞，莫鹏举一眼就认出了走在前面的弟弟莫鹏祥。

莫鹏祥早已下马，黑亮的马靴踩在地上橐橐作响。他一路走一路抱拳拱手向巷道两边的乡亲们打招呼："大叔，你身子骨还硬朗！我是鹏祥啊，我回来了……大哥，你不认识我了？哈哈哈，也难怪，我离家已经三十多年了，人都变老了……"

莫鹏举愣愣地站住了，不敢相信眼前这个威风气派的师长，就是当年那个吊儿郎当的兄弟鹏祥。

莫鹏祥也看见了他哥，先是一愣，然后喊了一声："哥呀！我回来了！"

"兄弟，真是你回来了？"

"是我回来了。哥，你可老多了。"莫鹏祥的眼睛湿润了。

莫鹏举鼻子一酸，说："回来就好！走，回家去！"

他们手拉手走进家门，谁也没有看站在门口的天奇一眼。天奇看见他叔的嘴里闪动着一对金牙，在他叔摘下军帽后，又看见了他叔的光头也和金牙一样闪闪发亮。天奇觉着他叔的头特别像一只葫芦。

早有人跑进去告诉了太婆，太婆正问："是鹏祥驴日的回来了吗？"莫鹏祥已经走到了跟前，双腿跪下，说："婆，是我回来了！"

太婆的手抚摸着鹏祥的光头说:"你还知道回来?"莫鹏祥说:"鹏祥不孝,向婆请罪了。"说着就趴下磕了一个头。人们从各自屋里跑了出来,站在院子里,好奇地看着陌生的二老爷。大部分丫鬟家丁都没有见过二老爷。太婆说:"回来就好,再不回来你就见不到婆了。快起来吧。"莫鹏祥站起来,一一见过大太太、三太太、天奇、梅香。除了大太太,这些人他都没有见过。他离家太久了。

这时,后面的那顶红轿子也停在了门口,里面钻出来一个女人。女人一身水红旗袍,皮肤白净,很是妖艳。女人被一个小兵搀扶着,进了家门。鹏祥招呼女人过来,对太婆说:"这是您的孙媳妇水仙。水仙,快叫婆。"水仙嫣然一笑,甜甜地叫了一声"婆",声音软得像绸缎。鹏祥又将水仙介绍给莫家的其他人。水仙一一见过后,瞪了鹏祥一眼,低声说:"好你个葫芦!只顾自个儿往前扑也不等等我,你想甩了我啊?"鹏祥佯装没有听见,并不理识水仙,只管和别人说话。

莫鹏祥和水仙、副官住在莫家大院,几千人马驻扎在顺阳河滩,那里搭起了百十顶黄帐篷。士兵们开始在土塄上建灶做饭,烟尘一股一股腾起,在半空中连接成一片,罩住了春天明媚的阳光,像是怕阳光看见他们锅里的夹生饭。

莫鹏祥带回来一个自鸣钟,算是送给太婆的礼物。这钟足有半人高,出奇的重,需要两三个人才能抬动。自鸣钟放在太婆的屋子里,每隔一会儿就要当当地响一阵。村里人好奇地到太婆屋里瞧稀罕,看过了却不马上走,非要等自鸣钟当当敲过一遍之后才心满意足地离去。白天,太婆听着这钟声还觉得悦耳有趣;夜里,钟声就让她腻烦了,聒噪得难以入睡。自鸣钟嗒嗒嗒走动的声响,在寂静的夜里十分响亮,像是有人穿着木鞋在屋子里整夜地来回走动。太婆实在忍受不了这种声音,一到夜里,就用棉被捂了自鸣钟,让它的声音变得遥远而模糊。

除此之外,莫鹏祥还带回另一样稀罕物。这黑匣子样的东西,不是送给谁的礼物,而是太太水仙自己享用的。他们回来的第二天,水仙就让勤务兵把那黑匣子抱到院子里,放在老槐树下的石桌上。水仙捣鼓了几下黑匣子，院子里立刻就飘荡起一个女人的歌声。在场的人都吓了一跳，呀一声向后退去，一时弄不清歌声是从哪里来的。开始人们以为是水仙在唱歌，可仔细一看，水仙的嘴并没有动，又把疑惑的目光盯在了黑匣子上。人们像躲瘟疫一样远远地注视着黑匣子，后来见并没有什么危险，才大着胆子走到跟前，绕着黑匣子转来转去，想看看匣子里是不是真的有女人在唱歌。

　　奇怪的歌声引来了全村的人。谁也没有见过这种会唱歌的黑匣子，他们既惊惧又兴奋。

　　水仙咯咯地笑了。她以一种居高临下的姿态看着这些没有见过世面的乡下人，得意和自豪把这个女人的虚荣心塞得鼓鼓囊囊的，以至于一部分无法容纳，洋溢在她白净的脸上。她启动湿润的红唇，露出白亮细碎的牙齿，说："不用怕的，这是留声机，是专门听歌的。"

　　"里面是不是有拇指大的小女人？"有人问。

　　水仙前仰后合，笑出了眼泪。莫村人看见了她的舌苔和欢快颤动的鲜嫩的喉咙。笑过之后，她扑闪着泪眼说："里面没有人的，只有声音。你们真逗！"

　　"没有人咋会有声音？"人们还是不懂。

　　"声音是以前早就留在里面的。"

　　"声音还能留住？这东西真日怪！"

　　留声机里女人唱的什么，谁也没有听懂。听不懂就不听了，还是看看面前这个真实的女人吧。人们把注意力从留声机上转移到了水仙身上。水仙昨天还是一身水红旗袍，今天又换了一身米黄色的旗袍，是襟边和袖口绣了金丝线的那种。旗袍紧裹着水仙蛇样的身子，越发显出她苗条的身段。她的手指上戴了好几枚戒指，手腕上套了一对墨绿色玉镯，一对金耳环晃来晃去，晃得女人们眼花缭乱。女人的目光只流连水仙的穿戴，毫不掩饰地流露出好奇和羡慕。男人却不同，对水仙的穿戴视而不见，他们的目光透过华丽的包装注视其中的内容。年轻点的，把目光盯在水仙嫩白的脸蛋上；年龄大点的，目光则明显下移，在水仙鼓鼓囊囊的胸脯和浑圆的屁股以及旗袍开衩处转悠，恨

不能用目光掏出里面的东西来看个究竟，看看城里女人到底和村里女人一样不一样。

水仙感觉到了男人的目光，不但不生气，反而更加得意。为了在人们面前显示自己的身份和权力，她让勤务兵一会儿去拿扇子，一会儿去端茶水，后来实在没有什么好指拨的了，就对勤务兵说："去，把鱼端出来洗洗！"

勤务兵把鱼端到院子里，蹲在地上用刀咔咔刮鱼鳞，鱼鳞碎金似的漂浮在水盆上面。勤务兵年龄不大，顶多十六七岁的样子，吊在屁股上的盒子枪垂到了地上，随着刮鱼的动作，忽儿立起，忽儿半躺下。枪人们见多了，不以为奇，人们感兴趣的是鱼。

顺阳河里有水，但没有鱼。除了莫家大院的人，莫村人很少见过鱼，更别说吃了，就是莫家大院里的人也没有吃过几回。莫鹏祥带鱼回来，主要是想让太婆尝个新鲜。莫鹏祥从小就孝顺，这一点跟他哥莫鹏举差不多。勤务兵洗着鱼，人们围在一旁好奇地观看。

有个男人好奇地问："鱼会飞吗？"

勤务兵说："不会，鱼怎么会飞呢！"

"那它咋长着小翅膀？"

"翅膀是为了在水里游，鱼是长在水里的。"

"你哄谁哩，当我是傻子呀！鱼在水里不就淹死了？"

水仙扑哧一声笑了，笑得身子像鱼一样扭动。水仙发觉在场的人只有她一个人笑，其他人都没有笑。人们一副莫名其妙的神情，认为这是一个很严肃的问题，没有什么好笑的。

水仙脸红了，不再笑了，解释说："鱼在水里是不会淹死的。鱼在水里就像人在空气里一样，空气淹不死人，水也淹不死鱼。人没有空气会憋死，鱼离开了水会干死呢。"

众人噢了一声，似乎明白了。

人们在院子里研究鱼会不会淹死的问题的时候，莫鹏祥正和来福、贵生以及老石匠等年龄相仿的人坐在堂屋里喝茶谝闲传。鹏祥拿出纸烟散发给众人，说："这烟是从京城带回来的，是东洋烟呢。"有人接过纸烟，端详着，并不急着点上，闻一闻，又夹在耳朵背后，仍旧摸出自己的旱烟吸着。那人想等出了莫家大门之后，再把纸烟取下来叼在嘴上，有人问了，他就说这是莫二爷给的洋烟，这烟可贵了，京城里才有呢！

闲聊中，人们了解到莫鹏祥现在的身份是国民革命军的一个师长。再往深里问，莫鹏祥就有意岔开话题，别人也就不好继续追问了。莫鹏祥失踪多年的经历，成了人们心里的一个谜。

坐在石匠身边的黑蛋，对大人谈论的话题不感兴趣，一双眼睛只盯着莫鹏祥腰里的手枪。鹏祥看出了黑蛋的意思，就把枪卸下来让他摸了摸，说："这小子将来准是个操枪弄炮的货！"

石匠说："好铁不打钉，好男不当兵，将来他娃敢操枪弄炮，我就打断他驴日的腿！"说完自觉说走了嘴，冲撞了莫鹏祥，又赶紧补充道："你看他这尿样，当兵也没人要哩，哪能像你能把世事弄大，当了师长，关中地面上有几个你！"

贵生问莫鹏祥："你带这么多人马回来，是不是要打仗了？"

莫鹏祥摸了摸葫芦光头，哈哈笑了，说："仗总是要打的，只是打大仗还是打小仗、早打还是晚打的问题。"

贵生一下子兴奋起来："肯定要打？"

"肯定要打！"

"跟谁打？"

"这个嘛……难说！"鹏祥一副高深莫测的神态。

"不问了不问了，我懂，这是军事机密，对吧？"贵生心里却说，跟谁打都一样，只要能打仗就好，打仗就要死人，死了人就得买我的棺材抬埋，我就能发大财了。贵生已经忘记那年西安打仗他几乎丢了性命的事了，他又开始渴望战争了。他说不问了不问了，可还是忍不住问莫鹏祥："这些年，你肯定打了不少仗吧？"

"那是自然，"鹏祥一副自豪的神情，"到底打了多少仗我也记不清了，少说也有三四十次吧，好几回我都是从死人堆里爬出来的。有一次上千人死得就剩下了我自己，血糊了一身，半年后身上还有血腥味……"他说得很轻松，很随便，似乎打仗死人是一件再平常不过的事情。

贵生一出莫家大门，逢人就说："哎，知道不？"他总是这样开头，"要打仗了你知道不？这可是鹏祥亲口对我说的，人家是师长，知道内情呢……"一副欢天喜地的样子，就像娃们盼过年一样。

莫鹏祥带回来几千人马，贵生又说要打仗，人们自然就相信了。莫村一下子人心惶惶起来。

夜里，莫家两个老兄弟坐在屋里拉家常，哥哥问弟弟："真要打仗？"

弟弟说："谁知道呢，天天打仗，我都腻烦了。"

"腻烦了你就回来，家里还能多个帮手。"

"哪有那么容易！别说老蒋不放我回来，就是共产党也不会让我回来安心过日子的。我杀了共产党好多人哪！开弓没有回头箭，不管愿意不愿意，这仗还是要继续打下去的。"

哥哥没想到威风凛凛的弟弟也有他的难处。但他还是把自己一直想说的话说了出来："打仗的事谁也左右不了，但有两件事你得答应哥！"

"啥事，哥你说。"离家三十多年，这么大的家业全靠哥哥一个人支撑着呢，莫鹏祥感到挺对不住哥的。别说两件事，就是十件事，他也没有理由不答应哥哥。

"这第一件，你要打仗我不拦你，可你得把队伍带得远远的，不能在咱家门口打，不能让村里人遭殃！"

"这你放心，我再傻也不会把战火引到自家炕头上来的，过些日子我就把队伍拉走。你再说第二桩。"

"桃花沟的仇你没忘吧？"

"这咋能忘？我多年回不了家，就是他们逼的。"

哥哥把这些年发生的事向弟弟叙说了一遍，重点说了被桃花沟偷走祠堂金匾一事，最后说："你一定得把金匾夺回来！"

弟弟猛地一拍桌子："桃花沟欺人太甚！"可等他冷静下来，又觉得事情并不好办，对哥哥说："可是，我不能因为一块金匾，就发兵攻打桃花沟呀……"

"那可是咱家的传家宝啊！"哥哥说。

"这我知道。我是说现在大敌当前，共产党活动猖獗，这种时候，我为了报家仇把队伍拉出去，要是让上峰知道了，怪罪下来，恐怕不好交代啊。"弟弟面有难色。

"你是不想出兵了？"哥哥有些不高兴了。

"总得师出有名吧。"弟弟无奈地说。

哥哥见弟弟的话留有余地，就说："你的意思不就是找个借口嘛，这还不好办，我早就替你想好了。你先带兵去拾掇了土匪老六，再回头打进桃花沟，夺回金匾，就说看见老六的人跑进了桃花沟，让他莫鹏昊哑巴吃黄连有苦说不出！这样，既抢回了咱的金匾，报了咱的仇，又灭了老六这伙土匪，去了我一块心病。说不定上边因为你灭了老六这股土匪，还要嘉奖你哩。"

听哥哥这么一说，弟弟脸上有了喜色，说："主意倒是个好主意，可我的队伍连日行军，鞍马劳顿，先让他们休整几日再说吧。你放心，仇是一定要报的，馍不吃都在笼里搁着呢，还怕他们跑了？"

"就怕夜长梦多啊……"哥哥还是不放心。

弟弟安慰说："过两天我就把事办了，让他们再蹦跶几天吧。"

话说到这个份儿上了，似乎就没有什么好说的了，这事就这样先搁置了下来。兄弟俩又说了一些家里的琐碎事，话很投机，一直说到鸡叫头遍。

清早起来，水仙站在院子里一边梳头，一边听留声机。太婆听不惯这种声音，又不好说孙媳妇，就把鹏祥叫到跟前问："你那匣子里能不能唱秦腔？"

"不能，只能唱歌。"鹏祥实话实说。

太婆噢了一声，没有再说什么。

鹏祥领悟到了太婆的心思，问："婆想听秦腔了？"

太婆笑了，笑得很天真，像个娃娃。

鹏祥说:"想听秦腔还不好办?我给您把西安的易俗社请来,唱他个三天三夜,让您听个够!您说吧,想看哪一出戏?"

太婆说:"当然是《周仁回府》嘛。"

鹏祥说:"好,就《周仁回府》,我把'活周仁'雒秉华请来咋样?"

"雒秉华是秦腔名角,能请来当然好了。"

第二天,莫鹏祥就让田副官去西安把易俗社的戏班请来了,领头的正是"活周仁"雒秉华。晚上,四乡八村的人都朝莫村拥来,想亲眼看看"活周仁"的真面目。莫家戏楼灯火通明,锣鼓喧天,板胡悠扬,梆子清悦。台下像刚开园的西瓜地,人头一个挨着一个,闹闹哄哄的。台上吼声震天,生角提袍甩袖亮靴底,演的正是《周仁回府》中《夜逃》一场,周仁正在唱:死别一月未入梦,衔恨泉台鬼吞声。夜寂寂,风冷冷,孤鬼在西还在东。衰草萧萧寒林静,霜花惨惨哀雁鸣。哭娘子哭得我神魂不醒,何一日除严贼九泉气平……

"活周仁"声震月夜,响遏行云,一字一行泪,一句一声唤。哭到伤心处,台上台下的人都泪水涟涟。鹏举鹏祥兄弟俩一左一右陪着太婆看戏,太婆也已泪流满面。太婆是秦腔迷,每看一回《周仁回府》都要伤心好几天,吃不下饭。莫家的人都在戏楼下看戏,唯独不见鹏祥的女人水仙。

《周仁回府》之后,又是《五典坡》。天奇看着无趣,便悄悄从戏楼下走出来,爬上了城墙。

城墙上比以往多加了几道岗,哨兵看见了天奇,哗啦拉响了枪栓,厉声问:"谁?"自然没有应答。"再不说话,我开枪了!"哨兵虚张声势地拉动枪栓,见是哑巴少爷,便放了心,但还是把天奇从城墙上轰了下来。平日里最清静的地方,现在也被叔叔的兵占领了,天奇没有了去处,只好回到院子里。

婶婶水仙的屋子里亮着灯,里面传出哗啦哗啦的声音。天奇好奇地趴在窗台上,用手指蘸了唾沫捅了一个小洞朝里看。只见婶子和三个军官正在搓麻将,其中一个是叔叔的副官,另外两个不认识,大概也是叔叔的部下吧。水仙脚上的白色长勒袜子在灯光下特别刺眼，奇怪的是她的脚并没有放在地上，而是放在对面田副官的两腿之间。其他两人两眼紧盯着面前的牌，显然没有注意到师长夫人的脚。天奇不明白，婶婶的脚放在那个地方会比地上更舒服吗？

田副官说："嫂夫人，你是不是想要幺鸡？"

水仙的脚用力往前一蹬，笑着说："想呀，嫂子想要，你敢给吗？"一双眼睛火辣辣地盯住田副官。

"我可不敢给你，给了你，我就全输了。你知道我是输不起的，你还是自摸吧。"

"自摸？自摸哪有你放炮过瘾！"水仙恶意地又往前一蹬。

田副官哎呀一声。

两个军官问："怎么啦？"

田副官脸红了，说："几乎放炮。"

水仙咯咯地笑了……

戏班在莫村唱了三天的大戏，让太婆和莫村人过足了戏瘾。

戏班一走，莫师长就开始整编人马，准备攻打麻峪沟和桃花沟。可是，这时发生了一件意想不到的事情。

23. 围剿

莫鹏祥师长突然接到一封密信。

密信上说，西安中山军事学校里有一支共匪秘密武装，十分危险。几日前，冯玉祥从洛阳电令校长王秉轩率部开赴河南。王秉轩带领队伍从西安北郊草滩出发，佯装向河南开进，可走到临潼交道口，又以补充粮秣和集中船只为借口，停滞不前，故意拖延时间。王秉轩在此接到了共产党陕西省委秘密指令，连夜带着队伍向渭北万斛山一带逃窜，准备长期隐蔽起来，伺机发展自己的势力。要莫鹏祥部迅速堵截，捉拿共匪王秉轩……

莫鹏祥看罢信，仰起光葫芦脑袋哈哈干笑两声。

田副官问："什么好消息？"

副官知道，师长一般在两种情况下才会仰头大笑：一种是有了好事的时候；一种是想杀人的时候。

莫鹏祥说："王秉轩要来了。"

"王秉轩？"田副官说，"是不是那年我们在河南被红枪会包围，带着队伍救我们出来的那个王秉轩？"

"就是他。他可是我们的老朋友了，这回得好好招待他！"莫鹏祥把密信交给了田副官。

田副官仓促地看了一遍，明白了师长说的"招待"是什么意思。不相信地问："师长，你真要对王秉轩下手？"

"到时候你看我的眼色行事就是了。"莫鹏举说，"我估计他们也该到了。他知道我在这里，肯定要来找我的。你去让人准备一桌酒菜，我要招待老朋友。"

果然，没过多久，王秉轩就骑着一匹白马来了，身后跟了四个卫兵。莫鹏祥避而不见，只让田副官出面迎接。

田副官将王秉轩让进堂屋，却把四个卫兵挡在了院子里。王秉轩心里不悦，却也不好说什么。堂屋的八仙桌上早已摆好了酒菜，田副官一脸笑意，招呼道："王团长一路风尘，辛苦了，请坐请坐！"

王秉轩环视堂屋，不见莫鹏祥的人影，问："你们师长呢？"

田副官说："他到河滩巡查去了，不知道您要来，我已经让人请他去了，马上就到，您先请坐！"

王秉轩坐定，有一句没一句地和田副官说着闲话。过了好大一会儿，莫鹏祥还是没有露面，王秉轩问："你们师长怎么还没到？"

"您先坐着，我去看看。"田副官起身出去了。

屋里只剩下王秉轩一个人了，他突然感到有一股阴森之气环绕在周围，但他没有多想，他救过莫鹏祥的命，谅他也不会起坏心。大约半袋烟的工夫，田副官回来了，说莫师长正在处理一件违纪事件，他说都是老朋友了，不必客气，让我们先喝着别等他了，他处理完手头上的事马上就回来。王秉轩一听这话，脸色就有些暗了，心里说，好你个莫葫芦，倒给我摆起架子来了！但嘴上又不好说什么。

田副官朝屋外喊："勤务兵，倒酒！"

两个人开始喝酒。王秉轩没有心思喝酒，但因盛情难却，勉强喝了几杯，脸就红了。田副官给王秉轩夹了一筷子菜，招呼道："王团长，吃菜吃菜！"王秉轩佯装随便的样子，说："赶了一天的路，我还真有些饿了。"便吃了起来，菜吃到了嘴里味同嚼蜡。

吃喝了一会儿，还不见莫鹏祥回来，王秉轩就有些坐不住了，十几里外的美原镇，还有上千人的队伍在等着他的消息呢。他的目光不时在门口扫来扫去，心里直骂没有良心的莫葫芦："你不想见我，不就是怕我给你添麻烦嘛。"

田副官看出王秉轩不高兴，就叫来师长的夫人水仙陪坐劝酒。水仙一来，酒桌上的气氛就好多了。水仙要敬王秉轩酒，王秉轩说：

"我不胜酒力,不能喝了。"水仙说:"哎哟,看王团长说的,也不怕我这个女流之辈笑话,现在哪个当官的不能喝酒?王团长不喝,是瞧不起我了?"没办法,王秉轩仰头喝了一杯。水仙说:"我早就听鹏祥说过,王团长是他的救命恩人呢,来,我替他再敬你一杯。"王秉轩说:"我真的不能喝了……"

正推脱之中,门外响起了莫鹏祥粗大的嗓音:"秉轩兄,对不住了,小弟来晚了!"莫鹏祥满脸堆笑走了进来。

王秉轩站起来拱手还礼:"不好意思,打扰了!"

"你是贵客啊,请还请不来呢。你能来,是看得起我莫某人。"莫鹏祥说,"来来来,我先敬老兄一杯!"

这杯酒不能不喝,王秉轩一仰脖喝了下去。

莫鹏祥问:"秉轩兄,有啥事你尽管说!"

王秉轩说:"不瞒老弟,我就是来请老弟帮忙的。我的人马困在了美原镇,想在你的防区内休整几日,筹办些粮草。"

莫鹏祥说:"区区小事,好说好说!来,先喝酒!"

王秉轩没有想到莫鹏祥会这么爽快,悬着的心就放下了,高高兴兴喝着酒,脸就更红了。趁着酒劲,他对莫鹏祥说:"老弟呀,如今这世道变幻莫测,你得多长个心眼,要看清形势……如果你我的两支队伍能合在一起,我们在渭北这块地面上就能形成一股强大的势力,准能弄成大事!"

莫鹏祥说:"好主意!"但马上又笑着问:"那这队伍姓'国',还是姓'共'?"

王秉轩开玩笑说:"这队伍是你我共同拥有的,当然就得姓'共'了。只要你同意姓'共',我的一千人马全部归你指挥,你当司令,我当政委,怎么样?"

莫鹏祥仰头大笑,笑声把屋梁上的尘埃都震落了。王秉轩从来没有见过莫鹏祥这样笑过,一时有些无措,他不知道这笑声里隐含着什么。

笑过之后,莫鹏祥盯着王秉轩,仍然笑着说:"秉轩兄,你这不是让我不仁嘛！我总不能吃着国民党的饭，又砸国民党的锅吧？我让你姓'国'，你干不干？"

王秉轩见话不投机，忙说："不说了，不说了，开个玩笑嘛。"

莫鹏祥忽地站了起来，啪地摔了酒杯。

王秉轩听见他的卫兵喊："团长快跑，他们要害你……"

王秉轩大吃一惊，忙去腰里摸枪，坐在旁边的田副官早已抓住了他的手，一只胳膊夹住了他的脖子，倒酒的勤务兵冲上来麻利地下了他的枪。

莫鹏祥勃然变脸道："给我捆起来！"

几个兵冲了进来，一拥而上把王秉轩捆了起来。王秉轩急了："莫鹏祥，你这是干啥？"

莫鹏祥说："秉轩兄，我给你备了一桌好酒好菜，为你接了风洗了尘，已经尽了兄弟情分了。现在，我要公事公办了，你老兄可莫怪我啊！"

王秉轩怒不可遏，破口大骂："你个忘恩负义的小人！老子是为革命而来，既然来了就不怕死，我倒要看看你莫葫芦敢把我咋样！"

"秉轩兄，你就认了吧！谁让你是共党要犯呢！"莫鹏祥把脸一沉，对副官说，"带到院子里去！"

王秉轩被捆绑着推搡到了院子里。莫鹏举听到院子里的响动，不知道发生了什么事，从屋里跑了出来。院子里站了许多下人。莫鹏祥冲他们喊："这里没你们的事，都给我回屋去！"莫鹏举见弟弟脸色铁青，也不敢吭声，转身回了屋。下人们也都赶忙躲开了。

王秉轩被两个兵扭住胳膊押着，他的四个卫兵也被人下了枪捆在一边。王秉轩骂道："莫葫芦，你个恩将仇报的小人！早知道你是这种猪狗不如的东西，老子当初就不该舍死救你……"

"豇豆一行，茄子一行，这是两码事。小弟我也没有办法，这是上峰的命令。我不抓你，别人也要抓你，反正你是逃不掉的。"莫鹏祥说，"只要你写个手令，把你的队伍引到莫村来，我就放你一条生路，咋样？"

"你想吃掉我的队伍,做梦去吧!"

"秉轩兄,你可要想好了,好汉不吃眼前亏,你还是写个手令的好,免得伤了兄弟情分。"

"老子不写,你又咋样?"

"写不写结果都一样,我只不过是看在多年的情分上,给你一个机会罢了。其实,你刚才一进村,我的队伍就出发了,如果顺利的话,现在也该到美原镇了。"莫鹏祥得意地说。

王秉轩一听,哈哈大笑:"我早就料到你会有这一手。莫葫芦,只怕你要失算了。"

莫鹏祥先是一愣,然后说:"这个你就不用操心了,你还是替自己想想吧。"

"不就是个死嘛,有种你就来吧,朝老子脑门上打!"

莫鹏祥从腰里拔出手枪,用冷冰冰的枪口顶住了王秉轩的头:"没办法,上面下了死命令,非要你的人头不可,秉轩兄,只好委屈你了。"

"开枪吧!"王秉轩睁大眼睛直视着莫鹏祥。

"秉轩兄,我会厚葬你的,你就放心地走吧……"

莫鹏祥突然仰天大笑,枪在笑声中沉闷地响了,血溅了旁边两个兵一脸,吓得他们赶忙撒了手。王秉轩头猛地朝后一仰,像一袋粮食一样扑通倒在了地上。

莫鹏祥收起枪,对副官说:"割下他的人头,派人连夜送到西安去,就说我们已经拾掇了王秉轩。"

正说着,美原镇方向隐隐传来了急促的枪声。

"好啊,已经干上了。"莫鹏祥说,"他们跑不了了!"

枪声整整响了一个下午。

傍晚时分,有人跑回来报告说:"王秉轩的人早有提防,大部队早就跑得没影了,我们只包围了他们负责断后的几十个人……"

接下来,莫师长准备履行他对哥哥许下的诺言。没有全歼王秉轩的队伍，让他感到很窝火，这正好是一个发泄的机会。

天麻麻亮，莫师长亲自带领队伍直扑麻峪沟。管家像一只猎狗一样走在前面带路。天奇骑着一匹白色的战马，和他的父亲莫鹏举并排跟在他叔身后，神情肃穆，表现出从未有过的威风。

叔叔回头看了侄子一眼，满意地对哥哥说："我们莫家最没用的人，今天也这么精神抖擞，看来老六的死期到了。"

他们没有走官路，而是抄了一条小路。这样一方面可以绕过桃花沟，以防他们给老六通风报信；另一方面可以节省时间，使这次行动更具有突袭性。既然走的是小路，许多大炮和重武器就没法携带，士兵们只背着一些比较轻便的长枪短枪。莫师长乐观地说："杀鸡焉用牛刀，拾掇老六几个毛贼已经绰绰有余了。"

到了沟口，面前有三条小路，管家停下不走了，说："二爷，上次我和少爷是被他们用黑布蒙了眼睛带进去的，后面的路咋走，我就不知道了。"说完无奈地望着莫师长。莫鹏祥看看他哥，莫鹏举也摇了摇头，他只知道老六在麻峪沟，但究竟在哪一道沟里，他也说不清楚。站在一旁的天奇，突然策马越过先头部队，冲进了其中的一条山沟。

所有的人都愣了，不知道少爷怎么了，莫鹏举也觉得儿子今天的举动有些异常。管家想起了上次在山寨押宝时天奇的表现，兴奋地说："跟上少爷走，不会有错。他不会说话，可心里灵醒着呢。"

莫师长一挥手，队伍呼啦啦跟着天奇往沟里拥去。七拐八拐，真的就找到了老六的山寨。这时，阳光正好洒在窑面上，几只山雀欢快地鸣叫着。山寨好像还没有睡醒，异常寂静。

管家指着窑洞说："就是这里，少爷真神了！"

莫师长满意地看了一眼侄子，对队伍下命令道："不要出声，悄悄包围山寨！"

训练有素的士兵们迅速散开，呈扇形包围了山寨。窑前窑后窑顶上，都站满了士兵。可山寨里却没有一点动静。等所有的士兵都到达了指定位置，副官开始朝里面喊话："你们被包围了，赶快出来投降吧！"

窑里没有反应。

副官又喊："我们知道你们在里面，别想耍花招，再不出来我们就开枪了！"

窑里仍然没有动静。窑洞门开着，里面黑乎乎的，像是一个个张得大大的正在打哈欠的口。

莫师长不耐烦了，说："开枪，消灭他们！"

子弹雨点般覆盖了所有窑洞。之后，士兵们扑向千疮百孔的窑洞，发现里面空空荡荡的，什么也没有。马棚里一匹马也没有。土匪们早已逃之夭夭了。

"他妈的，让他们跑了！"副官骂道。

莫鹏举很吃惊，这次行动事前十分保密，只有他们兄弟俩和副官、管家知道，怎么会走漏消息呢？副官与老六素不相识，他不可能通风报信。那么，难道是管家？他心里咯噔一下，回头去看管家。

管家正在和莫师长说话，一脸的献媚："二爷，依我看，他们不可能走远，肯定是藏在哪里了。"

管家看着也不像，那会是谁呢？莫鹏举心里直犯嘀咕。

莫师长命令他的士兵："搜！就是把麻峪沟翻个过儿，也要消灭这帮土匪！"

士兵们开始对山寨每个角落进行全面搜索。搜了大半天，什么也没有搜到，只在土匪的地牢里抓到了那个苍老的白毛土匪。当时他正坐在里面捉虱子，根本不知道外面发生了什么事。

白毛土匪被带到副官跟前，一副满不在乎的样子，絮絮叨叨地说个不停："你们抓我干啥？我又没掘墓！我多少年都没有掘过墓了，慈禧太后的墓是长官孙殿英让我们干的，不能怪我们……"

副官用马鞭指着白毛土匪的鼻子问："他们在哪儿？"

白毛说："他们在窑洞里呀。"

副官抽了白毛土匪一马鞭："你给老子装糊涂！他们到底跑哪里去了？快说！"

白毛环顾四周，只见全是身穿军装的陌生人，自己人一个不见，似乎明白了，就骂："这帮狗日的，走的时候也不叫老子！"

副官照着白毛的脸上又是一马鞭："快说，山寨有没有暗道？"

白毛说："你别打我呀，我说就是了。我的腿已经被人家打断了，你不能再把我的脸打烂了……"可白毛接下来说的，却不是副官所要的，他开始颠三倒四地讲述以前经历过的事情，无非是掘墓呀女人呀什么的，口溅白沫，喋喋不休，弄得副官没有一点脾气。

"真他妈晦气，好不容易抓到一个，却是个疯子。"副官对师长说，"看来他们真的逃走了，这老杂毛已经老糊涂了，问不出什么结果。"

莫鹏举趁机对弟弟说："他们肯定逃到桃花沟去了！老六和桃花沟一直来往密切，桃花沟就是他们的后院！"

莫师长说："他妈的，跑了和尚跑不了庙，烧了他们的狗窝！"

山寨被烧着了，马棚和窑洞上的门窗一会儿就变成了灰烬。天奇看见他姨贴在窗户上的窗花，让火舌轻轻一舔就没了踪影。多好的窗花啊，真是可惜！他想。

莫师长对他的副官说："我们兵分两路，包围桃花沟！"

队伍分成两路，浩浩荡荡准备向桃花沟包抄过去。白毛土匪跑过来拦住了队伍的去路："你们不能走啊，我的故事还没讲完呢。"

士兵们都笑了。

莫师长也笑了，说："没见过世上有这样爱说话的人！真他妈的林子大了啥鸟都有！"

白毛土匪不依不饶："我还没说完呢，你们不能走了……"

莫师长抽出马刀，仰头哈哈大笑。士兵止住了笑，看着他们的师长。他们知道师长这样大笑的时候，准有人头落地。果然，一道白光闪过，白毛土匪的头就骨碌碌滚到了地上。

天奇看见土匪的嘴还在地上飞快地嚅动，只是说的什么已经听不清了。一个和他一样孤独的人，就这样让一道白光分成了两个大小悬殊的部分。天奇临走前，扭头看了最后一眼地上的头颅，发现那嘴还在蠕动。

莫师长的两路队伍几乎同时赶到了桃花沟。金色的阳光下，桃花沟的城门大开着。莫师长惊愕不已。按说桃花沟人能听到刚才麻峪沟的枪声，即使他们没有想到这事牵连了他们，但城墙上的兵丁肯定早就看见了满山满坡拥来的队伍，可他们为什么一点也不防范呢？

莫鹏举也很震惊，但他马上就明白了，这是莫鹏昊玩的他以前对付"白狼"的诡计。不能让他的诡计得逞！他对弟弟说："这是他们耍的花招，你不能上他们的当！赶快下令让队伍冲进去！活捉老六，抢回咱的金匾！"

莫师长说："我知道咋处理。哥哥，你还是先回去吧，免得人家说我是来公报私仇的。"

莫鹏举不好再说什么，转身回去了。走了好远，还不放心地回头看。

莫鹏昊急忙从城门洞里跑了出来，老远就能看见他那张灿烂的笑脸。走到队伍跟前，他拱手道："鹏祥老弟呀，稀客稀客！我已经恭候多时了，快请进城吧！"

莫鹏祥没有下马，保持着良好的军人姿态，尴尬地牵动了一下嘴角，算是打过了招呼。

桃花沟主说："听见麻峪沟的枪声，我就知道老弟要来了。我就吩咐人搭好了凉棚，杀猪宰羊，备好了酒菜，恭候老弟呢！"

莫鹏祥抬眼望去，城外果然临时搭起了许多凉棚，棚子里支着饭锅，女人们出出进进在那里忙碌着，像是正在准备迎亲的酒席。走南闯北几十年，这点雕虫小技糊弄不住他。莫鹏祥冷冷地说："酒席就免了，兄弟有公务在身，正在剿匪。有人看见老六跑进了桃花沟。"

"会有这事？"莫鹏昊显得很吃惊，"他怎么会跑到我这里来呢，怕是那人看花了眼。老弟若是不信，只管进去搜就是了。"

"那就打扰了。"莫师长向部下一挥手，"进城，搜！"

士兵们潮水一般涌进城去，开始对全城进行搜查。

莫鹏祥吩咐副官向部队下了一道密令：在寻找土匪的同时，也要留心寻找祠堂金匾。

可是，直到日头偏西，士兵们把桃花沟翻遍了，也没有找到一个土匪，更没有找到金匾的影子。

正在莫鹏祥寻思如何再找借口收拾桃花沟的时候，勤务兵飞马来报："刚刚接到上峰命令，要莫师长带领队伍火速赶往潼关，围剿共产党的一支游击队。"当天夜里，莫师长的队伍就开拔了。

几次复仇的失败，不能不让莫鹏举对他的管家有所怀疑。

24. 驴皮影

太婆的寿辰快要到了。

莫鹏举走进太婆的屋里,太婆正在陶罐里拣核桃。莫鹏举说:"婆,您寿辰那天,我想好好热闹热闹。这一两年家里老出事,用您的喜寿冲冲晦气吧。"

太婆头也不抬地说:"你少结些怨仇,啥事都没有了。"

"不是我爱跟人结怨,有些事躲都躲不及,我有啥办法?"莫鹏举叹口气说,"我再有理,您也会说我没理。"

太婆说:"我还不知道你?争强好胜,杀来斗去,终究不会有好果子吃,不信你看么!"

莫鹏举心里不悦,但又不敢顶撞太婆,赶紧岔开了话题:"过寿的那天,您看请哪个戏班子好?"

一听说戏班子,太婆不再训人了,眼睛一下子亮了,说:"当然是'两只眼看一只眼'嘛。前几日,鹏祥回来刚刚请过易俗社的秦腔班子了,还是换个口味,就看'一只眼'!"

太婆说的"一只眼"是阿宫皮影。这是古川特有的戏种,剧中的人物都是用驴皮剪的,只有一只眼睛,所以莫村人都把看皮影戏叫"两只眼看一只眼"。

莫鹏举问:"是请东桥金马驹的戏班子呢,还是请城里乔娃子的戏班子?"

太婆认真地说:"当然是乔娃子的么,乔娃子的胡琴拉得好,会唱的段子也多。"

"行,那就请乔娃子。"

婆孙俩商定后,莫鹏举就让管家去城里定了乔娃子的戏班子。

老爷对管家说:"婆的寿辰一定要办得红红火火!夜里可以把家丁都从城墙上撤下来,让他们也去看看皮影,放松放松。"

管家讨好地说:"老爷对下人真好!"

其实,这是莫鹏举的一个计谋,他要借看戏之际考验管家。他知道弟弟莫鹏祥尽管没有抓住老六、报复桃花沟,但也烧了老六的山寨、糟践了桃花沟,现在鹏祥带着队伍走了,他们肯定想寻找机会报复莫村。他有意大操大办太婆的寿辰,就是想给他们一个假象,让他们以为这是一个复仇的好机会。如果管家是内奸的话,他肯定会向他们通风报信,让他们趁机来进攻莫村。这样他就暴露无遗,莫鹏举也可以将计就计,迎头痛击仇人们。

太婆寿辰那日,莫鹏举暗中让两个心腹家丁埋伏在仇人城外,一有风吹草动,立即飞马来报。同时,他还吩咐掌管枪械库的心腹家丁,让他给所有的枪支都压满子弹,放在顺手的地方,一有情况就可以马上投入战斗。莫家除了家丁平时使用的武器,库房里还有几十支备用的武器。这样,就可以在得到仇人进攻的消息后,马上把家丁和村里的男人全部武装起来。双倍于仇人的武器,足够对付仇人的进攻了。他警告三个心腹家丁要守口如瓶,尤其不能让管家知道,事成之后,他们会得到重赏,如果走漏了风声,他们将必死无疑。

那天,莫家大院热闹非凡,寿宴摆了九十六席,以至于院子里摆不下,延伸到了巷道上。客人轮流坐席,一茬一茬的川流不息,从上午一直吃喝到月光当头。家丁们也轮流坐了席面,但没有喝酒。莫家多年有一个规矩,家丁任何时候都不能喝酒。即便如此,家丁们也感到很满足。他们很少能享受到今天这样的礼遇,堂而皇之地坐在了主人的酒席上,心里十分感激莫老爷。

吃罢宴席,戏楼上的锣鼓便敲响了,台下挤满了人。莫鹏举陪太婆坐在台下,等待皮影戏开场。汽灯下,戏楼两旁木柱上刻着的对联十分醒目：

> 是我非我我看我我真非我
> 装谁像谁谁装谁谁就像谁

以前莫鹏举没有在意这副对联，今天才觉得上面的话怪有意思的，看着说的是演戏的事，可也正好点明了他目前的特殊心境。管家是不是内奸，他现在还不敢肯定，好像是，又好像不是。是与不是，经过这场考验也就知道了。

以前戏楼上可不是这副对联，因为原来的年代久远字迹脱落了，父亲莫仁厚才换上这么一副。当时为了更换对联，太婆还不高兴呢，说原来的那副对联多喜庆——台上笑台下笑台上台下笑惹笑，装古人装今人装古装今人装人——现在换上这么一副对联，神神道道的，让人看了心里就不舒服。可是父亲莫仁厚还是坚持换了。难道这是父亲对他的暗示，或者是一种预言？如果管家真是内奸，那他为啥要这样做呢？难道我对他不够好吗？管家在莫家也有几十年了，细想想他也没有什么不忠的地方，他恪尽职守，做事认真，从来没有出过什么差错。可是，越是大奸越藏而不露……

莫鹏举正想着，戏开场了。

唱的是太婆最爱听的阿宫腔。台上挂着一块白布，幕布后面的人一边舞弄皮影，一边唱着婉转动听的戏文。唱腔时常伴以噫——耶——长长的拖音，翻高遏低，把阿宫腔"三放不及一遏"的特点发挥到了极致。文场二股弦、月琴、胡琴、唢呐、笛子悠扬美妙，武场锣鼓、铙钹、牙子、梆子激越清脆，引来阵阵喝彩声。阿宫腔是古川独有的戏种，据说秦朝末年，项羽攻入咸阳，火烧了阿房宫，宫里的歌女逃到了古川，将这种只在阿房宫里吟唱的曲调带到了民间，逐渐演变成了现在这种独特的唱腔阿宫腔。

最奇特的是皮影。皮影的制作程序比较麻烦，先是将牛皮或驴皮浸泡后，用刀刮成半透明状，再打磨、绘画、雕刻、着色、熨平、缝合。皮影造型以人物为主，人高尺余，大头突额，色彩艳丽，图案精细。人物的颈、肩、腰、膝、肘等十处均有轮盘牵线，活动自如。丑角多为圆嘴、吊眉和冲天鼻，形象夸张，又以平肩和皱眉区分阳刚和阴柔。表演时，借助灯光投影到幕布上，幕后有几个人用轮盘牵动皮影人，边说边唱。

皮影发源于关中。西汉时，文帝刘恒的幼儿由一宫女照看，一天太子哭闹不止，聪明的宫女突发奇想，用梧桐树叶剪成人形，借着纱窗的月光，一面用手舞动梧桐叶，一面口哼小曲，太子马上就破涕为笑了，后来就演变成了现在的皮影戏。

皮影里演的是《屎巴牛招亲》。这是一个非常荒诞的故事，太婆却看得眉开眼笑。戏里说的是，蜘蛛女杏花选中了屎巴牛为婿，蝙蝠从中作梗，打伤了屎巴牛的哥哥京官，屎巴牛告到了虎王那里。虎王传唤蝙蝠，分不清蝙蝠是禽是兽，请来凤主也无法分辨，一怒之下就挖去了蝙蝠的眼睛，不准它白天出来，只许夜里飞行，世界从此得到了安宁。屎巴牛一出来，丫鬟们就推搡杏花，说："蜘蛛女，你女婿来了，赶快上去呀。"杏花就拧她们的嘴，骂她们是一群蝙蝠。

天奇坐在太婆身边，感觉戏上就是世上。心里想，那些皮影热热闹闹在上面演着，可演什么它们却身不由己，全由幕后的皮影艺人用竹签挑动，艺人怎么挑，它们就怎么动，怪可怜的。其实人和皮影一样，活在世上做一些事情也是身不由己，不同的是在幕后挑动他们的不是别人，而是他们身体里固有的一些看不见的东西，这种东西就是各种各样的贪婪和欲望。

莫鹏举没有心思看戏，眼睛盯着台上，耳朵却时刻捕捉着城外的动静。他在等待人来报告消息。他回头看了看，管家果然不见了，心里顿时暗喜：驴日的，你终于上钩了！可过了一会儿，回头再看时，管家又静静地坐在身后，出神地看着台上，脸上洋溢着笑容。莫鹏举心想，看来他已经将消息传送出去了。你娃笑么，有你娃哭的时候！

可是第一晚在莫鹏举忐忑不安中平静地过去了，什么事也没有发生。

第二天夜里，戏楼上照样唱皮影戏。莫村人谁也没有闻到血腥味。

台上演着《金鳞记》，说的是真假包拯为鲤鱼断案的事。来福站在人群里，正看到观音赶来救鲤鱼，鲤鱼忍痛剥下鳞甲的时候，一股暗香从身后袭来。来福扭头一看，是贵生的养女丢丢。丢丢冲他淡淡一笑。就这么淡淡的一笑，来福的心就开始荡漾起来了。

几天前，丢丢找过来福。抬埋毛女时，来福欠了贵生一口棺材钱，丢丢已经要过三次了，但来福一直没钱。丢丢这几年像长疯了的草，一下子就丰盈起来了，年轻的身子几乎能把衣裳撑破。来福那天一见饱满芬芳的丢丢，突然就产生了一种冲动，有种想尿尿的感觉。自从毛女死后，来福还是第一次有这种感觉，也许是他离开女人的时间太久了。他怕丢丢发现他不正常，赶紧蹲在地上，捂住了小肚子。

丢丢问："你咋了？得是病了？"

来福红着脸说："没啥，头晕，蹲一会儿就好了。"

丢丢看他的样子也不像是病了，就笑笑说："没钱也不用装病嘛，我又不是非逼着你要。你蹲着吧，我走呀，过几天我再来。"

来福不好意思地说："我真的难受，你别走！"

可是丢丢已经走出了他家大门。那时来福就想，要是把丢丢续给他该有多好！但他马上就感到老脸发烧，心里骂自己："呸，你都能当人家老子了，竟想这等好事，老牛想吃嫩草了，真是不要脸！"

可是现在见了丢丢，他的浑身又燥热起来。丢丢在他的眼里是一颗熟透了的桃子，让他忍不住想咬一口。他焦躁不安，难以自制。借着人多，他大着胆子有意将身子轻靠在丢丢身上。丢丢没有躲开，神情专注地看着皮影。来福受到了鼓励，靠得更紧了，他能感觉到两个热蒸馍顶着了他的后背，他想象着蒸馍的模样，再也无法把心思集中在皮影戏上了。

来福终于鼓起勇气，扭头对丢丢小声说："棺材钱我准备好了，你跟我去取吧。"

丢丢眼睛没有离开皮影："我正看戏呢。"

来福说:"你现在不去拿,到了明天说不定我又花光了。"

丢丢说:"我都不急你急啥?看完戏再说吧。"

来福说:"等看完戏就太晚了,你还是现在就跟我去吧!"

丢丢没完全听清,问:"你说啥?"

"我说,现在就去!"来福说着就钻出了人群。

来福站在外面等,不一会儿丢丢就出来了,她很不悦地说:"你这人真是!好好的戏不看,偏偏这个时候让人去拿钱。钱在屋里放着,又不会长翅膀飞了!"

来福也不争辩,背着手低头往家里走。丢丢迟疑了一下,最终还是跟去了。村里的人都在看皮影戏,巷道里空无一人,只有几只狗在无声地游走。狗看见黑暗中一前一后走动的人影,也不叫唤,停下来看一眼,继续散它们的步。

走进家门,来福头也不回地说:"进来吧。"

丢丢看着黑乎乎的屋子,有些犹豫,说:"我在外面等着,你拿出来吧。"

来福说:"我是狼,能吃了你?"

丢丢不好意思不进去了,说:"那你把灯先点上,我怕黑。"

来福刺啦划亮了火柴,点亮了油灯,说:"这下不黑了,你进来吧。"丢丢刚一进门,来福就把门闭上了。丢丢惊慌地说:"你闭门干啥?"来福说:"不闭门,风会把油灯吹灭的。"丢丢心里说,外面哪来的风?但她没有再说什么。

来福举着油灯在屋子里翻找了一阵,最后说:"把他家的,你看我这记性!明明在裤兜里放着哩,还到处胡寻呢。我手上端着油灯不方便,来,你自个儿取。"

丢丢犹犹豫豫地把手伸进了来福的裤兜,她没有摸到钱,却摸到了一根热热的硬硬的东西,呀地叫了一声,就要抽出手。

来福早已将油灯放在一边,按住了她的手,说:"这东西不能碰,一碰就麻烦了。你看你把它惹下了,这可咋办呀?"

丢丢拼命往外抽手,羞怯地说:"你让我取的嘛。"

"我让你取钱，又没让你捏它！"

"我没捏！"

"你捏了！"

"你裤兜里根本就没有钱，你是故意的！"

"我的钱在上衣兜里，你手故意插错了地方。你不能白捏，我也得捏你！"来福说着，一只手就按在了丢丢的胸脯上。

丢丢扭动着身子说："你是保长你咋这样……"

"保长也是人哩……"

来福将丢丢抱起来按倒在炕上，三下两下就扒光了丢丢的衣服。

丢丢按住那个地方说："你别急，我先问你，你能不能娶我？"

来福说："我做梦都想娶你哩！可我比你大那么多，怕人说我老牛吃嫩草。"

丢丢说："你现在把我的衣服脱了，就不怕人说你？"

来福喘着气说："好，我娶你！我巴不得娶你哩，我明儿个就娶你，我不行了，你先让我……"

丢丢没有再反抗，温顺得像一只小绵羊，让来福顺利地实现了愿望。

事毕，来福奇怪地问："你让人弄过？"

丢丢说："咋，你嫌弃我？"

来福说："我哪敢嫌弃你！我只是随便问一句。"

丢丢说："是贵生那老东西……"

来福惊得坐了起来："是你爸？他咋能做这号事？"

丢丢说："我早就想离开那个家了，我一天都不想待了！你把我睡了，你就得说话算数，你得娶我！"说着，丢丢就哭了。

来福说："我说话算数，我去给那狗日的说，我要娶你，我会一辈子对你好的……"

两人正说着，只听巷道里有人喊："杀人了！杀人了！"来福穿上裤子赶紧往外跑，门口有人跑过，对来福说："你快看看去吧，戏楼底下杀死人了……"来福急忙往戏楼底下跑。

戏楼下的灯光里,一个家丁倒在血泊中,管家胳膊在流血,莫鹏举被几个家丁围在中间,村民们站了一大圈。

来福问:"咋回事?"

莫鹏举说:"没想到事情会出在这小子身上!看着他平时老实巴交的,原来却是个奸贼!"他用脚踢了踢地上已经死了的那个家丁,"我就说每回攻打桃花沟,人家早早就知道了,原来是这小子暗中通风报信呢。今天要不是管家舍命保护我,把这小子杀了,我就没命了。"莫鹏举叹口气道:"真是家贼难防啊!"

管家用手捂着胳膊,血从手指间往外涌流,他忍着疼惭愧地说:"都怪我太粗心了,让这个奸贼隐藏了这么长时间……"

莫鹏举说:"这不能怪你,你是一个称职的管家!没想到他们不敢来攻打我们,却让这小子暗中刺杀我……"

管家说:"自从我们上次进攻麻峪沟失败后,我就开始怀疑内部有奸贼,所以就特别留心身边的每一个人。结果发现这小子有些不正常,昨晚他就心神不宁,不好好看戏,出出进进的,我一直暗中盯着他……"

莫鹏举想起管家确实离开过几次,原来是为了这事。这么好的管家,自己反倒怀疑,心里就有些歉疚,拍了拍管家的肩膀,说:"今天你救了我一命,日后我会报答你的!不过,你不该杀死他,应该留个活口……"

"我看见他拿刀刺你,没有多想,就杀了他……哎哟……"管家疼得说不下去了。

莫鹏举对家丁说:"还不快把管家扶回去!叫天胜来,给管家上云南白药……"

仇人始终没有来攻打莫村。管家的忠诚和勇敢令莫鹏举很感动,从此对管家更加信任了。太婆的大寿过完了,皮影戏也演完了,可来福的戏还没有演完。

来福找到贵生,直截了当地说:"我要娶丢丢。"

贵生的眼睛睁到了额头上,不认识似的看着来福:"你说啥?你要娶丢丢？你也不看看自个儿的岁数，放这种狗屁！"

来福说："我说的是正经事。我一辈子都不会亏待她的。"

来福说得这么一本正经，贵生一下子愣住了。看了看天，日头好好地在天上挂着；看了看地，自己稳稳当当在地上站着；而后又看了看来福，来福也看不出有啥毛病。贵生以为自己出了问题，就对来福说："你掐我一下，看疼不疼。"

来福没有掐，而是挥手打了贵生一耳光，问："疼不疼？"

贵生火了："你狗日的敢打我？你凭啥打我，你别以为你是保长就能打人，你保长算个尿！"

来福说："我为啥打你你心里明白，你要是不把丢丢嫁给我，我就把你的丑事张扬出去，看你以后咋出门！"

贵生明白是怎么回事了，一下子就软了。心里想，难怪平日里笑面人似的来福今儿个这么横，原来他手里捏着我的把柄呢。肯定是那骚女子告诉他的。这事万一张扬出去，我贵生就没法活人了，只有顺水推舟依了他们。这么想着，贵生说："我把她养这么大，总不能一句话就让你领走了，你得给我十块大洋。"

"她给你当了这么多年的长工，工钱咋算？"

"不是我当初把她从路上捡回来，她娃早死了。她欠我一条命哩，一条命多少钱？"

"你娃迟早要让钱活埋了。"

"你不给礼钱，我面子上也不好看么。要不八块大洋，你看咋样？"贵生到底是生意人，见来福不同意，便降了价钱。

"你这哪儿是嫁女呢，简直就是卖女哩么！好，按你说的，八块就八块。"来福痛快地说，"可你也得陪些嫁妆吧？"

贵生说："你欠的棺材钱我就不要了，权当是她的嫁妆。"

来福说："亏你想得出来，棺材钱能当嫁妆？你这不是咒我们哩嘛！"

贵生说："就这，你要是不同意，我连棺材钱也不陪了。"

来福指着贵生骂："你狗日的屁眼太黑！"

261

来福拿不出那么多钱，硬着头皮去找莫老爷。莫老爷满口答应，说："这是好事啊，攒钱买房，借钱娶妻，不丢人！你也早该成个家了，屋里没个女人，再好的日子也像白开水。"当下就取了十块大洋，给了来福。来福说："用不了这么多，八块就够了。"莫老爷说："剩下的给丢丢扯几身新衣服，不能亏待了人家。"来福说："等我手头宽展了，就还你。"莫老爷佯装生气，说："你这就见外了，你帮了我那么多忙，就不许我帮你一回？钱不用还了，权当我给你封的喜礼。"来福说："这可不行，我迟早得还你的。"老爷拉下了脸，说："你这人，越说越乏味了！你这不是打我脸哩么？"话说到这个份儿上，来福也不好再说什么，揣了钱，心存感激地走出了莫家大院。

　　一个月后，保长来福把丢丢娶进了家。

25. 烟土

三太太说:"粮仓快要撑破了,我们不要再种粮食了,还是种大烟吧,大烟的价钱比金子贵。"

管家说:"粮食多了会烂掉的,大烟又不会烂掉。桃花沟去年种了大烟,发了一笔大财!"

三太太说:"现在正是播种的时候,我们不能错过这个发财的好机会,种大烟肯定能赚大钱!"

管家说:"种大烟比种粮食划算,现在粮食跟谷糠一样不值钱,价格一跌再跌,大烟的价格却一天比一天高。老爷,我们也种点吧!"

莫鹏举终于开口了:"种就种吧,但不要种多,种个百十亩就行了。你们记住,人离得了烟土,但离不了粮食,还是多种些粮食。"

九月九,种罂粟,正好又落了一场雨。管家买回来两马车大烟籽,领着长工短工忙活了十余日,总算全部种到了地里。说是只种一百亩,等到真正播种的时候,三太太和管家瞒着老爷又多种了两百亩。管家说:"老爷怪罪下来咋办?"三太太说:"有我呢,你只管种!等我们赚了钱,他高兴还来不及哩。"管家就不吭声了。后来老爷知道了,但种子已经播到了地里,不可能再扒出来,就把三太太训了几句,事情就也算过去了。

然而这一年,桃花沟一棵罂粟也没有种。

罂粟在土里积蓄了一冬的力量,到了春天才开始发芽生长。一眼望不到头的绿茵茵的罂粟地,在阳光下是那样鲜亮和生机勃勃。夏天来临的时候,罂粟开花了。有红花,也有白花,红的似血,白的如雪，但都同样艳丽无比。花的四瓣像四姐妹，手牵着手簇拥着花芯。颜色由浅及深，好像会流动一样，渐渐从花边流到花芯那里去了。椭圆形或长卵形的绿叶，纤手一般握抱着茎秆，齐心协力地扶助茎秆茁壮成长。田野里弥漫着一种浓得化不开的腥香味。

整个夏天，天奇都坐在城墙上，望着艳丽的罂粟花海洋，闻着那种奇异的腥香味。他看见他妈和管家喝醉了似的在罂粟地里时隐时现，像两只不知疲倦的小船在海面上沉浮。种罂粟的主意是他们出的，他们当然有理由陶醉，有理由流连忘返。但他听不惯他妈装出姑娘样的咯咯的笑声。别人的笑是从心里流淌出来的，她的笑是含在嘴里的，一张口，便从那里扑啦啦飞出来。但却飞不高，很快就会跌落在地上，像一只老母鸡再努力只能擦着地皮飞，再鸣叫也唱不出夜莺那么动听的歌。有时，天奇从心里面同情这个不会笑的女人。

八月，罂粟结出了瓶状的青果。等罂粟花凋谢后，管家就开始指挥下人们收割罂粟了。收割罂粟的方法很简单，午后用刀将青果的外皮刺破，第二天早上白色的汁液就会渗出来，再用竹片轻轻刮下来，存放在瓷坛子里，搁在阴凉处阴干就可以熬制了。今年的罂粟获得了大丰收，制成的烟土像羊屎蛋一样装满了整整六个瓦缸。

太婆说："看，这黑羊屎蛋非害了莫家不可！"

三太太笑着说："那可是六缸金子啊！您老是嫌钱多了咬手？"

"怕是真的要咬人哩！"太婆冷冷地说。

三太太鼻子里哼了一声，转身走进了城外浩瀚的罂粟地。

很快，村里有的男人悄悄吸上了大烟。当时，吸食大烟在古川相当流行，人们把这看作富有和有身份的象征。吸上烟土的男人过足了瘾，精神格外好，可一旦烟瘾上来了却流鼻涕流口水，走路歪歪扭扭风都能吹倒，有时会倒在巷道里浑身痉挛，不能自制。孩子们就围着躺在地上的烟鬼唱歌谣：吸鸦片，第一龟（丧眼，不雅观的意思），清鼻眼泪一大堆；吸鸦片，第二龟，肝肠肚子都熏黑；吸鸦片，第三龟，家产荡完断了炊；吸鸦片，第四龟，婆娘女子随人归；吸鸦片，第五龟，子子孙孙低班辈……

莫鹏举感到事情有些严重。种烟土是为了赚别人的钱,可不是为了让村里人自己吸食。莫鹏举害怕村里吸食烟土的男人越来越多,会使整个村子慢慢丧失战斗力,到时候拿什么去抵御桃花沟和老六的进攻?不行!必须制止他们!他让管家叫来保长来福和村里辈分高的老人,商议制定了"禁食烟土"的村规,张贴在城门上。村规明确规定:凡沾上烟土的人必须在一个月内戒掉,否则将被赶出莫村。结果有五个男人被赶出了城门,住到乱石滩的石屋子里去了,成了那里的永久居民。其中两个人因继续吸食烟土,一年后先后死去了。

罂粟刚刚收割完毕,烟土价就大幅度下跌了,粮价反而涨了一倍。这时,莫鹏举才明白桃花沟停止种罂粟的用意,知道自己又走了一步错棋。但他并没有因此而显得特别慌张,事已至此,埋怨太太是没有用的,最好的办法是,尽快将烟土出手卖掉。听说甘肃和宁夏这几年没有种植罂粟,他便让下人们分头到那里去卖烟土。人手不够,满仓也被派往宁夏去卖烟土了。

后来的几天里,莫鹏举一直心神不宁,总担心会出什么事。果然就出事了,但他没有想到会出那样的事情。

那天早上,莫鹏举在院子里碰见了杏花。杏花低头想走过去,被他叫住了。杏花站住问:"老爷,啥事?"莫鹏举上下打量着杏花,发现她的身上有些不对劲。杏花下意识地收了收腹部,身子有些发颤。"几日不见,你倒发福了。"莫鹏举盯着杏花的肚子。杏花小声说:"托老爷的福!"莫鹏举突然拉下了脸,对几个丫鬟说:"把她的衣裳解开!"杏花捂住肚子,惊慌地问:"老爷,你要干啥?"莫鹏举吼道:"你们还愣着干啥,给我解!"丫鬟们不敢怠慢,冲上去扭住杏花的胳膊,解开了她的上衣,露出了里面的红肚兜,红肚兜上缠着一匹白布,她的肚子明显大了。

莫鹏举问:"谁的种?说!"

杏花双手护着肚子,脸通红,咬着嘴唇一声不吭。

莫鹏举上去就是一耳光,声音非常响亮。这一耳光打掉了杏花脸上的惊恐和羞涩。事情已经暴露,她也不再害怕了,一头撞向莫鹏举。莫鹏举气急败坏，对家丁说："给我捆了，吊在树上打！"

家丁们七手八脚将敞怀亮腔的杏花吊在了老槐树上。莫家所有的人都从屋里跑了出来，三太太和大太太也站在一边，吃惊地看着树上半裸的杏花。

杏花在空中扭来扭去："放我下来！"

"说，到底是谁的种？"

"你管是谁的！我又不是你买来的丫鬟，我想跟谁就跟谁，你管不着！我爸死的时候把我托付给你，你就这样对待我？"

"你说不说？"

"我不说，死也不说！"

"看是你嘴硬还是我的鞭子硬，给我打！"莫鹏举说，"打，给我把那野种打下来！"

站在一旁的三太太也说："打，这种不要脸的人就得狠狠地打！"她早就看不惯杏花了，就因为她长得好，总让她不放心。

一个家丁拿来鞭子，朝杏花抽去。杏花身上裸露的地方，立刻就有了一道道血印子。

大太太躲得远远的，用手捂住了梅香的眼睛。家丁每抽杏花一鞭子，梅香的身子就哆嗦一下，好像鞭子是打在她身上的。大太太实在忍不住了，就对丈夫说："别打了，她肚子里有孩子。"

老爷没有理睬大太太，对家丁说："打，给我把那野种打下来！"

杏花高声叫骂："莫鹏举，你个假善人！你想占我的便宜没占上，就这样报复我……"

"把她嘴堵上！再打！"

家丁脱下杏花的袜子，塞进了她的嘴里，又抡起她的绣花鞋噼里啪啦地抽打她的嘴脸。很快，殷红的血就从她的鼻孔流了出来，嘴唇和半张脸也吹气似的肿胀起来……

这时，太婆从屋里颤颤巍巍走出来，指着莫鹏举骂："你这样糟践一个女人，你作孽呀你！你还不给我把人放下来……"

太婆出面干涉了，莫鹏举只好让人把杏花放了下来，抬进后院的牲口草房里去了……

那天后夜里，夜游回来的天奇，看见一个黑影溜进了后院草房。那黑影走进草房的时候，像狼一样向后看了一眼。狼顾相！他知道那人是谁了，但他不明白深更半夜的他鬼鬼祟祟去草房干什么。

第二天早上，一个丫鬟去给杏花送饭，却发现杏花已经死了。

莫鹏举不相信杏花会死，走进草房去看，杏花果然已经死得硬硬的了。他原只想教训教训她，没有想要她的命，谁知道她这么不经打，竟然就死了。莫鹏举心情很沉重，感到这事做得有些过分。

太婆将莫鹏举叫到屋里，狠狠地数落了一顿，说："你驴日的又欠下人命了，她肚子里怀着娃儿，这可是两条人命啊！那娃儿的父亲迟早会找你索命的！那娘儿俩到了阴间也会变成厉鬼找你报仇的！"

杏花死后不久，外出卖烟土的下人们纷纷回来了。马车上的烟土没有了，但带回来的钱却不多。满仓回来说，宁夏也遭了旱灾，烟土的价比关中还要低，等于白送了人。

半个月后的一天夜晚，有个蒙面人摸进了莫老爷的屋子，照着炕上的被窝挥刀就是一阵乱砍，砍过了才发觉被窝里没有人。家丁被惊醒了，呼喊着包围了屋子，蒙面人趁着夜黑混乱，一阵冲杀后，跳墙逃走了。等一切平息后，老爷才从另一间屋子走出来。

管家说："肯定是老六干的！连手段也和从前一样。"

老爷没有吭声，谁也不知道他心里想些什么。

第二天，厨房里的老妈子去粮仓取粮食，发现满仓不见了，到处找也没有找到，跑去禀报了老爷。

老爷说："别找了，他已经跑了。昨晚想杀我的人不是老六，是驴日的满仓。"

管家问："可是，他为啥要杀老爷呢？"

老爷说："明摆着嘛，杏花肚子里的野种是满仓的。"

"这家伙平时看着挺老实的，没想到净咥实活！知人知面不知心哪。"管家说，"我们又多了一个仇人。"

老爷突然意识到了什么，忙吩咐管家："你赶快去粮仓看看！"

管家急忙带人去看，结果发现所有的粮食都发了霉，他脸色煞白地跑回来告诉老爷："不得了了！满仓早给粮仓里倒进了水，我们的粮食全发霉了！"

老爷听了这话，一下子瘫坐在椅子上，一口气没上来，噎得直咳嗽。管家忙给老爷捶背抹胸。老爷喘息着说："狗日的满仓，为了一个女人竟下这样的黑手！"

管家安慰老爷说："您别着急，粮食没了我再去买就是了。"

老爷叮咛管家："不要声张，赶快悄悄收购粮食！消息一传出去，粮食马上就会涨价，到时候一斤粮食就得花现在几倍的钱。"

管家第二天就开始悄悄收购粮食了。但世上没有不透风的墙，桃花沟得知莫鹏举粮仓里的粮食全部烂掉了，也马上大量收购粮食，而且价格比莫鹏举的高出许多，这样人们都愿意将粮食卖给桃花沟，而不愿卖给莫村。莫鹏举知道桃花沟这是故意哄抬粮价，和他作对。果然，管家忙碌了半个月，花费了莫家银库里几乎一半的银子，也没有收购到计划中三分之一的粮食。

莫鹏举一气之下病倒了，咳嗽的老毛病又犯了，比以前任何一次都要严重，有时咳嗽得几乎断气。管家要去古川请恒心堂的老先生，莫鹏举不让，对管家说："不要声张，你去把天胜叫来吧。"

天胜被悄悄叫来了，给老爷把了脉，说："老爷肝火太旺，急火攻心，勾起陈年旧疾，加之气血两亏，几病归一，这病很难调治啊。"

管家问："你是说，没有办法了？"

天胜说："办法倒是有一个，可不知老爷愿不愿用？"

老爷不喜欢别人在他面前卖关子，不耐烦地问："你就说吧，啥办法？"

天胜说："只有用烟土了。"

老爷没有吭声，用不信任的目光扫视着天胜。

管家惊疑道："烟土？你这不是害老爷嘛，老爷可是从来不碰那东西的。"

天胜说："这是给老爷治病，又不是让老爷吸的，上不了瘾的。"

管家说:"你要是糊弄了老爷,我可不饶你!"

天胜说:"我就是有十个胆也不敢糊弄老爷!再说老爷是我这种猪脑子能糊弄得了的?"

老爷剧烈地咳嗽了一阵,有气无力地说:"你就别废话了,说吧,咋个用法?"

天胜说:"方法很简单,每天取出黄豆大的一丸,空腹用蜂蜜水服下,十几天就好了。但要记住,服药期间一月之内不能吃葱、姜和大蒜,更不能与太太同房……"

莫老爷对天胜说的将信将疑,但又想起以前好像听说过用烟土治咳嗽的事情,就是不知是不是这种治法。咳嗽一天比一天严重,喉咙都咳出了血。莫老爷痛苦不堪,也就顾不了许多,按照天胜说的方子,开始每天服用一丸黄豆大的烟土。半个月后,咳嗽果然好了。

老爷高兴地说:"没想到天胜这小子还真有点本事。管家,赏他两块大洋吧。"

但他马上就知道自己高兴得太早了。咳嗽好了,烟瘾却也染上了。管家把天胜叫来,老爷冷冷地看着天胜,也不说话。

管家说:"天胜,你驴日的胆子也太大了,敢糊弄老爷,让老爷染上了烟瘾!你得是活颇烦了!"

天胜扑通一声双膝跪在地上:"我可不是故意的,这方子除了老爷谁也没有用过,谁知道老爷就染上了呢。"

老爷见他确实治好了咳嗽的老毛病,算是功过各半吧,也不好再追究什么,说:"你起来吧,有没有戒烟的药?"

天胜:"没有。"

老爷说:"你狗日的可害苦了我了!避!避远些!"

天胜刚转身想溜,老爷又叫住了,厉声说:"你出去敢走漏半点风声,我可不会再饶你!"

天胜说:"不敢,不敢,我绝对不往外说。"

说完,天胜像狗一样悄悄溜走了。

天胜一出莫家大门,腰就挺直了,心里想:舔尻子舔到了蛋上,真他妈狗咬吕洞宾不识好人心！你莫鹏举不是厉害么，惩治别人吸大烟哩，我看你这回咋惩治自己！

莫老爷准备戒烟。他必须戒烟！如果让村里人知道他也染上了烟瘾，他的威望就会一落千丈。戒烟，对他来说是一次从未有过的挑战和考验。当天夜里，他的烟瘾又犯了，感觉快要发作的时候，他赶忙让管家和下人搬来一根石头拴马桩平放在炕上，然后让他们用绳子把他和拴马桩捆在一起。管家和家丁从来没有见过这样的阵势，吃惊地看着老爷。老爷说："你们都出去吧，过两个时辰再进来。管家你去找个硬东西来让我咬上，以免迷乱中我咬了自己的舌头。"管家出去找来一根牛骨头，说："老爷，您就咬这个吧。"老爷不高兴地说："你把我当狗了？"管家说："别的东西找不到，这是您晚饭时自己啃过的……"老爷没再说什么。管家将牛骨头递到老爷嘴边，让他咬住，然后拉上屋门走了。

两个时辰过去了，管家走进老爷的屋子，见老爷真的变成了一条狗，瑟缩在拴马桩旁边，牛骨头还紧紧地咬在嘴里，鼻涕眼泪流了一脸，炕上一塌糊涂。可以想象，这里发生过多么惊心动魄的一场战争。管家将老爷解开，帮老爷打扫了身上和炕上的污浊物。管家知道老爷不希望更多的人看见他这副模样，所以他没有叫一个丫鬟进来。

"老爷你这副样子真让我心疼，要不，这烟咱不戒了？"管家眼睛红红的，一副忠诚的样子。

老爷说："戒！必须戒！"

管家心疼地说："这也太遭罪了……"

"我不能坏了村里的规矩，更不能让仇人看我的笑话！"

管家敬佩地望着主人："老爷真了不起！"

后来的一段日子，几乎每天晚上，老爷都要让管家把他捆在拴马桩上，经受一次痛苦的折磨和考验。一个月后，老爷的烟瘾终于戒掉了。但老爷对自己还不放心，专门放一些烟土在屋里随时都能看见的地方，故意以此来诱惑自己，锻炼自己的毅力。他再也没有碰过那东西，甚至看也不看一眼。经历了这场灵与肉的折磨，他对烟土恨之入骨，产生了一种本能的反感。对于自己的毅力，他很满意，甚至有些敬佩，心里想：莫村的大掌柜就应该是这个样子！

古川所有种罂粟的人都吃了大亏，莫家亏得最惨。所以，第二年古川再也没人敢种大烟了。

可是，莫鹏举对管家说："别人不种我们种！就因为别人都不种了我们才要种，哪儿跌倒了在哪儿爬起来。我们吃了大烟的亏，还得用大烟来补偿！"

管家眼睛一亮，说："老爷高明！我们一家种，就没人和我们争了。这几年许多人都染上了烟瘾，想戒一时半会儿也戒不掉，他们还得买大烟抽。而种大烟的人一少，价钱就会涨起来，我们肯定能好好赚一笔！"

老爷说："我们要把所有的土地都种上罂粟！我要赌一把！"

那一年，渭北平原只有莫鹏举一家种植了罂粟，而且天遂人愿，风调雨顺，罂粟收成特别好，莫家大院里的库房都放不下了，只好放到乱石滩的石屋子里去。

烟土还没有炮制好，前来购买烟土的商人就已经在乱石滩排起了长队。莫鹏举看着吵吵嚷嚷的商人，心里有种说不出的高兴，他对那些商人说："让管家把你们的名字都登记下来，你们先回去吧，到时候我们会按先后次序供货的。"

管家提醒老爷："要不要让他们先交些订金？"

老爷说："收了订金，反而显得我们莫家小气。再说，莫家也不在乎那点订金。做生意还是要以信义为本。"

管家就不再说什么，登记了商人的姓名、订购数量，让商人们走了。

临走前，商人们不放心，说："你们可要说话算数啊，不能让我们空跑一趟！"

管家说："你们放心吧，我们莫家啥时候说话没作数过？"

"我们的烟土已经提前预订完了，老爷啊，这回我们可要赚一座银山了。"管家高兴地说，"现在又到了种大烟的时候了，我们还种不种?"

老爷说:"你看着办吧。"

管家心领神会,留一部分下人在乱石滩炮制烟土,带着另一部分下人将所有的土地又种上了烟土。

整个秋天,莫家的下人们都吃住在乱石滩,在三太太和管家的指挥下,紧张地炮制烟土。很长一段日子,莫村上空都弥漫着醉人的烟土味,连巷道里的鸡狗走路都摇摇晃晃的了。

就在莫鹏举踌躇满志,准备大赚一笔的时候,国民政府开始戒烟了。陕西省主席杨虎城改变了前任"寓禁于征"的政策,在全省境内实行了戒烟法令,关中一带开始了大规模的戒烟运动。莫鹏举感到大难临头了,意识到戒烟令会给莫家带来什么样的损失。他在村里实行戒烟村规,只是不想让莫村人沾染上烟瘾消磨了斗志,但并不希望世上所有的人都戒烟。现在大家都戒了烟,莫家这么多烟土卖给谁去?

戒烟令发出后不久,刘亚民带着保卫团闯进了莫村。他现在又多了一个身份:古川县戒烟科科长。保卫团包围了乱石滩,收走了莫家所有的大烟,整整拉了三马车。后来听说刘亚民在回去的路上,将三马车大烟悄悄卖给了桃花沟,而把白花花的大洋装进了自己的腰包。

莫鹏举一气之下,让管家放了一把大火,烧了几百亩罂粟。大火整整烧了七天七夜,烘烤得路旁的树叶都恹恹地耷拉了下来。罂粟奇异的香味弥漫在莫村上空,半个月没有散尽。

让莫鹏举唯一感到欣慰的是,桃花沟买走了所有的烟土。那就让他们去吸吧,让桃花沟的人一个个都变成烟鬼才好呢。那样,以后就好对付他们了。

由于戒烟运动,第二年更没有人敢种罂粟了。但谁会想到戒烟令只是一阵风,加上烟土买卖让地方官吏尝到了甜头,风声一过,他们也睁只眼闭只眼,所以烟土生意又死灰复燃了,而且价格飞速上涨,比以前翻了一倍。桃花沟趁机全部抛售了去年从刘亚民那里买来的烟土,轻轻松松地发了一笔大财。莫鹏举听说后,气得嘴唇发紫,几乎吐血。

经这么一折腾，莫家大院损失惨重，几百年来，第一次露出了败象。莫鹏举明显感觉到他在走下坡路了，但他并不甘心，他要竭尽全力把这份家业继续撑持下去！

26. 麦花和柳儿

三月二十八，小麦豌豆乱扬花。

小麦扬花的时候，管家从外面领回来一个名叫麦花的丫鬟。这丫鬟是专门买来伺候少爷天奇的。杏花死后，天奇的夜游症比以前更重了，需要有个懂事的丫鬟专门来伺候他。

麦花比天奇小多了，刚满十七岁，但她说话做事却手脚稳当，看上去倒比天奇老成懂事得多。麦花长着一双耐看的单眼皮眼睛，脸白白净净低眉顺眼的样子，一看就知道是一个听话的好丫鬟。麦花来后，天奇梦游的次数就明显减少了，而且身上的衣服干净平顺了许多，连乱蓬蓬的头发也梳得溜光水滑，一丝不乱。

麦花夜里就住在少爷的屋子里。天奇搂着麦花睡觉，麦花也不扭捏，乖乖地让他搂着，像是原本就应该这样。天奇喜欢从背后搂着麦花，这样他就可以毫不费力地握住她的乳房。她的乳房很好，光洁而富有弹性，而且不大不小，刚好能用一只手掌握住。有时他也会把她的身子扳过来，面对面地看她由于紧张鼻翼翕动的样子，看她曲线流畅的脖子，以及像樱桃一样鲜嫩的乳头。通常的情况是，这么看着看着，他就毫不犹豫地噙住她的乳头吮吸一小会儿。她痒得扭动身子无声地嬉笑，但并不像杏花那样推开他。她知道她的主人有这个权力，况且她也喜欢这个有趣的游戏。时间久了，天奇发现麦花与杏花不同的是，她的两乳间有一颗黄豆大的朱砂痣，而且两腿之间那个地方同样也有一颗，一模一样，这令他暗暗称奇。

直到多年以后，天奇还能清楚地记得他们第一次做爱时的情景。

这天夜里，天奇吸吮着麦花的乳头，吸着吸着，麦花就把天奇猛地搂住，身体无法控制地发抖。她捉住他的东西像要揪掉似的，那东西就渐渐支棱了起来。她的身子像火炭一样，气息粗得像男人。天奇想起他爸骑在他姨身上的时候，也是这样喘息。他没有多想就翻身骑到了麦花的身上，可忙活了半天，却不知自己要干什么，然后就无法抑制地山崩水泄了。

许多天里，他们每晚都在炕上颠来倒去，把院子里老槐树上的麻雀都折腾醒了，把窗户纸都折腾白了，可天奇还是没有走进麦花那道坚固而又温柔的大门。

后来，麦花帮助了他，天奇的小鸟才破门而入，找到了那个温暖的窝。鸟儿钻进去的那一刻，麦花啊了一声，像是被她自己引来的鸟儿吓掉了魂。天奇惊叹：天哪，这是一个多么奇妙的天地啊！麦花像是被鸟裹进来的风冻着了，怕冷似的浑身痉挛起来。但她没有再叫喊，只是死死地咬住了他的肩膀，直到有一股腥味从口中飘散。好像对那只小鸟已经熟悉了，用不着再害怕了。这样很好，天奇喜欢不叫喊的女人，因为他从来就不叫喊。她像一块长满鲜花的野地，突然被一张犁铧野蛮地犁开了。这犁先是滚烫，继而是温暖，后来又是甜丝丝地重重地犁着那飘荡着和煦清风的土地，越犁越深，一直犁到大地深处。麦花听到了那个笨拙的农夫粗壮的喘息声，闻到了汗水和泥土混合的气味。天奇感到自己已经抵达了温柔和快乐的底端，他的身体像是被什么温柔而有力的东西挤压着，环拥着，抵挡着，但他还是锐不可当，勇往直前，到达了那个目的地……

那一夜，他们感觉自己都变成了快乐的鸟儿，自由自在地无比快乐地飞翔在燥热的天空。

天奇心里说，女人真是美妙！

麦花心里说，少爷才不傻呢。

天奇感觉自己长大了许多，长成了一个让女人满意也让自己也满意的男人。他的目光里明显有了男人的光泽。这一点，莫家许多人都没有发现，他们根本不会对一个哑巴少爷投去过多的目光。但麦花注意到了，或者说感觉到了。少爷和麦花经常用目光交流，目光就是他们的语言。

终于有一天，老爷和太太看出了儿子的变化。

老爷对三太太说："我们的儿子越来越像少爷了。"

三太太说："他本来就是少爷嘛，只是你以前没有把他当少爷看罢了。"

老爷毫无意义地笑了笑。

太太说："少爷能这样，多亏了麦花。"

老爷就对管家说："赏她几个钱吧。"

什么事让老爷满意了，他就会这么说。

数年后，就是这个不起眼的丫鬟麦花，替莫家办了一件谁也无法替代的好事，因此被永远地载入了莫氏家族的史册。那时，老爷没有再说"赏她几个钱吧"，因为他早已经死了。

有了罂粟草木灰的滋养，加上充足的雨水，第二年的小麦获得了意想不到的好收成。莫家亏空了两年的粮仓又注满了黄灿灿的粮食。秋天，莫家的土地全部套种了糜子、谷子和玉米，收成也相当不错。好年景算是给种植罂粟的损失一个小小的补偿。

莫老爷脸上又有了笑容。

一日，莫家大院来了一个年轻美丽的女人。女人的额头光洁明亮，挂着细微的汗珠。阳光正好洒在那里，仿佛阳光不是洒上去的，而是从额头里面放射出来的。

女人一走进莫家大门，就问院子里的丫鬟："天顺回来了没有？"

面对这个美丽的女人，丫鬟们都愣了："你是谁呀？"

莫鹏举从屋里出来："谁找天顺？天顺在哪里？"

女人说："我找天顺。"

莫鹏举说："你是谁？"

"我是天顺媳妇，叫柳儿。"

丫鬟们告诉柳儿："这是老爷，天顺他爸。"

女人赶忙迎上前来，叫了一声："爸。"

莫鹏举望着面前这个满身尘土的女人，疑惑地问："你真是天顺媳妇？"

"我和天顺今年夏天才成的亲。"女人说，"天顺没回来？"

"他走后就一直没有回来。"莫鹏举焦急地问，"你们成亲了？天顺到底出了啥事？"

一听这话，柳儿身子一下子软了，扑通一屁股坐在了地上，眼泪跟着唰唰地就滚落下来："爸呀，天顺他跑了呀……"

柳儿告诉公公，天顺那年逃到陕北后，加入了红军游击队，后来当上了红军队伍里的连长。天顺的队伍就驻扎在她娘家那个地方，她和天顺是在红军办的识字班里认识的，天顺是教员。后来他们就成了亲。秋天的时候，红军开始"肃反"。一天夜里，保卫局的人突然抓走了天顺，说他被白军俘虏过，是白军放回来的特务。听说刘志丹、张秀山、习仲勋等许多红军高级军官也被监禁关押在牢房里了。她去牢里探望天顺，他已经被折磨得不成样子了，情绪很坏。天顺说，他们给他灌辣椒水，逼他承认自己是白军军官，是白军特务，要他交代谁是他的上级和同谋。他说他冤枉啊，不明白革命怎么会是这样！他说他实在受不了了，想跑。他说万一他出了事，就让她回莫村老家来等着他回来。后来天顺真的就越狱逃跑了。但和他一起被抓进去的几十个人，却在第二天夜里被红军活埋了。她从陕北一路寻找天顺，走了二十多天，才找到莫村，脚上的绣花鞋都穿破了三双……

莫鹏举听说儿子天顺被人抓了起来，十分担心；后来又听说儿子已经逃脱了，心里又踏实了。他当着儿媳的面，埋怨儿子说："我早就对他们说过，不要到外面胡折腾了，他们就是不听。这下可好，让自己人给拾掇了，家也不敢回了。"

柳儿说："我还得去找他，是死是活我都要找到他！"

老爷说："到处兵荒马乱的，你上哪儿去找？他逃走了就好，总算捡了一条命。只要他还活着，迟早是会回来的，你就在家里等他吧。"

柳儿想想也是，上哪儿去找呢？公公说得对，这里是他的家，他迟早会回来的。她听了公公的劝告，在莫家大院住了下来。

柳儿的娘家在陕北米脂。米脂的婆姨绥德的汉，不用打问不用看；小伙子跑马一溜烟，讨个米脂婆姨乐死个汉。一点不假，柳儿的长相在莫村是头一份儿，就是在古川地界也是少有的。柳儿是天生的美人，细高个儿，白净的脸蛋，一说话便露出一口整齐的白生生的碎牙，走起路来那根黑粗的独辫儿在腰际欢快地摆动，让人无法忽略那纤细的腰身。

莫家上下都很喜欢这个新来的少奶奶，只有三太太不喜欢。对于两个聪明少爷的一切，她都不喜欢。天顺失踪的消息，让她兴奋了好多日，她的诅咒终于成功了。她有时会情不自禁地低头欣赏自己脚下的绣花鞋，心里有种说不出的快感。他们永远回不来才好呢，那样，就没人威胁她和儿子在莫家的地位了。

柳儿整日闷闷不乐，极少说话。细心而善良的丫鬟麦花看出了少奶奶柳儿的心思，想着法儿让她开心。麦花很喜欢这个少奶奶，不光是因为她人温顺善良，没有主人的架子，更重要的是她们都是穷困人家的女儿。麦花没事的时候，经常拉着柳儿、梅香和天奇到城外去散心。

这天，他们又在杏林里转悠。天奇和梅香累了，就坐在地上下土棋"四子顶"。柳儿无心看他们下棋，便仰头看天。天上的云朵像一只卧着的绵羊，睡着了的样子，一动不动。她想起了陕北老家她曾经放过的那一群羊。原来的羊羔现在该长成羊妈妈了吧，也许它们也下了羊羔。她想起了远在陕北的父母，想起了杳无音信的天顺。想着想着不觉泪水就涌了出来，她怕他们看见，急忙用手背抹去。她强迫自己不去想伤心的事，还是想想高兴的事吧。后来她就想起了娘家窑洞前那棵枣树——七月枣，八月梨，九月柿子红了皮。

"该是打枣的时候了。"她自言自语道。

麦花没有听清，问："少奶奶，你说啥？"

柳儿说："我说，该打枣子了。在我们陕北老家，现在正是打枣的时候。我们家门口那棵树上的枣,又甜又大,一把只能抓三个。'枣儿塞鼻子,种谷种糜子。'打完枣,又该种谷了。"

麦花说:"才不是呢,'秋分糜子寒露谷',现在快到秋分了,是该种糜子的时候,种谷还差半个月呢。"

"你没听说'秋分种山,寒露种川'?我们山里当然比你们川里种得早些。"柳儿解释说。

"什么'你们川里,我们山里'的,你现在已经是莫家的少奶奶了,还说自己是山里人!"麦花看见少奶奶眼睛发红,像是刚哭过的样子,关切地问:"少奶奶想家了吧?"

柳儿叹口气:"想有啥用,又回不去的。唉,也不知道他啥时候才能回来!"

麦花明白了,少奶奶是想天顺少爷了。麦花怕再说下去,会勾起少奶奶的伤心事,就说:"听说少奶奶的歌唱得好,你就给我们唱一个你们那里的信天游吧。"

"我哪儿会唱,我不会。"柳儿没心思唱歌。

麦花说:"少奶奶哄人哩,我听你唱过的。"

梅香和天奇刚好下完了一盘,这时也说:"嫂子那天一个人在屋里小声唱,我从窗外走过都听到了,嫂子的嗓子真好!你就给我们唱一个吧!"

"好呀,你偷听人家唱歌。"柳儿要拧梅香的脸,梅香躲开了。

麦花说:"你就给我们唱一个吧,反正这里也没有外人。"

柳儿推脱不过,就低声唱了起来:想你想你实想你,浑身上下都想你;头发梢梢想你哩,红线头绳难挣呀;脑瓜皮皮想你哩,榆木梳子难梳呀;眼睫毛毛想你哩,白天黑夜难闭呀;眼睛仁仁想你哩,泪水蛋蛋难收呀;舌头尖尖想你哩,酸甜苦辣难尝呀……

歌没唱完,柳儿早已成了泪人。

刚进入冬季,城外就热闹起来了,密密麻麻的队伍一批又一批地往陕北拥去。路上起了一脚厚的尘土,目光所及的地方都被尘土覆盖了，变成了灰白色，像弥留之际的老人的脸。莫家的丫鬟们每天抹三遍桌椅板凳，上面还是留有灰尘。天奇坐在城墙上，看着匆匆忙忙过路的队伍，飞扬的尘土把他变成了一个土人，麦花至少一天要给他洗三遍脸，换两次衣裳。

城外路过的是国民党军"西北剿总"的队伍，他们是专门去对付刚到陕北立足未稳的共产党中央红军的。枪炮声时常从遥远的北方传来。到了腊月，枪炮声渐渐稀少了，城外开始有稀稀拉拉的队伍向南撤退。一个掉了队的伤兵进村来讨水喝，村民就问北边的战况。伤兵一脸愁苦，说他们在陕北直罗镇吃了败仗，几个师都让红军分割包围，一仗下来就损失了上万人。他们师长牛元峰也被红军打死了，他是死里逃生跑出来的。现在北边还在打呢。

城外的队伍来来往往，有时是向北去，有时是向南去；有时是国军，有时是红军。整整一个腊月，北边的枪声一直没有中断过。

莫村人已经习惯了这种事情，不再关心陕北的战争和城外路过的队伍，他们把注意力集中到了过年上，开始置办年货。人们在尘土飞扬中关闭了城门，按习俗，腊月初五照样吃了"五豆粥"，初八吃了"腊八面"。孩子们照样在巷道里唱："腊八拉，拉年呀，还有二十二天过年呀。"到了腊月二十三那天，家家户户都送了灶神，女人们开始除尘扫舍。大年三十，男人们恭恭敬敬贴了门神，刷了鲜红的对子，还要祭祖、安神。女人们则忙着洒扫庭院、准备年饭、剪贴窗花。麦花提前好几天就剪好了窗花，三十早上起来，把老爷、太太、少爷的窗户贴得花花绿绿的。窗花有大红公鸡、威风下山虎、麒麟送子、鹤鹿同春、蛇盘兔、鱼闹莲、石榴牡丹、葫芦生子、抓髻娃娃，等等。老爷太太们都说麦花的手巧。

还没有到初一，性急的孩子们就开始噼里啪啦地放起了鞭炮。大人们也分不清是孩子的鞭炮声，还是北方的枪声。仗在陕北打着，离莫村还远着哩。自从祠堂的金匾丢失后，桃花沟人就再也没有在初一这天来莫村祭过祖。金匾没有了，莫村也就失去了莫氏家族正宗的地位，谁还会再来这里祭祖呢？莫村人也不用像以前那样为可能发生的械斗担惊受怕。所以,尽管北边枪炮声隐约不断,但莫村人的年还是照样过,而且过得很踏实,很平和。

正月初七,俗称"人日"。据说初一之后,人的魂魄会脱离身体到处游荡,只有到"人日"这天夜里才能回到身上。所以初七天一黑,人们就早早地关了门上炕躺着,静静等待魂魄的回归。

天奇刚闭上眼睛,就看见了哥哥天顺的魂魄在空中飞翔。他的魂魄腾空而起,追了上去。他说:"哥哥,是你回来了吗?"哥哥回头看了他一眼,但并没有停止飞翔。哥哥一脸严肃,说:"我永远也回不来了,我在寻找一样东西。"天奇说:"你在寻找啥东西,我能帮你吗?"哥哥说:"谁也帮不了我,你更帮不了我。你是一个没有用的人,老天只给了你一双眼睛,没有给你一个可以思考的魂魄,你看你的魂魄多么单薄啊。"天奇低头看了看自己的魂魄,确实非常单薄,像一张透明的纸。哥哥说:"瞧啊,你的魂魄上写满了字。"天奇仔细一看,上面果然写满了密密麻麻的字,这些字很古怪,他不认识,他问哥哥那是什么。哥哥说:"是孤独。现在到处充满了杀戮、战争,遍地是骚动的灵魂,只有你是安定的孤独的。你是在用心静如水的姿态,对抗整个骚动的世界。我的魂魄已经离我而去了,一直在外漂泊,而你的魂魄在你出生的那一刻就已经飞走了。"哥哥放慢了飞翔的速度,等他跟上来了,才接着说:"你的魂魄是为了俯瞰我们骚动的家园,并记录下它们,将来留给我们的后人。所以你才会是哑巴,才像个傻子。但你是大默如雷啊!只有傻子才能活到最后,没有人想对付一个傻子……"哥哥说:"你看,有许多魂魄也像我一样在到处飞翔,我们都在寻找一样东西呢。这样东西能让人类不再相互残杀,能够和睦相处,但我们现在还没有找到。"天奇四周打量了一下,真的发现有许多魂魄在飞翔。哥哥说:"他们和我一样,已经脱离肉体很久了。"天奇看见哥哥眼里有泪光闪烁。这时东方的天空已经泛白。哥哥说:"天马上就要亮了,你快回去吧,太阳一出来,你的魂魄就会被烤干的。"说完,哥哥就飞走了。太阳出来了,光芒四射,天奇像纸一样单薄的魂魄很快就被一束束炙热的光线穿透,然后燃烧起来，他感觉到了从未有过的疼痛……

天奇醒了，知道自己做了一个梦。他感到胸口憋闷得难受，恨不能扒开胸膛，让冷风冷雨浇灌进去。

天奇预感到哥哥天顺出事了，可是他到底出了什么事呢？

27. 飞机下蛋了

顺阳河水日夜不息地向西流淌，一个个纷乱的日子，被浑黄的顺阳河水悄然带走了。

"该给天奇成个家了。"太婆对孙子莫鹏举说，"你这个当老子的一点也不操心！这事还要我提醒？天佑一走多年没个踪影，天顺娶了媳妇又不敢回家，天奇你又不张罗给他成亲，我啥时候才能抱上重孙子？他再哑再傻也是莫家的后人，也能给莫家传宗接代，你就没有想过给他成家？……"太婆边说边不停地搅动核桃。

咔啦啦的声响实在刺耳，莫鹏举一听到这种声响就心惊肉跳。他想尽快离开太婆的黑屋子，就说："这事还不好办？我给他娶个媳妇回来就是了。"

初夏，老爷给儿子天奇娶了一个名叫惠儿的女人。惠儿的娘家离莫村不远，在东南方三十里的兴镇。惠儿眉眼倒还俊俏，就是皮肤有点黑。太婆说，黑是黑，是本色，皮肤粗黑的人有福哩。惠儿人长得结实，胆子却小，夜里睡觉非要让天奇抱着才能睡着。

天奇夜里抱着惠儿，心里却想着丫鬟麦花。

惠儿进了门，麦花就搬出了天奇的屋子。刚搬出去那阵，麦花心里很不是滋味，生少奶奶惠儿的气，也生少爷天奇的气。后来想想觉得自己也可笑，有啥好生气的，自己不过是个使唤丫鬟，迟早是要给别人腾炕的，没有惠儿，也会有花儿、草儿、叶儿什么的，难道少爷会收自己在屋里做了少奶奶？一尺的命拽不到一丈，还是安心当丫鬟吧，免得自寻烦恼。这么想着，也就不再生气了。

惠儿不在的时候，天奇就缠着麦花要做那事。也不管麦花愿不愿意，就把她按倒在炕上，急急火火动作起来。麦花没有了以前那种销魂的感觉，整个过程她始终像做贼一样，眼睛和耳朵捕捉着外面的动静，担心被少奶奶撞见。凭女人的直觉，麦花猜测天奇和少奶奶还没有做过那事。

麦花的猜测是对的。天奇只搂着惠儿睡觉，却从来不做那事。惠儿等待着。一个月过去了，天奇还是那样。惠儿伤心地哭了，怨自己命苦，嫁给了一个傻子。可是后来她发现少爷和丫鬟麦花的关系有些异常，就暗暗留心观察，果然就让她逮到了。她明白了，不是少爷傻，而是少爷不喜欢她。少爷不喜欢她的主要原因在丫鬟麦花身上。惠儿并不为难天奇，也不声张，却在背后悄悄拾掇麦花。胆小的惠儿在这个问题上一点也不手软。她关了屋门，让麦花脱光跪在地上，说："让我看看你长了啥样的东西，把少爷的魂给勾走了。"一脚就踢在了麦花的阴处，麦花哎哟一声倒在地上。惠儿说："不许出声，再出声我就让你光着身子站到大院里去！"她拧着麦花的脸蛋说："我连你一个丫鬟都不如吗？你个小妖精，少爷全是让你教坏的，你再招惹少爷，小心我撕烂你的碎×！"

打那以后，麦花像躲瘟疫一样躲着少爷，再也不敢和他单独待在一起了。麦花疏远了天奇，让他感到更加寂寞和孤独，整天整天地坐在城墙上发呆。有月光的夜晚，人们便能听到城墙上苍凉哀怨的羌笛声。

城外，小麦已经泛黄。麦梢黄，女看娘，嫂子争着要吃糖。在这种青黄不接的时节，出嫁的女儿都要回娘家"看麦梢黄"，看看麦收前娘家农具准备好了没有，粮食够不够吃，父母身体好不好，娘家的麦子长势旺不旺。女儿回家时，带着烟、酒、糖、茶、花馍等食品；返回来时，娘家人又回送鸡蛋、油饼、汗衫、凉席，有外孙的还送花肚兜。等麦收结束，娘家人还要回访女儿家，莫村人叫"看忙罢"。但礼物只有一样，就是用刚打下来的新麦蒸的"曲莲"。"曲莲"是一种圆形中间有孔的白馍，上面饰有吉祥图案，点有各种颜色，看上

去好看，吃起来也香甜。意思是给牵挂娘家的女儿报个平安，让女儿尝尝新麦。

天奇陪惠儿回娘家"看麦梢黄"。他们骑着高骡子大马穿过兴镇街道，一群光屁股娃娃跟在后面唱："红公鸡，绿尾巴，抹的粉，戴的花，借的胭脂脸上搽。借的油，梳光头，借的马，逛耀州，耀州路上一枝花，圪圪拧拧就到啦。进了城，想买啥，没有钱，咋办呀，胡吹冒摺不顶啥……"惠儿知道这是在取笑她的傻子丈夫，又气又恼，丢下天奇先跑回了家，见了娘放声痛哭。母亲只顾安慰女儿，也顾不上搭理姑爷。天奇受了冷落，一个人走出家门，走进了镇外一望无际的黄灿灿的麦田。

天奇仰躺在麦田里，百无聊赖地看着天上变幻无穷的白云。风轻轻地吹拂，饱满的麦穗相互撞击，发出沙沙的美妙声音。麦田静极了，能听见"花媳妇"（瓢虫）在麦叶上爬动的声音。

突然，天奇隐约听到一个声音："我死不瞑目啊……"天奇吃了一惊，忙坐起来张望，四周一片金黄，没有一个人影，只有轻柔的风声。可等他重新躺下，刚迷糊住，刚才的声音又来了："你不能活埋我！你活埋了我，红军会替我报仇的，你会后悔的……"声音很沉闷，像是从地狱发出来的，多像哥哥天顺的声音啊！

天奇认定哥哥已经被人害死了。准确地说，是被人活埋了。可是谁活埋了他呢？他想起了三太太的绣花鞋。不管哥哥是怎么死的，说到底都是被三太太咒死的。这个恶毒的女人！

这年冬天，老天没有落下一片雪。

太婆说，干冬湿年，过年的时候准会下雪。

果然年刚一过，天空就纷纷扬扬飘起了雪花。干旱了一冬的田野，一夜间覆盖了一层雪白的棉被。春寒料峭，还不到生长的时候，麦苗刚好睡个回笼觉。

正月十六，天还没有完全黑，莫家的下人们就已经在院子里拢起了一堆篝火，等待主人来"跳火"。莫家所有的人都从屋里出来准备

"跳火"。太婆也被丫鬟从屋里扶了出来，颤颤巍巍地站在火堆旁，火光映红了她的脸，使她一下子变得年轻了许多。

太婆说："娃娃们，快跳呀，跳过去一年都不会得病了。谁不跳火，蛐蜒就会钻进谁的耳朵里，把脑子吃空的……"

相传，蛐蜒是一种极小但却异常凶残的毒虫，专门吃人的脑花。

天奇最先跳了过去，接着梅香也跳了过去，老爷太太柳儿也一个跟着一个纷纷跳了过去。轮到少奶奶惠儿了，她往后退缩着始终不敢跳。在老爷太太的鼓动下，她试了几次也没有跳过去，每次跑到火堆旁因为害怕又都绕了过去。

太婆说："你不跳，蛐蜒子要咬你哩。"

惠儿笑着说："说得那么邪乎，我在娘家从来都不跳，长这么大也没见蛐蜒把我吃了！您老咋不跳呢？"

太婆说："我老了，蛐蜒子咬不动了。"

惠儿说："我才不信有蛐蜒呢，让它咬好了，说啥我也不跳了，我一看见火就头晕。"

"不听老人言，吃亏在眼前。"太婆嘟嘟囔囔地说。

主人们跳过之后，轮到下人们跳了。丫鬟、家丁、长工短工一干人等嘻嘻哈哈都跳了过去。之后，丫鬟们将屋里的被褥衣物抱出来，逐个在火堆上燎一遍，这叫"熏虫"。等火堆烧尽之后，男人们用铁锨铲起灰烬，先进屋里转一圈，再到门口转一圈，然后一边往城外走一边把灰烬撒在巷道上，最后将锨里剩下的灰烬全倒在城壕畔上，并大声喊："给阴曹地府送下了！"这叫"送蛐蜒"。

整个春天，红军和国军像拉锯一样在莫村城外来来往往，他们把这个中间地带当成了锯木场。到了夏天，事情有了转机，双方的拉锯战越来越少了，城外一下子消停了许多。据说，红军和国军和好了，两家甚至开始通商办货了。

保长来福成了红军和国军的共同朋友，双方有货物需要交易都要他从中牵线调和，他既不偏向红军，也不偏向国军，刀切豆腐两面光。那段日子，南来北往的马车穿梭在城外的官路上，南边的国军通过来福将洋布、盐巴、药品等日用百货运往北边；北边的红军又把瓦窑堡的木炭、榆林的羊毛线和大红枣运往关中和陕南，甚至更远的地方。来福从中没有赚过一分钱，他认为还有比金钱更重要的东西。

后来事实证明，他的这种做法十分高明。以后的十几年里，共产党没有找过他的麻烦，国民党也没有和他过意不去，所以，他的保长一直稳稳当当地当着。解放后，他甚至还谋到了一个让人羡慕的职位。

这种表面上和平的状态一直保持到第二年冬季。一日，空中突然传来沉闷的嗡嗡声，像是当年的蝗虫又飞回来了。人们惊恐地抬头朝上看，天上灰蒙蒙的什么也没有，可声音却真真切切地越来越响。

有人站在城墙上喊："看哪，南边飞来一只大鸟！"

人们把目光投向南边的天空，果然看见一只灰色的大鸟飞了过来。那鸟可真大！奇怪的是它的翅膀并不扇动，就像老鹰平展着双翅在空中盘旋一样。莫村人从来没有见过这么大的鸟，都惊呆了，张大的嘴巴，像是等待鸟随时拉下金蛋来。

莫老爷认识那大鸟，说："那不是鸟，是飞机。"

"飞机？这东西真日怪，那么大的家伙，竟能飞起来！连翅膀也不忽闪一下。"

飞机嗡嗡地朝这边飞来，越来越近，投在地上的黑影像乌云一样压了过来。飞机在人们的惊叫声中呼啸着从头顶一掠而过，巷道里的树木受到了巨大气流冲击，大幅度地朝后仰去，像是怕被那庞然大物撞着似的。接着后面又是一架，两架，三架，呼啸着往北飞去。

有人看见飞机肚子上印着和国军帽子上一样的图案，惊叫道："看哪，是国军的飞机！"话音未落，只听顺阳河滩上轰隆一声巨响，土地剧烈地晃动了一下。

有人惊慌失措地喊："飞机下蛋了！飞机下蛋了！"

人们想象不出那么大的鸟该下一个多大的蛋，好奇地跑出城去看飞机下的蛋。他们没有看到飞机下的蛋，却看见顺阳河滩多了一个一间屋子大小的土坑，一个捡粪的老汉死在边上……

几天后，西安传来消息说，张学良和杨虎城在临潼华清池将蒋委员长软禁起来了，说是以此逼迫老蒋抗日。关中局势一时十分紧张，莫村城外又开始日夜有队伍经过，天上偶尔也有飞机飞过。国军和红军都紧急往关中一带集结。这仗眼看就打到了家门口，消停了没几日的莫村人，又开始躁动不安了。

然而，仗却一直没有打起来，只不过是一场虚惊。

夏天的日头火辣辣地燃烧着，知了躲在树叶后面不知疲倦地鸣叫，路上的尘土有些烫脚。红军大部队从北边官路上走来了。

红军在莫村成立了抗日救国会，来福当选为会长。莫鹏举害怕红军分他的家财，主动拿出一百石粮食送给了红军。红二方面军政治部赠送给莫鹏举一面红布锦旗，上面写着"救国热忱"四个大字。莫鹏举将锦旗像神符一样恭恭敬敬地挂在中堂之上，心想："有红军赠送的锦旗挂在那里，他们就不会分他的家财了。"

实际上，他的担心是多余的，红军有更重要的事情要做。他们在顺阳河滩搭起了土台子，拉起了横幅标语，插上了五颜六色的彩旗。杨虎城的十七路军也派来两百名代表参加红军的集会，立诚中学和女子学校的几百名学生也随后赶到，附近三个联保的上万乡民陆续向河滩汇集，再加上几千人的红军队伍，把个顺阳河滩几乎挤炸了。

坐在城墙上的天奇，看见人们一批一批地往河滩拥去，终于耐不住寂寞，也跟着人群跑去了。天奇看见黑蛋和小琴兴奋地在人群中窜来窜去，但他无法靠近他们。他被人挤来操去，后来竟挤到了土台子跟前，他看见一个人正站在台子上讲话。

"同胞们，我们要把枪、大刀和梭镖都拿出来，一起向日本帝国主义打去，把他们从我们的国土上赶出去……"

有人小声说："看哪，他就是贺龙师长……"

后来土台子变成了戏台，男男女女的红军在上面又唱又跳。女红军说起了快板，竹板打得呱啦啦响，说的是国共联合起来共同抗日，共产党的抗日救国十大纲领，等等。会后，已经换上了八路军新军装的红军开始大规模阅兵，队伍从土台子前浩浩荡荡经过，河滩里尘埃弥漫……

那段日子,黑蛋和小琴天天围着八路军转。老石匠怕黑蛋跟着八路军走了,趁儿子夜里回来睡觉的时候,把他反锁在屋子里,任他喊破了嗓子,就是不开门。

几天后,八路军陆续东渡黄河,开赴山西抗日前线去了。

八路军走后的第三天,老石匠才把黑蛋放了出来。黑蛋追出几十里地也没能追上八路军的队伍,回来就和他爸大吵大闹了一场。

半个世纪后,天奇的儿子在研究这段历史的时候,看到了这样的记载:根据国共两党的协议,中共中央军委发布改编令,任命朱德为八路军总指挥,彭德怀为副总指挥。红军在渭北一带改编为八路军后,分三批陆续东进山西抗日前线。一一五师在师长林彪和副师长聂荣臻的率领下,经韩城东渡黄河,在晋东北集结;一二〇师在师长贺龙和副师长萧克的率领下,一个月后到达山西五台、平山地区;一二九师由师长刘伯承、副师长徐向前率领沿一一五师线路,经山西榆次,进抵平定以东地区。

八路军离开古川不久,山西就传来消息说,八路军开进平型关,会同国民党军队,在那里打了中国军队对日宣战后的第一个大胜仗。

天奇又闻到了浓烈的荞麦花香了,这次不是太婆在翻看党项秘籍,而是真正的荞麦花香。田野里,荞麦花正在自由地开放。

闻到了荞麦花香,天奇就想起了太婆的党项秘籍,不由自主地吹起了羌笛。但不久笛声就被另一种更加嘹亮的声音淹没了。天奇听出来了,那是唢呐。他停止了吹奏,寻找唢呐响起的地方。只见南边官路有一队人马,红红绿绿地沉浮在荞麦花海中,一路吹吹打打着朝莫村而来。队伍走到了城门口,村里响起噼里啪啦的鞭炮声。黑蛋家门口也有一班乐人吹起了唢呐,两班乐人一起对吹,汇在了一起,停在了门口。

来福一身长袍,手提一只斗,内装干草(表示金)、麸皮(表示银),唱起了《草料歌》。天奇明白了,今天是黑蛋成亲的日子。婚仪执事就是来福。莫村谁家娶媳妇都是来福当执事,这似乎成了一项不成文的村规。花轿停在了门口,来福就唱"迎轿词":"花轿到门前,宾主站两边,鼓乐迎淑女,鞭炮庆家宴……"

新娘下轿时,来福一边撒斗里的东西,一边唱:"一撒麸皮二撒料,三撒新人下了轿……"

新娘一路走进去,来福就接着唱"进门词""进堂词""拜堂词"……

大院里早已摆好了酒席。

来福站在院中间,精神抖擞地唱起了"谢仪词":"吆车的,抬轿的,点火的,放炮的;接客的,瞭哨的,还有招呼不到的;看客的,收礼的,四面八方贺喜的;铺席的,夹毡的,还有人窝胡钻的;切菜的,揉面的,烧锅揽柴砸炭的;择葱的,剥蒜的,担水吆驴擀面的;扫地的,看院的,提茶倒水抹案的;抱娃的,收蛋的,买烟灌酒上县的;端盘的,拾馍的,专门招呼看坐的;还有门口立站的,趴到窗台偷看的,没有事情干看的,出来进去乱转的……"指挥新郎新娘左一个礼,右一个礼,谢承帮忙和参加婚礼的乡民。

黑蛋的新媳妇叫玉凤,十天前才提说的亲事,今日就成了亲。

老石匠之所以急着给儿子完婚,主要有两方面考虑:一是想用女人拴住黑蛋的心。有了媳妇的热被窝,还怕他驴日的往外跑?几个月前,要不是他主意硬,将儿子锁在屋里三天三夜,儿子早就跟着八路军上了山西前线。他就这么一个儿子,不想让他去当炮灰。另一种考虑是,担心黑蛋和小琴在一起日子长了生米会做成熟饭。儿子无论如何也不能娶草姑的女儿。小琴倒是个好女子,石匠两口子都很喜欢她,可她妈草姑的名声太难听了,娶了她的女儿,他们的老脸没地方搁。

起初,黑蛋死活不同意这门亲事,可经不住他爸吼叫和他妈哭闹,最后还是勉强同意了。洞房花烛夜,黑蛋看也不看玉凤,可到了半夜,洞房里的灯却熄灭了。躲在院角一直观察的老石匠满意地笑了,心里说:"我就说么,哪有猫不吃糗子的!"早上,黑蛋从洞房出来，脸上已经没有了先前的不悦，和新媳妇有说有笑的。黑蛋妈一看儿子的神情，心里就明白了，悄声对石匠说："儿子愿意了。"石匠说："吹了灯都一个样儿，哪有不愿意的！"黑蛋妈说："你个老不正经的，竟说儿子这种话！"

可新鲜劲一过，黑蛋就感觉到乏味了。他从新婚的甜蜜中清醒过来，知道上了他爸的当。他的心像长疯了的野草一样，又开始生出枝枝蔓蔓的想法。他想他迟早是要离开莫村的，他一直想着要像莫家双生子少爷一样，到外面去干一番惊心动魄的大事。但到底干啥大事呢，他心里暂时还没有一个成熟的想法。但他迟早是要出去干大事的，这一点十分明确。他没有声张，而是不露声色地在暗暗等待出走的时机。在家里，他像一头套进车辕里的骡子一样老实，让他爸感到他已经死心了，准备錾一辈子石头。

一日傍晚，黑蛋在城外遇到了抱柴火的小琴。自从成亲后，他就没有看见过小琴，现在遇见了，心里不免一热，但又觉得不好意思。小琴绷着一张冷脸从他面前走过，好像对面站着的不是人，而是一棵树。他赶到前面挡住了她的去路，她看也不看他又绕了过去。

他一把拉住她的胳膊："咦，你犯啥病哩？"

"你才犯病呢！"她甩开他的手，"你别碰我！你一个有媳妇的人，跟我动手动脚的算咋回事嘛。"

"我成亲你不高兴？"

"你成亲跟我有啥相干？我吃多了管你的烂事！"

他把她怀里抱着的柴火拽下来扔在地上，说："我有要紧事跟你说哩，你看你那样子！"

"我的样子不好看，你回去看你媳妇的去！死皮赖脸地缠着我干啥？"小琴背过身去，"有啥话你就快说，天快黑了，我不想让人说闲话！"

黑蛋说："我要走呀。"

小琴没有吭声。

"你跟我一起走吧。"黑蛋说。

"……"

"我们去打仗,跟八路军一样,去打日本人!"

"要去你去,我不去!"小琴说,"你非要去打仗?人家躲都躲不及呢。"

黑蛋说:"哎,我这人天生就不安分,老待在村里憋屈得慌!你看刘亚民那尿样,手里有了队伍就牛逼起来了,连莫老爷也不放在眼里。我手里要是有枪,他狗日的那年敢拾掇我和我爸?我就是想有一支枪,不想受人欺负!"

小琴懂得黑蛋的心思,半天没有说话。过了一会儿才说:"你想去就去嘛,叫上我干啥?"

黑蛋嘿嘿笑了,挠了挠头,说:"咱俩从小就在一起,没有你我不习惯……"

小琴鼻子里哼了一声:"你现在不是挺习惯的嘛!"

"要是把她换成你……就好了……"

"你以为谁都想嫁给你呀,我才没有那么贱呢!"

"那我娶媳妇,你为啥不高兴?"

"你再胡说,我就走呀!"话是这么说,可脚并不听使唤,站在那儿却没动。

黑蛋说:"听说桃花沟莫石头搞了一个'抗日义勇军',整天舞枪弄棒地在沟里操练呢,说是准备去打日本人。要不我去参加他们的'义勇军',你看咋样?"

"不咋样!桃花沟跟咱莫村有仇哩,人家能要你?"

"抗日嘛,国共都合作了,咱们两个村子就不能合作?再说咱们原本就是一个祖宗,早就该和好了。"

"说得容易!要能和好,几百年前就和好了,还能等到现在?"

"那我就自己搞一个'义勇军'。"

"你算了吧,你拿啥买枪?"

小琴一句话说得黑蛋不吭声了。是啊,上哪儿去弄那么多钱买枪呢?黑蛋闷了一会儿,说:"不管咋说,反正我迟早是要走的。"

小琴看着黑蛋固执的样子，故意说："你就那么想走？你能舍得屋里的新媳妇？"

黑蛋恼了："你不要提她好不好！跟你商量正经事哩，你老是往歪地方说！"

小琴终于忍不住了，咯咯咯地笑了起来，清亮亮的笑声回荡在傍晚的夜空，融进了皎洁的月光里。黑蛋不知道小琴为啥发笑，一头雾水，心里想，女人真是个怪物，一会儿恼一会儿笑的。

28. 枣红马

就在黑蛋准备出走的时候，莫家大少爷天佑骑着枣红马从东边前线回来了。那一刻，天奇和柳儿正在城墙上下土棋。

这些日子，柳儿经常爬上城墙同天奇一起向野外呆望。眼睛酸了，他们就坐下来下土棋。柳儿总是输得多赢得少，天奇知道她的心思不在棋上，而在路上，在等待天顺回来。天奇从心底里发出一声叹息：唉，可怜的女人！

夕阳染红了西天，几只白色的鸽子在玫瑰色的天幕下掠过，洒下一串清亮的哨音，朝东飞走了。它们大概是回家去了吧。鸽子都知道回家，可人呢？柳儿仰头望着远去的鸽子，重重地叹息了一声。她刚要收回目光，鸽子消失的地方出现了四个骑马人。她呼啦站了起来。她总是这样，看见骑马人朝村子走来就会站起来张望，疑心是丈夫天顺回来了。

骑马人越来越近，跑在最前面的是一匹枣红马，马上的人身体优美地起伏着，不像是骑马，倒像是在玫瑰色海洋里游泳。他身后扬起的尘埃也被晚霞染成了玫瑰色，弥漫在渐渐暗淡的山的背景里，以致让城墙上的人无法看清后面三匹马的颜色。

枣红马上的那个身影多么熟悉啊！

柳儿惊叫一声："看啊，天顺回来了！天顺回来了！"

天奇也认出来了，真的是他的哥哥。

柳儿飞快地跑下城墙，鸟儿一样飞出城门。天奇从来没有见过她这么敏捷这么不顾少奶奶身份地奔跑。天奇跟了出去，他也想念他的哥哥。他们在城门外迎住了一身戎装的骑马人。枣红马上的人勒住缰绳从马背上跳了下来，脚跟还没有站稳，柳儿就扑上去抱住了他，泪水哗地涌了出来："你可回来了！"

那人尴尬地望着扑进怀里的女人，两手无措地举着问："你是……"

"我是柳儿啊，你不认得我了……"

"柳儿？柳儿是谁？"男人更糊涂了，"你先放开我再说。"

柳儿松开了手，双手捂住脸伤心地哭了："你这个没良心的，几年不见就不认得我了……"

天奇认出那人不是天顺，而是天佑。他过来拉住柳儿，直冲她摇头。柳儿没有理会天奇，仍然哭诉道："我为找你，一个人从陕北跑到莫村，鞋都磨破了三双。我苦苦等了你三年，你回来却不认我了，你变心了啊，天顺……"

天佑终于明白了，眼前这个叫柳儿的女人是天顺的媳妇，脸便腾地红了："我不是天顺，我是他哥天佑，你认错人了……"

柳儿停止了哭泣，呆了似的看着天佑："你不是天顺？"

"我是天佑。"

"那天顺呢？妈呀……"柳儿醒悟过来，感到无地自容，羞红了脸，急忙转身跑了回去。

天佑从尴尬中走出来，认真地打量着天奇，然后亲热地拍了拍他的肩膀："几年不见，我的傻弟弟长高了。"一手拉着天奇一手牵着马进了城门。三个骑兵威风地跟在后头。天奇羡慕地仰望着哥哥，觉着他精神，很了不起。他也学着哥哥的样子挺起胸膛走路，果然感觉精神了许多。

天佑突然回来了，身后还带着三个卫兵，这着实让莫鹏举惊喜。

父亲兴奋地问："你现在是啥官了？"

儿子说："营长。"

父亲心里想，一个营的兵力拾掇桃花沟足够了，问儿子："你后面的人马啥时候到？"

"后面没有了,就我们几个。"儿子说,"我是专门回关中接兵来的,没有带队伍回来,接够了兵我们就走。"

莫鹏举很失望,心凉了半截。连儿子加在一起才四个人,咋拾掇桃花沟?但他看着黑瘦的儿子,猜想他这些年肯定在外面吃了不少苦,心里又生出许多怜惜。想桃花沟迟早是要拾掇的,儿子回来了就好,回来了他就不用担心了,回来了莫家就有了希望。要是天顺也能回来就更好了,有两个儿子在身边,还怕收拾不了桃花沟?

"你见没见天顺?"父亲问。

"自从我们分手后,只见过一次,后来就再也没有了消息。他没有回来过?"

"没有。听说他从红军的队伍里逃走了。"父亲重重地叹息了一声,"你说你见过他,啥时候?"

"四五年前吧。那时,我们和红军在铜川打了一仗,我在俘虏的红军里看到了他。我劝他跟我走,他不干;劝他回来,他也不回来。他求我放了他,说他要回陕北的红军队伍去。在押送他们的路上,我悄悄放了他……可是他为啥又要从红军的队伍里逃跑呢?"天佑不解地问。

父亲说:"他们说国军俘虏过他,他是国军的特务……"

"简直是胡说!他那么死心眼跟共产党走,咋会是特务呢?"

"这么说,你是国军了?"

"如今国共合作了,都是抗日的队伍。"

父亲叹了口气说:"唉,也不知道天顺现在在哪儿!"

天佑安慰父亲说:"你放心,天顺他会回来的!"

后来,父亲问儿子这么多年在外面的经历。儿子告诉父亲,他最先逃到了古北口,加入了关麟征的国民党第二十五师。两个月后就当了班长,之后又很快提升为排长、副连长。后来因为和营长闹翻了,又投奔了国民十七军,在军部警卫营当了一个排长,很快得到了军长高桂滋的赏识,半年后就被保送到洛阳军官学校接受军训。一年后回到原部队当了学兵连连长,学兵连的主要任务是培训抗日骨干。"西安事变"后时局非常紧张,部队频繁调遣,随时都有打内战的可能。他们学兵连也群情振奋,在大门口和操场上贴了许多标语,"坚决拥护张学良、杨虎城八大主张""我们要做中兴的少康,不做亡国的甘地""还我河山,积极抗日",等等。军长高桂滋知道后,将天佑叫去狠狠地训斥了一顿:"你逞啥能呢!谁不知道抗日的道理,就你知道?枪打出头鸟啊,在这种时候少说话才是上策,你就不要给我再惹麻烦了!你知道我们的身边有没有老蒋的嫡系?你知道哪块云彩有雨?你娃还嫩着呢,还是小心点吧,看看时局再说。"他知道军长是一片好心,以后就让部下收敛了许多。国共合作以后,他率领学兵连开赴察北以及晋北独石口、平型关、忻口一带,和八路军协同作战,打了许多胜仗。除此之外,学兵连还独立完成了几个漂亮的小奇袭战。一次,日军一个中队驻扎在忻口一个小山村里。白天,他装扮成卖木梳的小贩混进村去摸敌情,发现敌人很狡猾,村子里只住了十几个兵,其余大部分兵力都分布在村外的小树林里。半夜,他让大队人马悄悄向小树林包抄过去,自己带领一个班摸进村去,干净利索地干掉了敌人的哨兵,用大刀砍死了正在里面睡觉的全部敌人,然后他们换上敌人的军服,大模大样地向小树林走去。树林边的哨兵见是自己人,问也没问就放他们进去了。他们走近敌人营帐,他一声令下,手枪、机枪一齐开火,手榴弹火光四起,照亮了整个树林。早已埋伏在树林外面的大队人马听到枪声,也拼命往里冲打。敌人大乱,搞不清东南西北,在黑暗中稀里糊涂相互对射起来。学兵连人少不敢恋战,趁机悄悄撤出了战场。他们走出了老远,还能听到树林里激烈的枪声……

天佑讲得眉飞色舞,莫鹏举却听出了一身冷汗。战场那么危险,他真替儿子担心。他本来想说"你这次回来就不要走了,留在家里帮我掌管这份家业吧",但他知道天佑不会听他的,他了解自己的儿子,从他的眼神里就能看出劝说后的结果,又见他正在兴头上,不好扫他的兴,就暂时打消了劝说的念头。

不知怎的,这时莫鹏举想起了刘亚民,心里猛地一紧,牙根咬得咯嘣嘣响。狗日的刘亚民,要不是他与莫家有意过不去,逼得两个儿子背井离乡，也许儿子就不会天天与死神打交道了。这么想着，他对儿子说："你回来了就好，咱跟刘亚民的仇你得报！咱莫家还从来没有被人这么欺负过，我咽不下这口气！"

儿子说："前线现在吃紧，日本人都快打到家门口来了，我怎能在这种时候去报私仇呢？这叫窝里斗，叫破坏抗日，是要受军法惩处的！"

老子生气了，一拍桌子训道："你别拿大话吓唬我！你们窝里斗还少呀？这几十年里你们不是天天在打仗嘛！"

儿子说："那是以前，现在国共不是已经合作了嘛。"

父亲说："只怕是面和心不和。我们和桃花沟是一个祖宗，还不是明争暗斗了几百年？《三国》里说'分久必合，合久必分'，合作只是暂时的，日后还会分手的，你看么。"

儿子严肃地说："你是抗日军属，这话可不能到外面乱说！我们应该相信双方合作的诚意，毕竟两党能走到这一步不容易。打也好，和也好，都是革命的需要……"

父亲讥讽道："革命？国民党讲革命，共产党也讲革命，到底是谁革谁的命哩？我看革来革去都想革掉对方的命，自己好坐江山。"

儿子也生气了，顶嘴道："你咋能这样说呢？现在的革命就是合作，就是赶走日本，啥江山不江山的！"

莫鹏举怪怪地笑了，不再与儿子争辩。心里想："你娃还嫩着呢，我过的桥比你娃走的路还多。别看你在外面混了这么多年，可看世事还没有你爸的眼睛毒。一山不容二虎，看着吧，往后这世道会越来越乱。"可他嘴上什么也没有说，他觉得与儿子争论这些与自己不沾边的问题毫无意义，还是想想现实的事情吧。

他想到了儿子的婚事。天顺至今杳无音信，天奇虽说成家好几年了，可惠儿的肚子一直鼓不起来，也不知这个哑巴儿子有没有那个能耐。从目前的情形看，莫家传宗接代的重任只能落在天佑身上。可天佑是野惯了的马驹，拴是肯定拴不住的，他迟早还会再走的。最好的办法是，趁他这次回来抓紧把婚事办了，让他留下种子再走。于是，他问儿子："你打算几时走？"

"啥时候接够兵啥时候走，最多也就是十天半月吧。"儿子说。

父亲沉吟了一会儿说："你都三十好几的人了，也该成个家了。你不成家，村里人笑话我哩。你走之前先把亲成了。"

天佑觉得好笑，说："又不是买牛买马哩，到集市上看准了哪头牵回来就是了。说得那么容易！"

父亲说："就凭我们莫家的威望，透点口风出去，媒人就会踏破门槛，有啥难的？"

儿子说："我是回来接兵的，又不是成亲的。"

父亲将茶壶往桌子上一蹾："你个犟屄！得是想让我断子绝孙呀？"

父子话不投机，起初愉快的谈话终以不愉快收场。

莫鹏举没有想到，第二天刘亚民会突然来拜访。刘亚民不是来找麻烦的，而是陪县长专程来看望国军营长莫天佑的。听说他们是来看望儿子天佑的，莫鹏举悬着的心才放了下来，急忙吩咐管家张罗酒席，准备盛情款待县长。从来没有哪任县长光临过莫家，莫鹏举感到十分荣幸。他知道这份荣光是儿子天佑带来的，昨天与儿子间的不快顿时被稀释了，不禁对这个熟悉而又陌生的儿子刮目相看了，甚至有点肃然起敬。

儿子到底长大了，不简单哩。三十年前看父敬子，三十年后看子敬父，这话一点不假！有个儿子在国军队伍里也是好事，起码刘亚民以后不敢再来找麻烦了。这么想着就多少有点理解儿子了，说不定儿子说的有道理，"三十而立"说的不是结婚生子，而是要干出一番大事哩。兄弟不是先当了师长后才娶了一个年轻的女人么，由他驴日的折腾去，说不准莫家还能再出个师长呢，到时候看刘亚民还敢骑着高头大马走进莫家大院？

莫鹏举一见刘亚民，眼里忍不住噌噌直冒火。他想狠狠地瞪他几眼，但刘亚民始终低着头，不与他的目光接触。如今保卫团已经改编成了保安大队，刘亚民提升为大队长了。

酒席上，县长端起酒杯，对天佑说："我经常从《战报》上看到你的消息，你可是咱们县头号抗日英雄，为咱县争了光啊！征兵的事需要帮忙你尽管说，我们全力支持！你看，我把县里专管征兵的刘队长都带来了，你们是本家，有些事更好说些。来，我先敬你一杯！"

天佑说："多谢县长！"一仰脖，咕嘟灌了下去。

县长又端起酒杯对莫鹏举说："你养了一个好儿子啊！来，我也敬你一杯！"

莫鹏举有些受宠若惊，痛快地喝了杯中酒。

刘亚民也学着县长的样子端起了酒杯，话没出口，脸先红了，说："天佑哥，以前兄弟有得罪的地方，你多包涵啊……我先自罚一杯，然后再敬你。"

天佑说："过去的事就不要再提了，形势不同了嘛。来来来，咱俩一起喝！"

刘亚民说："天佑哥到底肚量大……"

县长笑着说："此一时彼一时嘛，都是一家人，不计较就好，不计较就好！"

刘亚民端起酒杯，又起身敬莫鹏举："伯，我也敬一杯！"

莫鹏举佯装没听见，笑着端起酒杯去敬县长，把刘亚民晾在了那里。刘亚民尴尬地站在那里，坐也不是，不坐也不是，脸更红了。

县长和刘亚民一走，天佑就开始忙碌招兵买马的事了。听说桃花沟莫石头拉起了几十人的抗日义勇军，天佑就想收编在自己麾下。莫鹏举说："我们两个村子有世仇，你去不是自投罗网吗？"天佑说："国共都能同祭黄帝陵，联合起来抗日，我们两家本来就是一家，就不能放下私仇，为抗日的事情联合起来？"莫鹏举说："等你吃了亏你就不说这话了。"天佑说："我一个堂堂国军少校营长，谅他也不敢！"

天佑想好了的事就一定要去做，谁也说服不了。当天，他就一个人去了桃花沟。三个卫兵要护送他，他拦住了，说："去的人多了反而让人家起疑心，我莫天佑日本人都不怕，还怕他个桃花沟？"说完，骑着枣红马向桃花沟飞驰而去。黄色的披风在秋风中飞扬，像一面迎风招展的旗帜。

天佑来到桃花沟城下。城门紧闭,几个家丁正在城楼上惊恐地用枪对着他。一个家丁大声问:"你是谁?"天佑勒住马缰仰头说:"我是莫家二少爷莫天佑,国军××军学兵营营长,前来拜访你们老爷,快打开城门!"家丁问:"就你一个人?"天佑说:"你们不都看见了嘛,快去禀报吧。"一个家丁收了枪,跑下城禀报去了。另外几个家丁仍然用枪对着天佑。天佑的枣红马不耐烦地嘶叫着,在城墙下面来回走动,踢腾起一团尘土。

少顷,城门开了。莫鹏昊急急迎了出来,笑容可掬地说:"贤侄来了,快快请进!"天佑翻身下马,两人亲热地说笑着进了城。

进屋落座后,天佑直奔主题:"大伯,我今天来就为了一件事。"莫鹏昊客气地说:"啥事?贤侄请讲。"天佑说:"我是专门回来接兵的,听说石头兄弟已经拉起了几十人的义勇军,我想跟您商量一下,看能否编进我的抗日队伍。"一听是这么回事,莫鹏昊松了一口气。刚才他听说莫天佑一身戎装来到城下,心便提了起来,不知莫村又要搞什么名堂了。出城迎接前,他就给家丁们安排好了,让他们时刻提防着,见机行事。当他看见只有莫天佑一个人时,心便放下了一半,现在又听他这么一说,另一半心也放了下来。他爽快地说:"这是好主意呀,我们成立义勇军就是为了抗日嘛。我们想去抗日还找不到门路呢,你来得正好。"天佑没想到莫鹏昊这么爽快,高兴地说:"大伯真是个明白人!"莫鹏昊沉吟了一下,说:"不过,这义勇军是石头一手拉起来的,不知他是啥想法,这事得跟他商量。"天佑说:"谁都知道,桃花沟的事大伯说了算,只要您同意了,石头那边就不会有啥问题了。"

这时,门口响起了杂乱的脚步声,只听有人粗声大气地说:"天佑哥在哪里?天佑哥在哪里?"话音刚落,一个光头黑脸的汉子就闯了进来。莫鹏昊说:"说曹操曹操就到了。来来来,我给你们介绍,这是天佑,这是石头。"天佑离家多年,不认识石头。石头说:"啊呀,果真是天佑哥来了,早就听说你的大名了,今日一见,果真气度不凡。"天佑简要说明了来意,没等他把话说完,石头就满口答应了:"我早就想把义勇军拉到前线去了,可又不知道往哪里走。你来得正好,我们跟你走。你说吧,几时动身?"天佑没想到石头也这么痛快,有些激动:"石头兄弟是个爽快人,像个军人!不过,光你的人还不够,我还得再招收一些人马,到时候我会通知你的。"莫鹏昊在一旁说:"抗日是个大好事,我也不能袖手旁观。这样吧,除了石头的几十人马,我再给你二十匹马二十条枪,也算我对抗日尽了一份力吧。"天佑又一次感动了,说:"没想到大伯这么深明大义,侄儿给您敬礼了。"说着站起,两脚用力一碰,真的给莫鹏昊敬了一个军礼。

正事说完后,几个人坐着喝茶说闲话。天佑无意中看见墙上有一幅红木雕刻的大匾,上有一首诗:"忆昔论交友,星霜一纪更。及门初拜母,让齿忝为兄。树引流泉细,山依出月明。相看乃慰藉,均不负平生。"便问:"这就是顾炎武题写给先人莫善笃的那首诗吧?"莫鹏昊惊讶道:"啊呀呀,贤侄真是学问深厚啊,一眼就认了出来,不简单不简单!"天佑说:"我早就听说过这首诗,今日才得一见,顾先生不愧是大儒啊。尤其是后一句,'相看乃慰藉,均不负平生',写得太好了!"莫鹏昊说:"听说贤侄的字写得遒劲有力,颇有颜氏风骨,你又是名震关中的抗日英雄,今日光临桃花沟,不如留下墨宝,好让我日后教育后人。"天佑谦虚地说:"在顾先生的牌匾前,我不敢献丑。"但终因推脱不过,加之又办成了一件大事,心里高兴,在莫鹏昊和石头等人的一再要求下,便走到丫鬟已经铺上了宣纸的书桌前,思谋片刻,挥毫写下了一首七言诗:

> 大地河山有壮猷,
> 起兵原不为封侯。
> 回首生灵涂炭甚,
> 高举龙刀斩寇头。

莫鹏昊连声称赞:"好字!好诗!"石头等人更是对莫天佑佩服得

五体投地,"大哥文武双全,我们跟定你了!"

事情顺利地办完了,天佑想走,莫鹏昊非要留下吃饭。石头带人上山打野鸡、野兔去了,说是要好好款待抗日英雄。到了正午,七碟子八碗山珍野味摆上了桌。天佑受到这样的礼遇,很是感动,又与莫鹏昊、石头等人言语投机,边说边喝,你来我往,忍不住就喝多了,脸色通红,话语也更加豪壮了。莫鹏昊见天佑快言快语,性情耿直豪爽,没有什么弯弯肠子,更加喜欢这个仇人的儿子了,心想,自己要有这么一个儿子就好了。可惜,他唯一的儿子,几十年前就让莫鹏祥杀死了。天佑也觉得莫大伯没有那么可憎,是个难得的明智之人。

日头偏西,天佑摇摇晃晃走出城门。莫鹏昊见天佑喝多了,怕路上出事,执意要让石头送天佑回去。天佑说:"大伯这是看不起我,我是酒醉心不醉,不信你看——"说着从石头手里接过马缰绳,翻身一跃,稳稳当当落在了马背上。还没等在场的人反应过来,他又迅速从腰间拔出手枪,一甩手,叭的一声,十几步外刨食的一只母鸡就扑啦啦倒在那里不动了。莫鹏昊惊叫道:"啊呀,好身手!好身手!"莫石头更是惊奇不已:"天佑哥到底是国军的营长,真有两下子!"莫鹏昊说:"看来你真没有醉,这一路上我就放心了。"天佑潇洒地将枪在手里旋转了一圈,准确地插回腰间,给莫鹏昊敬了一个礼:"大伯,我走了。"说完,一溜烟消失在夕阳普照的官路上。

天佑下了一道土坡,突然看见了他的三个卫兵,还有管家和几十个家丁,他们全副武装埋伏在树林里正在等他。看见天佑完好无损地回来,管家急忙迎上来问:"少爷没事吧?"

"你们在这里干啥?"天佑问。

管家说:"老爷怕你遭桃花沟暗算,让我们在这里埋伏着,一旦有事好接应你。"

卫兵说:"我们已经在这里埋伏一天了。"

"瞎胡闹!"

天佑一挥马鞭,枣红马载着他的主人一溜烟跑远了……

从桃花沟回来,天佑只用了七天,就招募了五六十个新兵,再加上桃花沟的几十个人，已经有一百多人了。天佑将新兵编成一个连，在乱石滩开始了短暂的训练。

几天后，东边传来消息说，日军已经占领了风陵渡，正在炮击潼关，关中一时吃紧。如果日军突破了风陵渡，那么关中以及西北大部分地区就有可能沦陷。天佑对新兵进行了紧急动员，准备马上出发。县长听说后，让刘亚民在古川边界专门搭了彩门，在路边摆了酒水，亲自为天佑的抗日队伍饯行。天佑的队伍威武地跨出古川地界，跨过了渭河、黄河，奔赴山西抗日前线去了。

第二年荞麦开花的时候，太婆突然说："天佑就要回来了，他骑着枣红马正在路上走呢，我都听见了嗒嗒的马蹄声。"谁也没有在意太婆的话。太婆太老了，老糊涂了，经常说些莫名其妙的话。

几天后的一个黄昏，天奇在城墙上看风景，西边的天上突然出现了一团绚丽的火烧云，那团火烧云转眼间就幻化成了一匹火红的战马。那不是哥哥的枣红马吗？"枣红马"做出腾跃的姿势，但总也跑不动。后来，天上又出现了许许多多酷似蝗虫的云絮，一齐向"枣红马"拥去，疯狂地攻击它，撕咬它，"枣红马"痛苦地痉挛着，扭曲着，然后就不见了。紧接着，天呼啦一下就黑了。天奇突然意识到哥哥天佑出事了。枣红马消失的地方，不正是哥哥打仗的地方吗？他想起了他妈脚下的鞋垫，身体不由得战栗了一下。

月亮照常升起，泼泼洒洒将单调的月光洒了一地，像乏味的水。天奇的心，像月光一样苍白无力。这种时候，他很想去看看太婆。太婆的屋子里亮着灯。走进太婆的屋子，他明显地感到有些异样。太婆没有搅动陶罐里的核桃，也没有咀嚼核桃。她在笑，她的笑很纯真，很灿烂。可她的一张老脸上却挂满了浑浊的泪水。泪水顺着她沟壑纵横的脸悄无声息地流着，流进她牙齿完整的嘴里，显然她不知道自己在流泪。天奇刚要转身出去，太婆开口说："天佑就要回来了，他已经在路上走呢，再有三天就到了……"

天奇对太婆的话坚信不疑，他感到很悲伤，从来没有过的悲伤。

从太婆屋里出来,一股酸热的东西涌到了他的喉咙,在那里凝聚成一团,让他几乎喘不过气来。但他没有像太婆一样流泪。他一生没有笑过一次,也没有哭过一次,即便是像现在这样特别想哭的时候,他也不会哭。他听到了金丝猴的哀鸣。他走过去,搂住金丝猴的脖子,抚摸着它逐渐稀疏的毛发,金丝猴像受了委屈似的哀鸣不止。他返回城墙,坐在那块冰凉的石头上,面对枣红马消失的方向,吹起了哀伤的羌笛。笛声像一只小船,顺着水样的月光,晃晃悠悠地驶向枣红马消失的地方。

三天后,枣红马真的回来了。但他的背上没有了主人。枣红马拉着一驾马车。这可是一匹战马啊,怎能让它拉车?枣红马打着响鼻,好像在说,因为我的主人躺在车子里。

莫村所有的人都拥出城门,去迎接枣红马。

赶马车的人是石头。石头一见莫老爷,扑通一声就跪倒在地上,哭喊道:"大伯啊,我该死,我没有保护好天佑哥……"

莫鹏举扑通瘫倒在地。这个一向坚强的人,像一堆刚刚糊上墙又掉下来的烂泥,毫无顾忌地瘫软在地上,但谁也没有觉得他丢人。接着,更多的人面对马车上的棺材跪了下来。

石头告诉莫鹏举,他们到山西只进行了一个月的训练,就上了前线。最先的一仗是在霍石打的。当时,战斗非常激烈,日军精锐部队海洛明联队在炮火的支援下,疯狂地向他们的阵地进攻。他们人少,只有日军的三分之一,但日军连续进攻了十七次,都被他们打退了。就在他们快要坚持不住的时候,八路军的一个团及时赶到,从外围攻击,他们也趁机发起冲锋,国共军队两面夹击,只用了半天工夫,就把日军这个精锐部队消灭在了那个狭小的山沟沟里。从此,他们营在前线名声大震,被人称为"莫营冷娃"。一个月前,日军开始大规模向中条山进攻。日军共调集了三万多兵力,装备了飞机、大炮、坦克等重型武器,想一口吃掉他们师。当时,周围国民党西北军各路部队都开始陆续撤退,上级要求他们师担负后卫任务,坚守中条山,掩护主力撤退。

他们营的阵地在最前沿的坡坡岭。天麻麻亮的时候，敌人开始猛烈地进攻，密密麻麻像蝗虫一样从山脚漫了上来。敌人比他们多出几十倍。他们震惊了，从来没有见过这么多的敌人，只有死拼了。他们打退了敌人一次又一次进攻，战壕前躺满了敌人的尸体，血水像小溪一样蜿蜒流淌。他们的伤亡也很惨重，不到中午，全营四百人剩下不到一百人了。天佑对副营长说："掩护大部队撤退的任务已经结束，现在看来想撤也难了，你带领部队趁敌人喘息的机会，从后山的小路撤出阵地，我留下二十个人掩护你们。"副营长说："这不行，要撤一起撤，要不我留下。"天佑说："你赶快带着兄弟们撤吧，再不撤就来不及了，我们全营都得阵亡。这是命令！"副营长和七十多个准备撤退的人留下所有的子弹和手榴弹，在敌人进攻的短暂间隙开始撤退。临走，副营长哭了，说："营长，你一定要活着回来啊！"其实，作为军人的他，知道留下来生还的希望几乎没有。他没有敬礼，而是跪在地上给他的营长磕了一个悲壮的头。

石头被天佑留了下来。留下来的二十个人，全是天佑带去的莫氏家族的人。天佑说："兄弟们，我是营长，危难之时我不用自己人用谁？你们不要埋怨我啊！"石头说："天佑哥，你都留下来了，我们还有什么好说的！我们跟你出来就是为了打日本，早就把头拴在裤腰带上了。我们是一起来的，要死也要死在一起！"敌人后来的进攻更加猛烈了，他们先使用了半个小时的炮火攻击，炮弹像冰雹一样呼啸着落在阵地上，打雷似的爆响，坡坡岭几乎寸草不留，整个山坡被掀翻了一层，焦黑的泥土在脚下发烫，咝咝冒着紫红色的硝烟。之后，敌人从坡底漫了上来，像越涨越高的洪水，马上就要漫过山顶了。他们拼命地向敌群扫射，敌人倒下一片，又漫上来更多的一片，无穷无尽。天佑杀红了眼，脱了衣服，抱着机枪，跃出战壕，像一棵树一样站在那里向敌群疯狂扫射。石头被一颗子弹打中，倒了下去……

等石头醒过来的时候，山上悄无声息，他闻到了刺鼻的焦糊味和浓得拨不开的血腥味。天下着淅淅沥沥的小雨，他是被雨淋醒的。他不知道这是第几天了，也许一天，也许两天、三天。阵地上横七竖八躺满了尸体，血水和着雨水满山遍野地流淌。这时，他听到一声马嘶。循声望去，枣红马站在远处的山坡上，像一株火红的枫树。枣红马又绝望地嘶鸣了一声。天佑哥肯定在那里，他想。他费力地向枣红马爬去。果然，天佑在那里。他已经死了，但没有躺下，而是半跪在地上，保持着射击的姿势，枪死死地端在手里。枪刺已经弯了，上面沾满了血迹。看样子，他是在子弹打完后，用刺刀和敌人战斗到最后一刻的。他的身边躺着六七个敌人的尸体。天佑的眉毛都被战火烧焦了，碎成片片的军衣和血迹粘在一起，剥都剥不下来。石头数了数，天佑身上一共中了十二枪，十七刀……

棺材铺掌柜贵生，连夜做了一口好棺材，送给了莫家少爷天佑。这是他一生中做的唯一赔钱的买卖。他的慷慨，是莫村人没有想到的。

出殡那天，县长带着刘亚民赶来了，代表国民党县政府给天佑献了花圈，念了悼词。

让莫村人感到惊讶的是，桃花沟那天也来了许多人。他们也是为天佑送行来的。他们披麻戴孝，一路走一路抛撒着纸钱。走在最前面的是莫鹏昊，他一袭白袍，神情悲凄。

在天佑的坟前，两个仇人面对面站住了。这是多少年来没有出现过的情景。两个村子的人都把目光投向他们的大掌柜，坟地里顿时鸦雀无声，吹鼓手也停止了吹奏。人们心情悲痛而又紧张地等待着将要发生的事情。然而什么事也没有发生。莫鹏举和莫鹏昊目光无比复杂地交织在一起，那里有刀光剑影，也有似水柔情，更多的则是点点泪光。

一个说："来啦。"

一个说："我来送送天佑侄儿……"

莫鹏昊说完，扭身走到天佑的坟前，撩起长袍，跪了下去。桃花沟所有的人都哗啦跪了下去，跪倒一片，跟着他们的大掌柜磕了三个头。

莫鹏举没有想到莫鹏昊会来，更没有想到他会跪下磕头，急忙过去扶起自己的仇人："老哥，使不得，使不得啊！他是小辈，你不能磕头啊！"

莫鹏昊站了起来，已是满眼泪水，哽咽着说："他是我的侄儿，更是抗日英雄。多好的一个娃呀，太可惜了啊！"

莫鹏举也已泪湿衣襟："你能来，娃在九泉之下，也会感激你的。"

莫鹏昊抹了一把老泪说："我们莫氏家族的人都应该感谢娃哩，他为我们家族争了光，是我们家族的骄傲啊！我们都老了，莫氏家族要靠娃们哩，可是他们一个个都先我们走了……"他拍了拍莫鹏举的肩膀说："老弟啊，你也不要太伤心了，都是上了年纪的人了，要多保重才是啊。"

莫鹏举心里滚过一股热浪，他用衣袖抹去脸上的泪痕，点了点头。

两个村子的大掌柜，因为抗日英雄莫天佑走到一起来了，他们有生以来第一次说了这么多体己的话，令在场的所有人都感动不已。人们长长地舒了一口气，心里想，两个村子的世仇也许到了该解冻的时候了。乐人们也醒悟过来，继续吹打起来。谁也听得出那悲凄的鼓乐声里，已经夹杂了些许的希冀。鼓乐声中，桃花沟人将一块石碑立在了天佑的墓前。那上面刻着天佑去年在桃花沟题写的那首诗。

三天后，枣红马无疾而死。莫石头将它葬在了顺阳河边。那里离天佑的坟只有一箭之遥。夜深人静的时候，莫村人能听到隐约的马嘶声，遥远而悲凄。

半个月后，莫石头又征集了几十人的义勇军，开赴山西前线。从此，他就再也没有回来过。

许多年后，天奇的儿子看到一份史料上记载，抗战胜利后，胡宗南几十万人进攻延安，一个名叫莫石头的团长被解放军打死在山沟沟里。史料上只提了这么一句，没有更加详细的记载，所以很难断定那个叫莫石头的团长，就是我们所熟悉的莫石头。

29. 虎烈拉

一种被乡民称为虎烈拉的瘟疫，在陕西大地上悄然蔓延。

虎烈拉最先在潼关出现。之后半年，虎烈拉席卷了陕西大部分地区。陕南四个县，陕北十一个县，关中多达三十五个县，全省共有五十多个县流行这种瘟疫。这是一种烈性的传染速度很快的瘟疫，人一旦传染上就会头晕腹痛，上吐下泻，不逾日即死。往往是一人患病，全家传染，一家患病，全村难免。有的村子十日之内村民全部死光了，死尸无人敢埋，其状极惨。国民政府对此极度恐慌，紧急成立了临时防疫处，想亡羊补牢，但已经无济于事了。据志书记载，全省半年之内因虎烈拉死亡十四万多人。

莫村三面环山，较为偏僻，所以虎烈拉最后才蔓延到这里。

那时，已经是深秋季节了。

现在是初夏，莫村人还不知道有虎烈拉存在，一点也没有预感到有灾难正在悄悄向他们走来。在夏日过于灿烂的阳光里，莫村人平静地打发着每一个不起眼的日子。莫家大院则笼罩在天佑之死带来的浓重的阴影里。

对于天佑的死，三太太态度很冷漠，好像她早就知道会有这样的结果。出殡那天，天奇看见他妈将唾沫悄悄抹在自己的眼眶上，装出伤心的样子。三太太的哭没有一点水分，准确地说是干号，这一点莫家谁都听得出来。到底不是自己身上掉下来的肉，一点也不悲凄，下人们背后这样说。

天佑刚死那阵，三太太几乎夜夜做噩梦。她一闭上眼睛，就看见天顺、天佑兄弟俩血糊糊地站在她面前。她奇怪天顺怎么也是一脸的血,他不是已经逃走了吗?难道他也被她咒死了?她梦见自己掉进了一个涝池里,涝池里是散发着腥臭味的血水。她不住地往下沉,像是下面有无数双手在用力拖她。她拼命地挣扎,但血水还是没过了脖子。她清楚地看见血水像沸腾了的开水一样冒着许多粉红色的气泡,一些长着尖利牙齿的怪异的鱼从气泡里钻出来又沉下去,凶狠地自下而上撕咬着她的身体。那鱼多像弟媳水仙那年带回来的鱼啊!很快她的脚就没有了,腿也没有了……小鱼从她的下身钻进了她的肚子,小鱼在里面,大鱼在外面,两面夹击,一齐撕咬她。很快,她的肚子也空了。鱼又开始进攻她的乳房,有的竟噙住她的乳头吱吱咂她的奶水,但咂出来的不是奶,而是血……两个又白又大的乳房被鱼一点一点地吃掉了,胸脯没有了,脖子没有了,最后只剩下一个葫芦似的头颅浮在上面……尖利的鱼欢快地从这个耳朵里钻进去,又从那个耳朵里钻出来,像串门子一样……

  这样的梦一直持续了多日,搞得三太太精疲力竭,十分惶恐。她想起了那两个绣着天佑、天顺模样的鞋垫,急忙从鞋里抽出来,恭恭敬敬地供在案上,焚了三炷香,磕了三个头。一连供了三日,然后用火烧了,噩梦从此便奇怪地消失了。

  没有了噩梦,快乐迅即又回到了三太太的身上。

  麦子长势很好,正在叭叭地拔节。三太太和管家经常厮跟着察看城外的麦地,他们在那里时隐时现,十分忙碌的样子,好像没有他们的关心庄稼就不能长高似的。坐在城墙上的少爷天奇偶尔能听到他妈快乐的笑声,那笑声令人作呕。麦子拔节的时候最容易折断,他们不应该在麦地里走来走去。他不喜欢他们在麦田里走来走去的样子,可是他们还是在麦田里走来走去。他只好闭上眼睛,将他们拒绝在他的世界之外。

  这个时候,天奇的眼前就会出现一望无际的荞麦花,浓郁的香味很快就飘进了他的鼻子,沁入心脾。他想,准是太婆又在翻看党项秘籍。太婆好久没有走出屋门了。

天奇去看太婆，太婆一脸死灰地坐在炕上。自从天佑死后，太婆就一直沉默不语，莫家没有一个人能让她说一句话。就是面对天奇，她也不再唠叨，只是咔啦啦地搅动陶罐里的核桃，聚精会神地翻看那本党项秘籍。屋子里弥漫着天奇熟悉的荞麦花香。许多蜜蜂在屋外飞来飞去，甚至在屋檐下筑巢准备长期栖息下来。许多天后，蜜蜂们发现这香味原来是一个骗局，便沮丧地飞走了，再也没有回来。

三太太说："莫家又多了一个哑巴。一老一少，刚好一对。"她很少有这样的幽默。大凡人一高兴，说话就会变得幽默。

莫家大院谁都能看出来，三太太心情不错，但他们不知道为什么会这样。只有天奇一个人知道他妈高兴的真正原因。

院子里出现第一声知了鸣叫的时候，太婆突然开口说话了。她把孙子莫鹏举叫进屋里，极为严肃地说："该请个人续写家史了。"她拍了拍手里发黄的党项秘籍："这上面记叙的都是一百年前的历史，后来的一百年没有续上。现在不续写，等我死了就没有人能说得清楚了。这可是大事，你可得放在心上……"

莫鹏举认真地答应了。其实太婆不找他，他也一直惦记着这个事。续写党项秘籍是他振兴莫氏家族的准备，也是他这个家族掌柜的神圣责任。他要让莫氏家族从他这一代重新强盛起来。

这天，他在巷道里碰见了草姑，想躲已经来不及了。草姑径直朝他走来，一脸灿烂的笑容。他已经多年没有看见这个女人这样笑了。

草姑说："这不是莫老爷嘛！"

莫鹏举只好停下脚步："噢，是草姑呀，好些日子不见了。小琴好吗？以前她还经常和天奇他们一起耍哩，如今长大了也难得到家里来一回。"话语里多少有了几分关心的意味。

"托老爷的福，我们娘儿俩的日子过得还算顺心。"草姑说，"只是老爷你看上去可大不如从前了，明显地老了，是不是病了？"

"病倒没有，"他指了指胸口，"就是这里不舒坦。"

草姑说："这是心病呢。心病最难治了，你可得当心些！我以前就得过这种病，现在还没有好呢。"

莫鹏举觉得这话味不对,不敢再说什么,怕这个女人在稠人广众之下说出对自己不恭的话来。他想走,见草姑没有走的意思,又不好走,便转移了话题:"小琴该有二十好几了吧,也该给她找个婆家了。"话一出口他就后悔了,知道这个时候提小琴,明摆着是找不自在。

果然,草姑说:"她呀,有人生没人教的野种,谁会要她?他爸那个瞎尿屁股一拍撒手就走了,丢下我们孤女寡母的过日子,我一个女人家能把她养大也就对得起她了,哪管得了那么多!"草姑越说越来气:"她就是将来嫁个瞎子、跛子、傻子、哑巴、逛山我都不管,管她哩⋯⋯"

"你忙吧,我还有事,先走了。"莫鹏举见女人的话越来越难听,转身想走。

草姑说:"我不忙,我话还没说完呢⋯⋯"

"我真有事呢,就这,我走了。"莫鹏举转过身低着头匆匆离开了这个难缠的女人。

草姑的声音追了上来:"啊呀,你的背咋驼得这么厉害?到底是不如从前了,不服老不行啊,力不从心就不要硬撑着,死要面子活受罪⋯⋯"

莫鹏举知道草姑一直在后面看着他,在幸灾乐祸地笑话他。他想努力把背挺直,可怎么也挺不直,反而由于这种努力引来剧烈的咳嗽,背也驼得更厉害了。

他听见草姑说:"你可走慢些,小心跌倒了啊⋯⋯"然后是一阵浪笑。

莫鹏举只当没有听见,内心烦乱脚下却稳当地走着,恨不能从胳肢窝生出一对翅膀来,赶快飞离女人的视线。尽管他受到了这个女人的戏弄和嘲笑,但他并不恨她,因为他欠她的。对这个女人他一直心存内疚。

草姑说得对,他是老了,是在强打精神硬撑着。接连不断的打击让他心力交瘁,他已经明显地感到力不从心,在走下坡路了。他认为天佑的死和天顺的失踪，是老天对他的惩罚。哑巴儿子也是老天对他的惩罚，而且这种惩罚更长久，更残忍。他累了。他对一生打打杀杀的游戏已经厌烦了，不想再跟人斗了。可是树欲静而风不止啊，有些事不是他想停就能停下来的。以前播下的仇恨，现在到了收获的时候了，可收获的只能是灾难。

他毕竟是七十多岁的老人了，不服老不行啊！儿子天合和天佑先后死了，天顺至今下落不明，还不知活不活在人世。如果天顺也不在了，莫家也就要完了。有时他很悲观，冥冥之中感觉自己快要支撑不住了，莫家就要完了。他相信天顺还活着。盼望儿子天顺回来，成了他风烛残年里的主要生活内容。

每当看到儿媳柳儿郁郁寡欢地站在城墙上瞭望的时候，他的心里就一阵阵发酸。看得出柳儿是深爱着儿子的，天顺也是她的希望。他喜欢这个贤惠的儿媳，看到了柳儿就等于看见了儿子。老天不公啊，为什么偏偏要夺走他健全的儿子，而把一无用处的傻儿子留了下来？这个既哑又呆的儿子能给他留下一个后人吗？现在，只有现在，他才强烈地感觉到了儿孙的重要。天奇两口子哪怕生下一个跟天奇一样的后人也好啊，也比断子绝孙强啊。

莫鹏举问三太太："天奇成亲这么久了，惠儿咋一点动静也没有？"

太太说："你去问你的儿媳吧。"

"我咋好问这个！是不是天奇不会……"

太太说："你会，你去教教你儿子呀！"

莫鹏举黑着脸："我在跟你说正经事呢，你倒跟我胡扯！"

太太说："我就知道你看不起我的儿子！我没本事，给你们莫家生了个废物。你看我不顺眼，再找一个年轻有本事的来……"

莫鹏举知道再这样继续说下去，只能惹一肚子闲气，不会有什么结果，便气鼓鼓地转身走了。

尽管三太太脾气越来越古怪，但是，莫鹏举还是隔三岔五地走进她的屋子。面对她的冷脸和冰凉的并不年轻的身体，他激情大减，觉得索然无味。但他必须去。他到三太太那里去不是为了快活,而是想让她再给莫家生下个儿子。儿子们指望不上,他只有靠自己了。大太太五十岁生下了女儿梅香,他也想让三太太为自己生个儿子或者女儿,但最好是儿子。但他明显地感到自己力不从心了,以前迎风能尿三尺,现在顺风也滴答到鞋上了。他每次都很努力,咬紧牙关强撑到最后那一刻,即使大汗淋漓也不轻易退缩。每次下来他都感到精疲力竭,需要休息七八天或者更长的时间,才能为下一次做好准备。为了莫家后继有人他必须这样坚持下去,这让他有几分伤感,也感觉到几分悲壮。

三太太知道了他的真正目的后,就暗中和他较劲,每次等他一走,她就蹲在地上让他的努力付之东流,就这还不放心,又用清水一遍一遍地冲洗,直到没有一点痕迹。她让他气喘吁吁的忙碌变成了一种毫无意义的劳作,既没有快乐,也没有收获。

就在莫老爷辛勤耕耘的时候,虎烈拉逼近了莫村。

消息最先是从东南十几里的坡头传来的。那个百十户人家的村子,三天内就死了一百二十口人,其中有十七户像瘟鸡一样扑啦啦死光了。虎烈拉已经走到了家门口,莫鹏举坐不住了,瘟疫和对瘟疫的恐惧让他胆战心惊。他吩咐家丁关闭了城门,不允许任何人出入村子。半个多月里,巷道里很少有人走动,人们门户紧闭冬眠似的猫在屋里。莫鹏举让人在城墙周围撒了一圈白灰,企图阻挡瘟疫的入侵。可是瘟疫还是从风中传了过来,挤进城门,溜进了一个个四合院。有人开始头疼发烧,上吐下泻,先是老人、娃娃和女人,后来青壮年男人也撑不住了,几天之内,莫村接二连三地死了十几口人。

恐惧笼罩着整个莫村。村里唯一的医生拐子天胜,也对虎烈拉束手无策,眼睁睁地看着左邻右舍的人一个个死去。莫鹏举强行让人将染了虎烈拉的人抬到城外的草房子里去,以免传染给村里的其他人。被抬到草房子里去的人等于被判处了死刑,草房子成了停尸房,他们将从那里走向人生的终点——坟墓。

开始，人们不愿将行将死去的亲人抬到草房子里去，哭哭啼啼地跟前来抬人的家丁拉拉扯扯，厮打在一起，百般阻挠。莫老爷态度很强硬："必须抬走！谁不服从，就点谁家的房子！"明白人知道已经染病的亲人放在家里也是个死，而且还会传染给家里其他人，还不如让家丁早早抬走，免得害了一家。也有糊涂的，拦住不让家丁抬走，说："我们不怕死，就是死了我们自己愿意！"有的说话更难听，说："不是你们家的人你们当然不心疼，要是你们莫家大院的人也得了虎烈拉，你们让不让抬到草房里去等死？"

这话像一道咒语。几天后，莫家大院里真的就有人被传染上了虎烈拉。

关闭城门之前，莫老爷就专门让管家从城里恒心堂买来了预防虎烈拉的草药，熬了一大锅汤，让全家老小包括丫鬟家丁长工们都喝了。而且近段日子莫家大院一直戒备森严，前院和后院已经隔离，下人们没有主人的吩咐，不能随便出入家门，更不能随便到主人住的后院去。对那些往草房子里抬传染病人的家丁要求更严，每次回来都要用草药洗手洗脚，还要将换下的衣服用药水浸泡。老爷规定他们只能拥挤在门房里或牲口棚里，不能走进照壁以内的地方。尽管如此，虎烈拉还是悄悄溜进了莫家大院。

惠儿感到头疼恶心浑身无力，大家都以为她得了重感冒，想着吃服中药就好了。可后来她的病情越来越重，浑身发烫，气喘，眼睛深陷，下眼睑长出了许多黑斑，最后竟一口一口地呕吐粉红色泡沫，这才确定是被传染上了虎烈拉。莫老爷不相信惠儿得的是虎烈拉。采取了那么多预防措施，咋会呢？可等他亲自到屋里看了儿媳的症状，就不吭声了，他知道惠儿已经没治了。

管家说："咋办？少奶奶抬不抬到草房去？"

老爷说："抬！"

"要不，把少奶奶先放到后院的草房里，等咽了气再抬出去悄悄埋了？"管家赔着小心问。

"不行，抬到草房里去！"老爷态度很坚决，"不这样做，我咋说服村里人?"

"咱不往外说谁会知道?她是少奶奶,和那些人一样放在草房里去等死,是不是有些丢面子?"管家还想替可怜的惠儿说情。

"村里人的命都快要丢完了,还怕丢面子?"

"给少奶奶娘家人咋个交代?"

"你就别啰唆了,让你抬走就抬走,立马就抬!"

管家不敢再说什么了,领着几个家丁将奄奄一息的惠儿从屋里抬了出来。惠儿有气无力地哭喊:"爸呀,我还没死呢,你就让人把我抬走……你太狠心了啊……我是你们莫家的儿媳,你就这样对待我啊……我恨你……天奇!你个哑巴!傻子!你就眼睁睁地看着人把你媳妇抬走……"

天奇坐在城墙上,木然地看着家丁们将惠儿抬出家门。

莫鹏举背过身去,铁青着脸,看也不看惠儿一眼。他怕看见了惠儿的可怜样,心肠会软成一摊稀泥,下不去这个狠心。

听说莫家的少奶奶惠儿也被抬进了草房子,加之患病的人一天比一天多,有的人家因为没有让家丁把患病的人及时抬出去,没几日全家人都死绝了,后来就再也没人抵制莫老爷这个绝情而又明智的决策了。他们理解莫老爷了,知道他这样做是为了保住全村人的性命。

草房子里的人越聚越多,那里变成了哭声和呻吟声的海洋。两天后,惠儿死在了那里。抬埋惠儿的时候,老爷专门吩咐管家,墓穴一定要挖深些,以防病菌蔓延。惠儿得的是虎烈拉,算是暴死,又没有给莫家添一男半女,死后不能进莫家祖坟。管家带人在杏林里挖了一个两丈深的坑,从棺材铺买了口好棺材,简简单单地将这个可怜的少奶奶掩埋了。之后,管家让人前后院撒了一层白石灰,尤其对天奇和惠儿的屋子进行了彻底的清扫消毒。莫家大院一片惨白,像是落了一场大雪。

奇怪的是,天天和惠儿睡在一起的天奇却没被传染,没事人似的每天照样坐在城墙上,看家丁们将快要死去的人一个个抬出城去,抬进那个呻吟声、哭号声相杂的草房里。

太婆说:"天奇命硬,蛐蜒子不敢靠近他。"她固执地认为,惠儿的死是因为那年没有"跳火",毒虫蛐蜒钻进了她的耳朵,吃空了她的脑子。

夜里,惠儿给天奇托梦说,她身上的被子太厚太重了,压得她喘不过气来,乞求天奇看在夫妻一场的分上,给她去掉一层土。第二天夜里还是托同样的梦。天奇知道惠儿嫌将她埋得太深了,就带人将她重新浅埋了一次。此后,惠儿就安宁了,不再给他托梦了。

虎烈拉在莫村肆虐了一个多月,在一场秋雨过后才悄然消失了。虎烈拉留下的唯一痕迹,就是城外的那几十座新坟。

当然,贵生棺材铺的生意又红火了好一阵子。

瘟疫刚过,刘亚民就回来了。这时古川县保安大队已经撤销,改成了国民兵团。其实还是原班人马,换汤不换药。刘亚民是回来征兵的。

草姑病卧在炕上,刘亚民怀疑是虎烈拉,军医诊断后说不是虎烈拉,是感冒,捂住被子睡上几日就好了。刘亚民对恹恹瘦弱的草姑更加怜爱了,坐在炕沿上给草姑说些宽心话。小琴看不惯刘亚民,摔碟子摔碗摔门扇,给他脸色看,还故意找碴儿和她妈吵闹,甚至骂她妈不要脸。刘亚民实在看不下去了,忽地站了起来想教训小琴,却被草姑拦住了:"由她骂吧。我就这么一个女儿了,看在我的面子上你不要和她生气……"说着,眼泪就唰唰流了下来:"你要答应我,哪天我要是不在了,你要对她好点,不要让人欺负她,也不枉我们相好一场……"

傍晚,小琴到草房去抱柴火,准备烧水做饭。草房里的光线一暗,小琴回头一看,见刘亚民挡在门口。小琴吓了一跳,下意识地往后退了一步,说:"你想干啥?"刘亚民没有说话,目光冷冷地逼视着小琴,一步步向她走近。小琴用手臂护住了自己的胸脯,惊恐地说:"你不要过来,再过来我就喊我妈了!"刘亚民站住了,说:"你还知道你有个妈?十八年年馑的时候你妈为了养你,把啥丢人事都做下了,如今你却用那种话来骂她,你还有良心没有?"小琴说:"我家的事不要你管,我们娘儿俩吵架都是因为你!你从我家滚出去!"刘亚民冷笑道:"这你得问你妈,你说了不算。我警告你,以后再这样对待你妈,我就对你不客气了!"小琴骂:"你滚!呸!"刘亚民冲过去抓住了小琴的肩膀,凶狠地看着她:"你再骂一句!"小琴害怕了,失声叫道:"妈呀——妈呀——"

"小琴,咋了?"外面传来了草姑的声音。

刘亚民只好松了手,朝门外走去。小琴坐在草堆上哭了。

"小琴,你到底咋了?"草姑还在追问。

刘亚民没事人似的走出去,站在窗户根对躺在炕上的草姑说:"没啥,草房里有只老鼠,吓了她一跳。老鼠已经让我一脚踩死了。"

"死女子吓我一跳,我还以为出了啥事呢,一只老鼠就吓得不是声!"草姑嘟囔着。

"女娃么,就是胆小。"

刘亚民走到院子里,对他的手下说:"从明儿个起,我们就开始征兵。不管家里有没有男丁,一律按土地的亩数摊派,十亩一个丁,没有丁的就用粮食和钱顶。去年一个丁是十二石麦,今年丁价涨了,一个丁得交十八石。国难当头,谁都应该出把力。要是碰到抗丁抗粮的硬头货,就给我拿绳捆了吊到城门楼上去!像黑蛋这样身强力壮的,是当兵的好材料,一定不能放过……"

小琴在草房里正哭着,听了这话心里咯噔一下,不再哭了。

天黑后,她趁刘亚民没有注意悄悄溜出家门,急急忙忙去找黑蛋了。

小琴在城外的土壕边上找到了黑蛋。小琴说:"刘亚民明天就开始抓壮丁了,你得赶紧出去躲一躲!"

黑蛋说:"到处都在抓壮丁,躲得了初一躲不过十五,我往哪里躲?"

小琴说:"人家是为了你好,你倒说这种话!"又想起刚才的事,鼻子一酸泪就下来了。

黑蛋见小琴哭了，慌了手脚，说："我逗你耍哩你倒哭了，让旁人看见还以为我欺负你哩。"

小琴扑上来，用拳头擂打黑蛋的胸部说："就是你欺负我，他们欺负我，你也欺负我……"

"还有谁欺负你了？"

小琴把她和她妈吵架的事以及刘亚民威胁她的事说了一遍，然后说："她整天和那赖货混在一起，让我这个做女儿的都没脸见人了，我再也不想回那个家了。黑蛋哥，我们一起走吧！离开莫村这鬼地方！"

黑蛋早就想离开莫村了，现在听小琴这么说心里别提多高兴了，说："我就等你这句话哩，我以前没有下决心走，就是丢不下你……太好了，我们一起走！"

小琴说："你也别回去了，我们现在就走！"

黑蛋说："走，现在就走！"

就这样，两个人当下就顺着官路朝北走了……

村里有个女人去土壕边抱柴火烧炕，正好看见黑蛋和小琴双双离开了莫村，回去告诉了玉凤。玉凤把自己关在屋里哭号了一天一夜。石匠气得在院子里跳，说驴日的到底还是跑了！老两口觉着对不住儿媳，来到儿媳炕前。石匠说："等他驴日的回来，我非打断他的狗腿不可！"黑蛋妈说："让他跪在你面前给你赔不是。"玉凤已经痛痛快快地哭过了，这时倒显得平静多了，说："他不会回来了，他早就想离开这个家了，他是嫌弃我哩。"婆婆说："玉凤呀，你可不能这样胡想，他驴日的心野不假，可那不是弹嫌你……"玉凤说："妈，我不怪他，只怪我自己命苦。"老两口又将儿子骂了一会儿，骂他娶了这么好的媳妇不知珍惜，将来他娃要后悔的。

第二天早上，黑蛋妈去叫玉凤吃饭，左叫右叫不见应声。推门进去一看，屋里没人，以为是她心里不高兴回娘家去了，也就没有在意。可是三天过去了，还不见玉凤回来。婆婆不放心，就让老石匠到玉凤娘家去看看。玉凤不在娘家。两家人都慌了，到处派人去找也没有找到，两亲家相互安慰说，玉凤可能是去寻黑蛋了……

几日后，石匠到院子里的井里打水，发现井里有个很沉的东西，心里一惊，腿就不住地打战。叫人捞上来一看，竟是玉凤。玉凤已经面目全非，肿胀得像褪了毛的肥猪。黑蛋妈坐在地上一把鼻涕一把泪地哭："玉凤呀，你咋这么傻啊，走了这条路……可怜你肚子里还有四个月的娃娃呀……"

一年以后，外面传说黑蛋和小琴加入了共产党的渭北游击队。有人说得更邪乎，说小琴也学会了使枪，而且枪法很准，百步之外就能打死兔子。莫村人怎么也想象不出小琴拿着枪会是什么样子。

那时，玉凤的坟头上已经长起了茂盛的青草。

30. 外乡人

　　这年春天,莫鹏举在城外遇见了一个外乡人。

　　外乡人四十岁开外,长眼阔脸,清瘦干练,一袭青布长袍,头戴一顶毡帽,肩搭一个土布褡裢。

　　外乡人走到莫鹏举跟前,客气地打问:"老先生,这可是莫村?"

　　莫鹏举说:"是莫村。"

　　外乡人打量了莫鹏举一眼,欲言又止,莫名其妙地笑了,说:"莫村东,莫村西,玉兔对金鸡,代代出紫衣。"

　　莫鹏举没有听懂:"我不明白你的意思,你是不是想讨口水喝?"

　　外乡人笑了笑:"先生误解了,我不是讨口的,我是说这莫村可是个风水宝地啊。'代代出紫衣',是说村里每代人里面都会出一个高人。三百年来,这里少说也出过十几位有名望的人物了。"

　　莫鹏举明白了,这可能是个风水先生,就问:"先生刚才说的'玉兔对金鸡'的话,是啥意思呢?"

　　外乡人的手从东山南头随山势划往北头:"你看这山的整体形状,像不像个卧在那里的玉兔?"

　　莫鹏举仔细一看,果然像只玉兔,连声说:"像!像!可是玉兔没有耳朵。"

　　外乡人说:"这是只卧兔,兔子睡觉的时候耳朵是贴在身上的,所以是看不见的。"

　　莫鹏举会意地点了点头,又问:"那金鸡呢?"

　　外乡人指着西山说:"你看那个山头,像不像一只站立的金鸡?"

莫鹏举看了看，觉得有些勉强，就说："不太像。"

外乡人说："这就对了，似像非像才是大隐，才能暗藏玄机。要是谁都能看出来，还有什么玄妙可言！"

莫鹏举仔细研究那只似像非像的金鸡，说："金鸡少了一条腿。"

外乡人朗声大笑："老先生好眼力，这正是莫村这块风水宝地美中不足的地方。正因为金鸡只有一条腿，所以才不够稳当，莫村才一直处于动荡不安、刀光血影之中。但是，只要金鸡不倒，莫村就不会有事的。若是哪天金鸡突然倒了，莫村也就快完了……"

莫鹏举倒吸了一口凉气，他有些将信将疑："你的意思是莫村要大难临头了？"

外乡人说："没有那么可怕。看样子金鸡一时半会儿是不会倒塌的，不影响莫村风水的大势，因为你们还有顺阳河辅佐呢。"

"顺阳河？"

"对，顺阳河。阳者，太阳也，万物之首，顺之者昌，逆之者亡。顺阳顺阳，当然就会长久昌盛了。"外乡人自信地说，"莫村三面环山，像个舒服的藤椅，又有这三样宝贝保护，是不会轻易出啥大事的。"

莫鹏举很是惊奇。他在这里生活了一辈子，也没有看出其中的奥妙，这位外乡人一来就看出来了，而且对莫村的过去也推算得八九不离十，这不能不让他产生兴趣。

"既然是天机，你为啥要告诉我呢？"莫鹏举笑着问。

外乡人说："因为你是一村之主啊。"

莫鹏举更是惊奇："何以见得？"

外乡人说："你的眉宇间写着呢。那里有团驱之不散的紫气，是少有的大富大贵之相，我一搭眼就看出你是一村之主。莫村的十分风水，有七分就让老先生祖上占去了。千人贵，万人贵，不如一人睡。你家先人睡了个好坟地，才能荫庇你们十几辈后人坐享其福。紫气东来，想必先生的祖坟一定是在东南方向。"

"对对对，是在城东南。"莫鹏举不得不承认。

"不过……"外乡人收敛了笑容,似有难言之隐。

莫鹏举心里咯噔一下,但他还是镇静地说:"先生有话直说,我不忌讳的。"

"先生眉宇间的紫气被一股阴气所遮盖,家中定有悲苦之事。不瞒你说,这股阴气就来自你的祖坟,一直从地下延伸到了宅院,爬上了先生的眉宇。这祸根三百年前就埋下了,只是现在越来越重了……"

莫鹏举大吃一惊,明白了外乡人指的是什么。心里想,啥事都瞒不过他啊。

"就是这股阴气,才使你府上人丁不旺啊。大舍才能大取,大取必要受损。人不能啥好事都占,占多了就该吃亏了。所以,先生日后不可太逞强,该撒手时一定要撒手啊。"外乡人停顿了一下,继续说道,"不过,你也不用担心,从面相上看,你是不会断了香火的,但也只是一脉单承。这一脉香火尽管常常被你轻视,但它的命很硬,将来传宗接代必定是他!你这个后人看上去很傻,一无用处,但实际上他是个大智若愚之人,正因为他看上去像个傻子,所以才保护了自己,保住了你的香火。否则,他也会死于非命的……"

显然,外乡人指的是天奇。真是神了!莫鹏举上下打量着外乡人:"先生是看风水的吧?"

外乡人摇了摇头道:"我是个穷教书的,只不过看了几本闲书,懂点皮毛而已。风水的学问玄妙精深,不是看几本书就能把握得了的。阳宅福地三十六吉祥相,都与儒家教义相通,集五行学说、阴阳八卦、太极周易为一身。历代帝王也不得不信风水之说,无论是选定城址,还是指定皇陵地址,都要请风水先生论断。汉朝时的萧何之所以将未央宫修在了西安的龙首山上,就是看中了龙首山头临渭水,尾至樊川,土质坚而赤红,是块风水宝地。魏源在江苏做官时,选中了镇江一块宝地,不惜一切代价将远在湖南老家的父母遗骨千里迢迢地迁葬了过去……"

莫鹏举为外乡人的学识所折服。俗话说,念书不中,不是地里就是郎中。"地里"指的就是风水先生。他猜想面前这人大概十年寒窗，满腹经纶，一时没有得到当局的重用，怀才不遇到处给人看风水养家糊口。这样的人不可小视啊！

日头已经西斜。外乡人说："我只是胡言乱语一通，你不要当真呀。时候不早了，我还得继续赶路呢。"

莫鹏举问："先生这是上哪里去呀？"

外乡人说："哪里有书教，我就到哪里去。老先生，告辞了。"说完转身就要走。

莫鹏举突然想起太婆说过请人续写家谱的事情，这个人倒是个合适的人选，不如把他留下来，一边续写家谱，一边教天奇梅香读书识字，岂不两全其美！就说："先生也不用到别处去了，就留在我这里教书咋样？"

外乡人说："在哪儿教书都是教书，既然先生看得起，我就留下来了。能为先生效力，也是我马某人的福分啊。"

莫鹏举说："先生姓马，那我日后就叫你马先生了。"

当夜，莫鹏举七碟子八碗款待了马先生，吩咐下人打扫了村西头的书坊，将先生安顿下来。莫家沉寂了多年的书坊又响起了读书声。

一般情况下，马先生上午给少爷小姐们上课，下午则到太婆的黑屋子里听她颠三倒四叙说家史。马先生一边听太婆唠叨，一边迅速地在一沓麻纸上记录着。太婆说得乱，他却记不乱。太婆私下里对孙子说他找了一个好教书先生。到了晚上，马先生将白天记录下来的内容再正式誊写在新的党项秘籍上。马先生写得一手好字，一律蝇头小楷，看上去既凝重端庄，又错落疏朗。这么好的书法，可惜没有人能看到。因为太婆特意交代过了，除了她自己，不许任何人看正在整理的党项秘籍。

先生去上茅厕，蹲在那里无事，就用木棍在茅沿石上戳划。石板上的泥土被戳掉了，露出凹刻的古字。先生十分惊奇，再戳，石板上的字就全露了出来，竟是一篇短文。虽因年代久远，字迹不甚清晰，但还是能看出个大概，内容是："窖不在大，有粪则名；坑不在深，有尿则淋。斯是厕屋,惟吾屁馨。口衔烟袋杆,头盘辫子青,蹲坐皆胀人,来往无饿丁。可以想斯文,默食经,无清香之气味,无干净之情形……通子云:何臭之有?"先生忍俊不禁,哑然失笑,心里感慨万千:这进士世家就是不一样,连茅厕也留有书卷气。

马先生的学生只有三个:天奇,梅香,柳儿。要说还有一个,那就是丫鬟麦花。麦花是陪少爷念书的,先生讲课时,她就坐在一旁做针线。天奇木呆呆地坐在那里,一副没有睡醒的样子,马先生也不管他,随他那么迷糊去。柳儿在红军的识字班里念过几天书,识得几个字,现在跟着小叔子小姑子一起到书坊来不图多认几个字,只是为了排遣心里的寂寞。

学习最认真的要数梅香了,先生白天讲授,她神情一直很专注,有时晚上还要到书坊去向先生请教。先生不厌其烦,收起手头正在整理的党项秘籍,耐心地给她解文释疑。无疑,先生喜欢这个爱学习的学生。不仅因为她聪明伶俐,是莫家唯一的千金小姐,而且因为她长得很像先生认识的一个人,尤其是眼睛、眼神,简直太像了。第一天见到梅香,先生就感到似曾相识,就有一种说不出的亲近之感。这种奇怪的感觉,让先生不能不对莫家这个乖巧的小姐倾注更多心血了。

梅香的字写不好,先生认为是笔力不够,就让她在手心里握一个鸡蛋提笔苦练。有时梅香练着练着,先生悄悄从后面走过去,一下子就拔去了梅香手里的笔。先生说:"这样不行,得这样握笔。"就手把手教梅香写字。梅香闻到了先生身上的气息,自己的气息就乱了,手抖得厉害,心怦怦地跳。梅香从来没有闻到过男人的气息,她喜欢这种气息。梅香到了一个女孩子最敏感最危险的年龄,先生看她的眼神,对她的好,她全都捕捉到感受到了。在莫家,除了母亲大太太,很少有人关心她。父亲莫鹏举神情冷漠,很少给她一个笑脸。而先生却总是对她笑眯眯的,像一束阳光在照耀着她,使她感到温暖。先生的手也很温暖,她喜欢让他握着。后来,她有意将字写得歪歪扭扭的,为的是让先生握着她的手,教她写字。

莫鹏举没有忘记马先生"一脉单承"的话，决定给哑巴儿子再娶一房媳妇。他问先生娶什么样的女人合适。先生说："少爷娶什么样的女人，是前世早就定了的，非人力能及。种瓜未必得瓜，种豆未必得豆，这都是天意，还是顺其自然吧。"

不久，在一个阳光恣意流淌的下午，就有媒婆找上了门。媒婆提说的是甜水井铁匠铺刘掌柜的女儿水秀。莫鹏举想，这可能就是先生所说的天意吧，很快就把这门亲事定了下来。

初夏，水秀被一顶花轿抬进了莫家。女人们簇拥着新娘子水秀走进了厨房，水秀拿勺子在锅里搅了搅，柳儿就说："新娘搅锅，越搅越多。"一个老妈子往锅里丢了一双筷子，柳儿又说："新娘见筷子，明年抱太子！"进了新房，梅香从后面扔进来一片瓷瓦，柳儿赶紧说："洞房撂瓷瓦，明年生娃娃！"麦花趁机给炕上的枕头上放了一个木头墩墩，接口道："炕头放墩墩，后年抱孙孙！"有个丫鬟爬上炕给四个炕角放了核桃、红枣、花生、栗子四样干果，柳儿笑闹着说："七个核桃八个枣，男娃多来女娃少。媳妇吃了核桃枣，两口子和气永不恼……"

水秀的嘴角有一丝皱纹，露出一点苦相。但她的身子却很滑，像水。天奇搂着她就像搂着一条刚从水里捞上来的鱼。但天奇并不喜欢水秀，她那光溜溜的身子，看上去好像少了点什么，有种怪怪的感觉。第一次进入她身体的时候，天奇感到了少有的疼痛。好像那里是一个怪石狰狞的洞穴，让他望而生畏。后来，他就不敢再碰她了。

说来也真怪，仅那么一次天奇就病了。天奇从来就没有病过，可这次病得却不轻，发烧，盗汗，浑身痉挛。水秀好像做错了什么事，胆战心惊地守在一旁。丫鬟麦花哭得泪人似的，跪在少爷身边精心地伺候着。三太太生气地说："哭啥哭，人没死呢就哭丧！"管家几乎请来了古川所有有名气的先生，也没有治好少爷的病。莫鹏举担心这"一脉单承"会突然中断，急得在屋里团团转。他去找马先生拿主意。马先生说："少爷的命硬，这点小病小灾奈何不了他，过段日子就会好的，你不用着急。"放在往常，莫鹏举就相信了马先生，可这回他还是不放心。绳从细处断,布从磨处烂。他只有这么一个儿子了,万一再有个闪失可咋办呀?他又去找太婆。太婆说:"去西山求个签吧。"

三太太到妙觉寺求了一签。签上说,少爷身边有个白虎星,赶走了白虎星,少爷的病就好了。太太回来告诉了老爷,老爷又告诉了太婆。太婆说:"是不是白虎星,脱了裤子看看就知道了。"晚上喝汤的时候,三太太让人悄悄在水秀的碗里放了迷魂药,等水秀晚上昏睡过去,她带着丫鬟走进屋子,脱了水秀的裤子,那地方果然没有长毛。

第二天,三太太差人请来了水秀妈。太太把水秀妈叫到屋里,直截了当地说:"你女子是白虎星,几乎害死了我儿子,你说咋办?"水秀妈一听急了,说:"太太,这话可不敢乱说,叫旁人听见了我娃咋有脸见人嘛。"三太太冷冷地说:"不信你自己去看么。"水秀妈疑疑惑惑走进水秀的屋,不一会儿里面就传来了母女的哭声。水秀妈眼睛红红地回到三太太跟前,低头说:"太太呀,你说这事咋办?"三太太傲慢地说:"咋办?你把你女子领回去!"水秀妈当着亲家的面流了泪,羞愧得无法再说什么,只说:"求太太宽限几天,等我回去想个遮掩的法子,再来接水秀。要是让人知道我们水秀是因为这事被休了,她就只有死路一条了。唉,娃的命苦啊,没有当少奶奶的福气……"

当天,水秀妈就哭丧着脸回了甜水井。还没等到娘家人来接,水秀就在一天夜里把自己挂在了门框上。水秀死了,水秀的娘家人知道后,跑来哭号了一阵,也不敢闹事,怕惹恼了莫家,说出事情的原委,使死去的女儿更加丢脸。眼看着莫家厚葬了女儿,一句多余的话也没说,就悻悻地回去了。水秀同惠儿一样,没有进莫家祖坟,也埋在了杏林。不同的是,水秀死后没有给天奇托过一次梦。

水秀死了,天奇的病也好了。第二年,杏林里的杏花开得特别早,就像落了一场雪。有了惠儿和水秀两个女人玉体香魂的滋养,杏花才会开得这么繁茂,天奇这样想。然而那一年,杏林里所有的杏树都没有结一颗杏子,这是从来没有过的现象。太婆说,杏子都让馋嘴的惠儿和水秀吃光了。

麦花把精选的豌豆浸泡在瓷盆里,上面盖上一层白布,放在阴凉处,三两天换一次水。不几日,瓷盆里就长出了细细的豆芽。等豆芽长到了两三寸,她再将它们集成束,用彩线拦腰扎起来。豆芽长到了七寸左右,上面已经扎了三五根彩线了。这时,"巧芽芽"也就算长成了。刚好,乞巧节也到了。乞巧节是天上的牛郎织女相会的日子。每年的这一天,莫村的女孩子们都要虔诚地向织女乞巧。临近黄昏,柳儿、梅香和麦花在老槐树下摆放了香案,上面供上鲜花、西瓜和桃子,还有用麦面烙成的小刀、剪子、勺子等女人日用的东西。麦花还把自己绣的枕巾、鞋垫等女红一同摆放在香案上。她们用从顺阳河边采来的柳条扎编成女人的形状,上面插上木勺当头,再画上脸谱,裹上衣裙,扮成织女的样子,供奉在香案上,称作"巧娘娘"。一切准备停当,三个女子便跪在地上开始"乞巧"。

马先生从外面进来,正好看见槐树下的三个人,就说:"家家乞巧望秋,穿尽红丝万条。"她们忙说:"先生别过来,有你们男人在场,我们乞巧就不灵了。"先生并没有想过去,朝她们笑了笑,便走进了莫老爷的屋子。

月儿悄悄爬上城墙,院子里一下子亮堂了许多。树下的女人开始低声吟唱:

巧娘娘,

乞巧来,

梧桐树上花儿开。

花儿开,

树儿摆,

我把巧娘请下来。

牵牛郎,

写文章,

我把纸砚都献上。

我给巧娘献西瓜,
巧娘教我铰菊花;
我给巧娘献蜜桃,
巧娘教我来绘描……

唱罢乞巧歌,又开始赛巧。三个女人双目微合,跪在"巧娘娘"四周,做出各种各样的动作,代表擀面、切菜、织布、纳鞋底、缝补、绣花等,然后摸索着在巧娘娘的衣裙上穿针走线,看谁缝得又快针脚又好。待到月上中天,她们才借着月光"占影测巧"。麦花将自己生的"巧芽芽"分给梅香、柳儿各一束。三人先后将"巧芽芽"放进水盆里,根据水中的倒影来测出巧在哪个地方。柳儿第一个将巧芽芽放进水盆里。

麦花冲着盆里的巧芽芽说:"看你脸蛋俏不俏,看你辫子长不长。"

巧芽芽呈现出的是一朵花。

梅香拍手叫道:"噢,嫂子花儿绣得好!"

接下来是梅香,巧芽芽的倒影像炊具,柳儿说:"妹子的饭做得好!"

最后轮到麦花了,起先倒影模糊,看不出像什么,后来渐渐清晰了,竟像个娃娃。梅香笑出了声:"啊呀,麦花会生娃呢……"

麦花赶忙掩了梅香的口,羞得无地自容:"哪里就像娃娃了!"

柳儿也开玩笑说:"我看像个男人,原来你会伺候男人呢。"

麦花佯装生气地说:"你们欺负我一个丫鬟,再说,我就走呀!"

三个女人笑闹着。最后几句话,正好被送马先生出来的莫老爷听见了,他心里不由得咯噔一下。天奇的两房女人都先后死了,莫老爷有些担心,怕"一脉单承"的话落空,特意找来马先生商量。现在听到梅香说麦花"会生娃"的话,又联想起刚才马先生说过的"娶个贫贱女人可能会更长久"的话,脑子里突然就有了主意:何不将麦花给天奇做了填房?当下又把马先生拉回屋去,说了自己的想法。马先生说:"是个好主意,麦花那丫头聪明伶俐,倒也合适。"

乞巧节过后,莫鹏举就找太婆商量。太婆说:"麦花那丫头一看就是个能生娃的,管她丫鬟不丫鬟的,圆了房就是我们莫家的媳妇,只要能给我生下重孙子就行。"莫鹏举又去征求三太太的意见,三太太也同意,说娶不娶都是儿子屋里的丫鬟,不过是给她个名分罢了。

事情就这样定了下来。不久,麦花就由一个丫鬟变成了少奶奶。

31. 教书先生

日本投降了。

娃娃们在巷道里唱:"日本鬼子王八蛋,一心想把中国占;毛主席,不情愿,坐上飞机扔炸弹;黄河岸边把敌杀,杀得人头滚西瓜;扇子船,拉开花,一船能拉万七八;打了八年两月半,日本投降滚了蛋……"

不再兵荒马乱,日子暂时消停了。

经过几年的努力,马先生终于完成了党项秘籍的修订工作。太婆一页一页翻看着修订好的党项秘籍,问:"除了你,没人看过?"马先生说:"没有,绝对没有!许老爷也没有看到过。"太婆放心地笑了:"这就好。你现在要做的事情,就是尽快将书稿里的事情忘掉,让它永远烂在你的肚子里,不许对任何人提起。"马先生说:"我已经忘掉了,你现在问我,我也说不上来里面的内容了,我这人记性不好。"太婆说:"这就对了,知道别人的秘密多了没啥好处,你是个好教书先生。"太婆对马先生的工作非常满意,当下就赏了他十块大洋。马先生出去后,太婆将党项秘籍小心包好,然后放在一个谁也不知道的隐秘地方。

不知什么时候,城外又开始有纷乱的队伍经过。人们不明白,抗战胜利了,他们还要干什么?有人去问马先生,马先生高深莫测地笑了笑,说:"这才刚刚开始,更大的仗还在后头呢。"人们又开始犯愁了,说这仗打到啥时候才是个头啊。马先生说:"不会太久,因为大家已经开始讨厌战争了。"

愁苦又爬上了莫村人的眉梢。莫村城里，只有贵生一人喜眉笑眼，他渴望战争。听说又要打仗了，他就兴奋得浑身战栗，像热锅上的蚂蚁一样在书坊转来转去，一遍又一遍地向马先生打听战争什么时候开始。马先生笑着说，你这人心态不好，唯恐天下不乱。该啥时候开始就啥时候开始，你回去等着吧。

夜里，经常有人不约而同地聚到书坊来，想听马先生发表对时局的看法。马先生却避而不谈，有意东拉西扯，问围坐在他旁边的村里人："你们知道顺阳河是从哪里来的？"人们摇摇头。马先生说："是铜川焦坪北山的黑水和柳林瑶曲北山的沮水汇聚而来的。焦坪出煤，所以水是黑水；瑶曲的水甘甜可口，清澈见底，能酿酒造醋。两水相汇流经黄土塬，到莫村就变成了浑黄色。可别小看这浑黄的顺阳河，这可是咱莫村风水的魂魄，没有了这股黄水，莫村有再好的风水也会失去灵性。黄色可是富贵色啊，所以皇帝的龙袍是黄色的。你们知道顺阳河流到哪里去了？"有人说流到渭河去了。马先生说："对，流到渭河里去了。"马先生说莫氏先人早就有诗咏顺阳河：

岭南鹈鹕别封疆，
历史相传岁月长。
黑沮流来入渭河，
山崖断处是频阳。
峰峦耸翠依天秀，
桃杏飞红带雨香。
极目登临情不厌，
几回搔首仍徜徉。

在座的人都说好诗好诗，其实他们基本就没有听懂。正因为没有听懂，才觉出诗的深奥，况且又是莫氏先人所写，自然是好诗。马先生继续说："两千多年前，汉文帝刘恒为他外婆修建文昌渠，就用过这顺阳河的水。你说这顺阳河富贵不富贵？"人们十分惊讶，有人说：

"哎呀呀,咱和这顺阳河厮守了一辈子,还不知道这河有这么多名堂。经先生这么一说,咱莫村还真的是个风水宝地了。"马先生说:"那当然么,咱莫村东有玉兔,西有金鸡,城外有顺阳河环绕,背后有万斛山,山上有镇邪宝塔,不是风水宝地是啥?顺治三年,吴三桂兵临古川就抢先占领了莫村。总兵王永强想抢夺,他们在这里打了三天三夜,双方死伤了一万人。王永强终没能攻下莫村城,只好灰溜溜地收兵撤走了。后人都说是吴三桂打败了王永强,其实是莫村这块风水宝地救了吴三桂的命。"大家听了连连点头称是,为自己祖祖辈辈能居住在莫村这块风水宝地上而感到无比自豪。

马先生见人们被他的话吸引,接着说:"我们身后的万斛山也非同一般,它是关中和陕北的分界线。万斛山背靠黄土塬,面对大秦川,可是个清闲自在的好地方啊。"莫氏先人也专门有诗评说万斛山:

俯瞰顺阳下砥柱,
遥瞻华岳参长庚。
出云触石几万载,
千里秦川成陆海。
补天不用五色石,
浴日全凭一片赤……

马先生最后感叹一声说:"只可惜战争就要来临了,咱们莫村又要遭难了。"

果然,没过多久国军就日夜向陕北开进,准备攻打延安。飞机像滚雷一样在莫村上空隆隆飞过,北边隐约传来枪炮声。半个月后,退下来的伤兵说,国军已经占领了延安。一年后,国军又全面南撤,听说共军又重新夺回了延安。从此,国共两军在关中和离莫村百十里的黄土高原地带,开始了旷日持久的拉锯战。战争进入了僵持状态。

但是,春天的气息还是照样在古川纷乱的土地上倔强地铺排开来。莫村城外黄褐色的土地上,花发草萌,一切生命正在相继脱离冬眠的梦境而苏醒，悄然积蓄着勃勃生机。万斛山上的积雪，被春天的阳光驱赶着，从山脚下向山顶退却，变成不屈不挠的雪水，潺潺流淌，汇进浑浊的顺阳河。顺阳河一下子就丰盈起来了，像一个刚刚睡醒的窈窕少妇，揉着眼睛，罩着满身满脸的蓬勃阳光，风情万种地向西南流去。

秋夜难眠，莫村许多男人聚集在书坊。来福问马先生："将来这天下是姓毛还是姓蒋？"还没等马先生开口，有人就抢着说："国民党是磕一个头放三个屁——好事少，瞎事多，将来天下肯定是共产党的，不信你看么！"

"我看是国民党的。国民党有几百万军队哩，共产党还没有人家的零头多，能打过人家？"

"姓啥都一样，打来打去，还不是咱老百姓吃亏……"

等人们发表完自己的看法，马先生才不紧不慢地说："我研究过'蒋''毛'二字，很有意思。这'蒋'字是将军的'将'字上头一个草字头，说明蒋介石是个草头将军；而'毛'字就不同了，是一个反'手'。意思很明白，毛泽东打败蒋介石易如反掌。所以要我说，这江山将来肯定是共产党的！"

来福说："有道理！到底是先生，学问深。难怪老蒋在陕北吃了那么多败仗，原来是遇到了老毛这个克星。"来福是书坊的常客，与马先生来往越来越密切。众人走了，来福也不走，经常和先生聊到深夜。有时聊得晚了，干脆就睡在了书坊。

一日，来福走进书坊，悄声对马先生说："南边来了十几个人，要到北边去，现在正在河滩里等着哩。"马先生说："大白天的，我俩都不便出面。你回去准备些馍让丢丢送来，我这里写好去边区的路条和下一站的联络暗号，过一会儿让人一起送去。你赶紧准备馍去吧。"来福转身走了。马先生当即在一张纸片上唰唰写了几行字，然后将纸片捻成纸卷，塞进一个早已预备好的竹筒里。这时来福的婆娘丢丢也提着一布袋馍来了，马先生接过丢丢手里的布袋，说："没你的事了，你回去吧。"丢丢走后，马先生把梅香悄悄叫到一边，将竹筒和布袋交给她，说："我有一些学生路过这里，遇到了难处，你把这些东西送到河滩里去，他们在那里等着呢。你告诉他们此地不可久留，让他们赶快往北走。这事你对谁都不能说，记下了？"梅香喜欢替先生做事，见先生认真的样子，她也一脸严肃，说："先生放心，我嘴严实着呢，不会出去胡说的。"说完，就往河滩去了。马先生让梅香去是经过慎重考虑的，直觉告诉他，梅香是可靠的。

傍晚，刘亚民带着兵丁追来，往北追了一阵没有追上，返回来问来福："听说有十几个共党学生经过莫村，你看见没有？"来福说："我没看见，你别问我。"刘亚民说："你是保长，我不问你问墙头子去呀？"来福说："谁把我当保长了？连我儿子都把我当龟子尿地训呢，我这保长算个尿！"刘亚民把眼一瞪："你别倚老卖老说可憎话，有人下午明明看见河滩里有一伙人，你又不是瞎子你能没看见？人到底上哪里去了？说！"来福说："谁看见了你问谁去，反正我没有看见。"刘亚民问不出个子丑寅卯，在村里胡乱翻腾了一阵就走了。来福朝刘亚民的背影狠狠地啐了一口，骂道："羞先人呢，养了这么一个白眼狼！"

冬天刚至就落了一场雪。城外一片银白。天奇站在城墙上吹着羌笛，笛声总是走不远，只在城头上回荡，像是也被冻住了。

南边的土路上蠕动着一个黑点，走近了，天奇才看出是个中年男人。那人踩得雪地咯吱咯吱响，在路上留下了一行清晰的脚印。男人进城后，直接走进了书坊。他是来请马先生去看宅基风水的。马先生向莫老爷告了一天假，就跟着男人走了。

他们来到美原镇西的车马店。马先生走进屋子，看见三个陌生人正盘腿坐在炕上聊天。其中一个年纪较大，戴着一副墨镜，身边放着一根文明棍，看上去既威严又气派。见有人走进来，三个人停止了说笑，一齐将目光集中在马先生身上。里屋走出一个穿长袍的人，说："老马来了，快进里屋。"这人马先生认得，是车马店的魏老板。马先生说："魏老板啥时候看风水？"魏老板说："你先进屋暖和暖和再说。"就将马先生拉进了里屋。两人低声交谈了一阵，魏老板最后说:"人一定得牢靠,要万无一失。老马呀,你的责任不轻啊!"马先生说:"这人是保长,是可以依靠的对象,绝对可靠!他的身份就是我们的保护伞……"

当天后半夜,马先生领着三个陌生人悄悄回到了莫村,住进了保长来福的家里。马先生把客人交给来福,就急匆匆出去了。来福吩咐婆娘丢丢赶紧烧水做饭,自己则陪着客人喝茶说话。来福不知客人深浅,不敢乱说,只说些陈芝麻烂谷子的闲话。戴墨镜的客人态度十分和蔼,说话声音洪亮。客人们吃了丢丢做的玉米面搅团,喝了一壶酽茶,天就亮了。

一整天,来福和丢丢一直坐在门口剥玉米棒子,将三个客人反锁在里屋让他们睡大觉。可是直到天黑,马先生还没有回来。来福表面上很冷静,心里却像猫抓一样着急,隔一会儿就到城门口去望一次。

半夜时分,马先生回来了。马先生和来福领着三个客人沿着官路往北走。走到了老牛坡,树丛里闪出几个持枪的汉子,枪管顶住了他们的后腰。等看清是马先生才收了枪,说:"你们的任务完成了,你们回吧。"几个汉子护送着三个客人继续往北边去了。

回来的路上,来福问马先生:"那三个人是谁?"

马先生说:"我也不知道。不过看上面重视的样子,肯定是大人物。"

几十年后,天奇的儿子才弄清那三个客人的身份:戴墨镜的是中共中央委员、中原军区司令员李先念,另一个是中共中央委员、中原局代书记兼中原军区政委郑位三,还有一个是警卫员。

夜里,天奇梦游走近书坊,看见先生的屋里亮着灯,便迷迷糊糊走了过去。他从门缝往里一看,迎面墙上挂着一块红布,先生和来福还有村里另外几个人站在红布下,举着拳头神情庄严地小声念叨着什么。马先生念一句,来福和那几个人也跟上念一句:"我志愿加入共产党,做如下宣誓—— 一、终身为共产主义事业奋斗;二、党的利益高于一切;三、遵守党的纪律……"

天奇看着无趣,便爬上城墙吹他的羌笛去了。

第二天，来福带着城里恒心堂的一个伙计走进书坊，天奇也跟了进去。那伙计一见马先生就小声说："我们掌柜的说有批'妙济丹'要出手，想请先生帮忙与北边的人联系一下，看他们要不要。"马先生说："我可以帮你们打听一下，只是不知道你们掌柜的想要啥价。"伙计说："掌柜的说了，卖给北边只收三成的钱。"马先生很惊讶，说："这么便宜？"伙计说："我也不知道，掌柜的就是这么说的。"马先生说："你们掌柜的可真有胆量，难道他不知道卖给北边刀枪药是要杀头的？"伙计说："所以掌柜的不敢找别人，只让我悄悄来找先生你……"

　　夜里，月光如昼，天奇看见来福带着三个人和四匹骡子，从北边来到乱石滩，马先生早与恒心堂的伙计在那里等着。他们嘀咕了一阵后，那三个人赶着四匹背上驮着药品的骡子，无声地消失在北方如水的月光里。

　　这段日子，梅香像丢了魂似的经常一个人坐着发愣，即使和柳儿、麦花待在一起也常常走神。在马先生跟前，她的眼睛总是躲躲闪闪的，做事情也丢三落四，与先生说话前言不搭后语，还没开口脸先红到了脖子根。马先生显然有意躲着她。可这样一来，梅香变得更神神道道的了。

　　梅香帮马先生洗衣服，柳儿看见了，笑着说起了儿歌："日头爷，明晃晃，妹子帮人洗衣裳。洗得白，捶得光，打发那人上学堂。读诗书，写文章，一考考上状元郎。喜报送到门堂上，你看排场不排场……"

　　梅香用水撩柳儿，柳儿笑着躲开了。

　　站在一旁晾衣服的麦花接口道："捶布石，响叮当，我给哥哥洗衣裳。洗得净净的，捶得硬硬的，打发哥哥出门去。走时骑的小毛驴，回来坐的大花轿，敲锣打鼓放鞭炮，你看热闹不热闹……"

　　梅香臊红了脸，夯着湿手追赶麦花："你个乌鸦嘴，人家是先生呢，哪里就变成哥哥了！"

麦花边跑边笑，嘴不饶人："又没说你，你心虚啥？"

梅香追着追着就不追了，站在那里突然抹起泪来："你们取笑我，你们净胡说……"

麦花见梅香哭了，一下子吓慌了，赶忙过来哄劝："我是说着耍哩，你就当真了。你看我这乌鸦嘴……"说着就佯装要扇自己嘴巴。

梅香忙抓住她的手说："你这样子，我倒不好意思了。我也不是生你们的气，也不知道咋心里就难过了……"

柳儿过来逗梅香："妹子笑一个，我们就知道你不生气了。"

梅香就勉强笑了笑。

柳儿说："以后这种玩笑我们不能开了，免得旁人听见了，说我们少调失教的。"

但三个人的玩笑话，还是让三太太听了去。

三太太对大太太说："梅香经常往马先生屋里跑呢，一去就是老半天，日子长了难免会出事。就是不出事，这样主仆不分也会坏了莫家的规矩。听说梅香还给先生洗衣服呢，一个小姐给一个先生洗衣服，让外人知道了，会说闲话的！"

大太太吃了一惊："有这事？"

三太太说："你整日吃斋念佛的，很少出屋子，当然就看不见。咱莫家可就这么一个女子，你还是看紧点好。要是真的惹出啥是非来，咱莫家可丢不起这个人……"

从那天起，大太太就开始留意梅香的行踪，果然发现她往书坊跑得很勤，知道三太太的话不虚。

夜里，大太太把梅香叫到屋里，问："你和马先生是咋回事？"梅香说："没咋回事呀。"大太太没再说什么，取来一个铜盆，在盆底撒了薄薄一层白面，然后关了屋门，对梅香说："你把裤子脱了，蹲到盆上去。"梅香不解地问："干啥？"大太太认真地说："你和马先生有没有事，只要蹲在上面打个喷嚏，妈就知道了——要是盆里的面纹丝不动，说明你身子还浑全着呢；要是盆里的面被冲开了，说明你和马先生……"梅香又羞又恼，生气地说："妈呀，你连你女子都不相信了?"说着就哭了:"你把我当啥人了嘛,你这是糟蹋你女子哩!我不!就不!死也不!!"大太太的眼泪也扑簌簌落了下来,说:"人家把难听话说到妈面前了,你让妈这张老脸往哪儿搁?你就坐在上面打个喷嚏,没有啥,妈也就放心了,别人再说长道短,妈说话也硬气……"梅香说:"我和先生啥也没有,我就不!"大太太严厉地说:"脱!"女儿很倔强:"我就不脱!你打死我我也不脱!"大太太说:"妈求你了!你非要妈给你下跪你才听话……"说着就要下跪。女儿哭着说:"妈呀,你老糊涂了,女儿一辈子都恨你……"流着泪将裤子脱了,蹲在了铜盆上。大太太赶紧拿来一片烟叶,在梅香鼻子底下搓碎,烟尘呛得梅香啊嚏一声。梅香离开铜盆,大太太急忙去看盆底的白面,竟纹丝未动,高兴地说:"我娃没哄妈,我娃还是女儿身呢。"梅香狠狠地瞪了她妈一眼,提了裤子,哭着跑走了。

几天后的夜里,梅香走进了书坊。梅香受了屈辱,咽不下这口气,决定将自己的女儿身真的交给马先生。任性要强的她,心里想:"你们不是怀疑我嘛,那好,我就真的把事情做出来,看你们能把我咋样!"她赌气走进先生的卧房,先生不在。她脱光了衣裳,自己钻进了先生的被窝。

一会儿,马先生回来了,见被窝里躺着一个人,吓他一跳,惊问:"你是谁?在这里干啥?"

被窝里的人说:"我是梅香……我……"

"小姐……你……你这是干啥?"

"先生……我喜欢你……我……"梅香竟嘤嘤地哭了。

马先生知道了梅香的意思,十分震惊,也十分生气,他训斥道:"瞎胡闹!赶快把衣裳穿上,像啥话嘛!"说着转过身去。

梅香穿上衣服,捂着脸哭着跑了……

城外消失了几年的鬼影,又在黑夜里出现了。

莫鹏举知道是老六。老六像一块刚出锅的热红苕,咬了一口就粘在牙上,咽又咽不下,吐又吐不出,只能干等着让红苕将嘴烧出一层水泡，而且他这一口红苔一粘就是这么多年。老六总是让他提心吊胆、烦躁不安。等待别人报复，比报复本身还让人难受。他心里对那个若即若离的仇人说："你他妈的倒是快点来呀，咱拉开架势真刀真枪地干一场，何必这么不死不活地折磨人！"他天天在等着老六下手，可老六就是不下手。他就这样忐忑不安地等了几十年。有时实在等得不耐烦了，就领着家丁冲出城去寻找，可老六却消失得无影无踪了。这令他十分恼火。就像身陷迷雾中的刀客，对手就在周围叫阵，可他看不见他们，怎么挥刀去砍也砍不到他们，反而随时都有被对手砍翻的危险。

他坐不住了，起身去书坊找马先生。莫鹏举已经从心里把马先生当成了莫家的另一个管家，比真正的管家还要重要的一个管家。管家兴兴很忠诚，是个少有的好管家，但他唯命是从，办事谨小慎微，缩手缩脚，不会有大的作为。而马先生却大智大勇，博学多才，会给他一些中肯的建议，帮他解决一些十分棘手的问题。这一点，是谁也代替不了的。所以他一遇到烦心的事，就去找马先生。他向马先生说了自己的担忧。

马先生说："看样子，老六暂时还不会对你下手。他只不过是跟你玩猫逮老鼠的游戏，让你不得安生，让你疲惫不堪，让你精神崩溃，所以你不能上当。你若不把他当回事，照样安心睡大觉，他的目的就达不到了，你就等于在这场看不见的较量中赢了。"

莫鹏举说："我也是这么想的。可这么下去也太折磨人了，总得有个彻底解决的办法呀！"

马先生说："能彻底解决当然好了，问题是现在时机还不成熟。老六的势力越来越大，你的几十个家丁根本就不是他的对手，何况还有另一个仇家桃花沟哩。现在你应该以防守为主，不可贸然进攻，日后事情有了转机，再另作打算吧。"

莫鹏举说："这要等到猴年马月？"

"机会总会有的，山不转水转，水不转人转，转来转去就有了机缘了。世事一天一个变化，说不准哪天不费吹灰之力就把老六的问题解决了。"马先生说:"我说句冒犯的话,你不能把眼睛只盯在莫村城内,要看看外面的世事。外面的世事大着呢,顺应了时势,你就能最后胜利,否则就很难说了。"

莫鹏举对马先生后面的话不以为然,心里说:"我是莫村的掌柜,不把眼睛盯在莫村盯在哪里? 外面的世事再大,与我何干?"但他又不好说什么,便扯起以前三次攻打仇人三次都失败了的事情,问马先生失败的原因到底在哪里。

马先生问:"你这三次进攻都选了哪个方位?"

莫鹏举不解地问:"这很重要吗?"

马先生郑重地说:"很重要。"

莫鹏举看着马先生认真的样子,就如实地说:"第一次我让土匪石娃从南边进攻,第二次我让柳门风从西面进攻,第三次是我的兄弟鹏祥,他从北边进攻的,但这三次都没有成功。"

马先生哦了一声,似乎明白了:"难怪你三次都失败了。原因就在你没有选好进攻的方向。你看这'匪'字,"马先生蘸了茶水在桌子上写了一个"匪"字,解释说,"三面都有坚固的障碍,只有一面留有空缺,而你恰恰没有选择留有空缺的这一面进攻,当然就攻而不破了。"

莫鹏举恍然大悟,惊异地问:"有这么神?"

马先生说:"这就是命。也许老六命不该绝,但他的气数也差不多了,要不了几年就会有大祸临头。你不杀他,别人也会杀他,只是现在时候不到罢了。"

莫鹏举心想,下次进攻再也不会选错方向了。经马先生这么一说,他心里畅快多了。先生说的"有人"会不会是兄弟鹏祥,或者是儿子天顺呢?儿子多年没有音信,说不定现在也在外面混成了事,身后领着千军万马呢。这年头,什么事情都有可能发生。他又不好再问马先生,心里想"有人"肯定是他们。

从那一天开始,莫鹏举就不再为城外的黑影烦心了,他知道他们只是在吓唬他,不敢贸然进城来的。他盼望着鹏祥兄弟能再次回来,盼望着儿子天顺能早点回来，帮他了结这多年的恩怨。

许多天后，莫村真的来了一队人马。不是兄弟鹏祥回来了，也不是儿子天顺回来了，而是莫鹏举的另一个几乎被他忘却了的仇人。

是满仓。

莫鹏举做梦也没有想到，失踪了十年的满仓会突然回来。

听到城外人喊马嘶，莫鹏举以为是兄弟鹏祥带着队伍回来了，急忙跑出来迎接，却与仇人满仓打了个照面，一下子就愣在了那里。

满仓骑在马上说："莫老爷，你好啊！"

莫鹏举还没反应过来，几个兵就冲上来将他捆了，拖回去吊在了他家的老槐树上。莫家的家丁看见满院子、满巷道和满城墙黑压压的士兵，谁也不敢动手，乖乖地缴了枪，眼看着人家把他们的老爷吊在树上。

十年前，这棵树上吊过一个女人。现在这树的主人也被吊上去了，这看上去很有戏剧性。

莫鹏举几乎忘了他曾经害死过一个名叫杏花的女人，忘记他的生活里还有一个潜在的危险的时候，这危险却在事先没有一点预兆的情况下突然降临在了他的面前。

他知道，这一回在劫难逃了。

32. 满仓团长

从离开莫村的那一刻起，满仓就发誓一定要再回莫村，为死去的杏花和她肚子里的孩子复仇。

残酷无情的现实和连续不断的战争，将原本善良、与世无争的满仓变成了一个冷酷无情的职业军人。可是，教会他如何生存的启蒙老师，却是他的仇人莫鹏举。莫鹏举让他明白了一个道理：要想在这个乱世上不被人欺负，就必须有钱有权有势，至少要有其中一样。有钱可以买权，有权就会更有钱，有了钱和权就有了势，有了势就可以为所欲为，干自己想干的事，要自己想要的东西，就会活得逍遥自在，活得像个人物。没有这些，就什么也没有，有了的东西也会随时失去，就会生不如死，死不如狗。这年头，要想得到这些，最便捷的途径就是当官。所以，他发誓要当大官。当了官，才能实现复仇的愿望。

逃出莫村后，满仓径直来到了西安。他一边帮人做活混饭，一边寻找改变自己命运的机会。听说陕西最大的官是西安绥靖公署的杨虎城将军，他便找到绥靖公署想投奔杨将军，却被门口的哨兵当作乞丐轰走了。再去时，哨兵将枪栓拉得哗啦啦响，说："杨将军是你这种下三烂随便能见的吗？你再不滚远些，老子就毙了你！"他还不死心，整天躲在离公署门口不远的地方转悠，希望能有机会等到杨将军出来。如果看见杨将军从那个黑漆大门里走出来，那他就会不顾一切地冲过去，扑通一声跪倒在地，乞求将军收留下他。晚上回到道北栖身的瓦窑里，他一遍一遍练习着双膝跪倒的动作。开始，动作总是有些不协调不到位，表现不出那种真诚和迫切的心情，后来练着练着就找到了感觉。现在他才明白，给人下跪不是一件容易的事情。那年莫鹏举把他从路上捡回来，管家叫他给莫鹏举下跪，他记着母亲说过的"男儿膝下有黄金"的话，没有下跪。可是现在为了能出人头地，为了有朝一日能有能力向莫鹏举寻仇，他不得不学着给人下跪。这都是生活逼出来的。人一旦被逼急了，啥事都干得出来。对一个男人来说，复仇比尊严更重要。

在公署门口转悠的日子里，饿得两眼昏花的满仓，脑子里常常会出现这样的景象：杨将军终于从大门里走出来了，他急忙跑过去跪倒在他面前。将军扶起他说："小伙子，我答应了，你就到我这里来吧。"他走进了公署大门，穿上了威风的军装，而后很快就提升为班长、排长、连长、营长、团长……这些官职，在他面前变成了一级一级向上的阶梯，阶梯一直伸向云端，看不到顶端，仰望时头都有些晕眩。他时刻都能看到莫鹏举在上面狰狞地俯视他。

一天黄昏，他的脊梁骨突然被一个硬邦邦的东西顶住了，身后有人低声道："不许乱动，乖乖跟我走，否则打死你！"他被人蒙了脸面，推推搡搡带走了。走了好一会儿，有人揭去了他脸上的黑布，一道刺眼的白光照在他的脸上。屋里很黑，他什么也看不见，许多萤火虫在眼前飞舞。黑影里一个瓮声瓮气的声音说："你在门口转悠了这么多天，到底想干什么？说！"接着就是皮带抽打在桌子上的声音。他明白了，他引起了他们的怀疑，已经被带进了大门。他反倒不害怕了，甚至还有些庆幸，心里说：总算走进来了。他稳住了情绪，大胆地说："我不想干啥，就是想在杨将军手下当兵。就这，你们看着办吧！要杀要剐随便，饿也是死，杀也是死，反正都是个死。我今儿个说啥也不走了，除非你们杀了我。我孤身一人，无牵无挂，死就死了，我豁出去了……"他索性一股脑地将他的遭遇诉说了一遍，最后闭上眼睛等候发落。沉默了片刻，黑影里那人说："既然是这，你就留下来，到伙房烧火去吧。"他十分感激，腿一软，几乎要给看不见的那个人下跪，可终于没有能跪下去。

事后他才知道，黑影里说话的那个人，就是特务营的营长。

刚到炊事班那阵，司务长只安排他干些挑水劈柴扛米背面之类的粗活。这些活对他来说不算什么，以前在莫家干得多了，重要的是他已经穿上了军装，实现了计划的第一步。下一步，就是如何接近营长。据说司务长是营长的妻弟，所以他首先把目光盯在了司务长的身上，想通过他接近营长。

除了干杂务，司务长有时也会叫满仓一起到市场去买菜，他就一声不吭地跟在后面，从这个菜摊走到那个菜摊，等司务长买好了菜，他就装在筐子里挑着。司务长和菜贩子讲价的时候，他有意磨磨蹭蹭落后几步，等司务长交涉好了叫他时才走过去，一副憨憨厚厚老实巴交的样子，好像压根儿就不知道司务长在价格上搞了名堂。

司务长身体肥胖，脚很臭，鞋里从来没有干爽过。等司务长午睡了，满仓就会不声不响地将那双臭鞋提到外面，放在日头下晒着，再将袜子搓洗干净，晾晒在绳子上。之后，他就坐在树荫下等着。等袜子干了，鞋里的臭味散尽了，再放回司务长起床时一伸脚刚好能穿上的地方。司务长起来穿上鞋，觉得脚下干干爽爽，很是舒服，问是谁做的好事，满仓推说不知道。一日，司务长午睡中间起来解手，找不到鞋，就穿了拖鞋进了茅厕。回来却在暖融融的阳光下发现了自己的鞋，扭头一看，又在晾衣绳上找到了自己的布袜子，最后就看见了坐在树荫下丢盹的满仓。司务长很是感动，但他没有叫醒满仓，一句话没说回了屋。其实满仓没有睡着，他在装睡。他觉得这样效果会更好。

果然，打那以后司务长对满仓就更好了。有时买菜回来的路上，司务长还会塞给他几张钞票，满仓不接，司务长变脸了，说满仓不要就是看不起他。满仓知道这钱的来路，不接会让司务长起疑心，只好接了。但他没有花这钱，而是将它变成了香烟，孝敬了司务长。司务长对满仓的好感又增加了一分。满仓不抽烟，但他身上随时都带着洋火，司务长刚把烟抽出一根，叼在嘴上，他就马上划着洋火替他点上。满仓还替司务长洗过裤头，那裤头上斑斑点点，腥臭刺鼻。司务长有些不好意思,解嘲说成了家就好了。满仓不明白他这话的意思,是成了家媳妇会替他洗裤头,还是有了媳妇裤头就不会那样了。给司务长洗裤头让满仓强烈地感到了屈辱,几次都恶心得想吐。满仓表面上对司务长恭恭敬敬点头哈腰,心里却对这个龌龊的胖子十分厌恶,将他视为一只可怜虫。没办法,自己什么也没有,只有靠出卖尊严来换回自己想要的东西了。拍马是为了骑马,要想做人上人,就得先做人下人。他经常这样安慰自己。

渐渐地,司务长把满仓当成了知己,什么话都喜欢给他说。司务长有时高兴了,还会放下架子,给满仓讲个黄段子。司务长说:"有个先生是结巴,教学生念'打倒日寇'几个字。先生指着黑板念:打倒日、日、日、日寇;学生跟着念:打倒日、日、日、日寇。先生生气了,说,不对!不管我日、日、日几下,你们只能日一下……"说完,司务长自己倒先笑了。满仓没觉得这个段子有那么好笑,但他却夸张地大笑不止,以致身上的肥肉不住地颤抖。

一日,司务长把满仓拉到一边,神秘地说:"你小子运气来了!"满仓说:"我一个新兵蛋子,能有啥运气?"司务长说:"你就要给我姐夫当勤务兵了。"满仓心里一颤,没想到好事会来得这么快,故意说:"你别拿我开心了,哪有这等好事!"司务长一脸认真地说:"我给我姐推荐了你,她已经答应了。"满仓说:"你姐答应有啥用,营长又没答应。"司务长得意地笑了,拍了拍满仓的肩膀,说:"这你就不懂了,我姐夫听我姐的,你就等候通知吧。"

几天后,满仓真的就当上了营长的勤务兵。勤务兵的任务很简单,平时跟在营长屁股后面警卫,营长不需要他跟着的时候,就陪太太逛街买东西。满仓经常跟着营长夫妇出入一些军官的宅院,参加一些军官们的聚会,耳濡目染,对官场的那一套有了初步的了解。那些东西既令他厌恶,又令他兴奋。在他看来,官场无疑是一个残酷险恶、看不见硝烟、不流血的战场,但要想跻身官场也不是一件十分困难的事情。他对自己充满了信心,和那些自以为是的家伙相比,他觉得自己的智慧已经超出许多了。

满仓当上勤务兵不久,特务营接到上级命令,说是南京巡察员要来西安,让他们加强城市警戒,整理内务,强化训练。巡察员这次来的重点是检查城区防务,特务营是重点中的重点。满仓每天跟着营长到城区各连提前自查自纠,督促落实。部队上下全都动了起来,日夜加班,修缮营房,整理内务,突击会操,洒扫操场,平地除草,张贴标语,悬挂彩旗;各种本子上墙,各种文件归档,各种记录临时补写;用白漆给汽车轮子画上圆圈,用白灰给树木刷上白裤;给室内的东西包括文件、书籍、报纸、茶杯等都贴上了标签,好像屋子的主人一夜间丧失了记忆,不认识这些东西了似的。上上下下忙碌了半个月,一切形式准备就绪,巡察员们就来了。

巡察员们只用了一个上午,走马观花地转遍了所有的部队。然后开始巡察老孙家羊肉泡馍、贾三家灌汤包子、葫芦头、饺子宴、水晶饼、岐山面,从城西吃到城东,从城南吃到城北,就差没有吃钟楼上的铃铛了。满仓跟着营长日夜忙碌,负责安全警卫。巡察员们出入各种楼堂馆所,品尝各种美味佳肴和红粉佳人,就连夜里听堂会甚至逛窑子也要特务营站岗放哨,常常闹腾到深更半夜,甚至天亮。在门口警卫的士兵们抱着枪直打瞌睡,心中不满,私下里没少骂巡察员:"啥尿巡察员,是寻着骚情哩,他们日×喝尿,却要老子站岗放哨……"巡察员们不管玩得多晚,营长也得恭恭敬敬地站在门外守候着。满仓看着营长疲惫的样子,心想:当官也不容易啊!

巡察员们一走,特务营放假一天,营长到临潼华清池疗养去了。太太没有去,她不喜欢到贵妃池里去沐浴,喜欢打麻将,营长让满仓留下来陪太太。这天,太太从团长家打麻将回来,脸色很不好看,说:"又让老娘输了五百!要不是你们营长让我故意输给她们,我才不会玩不过那些母猪呢。"太太一边甩包扔鞋,一边骂骂咧咧地走进里屋,高声叫满仓,说:"我腰疼死了,你快进来帮我捏捏吧。"

满仓走进屋子,太太已经趴在床上,旗袍像张开的贝壳,露出一截嫩白的大腿。满仓一见这阵势,心里发慌,不敢到床边去。

太太说:"怕什么呀,我又不是老虎,还会吃了你?"

满仓说:"太太,您还是坐起来吧。"

太太说:"我累死了,不想坐起来,你就这样捏吧。"

满仓只好硬着头皮走到床前,别别扭扭地在这个丰腴女人的腰上揉捏。片刻,太太突然咻咻地笑了,说:"你的手怎么在发抖呀?"满仓说:"没有啊。"太太笑得更响了,说:"还说没抖呢,把我身上的肉都快要抖酥了。"太太的笑声让满仓想起了杏花,由杏花又想起了仇人莫鹏举,他心里就渐渐平静了,知道自己应该志在高远,手也就不再抖了,开始从容不迫地专心揉捏。太太趴在那里有些夸张地呻吟……

捏着捏着,太太猛然鱼一样翻过身来,一双流火的眼睛盯住满仓,说:"你揉得真舒服!后背揉得差不多了,你再给我揉揉前胸吧。"

满仓知道麻烦来了,心里想:"这女人怎么这么不要脸!这个女人可不能乱碰,弄不好连自己的小命都会搭上。"

满仓说:"太太,我不会……"

太太说:"你不会我教你呀!"说着就抓住满仓的手按在了她的乳房上。

满仓忙抽回手:"太太,营长知道了会杀了我的。"

太太鼻子里轻蔑地哼了一声:"他呀,早被人一枪打断了那第三条腿,已经不是男人了。"说着又一次抓住满仓的手按在乳房上:"他又不在,你怕啥……"

满仓急忙挣脱,远离床边,说:"太太你就饶了我吧……"

太太猛地坐起来,生气地说:"好你个新兵蛋子,老娘给你脸你却不要脸,你今天愿意也得愿意,不愿意也得愿意。你要不答应,等你们营长回来我就说你想占我的便宜;你要答应了,我可以让他提拔你当排长。实话跟你说吧,以前那个勤务兵就是这样提起来的,你看着办吧。"太太边说边将旗袍脱了,接着又脱去内衣,光溜溜地躺在床上,用雪白的身体等待满仓的答复。

满仓下意识地向门口退去。

床上的女人厉声说:"你敢走!老娘这是看得起你,你不要敬酒不吃吃罚酒!"

满仓进退两难。答应她吧,营长知道了肯定要掉脑袋;不答应她吧,又怕她真的反咬一口,到时候就是身上长满了嘴也说不清,同样也是难免一死。正犹豫中,隐约听到门外有轻微的响动,他的心一阵狂跳,几乎从胸膛里蹦了出来,当机立断扑通一声跪倒在地上,声泪俱下地说:"太太,你就饶了我吧!营长是我的恩人,我不能背叛他!你就是杀了我,我也不能恩将仇报干这种缺德事啊!"

太太说:"好啊,你想死还不容易,等你们营长回来了,我就说你欺负我,让他枪毙你……"

话音未落,屋门嘭的一声开了,营长一脸黑青闯了进来,从腰里拔出手枪,狠劲抵住了满仓的额头。

太太忙从床上爬起来,惊慌地用衣服遮掩了身体,干声哭号:"你可回来了呀,他想占我便宜!你要为我做主啊,开枪打死他……"

营长注视着满仓,冷静地打开了枪机。满仓仰头看着营长,血液快要停止了流动:"我就这么完了吗?我的仇还没有报就这么窝窝囊囊地死了吗?不!不不!他刚才肯定听见了我说的话!"这么想着,满仓冷笑了一下。

营长问:"你笑什么?"

满仓说:"我笑我自己。我太傻了,原以为跟了一个明白人,谁知道到头来还是有眼无珠看错了人。算我倒霉,要杀你就杀吧。"

"杀了他……"太太胡乱穿上了旗袍说。

营长问满仓:"你还有什么话要说?"

满仓叹了一口气:"别的我啥也不说了,我只告诉你两件事:一、我没有做对不起你的事;二、你找了一个有失体面的老婆。就这,你开枪吧。"说完,闭上了眼睛。

叭!枪声响了。

满仓感觉脑袋轰地炸开了的同时,听到女人一声尖叫,然后一切又死一样寂静。他摇了摇头,脑袋还长在肩膀上。他睁开眼睛,只见太太胸口中了一枪，倒在血泊中。

营长收起枪："没事了。你很忠诚，日后我不会亏待你的！"又说："我早就怀疑这婊子了，果然不出所料……"

几天后，已经提拔为排长的之前那个勤务兵突然失踪了。一个月后，司务长也被开销回了南方老家。三个月后，满仓当上了排长……

西安事变时，满仓已经当上了连长。事变爆发后，特务营配合东北军收缴了宪兵和警察的武器，扣留了南京来西安的蒋鼎文、陈诚、朱绍良、陈继承、钱大钧等军政要人，击毙了邵元冲和蒋介石的侍卫长。满仓连队的主要任务，就是为蒋介石警戒。名为警戒，实为软禁。满仓站在蒋介石的屋外，经常能听到老蒋在屋里焦躁地来回踱步，一口一个"娘希皮"，骂得杨虎城、张学良二人不敢露面。进出蒋介石房子最多的，是他的外国顾问端纳。后来，共产党代表周恩来先生来了。周恩来和蒋介石在屋子里坐了很久，只听周恩来说："蒋先生，黄埔一别，我们十多年没见面了，你可是苍老了许多哟。"蒋介石叹口气说："恩来呀，在军校时你就是我的部下，你应该听我的话才是啊。"周恩来说："不是我不听蒋先生的话，而是蒋先生不要我们啊。只要国共合作，停止内战，一致抗日，别说我个人可以听蒋先生的话，就是我们红军也可以听蒋先生的指挥嘛。"蒋介石叹了口气说："恩来呀，我也难哪……"

满仓没有想到中国最大的官，也在感叹自己的难处，可见做官是多么不容易多么凶险啊！让他更想不通的是，蒋介石那么厉害的一个人，竟然让他的部下软禁了起来，最后还得人家共产党从中调解。满仓暗中替张杨二将军捏了一把汗：老蒋受了这么大的屈辱，他会善罢甘休？

果然，西安事变和平解决后，蒋介石一回到南京就开始复仇了。杨虎城很快就被挤出军界，被迫出国。西北军也被打散，分割得七零八落。参与事变的军官，一部分被处决，一部分秘密失踪，还有一部分被莫名其妙地调走。特务营作鸟兽散，营长不知去向……

官场也存在着复仇，而且这种复仇比任何复仇都要残忍！它往往是用许许多多有关的和无关的人的生命作为代价的。

满仓连夜逃出了西安城，一个人上了华山。

在华山故道，满仓遇到了一位先生。先生住在一间茅屋里，以卖茶为生。满仓谎称自己是躲避仇人的追杀，才跑到华山来的，想在先生的茅屋暂住几日。先生慷慨地收留了他。先生的茅屋里经常来些陌生人，他们坐在石凳上喝茶论道，闲话时事，直到月明星稀方才离去。满仓壮志未酬，没有心思加入他们的谈话，独自坐在一处看山间云卷云舒。

没有客人的时候，满仓就陪先生下棋。先生每局都让满仓一个车，满仓还是输的多赢的少。先生说："你的心思根本就不在下棋上，看来心里一定有愁苦之事。"满仓哀叹一声，说："先生你不知道，我原是西安城里杨虎城手下的一个连长，费了好大劲才混出点名堂，可让老蒋这么一折腾，现在啥也不是了，还几乎把命搭上。"先生说："从你的面相上看，你的气数未尽，以后还会有大发展，但你必须向北去才会有出路。"满仓说："往北？往北不就到了共产党那里了吗？"先生说："到共产党那里有啥不好呢？共产党这棵大树越长越粗，背靠大树好乘凉，这么大的树你不靠你要靠啥？"满仓低了头，说："我特务营杀过共产党许多人，他们不会饶了我的，去也是白送死。"先生说："听说共产党开明得很，也许会不计前嫌。"满仓长叹一声，摇了摇头，说："世上哪有不记仇的人！唉，老蒋的人要找我麻烦，共产党又不会要我，我真是倒霉透了！"正说着，草丛里有野兔窜动，满仓敏捷地从腰间掏出手枪，并不瞄准，一挥手，只听叭的一声，野兔跳起一尺多高坠落在地上，死了。先生惊讶地说："好枪法！可惜英雄无用武之地啊！"两人捡了野兔，回去煮熟了下酒。

满仓在华山和先生下了三个月的棋，吃了几十只野兔，并知道了先生姓马。后来听说西安事变的风头已过，就准备下山。马先生没有强留，说："人各有志，不能勉强，要去你就去吧，说不定我们以后还会见面的。"满仓说："等我日后发达了，一定会再上山来看望先生的。"马先生说："你也别来看我，我和你一样，同是天涯沦落人，今天在这里,明天还不知道在哪里呢。如果有缘分,我们还会见面的。"

满仓下山去了西安,他在那里拜访了许多旧识,想谋个一官半职,但谁也不敢收留他。后来,他打听到原来的营长已经在一个杂牌军里站住了脚,还当上了团长,队伍就驻扎在甘肃固原黑城镇,便连夜投奔而去。老营长念及旧情,让满仓做了他的副官。

黑城镇远离抗日前线,与陕甘宁边区接壤。部队在此大修工事,封锁边区,主要任务就是有意挑起事端,与八路军发生摩擦,以防控共产党扩大势力范围。虽然战斗规模不大,但双方时常都有死伤。一年后,团长被一颗流弹打死,满仓当上了团长。团长的死并没有使满仓憎恨共产党,反而觉得是老蒋害死了团长。老蒋不让他们去打日本人,却让他们在这里专门对付共产党,团长死得窝囊。在黑城镇这个杂牌军里,满仓每天看到的是军官们贪污腐化吃喝嫖赌,士兵们到处滋扰乡民,军纪十分混乱。黑城镇当时流传一首民谣:一爱洋烟二爱酒,三爱嫖娼四爱赌,今天不走明天走。他手下的一些官兵生活也相当糜烂,但他又无可奈何。这些官兵大部分都有来头,在师里军里有很硬的关系和后台,老虎屁股摸不得,弄不好连自己的饭碗都会砸了。原想当上了官就可以自己说了算,可谁知道已经当了团长他还会经常受这帮王八蛋的气。他感到十分厌烦、失望。这样的杂牌军将来有什么希望?老蒋不会像对待他的嫡系部队一样,对他们关怀有加,保障供给,只是暂时利用他们牵制共产党,让他们卖命而已,到头来终究逃脱不了灭亡的命运。不是被共产党消灭,就是让老蒋通过克扣粮饷、中断供给而自生自灭。杂牌军好事轮不到,卖命送死的事却少不了,每次进攻陕甘宁边区,都是让他们冲在最前面。没被共军吃掉是他们的造化,被共军吃掉了是他们活该。有时快要胜利了,又会突然被嫡系部队替换下来,眼睁睁看着人家抢了头功。杂牌军成了没娘的孩子,就这样在黑城镇打打停停,停停打打,跟共产党扯了三年的大锯。

满仓这次回来,就是受胡宗南的调遣,准备去攻打陕北解放军的。部队已经半年多没有发军饷了,两年没有换发军装了,官兵的士气非常低落。满仓对打赢这场战争没有把握,他担心又是胡宗南在跟他耍心眼,让他的部队前去当炮灰。所以,他想在莫村多待几日,筹备些粮草补给部队,同时故意拖延时间,等候大部队跟上来了再继续往北开进。

更重要的是,他要借此机会了结十年前的那段冤仇。

33．戒戒绳

满仓回来的这一天，正好是端午节。

清早起来，麦花就给天奇脖子上戴了个香包。香包是麦花用五颜六色的碎布头缝制的，里面装了香草药料，外面缠着彩丝线，下面垂挂着五彩线穗子。麦花做了许多香包，有花草虫鱼，还有十二生肖，形态各异，造型别致。她除了送给自己的男人天奇，还送给了梅香、柳儿、太太和别的要好的丫鬟。麦花还在天奇的手上系上了戒戒绳。

太婆也给孙子莫老爷系上了。莫老爷的戒戒绳每年都是太婆亲自系的。太婆一边系一边唠叨："你驴日的生性争强好胜，我不拴就没人能拴住你了。老天爷呀，你就看在我这张老脸上，不要让五毒来害我的孙子啊……"

戒戒绳也叫五色绳，是用青、红、白、黑、黄五种颜色的丝线拧成的。五种颜色代表金木水火土"五行"，也代表东南西北中"五方"，还代表蛇、蝎、蟾蜍、蜥蜴和蜘蛛"五毒"。据说，将戒戒绳系在手腕上，可以祛邪避毒，有以毒攻毒的意思。

尽管太婆给莫鹏举系上了戒戒绳，还是没能阻止灾难的降临。

满仓团长在尘土弥漫的官路上奔驰着的时候，坐在城墙上的天奇少爷就已经看见了，而且认出了跑在队伍最前面的是父亲的仇人满仓。他知道父亲的麻烦来了。父亲总是有麻烦，因为他有源源不断的仇人。现在满仓回来寻仇了。回来就回来吧，反正迟早要回来的，晚回来不如早回来，早回来早了结。

天奇眼看着满仓的兵十分粗鲁地将父亲莫鹏举吊在了老槐树上。他清楚地看到，年迈的父亲在被猛地拉离地面的那一刻，那张皱巴巴的老脸极度地扭曲了，身子明显地颤抖了一下。父亲也会害怕，这是他没有想到的。他心静如水地坐在那里，看皮影戏一样看着院子里将要发生的一切。

满仓悠闲地跷着二郎腿，微笑地看着树上的莫鹏举，像猎人看着自己刚刚捕到的一只猎物。他比以前胖多了，把那把藤椅塞得满满当当的了。看上去，他的感觉不错，很有些衣锦还乡的味道。

"满仓，你这是弄啥哩，快把我放下来！"

莫鹏举被吊在槐树上，像一只树虫一样在空中晃荡，说话的口气若无其事，好像把他吊在树上是一个天大的误会。

满仓笑而不语，漫不经心地用马鞭一下一下抽打着脚上黑亮的皮靴。

"满仓你有话好好说，我已经是七十多岁的人了，经不起这么折腾，快放我下来！"莫鹏举脸上渐渐有蚯蚓状的汗水爬动。

满仓只是看着他微笑，仍不说话。

这时，村里人已经拥了一院子。人们看着怪笑着的满仓和空中威风扫地的莫老爷，惊惧不安地关注着事态的发展。毕竟，杀人的事情不是每天都能看到的，何况是他们的大掌柜莫老爷。

莫鹏举脸上挂不住了，不再笑了，笑意和汗水一齐从脸上噼里啪啦滴落在地上，摔得粉碎，但声音却在树上硬气地萦绕："满仓你不能没良心，我救过你的命哩，你就这样待我？"

满仓神情悠然地看着树上的人，好像在欣赏一只歌唱着的小鸟。他还是一句话不说，好像一说话就会惊飞那鸟。

人群里有人悄声议论："老爷这回完了。"

管家站在人群外一声不吭。

满仓看村里人到得差不多了，这才站起来，说："老少爷儿们，我知道你们在心里骂我是个恩将仇报的小人。不是我满仓翻脸不认人，是他狗日的心太狠！"他用马鞭指着树上的莫鹏举："他害死了杏花,可怜杏花死的时候肚子里还有娃娃,那可是两条人命啊!实话告诉大家吧,杏花肚子里的娃娃是我的。不错,他救过我一命,可他又欠了我两条人命,一命抵一命,他还欠我一条命哩。他狗日的得还我!十年过去了,这笔血债我一直记着呢,现在该清了!"

莫鹏举分辩道:"杏花不是我害死的,不知道她怎么就死了……"

满仓没等莫鹏举说完就打断了他:"现在你说啥都晚了!你说吧,想咋个死法?是用绳子吊死呢,还是让我赏你一颗'花生米'?"

莫鹏举知道自己解释什么也没有用了。这怎么解释得清呢!人死在了自己家后院的草房里。看样子,他今天是在劫难逃了。让他感到无比窝囊和丢脸的是,自己英武了一世,桃花沟和土匪老六没有奈何他,到头来却要栽在自己以前的长工手里。事到如今,还有什么好说的,说多了反而让人小看了自己。他硬气了一辈子,死也要死出个样子来,不能让村里人笑话,失了家族掌柜的威势!死就死,怕个啥!人活七十古来稀,死不足惜!

这么想着,莫鹏举的口气恢复了往日的威严:"你这个白眼狼,为了一个臭丫鬟就恩将仇报。要杀就杀吧,有种就往我脑门上打,我要是眨一下眼我就不是人!来呀,开枪呀!"

满仓眼睛里的火苗呼呼直蹿,他猛地抓起桌子上的手枪,咔嚓打开枪机,对准了莫鹏举:"好吧,我这就成全你!"

"慢着!"

突然有人喊了一声。那人从人群里走出来,说:"满仓啊,你不能这样啊,他救过你的命你可以不管,可他还救过全村人的命啊!十八年年馑时,要不是他开仓舍饭,莫村恐怕没有一个人能活到今天。莫老爷可是个大善人哪,你不能杀他,我给你跪下了。"说着就真的扑通跪倒在满仓面前。

这个人是保长来福。

来福这么一跪,村里人就猛然从惊恐中醒悟过来,想起莫老爷以前的许多好处,想莫村不能没有莫老爷,就扑里扑通全跪在了满仓面前,像割倒的玉米秆伏了一地。

"你看看，我们全村人都给你跪下了，你就饶了莫老爷吧。"

"就是的，莫老爷对我们有恩，不能杀他……"

跪着的人一直排到大门外的巷道上，院里院外一片乞求声。

满仓从来没有见过这么多人下跪的阵势，一下子傻眼了。他最不愿意给人下跪，但他还是在万不得已的情况下给人下过跪。人不是实在没有办法，是不会轻易给人下跪的。这一点，他有刻骨铭心的体验。他没有想到事情会这样，没有想到狗日的莫鹏举会有这么好的人缘，他一时不知所措，手里的枪像冻住了一样，僵在了空中。

来福说："你杀了莫老爷，就等于杀了全村人，莫村不能没有莫老爷啊。桃花沟早就想踏平莫村了，没有了莫老爷，莫村就会群龙无首，就无法抵挡桃花沟的攻打，莫村也就完了……"

"老少爷儿们，都快起来吧，你们这样我可担当不起，这不是折我的寿嘛。"满仓举枪的手放了下来。

来福说："你放了莫老爷，我们就起来。"

"那你们就这么跪着吧！"满仓生气地说，不知怎么眼圈就红了，"你们这不是逼我嘛！你们说，杏花和她肚子里的娃娃就这么白死了？杀人偿命，自古到今都是这个理，我杀他是他该死！你们就让我出出憋了十年的这口恶气吧！好我的爷哩，都起来吧！"

"你答应不杀老爷，我们就起来……"来福固执地说。

看到院子里黑压压跪在地上的他的村民，莫鹏举被深深地感动了，他的眼睛一下子就湿润了，他也没有想到大家会救他，更没有想到会用这种方式来救他。他说："大家的情我领了，你们都起来吧，不要求他，看他驴日的能把我咋样！"

这话激怒了满仓，他又一次举起了枪："我今天非杀了你不可！"又对乡亲们说："等我杀了他，再一个个给你们磕头谢罪吧！"

院子里一片哀求声："不能杀老爷啊……"

就在满仓即将扣动扳机的时候，门口走进来一个人。

"满仓兄弟，不能啊……"

满仓扭头一看，愣住了，半天才醒悟过来：这不是那年在华山上结识的马先生嘛！他惊讶地问："马先生，你咋在这里？"

马先生已经走到了跟前，按下满仓的枪："你给我个面子吧，把人先放下来再说！"

满仓为难地说："他欠我一条命哩……"

"这些我都知道了，"马先生靠近满仓悄声说，"众愿难违啊。你现在杀了他，就会得罪全村的人，你还咋在莫村待下去？"

满仓不甘心地说："可我咽不下这口气呀！"

马先生耳语道："咽不下也得咽，小不忍则乱大谋，留下他说不定对你还会有用处呢……"

"马先生，在我落难的时候你收留过我，按说我应该给你这个面子，可是给了你面子，我就没面子了！你总得给我个台阶下吧？"满仓很为难的样子，但他又说："既然你说情，全村人又都这样保他，我就给你们面子，你先让大家都起来吧。"

马先生对村民们说："大伙都起来吧。"

村民们见事情有了转机，纷纷站了起来，拍了拍膝盖上的土，看着满仓和马先生。

满仓说："不过，我这枪掏出来了就得让它响，否则我不好向死去的杏花和娃娃交代。这样吧，你们用一块黑布把我的眼睛蒙上，我在原地转一圈再向他开一枪，打中了算他倒霉，打不中算他命大。只要枪一响，以前的事就一笔勾销了。"

马先生说："说了半天，你还要开一枪？"

满仓说："这一枪非开不可！我的枪掏出来就非响不可，这是我多年的规矩，你们总不能让我破了规矩吧。我已经够给大伙面子的了，也得给我个面子吧？要不然，我不好给我的部下和我的枪交代。"

马先生叹了口气，说："你执意要开这一枪，我也不好勉强，不过，我刚才说的话你还是要慎重考虑考虑。你在原地转三圈咋样？"

满仓想了想，答应道："三圈就三圈。"

旁边的兵小声说："别说三圈，就是十圈我们团长也能打中。"

有人找来一块黑布蒙住了满仓的眼睛，满仓又一次举起了枪。人们哗啦退向两边，给子弹留出一条通道。他们不相信满仓转了三圈后还能打中目标，希望满仓的枪打偏。

马先生说："说好了，就开一枪。"

满仓说："就一枪，我说话算数。"

满仓举着枪开始在原地转圈，枪口指向哪里，哪里的人就像有一根无形的竹竿从头上扫过一样，急忙蹲下身子，生怕满仓的枪突然走了火。转够三圈后，满仓停了下来，但枪口并没有对准莫老爷，而是偏离了半尺多。人们松了一口气，心里想，这下好了，打不中了。谁也不敢出声，静静地等待着枪响。

就在这个紧要关头，莫老爷咳嗽的老毛病不合时宜地犯了，他忍住没有咳，只是嗓子里发出一丝细微的刺啦声。但是，就是这点细微的声音还是被满仓敏锐地捕捉到了，他马上调整了枪口，对准了莫老爷。

一个女人"妈呀"惊叫一声，用手捂住了眼睛。这声惊叫，让满仓对自己选准的方位更加坚信不疑。人们哗一声下意识地朝后退去，似乎怕即将飞溅的血弄到自己身上。

枪声响了。莫鹏举头一歪，不动了。

来福急忙将莫鹏举从树上弄下来，左看右看也没有找到枪眼。后来才发现莫鹏举的头上少了一小绺头发，头皮被犁出一道犁沟，正在慢慢地往外渗血。

"没打中，没打中，只擦破点头皮！"

血像蚯蚓一样在莫鹏举的头顶爬动，他已经被枪声吓昏了过去。

满仓一把扯下眼睛上的黑布："算他狗日的命大！"

马先生见事情有了令他满意的结局，松了口气，说："走走走，我们到书坊杀一盘去！"硬拉着满仓走出了莫家大院。

村子里到处弥漫着浓烈的艾蒿的草腥味，不用看就知道，家家户户门上都插上了艾蒿。他们相跟着走在巷道上，呼吸着艾蒿的气味。马先生为了缓和刚才紧张的气氛，问满仓："黄巢斩下艾蒿保护乡民的事，你可听说过吗？"

"没有。"

满仓脸色铁青，闷闷不乐，还没有从刚才的情绪中走出来。

马先生说："相传，唐朝末年，有一年端午节，黄巢带领起义军由渭北向长安进发，途中遇到一个女人领着两个孩子逃难。那女人身上背个大孩子，手里牵着的却是个小孩子。黄巢十分纳闷，她为啥不背着小孩子呢？飞马上前一问，才知道大孩子是她哥哥留下的孤儿，小孩子是她亲生的。黄巢被这位善良的女人感动了，当即挥刀斩下一株艾蒿，让女人回去插在门上，不必再到处逃难了。并对队伍下了一道命令，凡遇到门上插有艾蒿的人家，一律不得冒犯，违者斩！女人回去后将艾蒿插在门上，果然再也没有兵卒骚扰她。消息很快传开了，家家户户都在门上插上了艾蒿，以求在战乱中能平安无事。后来端午节插艾蒿就成了一种风俗。"

满仓噢了一声："原来插艾蒿还有这一说。"

马先生说："黄巢是个聪明人，知道咋样顺应民意，所以留下了好名声。今天这事你做得漂亮，表面上看来没有复仇，可实际上你却捡了个大便宜，你用莫鹏举一个人的性命换下了全村人的人情。人情是个啥？人情就是摇钱树，有时候比摇钱树还要金贵。墙倒众人推，没有好人缘，啥事也干不成！"马先生扭头盯着满仓，奇怪地笑了笑，"我看见你开枪的时候，有意往上抬了一下手，才没有要了莫鹏举的命。"

满仓说："那是他狗日的命大。"

马先生说："你骗得了别人可骗不了我，你的枪法我又不是没有见识过！那年在华山你看也不看就一枪打死了兔子，何况是个大活人呢？我知道你在打啥主意哩。"

满仓说："啥主意？"

马先生笑问："你非要我点破？"

满仓说："你说嘛。"

马先生说："巷道里人多眼杂，到了书坊我再说给你听。"

两人说着就进了书坊。坐定后，马先生一边摆着棋子，一边接着刚才的话题说："据我所知，你的队伍已经半年没有发军饷了，人心很不稳定，你留下莫鹏举是想让他拿出些钱来解你的燃眉之急。"满仓说："我杀了他，钱不都成我的了嘛，何必脱裤子放屁——多一道手续？"马先生说："那不是你满仓的性格。你生性善良，不想让人说你复仇是为了得人家的钱财。开始你确实是想杀了莫鹏举，后来全村人都给你跪下了，你就觉得难办了，加之我又去说情，你就觉得更加难办了。你清楚地意识到莫鹏举目前还有利用价值，所以你才演了那么一出戏，这既给了我和全村人面子，又给自己找了个台阶下。其实你心里很清楚，莫鹏举是案板上的肉，你啥时候想剁就能剁的。"满仓不好意思地笑了，说："啥事都瞒不过先生，干脆你给我当军师算了。既然你已经猜出了我的心思，那你就当个中间人，要他狗日的拿出些钱来让我先发了军饷，稳住军心。我放了他一条狗命，他也得出点血！"马先生说："你刚打伤了人家，就要让人家拿军饷，这不太合适吧！来来来，先杀一盘，军饷的事日后再说。"

两人有一句没一句地叙着旧，在书坊下了一夜的棋。

莫鹏举头上缠着厚厚的白布，浑身无力地躺在炕上。

太婆由丫鬟搀扶着走了进来，一跨进门槛就开始数落上了："我早就说过，你娃要吃亏呀，如今咋样？这都是报应！你老是惹是生非，老是与人结仇，总有一天要吃大亏的！莫家迟早要倒灶在你娃手里，你看着么……"

莫鹏举本来心里就烦，太婆这么一说，心里像塞了鸡毛一样更加烦乱不堪。他知道太婆说的话句句在理。当初，把杏花吊在槐树上毒打以致她莫名其妙地死去后，他就曾经后悔过，意识到自己做得有些过分。后来满仓刺杀他不成，给粮仓注满了水逃走了，他就知道又埋下了一个仇恨。十年后，果然满仓找他报仇来了，而且是以这种方式。他这一辈子做了许多不该做的事，结了许多仇怨，但现在想想，当时都是迫不得已啊。他本想做一个强人，做一个能够拯救莫氏家族的救世主，让他的领地永远富有、强大，可谁知道，到头来却是个仇人遍地、四面楚歌的结局。

这不是他的本意啊！

如果说，儿子天佑的死，让他意识到了该息事宁人和退让，那么满仓这一枪更让他从复仇的执念中惊醒。他已经疲惫不堪，厌恶了复仇和杀戮。先人们为了复仇纠缠了三百多年，他也把一辈子都丢进了复仇这个不能自拔的泥潭中，最后得到了什么好结果呢？没有，什么也没有！除了双方死人的数量和相互的仇恨在增加，什么好处都没有得到。他终于明白了一个道理：复仇永远也不会有真正的赢家。今天你赢了，明天你可能会输。可是他现在想退出，仇人们能愿意吗？他们会把他的退让看成是软弱可欺和强弩之末，会借机更加凶猛地向他报复。所以，他还必须强打精神重新站起来，竭尽全力保护莫家和全村人的利益，不能让太婆和村里人对他失望。

太婆正唠叨着，马先生走了进来。太婆见有外人来了，才抹了把嘴角的白沫，走出了屋子。

马先生问了莫老爷的伤势后，安慰道："您想开些，大难不死，必有后福。"

莫鹏举苦笑着说："马先生，你就别笑话我了。让一个长工弄成这样，丢人哪！"

"谁都难免有不顺的事情，事情已经过去了，你就不要再想了。"

"恐怕满仓不会善罢甘休，还会再找麻烦的。"

"我看不会了，我就是为这事来的。"马先生就把满仓想借一部分军饷的事情说了。

莫老爷是个聪明人，知道这钱给也得给，不给也得给，就问："需要多少？"

马先生说："五千大洋，咋样？满仓他也有难处，上面半年没有发军饷了，军心不稳哪。这点钱老爷不会在乎吧？"

莫老爷说："我是死过一回的人了，还在乎这些身外之物？就按你说的，回头我就让管家把钱给他送去。"

"五千大洋权当买了一条命,破财免灾嘛。那您就安心养病吧,我回去给满仓回个话。"马先生说完就起身告辞了。

马先生一走,老爷就叫来管家,让他将五千大洋送到满仓临时驻扎的乱石滩。

34. 草房子

事情平息后，马先生离开了莫村。

马先生向莫老爷告假，说老家有点急事他要回去处理一下。莫老爷敏锐地感觉到马先生是在说谎，肯定有什么事瞒着他，但又不知道到底是什么事。现在他已经成了这个样子，也管不了那么多了，何况马先生还救过他的命呢。他二话没说，就答应了。

马先生走后，村里开始有了各种传言，说满仓的队伍这一两天就要开到北边打解放军去了，说桃花沟和土匪老六已经备好了人马，等满仓的队伍一开拔，他们就会来攻打莫村。有人甚至说，马先生能掐会算，早就知道莫村要大难临头了，所以一个人提前跑了。

这些话传到了来福耳朵里，他不相信，派人偷偷去桃花沟打探消息。打探消息的人回来说，桃花沟和老六的人马合在一起，正在城外的草滩上日夜操练呢。来福慌了，急忙去找莫老爷。

莫老爷听来福一说，心里也有些惊慌，但他表面上却显得特别镇静。他对来福说："我现在这个样子，他们要是真的来了，结果就很难预料了。要是能想办法把满仓拖住，不让他们去陕北，桃花沟和老六就不敢来了。"

来福问："咋样才能拖住满仓呢？"

老爷说："我也不知道，你们去想办法吧。"

来福将全村的男人召集到屋里，直截了当地说："老爷说了，只要能拖住满仓，不让他把队伍带到陕北去，莫村就会平安无事。老爷现在病着，这事不能再让他操心了，咋能拖住满仓，大家想办法吧。"

老光棍喜娃说:"我倒有个主意,不知行不行。"

来福说:"行不行你先说嘛,这不就是商量哩么。"

喜娃说:"给满仓送个女人去,兴许能留住他。"

来福说:"送女人?你就知道女人!"

喜娃争辩说:"满仓当长工时就好这事,暗地里和丫鬟杏花勾搭上了,才惹出了后来的人命。现在他身边没有女人,肯定想那事了,送个女人去,准行!"

有人接着说:"喜娃说的有道理,可送谁去呢?"

遇到了具体问题,人们又不吭声了,屋子里只有吧嗒旱烟锅的声音。过了一会儿,终于有人打破了沉默:"我看让草姑去比较合适,她最会伺候男人了。"

众人马上附和说:"就是的,让草姑去。"

来福说:"我看行,这是她的老本行,她去合适。"

来福当即就让人去叫草姑。

草姑很快被叫来了,不知找她何事,见屋里都是男人,就站在门口问来福:"你叫我啥事?"来福把大家刚才的意思说了一遍,草姑一听脸就变了,骂道:"你们还算男人吗?大祸临头了,你们不想办法保护村子,却把我一个女人家往外推,亏你们想得出来!你们摸摸自己裤裆里的东西还在不在,要是在,就该拿起刀枪跟桃花沟的人拼命去……"

来福说:"这也是没有办法的事情,哪个狗日的愿意让村里的女人去做这号事!这是为了全村人的性命哩,是积德的好事,再说也不会让你白去。你说吧,有啥要求你都提出来。"

草姑说:"你就是给我搬座金山来,我也不去!"

说完,一拧身子噔噔噔地走了。

谁也没有想到草姑会不答应。

"咦?求到她了她倒牛逼起来了,她又不是头一回干这号事!"

"以前给个馍都干哩,现在一下子就金贵起来了,得是想立贞节牌坊?"

"立个尿！早都成了烂货了，还以为自个儿是香饽饽呢。"

来福说："别吵了！再想别的人选。"

秋叶爸说："草姑去了未必满仓就要她，人家见过世面，不是草姑这样的女人就能对付的。再说草姑太老，得黄花闺女才行呢。"

有人马上反对："谁家的黄花闺女愿意去？你家秋叶今年刚十六，正嫩着呢，让她去你愿不愿意？"

秋叶爸急了："你家春花十九了，正是风骚的年龄，让她去才合适哩。"

有人插嘴说："前几天我看见春花和三成从瓦窑里出来，怕早就不是黄花闺女了，还是秋叶合适。"

这话既得罪了秋叶爸，又得罪了春花爸，两个人群起而攻之，"你家水莲刚十八，不大不小刚好……"

这种时候，人们的普遍心理是：管她是谁呢，只要不是自己家里的人就行，能尽快确定一个人选，免得说来说去说到自家女儿头上。所以，赶紧附和："对对对对，叫水莲去，叫水莲去！"

来福见大家意见一致了，当即拍板："就这么定了，让水莲去！"

水莲爸傻眼了，尝到了墙倒众人推的滋味，他狠狠地抽了自己一嘴巴："都怪我这张臭嘴，多说了一句话就引火烧身了。你们不能这样啊，这不害了我家水莲嘛，她以后还咋嫁人呀？"

来福说："是女人，迟早都有这么一回。说吧，你有啥条件？"

水莲爸知道事情已经无法挽回了，沉默了一会儿，嗫嚅道："那……那每家得给我三升麦。"

"三升？这么多呀！"

有人马上算了一笔账："一家三升，十家三斗，一百家就是三石，咱村二百多户人家，不就六七石了？你这不发了嘛，世上哪有这么好的事？"

水莲爸说："好事？好事让你女子去！"

"行了行了，别磨闲牙了！"来福说，"就这么定了！每家三升，今儿个就收齐送到你家里去。但你要跟你女子说好，不要到时候圪圪拧拧地把事情办砸了。"

事情就这么定了下来。

次日傍晚，水莲爸如约将水莲送到了保长家。水莲的工作已经基本做通了，但眼睛却还是哭红了。水莲爸没有理识来福，头也不回地走了，来福叫也不应。来福知道他在生自己的气，想这回可实实在在地得罪了一个人，这是他当保长几十年来头一回得罪人。没办法啊，谁让咱是保长呢！他摇了摇头，苦笑了一阵，便起身到乱石滩请满仓去了。

屋里只剩下水莲和丢丢了。丢丢烧好了艾蒿水，要水莲先洗洗身子。水莲不洗，又开始哭泣。丢丢说："你是为救全村人的性命哩，不丢人。你来福伯说了，以后还要给你立贞节牌坊呢。说不定满仓看上了你，你就能当上团长太太了呢。"这么劝了一回，水莲不再哭了，乖乖洗了身子，早早坐到炕角去了。丢丢安顿好水莲，又到厨房忙活去了，弄得锅碗瓢盆叮当乱响。一会儿工夫，七碟子八碗就端上了桌，还特意温了一壶烧酒。

丢丢把一切准备停当，来福和满仓正好进门。满仓见桌上这么丰盛，就问："这是弄啥哩，摆这么多的酒菜？不会是鸿门宴吧？"来福赔着笑脸说："看你说的，你的队伍能住在莫村是看得起我们，感谢还来不及呢，哪敢害你！上回莫老爷的事你给了村里人面子，今儿个我是代表全村人谢承你哩。"满仓厌恶地说："甭提那货！"来福就不再提莫鹏举，将满仓让到上座，恭敬地斟满酒，说："全村人都盼着你的部队多驻些日子哩。现在到处兵荒马乱的，你们驻在这里村里才会安宁，你们可不能走啊！"满仓问："谁说我们要走？"来福赶忙说："不走就好，村里人舍不得你们走嘛。来来来，喝酒！"两人边说话边吃喝，不大工夫一斤酒就下了肚，两人脸也红了，话也稠了，酒桌上的气氛十分热乎。

丢丢见这情景，知道事情已经成功了一半，走进里屋去看水莲。水莲像一只可怜的小兔缩在炕角。丢丢悄声说："水莲呀，等会儿你先脱了衣裳躺着，人家一来，你就主动往上贴，可不敢得罪人家。全村人都指望你了，你一定得想办法把他拖住……"水莲声音颤抖地说："婶子，我怕……"丢丢安慰说："女人迟早都得过这一关，没啥，不就是一层窗户纸嘛，捅破了就好了，不用害怕。"说完吹灭了灯，掩上门，悄悄躲到邻居家去了。

酒足饭饱后，来福将已有几分醉意的满仓扶进里屋，说："团长已经醉了，你先在炕上躺一会儿，我去尿一泡。"转身就出去了。

满仓见屋里黑咕隆咚的，就说："来福你把灯点上。"

来福边往外走边说："灯没油了，你闭上眼睛待一会儿就不觉得黑了。"

满仓闭上眼睛在炕沿上坐了一小会儿，再睁开眼睛时，真的就能看见屋里的物件了。他刚要拧屁股上炕，忽然看见炕上摆着一条白亮亮的东西，吓了一跳，喊："来福来福，你炕上放的啥东西？"

来福早已没了踪影。

满仓从身上摸出火柴，刺啦划燃，只见炕上躺着一个光溜溜的年轻女子。他无法看清她的脸，因为她的双手捂在上面，她的身体在不住地哆嗦。满仓酒惊醒了一半，明白是怎么回事了，他冲出屋门吼道："来福你把我当啥人了？你狗日的出来！"

来福躲在院子里的黑暗处，这时不得不出来，哭丧着脸说："还不是为了能留住团长你嘛……"

满仓说："你这是糟蹋我哩！"说完，气哼哼地走了。

几天后，马先生回来了。马先生听说了这事，暗地里训斥来福："简直是胡来！你还有个党员的样子吗？"来福小声争辩："听说满仓的队伍要去攻打陕北，桃花沟又要趁机来攻打莫村，我是没办法才这样做的。"马先生说："谁说满仓要走？"来福说："村里人都这么说。"马先生感觉自己的态度不对，口气有所缓和："你想办法留住满仓是对的，但方法不对。"又严肃地说："你要有思想准备，过几天我们要干一件大事情……"

这时，莫村城外的草房子里，意外地住进了一老两少三个女人。

两个年轻女人，看上去不过十八九岁，细皮嫩肉，白脸细腰，手绢在衣襟里露出雪白的一角，特别显眼。她们毫无顾忌地在草房子门口浪笑，笑声像鸽子一样扑棱棱飞上天空，遇到了天上的云彩，又反弹下来跌落在莫村男人和乱石滩士兵的心尖尖上，使他们痒得难受。有时，她们还会挺着高耸的胸脯招摇而过，白净的脸和艳丽的衣裳把男人们的眼睛照得雪亮。

老女人五十岁的样子，从不离开草房子，整日坐在门口的石磙上呼噜噜吸着水烟。一双老眼里放射出冷峻的光，即使对走近草房子的男人微笑时，那目光也是冰冷的，让人疑心冬天来临了。

走近过草房子的人都说，老女人极像走了几十年的天胜的妻妹子米子。有人回去告诉了天胜和他婆娘兰子，兰子不信，让天胜去看。天胜去了，果然很像米子，就说："米子你回来了咋不回家？跟我回去吧。"老女人冷冷地瞪了天胜一眼，说："谁是米子？你是不是有病？我这里可不是医院，没法治你的病。你要想快活我这里倒可以满足你。"天胜碰了一鼻子灰，回去对兰子说可能不是米子，但确实长得太像米子了。

米子是因为和兰子吵架才出走的，几十年来兰子心里一直很后悔很内疚，想米子是不是还在和她赌气呢，就亲自去草房子看。兰子一走进草房子就觉得这女人是米子，眼泪像决堤的洪水一样哗地涌出了眼眶，哽咽着说："米子呀，我知道你还在生我的气哩，不想认我。你不认我我也不怪你，是姐对不起你……"兰子一把鼻涕一把泪地想拉妹子的手，却被老女人一把推开，说："哪来的疯子？我这里只接待男人，不接待女人！你赶快走吧，免得别人也把你当成我们一伙的了，吃了男人的亏我可不管！"兰子哭了一会儿，也不敢肯定那老女人就是米子，便疑疑惑惑地走了。

草房子成了男人们关注的焦点，时常有人在附近转悠。两个年轻女子就冲男人们媚笑，露出雪白的牙和鲜嫩的舌头，样子像馋嘴的猫。她们向男人们招手，有男人就大胆地走了进去。第一个走进草房子的是老光棍喜娃。喜娃出来说："真他妈够味！就是现在死了也不亏！"后来，村里的男人接二连三走进了草房子。

起初，莫村的女人把好奇的目光盯在三个女人的穿着打扮上，渐渐地她们就回过神来，猜出那三个女人是干什么营生的了。她们惶恐，气愤，疑神疑鬼，更加看紧了自家的丈夫。可丈夫丈夫，一丈之夫，一丈之外就不好把握了。解决问题的根本办法，就是赶走草房子里的女人。她们这么想着，就厮跟着去找保长来福。

女人们说："那女人既然不是米子，我们就没有必要对她们客气了，咱们的草房子为啥要让她们白住？一看她们那骚样就知道是卖×货，她们把男人的魂都勾跑了，你得把她们赶走！"

来福说："你们没有看好自己的男人，怪人家啥事？"

女人们生气地说："你说的比唱的还好听，你不是女人你不懂得女人的难处。管得住人管不住心，我们总不能天天把男人拴在裤腰带上。干那事能要多大工夫？一泡尿的工夫就够了……我们每天要扫地、洗衣、做饭、管娃、喂猪，哪有那么多闲工夫守着男人！你到底赶不赶她们走？你不答应，我们就把你的裤子扒下来扔到树梢上去！"女人们说着，就跃跃欲试，准备动手。

来福知道这些女人啥事都干得出来，急忙抓牢裤腰蹲在地上，说："你们不敢胡来……"正闹着，管家来叫来福，说老爷找他有事。来福像遇到了救星，急忙跟着管家走了。

莫老爷已经下了炕，精神抖擞地坐在堂屋里的八仙桌旁，以前的大掌柜的威严又回到了他的身上。

来福惊讶地问："你咋下炕了？"

"不下炕不行嘛，你没看村里这一向都乱了套了。"

"也是，你一躺倒村里的大梁就塌伙了，人心也快要散了。"

"人心不能散！你我两个必须把大梁重新撑起来！"老爷眼睛里闪着亮光，问来福："听说城外草房子里来了三个烂脏女人，村里许多男人都去过草房子了？"

"有这事。"来福无奈地说。

"成何体统！这不辱没了莫氏家族的家风嘛！"老爷气得脸黑青，

"我看重新收拢人心就要从这件事下手。我这个样子不好出面,只有劳驾你去一趟,把那几个烂脏女人赶走。"

来福说:"我也正这么想哩,我这就去。"

来福出了莫家大门,直接去了城外的草房子。

草房子在麦场的西南角,夏秋两季碾场时里面住人看护粮食,其余时间都闲置着。现在草房子变样了,尽管里面有股说不清的气味,但却拾掇得井井有条,有一种居家过日子的味道。破旧的窗户已经糊上了麻纸,透出昏黄的光,门框上挂起了好看的蓝色门帘。地上用草垫子打了三个地铺,草垫子上又铺了一层花被褥,褥子上罩了莫村人极少见的洋布床单。两个地铺并排在屋子中央,中间隔着一道布帘,一个地铺在靠近门口的墙边。老女人坐在门口的地铺上,手里抱着一个黑瓦罐,一双世故的眼睛冷冷地盯着来福,使得来福后背起了一层鸡皮疙瘩。两个年轻女子斜靠在窗下,嗑着瓜子,斜眼看着来福。

老女人说:"你要哪个,自己挑吧。"

来福脸红心跳,但他立马稳住了阵脚,一脸严肃地说:"我哪个也不要,我要你们今儿个就离开莫村!"

老女人晃了晃手里的瓦罐,里面传出金属的撞击声,轻蔑地说:"没有钱不要紧,不用拿这个吓唬我们。老娘走南闯北几十年,你这样的客人见得多了!"

来福说:"你们天黑前必须搬走!"

老女人瞥了来福一眼:"你让我走我就走?"

来福说:"在莫村,我说了算,我是保长。"

老女人冷笑一声,说:"别给我来这一套!老娘干这一行什么人没有见过?别说你是个小小的保长,就是省长县长师长旅长团长老娘也伺候过。想吃白食就说,不要吓唬人,老娘是长大的,不是吓大的!说吧,看上哪一个,老娘今儿个给你免费。"

来福涨红了脸,怒气冲冲地说:"我就不信治不了你们,你们等着,我这就去叫人放火烧了这草房!"说完就往外走。

老女人使了个眼色,两个女子急忙跑过来拉住来福的衣袖,嗲声嗲气地说："有话好好说嘛，干吗要生气呢，一点男人的气度都没有！我们挣点钱也不容易，你就高抬贵手让我们住着吧。你既然来了就不用急着走，我们不能让你白跑一趟。你想咋样就咋样，想要谁就是谁，两个都要也行。妈妈说了，不要你的钱。来呀，来呀，何必板着个冷脸……"她们一左一右又将来福拖进了草房子。

"你们把我当成啥人了！"来福十分窘迫，挣扎着要往外走。

"我们当然把你当男人了……"

两个女子嘻嘻地笑着，用高耸的乳房在来福身上来回蹭，直蹭得他脸热心跳，两腿发软。女子的手利索地摸到了他的裤裆，准确地抓住了那根不争气的东西。他羞愧难当，快要坚持不住了，想赶快逃离这个地方，可胳膊却被两个女子死死地拽着，动弹不得。

"不敢捏了不敢捏了，再捏就爆了……有话好好说……我不撵你们就是了……"

来福终于挣脱了女人的纠缠，逃出了草房子。跑出老远，还能听到身后三个女人放肆的笑声。

来福回去对莫老爷说："没办法，赶不走那几个烂脏女人。"

老爷说："咦？吃屎的把屙屎的给箍住了！"扭头对管家说："你跟保长带几个家丁去把草房子给点了，看她们走不走！"

来福和管家带着几个家丁准备去烧草房子，在城门口被马先生拦了回来。马先生不让赶那三个女人走。

马先生告诉莫老爷，说是满仓的意思。老爷感到奇怪，问为什么，马先生说他也不清楚。莫老爷没有办法。满仓的上千人马在乱石滩里扎着呢，他能把满仓咋样？

三个女人没被赶走，村里又有男人偷偷跑去草房子了。

莫老爷强烈地意识到这样下去会涣散村民的斗志，必须马上制止这种伤风败俗的事情。尽管他年轻时有过许多风流韵事，但那都是两相情愿的事情，跟现在发生在草房子里的事情有本质的区别。他喜欢年轻漂亮的女人，但从来不碰这种烂脏妓女，哪怕她们再漂亮他也不愿多看一眼。他对嫖娼向来都是深恶痛绝的。他想："你满仓不是不让我赶走那几个女人嘛,那好,我就整治村里的男人,这你总不能干涉吧?我要来个杀鸡给猴看,让你满仓看看我莫鹏举是咋样使家法的!让你知道莫村现在还是我莫鹏举说了算,我还是莫村的大掌柜!可是,拿谁开刀呢?

来福说:"听说喜娃是第一个去草房子的,要不,拿他开刀?"

莫鹏举说:"好,就拿他开刀!"

来福说:"可是那年祈雨,他救过你的命……"

莫鹏举铁青着脸道:"谁违反了村规都一样,讲私情这村子日后还咋管?就拿喜娃开刀,你去召集人!"又扭头对管家说:"你去把喜娃捆了,带到祠堂门口去!"

来福和管家两人急急出了大门。

日头毒毒地挂在天上,晒得地皮嗞嗞直冒烟,莫村祠堂前聚集了村里所有的男女老少。莫鹏举头上缠着白布,板着脸面,威严地坐在一把太师椅上。保长来福坐在一旁的另一把椅子上。老光棍喜娃被扒光了衣服,捆在一长条凳上,像一条硕大的白蛆不停地蠕动。

莫鹏举要在这里演一场杀一儆百的戏了。

喜娃头上直冒汗,额头上亮晶晶的。他仰起皱巴巴的脸,把一双小眼几乎眯到了额颅上,可怜兮兮地望着莫鹏举,哀求道:"老爷,你就放了我吧,以后我再也不敢了……"

"以后?没有以后了。"莫鹏举冷冷地说。

"我都五六十岁的人,你让我往后咋有脸在村道上走嘛……"

"知道你一把年纪了,还干这号事?你的脸现在裤裆里都藏不住了,你不要脸我也没法。"莫鹏举对管家说,"把荆棘条蘸上水,让女人们排成队,一个一个轮着抽,看他还骚情不骚情!"

"去草房子的不止我一个,你为啥光惩治我?你是拣软柿子捏哩!你欺负人哩!我跟你搁不下……"喜娃挣扎着喊叫。

"你带的这个瞎头,不惩治你惩治谁?"莫鹏举说,"你把村里的男人都带瞎了!把祖宗留下的规矩都辱没了!再不刹刹这股邪风,莫村就要烂包了!你跟我搁不下还咋呀?我就不信你驴尻能翻了天!今儿个不给你点颜色看看，你就不知道狼屙的屎是硬的！"

第一个女人走过去，从家丁手里接过蘸过水的荆棘条，不好意思地扭过头去，开始抽打光着身子的喜娃。

莫鹏举说："不要手软，狠狠地抽！"

喜娃说："鹏举你娃没良心！那年你上万斛山祈雨滚了山，要不是我舍命把你从沟里背上，你娃早就毕了……"

莫鹏举说："我不能因为你救过我就坏了村里的规矩，这是两码事，你不要扯在一起！"

喜娃骂道："早知今日，我当初爬到半坡就把你丢下去了……满仓咋一枪没打死你！打死你狗日的才好哩……"

莫鹏举狠狠地说："抽！往死里抽！"

喜娃求来福："来福，你是保长你说句话呀……"

来福说："你娃眼窝上糊纸学瞎哩，你把不要脸的事做下了，我能说啥？你就认了吧。"

第二个女人跟上来接着抽。

"哎呀……莫鹏举你狗日的能搞老六的女人，我就不能搞草房子里的女人？你个假正经……哎呀……"

第三个女人接过荆棘条。这是一个身强力壮的黑脸女人，抡起的荆棘条在空中呼呼生风，边抽边骂："我让你们胡骚！我让你们胡骚！"似乎抽打的不止喜娃一个。有些男人就低下了头。

喜娃绝望地呻唤着，叫骂着。女人们一个接一个地抽打着喜娃。一会儿工夫，喜娃的脊背就鲜血淋淋了。明晃晃的日光下，鲜血更加鲜红，红得触目惊心……

那天夜里，莫鹏举一个人悄悄走进了光棍喜娃屋里，将一包刀疮药和二十块大洋放在了喜娃的炕沿上。从此，村里再也没有人敢到草房子去了。莫老爷又硬硬朗朗地行走在巷道上。

喜娃在炕上整整趴了一个月。秋天，他翻新了三间破瓦房。腊月，又将一个年轻寡妇领进了家门，告别了半辈子的光棍生活。

村里人感到奇怪，问喜娃："你驴尿得是捡了大元宝了？"

喜娃说:"就是的,捡了大元宝了,我喜娃时来运转了。"

喜娃在巷道里见到莫鹏举,照样打招呼:"老爷,吃了?"

村里人私下里说:"还是人家莫老爷厉害,有威势!那样惩治喜娃,喜娃也不敢皮干,在人家面前还是恭恭敬敬的。"

35. 执法队

其实，最先走进草房子的，并不是喜娃，而是满仓营房里的兵。

先是一些军官，后来连一些士兵也悄悄去了。他们刚刚发了军饷，身上有的是钱。再说，他们迟早是要上前线的，过的是有今儿没明儿的日子，趁还活着该快活就快活，免得到时候当了童子鬼。老女人始终坐在门口，进去一个，就让他们往瓦罐里扔一块大洋。那瓦罐像个无底洞，总也填不满。老女人说："进去吧，只准挑一个，来一下，一袋烟的工夫，抓紧些，外面还有人排队等着呢。"老女人没有说错，外面确实有人排队等着呢。听着里面哼哼唧唧的呻吟声，闻到说甜不甜说咸不咸的怪味，外面的人就有些受不了了，有的就蹲在地上站不起来了。有的早早就解开了裤腰带等着。老女人说，谁想先来，多交一块钱。就有性急又舍得花钱的，往瓦罐里多扔一块钱提前进了草房子。

草房子里弥漫着乳黄色的气体，进去的人一闻到这味就情绪亢奋，不能自制，急急火火上了地铺。地铺上早有女子赤裸躺着，看样子她已经有好长时间没有穿衣裳了。穿来脱去的也太麻烦，不如省了那些繁文缛节来得实际。两张地铺都在忙碌着，欢乐的风将中间的布帘扇得像鼓涨的帆，有时这帆就掀起一角，这边的就看见了那边的，发现自己的没有人家的漂亮，觉得吃了亏，完事后仍不走，吵着要换人。老女人说，换人可以，再给一块大洋。那人就光着身子到门口往瓦罐里扔一块钱，又上了另一个地铺。接待的人多了，女子就累了，不再哼哼唧唧了，像死了一样任客人摆布。有人不满，出门时给老女人提意见:"你们是怎么做生意的?还讲不讲信誉?我在上面忙活,她在下面修指甲,还一个劲地催我快些,没一点趣味!"老女人说:"下回你来早些,她们就有劲。有了劲你就会快活的,骡子马也有乏的时候。"

草房子的生意异常火爆,但上午一般是不接客的,只有下午和晚上才做生意。上午,女人一般都在睡懒觉,为的是让昨日过分疲劳的肢体得到恢复。阳光灿烂的时候,她们也有起早的时候,披头散发懒洋洋地将被褥和草垫子抬到屋外晾晒,等到吃了午饭再收回去,草房子里就会洋溢着清新的青草气味。刚将草垫子抬出来的时候,苍蝇好奇地围拢了上来,在周围嗡嗡嗡地发表着自己的见解。草垫子抬出来时是沉重的,经太阳一暴晒,就轻多了。明媚的阳光里,能清楚地看见草垫子里有一种浑黄的气体在源源不断地升腾,又被无意的风吹散,弥漫在莫村的上空。

人们闻到了这气味,就骂:"婊子们又在晒草垫子了。"

没过多久,有些士兵的军饷就所剩无几了,到草房子去一趟钱不够,可瘾又被那些女人勾起来了,欲罢不能。后来听说村里也有这样一个女人,虽说老些,但比草房里的女人便宜,心想:管她哩,灯一吹还不一个尿样。就有两个兵在某一天夜里悄悄溜进了草姑的家。

两个兵进来的时候,草姑正在院子里乘凉,见进来两个嬉皮笑脸的兵,知道自己的麻烦来了,就顺手抓了一根木棍在手里。兵说:"兄弟照顾你的生意来了。"草姑说:"我早就不做那号事了,你们给我滚出去!"兵说:"你就别假正经了。"说着就走过来动手动脚。草姑跳起来,挥舞着木棍就打。但她怎能敌过两个身强力壮的兵,他们把草姑按倒在院子里的凉席上轮奸了……

经常光临草房子的,其实就那几个军官和他们手下的一些兵。这些人上面都有关系,有恃无恐,不怕满仓。放在别人,是绝对不敢这样明目张胆嫖娼的。尽管满仓对部队要求很严,但却拿这几个家伙一点办法也没有。满仓忧心忡忡,担心这样下去会军心涣散,便到书坊找马先生。马先生说:"你不要怕乱,大乱才能大治。你要沉住气,等那边一有消息，我们就下手……"

夜里，天奇坐在城墙上吹羌笛，看见天上有两颗最明亮的星星相撞，溅起了刺眼绚丽的光芒。他揉了揉眼睛再看，一切都已经消失了，像根本没发生过一样。他感到纳闷：这是什么征兆呢？

夜深了，书坊里还亮着灯。天奇猜想先生又在和满仓下棋。他走下城墙走出大门，金丝猴冷不丁抱住了他的腿，呜呜地哀号。莫村又要死人了，他想。他茫然地走在巷道里。巷道里没有人，连一条狗也没有。贵生的棺材铺里灯火通明，传出叮叮当当的斧凿之声。狗日的贵生，比猴还精！

不知不觉，天奇走进了书坊。先生的屋门关着，他轻轻推了推没有推开。他绕到窗下，透过窗户上的纸洞，看见马先生和满仓没有下棋，他们正在和一伙人说话。保长来福也在里面，还有几个他不认识的穿着军装的陌生人，大概是满仓的部下吧。

马先生说："胡宗南调兵遣将准备进攻陕北，中央指示我们要密切注意动向，及时报告情况，做好打大仗打恶仗的准备。满仓你的队伍很可能就在这一两天接到胡宗南的命令，第一批开赴陕北。起义的时机已经成熟，我们不能再等了，明天就动手！我们要给胡宗南迎头一棒，先挫了他的锐气，再迂回到他的背后，配合大部队进行反攻。我已经向西北局请示过了，中央对这次行动十分关注，要求我们万无一失。"他从怀里掏出一条白绫子，递给满仓，说："这是上面的密信，你先看看吧。"

满仓接过白绫子仔细看了一遍，说："这下，我心里就踏实了。好，我们明天就起义！"

马先生说："下面，我们具体商量一下起义的方案。大体有十条：第一，起义日期定在×月×日，也就是明天上午。第二，起义部队番号定为西北民主联军骑兵第×师。番号之所以这样定，是因为胡宗南以前怕你们势力扩大不好控制，将你们原先的一个师改成了现在的一个团，党中央从斗争策略和当前的形势考虑，决定恢复原来的建制，有意气气胡宗南。第三，起义后部队要迅速建立党组织，以目前部队里的地下党员为主体，再吸收一些可靠的同志加入进来。满仓你先拿个方案，然后报西北局批准。第四，起义后要重新任用一批干部，以原队伍里可靠的军官为主，过几天西北局还会专门派一些同志来，充实干部队伍……第六，起义的口号为'打过渭河去，驱逐胡宗南'。第七，处决反动军官。在这一点上尤其要谨慎从事，这些家伙手下都有一帮子人，收拾他们要有充分的理由，要让其他官兵口服心服，否则会引起混乱。满仓，你就按以前我们商定的方案行动吧……"

天奇正听着，突然有人从身后拦腰抱住了他，堵住了他的嘴，像捉小鸡一样把他提溜到屋里，说："这家伙在窗外偷听呢。"一把冰冷的刀就架在了他的脖子上。马先生见是天奇，说："没事的，放了他吧。他是个哑巴，不会坏事的。"那人这才收起刀，放了天奇。

鸡叫头遍的时候，满仓派人到草房子抓来了三个女人。马先生十分严肃地和她们谈了话，最后说："事情办完后，我们就放你们回家去。以后不要再出来干这号事了。"

满仓吓唬她们："到时候你们要是胡说，我就一枪崩了你们！"

老女人忙说："长官放心，我们一定按你们吩咐的说……"

太阳出来的时候，乱石滩里响起了紧急集合的哨声，兵营里一阵混乱。满仓铁青着脸，早已像钉子一样站在了河滩里。值星官尖着嗓子整理好队伍，跑过来向他报告。满仓发出指令：军官和士兵分开列队，统统向后转。值星官重新整理好队伍，等候团长训话。满仓没有像往常一样站在队伍前面训话，而是一言不发地站在队伍后面去了。官兵们不知道团长要干什么，心里七上八下，惶恐不安。

乱石滩死一样寂静，能听见早晨的阳光在空气里流动的声音和刚刚苏醒的秋虫在石缝里爬动的声音。若是闭上眼睛，谁也不会相信这里站了上千人的队伍。太阳在一点一点地向上爬，像是在努力伸长脖子看看这里到底要发生什么事。

这时，莫村方向有十几个人朝这边走来。由于是逆光，一时还看不清来人的面孔。他们头上蓬松着新鲜的阳光，那阳光像水一样从头顶一直流淌下去，勾勒出他们的轮廓。从身材和走路的姿势判断，其中有三个女人。等走近了，官兵们才认出是草房子里的三个女人，还有押解她们的执法队的士兵。队伍哗地骚动起来了，不知道那三个女人这时候来要干什么。但有人还是闻到了死亡的气息，这气息，是执法队的人带来的。骚动的队伍迅即又恢复了原有的安静。

执法队的人走到队伍跟前，迅速分成两组，一组押着老女人走到军官队列前，一组押着两个年轻女子走到士兵队列前，然后他们站定，跨立在那里，表情异常严肃冷酷。

老女人开始在军官队列前巡视，若是队伍后面的满仓没有任何表示，她就会走到下一个军官面前；若是满仓朝她轻点一下头，她就会用手指指那个军官。执法队的人就立即把那军官拉出队伍，当即下了他的枪。然后是第二个，第三个……

有些军官醒悟过来了，跳起脚来叫骂："臭婊子，你认准了！老子连你草房子的门往哪儿开都不知道，你竟敢诬陷老子！"又扭头冲满仓喊："团长，我冤枉啊，你不能相信这婊子……"

满仓脸上没有任何表情。

最后一个军官被拉出队列时，大声叫喊："这是阴谋！满仓你狗日的想杀就杀，何必用这种卑鄙的手段！我操你八辈祖宗！……"但他的嘴很快就被执法队的人堵上了。

被老女人指认出来的军官，已经被执法队的人五花大绑绑起来，推到了一个低洼处。他们在等待团长的命令。

满仓这才说了这天早上的第一句话："开始吧。"

执法队的人迅速站成一排，动作整齐地举起枪瞄准了面前的活靶子。即将被处决的军官们，有人苦苦哀求，有人破口大骂，有人早已瘫软在地上。

执法队队长举起右手："预备——"然后用力往下一劈："放！"

那些军官像一袋袋粮食一样栽倒在地，怕冷似的蜷曲在血泊里。

满仓对执法队队长说："给他们每人买一口棺材，把他们好好掩埋了，也算他们没白跟我一场。"

同时，两个年轻女子也指认出了十几个士兵。看到倒在血泊中的

军官,这些士兵极度恐慌,面如土色,纷纷跪在地上求饶:"我们不敢了,团长饶了我们吧,不要杀我们……"

满仓走过去,一脚踢翻一个士兵,骂道:"看看你们的尿样,吃喝嫖赌无恶不作,哪儿还像个军人!不惩治你们,难以稳定军心。来呀,每人打二十军棍,赶出军营!"

执法队的人将十几个士兵按倒在沙石地上,每人赏了二十军棍,让他们滚蛋了。三个女人也被放走了。

之后,满仓开始站在队伍前面训话:"兄弟们,刚才处置的这些人都是我们中间的败类,这事与你们无关,大家不要害怕。现在我要说的是,我们这个舅舅不疼姥姥不爱的杂牌部队今后该咋办。老蒋和胡宗南克扣我们的军饷和军需物资,对我们另眼看待,打仗时又把我们往前推,想让我们当替死鬼,这不是欺负人嘛!我们不能再给他们卖命了,我们要武装起义!愿意跟我一起起义的就留下来,不愿意的我也绝不勉强,现在就可以走人。谁想走现在就放下枪,离开队伍。"

没人吭声,也没人走。队伍里鸦雀无声。

过了片刻,队伍里响起一个苍老的声音:"团长,我不是不想跟你起义,打了十几年的仗,一听到枪响我就头疼,我已经厌烦了,不想再打仗了。对不住了团长,我想回去伺候我八十岁的老娘……"

满仓说:"那你就走吧。"

队伍里走出一个老兵。老兵比满仓的岁数还大,满脸胡楂子,背已经明显有些驼了。他把枪放在地上,向团长敬了最后一个军礼,说:"我相信团长不会从我后面开枪的。"

"放心走吧。"满仓说,"军需官,给他两块大洋作路费。"

老兵从军需官那里接过两块大洋,头也不回地走了。

接下来,又有三个士兵走了。

满仓问:"还有没有要走的?"

又有两个士兵迟疑地走了。其中一个走出不远又折了回来,说:"团长,我不走了,我要留下来跟你起义。"遂从地上捡起自己的枪回到队列里去了。之后,再也没有人走了。

满仓说:"从现在起,我们就是共产党的队伍了。现在我宣布起义……"

起义军浩浩荡荡开进了古川县城,国民党守军还没有弄明白是怎么回事,起义军就以迅雷不及掩耳之势占领了县城。但是不久,国民党的大部队来了,收复了古川县县城,起义军转移到陕北去了……

半月后的一天夜里,马先生悄悄回到了莫村。马先生直接走进莫家大院,莫鹏举热情地接待了马先生。两人寒暄了一阵,马先生将自己的真实身份告诉了莫鹏举。其实,他的身份在策动满仓起义后就已经暴露了。马先生说:"我们组织上有纪律,一直瞒着你,你可不要见怪啊。"

"先生不用说了,凡事都有个规矩,这个我懂。其实,我早就看出你不是寻常之人,但没有想到你会是共产党。"莫鹏举摇头笑着说,"共产党就是厉害,在眼皮底下待了这么多年我硬是没看出来。共产党里有先生这样的能人,将来一定能成大事!"

马先生说:"我今天回来,是特意向老爷辞行的。我再待在莫村会给你添乱的。"

"我就知道你迟早是要离开莫村的,你干的是大事,比教书重要。只可惜我们莫家少了一个好教书先生,我少了一个好帮手。"

"等革命成功了,我回来在莫村办个大学堂。"

莫鹏举认真地说:"一言为定!"

马先生说:"一言为定!"

从莫家大院出来,马先生将来福和几个地下党员召集到书坊,开了一个秘密会议。马先生说:"敌人已经开始向陕北解放区进攻了,地方武装也在到处搜捕我们的同志,形势非常严峻!上级决定让我马上转移。你们的身份还没有暴露,要留下来继续坚持斗争,日后党会派人主动与你们联系的。要记住,组织没有让你们公开身份之前,你们千万不能暴露,这是党的纪律……"

开完会,来福和那几个人分头消失在漆黑的巷道里。马先生收拾好了行装，也准备离开书坊，却被梅香挡在了门口。

"你不打一声招呼，就这么走了？"梅香走进屋坐在了炕沿上。

马先生惊讶地问："你怎么来了？"

"我来送送你。我要不来，恐怕永远也见不到你了。"梅香眼睛里闪着泪花，"我就那么令你讨厌，让你走也不想打声招呼？"

马先生只好放下包袱，坐在梅香身边："我刚才上你家去了，太晚了，就没有打扰你。"

梅香的一双泪眼望着马先生："你这一走，还回来吗？"

"回来，肯定回来！"

"你骗人，你肯定不回来了！你是因为我才要离开的吗？"

"不是因为你。实话告诉你，我是为革命而来，也是为革命而去。"马先生安慰梅香，"等革命胜利了，我回来还给你当先生，好吗？"

"我有个预感，你这一走我们就再也不会见面了。"梅香的眼泪唰唰地流了下来，她低头小声说："你能抱抱我吗？"

马先生沉默了，他想起了梅香脱光了衣裳躺在他被窝里的那一夜，心里哆嗦了一下，说："不能，我不能……"

"只抱一会儿，我求你了！"梅香低声哭泣着，"从来没有谁像你对我这么好……我想让你抱抱也不行吗？"

马先生被眼前这个纯真女孩的哭声打动了，他伸出双臂，将她紧紧地搂在怀里。他何尝不喜欢这个女孩啊，他多像自己的女儿呀！他抱着她，抚摸着她的长发，动情地说："我一直把你当作我的女儿。她要还活着的话，肯定跟你长得一模一样……"

梅香从来没有听先生说过他有一个女儿，吃惊地问："你的女儿？她在哪儿？"

"我也不知道她在哪儿。"马先生说，"二十年前，在躲避国民党特务的追捕中，我和妻子祝雪走散了，她把女儿送了人。后来她被特务杀害了……我告诉你，我不姓马，姓冯，我的真名叫冯俊山……"

"你的命可真苦啊！"梅香将冯俊山抱得更紧了。

鸡已经叫过二遍了，天就要亮了。

冯俊山说："我该走了。"

梅香还是紧紧地抱着冯俊山不撒手："我不要你走！你再抱抱我……"梅香不停地哭泣，好像这是他们的诀别。

天麻麻亮，冯俊山准备离开书坊。可是已经晚了，国军已经包围了村子。冯俊山知道他们是来抓他的，便先让梅香回家。梅香不回，说："我要跟你在一起。"冯俊山说："你别傻了，你在这里目标更大，我更危险。"梅香只好回了家。冯俊山在书坊暂时隐蔽了起来。

天大亮后，城外的国军拥进了城。莫鹏举站在巷道中央拦住了国军的去路。刚才女儿梅香悄悄告诉他，国军是来抓马先生的，他现在就藏在书坊里。马先生是他的救命恩人，他要想办法保护马先生。他冷静地问："你们要干啥？我是村里管事的，有啥事跟我说！"

村里人都站在巷道两旁，神色紧张地望着他们的大掌柜，看他能否像几十年前阻拦"白狼"一样阻拦住国军。来福也站在人群里，几次想走出来，都被他旁边的人拽住了衣袖。

国军里一个军官说："我们正在捉拿共产党古川县委书记冯俊山，他以前就在你们村里教书，有人昨晚看见他回来了。"

莫鹏举说："我们这里没有叫冯俊山的，只有一个马先生。不过，他早就走了。"

"马先生就是冯俊山，你赶快把他交出来吧，省得大家都麻烦！"

"我说了，他已经走了。"莫鹏举说。

"你不交人是吧？那好，手榴弹会让你开口的。"

军官让士兵将几个手榴弹捆在一起，然后拉燃引信，扔进村头一户人家，只听轰的一声，屋里的门窗就被炸飞了。

那家人哭喊着："天哪，我的房子！"

"你不是村里管事的嘛，我一家一家地这么炸下去，看你这管事的还咋管事！"军官对他的士兵说："炸，接着炸！"

士兵们又扔了一捆手榴弹，一户人家的屋子又上了天。

莫鹏举脸上的冷汗出来了。

军官命令："继续炸!"

士兵们捆好了一捆手榴弹,准备扔进第三户人家。

"住手!"冯俊山大喊一声,从人群里走了出来……

乱石滩里围了一圈手持卡宾枪的士兵。冯俊山站在一个刚刚挖好的齐肩深的土坑里,被士兵们一点一点埋着。冯俊山脸色紫青,嘴唇紧闭,自始至终没有说一句话。土埋到了冯俊山的脖子,军官挥手阻止了士兵,然后命令十几个兵骑着高头大马在包围圈里驰骋。不大工夫,冯俊山的头就被马蹄踩得血肉模糊……

这个惨烈的场面,莫村人都亲眼看到了。站在人群里的梅香惊叫一声昏了过去……

36. 沉重的自鸣钟

夜里，天奇梦见了两只鞋。

太婆说过，梦见鞋是要死亲人的。天奇不知道莫家谁又要死了。第二天一爬上城墙，他就把梦里的事忘得一干二净了。

城墙上的那块石头，已经被天奇磨得十分光滑，中间明显地凹陷了下去，刚好容纳他的屁股。初春时节，树叶绿草还没有生长出来，城外没有风景可看。但有一种风景，像万花筒一样在眼前源源不断地流动，那是往北方流水一样涌去的队伍。无边无际的尘埃，使得田野和村庄变成了土黄色。公鸡躁动不安地在屋脊上走来走去，在那里留下了零乱而清晰的"个"字。

半个月后，官路上的队伍明显减少了。奇怪的是，北方一直没有响起枪声，好像开过去的队伍被大地吸纳了去，一下子消失得无影无踪。这种莫名其妙的暂时的寂静，更让莫村人恐惧。

莫鹏举并不在意北方的战事，他关心的是另一场战争。

冯俊山悲惨的死，让莫鹏举强烈地感受到拥有一支强大的武装力量是多么的重要。如果他的手里有一支比国军更加强大的队伍，那么就不会眼睁睁地看着人家把冯俊山活埋了。那是一个多么智慧、多么好的教书先生啊！可是，他不可能拥有那样一支队伍。了不起的共产党也没有那样的队伍。但他还是在国军走后及时扩充了家丁队伍，并让全村的男人都做好了一切应战的准备。对付不了正规的军队，但他自信能够对付自己的仇人。他耐心地等待仇人们的到来。

可是不知为什么，桃花沟的人和老六却一直没有露面。也许他们正在酝酿更大的阴谋。他们有再大的阴谋他也不怕。现在的莫村又恢复到了满仓回来以前的状况，他通过惩治光棍喜娃，通过勇敢地保护教书先生冯俊山，已经在村里重新树立起了莫氏家族大掌柜的威望，将全村人的心又收拢在了一起，拧成了一股粗壮的绳。这个时候仇人们要是来了，只能是自取灭亡。他不想主动进攻别人，可不等于放弃一切防守，束手等待别人来宰割。他要重振莫氏家族，让莫村重新强大起来，去面对自己的敌人。现在，他已经把莫村城变成了一个无形的大口袋，时刻等待仇人们的到来。

这天黄昏，莫鹏举在巷道上碰到了草姑。草姑手里提了几包中药从他面前走过，看也没看他一眼，这极大地挫伤了他的自尊心。但他知道自己欠这个女人的太多，她有理由这样做，心里又释然了。他想说点什么，可终于没有开口，干咳了两声就走了过去。

草姑确实不想理莫鹏举，甚至看到他都感到厌恶。她刚从美原镇药铺抓药回来。她染上了一种难言的疾病。那三个该死的妓女将疾病传染给了满仓的兵，那两个兵又传染给了她。一连两个月，她每隔三天就要到药铺去抓几服药回来，早上晚上都熬一锅药汤，坐在木盆里搓洗下身。先生说一个月就好了，可是现在已经两个月了仍不见好。她的下身像有一道暗流，终日潺潺流出许多鼻涕状的脓水，而且瘙痒难忍。用手一抓挠，指甲缝里就带出些活物，仔细一看，竟是白蛆。她的眼泪哗哗地流淌，知道自己得了不治之症，快要死了。她牵挂女儿小琴，不想马上就死，坚持天天用药汤泡洗。她感到病情越来越严重，知道自己没有几天活头了。

这时候，她想得最多的是最爱的人和最恨的人。她唯一丢不下的是女儿小琴。小琴和黑蛋私奔后一直杳无音信，临死前要是能见上女儿一面，她就满足了。刘亚民最近回来过几回，但她死活不让他上炕，硬是把他从门里赶了出去。刘亚民很纳闷，也很生气，拉着个黑脸悻悻地走了。他一走，她就把自己关在屋里一个人哭泣。她想他，盼他，可他真的来了，她又不能留他。她不能害他呀！看着他生气离开的样子，她感到撕心裂肺的痛。她不想让他误解她，可是她能对他说出缘由吗？她恨莫鹏举。是他把她变成了一个不贞洁的女人，让她生下了小琴，又翻脸不认她们母女；是他把痛苦和不幸留给了她，而自己却过着滋润的日子，在人前人模狗样地走动。她屈辱的一生是他一手造成的。她恨他！她不甘心，她要报复，她要用女人的办法报复这个曾经爱过现在又恨之入骨的男人！

这么想着，她停下了脚步，调整了心态，脸上迅即溢出了笑容。她叫住了莫鹏举："我当是谁呢，原来是叔呀，你看上去倒比以前精神多了。"

莫鹏举说："是草姑呀，我也没认出你来。"

"叔呀，你有十几年没有到我屋里去了，要是不忙就去坐坐。"

莫鹏举没有想到她会邀请他，一时不知如何是好。

草姑说："咋，嫌我屋里脏？"

莫鹏举不好意思地说："看你说的……"

草姑满脸真诚地说："不嫌就跟我走，我还有话给你说呢。"

莫鹏举只好硬着头皮跟着草姑走了。刚才还满巷道的夕阳，说话间已被拉网似的收在了西天边上，闪耀着不再辉煌的光芒。莫鹏举一踏进草姑的家门，天唿地就黑了，白天好像被他这一脚踏没了。

屋里很黑，有一股浓重的草药味儿。

莫鹏举问："你得了啥病，药味这么重？"

草姑轻描淡写地说："有点伤风感冒，吃几服中药就好了。"

他的脚下被什么东西绊了一下几乎摔倒，她忙扶住他，顺势就倒在了他的怀里。他想推开她，又觉得不妥，只好像捧着一件易碎的东西半拥着她。她像蛇一样在他怀里扭来扭去："叔呀，你好狠心啊！这么多年也不来找我！你不想我，我还想你哩……"说着就开始在他身上摸索，轻易就抓住了要害。他的情绪一下子被调动起来，身上燥热难忍，但他还是忍住了，拿开了她的手："不敢这样……"她固执地又一次抓牢他，揉搓着说："又不是头一回，叔还害羞呢。叔你真行，这么大岁数了，还这么硬……"边说边把他往里屋炕上拉。

两人跌跌撞撞上了炕，胡乱脱了衣裤，草姑翻身骑在了莫鹏举的身上。"好我的叔呢,你让我想得好苦!我见过那么多男人,可心里还是觉得叔最好,你让侄媳妇吃了上顿想下顿哩,可你丢下我就不管了……"草姑一边忙活一边说,"我为了养活你的女儿,当了一个不要脸的女人,饿死我的儿子,你让我一个寡妇还要咋样……我恨你哩,叔啊……"说着眼泪就唰唰地流了下来,落雨似的掉在莫鹏举火烫的身上。她始终没有停止动作,疯狂地起伏着,两只软塌塌的奶子啪啪地拍打着胸腔。莫鹏举像掉进了汪洋大海,问她:"咋这么多水?"草姑说:"水多还不好啊?水多才舒服哩……"

黑暗中,脓水顺着炕席流到了脚地,又像迟钝的蛇一样钻出门槛,爬行到院子里,流到了巷道里……

城外的队伍突然之间又多了起来,都是往南撤的国军。莫老爷让家丁紧关城门,禁止村民出入,防止过路的队伍进城来骚扰。清明前后落了一场透雨。俗话说,清明一场雨,胜似中个举。清明前后,种瓜点豆。男人们在城里窝久了,有些坐不住了,想出城去种瓜点豆。保长来福拦住说:到底是种瓜点豆重要还是命重要?男人们急得在巷道里打转,骂道:这狗日的仗啥时候才能打完!

这天夜里,北边泥泞的官路上来了一男一女,径直走到城门口,双手拍打着笨重的门环。

城上的家丁端着枪问:"你们是谁?想干啥?"

女人说:"我是水仙呀,快开门让我们进去!"

守城的家丁急忙跑回去报告老爷。老爷一听是兄弟鹏祥回来了,急忙让家丁打开了城门。可是,走进莫家大院的不是莫鹏祥,而是副官和水仙。

莫鹏举问:"我兄弟呢?"

这一问,水仙便哭了:"大哥呀,鹏祥让共军打死了……"

副官到底是男人,比水仙冷静了许多,他告诉莫老爷说:"六天前,我们在安塞青化砭中了共军的埋伏,队伍全部被打散了,死了三千多人。师长的头被一颗炸弹炸飞了,我和太太好不容易才找到……

我们死里逃生才跑了回来……"说着从身后的黄背包里取出一个帆布包袱，放在桌子上，打开来让莫鹏举看。

莫鹏举走近一看，果真是他兄弟的头颅。那头颅已经高度腐烂，口鼻里灌满了沙土，一股恶臭扑面而来。莫鹏举啊呀一声，几乎跌倒，管家忙从后面扶住。

莫鹏举对管家说："鹏祥英武了一辈子，我们不能委屈了他，要让他风风光光地走。你去棺材铺买口最好的棺材，准备抬埋二爷吧。"

很快，管家就让人抬来了棺材。这是一口上好的柏木棺材，一头刻有寿字，一头雕有九龙穿云的图案，已经上过九道油漆了，通体黑光油亮，能照见人影。这口棺材贵生已经做好三年了，因为要价昂贵，一直无人问津。现在正好派上了用场，倒好像是专门为莫鹏祥预备的。只可惜这么好的棺材，里面只装了一颗人头。

灵堂设在莫家大院，老槐树上挂满了白绫。天奇、梅香、柳儿、麦花等小字辈和水仙，跪坐在灵柩两旁的麦草上守灵。天奇看见婶子将口水偷偷抹在眼睛上充当眼泪，他还看见婶子在没人注意的时候，对着油黑光亮的棺材整理自己的头发。

副官为了表达对师长的哀思，在灵堂前挥毫写下了一首诗，盖在棺木上。人们围过去一看，只见上面写着：

> 莫村同悲咽，
> 老酒奠灵前。
> 二目双流泪，
> 死去不复还。
> 得失兵家事，
> 好名天下传。

前来祭奠的人都说是首好诗。只有天奇一个人看出了其中的奥秘，知道那是一首藏头诗。若将诗里每一句的头一个字连在一起，就是"莫老二死得好"。

出殡那天，天奇作为莫家唯一的男孝子，在村口为叔叔摔了纸盆。天奇扶着灵柩往坟地里走的时候，听见叔叔的头颅一路上不停地在棺材里骨碌碌地滚动，心想，叔叔忙碌了一辈子，死了也不闲着。

埋葬了叔叔，回来的路上，天奇闻到了奇异的荞麦花香。还不到时令，哪来的荞麦花？他想，准是太婆又在翻看党项秘籍了。

天奇推开太婆的屋门，果然有一股浓得化不开的荞麦香扑面而来，差点把他熏倒，他踉跄了一下才站稳了脚跟。太婆的耳朵好像已经聋了，根本就没有听见有人走进来。看样子，也没人将莫鹏祥的死讯告诉太婆，她还不知道人们已经掩埋了他的另一个孙子。太婆跟她屋里的自鸣钟一样，变成了莫家大院里的一件老摆设，早已经被人遗忘了。一柱阳光从窗户的破洞里流泻进来，铺陈在炕席上，像刚刚熔化了的一摊金水。党项秘籍就漂浮在这金水上。

太婆头也不抬地说："你来了，我正等你哩。把门关上，我有话对你说。"天奇并没有感到吃惊。在太婆身上什么事情都有可能发生。奇怪的是，太婆今天没有咯嘣嘣地咀嚼核桃。他回身关了屋门，然后直直地站在炕前，等待太婆说点什么。太婆说："把你二叔埋了？"没等天奇反应，又说："死就死吧，人都是要死的，早死比晚死好。莫家就天奇娃孝顺，没忘了来看太婆。你来得正是时候，再不来怕就见不到太婆了。"太婆低着头，天奇看不见她的嘴在动，只听见她的声音在屋子里回旋，像冬天里从窗破洞里溜进来的风，没遮没拦。太婆像是在对炕席说话："我们莫氏家族原本不姓莫，而是姓党，我们的祖先是党项羌人。"太婆指着阳光下的党项秘籍说："你看，这里有详细记载呢。太婆眼花了，看不清了，你自己看吧。"天奇俯身去看，上面果然有记载——

党项羌人在对宋的连年征战中，建立了西夏王朝。元昊称帝，国号大夏，下辖二十二个州。传十代，一百八十多年后，不可一世的成吉思汗先后对西夏国发动了七次规模空前的战争。最后一次，蒙古大军浩浩荡荡穿越沙漠，连续攻下了沙坨、下应理、灵州，最后包围了西夏国都兴庆府。出乎成吉思汗意料的是，他们在这里遇到了前所未有的抵抗。蒙古军日夜攻城，血流成河，伤亡惨重，尸骨堆积成山，半年后还是没有攻下都城。成吉思汗病死在城外，死后留下遗言，秘不发丧，等攻下西夏国都后再埋葬他。后来发生了地震，城墙塌陷，蒙古军趁机攻进城去，西夏灭亡了。侥幸活下来的党项羌人，从军的从军，逃亡的逃亡。他们怕蒙古军追杀，不敢称自己是党项羌人，胡乱起个姓氏隐蔽在汉人之中。从此，党项羌这个民族就永远地消失了。党项羌人最大的两个分支，一支迁徙到四川岷江上游九寨沟一带，另一支从敦煌迁徙到了陕北、关中一带。当时，莫氏家族的先人，从敦煌党河流域准备再次迁徙时，颇费了一番心思。往东北方向吧，那里是蒙古人的领地，不能去；往西北方向吧，不远就是玉门关，'羌笛何须怨杨柳，春风不度玉门关'，连春风都不去的鬼地方，也不能去；往西南方向吧，又是阳关，'西出阳关无故人''绝域阳关道，胡沙与塞尘'，也不是可去之处。所以，只有往东迁徙了。祖先们顺着古丝绸之路一路东行，走到了陕北神木沟，后来又到了关中渭北万斛山下的莫村。先人刚到莫村时，这里还是一片不毛之地，并不叫莫村。先人们从万斛山上采来大块石头，凿成石磨，开办了磨坊，以替人磨面为生。时间长了，周围村寨的人就把这里叫"磨村"了。磨村磨村地叫着，不知何年何月就叫成了"莫村"。后来，外乡人都以为莫村的人都姓莫，莫村人也将错就错，真的就姓了"莫"。还有一种说法：很多年以前，有个姓莫的将军为了保卫村子战死在了这里，村里人为了纪念他将村子叫了"莫村"，全村人也跟着姓了莫。后来先人们几次想将莫姓改为党姓，但因为皇帝赐了一块"莫祠"金匾，这姓就像铁板钉钉更不能更改了，只好这样延续下来。

天奇正看着，太婆伸手合上了党项秘籍，说："娃呀，你的身上流着党项羌人的血啊！"接着，太婆又唠唠叨叨说了许多话。天奇已经晕晕乎乎的了，不知道她在唠叨些什么，只觉得太婆的声音阴冷而空洞，像是从坟墓里飘散出来的。

后来，太婆将迷迷糊糊的天奇拉坐在身边。太婆的手冰冷，她掰开天奇的手，在他的手心里放了一把玉米豆样的东西，然后把他的手掌合上。天奇脑子像打开了一扇窗户一样一下子清醒了，他展开手掌一看，竟是一把牙齿，数了数共有十二颗。天奇再抬头看太婆时，发现她的牙齿不知何时已经脱落，难怪她说话时嘴像个风洞。

太婆说："你去把它埋在院墙脚吧。"

天奇刚要走，太婆又叫住他："不是现在，等夜深人静的时候再埋。埋得不能太深也不能太浅，刚好一尺才行。一个月后，墙脚就会长出紫色的小花，不多不少刚好十二朵。"

太婆收起党项秘籍，用一块黄绸布包好，交给天奇，说："等墙脚长出十二朵紫色的小花，你将它们采下来，分开来夹在党项秘籍里面，然后找一个隐秘的地方藏起来，两年内不要动它。在这期间谁翻看了它，谁就会死的。记下了？"

天奇不知太婆说的是真是假，但他还是认真地点了点头，将太婆的牙齿和党项秘籍庄重地揣进了怀里。太婆嘘了一口长气，仿佛完成了一件大事似的。天奇看见一丝紫色的冷气从太婆的嘴里溜走了。

太婆说："我就要死了……"

二叔已经死了，现在太婆又说要死了。天奇想起了那天夜里梦见的两只鞋，心想，梦里的事还真的应验了。鼻子一阵发酸，胸中塞满了悲伤，但他没有哭。

太婆好像累了，无力地摆了摆手："你走吧，我要歇息了。"

天奇从太婆屋里出来，藏好了书，独自走上城墙，坐在那块石头上，将手伸进衣兜里数着那十二颗牙齿。他想等天黑严实后，再按太婆的吩咐，悄悄将这牙齿掩埋在院墙脚去。望着远方，他的眼前由空无渐渐变得清晰起来，奇妙地浮现出一地荞麦花，花香像阳光一样弥漫了田野，蝴蝶在那里轻盈地飞舞。他摸出羊骨羌笛，忧伤地吹奏起来。他看见笛声像蝴蝶一样在花丛中飞舞，看见党项羌人迁徙的驼队从遥远的西夏走来，听到了梦幻般的驼铃声……

吃罢午饭，水仙坐在饭桌前没动，用眼角偷看了几次莫鹏举，最后才鼓起勇气说："大哥，我该走了。"

莫鹏举正在剔牙，问："走？上哪儿？"

水仙不自然地扭动了一下身子："鹏祥不在了，我住在这里会给大哥添麻烦的，我想回娘家去住。"

莫鹏举知道这女人迟早是要走的，但他没有想到她会这么快提出来。毕竟鹏祥早上才刚刚入土，她不应该这么快就要走。他想说等鹏祥过了七七再走吧，可是还没等他开口，水仙又说："我知道大哥会说我绝情，想让我在这里多陪他几天。可我已经陪他走南闯北十几年了，如今他死了，啥也不知道了，再陪他还有啥意思呢？我在这里多待一天就会伤心一天，还不如走远些好……"说着眼圈就红了，想哭的样子。

莫鹏举顿生怜悯之情，说："走就走吧。你和鹏祥夫妻一场，有啥要求千万别客气，尽管提出来，莫家不会亏待你的。"

水仙擦了一把泪水，说："人都没有了，要东西有啥用。他在世的时候我没有要过家里的一针一线，现在他不在了，我更不会要家里的东西了。"

这话说得莫鹏举倒有些不好意思起来："我不是那个意思，我是担心你一个女人家，没有了鹏祥日子不好过……"

水仙说："大哥放心，我娘家还算富裕，不会饿着我的。不过，我只想要一样东西。"

莫鹏举慷慨地说："想要啥，你尽管说。"

水仙脸红了："我想带走自鸣钟。"

莫鹏举一愣："自鸣钟？"

水仙提醒说："就是十几年前我们送给婆的那个自鸣钟。"

莫鹏举恍然大悟，噢了一声。

水仙说："这自鸣钟是鹏祥留在世上的唯一念物，我想做个纪念……"

莫鹏举说："你要不嫌累赘，就带上吧。"

次日早上，水仙和副官就要走了。马车已经套好了，在门口等着。莫家所有的人都站在院子里，准备为他们送行。

管家问老爷："抬自鸣钟的时候，要不要给婆说一声？"

老爷说："不用了，她已经老糊涂了，你们抬就是了。"

管家就领着家丁走进太婆屋子抬自鸣钟。自鸣钟太重，四个家丁费了好大劲才将它抬了出来。刚走到当院，好几年都不响了的自鸣钟，这时却突然当当响了起来。家丁吓了一跳，手一松，自鸣钟哗啦一声摔在地上。腐朽的底座顿时散了架，里面哗啦倒出一地黄灿灿的东西。

"金条！妈呀，这么多金条！！"

在场的人全都惊呆了。

水仙脸色煞白，急忙扑过去护住金条，眼睛里流泻出贪婪惊恐的光芒。副官麻利地掏出手枪，迅速后退半步，做出了应战的准备。家丁们手里的家伙也哗啦上了膛，把副官和水仙围住了。

莫鹏举看也不看副官，对水仙冷冷地说："我就说你要这破自鸣钟干啥，原来里面还有这么多名堂哩。"

水仙跪在地上，可怜兮兮地仰望着莫鹏举，嘴唇哆嗦着说："大哥，我不是有意要骗你的，这是鹏祥和我一生的积蓄……他嫌打仗带着不方便才放在家里的……大哥呀，你就让我带走吧……"说着，泪水就唰唰地流了下来。

三太太鼻子里哼了一声："老二是莫家的人，死了进的是莫家的祖坟，他的东西咋能让你一个外姓女人带走？你人可以走，东西得留下！"

水仙乞求道："大哥大嫂，鹏祥死了，我啥也没有了，你们就让我带走吧……"

莫鹏举说："你想带走给我明说就是了，何必耍这样的手段！"

"我怕你们不放我走……"

莫鹏举冷笑了一声，说："你小看我了，为了这几根金条我还不至于和你一个女人过不去。"他用冷峻的目光瞥了一眼副官，厉声道："一家人犯不着动刀动枪的，都把枪给我收起来！"

家丁们忙收起了枪。副官不好意思地将枪插回枪套，低下了头。

莫鹏举对水仙说："你起来吧！东西是你的，我一分一厘也不会要，你就带上它放心大胆地走吧。"又对管家说："你去到贵生那里买口棺材来。"

水仙刚放下的心又提了起来，看了一眼副官，以为莫鹏举要对副官下手，忙说："大哥，这事不怪他，是我的主意，你不能……"

莫鹏举说："棺材不是装人的，是装金条的。用棺材装了金条，你们走在路上就不会引起别人的怀疑。"

副官很尴尬，小声说："还是老爷想得周到。"

水仙感激涕零："大哥真是好人……"

三太太不满地说："不能让他们带走！起码留下一半……"

莫鹏举说："我还没死呢，莫家的事还轮不到你说话！"

三太太刚要发作，见莫鹏举给她递了个眼色，心里就明白了七八分，故意气哼哼地转身回了屋。

棺材很快就抬来了。莫鹏举亲自看着管家将金条装了进去，然后盖上了棺盖，钉上了钉子，装到了门口的马车上。

副官向莫鹏举告辞："我会将嫂夫人一直护送到家的，老爷你就放心吧。"

莫鹏举拱手相送："水仙就拜托你了。你们一路走好啊，我就不远送了，让管家和几个家丁送你们一程吧。"

管家和三个家丁早已换好了丧服，站在了马车旁。副官想说什么，又难以启齿的样子，终于没有说出来。一行人出殡似的出了城门……

半夜时分，管家和家丁们回来了。那口棺材原封未动地被抬进了莫家大院。

老爷问："拾掇了？"

管家说："干净利索，没有留下一点痕迹！"

老爷说："干得好！我早就看出这一对狗男女不对劲。现在好了，事情解决了。我不能让他们带走我兄弟一生的积蓄，更不能让我的兄弟躺在棺材里还一直戴着绿帽子！"

次日早上，一个丫鬟端着洗脸水走进太婆的屋子，惊奇地发现太婆不见了，手里的洗脸盆当啷一声掉在了地上，失急慌忙地跑出屋子大声地喊叫:"太婆不见了——"

这时,阳光刚刚爬上屋脊,莫鹏举正在喝每天早上的第一壶茶,听到丫鬟的惊叫,急忙跑出来问:"太婆咋了?"

丫鬟战战兢兢地说:"太婆不见了……"

莫鹏举不相信,太婆已经半年没有下炕了,屙屎尿尿都是在炕上,她能上哪儿去呢?他跑进太婆的屋子去看,里面果然没人。

丫鬟扑通跪倒在地:"老爷,您不能怪我,是太婆不让我夜里陪她睡的,昨夜我走之前她还好好地坐在炕上……"

老爷没有理识丫鬟,转身对刚刚跑到跟前的管家说:"婆不见了,赶快派人找!"

管家不敢怠慢,领着下人们前院后院城里城外地寻找,莫鹏举也跟着到处找。找来找去,也没有找到太婆的踪影。村里人听说太婆不见了,一起帮着寻找。可是直到天黑,一村的人也没有找到一个老得不能走路的太婆。

村里人说,太婆活成神仙了,可能升天了,飞到天宫里享福去了。有人说得更玄,说他早上起来上茅房,看见一个白乎乎的东西从莫家大院上空飞走了,那东西飞离屋顶的时候,发出了一声好听的鸣叫,像是白鹤的叫声……

最后,人们一致认为:太婆已经变成一只白鹤,飞走了。

更让莫村人惊异的是,太婆失踪后,少爷天奇久睡不醒。丫鬟们用尽了各种办法,也没有让哑巴少爷醒过来。说他死了吧,鼻孔还有热气;说他没死吧,却像死了一样。人们私下议论说,太婆和少爷是莫家大院的两个怪人,也许少爷的魂魄也跟着太婆到天宫里去了。

三太太摇晃着儿子僵硬的身体,哭喊道:"我的儿啊,你要是走了,我日后可指望谁呀……"

然而第三天,天奇却奇迹般地醒了过来。他从炕上坐起来,不看在场的任何人,径直走到摆放了几十年的太婆的柏木棺材跟前,用力掀开棺盖。人们走近一看,惊叫起来,太婆好好地躺在里面。她穿着自己准备了几十年的所有寿衣,使得原本干瘪的身子看上去一下子胖了许多。那只酱褐色的陶罐放在她的身边，里面是她一辈子也没有吃完的核桃。她已经没有了牙齿，也许到了另一个世界里，她会重新长出两排新牙。

莫村寿命最长的人，就这么离奇古怪地死了。谁也不知道这个老得不能再老的老人是怎样打开那个沉重的棺盖，自己爬进棺材里去的。这成了莫村众多谜中的一个，至今也没有解开。

人走得再远，最后的目的地都是坟墓。人生，就是从子宫走向坟墓的过程，谁也不能例外。

一个月后，院墙脚下果然长出了紫色的小花，不多不少刚好十二朵。天奇小心翼翼地将紫色的花夹在党项秘籍里面，然后再将秘籍重新包好，在一个没有月光的夜晚，悄悄将它放进老槐树上一个隐秘的树洞里。

从此以后，天奇再也没有闻到过奇异的荞麦花香，像是满世界的荞麦都不再开花了似的。

37. 红裹肚儿

中秋节过后，天气渐渐凉爽起来，夜里睡觉很舒服。可是莫村人很难睡一个囫囵觉。

金丝猴总是在人们似睡非睡的时候开始孩子般的哭泣，哭声伴着幽幽的月光飘荡在空寂的巷道上，吓得狗也不敢走动。还有棺材铺里叮叮咣咣的声音，也一直会响闹到天亮。

这个季节，到处都在死人，而且大都是非正常死亡，尸体不能搁置太久，人们急着抬埋入土。所以贵生棺材铺的生意总是那么好，好得让人眼红。刚刚做好一批棺材，不等油漆干透就被人抬走了。有时候棺材还没有上油漆，就那么白生生地让人抬走了。甚至棺材还没有做成，就已经有人蹲在那里守候着了。以前贵生的棺材是以不用铁钉而享有盛誉的，但现在需求量一天天增大，供不应求，也就不讲究那么多了，钉子叮叮咣咣地只管往上钉。这样一来，制作的速度就快多了，每天能做成三四口棺材，但还是满足不了买主的要求。买主也不计较用不用钉子，只要能让他立马抬走不耽搁事就心满意足了，嘴里还一个劲地谢承贵生呢。据说，贵生装在棺材里的钱都快要溢出来了。

越来越激烈的战事，是棺材需求量增大的一个重要原因。共军和国军都派人到棺材铺来买过棺材，而且一买就是十几口、几十口。古川游击队也来买过棺材，但队长黑蛋和小琴没有来过。自从那年他们走后，莫村人谁也没有见过他们，但能经常听到他们的消息。

据说，黑蛋曾经一个人去过麻峪沟，想把老六的人马收编到游击队里，老六没有答应。后来听说刘亚民也派人去请老六加入保安团，老六也没有同意。两家都没有成功的主要原因是，老六和小菊的意见不统一。小菊想加入黑蛋的队伍，老六则想跟刘亚民合作，结果两人谁也没有说服谁，只好哪边都不加入，保持中立。老六说这样也好，我们谁也不得罪，自己干自己的，没有必要和这党那党搅在一起。奇怪的是，游击队和保安团事后谁也没有找老六的麻烦，好像以前根本就没有提说过收编的事。也许他们的麻烦已经够多的了，没有工夫和精力解决老六这窝土匪。老六也不自找麻烦，不管是见了国军还是共军都是绕着走，井水不犯河水，从来不与他们发生摩擦和纠纷。老六只是在国共战争的间隙，偶尔下山洗劫一两家财东，绑架一两个老爷或者少爷，敲诈些银两，维持山寨的日常生计。小菊有时也跟着老六下山，骑着一匹雪亮的白马，像闪电一样出现在黑夜里。提起麻峪沟那个漂亮的女土匪，人们都说"白娘子"怎么怎么样，很少有人知道她的名字叫小菊。

陕北的仗打得没完没了，游击队的活动越来越频繁，好像是北边正面战场的补充。陕北太远，战争的具体情况不太清楚，只能听到隐隐约约的枪炮声，知道战争越来越残酷，死的人也越来越多。游击队就在附近一带活动，隔三岔五总能听到他们的一些消息——

游击队在黄堡二十里铺伏击了国军运输军火的汽车队，烧毁了三辆汽车，打死了十几个国军，活捉二十几个，还缴获了许多机枪、卡宾枪和手枪……

古川、白水、蒲城三支游击队联合起来，同国军的一个团在黄泥洼打得昏天黑地。先是游击队居高临下打退了国军十几次进攻，后来国军调来了高射炮向游击队的阵地猛轰，游击队寡不敌众撤退到山里去了。等国军卷旗收兵的时候，又出其不意地从两面山上冲下来，打得国军七零八落，死伤大半……

黑蛋带领游击队去陕北运过冬的棉衣回来，途经文王山百石村时被刘亚民的保安团包围了，游击队以少数队员迷惑保安团，大部队从侧面突围。尽管游击队突围成功了，但却损失了三分之一的兵力，黑蛋差点被保安团活捉……

游击队摸进了底店保公所，没费一枪一弹就抓获了保长和保丁，缴获了十几支长短枪。更让人吃惊的是，听说端保公所的只有七个女游击队员，领头的是小琴……

只要听到枪声，老石匠就心惊肉跳睡不着觉，他在为儿子黑蛋担心。没有枪声的夜里，他心里更瞀乱，想儿子是不是走远了，是不是被人打死了，更是难以入睡。睡不着觉睁着两眼躺在炕上等待天亮比什么都难受，还不如爬起来找点事情做。可是半夜三更的做什么呢？思前想后，老石匠决定挖个暗窖。有了暗窖，儿子哪天打了败仗逃回来也好有个藏身的地方。

尽管儿子不听话跟小琴私奔了，干上了他最不愿意让儿子干的事情，害得儿媳玉凤跳了井，尽管他曾经许多次设想过等黑蛋一回来，就将他捆起来好好捶一顿，可是日子一长，他心中的气就慢慢消了。管不住就索性不管了，由他去扑腾吧，说不定坏事还能变好事呢。他只能这样安慰自己。

后来儿子当上了游击队队长，这令他既高兴又担心。队长是谁都能当的？枪打出头鸟啊！儿子的官越大就越危险。可是看到村里人投来敬慕的目光，他心中的自豪感油然而生。以前他只见过人们用这种目光看莫老爷，如今他们也这样看他了。他感到儿子没有给他丢人，老子沾了儿子的光。三十年前看父敬子，三十年后看子敬父，这话一点不假啊！祖辈多少代都没有出过这么一个人了，这是祖上的光荣啊。他要想办法保护儿子。他唯一能做的，就是悄悄挖暗窖，为儿子修建一个安全的窝。

每天夜里，老石匠都在偷偷地为儿子挖暗窖。夜里先将挖出的土堆放院墙角，白天再用这土打成胡基。一个月下来，他竟在炕洞下面悄悄挖出了一个能容纳五六个人的暗窖，而且用挖出来的土打成的胡基，重新改造了炉灶，还垒了一个新猪圈。精明的石匠在暗窖里存放了食物和水，想着一旦儿子遇到麻烦跑回来，他们一家三口就可以到暗窖里去避难。暗窖里面的东西，足可以让他们用上十天半月的。

这一切，都被坐在城墙上的天奇看见了。那段日子，月光总是很好。即使在没有月光的夜里，天奇也能听到老石匠挖土的声音。那声音虽然很轻微，但在他听来却像擂鼓一样响亮。

天奇不知道为什么，那些夜晚，所有的人都好像在神秘地忙碌着。

三太太屋里的灯光，总是熄灭得很晚。天奇想，他妈又在一遍又一遍地数那些从水仙手里抢回来的金条。她妈不是没有见过钱的主，但那些黄灿灿的金条一溜摆在炕上，谁能不动心呢？灯光下的金条，像正午的阳光一样闪着炫目的光芒，让她妈睁不开眼。她妈就闭上眼睛，不出声地笑。天奇常常能听到那贪婪的笑声。

老爷屋里时常响起的咳嗽声，告诉人们他还没有入睡。

管家有时会鬼影似的出现在院子里，围着老槐树悄无声息地走动，像是在丈量树有多粗。他走着走着，会不自觉地猛然回头看一眼，那奇特的狼顾相让天奇想起了年馑里城外的狼群。管家只有一个人在夜里走动的时候，才会露出狼顾相。白天，他总是一副俯首帖耳的样子。天奇想，如果父亲哪一天看见了管家的狼顾相，还会不会喜欢和信任他？

梅香屋里的灯一直会亮到天亮，好像她害怕黑暗似的。寂静的夜里，天奇经常能听到梅香凄厉的惊叫。也许她又做了一个噩梦。柳儿经常去陪伴梅香，有时麦花也去。自从冯俊山在乱石滩被乱马踩死后，梅香就郁郁寡欢，很少说话。只有和柳儿、麦花在一起时，她才说几句，但都是同一句话。

"是我害了他，是我害了他……"

她这么喃喃地说着，眼泪就悄无声息地流了下来。柳儿和麦花也陪着她一起流泪。这种时候，柳儿很容易就想起了天顺，哭得就更伤心了，反而要麦花来劝她。麦花劝劝这个，劝劝那个，自己也哭成了泪人。那段日子，三个女人的眼泪就是多，好像要把一生的泪水都集中到一起来流掉。

为了不使一个伤心变成两个三个伤心，麦花尽量避免和她们待在一起。其实，她也没有那么多时间整日陪着她们。她毕竟是丫鬟出身，即使做了少奶奶也闲不住，跑前跑后忙这忙那少有消停的时候。即使偶尔坐在了老槐树下，手也不会闲着，不是给天奇纳鞋底，就是给天奇剪指甲掏耳朵。麦花每回给天奇剪完指甲，都要小心翼翼地将一片片月牙似的指甲埋在老槐树下，说指甲是身上长出来的，随便丢掉会伤了元气。天奇就坐在那里傻想，自己的指甲会不会像太婆的牙齿一样，长出紫色的花来？

这天，麦花刚给天奇剪完指甲，梅香从屋里失急慌忙地跑出来，脸色煞白，惊慌地喊叫："妈呀，吓死我了！屋里……屋里……"

天奇站起来跑进梅香的屋子。

梅香跟进来，战战兢兢地指着墙角："一只大虫子！"

天奇顺着梅香手指的方向，看见了那只"大虫"，原来是一只蜥蜴。

这只蜥蜴足有半尺长，天奇从来没有见过这么大的蜥蜴。他盯视着蜥蜴，蜥蜴也毫不畏惧地盯视着他。蜥蜴凸出的圆鼓鼓的眼睛里发射出绿色的寒光。天奇找来一根竹竿用力向蜥蜴捅去，没有捅到，竹竿戳到墙上折成了两截，戳痛了他的手。蜥蜴冷蔑地看了天奇一眼，不慌不忙地爬进墙缝里去了。天奇被蜥蜴傲慢的神情激怒了，用手里的半截竹竿继续猛力往墙缝里捅，想置蜥蜴于死地。

梅香站在一旁惊叫："它还会爬出来的，戳死它！戳死它！"

墙缝里的土唰唰地落了一地，但蜥蜴没有从墙缝里掉出来，里面却掉出来一团发黄的丝绢。天奇捡起来展开一看，只见上面有几行字迹：乞求好心人收养我的女儿。她的父亲叫冯俊山，她的母亲叫祝雪。天奇猛然想起这是许多年前大太太从杏林里抱回梅香后，偷偷藏在墙缝里的那块白丝绢。他怕梅香看见，想收起丝绢，可是已经晚了。

"啥东西？给我看看！"梅香一把抢了过去。

梅香看完丝绢上的字，惊叫一声，一屁股坐在了地上。那只蜥蜴悄悄从墙缝里溜出来，从梅香的脚边慢慢悠悠地爬走了。梅香明明看见了蜥蜴,却像没有看见一样,木呆呆坐在那里,脸上毫无表情。过了一会儿,她的脸色才开始变白、变红,最后变成了青紫色。她将丝绢团在一起,紧紧地攥在手心里,眼睛死死地盯视着那个墙缝,目光涣散而迷离。

天奇和麦花将梅香抬到炕上,梅香保持着原来的坐姿,木呆呆地看着某一个遥远的地方。天奇想从她手里取出丝绢,但丝绢却被她死死地攥着,怎么也取不出来。

事情惊动了整个莫家大院,丫鬟们叫来老爷。老爷见女儿这个模样,不知她中了什么邪,让管家赶快去叫天胜。大太太早就听到了外面的吵嚷声,但她并没在意,莫家的什么事早就与她这个清心寡欲的人无关了。直到丫鬟跑去告诉她梅香出事了,她才颠着一双小脚跑到女儿的屋里,一头扑倒在炕上,大声哭喊:"我的女儿呀,你这是咋啦?你快说话呀,你要吓死妈呀……"

几颗冰冷的泪珠,从梅香木然的脸上滚落下来。她终于瘫倒在炕上,但那只握着丝绢的手却死死地攥着,一直没有松开。她一句话没说,闭上了眼睛,又一颗更大的泪珠从眼角滚落到了炕上。

天胜被叫来了。他看了梅香的症状,把了脉,对老爷说:"像是受了什么惊吓,不会有事的,让她好好睡一觉就会好的。"

除了天奇,莫家没人知道梅香受了什么惊吓。

梅香真的睡着了,一睡就是两天两夜。大太太有些担心,悄悄进去看过两次,梅香保持着原来的睡姿,轻轻地打着鼾,似乎睡得很沉,很香。

第三天,梅香醒了。可是谁也没有料到她会只穿着红裹肚儿从屋里跑出来,一直傻笑着跑到了巷道上。正是吃午饭的时候,巷道里站满了端着老碗的男人、女人和娃娃。人们清楚地看见梅香赤身裸体地从莫家大院跑出来,在巷道上狂奔。人们从来没有见过这样的场面,全都惊呆了,碗里的饭撒了也全然不知,便宜了地上的鸡狗。梅香就这么穿着红裹肚儿,在稠人广众面前跑了过去。麦花和丫鬟们在城门口追上了梅香,她们用衣裳裹住了她的光身子,费了好大劲,才将又哭又笑拼命蹦跶的梅香弄回屋子里。她们给她穿上衣裳,可立马就被她撕扯得稀烂。她们又给她穿,她还是撕掉了,穿几次撕几次。梅香所有的衣裳几乎都被她自己撕光了。

老爷见女儿这个样子,既心疼又着急,赶紧让管家请来了恒心堂的老先生。老先生看过梅香的症状,从屋里走出来摇了摇头,对莫老爷说:"你的女儿受了很大的刺激,恐怕药力对她已经没有作用了。"后来,老爷又请了外县的几个有名的先生,也都说无能为力。

老爷没有办法,只好让丫鬟把梅香锁在屋里,由她去疯闹了。

梅香在屋里拼命地撕扯着自己的头发,将自己的身子抓出一道道猩红的血印。她不停地哭喊着:"怪我呀……好惨啊……爸呀……妈呀……"梅香天天在屋里哭闹,吵得莫家大院不得安生。

折腾了几天,梅香安静了许多,不再哭喊了,也不再虐待自己了,开始唱一些小孩子才唱的儿歌:"自从你女到我家,由十七,到十八,不梳头,不洗脸,一天到晚睡得展。叫你娃,洗个碗,她拿碗去叫狗舔;叫你娃,洗个锅,清鼻流到锅耳朵;叫你娃,倒炕灰,坐到粪堆就捉虱;叫你娃,看个磨,坐到磨坊就睡着……"唱完一首又唱一首:"日后到了你婆家,早早起床洗手脸。烧锅围裙腰里拴,拉起风箱勤搭炭,锅烧煎了再洗案。再问阿家(婆婆)做啥饭,或烙馍,或擀面,千万莫把面和软。客人来了先问候,然后端茶取水烟。做了媳妇另重天,事事都要眼放尖。手脚勤,嘴儿软,孝妇好名天下传……"

梅香唱的都是小时候大太太教她的儿歌。大太太听了,眼泪便扑簌簌地滴落了一炕席。

村里人说,梅香的魂魄被红碾姑姑叫走了。

红碾姑姑是古川一个古老的传说。红碾是个村名,离莫村不远。很多年前,村里有个姑娘在地里摘棉花时捡到一个蛇蛋,姑娘将蛇蛋拿回家放在她做活的针线笸箩里。没过多久,蛇蛋里钻出一条小蛇,姑娘并不害怕,将小蛇养了起来。姑娘坐在炕上纺棉花,小蛇就在一旁给她跳舞。后来小蛇长成了大蛇,大蛇长成了腰一样粗的蟒,姑娘怕它跑了,就用纺出的棉线绑住了它。一天夜里,姑娘醒来发现蟒蛇不见了,她就顺着棉线去找,一直找到了西山上。姑娘累了,坐在一块山石上歇息,一坐就坐成了神仙。人们后来就给她修了妙觉寺。

有天夜里,梅香砸坏了窗户,又一次光着身子跑了出来。但大门关着没跑出去,她就在院子里疯跑疯唱,差点掉进了院墙角的红苕窖。梅香很快被丫鬟们拉回了屋。

大太太赶紧让人盖上了红苕窖的盖子,对管家说:"你叫人把红苕窖填了,这么敞开着,迟早要出人命!"

管家说:"大太太说的是。可是三太太喜欢吃红苕,尤其在没有红苕的季节喜欢吃,我要是填了,红苕在哪里存放?"

大太太不好再说什么,气哼哼地走了。

梅香被锁在屋里又哭又闹,比以前更加疯狂。老爷怕她再跑出来,吩咐丫鬟用麻绳捆了她的手脚,像狗一样拴在屋里的桌子腿上,同时让人给窗户上钉了粗壮的木条。大太太哭道:"她是人又不是狗,你不能这样待她啊!求你放了她吧,老爷!"老爷说:"放了她,她还会跑出来给我丢人现眼……"大太太央求道:"你这样捆着她,她会死的。求你再去请个好先生给女儿看看吧……"

莫鹏举当天就亲自去了趟县城,傍晚回来时手里提了一包中药。他对大太太说:"吃了这服药,兴许女儿的病就会好的。"

大太太马上叫丫鬟熬了药,亲自端给女儿喝。梅香牙关紧咬,头摆来摆去,死活不喝。大太太让丫鬟按住女儿的头,掰开她的嘴,硬是将汤药灌了下去。梅香喝了汤药后安静多了。大太太松了一口气,让人解开了绳索,把女儿平放在炕上,盖上了被子。

大太太高兴地对老爷说:"你抓的药真灵,女儿一喝就不哭闹了,安安静静地睡着了。"

老爷面无表情地说:"不闹就好。"

大太太怕女儿醒来又犯病,夜里就和女儿睡在了一起。清早起来,大太太发现女儿的身子冰凉,皮肤青紫,眼睛圆圆地睁着,嘴里、鼻孔里、耳朵里流出的乌血已经凝固在脸上和枕巾上。她猛醒过来，撕心裂肺地哭号："我的女儿呀……"

哭过之后，大太太冲出屋子，疯了一样扑向站在院子里的莫鹏举，又是抓扯又是撕咬，哭喊着："是你害死了梅香！你还我女儿！你这个狠心的瞎屄……"

莫鹏举眼睛里流出了几滴浑浊的泪水。他对站在一旁吓傻了的丫鬟吼道："还不把她拉回去！她也疯了……"

大太太把自己关在女儿的屋子里，一天一夜没有出门。开始还能听见她长一声短一声地哭诉，后来就没了声息。

莫鹏举预感到了什么，让人破门而入。大太太与女儿并排躺在炕上，已经没有了气息。大太太的手里攥着几丸羊屎蛋似的烟土。大太太是吞烟土而死的。母女俩一个手里攥着丝绢，一个手里攥着烟土，双双死在了炕上。这两样东西，谁也无法从她们手里拿走，被她们带到另一个世界去了。

聪明的莫老爷，到死都没弄清女儿梅香发疯的真正原因。

38．小琴

某日傍晚，莫鹏举路过草姑门口，突然想起好久没有见过这个女人了，便萌生了拐进去看看她的念头。

对于草姑，他一直心存愧疚。渐渐苍老的他，前所未有地感到了孤独。大太太和梅香的死，更加深了他的孤独。人在接近坟墓的时候，就会变得善良起来，特别容易怀旧，就想找旧人说说体己话。偌大的莫家，竟没有一个人可以和他说体己话。大太太死了，就是活着时也和他很少说话。三太太权力欲太重，感情淡漠，一辈子都和他说不到一起。现在想想，还是草姑对他有情有义，否则她就不会一辈子不再嫁人，不会含辛茹苦地将他俩的女儿小琴养大，不会主动让他再上她的炕。

莫鹏举走进草姑的家门，院子里静悄悄的，屋里没有灯光，月光水一样在院子里流淌。一只木盆摆放在院子中央，像浮在水面上的一只古老的木船。木盆里的水已经干了，盆底是发霉的药渣，能听见木盆里有什么东西沙沙爬动的声音。旁边是一堆药渣，同样发出沙沙的声音。他想，大概是虫子吧。他的脊背一阵瘙痒，好像那些虫子已经爬到了他的身上。他闻到一股浓烈的草药味和腥臭味，心里禁不住打了个寒战。

"草姑！草姑！"他低声叫着。

没人应答。也许她早睡了吧。他又叫了两声，还是没人应答。他疑惑地朝里屋走去。门是虚掩着的，一推便无声地开了，一股更加浓重的药味扑鼻而来。

"草姑，是我。"他说。

屋里死一般寂静。

他战战兢兢地跨进门槛，脚下一滑，几乎跌倒。他急忙扶住门框让自己站稳，从身上摸出洋火，刺啦划着，屋里唰地亮了。他清楚地看见草姑光着身子躺在炕上。心想："这女人真鬼，知道我要来，早早就脱光了衣裳。"

"天凉了，别冻着了。"他说。

草姑没有吭声，仍然一动不动地赤身躺在那里，好像在等待他过去。多么浪漫风骚的一个女人啊！他把灯点着，然后走了过去。

"赶快盖上被子吧，小心着凉！"他又说。

草姑还是没有说话。他觉得不对劲，心一下子收紧了，仔细端详炕上的草姑，这才发现她的身子早已腐烂，有许多白胖的蛆在上面爬动，大腿根部开着黑色的和白色的花，一股股脓血从不堪入目的洞穴里流淌出来，顺着炕沿一直流到脚底。他这才发现自己一进门就站在了脓血里，难怪刚才险些滑倒。

"哎呀——"

他大叫一声，跌跌撞撞跑了出去……

跑回家里，他坐在椅子上半天才缓过劲来。他没想到草姑的病会那么重，没想到她会死。他要早知道这样，肯定会想办法给她医治的。他太大意了啊！现在她已经死了，再后悔也没有用了。他把管家叫来，吩咐他连夜带人去给草姑收尸。管家回来说，草姑的尸体已经高度腐烂，无法装进棺材里了，一动，肉就往下掉。他长长地叹息一声，说："那就用泥巴把她囚在屋子里吧。"

次日一早，管家找来了几个泥瓦匠，将草姑囚在了屋子里。

事情过去了几天，管家从外面回来，忧心忡忡的样子，对老爷说："周围许多地方都被解放军占领了，他们每到一个地方就把富人的土地和粮食分给了佃户，还枪毙了几个阻挠土改的财东。解放军用不了多久就要打到莫村了，到时候恐怕我们的地也保不住了。"

莫鹏举隐约听到了隆隆的炮声，知道解放区一天天向这里扩展，要不了多久，这里也会被解放的。天不概之人概之啊！自己一辈子争来斗去保护的这个领地，很快就要被别人占领了，先人们创下的这份基业也要被人家分掉了。以前为了那二十亩地，使老丈人家死了那么多人，现在包括那二十亩地在内的所有土地都将被人白白分掉了。分就分吧，人都没有了，还要土地干啥！儿女死的死，跑的跑，傻的傻，留下这份家业给谁继承？先人们以及他的一切努力，都将变成徒劳；他一生不懈地争斗，也将显得毫无意义。他已经老了，一辈子得到的东西再多，也不可能带到坟墓里去。从现世得来的东西，终究得原封不动地还给现世。与其等解放军占领了莫村分他的土地，倒不如自己主动将土地分给村里人，还能落个人情。

莫鹏举对管家说："从明天开始，我们分土地给村里人。"

三太太一听这话，杏眼圆睁："你疯了！凭啥要分给他们？我们辛辛苦苦经营了一辈子，就这么白白便宜了别人？"

莫鹏举说："妇人之见！我们的土地这么多，解放军来了能放过我们？我们现在不分，到时候还得分，何必敬酒不吃吃罚酒呢。我们还是放聪明点，免得到时候落得个人财两空。"

"说啥也不能分地！难怪婆在世的时候说你是败家子，果真你要踢腾了这份家业啊……"

"我跟你说不清。"莫鹏举转身对管家说："按我说的，从明天开始就分地，再不分就来不及了。"

管家见男女主人僵持不下，就说："世道就要变了，老爷这样做是明智的。我们的土地太多了，太惹人眼目了，树大招风啊。但太太说的也有道理。我们的地白送给了村里人，人家得了便宜还会笑我们傻。倒不如便宜卖给村里人，把眼看保不住的土地变成能够保存的银子，放在一个谁也看不见的地方，这样既减少了土地躲过了灾难，又不至于落得个倾家荡产，岂不两全其美？"

"这个主意不错，"莫鹏举说，"那就买三亩送一亩吧。"

三太太惊叫道："这也太便宜了，跟白送人有啥两样？"

莫鹏举耐着性子道："识时务者为俊杰。这种时候，人情比银子金贵。有了人情，我们才能保住性命，让莫家不受更大的损失。你忘了我是咋样被村里人从满仓手里救下来的了？还不是因为莫家的恩惠！你不要再说了，就这么定了！管家，明天你就去办吧。"

就这样，不到半个月，莫家的土地就被变卖得剩下了不到两成。尽管土地卖得不能再便宜了，但莫家的银库里还是流进了许多白花花的银子。管家为了便于保管，将所有的碎银子铸成银锭，数了数，一共有四十七锭。还嫌不好保管，征得老爷同意，又将银锭悄悄拉到西安兑换成了金条，交由三太太保管。这回三太太满意了，再不嘟囔卖地的事了。她将这些金条和原来水仙留下的金条一起摆在炕上，数来数去都不对，就笑着说，老了，不识数了。

莫老爷卖地的壮举，在古川摇了铃铛，让所有的人都惊讶不已。人们议论说，从来没有见过这么仁义的财东。莫村人得到的实惠最多，更加敬佩和爱戴自己的大掌柜了。

就在莫鹏举将他的领地缩小到不能再小的时候，古川游击队队员小琴突然回来了。这是她离家多年后第一次回莫村。她趁着夜色悄悄摸进了村子，不想碰见人，却偏偏在巷道里碰到了拐子天胜。

天胜一直想当保长，但始终没有代替来福的机会。这个想法最近比任何时候都强烈。前段日子，他因误诊了梅香的病，让管家兴兴好生训斥了一顿，心里很窝火，心想："自己要是当上了保长，他狗日的兴兴敢像训龟孙子一样随便训斥吗？"他被这个想法搅扰得睡不着觉，幽灵一样在巷道里游走，就碰见了小琴。

天胜被蒙面的小琴吓了一跳，等小琴揭去脸上的黑布，吓飞的魂魄才回到他的身上。他吃惊地问："原来是小琴呀，吓我一跳！我还以为遇到了土匪呢。你咋回来了？"

"我回来看我妈。"小琴应了一声，继续往前走。

"你妈已经死了……"天胜叹息了一声。

"你胡说！"小琴站住了。

"我没胡说，你妈真的死了。"

"我妈咋死的？"

"病死的，发现时已经臭了……"

小琴身子一软，扑通坐在了巷道边的一块石头上。她这次回来就是专门看她妈的，多年不见，她想她妈了，可是她怎么也没有想到她妈已经死了。以前，她和她妈在一起的时候，她见不得她妈，恨她妈，甚至当面骂她妈，可一旦离开了家，她才知道离了妈的种种难处。她常常想妈，想妈的种种好处，想得心慌，想得泪水涟涟。不管妈从前做了多少见不得人的丑事，总是自己的亲妈，是为了养活自己才做那些事的呀。她想以后有机会一定要好好孝敬老人家，可是她永远没有这个机会了。"妈呀，你为啥不等女儿回来就走了？女儿还没有孝敬你哩，你怎么就匆匆地走了呢？"

泪水在小琴的脸上静静地流淌。

天胜说："你别回去了，你妈已经被莫老爷囚在了屋子里……"

小琴哽咽道："我得回去陪陪我妈……"

"你一个人，不怕？"

小琴没有说话，站起来往家里走去。

天胜看着小琴消失在黑夜里，猛然产生了一个想法，意识到自己等待已久替代来福的机会终于来了。他被自己这个大胆的想法激得浑身战栗，稍一迟疑，便悄悄溜出城去，一摇一晃地消失在通往县城的官路上……

天麻麻亮，保安团包围了小琴的家。小琴看见人影在屋顶上晃动，叭叭就是两枪，两具尸体骨碌碌从屋脊滚落下来，像两袋粮食一样沉闷地掉在了地上。门口又哗啦拥进一伙人，她不用瞄准，叭叭叭叭，又倒下好几个。

晨曦中，一个声音说："抓活的！"小琴听出是刘亚民。

更多的人从前门、后门、屋顶上冲了进来，等小琴再开枪时，枪里已经没有子弹了。有人从身后抱住了她的腰，手里的枪也被人一脚踢飞了。小琴被人捆了起来。

刘亚民说："有她在，还怕黑蛋不上钩？"

天亮后，刘亚民将衣衫褴褛的小琴拉到了顺阳河滩，捆在了一棵柳树上。深秋季节，柳树的叶子已经变黄，要不了多久，它们就要凋零了。秋日的阳光温柔地蓬松在小琴凌乱的头发上。

莫村人总喜欢将自己的对手捆在树上，仿佛这样才过瘾，才解恨。老爷曾将丫鬟杏花捆在树上，后来满仓又将老爷捆在了树上，现在刘亚民又将游击队队员小琴捆在了树上。以后不知道还有谁会被人捆在树上。

保安团的人埋伏在附近隐蔽处，等待黑蛋游击队的到来。小琴知道黑蛋就在附近的玉米地里，她扯着嗓子喊："黑蛋，你千万别过来，他们有埋伏……"

莫鹏举听说小琴被刘亚民逮住了，心里非常难过。草姑死了，死得那样凄惨，他觉得对不住这个女人。现在他们的女儿又被刘亚民逮住捆在了树上，他不能再无动于衷坐视不管了。那可是他的亲骨肉啊！他想去河滩救女儿小琴，可是怎么救呢？刘亚民是个油盐不进的硬头货，他能放过小琴吗？国共两党的怨仇跟莫村与桃花沟的一样深重，他是不会轻易放了把他们搞得焦头烂额的游击队的人的，何况小琴与游击队队长黑蛋还有那层关系。上次他想保护共产党的县委书记冯俊山，也没保住，最后还是让他们惨无人道地杀了。看来政党之间的相互杀戮，远比家族间的杀戮残酷得多。可是不管多么困难，哪怕只有一线希望他也要争取！

自从儿子天佑死后，刘亚民再也没有找过他的麻烦，也许他已经不记恨他了。天佑那年回来招兵，刘亚民不是还来家里向他敬过酒嘛，天佑死后，刘亚民不是还和县长一起来祭奠过嘛！人都是会变的，也许刘亚民已经变好了。如果那年刘亚民敬酒时他不给刘亚民难堪，一口喝了那酒，现在就更好向他求情了。刘亚民会不会因为那一杯酒更记恨他呢？他真后悔当时不应该得意忘形又一次得罪了刘亚民。只说儿子天佑是堂堂的国民党的正规军，刘亚民以后再也不敢欺负他了，可谁能想到天佑却……

人没有长前后眼啊！如果当时他能看到今天这一步，那次借机和刘亚民搞好关系，现在救小琴不就更有把握了吗？他担心刘亚民还在恨他，甚至比以前更恨他。如果真是那样，他一出面不是反而会把事情搞糟吗？但他又想，也许刘亚民会看在儿子天佑的面子上，给他面子。

莫鹏举正这么翻来覆去地想着，保长来福来了。来福也想救小琴。他们商定，莫鹏举站在人群里先不露面，由来福带着村里人先向刘亚民求情，如果不行，莫鹏举再出面。这样会更稳妥一些，免得没有回旋的余地。他们抱着一线希望，带着全村的人向乱石滩走去。

一村的人黑压压地站了一河滩，来福站在最前面，对刘亚民说："你也是莫村人，也姓莫，你不认我这个爸，总得看一村老少的面子。你放了小琴吧。"来福知道刘亚民早就不把他当父亲了，所以他必须耐心劝说。

刘亚民说："他们游击队杀了我许多弟兄，早上她还打死了我七八个弟兄呢，这个仇不能不报！"

"你不看一村老少的面子，那你总该看草姑的面子吧。草姑只留下这么一个女儿，你杀了她，这一家人可就绝了……"

刘亚民说："豇豆一行，茄子一行，这是两码事。我放了她，弟兄们会说我徇私情。你就别再说了，你就是说破了天，我今天也不会放她！黑蛋不是她的相好嘛，我就是要看看黑蛋来不来救她……"

"既然你知道她和黑蛋的关系，就更应该放了她，免得黑蛋将来找你报仇。"来福一边劝说着，一边带着村民一步步朝前围拢，"都是一个村出去的，何必这么杀来杀去的呢……"

刘亚民从腰里拔出手枪，对准来福："站住！你再往前走，我就开枪了！"

来福站住了。莫鹏举不得不站出来了。

刘亚民看见莫鹏举从人群里走了出来，知道今天的戏更有意思了。他冷笑了一下："哦，是莫老爷啊，你也凑这个热闹来了？"

莫鹏举说："只要你放了她，啥要求我都答应你。"

"你的口气不小嘛！我要你的人头，你给吗？你不就是有几个臭钱嘛，可是老子今儿个不要钱！"刘亚民挥舞着手里的枪，"我就是想要她的命,你能有啥招?"

莫鹏举一出面就碰了一鼻子灰,他的脸唰地就红了。为了救女儿小琴,他有生以来第一次厚着脸皮求人:"有话好好说嘛,权当我求你了……"

刘亚民打断了莫鹏举的话:"你以为你是谁?老实告诉你,我从小就恨你,从小就看不惯你在村里霸道的样子!以前你想在莫村咋样就咋样,可是现在不行了,你已经老了,不中用了。你想让我放了她?我偏不放!除非你跪在我面前……"几十年过去了,他还没有忘记小时候跪在莫家大院的事。

莫鹏举脸色一下子变成了紫黑色,声音颤抖地说:"你就忍心让一个老人给你下跪?"

刘亚民看见面前这个糟老头气得发抖,心里有种说不出的满足。他说:"以前我给你下跪,现在也该轮到你给我下跪了。"

莫鹏举嘴唇哆嗦着:"只要你放了她,我跪!"

村民们说:"老爷,你是莫村的大掌柜,你不能跪啊……"

莫鹏举双腿一弯,扑通一声跪在了刘亚民面前。

刘亚民惊得后退了一步,但他很快又镇定了:"你不是很能嘛,怎么今天跪在我脚下了?哈哈哈,你终于跪在我的脚下了!可是已经晚了,我已经改变主意了……"

莫鹏举一听这话,当场就气晕过去了……

村民们被赶出了乱石滩。小琴被捆在树上整整一天,黑蛋始终没有出现。天黑了,一无所获的刘亚民把小琴押回村子,关押在草姑家的草房子里。

夜里,刘亚民躺在炕上,觉得今天的事有些不对劲。莫鹏举为啥要舍下老脸跪在他面前救小琴呢?这太不可思议了!在众目睽睽之下给人下跪,对于一世刚强的莫鹏举来说,简直就是要他的老命!想来想去只有一种答案:小琴很有可能就是莫鹏举的女儿。草姑曾经告诉过他莫鹏举占有过她,想想小琴的年龄,时间也刚好吻合。真的会这么巧吗?

这个问题搅扰得刘亚民难以入睡，越想越觉得小琴许多地方长得像莫鹏举。他越想越气，妒火中烧，起身冲进草房子，将小琴掀翻在干草堆上，一边撕扯着小琴的衣裳，一边怒骂："你这个野种！你不是和黑蛋相好嘛，可他为啥不来救你？你不是骂你妈不要脸嘛，我今儿个就让你也变成一个不要脸的女人！你这个贱货……"

小琴的双手被反捆着，上衣很快被撕破了，她拼命地喊叫："妈呀，你快来看看呀，看看你说的好男人……妈呀，你瞎了眼了啊……"

小琴这么一叫妈，刘亚民愣住了，突然松了手，放开了小琴。是啊，草姑就在身后的屋子里囚着，他这样做怎对得住死去的她啊！刘亚民丢下小琴，往地上唾了一口，低着头悻悻地走了。

第二天，刘亚民还是照样将小琴捆在了河滩里的柳树上。小琴的衣衫已经破烂，裸露出半截胸脯，雪白的肌肤上有手抓破的伤痕。小琴冲着远处的玉米地喊："黑蛋啊，你不要过来，你要好好活着！你要为我报仇啊……"

这一天又平静地过去了，黑蛋的游击队还是没有露面。

第三天，刘亚民索性扒光了小琴所有的衣裳，让游击队队长黑蛋心爱的女人赤裸裸地暴露在光天化日之下，他想用这种方式激怒黑蛋。可游击队还是没有出现。这样一来，小琴反而不哭了，她已经抱定了死的决心。她哑着嗓子朝玉米地喊："黑蛋呀，你快给我一枪吧，你不要让我活着比死了还难受。黑蛋，你开枪吧！我求你了……"

日头慢慢地由东向西移动，照耀着这个赤裸的女人。

"黑蛋，你千万不要过来，他们有埋伏。黑蛋，我知道你就在附近，知道你能听到我的声音，你不要犯傻啊！你不要为了我，让他们灭了我们的游击队啊！黑蛋，你要真的在意我你就好好活着，好好保护咱们的游击队……我等着你们为我报仇……黑蛋，你这个胆小鬼！你向我开枪啊，快开枪啊……"小琴散乱着头发，像疯子一样声嘶力竭地叫喊着。

四周一片寂静。

"黑蛋……你开枪啊……"小琴的声音越来越微弱了。

叭——枪声响了,一颗子弹击中了小琴,鲜红的血像花一样开放在她洁白的胸脯上。小琴嘴里冒着血泡,嘟囔道:"好样的……黑蛋……"头一歪,没了气息。

保安团朝着枪声响起的地方迅速包围过去,可是直到天黑,他们也没有找到游击队的影子。次日,刘亚民让团丁们扒开囚禁草姑的屋子,将草姑和小琴母女装入两口棺材,埋在一个坟堆里。母女俩在世的时候说不到一起,死后也许会有说不完的话。

刘亚民准备撤回县城。天胜在城外追上他:"你答应让我当保长的事……"刘亚民厌恶地看了天胜一眼:"你一个拐子也想当保长?"天胜说:"你不能说话不算话……""去你妈的!"刘亚民扬手抽了天胜一鞭子,扬长而去。天胜捂着脸,朝着飞扬的尘土重重地吐了一口浓痰:"呸!狗日的,不得好死!"

天胜骂刘亚民"不得好死"三天后,他自己却被人砍死在河滩里,僵硬的身子上没了头颅。有人说是黑蛋干的,有人说是莫老爷和来福商量好了一起干的,也有人说是村里其他人干的。天胜到底是谁杀死的,谁也说不清楚。后来兰子在小琴的坟头上找到了天胜的头颅,一道雪白的鸟粪从眉心一直垂挂到鼻尖上,两只眼睛不知去向。显然,乌鸦已经光临过这颗干枯的头颅了。兰子知道自己的男人做了亏心事,也不敢声张,抱着男人的头颅哭了一天,之后将那头颅用针缝在天胜的脖子上埋了。兰子埋天胜的时候,莫村没有一个人出来帮忙,惹得她又大哭了一场。

夜里,莫村人能隐约听到小琴的坟地里有个男人狼嚎样的哭声。

老石匠对婆娘说:"像是咱娃在哭呢。"

莫鹏举也听到了城外的哭声,想起可怜的小琴,心里像猫抓一样难受。可是他没有想到让他更难受的事情还在后面呢。某日夜晚,他突然感到下身奇痒无比,掌灯细看,不由得大惊失色,心里骂道:"这婊子!死了也不饶过我……"

39. 战场游历

初冬的午后，失血的太阳渐渐西坠。刚刚落过一场雪，城外一片惨白，唯有南来北往的官路上呈现出黑黄的颜色，像是谁在一张白纸上抹了几道黑印，看上去让人心里极不舒服。官路上是北进的国军。几个月前他们刚刚南撤，现在又开始回身向北拥去。

天奇坐在城墙上，观赏着那些不知疲倦的忙碌的队伍。偶尔有冷枪撕裂冬日清冷的空气，从耳边呼啸而过。这些他已经司空见惯了，不再感到害怕。但他更加孤独了，坐在城墙上的时间比以前更长了，常常一坐就是一整天。柳儿偶尔也会爬上城墙，站在他的身后向北方眺望。她在等待天顺回来，可天奇知道天顺永远也不会回来了。

这个可怜的女人！

三太太和老爷站在院子里，看着城墙上的两个人。三太太一看到柳儿，就会想起那双已经被她烧了的鞋垫，心里掠过一丝惊悸，感觉自己挺对不住这个无辜的女人的，但也只是那么一闪念，马上又心安理得了。人不为己，天诛地灭。她是为了保护自己和儿子才这么做的。在莫家待了几十年，她知道对于一个妾来说，在一个家庭里要保住自己的地位是多么艰难，多么重要。桃花沟的先人莫爵，不就是因为他的母亲是一个没有地位和权力的妾，才被人赶出莫村的嘛。她不希望这样的历史悲剧在她和儿子身上重演。为了儿子能继承家业，为了她在莫家的地位永远稳固，她必须这么做！现在，她已经基本清除了障碍，心里有种成就感和满足感。

"你看，我们莫家又多了一个傻子。"三太太忍不住这样说，掩饰不了话语里流露出来的幸灾乐祸的味道。

老爷十分厌恶地瞪了她一眼，鼻子里哼了一声转身回了屋。莫鹏举走路的样子很难看，撇着两腿一步步向前挪动，像是裤裆里吊了一个沉重的东西。近来他很少出门，只在院子里走走。可是现在他连院子也不想待了，他越来越厌恶和这个女人待在一起。莫鹏举将门闩死，然后脱去裤子，坐在丫鬟准备好了的药汤盆里，开始泡洗那根倒霉的东西。溃烂的肌肤遇到温热的药汤，疼得他龇牙咧嘴……

这时，西边突然传来轰——轰——两声。

紧接着，巷道里有人喊："不得了了，西山上的金鸡被国军的大炮轰塌了……"

莫鹏举想起马先生——不，是冯俊山——说过的"金鸡倒了莫村的灾难就要来了"的话，心里一惊，屁股底下的盆子一歪，药水洒了他一脚。心里想：完了，莫村就要完了……

金鸡倒塌的情景，天奇在城墙上看得真真切切。先是一颗炮弹落在了金鸡脚下，金鸡晃了晃没有倒下。紧接着又一颗炮弹不偏不斜击中了金鸡那只独立的细腿，金鸡崖这才轰然倒塌了。一时间，山石滚落，横冲直撞，砸倒了山坡上稀少的树木，扬起弥天的粉尘。那粉尘呈现出紫红的颜色，与山顶上刚刚升起的晚霞交融在一起，变成了玫瑰色的虚幻的云雾。灾难就要来了，天奇这么想。

那天夜里，顺阳河滩响起了密集的枪声，噼里啪啦一直响到鸡叫头遍。天亮后，莫村人战战兢兢地走出城门，只见河滩上蹲了一大片保安团的人，旁边是端着枪的游击队队员。原来，昨天夜里游击队在城外的官路上伏击了古川保安团，可惜刘亚民跑掉了。人们在人群里看见了多年不见的黑蛋……

游击队当天就离开了莫村，消失在北边绵延的黄褐色的大山里。

天黑后，麦花发现天奇不见了。莫家上下连续找了多日，也没有找到天奇。天奇就这么神秘地失踪了，谁也不知道他去了哪里。老爷仰天长叹："老天爷呀，你连我的傻儿子也不放过，你硬是要让我莫家断后啊！"

天奇跟着黑蛋的游击队走了。

半路上,黑蛋才发现天奇跟在队伍后面。黑蛋想让人把他送回去,可是已经离家很远了,游击队还要行军打仗,只好让他暂时留在了队伍里,并交代一个大胡子队员看护着,等日后经过莫村时再把他送回去。

游击队一直往北,专拣偏僻的山道走,有时也会插到公路上给国军一个突然袭击,然后又消失在无边无际的大山里。一路上,他们炸掉了两座通往铜川的铁路桥,致使国民党军队的运输供给线中断;割断了国军通往石柱塬和金锁关的军用电线,砍倒了上百根电线杆,掐断了国军的通信联络。游击队配合解放军主力打了几个歼灭战后,兜了一个很大的圈子又返回关中,在国统区腹地左冲右突,偷袭银行,炸毁火车,暗杀县长,攻打乡公所,避重就轻专拣国军薄弱环节打,搞得国军和地方保安团惶惶不可终日。

这是一个寂静的早晨,阳光新鲜得像婴儿的脸,照在横七竖八躺在山坡上的游击队队员脏兮兮的脸上。他们太累了,天快亮的时候才入睡,一躺下就鼾声如雷,连哨兵也靠在土崖上睡着了。他们每天都在急行军,都在与国军打仗,已经有三天两夜没有合眼了。

哨兵被什么声音惊醒了,睁开眼睛,看见的不是红彤彤的日头,而是黑洞洞的枪口。他啊呀惊叫一声,还没来得及举枪就被人一枪托砸死了。另一个哨兵失急慌忙地朝着敌人开了一枪,但十几颗子弹同时也射进了他的胸膛。顷刻间,雨点般的子弹落在了这个渭北不起眼的小山坡上……

游击队被打散了。大胡子、天奇和另外三个人突围出来,逃进了一片森林。但他们很快就迷失了方向,直到天黑也没有走出森林。枪声离他们越来越远,几乎听不到了。他们来到一孔土窑跟前,大胡子说:"黑灯瞎火的越走越迷,我们不如先在这里睡上一觉,等天亮了再想办法走出去。"另一个队员马上附和说:"就是的,我的腿都快要跑断了,实在走不动了,还是睡一觉再走吧。管尿他哩,该死尿朝天!"另外两个人也表示同意,五个人就钻进了土窑。他们找来一些干草,铺在地上躺在上面。远处偶尔有隐约的枪声传来,但他们已经听不到了。他们太疲劳了,刚一躺下就睡着了。

天奇饿了一天,刚才路过山泉时又咕咚咕咚灌了一肚子凉水,睡到半夜就开始一趟又一趟地拉稀。他最后一次跑出土窑时,天上的北斗星已经西斜。他蹲在山崖下撅起屁股,稀屎像尿一样哗哗地射进身后的草丛里,他感到从未有过的痛快。就在他刚要提裤子站起来的时候,土窑里响起了枪声。枪声在黎明前特别响亮。黑暗中,有人从土窑里走出来:"他妈的,老子搜山忙活了一夜,他们倒好,睡在这里享清福!这下好了,让他们永远享福去吧。"那人哈哈大笑,"走,到别处再看看!"一伙人骂骂咧咧地走远了。

等恢复了宁静,天奇跑回土窑,只见大胡子和另外三个人已经死了。天奇呆坐在尸体旁,等待天亮。阳光颤巍巍地从窑口溜进来,抚摸着四具已经僵硬的尸体,地上的血迹和阳光交融在一起,分不清哪儿是阳光,哪儿是血迹。天奇用树枝杂草掩盖了窑口,然后朝着太阳升起的地方走去。

不知走了多少天,天奇才走出森林,来到一个小镇上。镇上人说话鼻音很重,听起来好像患了重感冒。天奇不知道这是什么地方。一个年轻女人坐在门口一边吃馍,一边撩开衣襟给娃娃喂奶。天奇看见女人手里的馍,突然感觉肚子奇饿无比,便站在那里眼巴巴地看那女人吃馍。女人没有看见天奇站在对面,低头给怀里的娃唱儿歌:"乖娃娃,倩娃娃,听妈给你说好话。吃馍莫要掉馍渣,吃饭莫要剩把把,走路莫要踏庄稼,玩耍莫要打和骂,墙上莫要胡乱画,对人莫要说谎话……"女人一抬头,看见了天奇,也不掩怀,朝他招手。天奇走了过去,他清楚地看见了女人嫩白丰硕的乳房和上面娃娃抓摸出的黑手印。女人把手里正吃着的半个馍递给了天奇,天奇接过去,三下五除二就吞下了肚子。女人冲他笑了笑,露出白亮整齐的碎米牙齿,摇了摇头,意思是说就这些了。

天奇又继续往前走。天刚下过雨,地上有一洼洼的积水。对面走来一群兵,前面的军官骑着一匹黑马。他们经过天奇跟前时,黑马踢踏起的积水溅了天奇一脸。天奇回头冷漠地看了军官一眼，用衣袖擦了一把脸上的污水。军官勒住缰绳，用马鞭一指天奇："看尿哩看，不服是不是？"

天奇心里说，就是看尿哩，并不理识那军官，继续朝前走。

军官在身后喊："站住，你给老子站住！"

天奇没有停步，继续往前走。

"再不站住，老子开枪了！"

天奇只管往前走。军官真的就开了一枪，子弹嗖地从天奇耳边擦过。但他好像没有听见，仍然往前走。几个兵追上来抓住他，扭住胳膊拉到军官面前。天奇平静地看着这些人，似乎不明白他们要干什么。

军官从马上跳下来，用手枪抵住天奇的胸脯："你小子胆子不小，连子弹都不怕。战场上就需要你这种不怕死的二杆子，走，给我带走！"

几个兵将天奇押回了营房，给他换上黄色的军服，转眼他就变成了国军的士兵。军官知道天奇是哑巴后，让他负责喂马。打仗的时候，就安排他在战场上背尸体。这支国军队伍先是往北，后又往西，打打走走，走走打打，后来就走进了解放军的圈套。等他们拼死突围出来，剩下的人不到三分之二。接下来的几个月里，他们与解放军打了无数的仗。打赢了还能歇歇脚，吃上顿饱饭，美美地睡上一觉，打输了就丢枪弃炮一个劲地往南跑。

仗越打越多，队伍里的人越来越少。仗再次打起来的时候，天奇被编入了后备队，躲在战壕里给上面的人递子弹、手榴弹。递着递着，上面的人就软不拉唧地从战壕上出溜下来，一堆烂肉似的窝在沙土里不动了，污血常常会溅他一身，甚至白花花的脑浆也会溅到他的脸上。有人滚下来时还没有死，嘴里直吹血泡泡，但过不了多久，腿一蹬就死了。

战斗结束后，天奇又到了收尸队。背尸体的活比递子弹累多了。有人的双腿被炸飞了，半截尸体黑木桩似的戳在那里；有的肚子被炸开了，肠子流了一地；有的尸体血肉模糊，根本就无法分清是共军还是国军，但统统被背到壕沟里埋掉了。有的已经背到了壕沟边要掩埋时却又活转了过来，嘴里直哼哼，收尸队队长嫌抬到救护队去麻烦，就在脑袋上补一枪，一脚踢进壕沟照样埋掉了。有时尸体太多壕沟太小，尸堆高出了地面，收尸队的人也懒得重新挖坑，找来一些树枝柴草胡乱一盖，就算了事。这样，有许多尸体就暴露在外面，队伍一走，战场很快就成了野狼的乐园。

一次，天奇背着一具尸体正向壕沟吃力地走，脊背上的人突然开口说话了："兄弟……不要埋我……"天奇放下那人一看，是连里的王水。王水半睁着眼睛，目光里流露出乞求的神情。王水是连里最老的兵，少说也有五十岁了。一年前，他从庙会上买了一匹马，在往家走的路上遇到了国军，被连人带马拉来当了壮丁。王水说："你不要埋我……我婆娘还在家里等我呢……我儿子已经死了，要是我再死了，我的婆娘就没人管了……"天奇趁没人注意，把王水背到树丛里隐藏起来。天奇走出来迎面遇见了队长，天奇故意系着裤子，装成刚拉完屎的样子。队长踢了天奇一脚，骂道："懒牛懒马屎尿多，还不快去背尸体！"

夜里，天奇偷偷跑去看王水，王水不见了。

一个月后，队伍开始往南撤退。他们在路上碰到了一个头戴草帽的人，那人一见队伍撒腿就跑。连长觉得这人跑的姿势有些眼熟，就让几个兵去追。那人被追上拖了过来，掀去草帽一看，竟是王水。

连长说："好你个王水，你没死啊！没死就跟着我们走！我们挺有缘分的嘛。"

王水扑通给连长跪下："连长你饶了我吧，我婆娘还等我养活呢……"

连长说："你知道岳飞不？这叫尽忠报国你懂不懂？你再说这样的话，赏你二十军棍！"

事情过后不久，连队和其他部队又一次走进了解放军的"口袋"。这回的口袋比哪一回都大，都严实，想突围显然不大可能。这阵子国军总是走背运,像没头的苍蝇到处乱窜,动不动就上了解放军的当。开始,解放军的炮弹落在离天奇连队较远的地方,他们只能看见火光,听到炮弹炸裂的声音,但暂时还没有生命危险。天奇的连队属于后卫,现在还轮不到他们当炮灰。但是几天后,伤兵就从前沿一批一批地被抬了下来。枪炮声也越来越近,许多后卫部队也上去了。天奇的连队运气好,暂时还没有轮上。但他们已经闻到了死亡的气息,像暴雨来临前的蚂蚁,在战壕里惊慌地东奔西跑。

连长挥舞着手枪吼:"不要惊慌,共军离我们远着哩!"

可是没人听他的了。有经验的老兵说,后卫部队都用上了,战斗就离结束不远了,我们的死期也快要到了。

王水知道跑是跑不了了,也就死了心,自己给自己壮胆:"大不了是个死嘛,怕个屁!伙计们,我来给大家唱个乱弹。"说着,就一本正经地清了清嗓子,乐乐呵呵地唱开了:"鸡娃多了能下蛋,娃娃多了人烦乱。如若不信我的话,听我来把口歌念。老大得病老二看,老三提个大尿罐,老四拿个蒸馍转,老五要吃臊子面,老六烧火老七擀,老八回来先占碗,老九见了连锅铲,老十气得干瞪眼……"唱完,王水带头笑了,但战壕里没有一个人跟着他笑。要是往常大伙早就笑了,可今天他们仿佛要联合起来让王水难堪,死活不笑。王水的笑声很干涩,笑着笑着,那笑就僵在脸上,比哭还难看。

连长过来踢了王水一脚,训斥道:"你老狗日的,啥时候了还在这儿叫驴一样吼!"

连长一走,一个老兵对另一个老兵悄声说:"咱们跑吧,不跑就来不及了!"

那个老兵说:"跑?到处都是共军,往哪里跑!你能变成女人裤裆里的跳蚤,钻到×里去?听说共军有两个师呢,我们就是变成鸟也飞不出去了。他妈的,早知道这样,老子半道上就跑了!"

枪炮声越来越近,流弹和炮弹炸裂后的弹片流星一样从头顶上飞过。黄昏时分,炮弹终于落在了战壕前,火光像焰火一样艳丽,沙土被一层层掀起,海浪一样压向战壕。战壕里的人还没有投入战斗,就被沙土掩埋了半个身子。战壕在一点点变浅，雨点般的机枪子弹劈头盖脸压了下来，钻进沙土里啾啾地叫唤……

隐约听到了军号声，解放军可能开始总攻了。

一颗炮弹朝着天奇呼啸而来，王水说了声"小心"，扑倒在天奇身上。炮弹在他们身边爆炸了，沙土埋住了他们俩。天奇用力推开身上的王水和沙土，发现王水满脸是血。王水说："要不是你上次救我，我早就死了……你救过我一命，我还你一命……我们谁也不欠谁的了……"话没说完，头一歪就死了，眼睛睁得老大。天奇用手合上了王水的眼睛。又一颗炮弹飞来，天奇只觉一股气浪将他抛向空中，后来便什么也不知道了……

天奇醒来的时候，感到谁在亲吻他的脸，暖融融的挺舒服。他睁开眼睛，最先看见的是天上金黄的月亮。有那么一会儿，他想不起来自己这是在哪里。四周静得出奇。朦朦胧胧中，月亮突然暗了半边，取而代之的是两只绿莹莹的灯笼。是狼？

真的是狼。狼正在舔食天奇脸上的血迹。他没有轻举妄动，而是平心静气做了一次深呼吸，憋足了劲，然后猛地抓住狼的两只前爪，用头死命顶住狼的脖子，同狼一起翻滚在战壕里……他聚起浑身的力气咬住了狼的喉管，直到将它咬断。狼挣扎着，发出一声声哀嚎。腥臭的污血涌进了他的嘴里，他不敢松口，咕咕将狼血咽进肚里……

不知过了多久，狼不再动弹了。天奇咬死了一只狼！

天奇从战壕里爬出来，开始了没完没了的呕吐。他抬起头，看见四周全是绿莹莹的狼眼，几十只狼同时发出进攻前的嗥叫。显然，他已经被狼包围了。他想在战壕里找到一支枪或者一个手榴弹，哪怕一把刺刀也好，但他摸索了半天却一无所获。狼群在一步步向他围拢过来。他突然想起太婆说过狼怕火的话，就往王水的尸体爬去。王水爱吸烟，身上肯定有火。果然，他在王水的衣兜里找到了洋火，急忙刺啦划亮，狼群唰地逃出老远。洋火熄灭了，狼群又围了上来，他又划燃一根……

他一根接着一根划着洋火，狼群忽远忽近围拢在他的周围。

洋火很快就剩下最后几根了。他知道,没有了洋火他就会被狼群撕成碎片,分而食之。后来他发现自己坐在一个汽油桶上,晃了晃,里面还有大半桶汽油。他将汽油洒在近旁的一具尸体上,然后从容地点燃,火光照彻战场,狼群惊慌逃窜。尸体发出噼里啪啦燃烧的声音,夜空里弥漫着难闻的焦煳味。他将剩下的汽油一一浇洒在其他尸体上,然后一具接一具点燃……

狼群站在远处无奈地嗥叫着。天奇疲惫地靠在沙袋上,掏出怀里的羊骨羌笛,吹奏了起来。忧伤的笛声将他带到了很远很远的地方,他仿佛看见了党项羌人作战时血腥的战场和他们漫长的逃亡之路。八百年前的那个战场和现在的战场重叠在一起,让他无法分辨哪个更真实,哪个更虚幻。他呼吸着尸体烧着的刺鼻臭味,想不明白自己怎么就离开了家园,迷迷糊糊卷进了这场战争。是不是所有人也和他一样在不知不觉之中走进了血腥的战场?显然,他在逃避。可是他为什么要逃避呢?难道他逃出了骚动的家园,就能逃出更加骚动的世界吗?他不明白人们为什么要这样相互残杀……

太阳升起来了,战场一片血红。狼群早已没了踪影。天奇从战壕里爬出来,眼前是一望无际的尸体,像刚刚割倒还没来得及扛走的玉米捆。血水汇成小溪,潺潺地向低洼处流去,在那里形成了一个红色的湖泊。几只老鸦站在那里喝着血水,偶尔仰头哇地怪叫一声。也许它们吃了太多的人肉,太焦渴了,需要润润喉咙。

天奇跨过一具具尸体,艰难地向远处走去。

他不知道自己身在何处,也不知道要去哪里,但他仍然不停地往前走着。许多天后,他来到了一座山上。山上树木稀少,像一只没有拔净毛的母鸡。他太累了,实在走不动了,就靠在一块石头上睡着了。

天奇醒来后,发现眼前是一马平川的田野。这一切多么眼熟啊!那不是顺阳河嘛!那不是莫村嘛!他低头看看脚下,这不是万斛山嘛!他回头望去,石塔斑驳得不成了样子,但它依然斜立在那里。他倚靠着的正是能预测陕北、关中、陕南三地旱涝的神石。他终于到家了。他突然有一种奇怪的感觉,仿佛自己一直就坐在这里,俯视着自己的家园。

  家园里的一切在他面前都是虚幻的,像风,像雾,又像雨……

  天奇的鞋子湿透了,有水从神石上源源不断地往脚下流淌。他站起来去看那神石,只见南北两个石坑里的水不及一半,而中间那个石坑里的水却四溢流淌……

  他知道,该来的事情要来了,该结束的要结束了。总之,一场旷日持久的灾难就要降临到他的家园了。

40. 终于来了

天色微明,天奇被一阵吵闹声惊醒。

他不知道发生了什么事,匆忙穿上衣裳走出屋子。院子里站满了人。他爸莫鹏举敞怀亮腔被人从屋里拖出来,捆在了老槐树上。这是他爸一生中第二次被人捆在了自家的老槐树上。

天奇在人群里很快认出了土匪老六和桃花沟沟主莫鹏昊,但他没有看见他姨小菊。今天这个场面她这个重要角色是应该出现的,可她没有出现。也许她没来是对的,如果来了,将如何面对她的姐夫或者说情人?他还看到了管家、三太太和柳儿,还有莫家所有的人。他在人群里找到了麦花,和她并排站在一起,他明显地感觉到她在颤抖。这种时候,他有责任保护她,因为她已经怀上了他的孩子。

这时,懒散的莫村人还在睡觉。

仇人们没有费一枪一弹,就轻而易举、悄没声息地占领了莫村。他们准备了许多年,今天终于来了。他们十分得意,认为和莫鹏举玩了多年"狼来了"的把戏,在树上的这个聪明人终于失去耐心丧失了警惕认为狼不会来了的时候却突然来了。为了今天的偷袭,他们从一年前就开始了长时间的准备,大张旗鼓地训练了几个月的兵丁,在莫鹏举如临大敌做好了一切应战准备时却没有采取任何行动。他们将莫鹏举的胃口吊起来又放下去,如此三番,搞得他渐渐倒了胃口失去了味觉之后,才真正开始动手。他们没有想到占领一个多年来想占领而又无法占领的村子,最后竟会这么容易。这多少有些出乎意料,也很令他们失望。那种感觉,就像一个将拳头握了很久憋足了劲的人,好

不容易找到了攻击的最佳机会,竭尽全力向对方打去时,可对方却不攻自破自己主动倒了下去一样没劲,一样让人沮丧。

其实,在仇人们攻进村子的时候,莫鹏举完全有时间和办法逃出城去,但他没有那样做。他认为已经没有逃走的必要了,事情已经到了该结束的时候了,躲得了初一躲不过十五,他躲了一辈子不是还没有躲过去嘛!了结就了结吧,总得有个了结。仇人是冲他来的,他要是逃走了,他们会拿村里人出气,说不定会恼羞成怒一把火烧了村子,那是他不愿看到的结果。他知道这次无论如何是在劫难逃了,他结的怨仇应该由他一个人来了结。人活到这把年纪也算高寿了,离坟墓只有一步之遥,提前跨过去也没什么了不起。他做好了死的准备。在这生命的最后一刻,他不能让村里人看不起他,也不能让仇人看不起他。所以,在仇人们冲进莫家大院的时候,他正在屋里平心静气地喝茶,等待他们。但他没有想到他们会像满仓一样,也将他捆在树上。这有损他大掌柜的形象,使他多少有些不满意。他用轻蔑而冷峻的目光看着自己的仇人。

莫鹏举这个样子,令儿子天奇非常满意。这才像莫氏家族的大掌柜,有气魄!有风度!天奇平生第一次对父亲有了好感。

这时,管家从人群里走了出来,谦恭地站在了老六和莫鹏昊面前。天奇心里说,该是他站出来的时候了。

莫鹏举的目光深情地望着他的管家。多好的管家啊!他是想替我求情!没必要了,求他们也没有用,不就是一死嘛,何必多此一举!他对管家说:"你不要乞求他们,给我把胸膛挺起来!"

管家像是没有听见老爷的话,看也不看他一眼,而是对老六说:"没我的事,我就走了。"

莫鹏举没有想到管家说出的是这么一句话,一下子蒙了。在场的其他人除了天奇和三太太,也不知道管家这话的意思,疑惑地看着他。

老六说:"别忙着走呀,看了后面的好戏再走也不迟嘛。"

管家说:"不看了,我还有事,先走了。"

莫鹏昊也劝道："你帮了我们几十年的忙，要不是昨晚你给家丁们喝了迷魂汤，今早又提前打开城门，我们也不会这么顺利就成功。"

莫鹏举非常吃惊，呆了似的看着自己的管家，不明白他为啥要背叛他。他环顾四周，果真没有看见一个家丁。莫家所有的人也都吃惊地看着管家，不敢相信这样的事实。

老六对管家说："你帮了我们，我们还没有报答你哩。"

"不用报答，我帮你们也是在帮我自己。我在莫家像狗一样活了一辈子，一天也不想在这里待下去了。"管家说。

莫鹏举张大了嘴，浑浊的眼睛里散发出惊讶的光芒，他没想到自己精明了一辈子，最后会栽在自己的管家手里。他感到浑身的血液往上翻涌，不准备说话的他再也忍不住了，终于冲管家骂道："你贼日的，我待你不薄，你为啥要恩将仇报？"

管家用仇恨的目光盯视着自己昔日的主人。莫鹏举没有想到一向温顺卑微的管家会有这样令人不寒而栗的目光，心里禁不住哆嗦了一下，仿佛一下子不认识了眼前这个和自己相处了一辈子的人。

管家说："为啥？这要问你自己！是谁抢走了我的女人，是谁让我一辈子像狗一样活着？"

"女人，哪个女人？"莫鹏举不明白怎么又冒出来一个女人。

"你是真不知道，还是故意装糊涂？要不是你抢走了她，"管家用手一指三太太，"她早就是我的女人了。不过，你得到了她的人，却并没有得到她的心，她让你戴了一辈子的绿帽子……"

莫鹏举惊讶地看着自己的女人。三太太低下了头。莫鹏举突然明白了当初挑选管家时，三太太为什么一再推荐他了。他脸色黑青，嘴唇颤抖："原来你们早就……"

管家说："不瞒你说，我们早就相好了，我们在你的眼皮底下相好了一辈子。我恨你，恨所有和我作对的人。我天天盼着你们莫家倒灶！我建议种大烟，就是为了让你破财；我在你打过杏花之后夜里偷偷掐死了她，就是为了让满仓找你报仇；我通风报信，使你每次攻打桃花沟和麻峪沟的计划都落了空……现在你就要完了，莫家就要完了,我太高兴了!从来没有像今天这么高兴过,哈哈哈……"

莫鹏举气得嘴脸乌青,浑身痉挛。有什么能比自己信赖的人的背叛更让人气愤和懊恼的呢?他这个自认为聪明的人,却被面前这个小人欺骗了几十年。可是,管家这么恨他,那年看皮影戏时为什么又要救他呢?难道是苦肉计?他说:"这么说,那年你救我用的是苦肉计了?"

"到底是大掌柜,聪明!不过你明白得太晚了。当时你要看到了这一点就不是今天这样的结局了。"管家得意地说,"其实,我早就看出你怀疑我了,不用苦肉计能让你重新信任我?实话告诉你吧,那时我已经控制了所有的家丁,你名义上是掌柜的,实际上真正的掌柜是我,你只剩下了一个可怜的空架子……"

莫鹏举从牙缝里挤出一句:"你这个阴险的家伙啊!"

老六掩饰不住自己的幸灾乐祸:"这出戏好看!过瘾!继续往下演,我就喜欢这样。"

可是,管家不再往下演了,他进屋取出一个沉甸甸的包袱,对老六和莫鹏昊说:"下面的戏你们演吧,我要走了,我的目的已经达到了。"

莫鹏昊说:"这下你满意了,想走就走吧。"

老六看了一眼管家手里沉甸甸的包袱,没有说话。

管家以胜利者的姿态向门口走去,包袱很沉,他不得不大幅度地弓着腰。三太太低头跟在管家后面,不知是不敢还是不好意思看莫鹏举一眼。快到门口的时候,管家突然往后狼顾了一下——这是他第一次在大白天露出狼顾相——看见了三太太,问:"你跟我干啥?"

三太太愣住了:"你……你啥意思?"

"我是说,你应该留下!"

三太太眼睛睁得老大:"你不是说我们一起走吗?"

"走,往哪儿走?"管家轻蔑地笑了笑,"以前我有这种想法,可现在我改变了主意。不是我无情,是你后来辜负了我!你贪图莫家的荣华富贵,贪图你手里的那点权力,慢慢忘记了我们发过的誓,以主人自居,把我也不放在眼里。实话告诉你吧,我早就厌恶你了,跟你保持这样的关系只是想利用你。现在你已经没有利用价值了,我再也不需要你了……"

"天哪,你这没良心的!你这该死的……"三太太哭喊着扑上去抢夺那个沉甸甸的包袱,跟她昔日的情人扭打在一起。

莫鹏举看着他们相互厮打,解气地说:"看哪,我养的两条狗也开始相互撕咬了。狗咬狗真是好看!"

三太太抓破了管家的脸,管家扔下包袱用力推了三太太一把。三太太摔倒在门口,咚的一声,头很响地磕在厚厚的门槛上,不再动弹了。管家说:"揭人不揭短,打人不打脸,看你还抓我的脸!"这么说着见三太太还不动,倒吓了一跳,跑过去扶起她:"你可别装死!你可别吓我……"三太太满脸是血,再也不哭喊了,像是厮打累了。管家发现三太太真的死了,双膝跪在地上,紧紧地搂着三太太,语无伦次地说:"你咋这么容易就死了……我没想杀你,是你自找的……"

老六说:"我最恨给男人戴绿帽子的女人!这种女人就该死!"

人们想起几十年前被老六砍了头的那个叫香椿的女人。

管家将情人抱进屋去,平放在炕上,然后走出来,重新背起包袱,神情沮丧旁若无人地朝门口走去。

这时,枪声响了。管家回头疑惑地看了老六一眼,这是他最后一次露出狼顾相,然后就软软地倒了下去,手里的包袱哗啦一声掉在地上,黄灿灿的金条散落在他和三太太刚刚洒下的血泊之中。

老六吹了吹枪管里冒出的青烟,说:"这家伙能几十年藏而不露,实在太可怕了!他既贪人家的女人,又贪人家的钱财,留着他也是个祸害!"

"狡兔死,走狗烹。这都是报应啊,哈哈哈……"莫鹏举仰头大笑……

听到枪声,村里人惊慌地从屋里跑出来,这才发现巷道里站满了土匪和桃花沟的人,知道自己的村子已经落入了他人之手。土匪们朝空中叭叭开了几枪,吼道:"没你们的事,都滚回去!这是六爷和莫鹏举的私仇,谁不怕死谁就出来!"人们又缩回到屋里去了。他们没有像上次那样去救莫老爷,知道去了也是白搭。老六不像满仓,他跟老爷的冤仇实在太深了。老六一直想杀莫老爷,他一辈子都在为这件事做准备,现在他终于逮住了莫老爷,谁敢从饿狼嘴里去抢肉?人们心里说,这回,老爷必死无疑了!

莫家大院里,老六已经让土匪捡起了地上的金条,将横卧在门口的管家的尸体拖到了院墙根,晾晒在刚刚洒落下来的阳光下。仿佛不这样,他就会发霉似的。

然后,老六说:"他们的问题解决了。鹏昊哥,你先来吧。"

莫鹏昊走到槐树跟前,上下打量着莫鹏举,好像在琢磨从哪儿下手更快捷,更解恨,更过瘾。但是他没有急着下手,而是和善地说:"鹏举兄弟,不好意思啊,我们只能用这种方式交谈了。你不在树上,我就得在树上,反正我们只能有一个稳稳当当地站在地上。"

莫鹏举说:"动手吧,废话少说!"

莫鹏昊微笑着,一副大人不见小人怪的模样。阳光照在他的脸上,使上面纵横交错的沟壑更加明显了。他的前襟长后襟短,脊背有些佝偻,望着莫鹏举时不得不将头仰在后背上,就像门口那只老金丝猴平时的模样。站在后面的天奇,清楚地看见他脖子上黑瘦的干皮皱成了一堆,像懒汉缒到脚后跟的袜子。谁都看得出来,这个和善的老头儿已经很老了。但他的声音却很清亮,一点不像一个老头在说话。

"我们两个村子斗了几百年,今天终于有了一个圆满的结果。要是我知道你的酒放在哪儿,我会拿出来和你干一杯的,为了我们莫氏家族从此不再杀戮,为了我们桃花沟人重新回到了莫村……"

"你是不是太性急了点?等你在莫村站稳了脚跟再喝也不迟嘛。"莫鹏举说。

"我是担心你老弟喝不上啊。"

"如今这世事,很难预料啊。你看我的管家,说变就变了。人心不古啊!再说,莫村也不是我莫鹏举一个人……"

"擒贼先擒王,逮住了你,村里谁还敢不服?"

"这么多年你服了吗？你们桃花沟的人服了吗？事情要是有你说得那么简单，我们两家就不会有这几百年的械斗了……"

这话击中了莫鹏昊的要害，他收起了笑容，变脸道："我没时间跟你磨闲牙！说吧，党项秘籍和紫砂壶在哪里？"

"我就知道你最关心的是这两样东西。可我忘记把它们放在哪里了，你自己去找吧。"

其实，他还真不知道这两样东西放在什么地方了。党项秘籍一直由太婆保管着，太婆死后，他曾在她的屋里找过，连她的棺材底都翻过了也没有找到。至于那把紫砂壶，自从他知道杏花往里面尿过一泡尿后，他就再也不去碰它了，也不知搁到哪里去了。

莫鹏昊不知内情，还在劝说："村子都丢了，你人都被捆在了树上，你还留那东西干啥？对你来说，它们已经没有任何意义了，还是交给我来保管吧。"

老六等得不耐烦了，在一旁说："别跟他废话！搜！"

土匪和桃花沟的人开始屋里屋外地搜寻，没有找到党项秘籍，却找到了紫砂壶。莫鹏昊说再找，就是把莫家大院翻个底朝天也要找到党项秘籍！他们又找了一会儿，还是没有找到。莫鹏昊连院墙角那个红苕窖也没有放过，吩咐人下去找了。找的人上来说，只有半窖烂红苕，别的什么也没有。莫鹏昊看了看觉得实在没有什么地方可找了，只好作罢。有人用紫砂壶沏好了一壶茶，讨好地捧给了桃花沟沟主。莫鹏昊吱溜喝了一口，满意地笑了。莫鹏举想起了杏花的尿水，也禁不住笑了。

莫鹏昊抚摸着紫砂壶，自豪地说："现在，我是莫村的主人了。三百年前，你的先人把我的先人赶到了桃花沟，三百年后，我莫鹏昊又回来了。这紫砂壶已经到了我的手里，三样宝贝我已经拿到了两样。等我们桃花沟人搬回来的那一天，我就重新把那块金匾挂在祠堂上。到那时，我莫鹏昊就是莫氏家族的正宗掌门人了。哈哈哈……"莫鹏昊仰头开心地大笑。

莫鹏举问："金匾在哪儿？"

"你想知道吗？"莫鹏昊神秘兮兮地走近仇人，有点小孩子卖关子的样子，"我就知道你丢了金匾不会善罢甘休的，所以我把它埋在你的眼皮底下。它就埋在城外的杏林里，你做梦也没想到吧！哈哈……"

莫鹏举真的没有想到会是这样，他说："金匾是我们莫氏家族的荣耀，你应该把它挂起来，不该把它埋在地下，它会烂掉的。"

"这个你放心，我用小棺材套了大棺材装着呢，不会烂掉的。"莫鹏昊用手抚摸着紫砂壶，"金匾的秘密我已经告诉了你，你该告诉我秘籍藏在哪里了吧。找到了秘籍，我好将今天这个好日子记在上面……"

"你一辈子和我作对，就是为了个这？"

"是呀，这也是我们桃花沟人多年的愿望。"

莫鹏举说："可是，你的愿望恐怕永远也实现不了了。"

莫鹏昊冷笑一声："你是乌鸦死在了六月天——浑身稀软嘴生硬！把驴尿给我吊起来！"

一个土匪猴子似的爬上树去，准备搭绳吊人。土匪拴绳子的时候，发现了一个树洞以及树洞里的东西。他掏出来一看，是一个土布包袱，里面裹着一本厚厚的发黄的旧书。

土匪朝树下喊："这里有一本破书。"

天奇心里咯噔一下。

莫鹏昊为之一震，仰头说："扔下来。"

土匪一撒手，那书就像只黄母鸡扑棱棱落了下来。有人接住递给了莫鹏昊。莫鹏昊翻看了一眼，顿时兴奋得满脸通红："党项秘籍！真是天助我也！踏破铁鞋无觅处，得来全不费功夫啊。"他将书紧紧地搂在怀里，像是怕人抢了去，脸上洋溢着得意之色，对莫鹏举说："你不是说我永远也得不到吗？话刚落地我就得到了。天意难违啊！莫氏家族的掌门人该我当了……"

莫鹏举奇怪党项秘籍怎么会跑到了树上，但那东西对他来说已经不重要了，只是太便宜了仇人。他没有垂头丧气，而是挺起胸膛仰起头。不能让他们看笑话！那样他们会更得意。这么想着，他笑了。

"你笑啥？"莫鹏昊奇怪地问。

"我高兴啊。"

"你就别硬撑着了，其实你的心里在哭呢。"

莫鹏举朗声大笑，好像在证明自己真的很高兴。

"他疯了！"莫鹏昊扭头对老六说，"他气疯了！"

莫鹏举止住了笑，目光犀利地看着莫鹏昊，好像要穿透面前这个干瘦的老家伙。他说："你摸摸你的下巴吧。"

莫鹏昊不知道对方是什么用意，下意识地摸了一把下巴。他摸到了一把干涩的白胡子。

莫鹏举说："看看吧，你的胡子都白了。你赢了，你拿到了你想要的东西，可你还能活多久？你比我还大几岁呢，今年该九十多了吧？"

莫鹏昊知道莫鹏举这是在有意气他，他偏不上这个当，满不在乎地说："不管咋说，你都会死在我的前头。我们莫氏家族的人长命，我的时间还多着呢。婆不是活了一百三十多岁嘛，跟她老人家相比，我现在还算壮年。"

"那你就活着吧，你就替我来收拾这个烂摊子吧。你没发现村里人越来越少了吗？莫村以前上千口子人，现在只剩下两三百了，以后还会继续死人，我们莫氏家族正在败落！"

"那是因为你作恶太多，遭到了报应。你早就不应该当这个掌门人了……"

"我苦苦撑了几十年才撑到今天，现在你来受这份罪吧。我可是要歇息了，到另一个地方享清福去了，你就给我当替罪羊吧。莫氏家族最后败落在了你的手里，你可别忘了将这最后的一笔写在党项秘籍上，让后人知道你才是真正的败家子……"

莫鹏昊不想与仇人这么毫无意义、无休无止地争论下去，跟一个很快就要死了的人计较什么，就让他嘴上过个瘾吧。他关心的是得到的宝贝，他对老六说："你报你的仇吧，我可是要读党项秘籍去了，这是多少人想看都看不到的宝贝啊！"说完，捧着紫砂壶和党项秘籍转身走进了一间屋子，掩上了屋门。

老六问他的手下："下面的戏该咋唱？"

"六指"从人群里拉出天奇，将一把锋利的钢刀搁在了他的脖子上。天奇一副没有睡醒的样子，看也不看"六指"。

莫鹏举说："你们杀吧，他是傻子，是莫家最没用的人，你们杀了他也免得我死后为他操心。"

老六冷笑一声，说："我不会杀一个废人的，我要留着他，让他看你是咋样像狗一样死在我面前，然后给你收尸。"他转身对"六指"说："放了他，我要的是她！"他指着人群里的柳儿。

"六指"心领神会，放了天奇，立即从人群里拉出了柳儿。

"你们想干啥？"莫鹏举似乎预感到了什么。

老六说："听你的管家说，你最疼爱这个儿媳妇。那么好吧，我就当着你的面，让你这个寡妇儿媳快活快活……"

几个土匪剥光了柳儿的衣裳，柳儿拼命地挣扎，哭喊。

莫鹏举像虫一样在树上扭动，破口大骂："老六，你这个猪狗不如的东西！要杀要剐你冲我来，拿女人耍啥威风！你丧尽天良，你来呀，你杀了我呀……"

老六恶狠狠地说："你想死没有那么容易，我要让你生不如死！你不是爱搞别人的女人嘛，今天我要让你看看别人是咋搞你们莫家女人的。兄弟们，给我上！"

柳儿被四仰八叉按倒在地上，"六指"第一个爬了上去……他从柳儿身上起来，癫狂地说："我搞了莫家的少奶奶了……"

接着，又一个土匪爬了上去。

莫鹏举老泪纵横，哭喊着："老六你不得好死……你杀了我吧……"一口污血从口里喷射出来，昏了过去……

柳儿不再哭喊了，她已经昏死过去了，土匪们这才停了下来。院子里死一样寂静，只有日光走动的声音。

老六说："把她抬走吧！"

土匪们将柳儿抬进屋里，光溜溜地丢在炕上。麦花急忙跑进屋去，用被单盖住了柳儿的身子，守在一边伤心地哭泣。

土匪提来一桶凉水，像老石匠杀细狗一样照着莫鹏举迎面一浇，莫鹏举醒了，有气无力地说："天顺回来，会找你算账的……"

老六突然仰头大笑，几乎笑出了眼泪。笑过一阵后才说："天顺？他早就变成一把黄土了，我不相信一把黄土能找我算账！你太可怜了！儿子早就没有了，自己还蒙在鼓里，哈哈哈……"

"天顺。天顺咋了？"莫鹏举心里一惊。

"早在十几年前，他就被我活埋了。你现在还在做梦呢，真是可笑！"老六得意地说，"那一年他从北边逃跑回来，让我在城外正好撞上了。我在城外转悠了几十年，总算没有白转悠。我咋能放过他呢？放了他就等于给我自己留下了后患。所以，我把他带回麻峪沟活埋了。真是可惜呀，他已经到了家门口了，却落在了我的手里……"

莫鹏举大叫一声，一口殷红的鲜血喷在了老六的脸上："老六……你好歹毒……"又一次昏了过去。

老六恶狠狠地说："扒了他的衣裤，给他身上抹上蜂蜜，让他去喂蚂蚁，让他慢慢地去死吧！"

土匪脱下莫鹏举的衣裤，闻到一股刺鼻的臭味，几只苍蝇飞过来，落在莫鹏举的大腿根部。人们看见他那根惹是生非的玩意儿已经糜烂，流着脓水，许多肥胖的白虫在那里缓慢地爬动。土匪们哄然大笑。他们找来蜂蜜，屎一样抹在莫鹏举身上。没过多久，成群结队的白蚁纷纷从四面八方爬来，爬到那个皮肉松弛的躯体上开始紧张地劳作。白蚁十分凶狠，它们长期生活在黑暗的角落，过着孤独的隐蔽生活，只有在闻到食物时才会集体出动。平时，它们最喜欢对付房屋和家具，经过它们处理过的房屋和家具，表面完好，里面却已千疮百孔，一碰即倒。今天，它们要对付活人了。白蚁越聚越多，密密麻麻覆盖了莫鹏举赤裸的肉体，仿佛全世界的白蚁都来参加这个大型的聚餐了……

三天后，莫鹏举死了。

他的眼睛被白蚁吃空了，留下了两个黑洞。白蚁们排着长队从这个洞里钻进去，又从那个洞里钻出来，有时还会从耳朵、鼻子或者嘴里钻出来，不厌其烦，乐此不疲，好像在欣赏着他们辉煌的战果。

复仇的目的达到了，老六突然感觉人生没有了目标，生活没有了意义，不知道自己接着该干些什么。以前为了复仇，他放弃了生活中的许多快乐，现在胜利了，快乐还是没有回到他的身上。他为了找到那些快乐，便开始放纵自己。他在莫家大院里摆起了酒席，与手下的兄弟们一起喝酒，甚至将莫家有姿色的丫鬟拉进屋去按倒在炕上，但他还是没有找到复仇后的那种快乐。

老六派人回麻峪沟去接小菊，可小菊死活不来，他们只接来了其他兄弟的女人。小菊听说了莫家大院里发生的事，气得脸都白了，大骂老六变坏了，变得无情无义，变得惨无人道，变成了一条复仇的恶狼！她说没脸再回莫村了，没脸见莫村人了，她要一个人住在山寨。老六了解小菊的脾气，知道她过段时间气就会消的，就派了一部分兄弟上山去保护她。

几天后的夜晚，一道奇异的闪电撕裂了夜空，紧接着，是一声震耳欲聋的炸雷。莫家上空滚过一团火球，老槐树被咔嚓一劈两半，一半倒在了屋脊上，一半倒在了院子里。土匪们正在院子里喝酒划拳，当下砸死了七个。"六指"当时背对着槐树正与人碰杯，树倒下来刚好砸在了他的脑袋上，银质的酒杯永远地镶在了他的额头上。

事后人们才发现，被砸死的土匪，恰恰是轮奸柳儿的那七个。当时，有人似乎还听到了柳儿的笑声。

莫鹏举的尸体也像老槐树一样，被雷电一劈两半，烧成了枕头大小的黑木炭。老六看了一眼黑木炭，得意地说："狗日的，做了那么多恶事，老天也看不过眼了！"他朝黑木炭上啐了口痰，似乎还不解恨，又猛地踢了一脚，却踢疼了脚，恼羞成怒地骂："狗日的，烧成了木炭还这么硬，给我拿板斧劈了！"一个土匪找来一把板斧，抡圆了劈下去，可只劈开了一道裂缝，一股黑血就吱地从里面冒出来，喷了那土匪一脸，吓得那土匪跌坐在地上。老六也害怕了，心想："这狗日的就是厉害，人死了血还这么旺！"他不敢再叫人劈了，让人将黑木炭扔到院墙角，命令每个土匪朝上面撒了一泡尿，才算解了心头之恨。

土匪们往黑木炭上撒尿的时候，天奇悄悄推开了莫鹏昊虚掩的屋门，走了进去。莫鹏昊趴在桌子上，仿佛读书读累了正在休息。紫砂壶不知什么时候掉在了地上，已经摔得粉碎。天奇扳起莫鹏昊的头，一股琥珀似的血水从他的嘴里、鼻孔里、耳朵里涌了出来。他死了。天奇知道他是中毒死的。太婆说过，两年内不得翻阅党项秘籍，今天刚好是最后一天。党项秘籍摊开在桌子上，但夹在里面的紫色小花不见了，它们肯定早就变成了毒液，渗透到书页里面去了。莫鹏昊用唾液一页一页翻阅党项秘籍时，就等于在亲吻毒液。精明的太婆！

太婆一辈子都在劝诫别人不要杀戮，没想到她临死之前却神秘地埋下了杀人的圈套。最终，她自己也没有走出仇杀的怪圈。

天奇将党项秘籍揣进怀里，悄悄离开了屋子。

谁也没有想到，那天半夜国军会突然包围了莫村，围得像铁桶一样严实。经过短暂的战斗，国军很快就击溃了土匪，占领了莫村。几个土匪的女人躲进了草姑留下的屋子，几乎所有的土匪都在夜战中被国军打死了。

混乱中，天奇看见老六反穿了棉袄，跳进院墙角的红苕窖。天奇心想，那是一个很不错的藏身之地，里面的红苕够他吃几个月的。

41. 连阴雨

　　国军一进城，就开始往城墙上扛运沙袋抢修工事，并在城门内筑起了第二道防线，说是要在莫村与共军决一死战。

　　莫家大院成了国军的临时作战指挥中心，士兵们爬墙上房，架起了蜘蛛网似的电话线，把天空分割得支离破碎。客厅的墙上挂满了像娃娃尿湿了的褥子似的图案，军官们在那些图案前指手画脚，焦急地徘徊，议论，争吵。通信兵头戴耳机，扯着沙哑的嗓门对着话筒大声地呼叫。天奇的炕上并排摆放了三个铁家伙，三个士兵盘腿坐在那里，滴滴滴地按着。院内几乎所有的屋子都住满了人，大门口笔直地站着两个头戴钢盔手持卡宾枪的卫兵。守了上百年莫家大门的老金丝猴退居二线，瑟缩在石狮子后面惊恐地看着替代它的士兵，从喉咙里发出低沉的叫声，不知是感激还是不满。

　　院子里唯一空着的是那间经常闹鬼的房间，屋门上的锁已经生锈无法弄开，且门框上挂满了蜘蛛网，看上去跟墓道的门差不多，没有军官或士兵愿意住进去。天奇想起以前曾看见他爸不用开锁就可以进入屋子的情景，猜想屋门一定有名堂，就在夜里趁没人注意试着提了提门板，门板果然被他无声地卸下来了。他拉着麦花急忙闪进屋里，又将门板恢复原状。他们在这间黑暗的鬼屋里不声不响地等着。

　　麦花担心柳儿，悄悄溜进她的屋子，想把她也接过来，可柳儿死活不走。她盘腿坐在窗子后面，满脸污垢，目光呆滞地望着窗外，说她哪儿也不去，她要坐在那里等天顺回来。麦花再去拉她，柳儿惊恐地往后退缩，说："你不要碰我，你再拉我我就死给你看。"她手里果然握着一把剪刀,对准了自己的胸口。麦花的眼泪就唰唰地往下流,说:"我是麦花呀柳儿姐,你不认识我了么?"柳儿嘻嘻笑着,说:"你别想骗我,麦花早死了,莫家的人全都死光了。"又说:"麦花,你要真心疼我你就到城墙上去看看,看天顺回来了没有。"麦花哇的一声哭了,怕人听见,又急忙用手掩住口,伤心地跑回去了。

天空黄兮兮的,像是得了黄疸肝炎。人黄有病,天黄有雨,看来天要下雨了。老天一副欲哭无泪的样子,看着让人难受,恨不能用手抓破了它,让那雨痛痛快快地落下来。

国军一切准备停当,焦急地等待着共军的到来。可是两天过去了,雨没有下,共军也没有来。

城外秋色正浓。几只胆大的秋虫,跳上冰冷的炮筒,肆无忌惮地鸣叫着。城墙上士兵们的眼睛惊恐地睁了两天,有些支撑不住了,眼皮开始上下打架,打着打着就像打累了的两个人,相互拥抱在一起歇息了,城墙上顿时响起了此起彼伏的鼾声。但过不了多久,他们又会突然惊醒抓起枪愕然四顾。这种惊弓之鸟的日子,他们已经过了很久了,睡着了脑门上还睁着一只眼睛。也许这是最后一场战斗了,打完了这一仗就可以回家了,这个时候可不能死啊。可是他们知道死亡正在一步步向他们逼近,他们提心吊胆地等待着。等待死亡,比死亡本身还要让人恐惧。

有人忍不住了,开始骂娘:"他妈的,要来就快点来,让老子这样干等着比死了还难受!"

"既然共军没追上来,我们还不如继续往南跑,何必在这里等死呢!"有人发牢骚。

"跑?往哪儿跑?到处是共军,跑到哪里都是个死,还不如待在这里省点力气呢!"

"既然明知道要失败,干吗还要硬撑着跟人家打呢?"

"据说是为了掩护主力往南边撤退……"

"他妈的,别人都撤退了,让我们兄弟当炮灰……"

一直保持应战姿势的士兵,已经被拖得精疲力竭牢骚满腹了。城墙上除了哨兵,其他人都靠在麻袋壁垒后面打瞌睡、抽烟、聊女人、发牢骚。有士兵从衣兜里摸出一块大洋,用猜正反面的方式进行赌博,却被上城巡查的军官发现了。军官大骂:"你们这些王八蛋,都什么时候了还搞这些名堂!老子毙了你们!"随手抓起一个,一脚踹倒在地,真的就枪毙了。士兵们害怕了,再也不敢马虎,又进入了紧张的战备状态。

莫村人经历了许多战争,但像这样庞大的阵势还是第一次遇到。凭经验,他们知道这里要打一场大仗了。人们害怕了,纷纷跑去找保长:"你去跟他们谈判吧,就说村里的粮食都留给他们,猪狗牛羊全都留给他们,整个村子都留给他们,让他们放我们出城去吧,我们不想在这里白送死。"来福觉得这话有道理,他也这么想。仗一旦真的打了起来,村民们都待在城里,难免会给解放军攻城带来麻烦。他接受了村民的建议,起身去找国军谈判。

接待他的是一个高个子军官。来福说:"我是保长,村里人让我来跟你们谈判。"军官觉得面前这个自称保长的人有些可笑,说:"谈判?谈什么判?"来福说:"我们把村里的粮食和所有牲畜都给你们,你们放我们全村人出去。"军官更觉得可笑了:"你们的粮食和牲畜本来就应该归我们。我们用命在保护你们呢,难道你们就不应该犒劳我们吗?再说,你们都走了,我们保护谁?"来福心里说,谁知道谁保护谁哩,你不放我们走,不就是怕解放军来了拿大炮轰你驴日的嘛!但来福知道再说下去不会有什么结果,还是再想别的办法吧。就说:"那是,那是。"转身走了。

来福想,既然村里的牲畜迟早要被这些狗日的吃了,还不如自己主动杀了送上门去,再送些烧酒,等他们都喝醉了,我再悄悄带着村里人逃出城去。这个办法虽不算高明,但除此也别无他法。主意拿定后,他召集乡民开始杀猪宰羊,并收集了全村的烧酒。猪杀了六头,羊宰了九只,烧酒装了满满七大桶。来福手里提了两只老母鸡,男人们抬着东西跟在后面,又一次去莫家大院找国军。他们在门口就被哨兵挡住了。

那个接待过来福的高个子军官走出来,一脸的笑容:"这就对了嘛,有点同舟共济的意思了。"

"犒劳老总是应该的。"来福把手里的老母鸡提起来给军官看,"这是专门给长官您下酒的。"

军官让卫兵接了老母鸡,高兴地说:"母鸡倒是好母鸡,可惜轮不到我,还有比我更大的官呢。"他看见了酒桶,脸色忽然就沉下来:"怎么还有酒?"

来福急忙解释说:"老总们连日劳累,吃碗肉,喝口酒,也好解解乏。酒肉酒肉,光有肉没有酒咋行呢?这是全村人的一点心意,长官你一定要收下!"来福一脸讨好的神情。

"马上就要打仗了,这酒可是个祸害啊!"军官从腰间掏出枪来,"这样吧,这酒你们也不用抬回去了,免得嘴馋的兵偷喝了误事。"说着就朝酒桶叭叭叭开了几枪,七个酒桶无一例外地都被打出小拇指粗的窟窿,酒像男娃尿尿一样洒了出来,流了一地,浓烈的酒味立刻弥漫了一巷道。

来福没有想到会这样,急得直搓手:"太可惜了,太可惜了!"

军官笑着说:"行了,我们闻闻酒味也就行了。"

来福的计划,就这样在军官的嬉笑声中破灭了。

几天后,国军没有等来共军的大部队,却等来了一支十几人的小队伍,领头的是一个骑白马的女人。国军一下子紧张起来,说是游击队来了,他们后面肯定是共军的大部队。士兵们趴在城墙上慌乱地向城外放枪。那女人骑马远远地围着城墙转了几圈,放了几枪,又领着人马跑走了。可是没过多久,她又来了,站在远处向城里喊话,让国军放了老六和其他兄弟,要不然他们要攻进城来,杀他们个片甲不留。城墙上的国军这才明白,那伙人不是共军的游击队,而是已经被他们消灭了的土匪老六的残部,领头的就是传说中老六的压寨夫人"白娘子"。国军长官站在城墙上哈哈大笑,说:"你们几个毛贼也敢叫阵!等我捉了你这娘儿们来陪老子喝酒。"说完就命令人去活捉那"白娘子"。国军出城去追,"白娘子"就跑;国军一回城,"白娘子"

又来了。国军不敢追出太远,担心"白娘子"早已被共军收编,是来故意引诱他们走入埋伏圈的。"白娘子"像白色的幽灵,在城外若即若离地与国军周旋。国军不知他们玩的什么把戏,更加人心惶惶,提心吊胆。

就在人们快要将战争遗忘的时候,战争却悄悄地来临了。

黎明时分,解放军从四面八方突然包围了莫村城。天亮后,城墙上的国军发现他们已经被包围了,开始惊慌地向城外射击。炮弹几乎是直射天空,然后才落在城下解放军的攻城队伍里。但解放军怕伤了城里的老百姓始终没有开炮,只用长枪短枪机枪射击。第一回合解放军损失惨重,不得不后退到国军枪炮的射程之外。

第二天,双方没有打一枪一炮。夜里,解放军在夜幕和重机枪的掩护下,抬着云梯突然发起了进攻。前面的人怒吼着扑向城墙,又纷纷在铺天盖地的弹雨中倒下了,后面的人接过云梯又继续往前冲。经过多次这样的前仆后继,有人终于将云梯搭在了城墙上,后面的人迅速往上爬,可爬到一半,上面扔下来的手榴弹把云梯炸飞了。

这时,憋了好多天的秋雨,终于痛快淋漓地下了起来,而战斗并没有因为秋雨而停止。一连多日,解放军在雨中一次又一次地攻城,又一次一次的失败了。雨在不停地下着,仗也在不停地打着。但战斗仍没有一点进展,城里的还在城里,城外的还在城外,只是城墙内外的尸体在一天天地增多。战斗时急时缓,持续了两天三夜。城外血流成河,城里也伤亡不小。国军的药品很快就用完了,长官听说村里有家药铺,就派了十几个兵找到天胜家。

当时兰子正在往炕洞里藏粮食,正好被闯进来的国军看见。领头的军官说:"好啊,你藏了粮食想饿死老子啊!"几个兵将一袋粮食从炕洞里拖了出来,兰子拽住口袋不撒手,哀求说:"老总,我就这么一点粮食了,你们不能拿走啊!"军官说:"我们不但要没收你的粮食,还要没收你的所有药品呢!"一听这话,兰子抓口袋的手松开了。自从天胜死后,她把药箱和药品就当成了男人,想天胜想得难受的时候，就一遍一遍地整理这些药物，向这些不会说话的药物絮絮叨叨说个不停。村里有人来买药她从来不卖，她要让这些药物陪伴她度过后半生。她佯装糊涂说："啥药，我家没有药呀？"军官说："刀疮药啊！你男人不是医生吗？"兰子说："我家没有这种药，我男人早就死了，你们找错地方了。"军官说："你男人以前专门经营这种药，你想骗谁呀？搜！"那些兵就要进屋去搜，兰子急忙跑过去挡在屋子门口："我家早就没这种药了。"军官笑了，说："药就在你身后的屋子里，你这个样子正好暴露了藏药的地方。"军官一挥手："进屋去搜，统统没收！"十几个兵将兰子推到一边，闯进屋子。兰子扑过去抱住军官的腿，哭喊着："这是我男人留下的东西，你们不能拿走！"张口咬住了军官的大腿，军官疼得吱哇乱叫，掏出手枪对准兰子的脑门就是一枪，兰子倒在了血泊中。军官一脚踢开兰子："臭娘儿们，还想跟老子耍横！"说完，领着一干人扬长而去。

解放军在城外比较隐蔽的低洼处搭起了帐篷，生火做饭，救护伤员，那架势像是要打持久战。连日的阴雨使帐篷半截浸在了水里，他们只好又迁移到较高的地方。这样一来，帐篷就完全暴露在国军的视线里。但因为距离太远，国军的迫击炮只在帐篷前边的庄稼地里炸响，很少有击中目标的。炮弹炸出的土坑，刚好在下一次冲锋时作为掩体。柴火全被雨水淋湿了，炉灶里不见火苗，尽是青烟，呛得炊事兵蹲在地上咳出了眼泪。青烟弥漫升腾，同硝烟和雨雾融化在一起，无奈地凝在半空一动不动。

看样子，城外的解放军比城里的国军多得多，但他们始终没有攻进城来。守城容易攻城难，何况是莫村坚固的城墙呢。

国军不敢在城墙上走动，怕共军打黑枪，他们强迫村民往城墙上搬运弹药。有人看见"白娘子"和黑蛋也在城外的队伍里。看来小菊真的被解放军收编了，或者是她主动投诚了。小菊显然是为救老六而来的，可她哪里知道老六早就没了踪影，很可能已经被国军杀了，和其他土匪一样被扔到了井里。人们提起黑蛋，这才想起好久没有见过石匠老两口了。

一开始打仗，石匠老两口就躲进炕底下的暗窖里去了。他们在暗窖里待了九天，仍不见上面的枪炮声停止。暗窖里的粮食和水已经用完了，石匠对婆娘说："我出去找些吃的，你待在下面别动。"婆娘说："你不能出去，咱跟别人不一样，咱娃在游击队里，让人家抓住了就没命了！"老石匠不听婆娘的劝告，硬从炕洞里爬了出来。刚摸进厨房，就被埋伏在那里的两个兵抓住了。錾了一辈子石头、身上还残留一些力气的老石匠，轻松地摔倒了第一个扑上来的兵，另一个兵扑了上来，他回手夹住他的脖子一抡，那兵就被摔出老远。他拔腿就跑，可是倒在地上的兵抱住了他的脚，另一个也跳起来搂住了他的腰，三个人扭打在了一起。到底上了年纪了，老石匠还是被两个年轻力壮的士兵按倒在了地上。

一个兵气喘吁吁地说："你老狗日的劲还不小哩！"

老石匠的脸贴着地，歪斜着嘴说："放在二十年前，今儿个就把你俩的血放了。"

那兵骂道："咦？你老狗日的死到临头了还嘴硬，我让你皮干！"说着就在老石匠的头上踩了一脚。

另一兵拦住说："行了行了，踩死了不好交差！"

"我们在这里守候三天了，总算没有白辛苦。"那兵得意地说，"我们当官的早就算计好你要出来，你这老家伙也真笨，藏起来就藏起来吧，干吗还要关了大门，这不告诉我们你还在屋里么！"

老石匠顿时醒悟，后悔不迭，想自己真是老糊涂了，藏起来前咋就把大门给关上了！现在后悔也没有用了，好在他们还没有抓住老伴。

两个兵将老石匠结结实实捆了起来，一个看守着，另一个跑出去叫人。很快，一个军官领着几个兵进来了。军官对老石匠说："你儿子黑蛋把我们折腾得够呛，我们只好找你了结这场仗了。怎么样，把你婆娘也叫出来吧？"

老石匠说："屋里就我一个人，我婆娘早就跑了。"

军官看着老石匠脚下一直延伸到炕洞口的炕灰脚印，冷笑了一声:"是吗?可是炕洞里的那个人是谁呢?"

老石匠心虚了,但却嘴很硬:"炕洞里只有灰,没人!"

军官对手下的兵说:"把炕给我掀掉,我要看看里面的灰是个啥样子。"

几个兵找来铁锹,挖开了炕上的泥坯,炕底下露出了一个石头盖子,掀开盖子,暗窖就完全暴露出来了。老石匠的心提到了嗓子眼,希望老伴这时不要出声。他故作镇定地对军官说:"暗窖里就藏了我一个,不信你下去看嘛。"他知道他们不敢下去。军官没有理睬石匠,朝暗窖里喊:"你快出来吧,我已经看见你了。"暗窖里没有声音,军官又说:"我数三下,你再不出来,可就别怪我了。"军官数了三下,里面还是没有动静。军官说:"那好,你就永远待在里面吧。"军官让士兵找来一床被子,往里面裹了辣椒面,然后点燃扔进暗窖,屋子里立刻弥漫着辣椒呛人的味道。老石匠没想到他们会来这一手,蹦跳着叫骂:"你们这些狼心狗肺的东西……""你不是说里面没人吗?"军官对士兵说:"再抱一捆柴火点着扔下去!"士兵们找来柴火,点燃丢进了暗窖,一股浓烟从暗窖里翻卷上来,里面传来女人剧烈的咳嗽声和哭喊声。军官用手捂住口鼻说:"盖上盖子,把这老家伙给我带走!"

秋雨中,老石匠被五花大绑推上了城墙。城外的人看见城墙上站着一个老人,不知道发生了什么事,停止了攻击。站在老石匠身后的军官向城外喊话:"游击队里的黑蛋,你好好看看站在这里的是谁!你老子已经落在我们手里了,想让他活命,你们就主动撤离,否则我就让他脑袋开花!"军官用枪顶住了老石匠的脑袋。

老石匠抬头望着城外烟雨中的队伍,他想找到儿子黑蛋,可没有找到,但他知道儿子就在他们中间。他冲着湿淋淋的队伍喊:"黑蛋啊,你不要听他们的话,你们打吧,打死狗日的!你妈已经让他们烧死了……你们快打吧,打进城来报仇啊……"说完哈哈大笑,大声唱道:"青天白日(国军)不行了,关中陕北都红了,穷娃队伍打赢了,大军眼看进城了,胡蛮蛮(胡宗南)成了狗熊了……"

唱完后，老石匠纵身跳下城墙，当即就摔死了。

战斗持续了整整一个月，雨还没有一点停的意思。所有的粮食都被国军扫荡一空，村里开始有人饿死了。饿死的都是村民。国军将死了的村民从城墙上扔下去，故意让围城的解放军看。他们还在城墙上架起了喇叭，每天对城外喊话：

"共军弟兄们，因为你们围城，村里已经死了五个人了。难道你们看到这些尸体就不痛心吗？他们是被你们害死的……"

"今天又死了十一个人，你们不撤走，村里还会继续死人。你们就这么眼睁睁地看着他们饿死吗……"

城外一直没有反应。

一天夜里，村里三个地方同时起火，烧死了七个国军士兵。国军恼羞成怒，抓了十几个可疑的村民当场枪毙了。尸体被扔在巷道里，经雨水一泡，涨得像刚出笼的蒸馍。来福几次和国军交涉，才获准将尸体拉走。外面正在打仗，尸体无法出城，只好集中搁置在一间空屋子里。收尸的时候，全村的人都出动了，人们哭成了一团。来福抹了把眼泪，对在场的男人说："哭顶屁用！我们得跟狗日的干！"那天夜里，莫村所有的男人都在悄悄磨着镰刀。

这时，几个土匪女人为了糊口，像年馑里草姑那样开始偷偷接客了。一个月里，她们一直躲在草姑的空屋子里，大门也不敢出，怕遭到和她们男人同样的厄运。草姑留下来的已经发霉的粮食，早就被她们吃完了，她们已经很久没有吃东西了。活命比啥都重要。她们之中有点姿色的，便悄悄用身体从村里的男人那里换取一点粮食。

来福听说了这事，顿时就有了主意。酒色酒色，上回用"酒"没有弄成事，这回用"色"兴许能行哩。他走进草姑家门，对那几个女人说："你们想不想要粮食？"女人说："想啊，做梦都想哩！"来福说："可是，粮食都让国军抢走了。"女人们说："国军杀了我们的男人，他们不得好死！"来福说："诅咒是没有用的，我们得想办法从国军那里把粮食弄回来。你们也不用偷偷摸摸地干那事了，我们联合起来开个妓院吧。"女人们惊讶地说:"我们是实在没法了才偷偷干这事的,我们也要脸面,明目张胆地开妓院,我们不干!"来福说:"所有收入都归你们,我是保长你们得听我的。"女人们说:"你是保长我们知道,可身子是我们自己的,我们不愿意把身子给那些杀了我们男人的国军!"来福威胁说:"你们不干,我就把你们送到国军那里去,说你们是土匪婆娘。要死要活,你们看着办吧!"女人们说:"你是保长咋能这样?你这不是逼良为娼嘛!"来福说:"事到如今,还管尿保长不保长哩,等村里人都饿死了,我给谁当保长去?"女人们觉得保长这也是没办法的办法,也就默许了。

　　来福从草姑屋里出来,直接去了棺材铺。贵生正忙着做棺材,来福把贵生拉到一边,贵生不耐烦地说:"你没看我忙着哩么,有啥话赶紧说。"来福说了想开妓院的事。贵生说:"你终于活明白了,啥时候都不能和钱过不去。"来福说:"不是为了钱,是为了粮食,如今粮食比钱值钱。"来福从怀里掏出红纸,铺在棺材盖上,说:"你赶紧写副对联,我要贴到草姑的门口去。"贵生仰头想了想,然后用食指在做活画线的墨斗里蘸了一下,在红纸上写了上联:来的都是客一升两升不嫌少。

　　来福歪着头看了,说:"这一升两升好,就是这意思。你再写下联。"

　　贵生又写:去的无饿丁三盘四盘管吃饱。

　　来福说:"这三盘四盘说的是馍,也好。"

　　贵生说:"上联说的是吃的,下联说的是干的,不是馍,是那意思。"

　　来福明白了,说:"你个骚驴!"

　　贵生正色道:"你别没大没小的,我是你丈人爸哩。"

　　来福说:"你是个刷子爸!赶紧写,再写个横批。"

　　贵生又在墨斗里蘸了一下,写了三个大字:逍遥屋。

　　来福很满意,说:"不错!"没等字迹干透就提走了。

　　来福把对联张贴在草姑的门上,对那几个女人说:"你们只准招待国军,不准招待村里的男人。你们要想办法把国军抢走的粮食再夺过来,最好让他们出门时连路都走不稳当。"

对联一贴出去,生意就算正式开张了。当天晚上,就有国军士兵光临了"逍遥屋"。一连几个夜晚,许多国军士兵偷偷背了分发给自己的或从炊事班偷来的粮食,悄悄跑到几个女人那里换取了自己的短暂快活。"逍遥屋"把国军的军心一下子就搞涣散了。来福和村里的男人偷偷在夜里加紧磨镰,等待复仇的时机。

然而好事不长,国军长官发现了"逍遥屋"里的秘密。执法队夜里在"逍遥屋"当场抓住了四个兵,连同几个女人一起拉出去枪毙了。来福的计划又一次失败了。

同一天夜里,几个士兵闯进棺材铺,发现了贵生装银钱的那个棺材,眼都直了:"妈呀,老子一辈子也没有见过这么多的钱!"士兵们要抬走那棺材,贵生和黑脸女人趴在棺盖上死活不松手。士兵们用枪托砸开了贵生和女人的脑袋,豆腐脑一样白花花的东西就流在了棺材盖上⋯⋯

仗打着,雨下着,都没有停的意思。

天奇和麦花一直藏在那间闹鬼的屋子里。屋里几十年没有住人了,阴暗潮湿,沉积了厚厚的灰尘,家具和墙角结满了蜘蛛网,空气里散发着浓重的霉腐味。柳儿屋里时常会传来哭喊声。天奇和麦花趁院子里的兵都上了城墙,悄悄溜进了柳儿的屋子。

柳儿光着身子坐在窗后,目光呆滞,手里的剪刀已不知去向。她已经一个多月没有洗脸了,面容乌黑,只有眼白和牙齿还是白的。她的乳房和脸一样黑,上面留下许多手抓的伤痕。麦花找来衣裳,给她穿上,哭着说:"柳儿姐,你跟我们走吧⋯⋯"柳儿嘿嘿一笑,说:"我不能走,我要等天顺回来。我走了,他回来就找不到我了。他快回来了,他正在路上走着哩⋯⋯"天奇和麦花想把柳儿背走,但她像长在了炕上,怎么也拖不动。

从柳儿屋里回来,天奇看见来福送来的两只老母鸡还瑟缩在院墙角，心想，他们怎么还不吃它们呢。看到等待死亡的老母鸡，天奇想起了红苕窖里还藏着一个人，想起了柳儿可怜的样子，要不是红苕窖里的那个人，柳儿也不会这么凄惨。红苕窖里的那个人已经在下面待了一个月了，尽管有红苕不会饿死，但他肯定寂寞了，不如让那两只母鸡去陪陪他吧。这么想着，天奇就走过去，提起两只母鸡扔进了红苕窖，之后又影子一样闪进了自己的鬼屋。

母鸡受了惊吓，在红苕窖里乱飞乱叫，但很快就没了声息。天奇想，肯定是红苕窖里的人捂住了母鸡的嘴。但母鸡这么大的叫声，厨房里的炊事兵肯定也能听到。果然，两个炊事兵就从厨房里跑了出来。

一个说："呀，母鸡不见了！"

另一个说："咦？刚才还在院墙角窝着呢，怎么转眼就不见了？"

"会不会让黄鼠狼拉走了？"

"大白天的怎么会有黄鼠狼！我听见叫声好像在红苕窖里，肯定是扑腾到红苕窖里去了。"

"那你下去把它们捉上来，说不定长官今天就要拿它们下酒呢。"

"行，我下去把它们捉上来。"一个无奈的声音。

没过不久，红苕窖里就响起了枪声。留在上面的那个说："不就是两只鸡嘛，用得着开枪？你赶快上来吧！"下面没有声音，接着又是一声枪响，上面的那个也没了声音。城墙上的士兵听到枪声，咚咚咚跑下来十几个，大声问："是谁开的枪？"一个兵惊叫道："呀，他怎么死在了窖口？"一个兵肯定地说："子弹是从红苕窖里射上来的。下面有人！谁在下面？快出来！再不出来我们就开枪了！"枪又响了，上面有人惨叫一声，看来是被下面射上来的子弹打中了。士兵们被惹恼了。

"用手榴弹轰他狗日的！"

轰！轰！

"再轰！把红苕窖炸塌，把狗日的埋在下面！"

又是几声爆炸声，然后是红苕窖垮塌的声音……

外面发生的一切，躲在屋子里的天奇听得清清楚楚。他长长地舒了一口气，再也不用惦记红苕窖里的那个人了。但他又开始担心已有身孕的麦花了，怕她遭到柳儿一样的厄运。他想找一个更加安全的地方，好把麦花藏起来。他在屋里仔细地寻找，结果在衣柜里发现了一个暗道。他和麦花从暗道口爬进去，惊奇地发现里面很大，藏了许多粮食和金银财宝。难怪闹年馑时，他爸能从这间屋里取出那么多的粮食，原来这是一个暗仓。里面还有道石门，天奇用力推开石门，一股阴冷的风扑面而来。这是一个暗道。暗道里漆黑一团，什么也看不见，但能听见阴风呼呼的声音。天奇拉着麦花的手，大胆地走进暗道，摸索着前行。他们走了很长很长一段路，前面才突然有了一丝亮光。走到跟前才发现是一个拳头大的风口，隐约能听到上面有人说话，还有沉闷的枪炮声，头顶上的土唰唰地被枪炮声震落，上面是一块青石板。天奇终于解开了几十年来未能解开的一个谜。难怪他爸生前经常会从院子里消失又神秘地出现在城外。但他不明白的是，他爸为什么在仇人攻进城的时候没有从暗道逃走呢？他顾不得多想，用力推开石板，洞里唰就亮了，震耳的枪炮声扑面而来。天奇探出头去，发现石板是一个墓碑的底座，再向周围看看，终于认出是自家的祖坟。他们从暗道里爬出来，刚要站起来，几支枪同时对准了他们的脑袋。

有人惊呼："天哪，他们到底是人还是鬼？"

天奇看见黑蛋站在面前，还有他姨小菊。小菊惊叫一声。黑蛋对持枪的人说："没事了，他是莫家的哑巴少爷。"

麦花说："这里有个暗道，一直能通到莫家大院，你们赶快从这里进去救柳儿和村里人吧……"

游击队从暗道里神不知鬼不觉地摸进了莫家大院，摧毁了国军的作战指挥部。城里的国军一时乱作一团。来福和村里的男人们也趁机冲出家门，挥舞着镰刀和棍棒与国军士兵拼杀在一起。游击队打开了城门，解放军大部队潮水般冲进莫村……

持续了一个多月的战斗，就这样出人意料地结束了。解放大军继续南进，追击逃窜的国军残余部队。

战斗结束了，但雨没有停。

保长来福带领村民冒雨打扫战场，他们在泥里水里忙碌了半个多月，总算把城里城外的尸体掩埋完毕。村里许多人都累倒了，来福说，美美睡上几天就缓过来了。可是有人躺下后就再也没有起来，更多的人也在一天天相继死去。

来福大惊失色："莫非狗日的瘟疫又来了?!"

42. 最后的家园

狗日的雨，下个没完没了！

莫村的树枝上、屋顶上、城墙上到处都长满了绿苔。墙上的土皮被雨水泡得虚软酥松，大块大块地往下掉。城墙也有好几处坍塌了，远远看去，像掉了门牙的老人的嘴。金丝猴的身上长满了绿毛，脚上结了厚厚的绿苔，像石头蹾在那里，一动不动。莫家古老的门框上长出了新鲜的蘑菇，麦花采下来炒着吃了，味道竟然异常鲜美。

顺阳河水涨得不能再涨了，淹没了整个河滩，流进了庄稼地。雨小的时候，血水雨水汇聚成无数的小溪，源源不断地又倒流进河里，使得河水的色调更加浑黄溽重。村外的玉米呀糜子呀什么的，像被碾轧过一样伏倒在泥水里，开始慢慢腐烂。仓促掩埋了的尸体被雨水一冲露出了手脚，肿胀得像拔了半截的白萝卜，引得野狗和狼群发动了一场又一场的争食战争。

雨在不停地下着，人在不断地死着。没完没了的秋雨和没完没了的死亡，让活着的莫村人心里也长了恐怖的绿毛。

细雨中，麦花将一根棒槌立在院子里，又在棒槌上面搭了一方花手帕，然后跪在雨地里，开始唱："老天爷，你甭下，我给你栽个棒槌娃；棒槌娃，你甭倒，我给你穿个花花袄；棒槌娃，你立端，雨停就在眼面前；棒槌娃，腰甭弯，不出三天地皮干；百姓下地去干活，年底给你献个大蒸馍……"

一连多日，莫村的女人们都像麦花一样将棒槌立在自家的院子里，唱着同一首歌。歌声在细雨中飞扬，但很快就被雨水打湿了，回落在树枝上、屋脊上、瓦棱上和泥地里，像雨天湿淋淋的麻雀，瑟缩在那里，再也飞不起来了。雨水满地流淌。棒槌一次次立起来，又一次次倒下去，雨始终没有停的意思。就有女人失去了耐心，抬头骂天：下吧，下吧，下吧，下你娘个天昏地暗！

麦花耐住性子，剪了几个手持扫帚的纸人，虔诚地贴在门楣上、树干上。小时候妈妈就是这样教她的，说这样就能扫去天上厚厚的阴云，让雨停下来。可是她刚贴上，纸人就被雨水冲了下来，烂在泥水里。麦花剪了又贴，不停地贴，然而，雨还是下个不停。后来，家里的纸都用完了，麦花累了，失望了，就不再贴了。

莫村在雨水里浸泡了四十多天。

雨终于停了。紧接着是一连三天的大日头。阳光将吸饱了雨水和血水的世界变成了一个密不透风的闷热的蒸笼，使劲地蒸，往死里蒸，有人没有坚持下来，就被蒸死了。村里几乎每天都在死人，极少有不死人的日子。偶尔有一天没有死人，但第二天又接连死好几个，像是要把昨日的指标补回来。死人的速度在不断加快，先是病倒在炕上苟延残喘的老人、女人和娃娃，最后连身体健壮的男人也一个接一个地死去。有人在巷道里走着走着，突然跌倒在地，扑啦踢蹬几下就咽了气。

"日他妈，老天爷硬是要灭这一层人哩！"保长来福骂。

活着的人除了骂天，唯一能做的就是将一个个死人抬出城去埋掉。先死了的人还有棺材抬埋，后来死的人没有了棺材，就用草席一卷简简单单地埋了，再后来连草席也找不到了。

村里刚开始死人的时候，来福去找贵生要棺材，没有找到贵生，想那狗日的是卷了钱财领着黑脸老婆跑了，也不再客气，让村里人白白抬走了棺材。村里人抬最后一口棺材时感到很重，掀开棺盖一看，里面躺着已经腐烂了的贵生老两口。他们的脑袋极像被人踩了一脚的烂桃，丑陋无比。来福说，这是村里的最后一口棺材了，不能再埋进土里了，得留下来轮流抬埋死人。丢丢本来想说什么，看了来福一眼，什么也没有说，悄悄用草席卷了养父母抬出城去埋了，也算报了他们的养育之恩。

这最后一副棺材就成了莫村唯一的公物。晌午抬埋了这一个，后晌又抬埋另一个，一天要来来往往好几回。抬得人多了，棺材就越来越重，里面沾满了死人的脓血，一层干了，又糊上了一层，像是上了无数道污浊的油漆。

活人被死人折腾得够呛。活人累了，不耐烦了，死人就越埋越浅，越埋越潦草，野狼和野狗不用费力就可以扒出来，蹲在那里慢慢享用，之后是成群的乌鸦。乌鸦像夜幕一样降临，抢食野狼和野狗留下的残羹剩汤。来福带领村民拿着树枝扫把冲出城去，像当年莫老爷带着村民驱赶蝗虫一样驱赶乌鸦。乌鸦并不怕人，表现得十分顽强，怎么也赶不走，反而越聚越多。女人们就无力地坐在地上哭泣。乌鸦叼食的都是她们的亲人啊，怎能不让她们痛心！

瘟疫像野狗一样开始在村里到处窜动。村里的人口在迅速减少，剩下几十个人了。

来福把剩下的人召集在一起开会，他说："我们不能在村里等死，我们得搬家！"老人们说："这里就是我们的家，你让我们搬到哪里去？"来福说："搬到一个没有瘟疫的地方去！"老人们说："要去你去，我们哪儿也不去，我们死也要死在家里！"来福生气地说："你们不想走就待在这里等死吧，但村里的年轻人和娃娃都得走，不能让他们也跟着你们一起送死！我不能眼睁睁地看着全村人就这样一个个死光，不能让莫姓人在我手里绝了种！"老人们指着来福的鼻子骂，"你算啥尿保长？你连自己的村子都不要了你还当保长呢……"来福蛮横地说："就这么定了，明天就搬家！我已经到乱石滩里的石屋子看过了，那里没有瘟疫，我们就搬到那里去。搬走的时候啥物件都不许带，鸡呀狗呀猪呀的也不许带，那些东西都有病毒。已经传染上瘟疫的人不能走，一个也不能走！不想走的也可以不走。就这，散会！"

散会后，来福朝莫家大院走去。刚才开会，他们没有来人。好久没有见莫家大院里的人了，他想去看看，如果还有人活着，他们应该一起搬家。莫老爷生前待他不薄，关键时候他不能忘了他们。跨进莫家大门，来福首先闻到了一股霉腐味。院墙角被国军炸塌了的红苕窖上长出了许多蒿草，有许多老鼠在那里窜动。近来村里的老鼠特别活跃，成群结队地在空寂的巷道上游逛。人走着走着，一不留神就会踩到一只。刚才进门前他还看见门槛下面有一只死老鼠。他走进一间屋子，看见柳儿奄奄一息地坐在炕上的窗户后面，几只老鼠在她的腿上跳来跳去。他挥手驱赶老鼠，老鼠并不走远，蹲在炕角用黑亮的眼睛冷冷地盯视着他，仿佛在埋怨他耽搁了它们的好事，随时都会扑到他的身上进行报复。看着柳儿的光景，他知道已经没救了。他从屋里退出来走进另一间屋子，里面没人。又走进一间，还是没人。最后他推开那间经常闹鬼的屋子，看见了依偎在一起的天奇和麦花。

麦花正在给天奇剪指甲，天奇闭着眼睛半躺在她的腿上。来福向麦花说了全村搬走的计划，动员他们一起搬走。麦花无奈地看着来福，说："他不想走，我得陪着他。"来福说："你们待在这里会死的。"麦花说："嫁鸡随鸡嫁狗随狗，我们死也得死在一块儿。"天奇始终没有睁开眼睛看来福一眼。来福又劝了一会儿，麦花很固执，说他不走她就不走。来福想自己已经尽力了，也算对得起死去的莫老爷了。他知道再劝也没有用，就不再说什么，转身走出了莫家大院。

第二天，幸存的几十个人开始搬家。来福怕染上瘟疫的人混出城去，带着两个健壮的小伙子牢牢地把守在城门口，检查每一个出城的人。人们空着手神情木然地往外走，走出城门的那一刹那，所有的人都不约而同地回头看了一眼，眼泪吧嗒吧嗒地砸在了泥土里。站在城门洞里的来福，想起许多年前"逃白狼"时莫老爷站在同一个地方拦住村里人的情景，想起莫老爷在当年虎烈拉蔓延的时候，硬着心肠将自己的儿媳和传染上疾病的人抬出城门洞的情景，心里就涌出许多悲壮之感，眼前渐渐模糊起来。老爷死了，他还活着。他要像老爷当年那样拯救濒临灭亡的莫村！

来福发现走出城门的人多了一个，他带着两个小伙子追上没走多远的人群，仔细查找，终于找到了那个混出城的病人，扭住衣领拉了回来。那人瘫软在地上，哭道："我不想留在村里，我不想死，我想跟你们一起走……"来福说："你跟着走，我们不是白搬家了吗？你就认了吧，回去安安静静等死吧。"他们硬是将那人抬回村扔进他的家门，然后把门锁上了。

来福最后一个走出城门，他回头看了一眼，巷道里空空荡荡的没有一个活物，连一条狗也不见。但他能听到有气无力的哭声和叫骂声。他知道那些留下来的人正坐在家里，口中操他的八辈祖宗哩。他长长地叹息了一声，摇了摇头，向乱石滩走去。

村子像一个空洞的坟墓，一下子静了许多。老金丝猴不再呜咽了。从前金丝猴的呜咽意味着死亡的到来，现在死亡天天都在村里散步，呜咽就失去了意义。七天后，村里留下来的人全死光了，只剩下了天奇、麦花和柳儿。

麦花感觉到了死亡的逼近，十分害怕。她不是怕死，而是担心肚子里的孩子。这可是莫家的最后一根苗啊。她知道死亡迟早是要光临莫家大院的，她甚至听到了死亡越来越近的脚步声，看见了死亡黑色的衣裳。她靠在天奇的怀里瑟瑟发抖。她拉过他的手按在她微凸的肚子上，意思是说：这是我们的孩子，我们死了，他也会死的，你们莫家就会断后的，你愿意这样么？天奇从怀里掏出党项秘籍交给她。麦花明白了天奇的意思，她摇了摇头，泪水像雨一样洒落。天奇将麦花拉起来，推出门去，然后关了屋门。麦花在外面拍打着门板，天奇靠在门上死活不开。麦花在门口站了很久，最终还是无奈地转身走了。

麦花走到门口，想起了柳儿，又折回来走进了柳儿的屋子。柳儿呆呆地坐在那里，一动不动，像死了一样，只是眼睛还圆圆地睁着，望着窗外。麦花说："柳儿姐，我走了。"柳儿眼睛一眨不眨。麦花以为柳儿死了，流着泪走出了莫家大门。

麦花走了，屋里没有一点声息，静得恐怖。天奇突然担心起麦花来，心想，到处都兵荒马乱的，她一个女人能走多远？他急忙起身去追赶麦花。离开前，天奇解开了金丝猴脖子上的铜链子，心里说，你也去逃生吧。

天奇从城墙倒塌的豁口处跨了过去，走出很远，忍不住回头看了一眼，只见金丝猴蹲在断墙残壁上呆望着他。他又继续走。再回头时，金丝猴就变成了一个模糊的黄点。

天奇在一片尽是霉烂倒伏玉米的地边追上了麦花。麦花见天奇追来了，鼻子一酸眼泪唰唰地流了下来，回转身猛地抱住了天奇，几乎把天奇撞倒。他们相跟着继续往前走。

深秋的阳光红彤彤的，但照在脸上已经没有了先前的温暖，只是在满目疮痍的大地上留下了一层欺骗性的金黄色。暖暖的金黄色里走来一队人马，像一幅美丽的油画。走近了，天奇才发现是十几个国军士兵，他们满身血污，显然刚从战场走来。天奇急忙拉了麦花掉头往回走，可是已经晚了。

"站住！站住！再不站住老子就开枪了！"

国军在后面喊着，果真就开了两枪，子弹钻进脚下的泥土里啾啾地响。他们不敢再跑了，跑也是白跑，人不可能比子弹跑得快。天奇明显感觉到麦花的手在哆嗦，他用力握住她的手，仿佛这样她就不会哆嗦了一样。但她还是哆嗦，弄得天奇的手也开始哆嗦了。

国军追了上来，跑在最前面的那个兵骂道："跑什么跑，老子是狼能吃了你们？"一个说："他们肯定心里有鬼，该不是共军的探子吧？"麦花战战兢兢地说："老总，我们是回娘家的，不是共军……"那兵一把夺下麦花手里的包袱："是不是共军，我一看就知道了。"包袱里除了几件换洗衣裳，就是那本党项秘籍。"真他妈晦气！"那兵将包袱摔在地上。天奇知道他们在找钱，可是他身上没有带一文钱，他一生身上都没有装过钱。麦花急忙捡起地上的党项秘籍，宝贝似的揣进怀里。可能是麦花揣书的时候，她丰满的胸部引起了国军的注意，他们的目光一下子全集中到了麦花身上。一个头上缠了绷带只露出一只眼睛的老兵说："包袱里没有东西，也许身上能找出什么。""就是，搜她身上！"其他兵兴奋地说。天奇明白了他们的意思，用身体挡护住麦花。一个兵用枪顶住天奇的肚子："你不滚开，老子就再给你钻个肚脐眼。"麦花把天奇推到一边，说："老总啊，他是个傻子，是个哑巴，求你们放了他吧！我让你们搜就是了。"两个兵一左一右扭着天奇的胳膊，另外几个兵开始在麦花身上乱摸，嘻嘻地笑，说："这娘儿们够味！""这么水灵的一个娘儿们，怎么就嫁给了这么一个傻子，真是可惜呀！不如我们带走，消受几天再说。"说着就要带麦花走。天奇拼命挣脱两个兵，扑过去打倒其中一个，就在他要扑向第二个时，几个兵扭住了他的胳膊，一个兵用枪顶住了他的头："你小子不想活了！"麦花跪在了地上，哀求道："老总，求你不要杀他，我跟你们走就是了……"那兵一枪托就把天奇砸昏了……

黄昏时分，天奇被一阵小雨浇醒。那群兵不见了，麦花也不见了。地上除了杂乱的脚印，什么也没有，四周一片寂静。他担心党项秘籍，更担心麦花。地上的脚印一直延伸到看不见的地方。他站起来，顺着脚印去寻找他的麦花和党项秘籍。

他走啊走啊，不知走了多少路，走了多少日子，也没有见到麦花的影子。后来，他的去路被一条河挡住了。这河比家乡的顺阳河宽多了，深多了，浑黄的河水打着漩涡，匆匆地向东流去。他焦急地在河滩上徘徊，不知道接下来该往哪里去。他疲惫不堪，跌坐在河滩上，呆望着河水。天奇在那里坐了很久很久，也许是一天，也许是一个月。最后他站了起来，朝着家乡的方向走去……

许多天后，一片熟悉的杏林挡住了去路，天奇知道到家了。远远看去，杏林里有了红红绿绿的意味，走近了却找不到绿的踪影。低头去看，路旁草丛里已经有性急的野花在悄悄开放。抬头望去，便是万斛山。山上光秃秃的，山坡上找不到一棵绿树，只有桃花沟还有一丛淡绿，像秃子头上残留的一绺毛发。山顶上原本斜倾的石塔，现在更斜了，像一个喝醉了酒的人站在那里，随时都有倒下去的危险。山上的树，都让桃花沟的人砍下来卖给贵生做了棺材。天奇想起了太婆说过的话：树是山的皮，他们剥了山的皮，迟早要遭报应的！

无疑，春天已经来临了。天奇这才发现，他从秋天一直走到了春天。

走在杏林里，天奇突然想起"莫祠"金匾，莫鹏昊不是说它就埋在杏林里嘛，但他对此已经没了兴趣。就让它永远埋在地下吧。

很多年后，这片杏林被砍光烧火大炼了钢铁。又过了数年，古川大搞农田基本建设，杏林被翻了个过。据说当时挖出过一口棺材，棺材里套了一口小棺材，小棺材里确实有一块匾，但匾上却没有一个金字。有人说是莫家祠堂的那块金匾，有人说不是，到底是不是，谁也说不清楚。也许，金匾只是一个传说，它从来就没有真正存在过。

大老远，天奇就听见嘈杂的声音，拐过一个弯，就看见顺阳河滩黑压压的人群。他走过去，走进拥挤的人群，可是谁也没有看他一眼。他突然感到家乡是那样陌生。很显然，这里正在开一个什么会。这种情形他以前见过多次，"交农"的时候，红军改编成八路军的时候，满仓起义的时候，这里也都曾这样热闹过。但今天不同的是，台下跪着十几个五花大绑的人。

只听有人说，请乡长讲话。有人站起来开始讲话。天奇听着那声音很耳熟，踮起脚仔细一看，竟是来福。来福平时总是一副谦和的样子，可他今天的表情却异常严肃，甚至还拍了桌子。

天奇拼命往前挤，终于站在了台下。他仰头望着台上的人，许多都不认识，但有两个他认出来了。一个是他姨小菊，一个是黑蛋。

主持人最后说，请县长讲话。黑蛋站起来，下面哗哗啦啦就响起了经久不息的掌声，像去年的霖雨，没完没了。黑蛋说，革命胜利了，大解放了，可惜让刘亚民逃跑了……

可是谁会想到，几十年后，刘亚民以台商的身份又回到了古川，并且受到了省对台办主任黑蛋的接待。他们没有说起以前的恩恩怨怨，似乎都在有意回避。他们在一起，只谈论如何在古川开办炼油厂的事情。刘亚民和古川县签订合同后，邀请黑蛋一同回了一趟莫村，给草姑和小琴上了坟。一个月后，刘亚民出资重修了母女俩的坟墓。据说，那坟墓是渭北地区最气派的坟墓。

县长黑蛋讲完后，集会达到了高潮，因为接下来要枪毙人了。那十几个倒霉鬼被勒令跪在一排事先挖好的土坑边上，同样多的士兵站在身后拉响了枪栓。人们群情激愤，振臂高呼口号……

杀人的场面天奇见得太多了，他对此没有一点兴趣，转身离开了会场，迈动疲惫的双腿，鬼影似的朝莫村走去。

莫村城里寂静无人。天奇一个人走在巷道里，就像走在鼓面上，脚步声响亮地在残墙断壁间撞来撞去，嗡嗡回旋。尽管春天已经来临，但村子里还是有股挥之不去的阴冷之气，它们顽强地流动在空空荡荡的巷道里。黑乎乎的屋门像一个个可疑的眼睛，注视着脚步声传来的地方。倒塌了的屋顶和院墙上摇曳着许多枯黄的杂草。一种生命放弃了一个空间，另一种生命马上就会占领。这里和乱石滩是两个世界，一个在坟墓的里面，一个在坟墓的外面。从喧嚣的外面走来，天奇不能很快适应这种寂静，脑子里还是喧闹的枪炮声和喊杀声。

令他感动的是，那只百年老猴依然蹲在大门口，像是专门在那里迎候他。金丝猴闭着眼睛，像一截即将烂掉的木头。也许它已经死了。但当天奇走近它时，它的眼睛却忽然睁开，闪出一股明亮的光芒。天奇跪倒在地紧紧地搂住它。啊，你还活着！金丝猴仰起头，张了张嘴，但终于没有发出天奇熟悉的呜咽声。

天奇推开落满尘埃的沉重的木门，像推开了墓门。他走了进去。金丝猴也跟了进去，颤颤巍巍地站在主人身后，像一个老管家一样随时准备接受主人的盘问。然而主人无语，径直走进了柳儿的屋子。

柳儿还像以前那样盘腿坐在窗后，两眼圆睁，目光死死地注视着窗外。天奇推了她一把，她才倒了。她已经死了好久了，尸体早已干枯。他想让她躺好，但他无法达到这个目的，因为她的身体保持着坐的姿态，怎么拉也拉不开。他只好又把她扶到原处，让她永远坐在那里，望着窗外。

天色已暗，天奇走上城墙。坐了几十年的那块石头还在，上面长满了青苔，底下长出了新鲜的嫩草。金丝猴默默地依偎在他的身边。夜色从地面升起来，像疯长的野草，扶摇直上，天一下子就黑了。几颗清冷的星星凝在那里，表明天是多么高远。

半夜时分，天上的星星下雨似的纷纷坠落，刚要落地又腾飞起来，一明一灭，在夜空中飞舞。天奇知道那不是星星，是萤火虫。可是春天怎么会有萤火虫呢？其实天奇不知道，那并不是萤火虫，而是尸骨上散发出来的磷火。天奇想，这样孤独的夜晚，有萤火虫也好！萤火点点，一只萤火虫就是一盏小灯。夜果然比刚才亮了许多。他看见金丝猴的眼睛里也有萤火虫在飞舞。几只萤火虫从他面前飞过，划出一道道梦幻般的流光。他伸手去抓，抓到了，可伸开手去看，手心里却什么也没有。他从怀里掏出那支古老的羊骨羌笛，吹了起来。他已经很久没有吹奏它了，忧伤的笛声同萤火虫一起飞舞。

他吹了很久很久，直到吹累了，才从城墙上走下来。院子里也到处是飞舞着的萤火虫。他走进屋子，屋里也有萤火虫。这样也好，省得点灯。他躺在柳儿的身边。夜静极了，他能听见自己呼吸的声音，甚至连意识走动的脚步声也能听到。

朦朦胧胧中，他看见了许多皮影从面前飘过，他们又哭又笑，又打又闹，相互厮打着纠缠在一起。所有的皮影都由竹签挑着，它们无奈地被另外一种力量舞动着，厮杀着。这样的场面他似曾相识，是自己看过的一场皮影戏，可他怎么也想不起这场戏的戏名。皮影打来打去，打得不可开交，后来就有皮影流血了，很快有的断了胳膊，有的断了腿，有的连头也找不到了。他奇怪皮影怎么会流血。正惊异着，他发现那些皮影竟变成了他最熟悉的人，他从中找到了父亲、母亲、管家、叔叔、婶子、副官、天佑、天顺、惠儿、柳儿……柳儿飘到他跟前，突然开口说话了："兄弟啊，我走了，我要去找你哥了……"柳儿的声音渐渐小了，远了，一会儿又渐渐大了。但他听见不是柳儿的，而是太婆的声音。太婆也是一张皮影，但她的嘴里明显地又长出了新牙，她说："人生就是一场戏，可惜所有的人死后才明白了这个道理。你是唯一在活着的时候就明白这个道理的人，所以你就装哑作傻，所以你活到了现在。太婆知道你是懒得和人说话！大音希声，大默如雷。你是'无为而为'啊！你听，你的儿子已经出世了……"天奇仔细一听，真的有婴儿在啼哭。太婆转身飘走了，但冻饺子似的小脚仍然踩得官路咚咚响……

噼里啪啦爆裂的声音把天奇惊醒，他睁开眼睛，满世界都是火光，他的衣服也烧着了，他甚至已经闻到了肌肤的焦糊味。但他已经无力再站起来，他感觉自己就要死了，灵魂已经在跃跃欲试准备飞走。这时，他看见火球似的金丝猴向他扑来，背起他腾空而去……

那天夜里，祸不单行，万斛山发生了罕见的山体大滑坡，眨眼之间桃花沟就消失得无影无踪。滚落的山石呼啸而下，冲进了乱石滩新建的村道，砸坏了村里许多人家的门窗，砸死了喜娃和他的女人。

那场奇异的大火烧了三天三夜，将古老的莫村烧成了一堆灰烬。

三个月后，莫村城的废墟上出现了两个活物，一个面目全非的男人，一只光秃秃的老猴。男人将残墙上的老砖拆下来，然后再把它们有序地堆砌在废墟上。老猴跟着男人跑前跑后，俨然一个监工。男人显得很固执，终日不停地忙碌着，永远不知疲倦的样子。乱石滩里的人知道那是莫家少爷和那只老金丝猴，但不知道他们在干什么。许多天后，人们发现废墟上矗立起一座新房子，这才恍然大悟。

人们说："到底是大掌柜的儿子，就是不一样！"

乡长来福说："大火烧走了所有的瘟疫，现在我们可以回家了！"

于是，村民们离开了乱石滩，重返莫村，开始跟天奇一起建造他们的新家园。劫后余生、无家可归的桃花沟人，先是远远地蹲在一边默默地看着莫村人盖房子，后来有一天他们终于忍不住了，站起身来，抬脚向莫村走来。

这时，人们隐约听见了悠扬的羌笛声……

2008 年 10 月修订于北京